GONZALO GINER
Die letzte Reliquie

Buch

Madrid, 2001. Warum erreicht das mysteriöse Paket, versandt vom historischen Archiv in Segovia, erst mit einer Verspätung von 68 Jahren sein Ziel? Der ursprüngliche Adressat, ein Silberschmied, ist längst verstorben. Und sein Sohn Fernando Luengo, ein angesehener Juwelier der Stadt, steht vor einem Rätsel: Das Päckchen enthält einen prachtvollen Armreif aus Gold, besetzt mit edlen Steinen. Nie zuvor hat Fernando eine vergleichbare Schmiedekunst gesehen. Durch Materialanalysen findet er heraus, dass der edle Armreif vermutlich vor rund 3 000 Jahren irgendwo im Nildelta angefertigt wurde. Doch was hatte sein Vater damit zu tun? Auf der Suche nach einer Erklärung reist Fernando gemeinsam mit Mónica, seiner jungen und überaus attraktiven Mitarbeiterin, nach Segovia. Dort erfahren sie von Lucía, der engagierten Leiterin des Historischen Archivs und Spezialistin für Geschichte des mittelalterlichen Templerordens, dass das Päckchen viele Jahre ungeöffnet im Gefängnis von Segovia gelegen haben muss. Fernandos Vater war dort inhaftiert: Er hatte versucht, die Gräber zweier seiner Vorfahren aus dem 17. Jahrhundert gewaltsam zu öffnen. Gehörte Fernandos Vater einer verbotenen Sekte an? Und handelt es sich bei dem Armreif wirklich um eine der ältesten christlichen Reliquien der Menschheit, wie Lucía behauptet? Und plötzlich überschlagen sich die Ereignisse: Mónica wird entführt, und als Lösegeld verlangen die Entführer den Armreif. Fernando und Lucía sehen sich einem unbekannten Gegner gegenüber, der mächtiger ist, als sie jemals für möglich gehalten haben ...

Autor

Gonzalo Giner, 1962 in Madrid geboren, studierte Veterinärmedizin und arbeitete als Tierarzt, bevor er mit dem Schreiben begann. Seine größte Leidenschaft gilt jedoch der Geschichte. Davon profitierte sein erster Roman, *Die letzte Reliquie,* der in Spanien auf Anhieb ein Bestseller wurde.

Weitere Werke des Autors in Vorbereitung.

Gonzalo Giner

Die letzte Relique

Roman

Aus dem Spanischen von
Eva Maria del Carmen Kobetz Revueta

blanvalet

Die spanische Originalausgabe erschien 2005
unter dem Titel »la cuarta alianza«
bei Plaza y Janés, Barcelona.

FSC
Mix
Produktgruppe aus vorbildlich
bewirtschafteten Wäldern und
anderen kontrollierten Herkünften
Zert.-Nr. SGS-COC-1940
www.fsc.org
© 1996 Forest Stewardship Council

Verlagsgruppe Random House DSC-DEU-0100
Das für dieses Buch verwendete FSC-zertifizierte Papier
Holmen Book Cream liefert Holmen Paper, Hallstavik, Schweden.

1. Auflage
Deutsche Erstausgabe Dezember 2008 bei Blanvalet,
einem Unternehmen der Verlagsgruppe
Random House GmbH, München.
Copyright © der Originalausgabe 2005 by Gonzalo Giner
Copyright © der deutschsprachigen Ausgabe 2008 by
Verlagsgruppe Random House GmbH
Umschlaggestaltung: HildenDesign, München
Umschlagmotive: Shutterstock,
Komposition: Johannes Wiebel, HildenDesign
Redaktion: Peter Kultzen
LW · Herstellung: RF
Satz: Buch-Werkstatt GmbH, Bad Aibling
Druck und Bindung: GGP Media GmbH, Pößneck
Printed in Germany

ISBN: 3-442-37094-8

Für dich, Pilar.
Für Gonzalo und Rocío.
Allen gewidmet,
die die Arbeit an diesem Buch
begleitet haben.

1

Montségur, 1244

Die ruhige Nacht lud zu einem Spaziergang entlang der Burgzinnen ein. Montségurs Festung thronte auf einem gewaltigen Felsen. Vom stintflutartigen Regen des Vortags war die Luft noch feucht. Heute war Montag, der vierzehnte März.

Tieftraurig blickte Pierre de Subignac vom Hauptturm auf das großartige Szenario herab, das in ein paar Stunden zum Schauplatz eines grauenvollen Verbrechens werden würde. Er selbst hatte den Tag festgelegt. Es war die einzige Möglichkeit, der langen Belagerung durch die Truppen des Oberhofmarschalls und Kreuzfahrers Hugo de Arcis ein Ende zu setzen. Während der vergangenen Wochen hatte er alle Möglichkeiten überdacht. Aber es gab nur diesen Ausweg: Um zu entkommen, musste er seine zweihundert Glaubensbrüder und Schwestern verraten. Hinter ihrem Rücken hatte er mit den Kreuzfahrern verhandelt. Die Übergabe der Festung war eine beschlossene Sache. Vergebens hatten seine Mitbrüder neun Monate tapfer der gnadenlosen Belagerung standgehalten.

Die in der Festung von Montségur verschanzten Katharer ahnten nichts von dem Verrat. Immer noch hofften sie auf die Unterstützung Raimunds VII. Doch die ersehnte Hilfe aus der Grafschaft Toulouse wollte nicht eintreffen.

Seit zweihundert Jahren war die Familie Subignac an ein geheimes Gelübde gebunden. Pierre fand für seinen gemeinen Verrat keine Entschuldigung. Sein Gewissen quälte ihn. Aber er musste um jeden Preis verhindern, dass das uralte Medaillon auf seiner Brust in fremde Hände fiel. Sein eigenes Geschlecht konnte und durfte er nicht preisgeben.

Ein frischer Wind kühlte seine Stirn. Er vertrieb nicht nur die Schwüle des vergangenen Tages, sondern auch seine düsteren Gedanken.

Hinter den Festungsmauern schwanden allmählich die Hoffnung und Zuversicht der letzten Katharer. Seit zweihundertsiebzig Tagen wurden sie belagert. Der lange Kampf hatte die Männer zermürbt. Sie nannten sich selbst »die Reinen«. Fast hundert Jahre schon waren die Katharer bekennende Häretiker. Mit wachsender Sorge hatte die katholische Kirche ihre Irrlehre verfolgt, bis Papst Innozenz III. zum Kreuzzug gegen die Albigenser aufgerufen hatte. Zuvor waren alle friedlichen Versuche, ihre verirrten Seelen zum rechten Glauben zurückzuführen, gescheitert. Besonders die Dominikaner hatten sich darum bemüht. Doch mit Worten waren die Katharer nicht zu bekehren.

Reisende und Sänger hatten in Montségur immer wieder von den Gräueltaten der Kreuzfahrer berichtet. Aus ihren Erzählungen und Balladen erfuhren die letzten Katharer, wie unzählige ihrer Glaubensbrüder im südwestlichen Languedoc niedergemetzelt worden waren. In Béziers waren alle zwanzigtausend Einwohner im Sommer des Jahres 1209 ermordet worden, während die Kirchenglocken dazu läuteten. Selbst in der Kathedrale fanden die Menschen vor den Kreuzfahrern keinen Schutz. Blindwütig töteten und brandschatzten sie alles, was nach Ketzerei aussah. Häuser und Kirchen gingen in Flammen auf. Von den Plätzen stieg der Rauch der Scheiterhaufen in den Himmel. Es regnete Asche auf die Languedoc herab.

Erst vorige Woche war Pierre vierundvierzig geworden. Da er der katharischen Gemeinde von Montségur vorstand, kannte er die grauenvollen Einzelheiten nur allzu gut. Auch wusste er, dass sie als Letzte dem Kreuzzug in der Languedoc gegen die Katharer widerstanden. Doch er behielt sein Wissen für sich, denn er wollte seine Brüder nicht noch mehr ängstigen. Sie hofften weiter auf die Hilfe des Grafen de Foix. Ihm gehörten sowohl das Land von Montségur als auch das des Grafen von Toulouse.

Niemand würde sie aus ihrer verzweifelten Lage befreien. Da war sich Pierre ganz sicher. Der Graf von Toulouse hielt seine schützende Hand nicht mehr über die Katharer. Vergebens hatte Raimund VII. bei Papst Innozenz III. für die Reinen gesprochen. Er wurde dafür exkommuniziert. Auch musste er um seinen Besitz und seine Vasallen bangen. Schließlich sah sich der Edelmann genötigt, die Katharer zu verfolgen. Mit eigenen Augen hatte Jacques de Luzac, Pierres Freund aus Kindertagen, gesehen, wie Raimund vor Notre Dame Papst und König den Treueid leistete. Als Zeichen seiner Ergebenheit trat er die obere Provence an die Kirche ab. Die untere Languedoc sollte seine Tochter bei ihrer Vermählung mit einem der Söhne des Königs als Mitgift erhalten. Damit nicht genug: Zur Buße ließ der Papst Raimund sechs Wochen in den Turm des Louvre sperren. Der Adel aus Burgund und der Ile de France bedrohten den Grafen ernsthaft.

Durch Verbreitung ihrer Sprache und des germanischen Erbes versuchten sie ihn in die Enge zu treiben. Raimund befand sich bereits mit dem Rücken zur Wand. Er musste sich dem Willen des Papstes beugen.

Eine besondere Rolle kam dabei den Anführern des Kreuzzuges gegen die Albigenser zu. Simon de Montfort war bereits 1218, während der Belagerung von Toulouse, gefallen. Doch zu Lebzeiten hatte sich Montfort nicht nur einen Namen als Henker der Katharer gemacht. Er stand auch für die Interessen des Nordens, der unverhohlen nach dem fruchtbaren Land der Languedoc griff.

Die wüsten Ausschreitungen des Vizegrafen Montfort hatte Pierre ebenfalls für sich behalten. Jacques hatte gehört, dass auf Geheiß des schrecklichen Montfort alle, die den Ort Bram verteidigt hatten, geblendet wurden. Auf seinen Befehl hin wurden auch in Lavour alle Edelmänner, die an der Seite von Arnaud Amaury, dem ehemaligen Abt des Klosters von Poblet, gekämpft hatten, grausam hingerichtet. Amaurys Schwester wurde vergewaltigt und in einem Brunnen gesteinigt.

Während er diesen düsteren Gedanken nachhing, kam Ana de Ibárzurun auf ihn zu.

»Lieber Pierre, es ist bereits Mitternacht, und du solltest ruhen. So geht es nicht weiter! Du hast vier Nächte kaum geschlafen. Vor lauter Erschöpfung wirst du noch krank werden.«

Anas sanfte Stimme, ihre grünen Augen beruhigten ihn. Sechzehn glückliche Jahre lebte Pierre bereits an ihrer Seite.

»Wie Recht du hast, liebe Ana. Ich bin gleich da.« Er küsste ihre Hand. »Geh und warte auf mich! Ich sehe nur noch ein letztes Mal nach den Wachtposten.«

Ana hob etwas ihren schweren Rock an und ging zurück zur Treppe im nordwestlichen Flügel der Festung. Pierres Blick folgte der Frau, während er ihren an seiner Hand haftenden feinen Geruch einatmete.

Sie war in der Nähe von Puente de la Reina auf die Welt gekommen, in einem kleinen Dorf des Königreichs Navarra namens Oscoz. Ana war die älteste von drei Schwestern und entstammte einer begüterten Familie mit einigem Landbesitz und einer großen, befestigten Burg. Hier hatte Pierre sie kennengelernt. Ein merkwürdiger Auftrag der Tempelritter hatte ihn damals, wenige Jahre bevor er selbst zum Katharer wurde, dorthin gebracht.

Die Arbeit war fürstlich entlohnt worden. Er hatte eine achteckige Kirche entworfen und gebaut, wie sie für den Orden der Templer üblich war.

Dieser Grundriss unterschied sich von dem traditionellen eines römischen Kreuzes. Viele dachten, die Kreuzfahrer hätten ihn aus Byzanz mitgebracht.

Aber Pierre wusste um die wahre Bedeutung dieser Bauweise. Die Templer selbst hatten ihn darin unterwiesen. Für ihre Bauten benötigten sie Orte mit starken tellurischen Kräften. Diese Plätze waren einzigartig und galten seit Urzeiten als magisch. Nur von hier aus war es möglich, mit der Welt des Geistes Verbindung aufzunehmen. Die Templer nutzten diese alten Kraftfelder für ihre Kirchen. Sie bündelten die Erdenergie in einem Punkt. Auf diese Weise glaubten sie, einen direkten Kontakt zwischen Himmel und Erde, Gott und den Menschen zu schaffen. In ihren Tempeln verband sich die Tradition der muslimischen Sufisten mit jüdischer Kabbala. Die langen Jahre in Palästina hatten sie mit beiden philosophischen Schulen vertraut gemacht. In ihren Bauten zeigt die häufige Verwendung bestimmter Symbolzahlen wie der Acht und Neun den Einfluss der Kabbala.

Pierre hatte auch den Hauptsitz der Templer in Jerusalem besucht. Dieser ebenfalls achteckige Bau befand sich in der Nähe des Felsendoms. Darin wurde ein großer Basaltstein verwahrt, der mehreren Religionen als heilig galt. Nach jüdischem Glauben sollte darauf Abraham seinen Sohn Isaak als Opfer dargebracht haben. Auch für den Islam war der Stein von großer Bedeutung: Als sich dem Propheten Mohammed der Koran offenbarte, fuhr er an der Seite des Erzengels Gabriel von der Basaltplatte aus in den Himmel. Balduin II. hatte den Templern die zwischen dem alten Tempel König Salomos und seinem eigenen Palast gelegene al-Aqsa-Moschee überlassen. Ihr Name bedeutet »die Entlegene«. Sie war auf Geheiß des Kalifen Omar erbaut worden. Der Hauptsitz der Templer befand sich somit an einem der größten geistigen und tellurischen Kraftzentren der Welt: in der al-Aqsa-Moschee, neben dem Felsendom.

Die Kirche, die er nun in Eunate, einem kleinen nordspanischen Dorf bei Puente de la Reina, errichten sollte, lag auf dem Jakobsweg. Sie würde künftig den Pilgern Obdach und Gelegenheit zum Gebet geben. Der Lehnsherr von Cizur hatte die Templer vor sieben Jahren damit beauftragt. Dazu gehörte auch der Bau eines runden Kreuzgangs, der sich zur Kirche hin öffnete. Das Portal sollten die gleichen Standbilder zieren wie die einer anderen, nur eine Wegstunde von Eunate entfernten Kirche. Nach Wunsch des Auftraggebers sollten die Figuren so angeordnet werden, dass diese bereits bestehende Kirche zum Gegenbild der von Eunate wurde.

In der Languedoc, Navarra und Aragón war Pierre für seine kunstvolle Bauweise berühmt. Er gehörte zur Loge des Heiligen Jakob, welche die Errichtung der meisten Kirchen auf dem Pilgerweg veranlasst hatte. Jeden seiner

Aufträge erledigte Pierre mit großer Sorgfalt, aber die der Templer mochte er besonders.

Während er diesen Gedanken nachhing, erreichte er den Nordflügel der Festung. Dort erkundigte er sich beim wachhabenden Posten:

»Lieber Bruder, was gibt es Neues von diesen Gottlosen da unten?«

»Nichts Besonderes, mein Herr. Bei Einbruch der Dunkelheit sind etwa zehn bis zwölf Männer Richtung Norden geritten und bis jetzt nicht zurückgekehrt. Bald ist Mitternacht vorbei. Ich glaube, die Nacht bleibt ruhig!«

Pierre ließ den Mann zurück und stieg tieftraurig die Wendeltreppe des Turms hinab ins Erdgeschoss. Er wusste nur zu gut, dass diese Nacht nicht ruhig bleiben würde. Es fehlten nur noch zwei zermürbende Stunden. Dann würde das mächtige Haupttor von Montségur in Flammen stehen, und die Templer könnten in die Festung dringen, um seine Glaubensbrüder festzunehmen. Die allgemeine Aufregung kam ihm entgegen. Er würde über die wenig bewachte Südseite der Burg entfliehen. Als er vor einiger Zeit den Bauplan der Festung überprüft hatte, war er auf eine zugemauerte Falltür gestoßen. Wahrscheinlich war dies einst aus Sicherheitsgründen geschehen. Seither war dieser Ausgang in Vergessenheit geraten. Vorsichtig hatte Pierre im vergangenen Monat den Durchgang wieder passierbar gemacht und danach sorgfältig verborgen: Zwanzig Steine lagen aufeinander, nur locker von einem Sandgemisch zusammengehalten.

Die letzten Nächte hatte er kein Auge zugetan. Ihn marterte der Gedanke, seine über alles geliebte Ana zurücklassen zu müssen. Aber er konnte nicht anders. Zu zweit war die Flucht zu riskant. Um Navarra heil zu erreichen, musste er allein fliehen. Einmal dort, konnte er bei Freunden untertauchen.

Der Gedanke, Ana ihrem Schicksal zu überlassen, quälte ihn. Ihr stand ein grausamer Tod auf dem Scheiterhaufen bevor. Um sich zu trösten, rief sich Pierre all die schönen Augenblicke an ihrer Seite in Erinnerung. Die Minuten bangen Wartens zogen sich hin. Pierre versuchte der Anspannung zu entkommen, indem er in Gedanken an den Ort zurückkehrte, wo er seine angebetete Ana kennengelernt hatte.

Er war am einundzwanzigsten Januar des Jahres 1228, einem Mittwoch, in Puente de la Reina eingetroffen. Von seiner Werkstatt in Bailes war er zwölf Tage davor zu einer langen und anstrengenden Reise aufgebrochen.

Als er die ersten Dorfhäuser erblickte, beschleunigte der Wunsch nach einem Dach über dem Kopf und einer bequemen Lagerstatt seine Schritte. Auch die Aussicht auf die gute Küche Navarras trieb ihn auf dem letzten Stück voran: Er freute sich auf eine üppige Mahlzeit am prasselnden Kaminfeuer.

Als der schwere Wagen durch die Hauptstraße polterte, nahm Pierre die Schönheit des kleinen Ortes kaum wahr. Später würde noch genügend Zeit und Gelegenheit sein, ihn gründlich zu erforschen.

Die Herberge befand sich am Ende der Straße, am Ufer des Flusses Arga.

Vor einem Monat hatten zwei Mönche den Baumeister in seiner Werkstatt aufgesucht. Sie kamen aus einer nahe gelegenen Komturei und überbrachten eigenhändig den Brief einer anderen aus Navarra. Der Umschlag trug als Siegel das unverwechselbare Kreuz der Templer.

Nachdem die Mönche wieder gegangen waren, erbrach Pierre neugierig das Siegel und las den Brief. Bisher war jeder Auftrag der kriegerischen Mönche eine berufliche Herausforderung gewesen – besonders, wenn es dabei um Geheimwissen ging. In diesem Fall handelte es sich um den Bau einer Kirche auf dem Pilgerweg nach Santiago, in einer Gemeinde namens Eunate.

Auf einer Karte von Navarra fand er den Ort. Es war nur ein winziger Punkt in der Nähe von Pamplona. Die künftige Baustelle befand sich bei Puente de la Reina, eine Wegstunde östlich der Stadt.

Der Brief war mit Juan de Atareche unterzeichnet, dem »Komtur der Templer von Puente de la Reina«.

1118 war in Jerusalem die »Militia Christi« ins Leben gerufen worden. Nachdem sich diese auch in Europa niedergelassen hatt, war die Loge der Baumeister, die Pierre gegründet hatte, immer wieder im Dienst der Ordensritter gestanden.

Pierre de Subignac war stolz, die angesehenste Loge in ganz Südeuropa zu leiten. Es fehlte ihm nie an Arbeit. Ein eigentümlicher Auftrag im Süden Frankreichs und im Norden des Königreichs Aragón beschäftigte ihn seit geraumer Zeit. Es schien, als wetteiferten hier sämtliche Lehnsherren und Kirchenfürsten darum, die Region mit Kirchen zu übersäen. Hunderte entstanden gleichzeitig.

In Gedanken prüfte der Baumeister die Liste seiner Mitarbeiter für das neue Vorhaben. Alle waren in verschiedene Projekte eingebunden: Drei waren im Einsatz zwischen Aragón und der Languedoc; zwei weitere mit dem Bau der Kathedrale von Valence beschäftigt; eine letzte Gruppe war gerade dabei, eine herrliche achteckige Kirche in dem Dorf Torres del Río bei Logroño fertig zu stellen.

Für das neue Vorhaben schienen ihm die Mitglieder der Letzteren am besten geeignet. Sie sprachen alle Spanisch und konnten mit den Ortskräften umgehen. Unter seiner Anleitung und dank der Hilfe vier weiterer Baumeister aus seiner eigenen Werkstatt würden die Grundpfeiler des Bauwerks bald stehen. Später müsste er nur noch gelegentlich nach der Baustelle sehen.

Pierre hielt an diesem Punkt in seinem Rückblick inne. Unwillkürlich musste er daran denken, wie dieser Auftrag sein Leben verändert hatte.

Damals konnte er nicht ahnen, dass dies seine letzte Arbeit als Baumeister sein sollte. Zwei Dinge veränderten in jenem entlegenen Winkel Navarras grundlegend sein Leben. Aus Liebe zu Ana gab er sowohl seinen Glauben als auch sein Handwerk auf. Schon seit langem gehörte Ana den Katharern an. Gemeinsam mit ihr wollte er nun den Weg der Vollkommenheit, des Lichts und des reinen Glaubens gehen. Dazu musste er alles abstreifen, was sein Leben bisher ausgemacht hatte. Pierre zögerte keinen Augenblick. Jenes uralte heilige Medaillon hatte die Geschicke seiner wachsamen Träger bislang bestimmt. Zweifelsohne würde es auch diesmal sein Schicksal lenken.

Erneut flogen seine Gedanken zurück zu seiner Ankunft in Navarra.

Die Vorbereitungen der Reise hatten zwei Wochen beansprucht. Gemeinsam mit seinen Leuten überquerte er die Pyrenäen bei Roncesvalles. Nach zwei beschwerlichen Tagen zu Pferd durch Schnee und bittere Kälte erreichten sie die grünen Täler Pamplonas. Die Wege wurden bequemer. Nach dem letzten Pass lag zur Freude der Reisegruppe endlich Puente de la Reina vor ihnen.

Das Herbergsschild zierten ein Rebhuhn und ein ängstlicher Hase – die Spezialitäten des Gasthofs. Aber das Haus war nicht nur für seine Küche berühmt, sondern auch für seine Gastfreundlichkeit und Ruhe.

»Bruder Pierre, es tut mir leid, Euch zu später Stunde damit zu belästigen. Aber Ihr solltet wissen, dass die Lebensmittel knapp werden. Durch die letzten Rationierungen konnten wir zwar etwas Zeit gewinnen. Doch nun reichen unsere Vorräte höchstens noch eine Woche. Wir müssen uns etwas einfallen lassen, wenn wir nicht alle verhungern wollen.«

Ferran war für die Versorgung in der Festung zuständig. Seine Stimme hatte Pierre aus dem Navarra ferner Tage in die Gegenwart zurückgeholt.

»Ich verstehe, lieber Ferran. Vielen Dank, dass du dich so sorgst. Doch lass uns diese ernste Angelegenheit auf morgen verschieben. Zieh dich jetzt zurück und ruhe dich aus. Morgen sind wir vielleicht alle bereits erlöst.«

Ferran entfernte sich und dachte über die sonderbaren Worte seines Herrn nach, ohne einen Sinn darin zu finden. Was sollte sie aus ihrer verzweifelten Lage erlösen können?

Als er an der Nordflanke der Burg entlangging, konnte Pierre deutlich im Wald drei Lagerfeuer erkennen, die ein Dreieck in der Dunkelheit bildeten. Das war das vereinbarte Zeichen zum Überfall von Montségur!

Der entscheidende Moment war gekommen. Pierre stürzte die Wendeltreppe hinab zum großen Innenhof, von dem acht Gassen wegführten. Hier befanden sich die Unterkünfte und Lagerräume der Festungsanlage. Im Kopf hatte er den Weg vom Nordturm bis zum Haupteingang unzählige Male zurückgelegt. Nun rannte er durch die Gasse »Consolamentum« zu einer kleinen Holzwerkstatt, in der er drei Fässer mit einer hoch entzündlichen Mischung versteckt hielt. Er musste sie zum Haupteingang der Burg bringen. Dort würde er sie anzünden.

Er sperrte die kleine Tür zum Lager auf. Im Mondlicht

entdeckte er sogleich die drei Fässer, die hinter einem Berg dicker Bretter verborgen waren. Bruder Jacques zimmerte hier die einfachen, praktischen Holzmöbel für die Festungsanlage.

Als Pierre sich nach den Fässern bückte, spürte er auf seinem Schenkel die scharfe Spitze des türkischen Dolches, den er bei sich trug. Niemand durfte seine Pläne durchkreuzen. Im Grunde seines Herzens hoffte er jedoch, keinen Gebrauch von der Waffe machen zu müssen. Bisher hatte der ehemalige Baumeister weder jemanden verletzt noch getötet.

Mühsam schleppte Pierre das erste Gefäß mit dem Brennstoff aus der Werkstatt, trug es in die menschenleere Gasse und dann weiter zum zehn Meter entfernten Haupttor. Unter der riesigen linken Torangel ließ er seine gefährliche Last zurück. Der Schweiß lief ihm bereits über Stirn und Nase, als er das zweite Fass auf der rechten Seite deponierte. Wenn es von beiden Seiten her brannte, würde das mächtige Tor schnell nachgeben.

Pierres Puls raste. Als er wieder zur Schreinerei ging, um das letzte Fass hinüberzuschaffen, war in der Stille nur sein schwerer Atem zu hören. Sollten die anderen beiden Fässer nicht ausreichen, würde dieses dem Tor den Rest geben. Kurz vor der Werkstatt ließ ihn eine Stimme erschreckt zusammenfahren.

»Seid Ihr es, Pierre?«

Es war Justine, die Schwester des Herzogs von Orléans. Sie war erst vor wenigen Monaten der Gemeinschaft der Katharer beigetreten.

»Du hast mich ganz schön erschreckt, Justine.« Pierre atmete erleichtert auf. »Ich drehe eine letzte Runde, bevor ich mich zur Ruhe lege. Und warum bist du noch so spät unterwegs?«

Seit ihrer Ankunft in Montségur hatte ihn ihre Anmut bezaubert. Sie war die schönste Frau, die er in seinem Leben gesehen hatte. Obwohl er Ana innig liebte, genügte ein einziger Blick Justines, um ihn zu verwirren, wie es bisher keiner anderen Frau gelungen war.

»Bevor ich Euch den Grund meiner Ruhelosigkeit verrate, möchte ich Euch auf etwas höchst Seltsames aufmerksam machen.« Justine zog Pierre am Ärmel, um seinen Blick in eine andere Richtung zu lenken. »Habt Ihr nicht die Fässer neben dem großen Tor gesehen? Ich bin gerade daran vorbeigegangen. Es ist etwas merkwürdig an ihnen. Eben war ich auf der Suche nach einem Wachtposten, denn, wenn mich nicht alles täuscht, geht von den Fässern ein starker Geruch nach faulem Essig aus. Sie stehen auch gefährlich nah am Tor. Sollten sie sich entzünden, würde uns das in große Schwierigkeiten bringen. Obwohl ich es versucht habe, kann ich sie selbst nicht bewegen. Sie sind einfach zu schwer für mich.«

Justines Entdeckung brachte Pierre in Bedrängnis und zwang ihn zu raschem Handeln. Die Schöne versuchte, ihn zum Tor zu ziehen, Pierre hingegen, Zeit zu gewinnen.

»Lass uns gleich nach den Fässern sehen, aber sage mir davor, was dich zu später Stunde nach draußen treibt.«

»In letzter Zeit finde ich nachts keinen Schlaf.« Justines Augen verrieten eine tiefe Unruhe. »Jede Nacht steigt ein schreckliches Bild in mir auf, das sich durch nichts verscheuchen lässt. Nur wenn ich in meinem Zimmer oder in der Festung bis zur Erschöpfung umherlaufe, finde ich Ruhe.«

»Was bringt dich denn um den Schlaf, Justine?«

»Lieber Pierre. Nie habe ich den Tod gefürchtet, am wenigsten, seit ich unserem Glauben beigetreten bin. Für uns ist er ja der Beginn des wahren Lebens. Ich weiß, dass wir mit dem Tod die Finsternis der Welt hinter uns lassen, um ins Licht Gottes einzugehen. Aber Nacht für Nacht sehe ich meinen eigenen Tod, und das verstört mich.«

Die Zeit drängte. Trotz seiner inneren Anspannung erkundigte sich Pierre weiter:

»Was meinst du damit, Schwester?«

Justine flüsterte Pierre ins Ohr. Während er ihren Worten lauschte, spürte er den Hauch ihres Atems an seiner Wange.

»Ich sehe mich mit dem Gesicht zur Erde in einer großen Blutlache liegen. Mein Kleid ist rot durchtränkt, und ich kann mich nicht rühren. Etwas Warmes läuft meinen Hals hinunter. Es ist mir unmöglich, einen Laut hervorzubringen. Auf einmal spüre ich eine Hand an meiner Kehle, aber es ist nicht die meine! Ich verstehe nicht, was mit mir geschieht. Eine große Kälte macht sich in meinem Körper breit. Etwas Dunkles, ich weiß nicht, was es ist, lastet auf mir, beengt mich, nimmt mir die Luft zum Atmen. Dann sehe ich mit einem Mal ganz klar, was es ist: Ich liege unter der Erde!«

Justine d'Orléans blickte Pierre aufgewühlt an. Als sie das entsetzte Gesicht des Priors sah, fühlte sie sich schuldig. Ihn drückten wahrhaft andere Sorgen, und sie belastete den armen Mann mit ihren albernen Träumen.

»Pierre, bitte glaubt nicht, ich sei verrückt. Warum erzähle ich Euch nur all diese Dinge angesichts der großen Verantwortung, die Euch bedrückt. Damit nicht genug, müsst Ihr auch noch meine Torheiten über Euch ergehen lassen!«

Inzwischen waren sie bei den Fässern angelangt.

»Nein, Justine, du bist alles andere als verrückt. Das sind sicher die Folgen der großen Anspannung, unter der wir alle schon viel zu lange stehen.« Der Prior wandte sich dem ersten Fass zu und heuchelte Überraschung. »Es war sehr klug von dir, mich darauf aufmerksam zu machen. Ich werde einen Wachtposten bitten, sie zu entfernen.«

Die junge Frau schämte sich für ihren törichten Ängste. Sie wollte dem ehrwürdigen Prior gefällig sein.

»Überlasst das nur mir! Augenblicklich bitte ich einen Wachtposten darum. Kümmert Euch bitte nicht weiter um die Angelegenheit! Gute Nacht, Pierre. Vergesst bitte alles, was ich Euch erzählt habe. Es ist nur närrisches Weibergeschwätz!«

Sie machte auf den Fersen kehrt und schritt entschieden zum Wachturm.

Als Justine sich zum Gehen anschickte, erstarrte Pierre für einen Augenblick. Dann griff seine Hand reflexartig zum Dolch. Nichts durfte seinen Plan gefährden. Dazu war er zu wichtig. Rasch lief er der jungen Frau hinterher. Ihr zarter Duft drang bis zum ihm. Ohne Zögern schnitt er ihr die Kehle durch. Kein Laut kam über ihre Lippen. Schwer sackte sie in sich zusammen und fiel vornüber aufs Gesicht.

Als würde er aus einem Albtraum erwachen, blickte Pierre nun auf das Szenario, das ihm Justine eben geschildert hatte. Seine rechte Hand umklammerte noch den blutigen Dolch; zwischen seinen Fingern tropfte es warm und dunkel. Alles drehte sich, aber er konnte den Blick nicht von dem allmählich sich rot verfärbenden Kleid und der wachsenden Blutlache abwenden. Der Dolch entglitt seiner Hand. Pierre ließ sich auf die Knie fallen, presste seine Hand gegen die klaffende Wunde. Gütiger Gott! Bis in die kleinsten Einzelheiten erfüllte sich Justines Traum. Und er war der Täter!

Hatte sie im Traum ihren Mörder erkannt?

Justines Brust hob sich nicht mehr. Schmerz und Wut erfüllten Pierre. Vorsichtig nahm er den Leichnam in die Arme und trug ihn hinter einen Schuppen.

Er betrachtete sie ein letztes Mal. Zärtlich schloss er ihre Augen, richtete ihr blutverklebtes Haar, kreuzte ihre Hände über der Brust und sprach ein Gebet. Justine war auf der Seite des Lichts!

Die Zeit drängte, Pierre durfte keine Minute mehr verlieren und musste seine schmerzliche Aufgabe zu Ende bringen. Eilig holte er das dritte Fass und stellte es in die Mitte des Tors.

Die drei Feuer im Wald waren das vereinbarte Zeichen zum Angriff der Kreuzritter. Sobald das Burgtor den Flammen nachgab, würden die feindlichen Truppen die Festung stürmen.

Der Prior öffnete zwei Fässer und schüttete einen Teil des Inhalts auf das große Holztor. Als er beim mittleren Fass war, hörte er auf der anderen Seite des Tors leise Stimmen und das Wiehern eines Pferdes. Hastig zündete er das erste Fass an. Eine große Stichflamme stieg auf. Nachdem die anderen beiden Fässer ebenfalls lichterloh brannten, griff das Feuer rasch um sich. Schon nach wenigen Minuten stand das Eingangstor in Flammen. Bald würde es nachgeben. Der von Pierre vorbereitete Brennstoff verursachte nur wenig Rauch, sodass der Brand noch eine Weile von den Wachtposten unentdeckt bleiben würde.

Als das Feuer kräftig loderte, rannte der Prior zurück ins Innere der Festung. Er bog in die Hauptgasse ein und stand kurz darauf vor dem Eingang zu seinen Gemächern, um einen letzten Blick auf seine geliebte Ana zu werfen.

Lautlos öffnete er die Tür. Im Halbdunkel konnte er die Lagerstatt erkennen, auf der Ana fest schlief. Er küsste sanft ihre Lippen und sog tief den Duft ihres Haars ein, um ihn für immer in seiner Erinnerung zu bewahren. Als er das Schlafgemach verließ, liefen Tränen über seine Wangen. Sein Herz war schwer vor Gram und Kummer über den entsetzlichen Verrat. Wie so oft lenkte auch dieses Mal das Medaillon Pierres Schicksal. Es zwang ihn, alles, woran sein Herz hing, wofür er Jahre seines Lebens gekämpft hatte, zurückzulassen und zu zerstören. Das Medaillon beherrschte seinen Willen. Ana wusste nichts darüber und musste dennoch sterben.

Auf der Wendeltreppe, die zur Falltür führte, stieß der Prior heftig mit jemandem zusammen. Erschrocken wich der vermeintlich Fremde zurück und stürzte.

»Wen um alles in der Welt drängt es zu dieser frühen Morgenstunde zu solcher Eile?«

Ferdinand de Montpassant, Pierres Vertrauter, war gerade dabei, sich wieder aufzurichten, als eine scharfe Klinge seine Halsschlagader traf. Bevor er zusammenbrach und mit dem Kopf gegen die Wand schlug, richtete er einen letzten fragenden Blick auf seinen Prior. Die Stufen färbten sich purpurn.

Pierre konnte nicht fassen, was er gerade getan hatte. Kaltblütig hatte er zwei seiner liebsten Glaubensbrüder umgebracht: die schöne Justine und seinen geschätzten Mitarbeiter Ferdinand. Drei Jahre lang hatte dieser dem Prior beim Aufbau der Gemeinde geholfen, war ihm in Not und Leid beigestanden. Über ihren Glauben hinaus fühlten sie sich wie Blutsbrüder verbunden. Ihre innige Freundschaft wurde im Laufe der Jahre für viele Neuankömmlinge ein festes Fundament, auf dem sie ihr eigenes Schicksal begründeten.

Woher nahm er nur die Kraft zu solch gemeinen Verbrechen, fragte sich Pierre ein ums andere Mal.

Schmerzerfüllt blickte der Prior auf Ferdinands Leichnam. Doch für Gefühle war jetzt keine Zeit. Es trieb ihn weiter die Treppe hinunter zur verborgenen Falltür.

Mit wenigen Handgriffen waren die losen Steine entfernt. Der Weg nach draußen war frei. Mit Hilfe eines langen Stricks seilte sich Pierre die vierhundert Fuß nach unten ab.

Als er nach der körperlichen Anstrengung wieder zu Atem kam, fand er wieder ein wenig zu sich. Er war dem Gemetzel, dem Feuertod entkommen. Während er auf die riesigen Festungsmauern blickte, tastete er unter seinem Gewand nach dem goldenen Medaillon. Erleichtert stellte er fest, dass es noch an seiner Brust baumelte. Ein Lamm und ein Stern zierten es. Für dieses Schmuckstück hatte Pierre alles verraten. Es durfte nicht in fremde Hände fallen – egal, wie hoch der Preis dafür war. So lautete seine Mission. Nur er durfte es tragen, wie zuvor seine Urahnen. Seit vier Generationen befand sich das Medaillon im Besitz der Familie Subignac. Pierres Ururgroßvater Ferdinand hatte es als Erster getragen. Der tapfere Kreuzritter unterstand Gottfried von Bouillon, dem Helden sämtlicher Kreuzzüge und späteren König des eroberten Jerusalem. Bei seiner Rückkehr aus dem Heiligen Land brachte Ferdinand das Medaillon mit und verwahrte es bis zu seinem Tod. Nach dem Willen des Urahns durfte niemand außerhalb der Sippe von der Existenz oder der Bedeutung des Schmuckstücks erfahren. Seit hundertfünfzig Jahren hüteten Ferdinands Nachkommen das Geheimnis.

Um das Medaillon vor den Kreuzrittern zu retten, hatte Pierre ihnen die Festung heimlich übergeben. In ganz Südfrankreich war Montségur die letzte Bastion der Katharer. Durch ihre Vernichtung wurden die Albigenser ausgelöscht.

Der hohe Preis für das Amulett lastete bleiern auf Pierres Gewissen. Durch sein Verschulden würden seine Glaubensbrüder sterben, er hatte einen Doppelmord begangen und seine Geliebte einfach ihrem Schicksal überlassen.

Ein letztes Mal sah er zur Burg hoch. Deutlich traten ihre gewaltigen Umrisse hervor. Der Widerschein des Feuers, das sich ihrer bemächtigt hatte, hob sich unheilvoll vor dem Dunkel der Nacht ab. Dieses Bild würde sich für immer in sein Gedächtnis eingraben, bis ans Ende seiner Tage.

Währenddessen riss der Befehlshaber der Kreuzritter, Hugo de Arcis, die Reste des verkohlten Tores nieder und drang mit zweihundert Reitern in die Burg ein, entschlossen, den empfangenen Befehl auszuführen. Keiner der Ketzer durfte am Leben bleiben.

In weniger als einer Stunde war alles erledigt. Nur die Wachtposten hatten Widerstand geleistet. Der Rest wurde hingerichtet. Ohne Klagen und Flehen gingen die Katharer aufrecht in den Tod: Das Vergießen ihres Blutes reinigte sie von aller Schuld.

Wenige Meter von der Burg entfernt bestieg Pierre de Subignac das Pferd, welches die Kreuzritter ihm bereitgestellt hatten. Er galoppierte Richtung Süden, nach Navarra.

Hier würde er sich seinem Schicksal stellen. Dazu verpflichteten ihn seine Herkunft und ein heiliger Eid.

2

Madrid, 2001

Wie jedes Jahr vor Weihnachten war es in Madrids Nobelmeile, der Calle Serrano, unmöglich, einen Parkplatz zu ergattern. Auf der Höhe des exklusiven Juwelierladens Luengo standen die Autos in zweiter Reihe.

An diesem Nachmittag fuhr der Lieferwagen von Serviexpress bereits zum dritten Mal ums Karree. Ein Päckchen für den Inhaber des Geschäfts, Fernando Luengo, musste zugestellt werden.

Nach der vierten Runde wurde direkt vor dem Juwelierladen ein Parkplatz frei. Der Fahrer des Lieferwagens wendete rasch und stieß in die Lücke, bevor ihm ein anderer den Platz streitig machen konnte.

Ein Wachmann öffnete die Sicherheitstür. Der Bote betrat das luxuriöse Geschäft und ging nach hinten, um das Päckchen abzugeben.

Eine elegante Marmortreppe führte zum Bürotresen, wo eine Angestellte Rechnungen sortierte.

Sie schenkte dem Boten ein bezauberndes Lächeln und erklärte, Herr Luengo sei gerade im Gespräch mit einer wichtigen Kundin. Der Mann verstand kaum, was sie sagte, denn er hatte nur Augen für die bildhübsche Frau vor seiner Nase.

Nachdem sie den Empfang bestätigt und das Päckchen angenommen hatte, verabschiedete sie den Boten mit einem ebenso betörenden Lächeln wie zuvor.

»Was meinst du, Fernando, werde ich mit diesem Collier glänzen? Beim Empfang der italienischen Botschaft funkelt und glitzert es nur so!«

Sehr zu ihrem Kummer musste Gräfin Villardefuente ihre schreckliche Brille vor dem äußerst attraktiven Juwelier aufsetzen. Es war ihr klar, dass sie damit wenig vorteilhaft aussah. Doch ohne die Brille konnte sie ihr Spiegelbild und die Wirkung des Colliers an ihrem eleganten Hals nicht klar erkennen. In ihrer Handtasche nach der Brille kramend, hörte sie nur mit halbem Ohr die Erläuterungen von Fernando Luengo.

»Aber Blanca, die Kette ist in hochwertiges Platin gefasst, und die sechsundsechzig Smaragde sind lupenrein. Jede Rosette zwischen den Smaragden hat über hundert Brillanten von mehr als einem halben Karat. Glaube mir, es ist mein bestes Stück und das prächtigste von ganz Madrid.«

Fernando ließ sein Verkaufstalent spielen. Schließlich ging es um sein kostbarstes Collier, das ihm – Preisnachlass inbegriffen – etwa dreißig Millionen Peseten einbringen würde. Vor dem Spiegel rückte Blanca Villardefuente ihre Brille zurecht, um die Kette aus allen nur erdenklichen Blickwinkeln zu begutachten. Schließlich schien sie davon überzeugt, das Schmuckstück sei wie für sie gemacht. Dennoch bohrte sie nochmals nach, ob die Fassung auch wirklich nicht aus Weißgold sei. Geduldig wiederholte Fernando das Gesagte.

Auch jetzt war die Gräfin nicht ganz bei der Sache, denn sie hatte eben bemerkt, dass die Augen ihres Juweliers strahlend blau waren. Weshalb fiel ihr erst jetzt auf, wie anziehend er war! Ob er immer noch in seine Frau verliebt war? War Blanca überhaupt sein Typ?

»Als Verkäufer bist du einfach unwiderstehlich, Fernando! Du hast mich wieder einmal überredet. Ich nehme es. Sollte ich aber ein aufregenderes Collier sehen, was ziemlich schwierig sein dürfte, gebe ich es zurück.«

»Das Haus Luengo ist der Familie Villardefuente seit jeher verpflichtet. Egal, was es sein sollte, selbstverständlich werde ich mich bemühen, dir jeden Wunsch zu erfüllen.«

Ohne auf seine Worte zu achten, betrachtete Blanca nachdenklich die schönen, eben von ihr entdeckten blauen Augen. Unvermittelt küsste sie den Juwelier zum Abschied auf beide Wangen und ging zu ihrem vor dem Geschäft wartenden Wagen. Fernando folgte ihr, beugte sich galant über ihre Hand, schloss die schwere Tür des Bentley und sah das Auto im stockenden Verkehr der Calle Serrano verschwinden.

Während er ins Geschäft zurückging, entwarf er gedanklich bereits das nächste Geschmeide für seine beste und anspruchsvollste Kundin. Aus diesem Grunde bemerkte der Goldschmied nicht, dass ihm seine Fachfrau für Edelsteine ein Päckchen entgegenhielt.

»Fernando, dieses Päckchen ist vorhin für dich abgegeben worden, als du mit der Gräfin beschäftigt warst. Ich wollte dabei nicht stören.«

»Mónica, stell dir vor, ich habe der Gräfin eben das Millenniumcollier verkauft! Mach eine Flasche Moët Chandon auf, das muss gefeiert werden! Danach kannst du gleich die Rechnung an die Villardefuentes fertig machen, über neunundzwanzig … ach, zum Teufel, über dreißig Millionen Peseten!«

Mónica ging in die kleine Teeküche und holte den

Champagner aus dem Kühlschrank. Auf einem Silbertablett richtete sie vier Sektflöten und ein paar mit Datteln gefüllte Mandeln her. Das war Fernandos Lieblingssnack. Sie freute sich für ihren Chef. Er hatte an dem Collier lange, oft bis spät in die Nacht gearbeitet.

Fernando war ein wunderbarer Arbeitgeber. Dem Geschäft ging es ausgezeichnet, aber sein Inhaber schuftete auch schwer dafür. Seit fünf Jahren war Mónica bei ihm beschäftigt. Sie arbeitete eng mit Fernando zusammen. Inzwischen glaubte sie, ihn ziemlich gut zu kennen. Als seine Frau vor drei Jahren gestorben war, dachte Mónica zunächst, der Laden werde bald in Konkurs gehen oder verkauft werden. Ihr Chef hatte jedes Interesse an Juwelen verloren. Nachts arbeitete er nicht in der Werkstatt, und tagsüber tauchte er nur ein paar Mal in der Woche im Geschäft auf, um kurz nach dem Nötigsten zu sehen.

Ohne seine über alles geliebte Frau Isabel fand sich Fernando nur schwer zurecht, zumal der Mörder nie gefasst wurde. Für die Polizei war Isabel Opfer eines Raubüberfalls geworden. Ihr Mann hatte sie tot auf der Treppe der gemeinsamen Maisonettewohnung gefunden. Man hatte ihr die Kehle durchgeschnitten. Überall war Blut. Von dem erlittenen Schock erholte sich Fernando erst nach Monaten.

Mit sechsundvierzig Jahren war der Juwelier verwitwet. Mónica war allmählich zu seiner rechten Hand, seiner Vertrauten und Freundin geworden. Sie war ihm in den schwierigsten Situationen zur Seite gestanden. Anfangs betrachtete die junge Frau es als ihre Aufgabe. Aber mit der Zeit wuchs in ihr eine starke Zuneigung. Und seit einem Jahr war daraus Liebe geworden.

Mónica war gerade achtundzwanzig Jahre alt. Die Zeit

an der Uni und das sorglose Studentenleben lagen noch nicht lange hinter ihr. Für einen Mann wie Fernando fühlte sich die junge Frau nicht reif genug. Auch wusste sie nicht, inwieweit ihr Chef den Verlust seiner Frau verwunden hatte. Deshalb hielt sie es für das Klügste, ihn nichts merken zu lassen. Vorläufig begnügte sie sich damit, täglich in seiner Nähe zu sein. Vielleicht würden die Dinge zwischen ihnen später anders werden!

»Mónica, du musst doch den Champagner nicht mehr keltern! Nimm einfach die Flasche aus dem Kühlschrank!«

Die kräftige Stimme Fernandos riss sie aus ihren Gedanken. Eilig brachte sie das Tablett mit dem Champagner, um auf das gute Geschäft anzustoßen. Erstmals seit Isabels Tod wurde im Laden etwas gefeiert. Der Besitzer nutzte die Gelegenheit, um seinen Mitarbeitern für die gute Zusammenarbeit in den letzten Monaten zu danken. Er vergaß auch nicht, den großen Erfolg der neuen, vom Jugendstil inspirierten Ohrring-Kollektion hervorzuheben, für die Mónica verantwortlich war.

Nach dem fröhlichen kleinen Umtrunk gingen wieder alle an die Arbeit. Während Mónica die Rechnung für das Collier schrieb, klang in ihr noch Fernandos Lob nach. Ihre Kollegin Teresa band sich das Haar zu einem Pferdeschwanz, bevor sie den halb fertigen Platinring weiter polierte.

Fernando begab sich in sein Büro und rief im Geschäft seiner Schwester in Segovia an. Ein Palästinenser hatte am Morgen eine Silberarbeit in Auftrag gegeben.

Seit dem 16. Jahrhundert stand der Name Luengo in Segovia für gediegenes Silberhandwerk. Die kürzlich renovierte Werkstatt befand sich noch am alten Ort. Sie war von Generation zu Generation weitergereicht worden, bis zu ihrer heutigen Besitzerin Paula. Beide Geschwister hatten hier das Handwerk vom Vater, Don Fernando, gelernt. Nach dessen Tod beschloss der Sohn, eigene Wege zu gehen. Bald schon eröffnete er ein bescheidenes, kleines Juweliergeschäft in Madrid, das schnell zu einem der renommiertesten der Stadt wurde.

Paula hatte die alte Silberschmiede übernommen. Neben einem außerordentlichen künstlerischen Gespür bewies sie auch Talent fürs Geschäft. Unter ihrer Ägide war die Silberschmiede Luengo dabei, sich auch international einen Namen zu machen.

Der Palästinenser hatte einen einundzwanzig Zentimeter langen tunesischen Dolch mit Silbergriff und arabischen Schriftzeichen in Auftrag gegeben. Die Buchstaben hatte er für Fernando auf der Rückseite seiner Visitenkarte notiert, welche dieser gerade seiner Schwester zufaxte. Der Goldschmied hatte zugesagt, die Arbeit innerhalb einer Woche zu erledigen.

»Immer ist es dasselbe mit dir, Fernando! Du machst die schönsten Versprechungen, und ich kann sehen, wie ich sie einhalte. Erst machst du mich verrückt, dann mach ich meine Leute verrückt, um die Frist einzuhalten. Alles nur, damit du am Ende gut dastehst. Vor Weihnachten kommen wir mit den Aufträgen kaum nach. In der Werkstatt arbeiten wir schon in zwei Schichten. Momentan gibt es überhaupt keine Lücke für die Art Kunsthandwerk, die dir vorschwebt. Am Schluss werde ich alles selbst anfertigen müssen. Wie immer!«

Während er die Standpauke seiner Schwester über sich ergehen ließ, fiel Fernandos Blick auf das noch ungeöffnete Päckchen, das Mónica ihm gegeben hatte. Neugierig nahm er die seltsam aussehende Sendung in die Hand und betrachtete sie eingehend von allen Seiten. Das Packpapier war alt und abgegriffen. An einigen Ecken zeigte es Spuren von Schimmel. Auch verströmte das Paket einen starken, ihm vertrauten Geruch. Er erinnerte ihn an den mit altem Tand und Möbeln angefüllten Speicher seiner Großeltern. Das merkwürdige Päckchen schien eine lange Reise hinter sich zu haben.

Es war nicht schwer. Auf dem Adressaufkleber des Zustellservices stand sein Name. Als Absender las er: »Historisches Archiv der Provinz Segovia«.

Fernando fiel Paula ins Wort, die gerade über den schnell ansteigenden Silberpreis klagte. Sie hatte sich deshalb in Ägypten nach einem anderen Geschäftspartner umgesehen.

»Sag mal, Paula, kennst du irgendjemanden vom Historischen Archiv in Segovia? Eben habe ich ein Päckchen von dort erhalten, und ich habe keine Ahnung, was es sein könnte.«

Paula ärgerte das Desinteresse des Bruders für ihre Sorgen. Schroff fertigte sie ihn ab:

»Ich brauche dort niemanden zu kennen. Außerdem kümmern mich deine Angelegenheiten einen feuchten Dreck. Adiós.«

Fernando legte ebenfalls auf. Aus der Schublade nahm er eine Schere heraus, zerschnitt die Schnur und wickelte vorsichtig, ohne das Papier zu beschädigen, das Päckchen aus. Zum Vorschein kam ein Karton mit einem nahezu unleserlichen Anagramm. Ihrem Aussehen nach musste die Schachtel über fünfzig Jahre alt sein. Aufgeregt öffnete er sie und fand zwischen Holzspänen ein karmesinrotes Etui.

Es ähnelte denen in seinem Laden, wenngleich die Spuren der Zeit nicht zu übersehen waren. Da es sich nicht einfach öffnen ließ, musste der Goldschmied wieder die

Schere zu Hilfe nehmen. Als das Schloss nachgab, erblickte er ein breites goldenes Armband. Vier Reihen kleiner bunter Steine zierten es. Insgesamt waren es zwölf. Das Schmuckstück musste sehr alt sein – darauf deuteten die Verfärbungen des Metalls hin. Solche Spuren hinterließ nur ein jahrhundertelanger Gebrauch. Nur dann changierte die Farbe des Goldes. Das wusste Fernando durch seinen Beruf.

Im Karton gab es keine sonstigen Indizien, die mehr über die geheimnisvolle Sendung hätten verraten können. Erneut untersuchte der Juwelier den Adressaufkleber. Unter einer Ecke lugte etwas gelbliches Papier hervor, das so alt wie das Packpapier zu sein schien.

Mit äußerster Vorsicht löste Fernando den Adressaufkleber ab. Darunter kam die alte, kaum entzifferbare Anschrift zum Vorschein. Nur mit großer Mühe und einer Lupe war etwas von dem mit blauer Tinte Geschriebenen lesbar. Die ursprüngliche Adresse lautete ebenfalls auf Don Fernando Luengo, der Absender darunter war nicht mehr erkennbar, sehr wohl aber noch der Zielort Segovia.

Sicherlich war das Päckchen einst für seinen Vater bestimmt gewesen. Auf der alten Briefmarke prangte eine gewaltige Lokomotive. Darunter stand klein gedruckt: »Eisenbahnserie« und die Jahreszahl 1933.

Nochmals versuchte Fernando, den Namen des Absenders zu entziffern, den ein riesiger Feuchtigkeitsfleck unleserlich machte. Nur ein einzelnes »e«, dem ein »de los Caballeros« folgte, war noch zu erkennen.

De los Caballeros? Es gab unzählige Dörfer in Spanien, die so endeten. Aber eines, dessen Name ein »e« enthielt? Ihm fiel sofort »Ejea des los Caballeros« ein.

Fernando erinnerte sich nicht, hier irgendwelche Verwandten gehabt zu haben. Aber es war nicht auszuschließen, dass einer aus der Sippe 1933, zur Zeit der spanischen Republik, sich dort aufgehalten hatte. Warum aber erhielt er nun nach so vielen Jahren dieses Päckchen? Weshalb zeichnete als Absender das Historische Archiv von Segovia?

Der Juwelier tat das Armband in den Safe Marke Steinerbrück. In dem zweihundert Millimeter starken Stahlschrank verwahrte er seine kostbarsten Stücke. Nachdem er die schwere Tür wieder verschlossen hatte, aktivierte er das Sicherheitssystem durch einen doppelten Zahlencode, den nur seine Schwester und er kannten. Danach ging er zu Mónicas Arbeitsplatz. Seine Mitarbeiterin war gerade in einen Katalog mit brasilianischen Halbedelsteinen vertieft, den Fernando für die geplante Kollektion von Ohrringen bestellt hatte.

»Mónica, ich möchte mehr über den Absender des Päckchens von vorhin wissen. Es ist zwar vom Historischen Archiv in Segovia, aber wer es geschickt hat, ist nicht zu ersehen. Ich möchte Verbindung mit dem Archiv aufnehmen. Könntest du bitte beim Kurierdienst anfragen, ob sie Näheres wissen?«

Fernandos Mitarbeiterin wählte die kostenlose Auskunft von Serviexpress. Eine freundliche Stimme meldete sich. Mónica gab ihr die gewünschte Registriernummer. Doch der beflissene Mann am anderen Ende der Leitung konnte nicht weiterhelfen. Er bot an, sich beim Versandbüro kundig zu machen.

Fünf Minuten später rief er bereits zurück und meldete, auch in Segovia sei kein Name als Absender vermerkt. Es gebe nur eine Unterschrift auf dem Auftragszettel, den er bereits in der Zentrale von Serviexpress in Segovia angefordert habe.

Der Mann versprach, diesen umgehend an den Juwelierladen zu faxen. Mónica dankte ihm für die schnelle und prompte Auskunft. Während sie noch auf das Fax wartete, betrat eine ältere, in einen eleganten Nerz gehüllte Dame das Geschäft. Mónica beeilte sich, nach ihren Wünschen zu fragen. Auch die anderen Angestellten bedienten Kunden.

Während der nächsten Stunde gab sich die Kundschaft die Klinke in die Hand. Erst als die Kuckucksuhr neun Uhr abends schlug, dachte Mónica wieder an das Fax.

Im Büro lag der gefaxte Auftragszettel von Serviexpress. Die Unterschrift des Absenders war darauf deutlich zu erkennen. Mehr jedoch hatten Mónicas Nachforschungen für Fernando nicht ergeben. Der Inhaber stempelte gerade den Garantieschein für eine hinreißende Cartier-Armbanduhr aus der Serie Panthere, die er kurz vor Geschäftsschluss an ein japanisches Pärchen verkauft hatte.

Mit dem Fax in der Hand wartete Mónica, bis Fernando die Alarmanlage eingeschaltet und die Sicherheitsjalousien für Tür und Schaufenster heruntergefahren hatte.

Erst in diesem Jahr war beides wegen der immer dreisteren Überfallmethoden eingerichtet worden.

Für schnelle Beute besorgte man sich derzeit in Madrid einen gestohlenen Wagen. Mit dem krachte man dann gegen die Auslage eines teuren Juweliergeschäfts und bediente sich.

»Fernando, dieses Fax ist alles, was ich bisher bekommen konnte. Im Computer von Serviexpress taucht kein Absender auf, nur dieser unterzeichnete Auftragszettel. Die Zentrale in Segovia hat uns netterweise eine Kopie zugefaxt.«

»Vielen Dank, Mónica, ich glaube, das dürfte erst mal reichen. Lass sehen! Das hier scheint Herrera zu heißen ... aber ich kann den Vornamen nicht entziffern. Versuch du es doch bitte.«

»Das am Anfang sieht wie ein L aus, den Rest kann ich auch nicht lesen. Das ist ein ganz schönes Gekrakel.«

Sie reichte das Fax Fernando, der es faltete und in die Brusttasche seines Sakkos steckte.

Nachdem die Kasse gemacht war und die anderen Angestellten sich verabschiedet hatten, erzählte der Goldschmied seiner Mitarbeiterin von dem seltsamen Inhalt des Päckchens, das für seinen Vater bestimmt gewesen war.

Aufmerksam lauschte Mónica seiner Schilderung und bot spontan an, ihm bei weiteren Ermittlungen zu helfen. Freudig überrascht nahm Fernando ihr Angebot an. Er war ratlos und wusste gar nicht, wo er mit den Nachforschungen anfangen sollte. Jede Unterstützung war ihm willkommen.

Bisher führte die einzige Spur ins Historische Archiv.

»Ich denke, wir sollten mit Segovia anfangen und dem Archiv dort einen Besuch abstatten. Am besten gleich diesen Donnerstag«, kündigte er entschlossen an. »Wenn du Lust hast mitzukommen, könnten wir uns den Tag freinehmen. Nach all den Wochen Stress haben wir es nötig und obendrein auch verdient. Ich kenne außerhalb der Stadt ein Restaurant, das dir gefallen wird. Was meinst du, kommst du mit?«

»Das klingt wunderbar, Fernando!« Mónica konnte ihre Freude nicht verbergen. Schon lange hatten sie keine Zeit mehr allein miteinander verbracht, geschweige denn einen ganzen Tag.

Als sie im Aufzug zur Tiefgarage fuhren, ging Fernando in Gedanken die Arbeit durch, um sich den Donnerstag freizuschaufeln. Mitten in seinen Überlegungen fielen ihm die nahen Feiertage ein. Bitter dachte er daran, wieder ein Weihnachten ohne Isabel verbringen zu müssen, allein mit seinen quälenden Erinnerungen. Und doch war die Einsamkeit für ihn die einzige Form, diese Zeit des Jahres zu ertragen.

Währenddessen beobachtete Mónica ihn diskret, weniger aus Neugier als in der Hoffnung, seine Gedanken würden um sie kreisen. Würde er eines Tage in ihr mehr als nur eine Mitarbeiterin sehen?

»Ich wünsche dir ein frohes Fest, Fernando«, rief ihm Mónica im Gehen zu. »Wir sehen uns danach wieder. Tschüss, Chef!«

Kurz darauf heulte der Motor ihres Sportwagens auf, und das Auto brauste aus der Tiefgarage. Fernando stand noch verwirrt vor seinem Jaguar. Zum ersten Mal war ihm aufgefallen, wie verführerisch Mónica war. Seit Isabels Tod hatte er keine Frau mehr angesehen. Nun spürte er, wie sich wieder etwas in ihm regte, auch wenn ihm der Grund dafür nicht ganz klar war. Er startete den Wagen und fuhr langsam in die Calle Serrano.

Wie immer war die Straße völlig verstopft. Fernando blieb gelassen, denn er genoss die neue, gerade entdeckte Mónica.

3

Jerusalem, im Jahre 1099

Im Morgengrauen des siebten Juni öffnete sich ein atemberaubender Blick vom Freudenberg auf Jerusalem. Mehr als sechstausend Kreuzfahrer fühlten sich für die Mühen ihrer Reise dadurch reichlich entlohnt. Vier lange Jahre hatten sie unglaubliche Qualen erlitten, grausame Schlachten geführt. Dreihunderttausend Tote säumten den Weg von Europa ins Heilige Land.

Die Kuppel des Felsendoms strahlte im Licht der Morgensonne. Vom Gipfel des Berges sah man das prachtvolle Bauwerk besonders gut. Es fiel sofort durch seinen rechteckigen Bau ins Auge. Aber auch Minarette ragten hervor sowie ein Turm, der womöglich zur Grabeskirche gehörte.

Die Kreuzfahrer standen kurz vor dem Ziel ihrer Reise: der Befreiung des Grabes Christi und des Ortes seiner glorreichen Auferstehung.

Beim Anblick der Heiligen Stadt umarmten sich viele weinend, manche priesen laut ihren Namen, während andere sich auf die Knie warfen und Gott für die Gnade dankten, auf den Spuren Jesu Christi wandeln zu dürfen.

Darunter waren auch vier Ritter, die sich freudig in den Armen lagen. Es waren französische Edelleute und

Fürsten, die am siebenundzwanzigsten November 1095 dem Ruf von Papst Urban II. gefolgt und ins Heilige Land aufgebrochen waren. Gottfried von Bouillon, Herzog von Niederlothringen, begann seine Reise in Flandern. Eine zweite Gruppe, angeleitet von Bohemund von Tarent und Robert von der Normandie, machte sich von der Normandie aus auf den Weg. Die letzte Gruppe unter Raimund von Toulouse kam aus der Provence und Aquitanien.

Sie alle unterstanden Gottfried, der nun seine Stimme erhob und laut dreimal rief:

»Gott will es! Gott will es! Gott will es!«

Augenblicklich fielen die sechstausend Mann in die Losung Urbans II. ein, mit welcher der Papst den Heiligen Krieg rechtfertigte.

Auf dem Weg nach Jerusalem hatten viele tausend Christen ohne eine Gewissensregung anatolische Städte überfallen und besetzt. Darunter waren auch Nikäa und Antiochia. Ohne jedes Schuldempfinden metzelten die Kreuzritter die Einwohner nieder.

Der Heilige Vater lohnte diesen Einsatz durch besondere Vergünstigungen. Wer sein Leben ließ, konnte auf einen Platz im Himmel hoffen. Auch kümmerte sich die Kirche um den Besitz der abwesenden Kreuzfahrer und enthob sie von dem zu entrichtenden Zehnten.

Wer hingegen desertierte oder den rechten Glauben nicht mit dem Schwert verteidigte, wurde exkommuniziert. Als die Freudenrufe verhallt waren und die Truppe den Hang hinabstieg, wandte sich Raimund von Toulouse an Gottfried.

»Obwohl heute ein glücklicher Tag ist, geht mir unser lieber Bischof Adhemar nicht aus dem Sinn. Sein Tod liegt gerade zwei Wochen zurück, da er, wie so viele, von der schlimmen Epidemie in Antiochia dahingerafft wurde. Adhemar de Monteil war sicher der Frömmste unter uns, und doch hat ihm Gott die Gnade, diesen Tag erleben zu dürfen, verwehrt.«

Gottfried hisste die Standarte mit dem Kreuz, trieb sein schlankes Pferd zum Abstieg an und setzte seine Rede fort:

»Ich bin überzeugt, dass Adhemar uns heute mit einer Legion Engel bei der Eroberung der Stadt zur Seite stehen wird. Zu viele Menschen mussten bis jetzt ihr Leben dafür lassen. Edler Raimund, Gott selbst wird uns diesmal leiten. Wir werden die Mauern der Stadt bezwingen und ihre Tore öffnen. In wenigen Tagen werden wir sie für die Christenheit zurückerobert haben.«

In sicherem Abstand zur Stadtmauer verteilten die vier Befehlshaber ihre Truppen. Von dort hagelte es Steine. Pfeile pfiffen den Kreuzfahrern um die Ohren. Trotz des harschen Empfangs waren die Männer voller Bewunderung für die gewaltige und trotzige Festungsanlage. Auf ihren Gesichtern zeigte sich eine Mischung aus Freude und wachsender Sorge: Sie standen kurz vorm Ziel, aber das letzte Hindernis würde eine titanische Anstrengung erfordern. Nach knapp drei Stunden säumten über hundert Truppeneinheiten die Heilige Stadt.

Auf der Stadtmauer herrschte große Unruhe: Tausende bunter Turbane tauchten auf, sichtlich bemüht, die Absichten des Feindes zu ergründen. Muslimische Spähtrupps hatten die Kreuzfahrer erst vor kurzem gesichtet, und so waren den Belagerten nur wenige Tage geblieben, um ihre Verteidigung aufzubauen.

In dieser bangen Zeit waren den Menschen in der Stadt die Gräueltaten der Kreuzfahrer zu Ohren gekommen. Sie sahen den Feinden Allahs mit tiefem Grauen entgegen.

Vor den Toren Jerusalems leuchteten unzählige prächtige Fahnen in der Morgensonne, blitzten Lanzen und Rüstungen auf. Unruhig stampften die Pferde. Ein Schleier aus Staub legte sich über das Szenario und verlieh ihm eine bedrückende Schönheit.

Nachdem Gottfried alle Positionen nochmals überprüft hatte, ritt er mit den anderen Edelmännern zu einem nahe gelegenen Hügel. Von hier hatte man einen hervorragenden Blick auf Jerusalem.

Zuvor ließ der Oberbefehlshaber seinen Truchsess, Ferdinand de Subignac, rufen, um ihm dort oben neue Anweisungen zu erteilen.

Gottfried stieg neben Raimund vom Pferd ab, und gemeinsam erklommen sie einen Felsen. Zu ihren Füßen erstreckte sich der Süden Jerusalems.

Einer der reichsten Männer Frankreichs, Hugo von Champagne, hatte Gottfried höchstpersönlich Ferdinand de Subignac empfohlen und anvertraut – sein Land grenzte nämlich an das des vermögenden Grafen. Bei diesem hatte sich der erst fünfunddreißigjährige Ferdinand de Subignac bereits als Verwalter bewährt. Während der Jahre ihrer langen Reise hatte auch Gottfried Gelegenheit gehabt, sich von seinen Fähigkeiten zu überzeugen. Auch die anderen Edelmänner achteten Ferdinand, denn er war ein tapferer Soldat. Bei zahlreichen Belagerungen und Eroberungen hatte er sich als Stratege hervorgetan. Darüber hinaus erwies er sich als kluger Kopf, obwohl er keinerlei akademische Bildung hatte.

Gottfried war stolz auf Ferdinand. Aus eigener Kraft hatte er es zu großem Ansehen unter den Edelmännern gebracht. Nach wenigen Minuten erschien Ferdinand auf einem anmutigen schwarzen Hengst. Mit einem Satz sprang er ab, band das Tier an einem alten Olivenbaum fest und erklomm behände den Gipfel. Höflich verneigte er sich zum Gruß und folgte Gottfrieds Aufforderung, die Landschaft zu betrachten. Aufrecht und konzentriert studierte er die Lage. Dann zog er plötzlich sein Schwert, schwang es über dem Kopf und rief:

»Lasst uns augenblicklich auf die Knie sinken, edle Herren, und Gott für die große Gnade danken, vor der Heiligen Stadt stehen zu dürfen! Hier erhebt sich Sein Haus, mit dem Jahve Moses beauftragte und das Salomo für Ihn erbaute.«

Während der tapfere Ferdinand so sprach, hatte Robert von der Normandie unten den heiligen Tempel entdeckt. Ergriffen verkündete er: »Unser Sieg ist so nah, dass ich bereits den Weihrauch rieche und schon die feierlichen Gesänge des ersten Gottesdienstes am Heiligen Grab hören kann. Wir müssen nur noch diese Ketzer dort unten verjagen, die das von Jahve versprochene und durch den Tod unseres Herrn am Kreuz geheiligte Land entehren.«

Gottfried nahm den Truchsess am Arm und führte ihn an den Rand des Felsens. Nun lag der Westen der Stadt vor ihnen.

»Edle Ritter, wir müssen die Stadt möglichst ohne Verluste in den eigenen Reihen nehmen. Denn alle jene, die Pein und Mühen trotzend bis hierher gelangt sind, sollen vor dem Heiligen Grab auch ihr Gebet sprechen dürfen. Wir müssen rasch, aber umsichtig zuschlagen.«

Er wandte sich Ferdinand zu:

»Ich zähle auf deinen Einfallsreichtum. Wir müssen diesmal einen anderen Weg wählen, um diese Mauern zu überwinden. Es sind die höchsten von allen, die wir bisher hinter uns gelassen haben, und, wie ihr alle sehen könnt, sie sind gut bewacht. Tausende Bogenschützen und Lanzenwerfer haben zwischen den Zinnen Stellung bezogen.

Entlang der gesamten Länge der Stadtmauer wurden Kessel mit kochendem Öl angebracht, wie die Rauchsäulen zeigen. Neben den unzähligen Katapulten werden sicher bereits riesige Steinhaufen warten. Ihre Vorräte und Kraft durch eine lange Belagerung zu erschöpfen, kommt nicht in Frage. Wie mir unsere Späher berichtet haben, wird aus dem Süden bald Verstärkung eintreffen.«

Auf der Suche nach einer Schwachstelle ließ Ferdinand erneut seinen Blick über die Festung gleiten. Nach kurzem Schweigen überlegte er laut:

»Von hier oben kann man klar erkennen, dass die Mauern glatt wie Marmor sind. Sie bieten wenig Halt für Haken und Leitern. Männer auf diesem Weg hochzuschicken, um Breschen in die Verteidigung zu schlagen, scheint mir weder ratsam noch Erfolg versprechend.«

»Wir haben etwa fünfzig Leitern. Möglich, dass sie zu kurz für die hohen Mauern sind«, gab Raimund von Toulouse zu bedenken. »Aber wenn sich vier- oder fünfhundert Handwerker an die Arbeit machen, könnten es binnen weniger Tage Tausende sein.«

Dafür würden sie Unmengen Holz benötigen. Gottfried blickte sich nachdenklich um. So weit das Auge reichte, waren kaum mehr als zwanzig, höchstens dreißig Bäume zu sehen. Das Land war karg und öde.

»Mir scheint, dein Vorschlag wird sich kaum verwirklichen lassen, Raimund. Mit einigen tausend Leitern könnten wir vielleicht hie und da die Zinnen erreichen, aber da sind zwei große Hindernisse. Zum einen gibt es hier nicht ausreichend Holz, wie du selbst sehen kannst. Man müsste es aus dem Jordantal oder sogar noch von weiter weg herbeischaffen. Das würde viel Zeit beanspruchen und den Angriff verzögern. Zum anderen brechen in Ägypten eine große Flotte und ein Reiterheer auf, um der

Heiligen Stadt zu Hilfe zu eilen. Wie mir unsere Leute berichten, werden sie in drei bis vier Wochen hier sein. Bis dahin müssen wir jenseits der Mauern sein. Sonst müssten wir an zwei Fronten kämpfen. Dies würde nicht nur unsere Aussichten erheblich verschlechtern, sondern sich auch aufs Gemüt unserer Männer schlagen.«

Die Anführer blickten auf ihre am Fuß der gewaltigen Festungsanlage stationierten Truppen. Gegen den mächtigen Bau wirkten sie klein und schwach. Einem von allen Seiten einfallenden Feind wären sie schutzlos ausgeliefert. Ihre Leute würden niedergemetzelt werden – das war Gottfried und seinen Männern klar.

Ferdinand gab zu bedenken:

»Auch wenn wir mit unseren Leitern gleichzeitig verschiedene Stellen der Mauer stürmen könnten, so würden doch viele dabei ihr Leben lassen. Nur Wenigen würde es gelingen, die andere Seite zu erreichen. Wie sollten wir dort den überzähligen Feind bezwingen, um unseren Truppen die Tore zu öffnen? Wir opferten damit nur sinnlos das Leben unsere Männer. Meine Herren, folgt mir bitte! Ich glaube, von einem anderen Standpunkt aus lässt sich unsere Lage besser überblicken! Ich möchte euch meinen Plan aufzeichnen.«

Mit einem Stock begann Ferdinand im feinen Sand etwas zu zeichnen, das wie ein Turm aussah.

»Wir könnten es schaffen, wenn es uns gelingt, vier bewegliche Türme zu errichten. Sie müssten ebenso hoch wie die Stadtmauern und gänzlich durch Schilde geschützt sein. Auf diese Weise wären unsere Leute vor den feindlichen Pfeilen und Lanzen sicher. Mit ein paar Pferden könnten wir die Türme auf etwa fünfzehn Ellen an die Mauer heranrücken. Als Brücken reichen Bretter. Wir könnten so das siedende Öl umgehen. Unsere Schützen würden die Stürmer decken, diese wiederum würden die Verteidigung sicher bald schwächen, und wir hätten freien Weg ohne allzu große Verluste.«

Von dem überraschenden Vorschlag hoch erfreut, ergänzte Gottfried: »Für jedes der vier Stadttore einen Turm. Unsere Holzvorräte reichen für zwei davon, wenn wir die Katapulte mitsamt der Gestelle und die Karren verwenden. Für die anderen beiden Türme werden wir Holz aus den Wäldern von Jericho besorgen müssen. Auch wird in wenigen Tagen in Jaffa ein Schiff mit einer großen Holzladung aus Genua einlaufen. Die Fracht ist für die Erweiterung des Hafens gedacht. Schiffe mit viel Tiefgang können nicht hineinfahren. Aber der Hafenumbau kann warten, bis wir Jerusalem befreit haben.«

Zuversichtlicher bestieg er sein Pferd. Tatendurstig folgten die anderen seinem Beispiel. Die Zeit drängte.

»Meine Herren, es gibt eine Menge zu tun. Bildet unverzüglich für jeden zu errichtenden Turm eine Arbeitsgruppe. Drei weitere Gruppen sollen Holz aus Jaffa und Jericho holen. Die Türme müssen bis zur Mitte des Monats fertig sein. Wir haben also nur wenige Wochen Zeit. Am fünfzehnten Juli werden wir Jerusalem angreifen.«

Ferdinand meldete sich freiwillig nach Jaffa. Um die schwere Last zu transportieren, nahm er ein paar hundert Kreuzfahrer und zehn große Karren mit.

In einer langen Kolonne zogen sie am späten Vormittag los. Um den Weg auszukundschaften, eilte ihnen ein Spähtrupp voraus. Einzelne sarazenische Truppen trieben sich in den Bergen herum und machten den Weg unsicher.

An der Spitze der Karawane ging Ferdinand de Subignac. Seit seinem Einsatz bei der Eroberung von Nikäa trug er den Beinamen »der Tapfere«. Damals hatte er an einem einzigen Tag mehr als fünfzig Ungläubige mit sei-

nem Schwert durchbohrt. Ihm zur Seite ritt sein Jugend-
freund Charles de Tuigny. Sie tauschten sich über ihre
ferne Geburtsstadt Troyes aus. Vor drei Jahren waren sie
nach Jerusalem aufgebrochen. Seitdem verging kein Tag,
an dem Ferdinand nicht an seine Frau Isabel dachte. Er
hatte sie hochschwanger zurückgelassen und grämte sich
nun, seinen Sohn noch nie gesehen zu haben. Die beiden
Freunde hatte der gleiche Grund in die Ferne getrieben.
Sie waren es leid, zu dienen und Besitzlose zu sein. Da sie
nicht von edler Geburt waren, konnten sie weder Land
noch Güter oder Vasallen ihr Eigen nennen. Sie waren im
Dienst nobler Herren gestanden. Ferdinand als Verwalter
des Grafen Hugo von Champagne und Charles im Dienst
der Kirche. Nur als Kreuzfahrer hatten sie Aussicht auf
das, was ihnen wegen ihrer Herkunft verwehrt war: Land,
Besitz und Leibeigene. Dafür hatten sie ihr Liebstes zurückgelassen. Nun aber schien die Entlohnung greifbar
nah. Ohne dieses Opfer hätte Ferdinand sein Leben als
Verwalter des Grafen beendet, und sein Freund wäre ein
einfacher Töpfer im Dienst der Kirche geblieben.

Jetzt, wo sie kurz vorm Ziel standen, sprudelten aus
Charles Pläne und Träume hervor. Er wollte sein Glück
hier versuchen und um etwas Land bitten. Denn anders
als seinen Freund banden ihn weder Frau noch Besitz an
Troyes. Hier aber könnte er auf eigenem Boden Getreide
anbauen und Olivenbäume pflanzen. Für das Öl hatte er
schon einen Händler aus Marseille. Schafe wollte er züch-
ten, um mit der Wolle zu handeln und wie zuhause Käse
herzustellen. Außerdem hätte er dann auch immer einen
Lammbraten für seine Freunde.

Charles' durchdachte Zukunftspläne überraschten
Ferdinand. Aber von Frauen war bislang keine Rede gewesen. Das machte ihn natürlich neugierig, denn sein

Freund war kein Kostverächter. Mit Sicherheit wollte Charles nicht auf ewig Junggeselle bleiben. Augenzwinkernd bohrte Ferdinand nach.

Charles lachte laut auf, bevor er ihm antwortete.

Wenn er sich erst niedergelassen hätte, würde er sich nach einer Frau umsehen. Er wollte eine Orientalin, denn er war von ihrer Schönheit bezaubert. Es hieß auch, ihr Charakter sei zurückhaltend und ausgeglichen, sie seien von scharfem Verstand und hätten eine gute Hand bei der Kindererziehung. In der Liebe aber seien die Frauen hier großzügig und treu. Weshalb sollte er angesichts so vieler Vorzüge sich in seiner Heimat eine Frau nehmen? Eine mandeläugige Schönheit würde sein Haus mit vielen Kindern segnen. Seine Nachkommen würden im Heiligen Land heranwachsen und sich vermehren.

Charles' idyllisches Zukunftsbild belustigte Ferdinand. Er erinnerte ihn an die zahlreichen Weibergeschichten, die hinter ihnen lagen, und auch an manch blutige Schlacht, in der sie den Feind mit ihren Schwertern durchbohrt hatten. Ferdinand schrieb die Wandlung seines Freundes der Landschaft zu. Während sie so angeregt plauderten, näherten sie sich Jaffa.

Im Schutz der eben errichteten Zelte besprachen Gottfried und Raimund ihre Angriffsstrategie.

Sie überlegten gerade, wie sie wohl am klügsten die Truppen auf die Tore verteilten, als ein Kreuzfahrer angerannt kam und sie unterbrach.

»Verzeiht meine Herren, dass ich einfach so hereinplatze und Euch störe. Schlimme Nachrichten, die keinen Aufschub dulden, zwingen mich dazu.«

»So sprecht doch, mein Freund«, forderte Gottfried beunruhigt den Mann auf.

»Wir haben Angst, mein Herr. Die Pferde sind zusammengebrochen und auch viele unserer Männer. Es sieht so aus, als wären sie vergiftet worden. Manche erbrechen Blut, andere Galle. Einige haben bereits das Bewusstsein verloren und krümmen sich unter heftigen Schmerzen.«

»Gütiger Gott, sie müssen verdorbenes Essen zu sich genommen haben!«, rief Raimund. »Schnell, geh und verhindere jede weitere Essensausgabe, bevor wir nicht den Zustand der Lebensmittel überprüft haben!«

Besorgt fuhr der Kreuzfahrer fort, denn er hatte bereits einen anderen Verdacht.

»Ich bitte untertänigst um Vergebung, aber ich glaube, das Übel wurzelt woanders. Alle, die nun krank daniederliegen, haben zuvor ihren Durst an den zwei Brunnen gestillt, die vor unserem Lager liegen.«

Als Gottfried und Raimund hinaustraten, um sich ein Bild von der Lage zu machen, trafen sie auf ein erbärmliches Szenario. Dutzende toter Pferde lagen herum. Am Boden krümmten sich unter Schmerzen Männer und Frauen. Manche waren bereits bewusstlos, andere schrien laut. Möglich, dass es das Wasser war. Um sicherzugehen, ließen sie ein Lamm bringen und gaben ihm aus dem Brunnen zu trinken.

Nach wenigen Minuten schon wälzte sich das Tier am Boden. Schleim lief aus seinem Maul. Bald spuckte es Blut. Nun gab es keinen Zweifel mehr: Die Brunnen war vergiftet worden. Gottfried nahm den Leichnam eines Fünfjährigen aus den Armen einer Frau. Voller Wut schrie er zur Stadtmauer gewandt:

»Verflucht sollt ihr sein! Ihr werdet weder Gottes Erbarmen noch das meine finden. Ich, Gottfried von Bouillon, Herzog von Lothringen, Träger des Ordens Christi, schwöre vor meinen Glaubensbrüdern, dass ihr dieses

Verbrechen und unseren Gram darüber mit eurem Leben sühnen werdet! Eure Stunde hat geschlagen!« Zornig fuhr er fort: »Keiner von euch wird je wieder in sein Heimatland zurückkehren, so wahr mir Gott helfe. Besser, ihr hättet es nie verlassen!«

Raimund kannte Gottfried nur als ruhigen, überlegten Mann. Noch nie hatte er ihn so erregt erlebt, so heftige Worte aus seinem Mund vernommen. Beim Anblick seines ernsten, entschlossenen Gesichts wurde Raimund, wie allen anderen Anwesenden, schlagartig klar, dass vor ihnen der künftige König Jerusalems stand.

Der Tag vor dem Massenbegräbnis stand im Zeichen der Trauer. Zweihundert Menschen waren vor den Toren der Heiligen Stadt krepiert. Nur mühsam ließen sich die Gräber ausheben, denn der Boden war trocken und hart. An diesem Tag stand der Bau der Türme still. Der Angriff würde verschoben werden müssen.

Sechstausend Menschen drängten sich dicht auf dem Hügel, wo der Kaplan, Arnold de Rohes, die Begräbnisfeier hielt. In seiner leidenschaftlichen Predigt verglich der Geistliche den Tod Christi am Kreuz mit dem dieser frommen Seelen. Sie hatten ihr Leben gegeben, um die Heilige Stadt aus den Klauen eines grausamen und gotteslästerlichen Feindes zu befreien.

Pater Arnold gemahnte die Anwesenden, die Toten in ihren Gebeten nicht zu vergessen – ganz besonders nicht am Tag der Schlacht gegen die Ungläubigen. Er selbst gelobte, den ersten Gottesdienst am Heiligen Grab für ihre frommen Seelen zu halten. Den toten Kreuzfahrern war der Platz im Himmel sicher.

Das Essen war knapp. Fleisch erhielten nur die, die mit dem Bau der Türme beschäftigt waren. Sie schufteten Tag und Nacht, um so schnell wie möglich fertig zu werden.

Obwohl sie kaum geeignetes Werkzeug hatten, standen die ersten beiden Türme nach einer Woche. Sie wurden nach zweien der vier Evangelisten benannt und erhielten die Namen Sankt Matthäus und Sankt Markus.

Nach einer Woche kehrte auch Ferdinand de Subignac mit seiner Karawane aus Jaffa zurück. Er brachte zehn mit Eichenholz schwer beladene Karren mit, sodass man unverzüglich mit dem Bau des dritten Turmes beginnen konnte. Er wurde Sankt Lukas getauft. Wenig später war auch der letzte, Sankt Johannes, fertig.

Bis zum Angriff blieben noch fünf Tage.

Obwohl die Belagerten nichts von den Türmen ahnten, rechneten sie mit einem unmittelbar bevorstehenden Angriff. Vor der Stadtmauer waren die Stellungen der Kreuzritter bereits verstärkt worden. Von der Verteidigung hing alles ab. Es gab keine andere Strategie. Die zaghaften Ausfallsversuche vor ein paar Tagen hatten keinerlei Wirkung gezeigt.

Auf der Gegenseite hatte der Rat der fränkischen Ritter den Angriff bis ins kleinste Detail vorbereitet. Man wartete nur noch auf den Tag des Einsatzes.

Der Morgen des fünfzehnten Juli war besonders heiß. Angefeuert von den Reden ihrer Anführer, erwarteten die sechstausend Mann ungeduldig den Befehl zum Angriff. In diesen Momenten der Anspannung dachte so mancher noch einmal über seine Beweggründe nach. Die Frömmsten wollten das Heilige Land befreien und der Christenheit wieder zugänglich machen. Seit dem Einfall der Seldschuken und später der Sarazenen war der Pilgerstrom aus Europa abgerissen. Andere waren weniger selbstlos und wollten nur die Ihren rächen. Die ärmeren Edelleute lockten Ruhm und Glanz sowie die Herzogtümer und Grafschaften in diesen Landen, da sie zuhause keine hatten.

Die meisten Kreuzfahrer besaßen weder Rang noch Namen und waren nicht von edler Geburt. Sie träumten von Schätzen, Reichtümern oder von Reliquien. Der Handel damit war ein äußerst einträgliches Geschäft. Halb Europa stritt sich um die Überreste von Heiligen. Besonders begehrt waren die Andenken an jene, die Jesu gekannt hatten, denn sie brachten am meisten ein.

Langsam zogen je ein Dutzend Pferde die vier Türme zu den Toren. Um zehn Uhr morgens riefen sich Gottfried, Raimund, Bohemund und Robert von der Normandie die Losung ihres Kreuzzugs zu: »Gott will es!« Jeder übernahm das Kommando eines Turmes und der in seinem Schutz nachrückenden Truppen. Hinter jedem Turm warteten zweihundert Reiter und tausend Soldaten.

Die Vorreiter trugen die Standarten der unzähligen Herzogtümer, Grafschaften und Fürstentümer, die an dem Kreuzzug teilnahmen. Abertausende von Fahnen mit dem Heiligen Kreuz folgten und ließen den Mut der Belagerten sinken.

Der sarazenische Stadtgouverneur Iftikhar ad Daula gab das Zeichen zum Angriff. Hunderte brennender Geschosse schlugen erste Lücken in die Reihen der Kreuzfahrer. Auch einer der Türme wurde getroffen und brannte lichterloh. Die Schlacht hatte begonnen.

Auf christlicher Seite wurden gleichzeitig tausende brennender Pfeile abgeschossen. Dadurch gewannen die Angreifer etwas Zeit, um die Türme näher an die Stadtmauer zu rücken. Mit den übrig gebliebenen Katapulten schickten sie riesige Felsbrocken hinterher. Die Belagerten vergalten es mit einem Hagel aus Feuer und Pfeilen. Auch das siedende Öl bremste den Eifer der Angreifer.

Endlich waren die Türme von Ferdinand de Subignac, Gottfried und Robert von der Normandie nahe genug an der Mauer, um die Brücken anzulegen. Je zwanzig Bogenschützen gaben den Angreifern Rückendeckung. Die fränkischen Anführer setzten als Erste den Fuß in die Heilige Stadt. Mit vereinten Kräften rissen sie das Damaskustor nieder. An der Spitze von über dreitausend Kreuzfahrern konnte Raimund von Toulouse in Jerusalem eindringen.

Während der nächsten Stunden wurde Mann gegen Mann gekämpft. Die Erde färbte sich purpurn. Angst und Entsetzen herrschten in der Heiligen Stadt.

Keinen Augenblick ruhten die christlichen Schwerter. Ohne Erbarmen hieben sie auf Soldaten ein, die bald in wildem Durcheinander flohen. Hunderte von Köpfen rollten. Am Ende der steilen Gassen bildeten sie makabre Haufen. Viele Menschen hatten Arme, Beine oder beides verloren und verbluteten am Straßenrand.

Alle wurden niedergemetzelt. Die Kreuzfahrer verschonten niemanden, auch Frauen, Kinder und Alte nicht. Der Geruch des Blutes, das an ihren Kleidern und Schwertern klebte, berauschte sie.

In den ersten Stunden der Eroberung ließen die Kreuzfahrer blindem Hass und Rachsucht freien Lauf.

Bis zum Abend wüteten sie und stöberten jeden auf, egal, wo er sich verkrochen hatte. An den Haustüren Jerusalems prangten bereits die Wappen, Fahnen oder Namenswimpel der neuen Besitzer. Nach wenigen Stunden hatten die Eroberer die Häuser Jerusalems bereits untereinander aufgeteilt. Das war Teil der begehrten Beute, für die sie gekämpft und die Strapazen des langen Wegs auf sich genommen hatten.

Mit den Häusern ging auch der jeweilige Besitz an die neuen Eigentümer.

Auch Ferdinand de Subignac hatte wie im Rausch Feinde niedergeschlachtet. Er stürmte gerade in Richtung des Heiligen Grabes, da erregte ein Palast seine Aufmerksamkeit. Den Eingang zierte ein großes Wappen aus Stein, auf dem ein mit einem Stern bekröntes Schaf zu sehen war. Keine Fahne, Wimpel oder Wappen deuteten auf einen neuen Besitzer. Ferdinand konnte es für sich beschlagnahmen. So kam er zu seinem ersten Besitz im Heiligen Land.

Mit Hilfe einiger Männer brach er gewaltsam in das Haus ein. Vorsichtig betrat er es und schickte die anderen weg. Hinter dem geräumigen, mit schönen Wandteppichen geschmückten Eingang lag ein großer Innenhof. Ein Holzgeländer säumte das obere Stockwerk.

Durch einen reich verzierten Steinbogen gelangte man im Erdgeschoss in die lichtdurchflutete Küche. In der Kochstelle glimmte noch die Glut. Möglicherweise versteckte sich jemand im Haus. Vorsicht war geboten.

Rechts von der Küche lag ein geräumiges Esszimmer mit einem langen Mahagonitisch in der Mitte, auf dem zwei große jüdische Leuchter prangten. In einigen Glasschränken waren feinstes Porzellan sowie Silberkrüge in allen Formen und Größen.

Nachdem er sich vergewissert hatte, dass unten niemand war, ging Ferdinand mit gezücktem Schwert in den oberen Stock. Keinen Augenblick ließ er dabei Eingang und Treppe aus den Augen. Oben begann er, Zimmer für Zimmer zu durchsuchen.

Vorsichtig öffnete er die erste Türe zu seiner Rechten. Sie führte in ein kleines Schlafzimmer, in dem nichts weiter als ein Bett stand. Drei weitere Gemächer unterzog er derselben umsichtigen Prüfung. Eines war reicher geschmückt als die anderen. Es enthielt eine beeindruckende Bibliothek. Hunderte von Büchern füllten die Regale. Viele Titel waren Ferdinand unbekannt. Andere konnte er nicht lesen, weil er die Sprache nicht verstand.

Am Ende des Ganges war eine kleine Tür. Sie war so niedrig, dass man sich beim Durchgehen bücken musste.

Vorsichtig öffnete er sie. Ein Dolch blitzte auf. Ohne den Angreifer erkennen zu können, wehrte ihn Ferdinand mit dem Schwert ab. Geschickt parierte er auch den zweiten Stoß. Rasch wechselte sein Schwert die Hand. Überrascht zögerte der Angreifer einen Augenblick. Ferdinands Schwert bohrte sich in seine Kehle. Röchelnd brach der junge Sarazene zusammen.

Der Raum schien eine Kapelle zu sein. Im Hintergrund stand eine zweite, in einen schwarzen Umhang gehüllte Person, die eine Armbrust auf ihn richtete.

Ferdinand blieb wie angewurzelt stehen, ohne den tödlichen Pfeil aus den Augen zu lassen.

Er konnte nicht sehen, wer der andere war. Eine Kapuze verbarg das Gesicht des Schützen.

»Lass sofort das Schwert fallen! Auf die Knie!«

Es war eine Frau. Offenkundig beherrschte sie seine Sprache. Ferdinand warf das Schwert von sich, ging in die Knie und sagte:

»Ich kenne dich nicht, weiß nichts über dich, ich kann nicht einmal dein Gesicht sehen. Du redest meine Sprache, aber deinem Akzent nach bist du Jüdin. Vermutlich gehört dir dieses Haus, also bist du eine edle und gebildete Dame. Wenn du nicht mehr auf mich zielst, verspreche ich, dir nichts zu tun. Du kannst dich auf mein Wort verlassen.«

Ohne ihre Waffe sinken zu lassen, schüttelte die Frau die Kapuze ab. Ihre Stimme war angespannt:

»Ich habe noch nie jemanden getötet, nicht einmal eine Waffe habe ich bisher in meinen Händen gehalten. Du bangst um dein Leben, wie ich um das meine.« Seufzend fuhr sie fort: »Du sagst, ich soll mich auf dein Wort verlassen. Was spricht dafür?«

Ferdinand sah, dass die Frau schöne honigfarbene Augen hatte. »Ich fürchte, du musst mir einfach vertrauen. Du kannst gar nicht anders. Auch wenn du mich tötest, würdest du denen da draußen nicht entkommen. Sechstausend meiner Leute halten Jerusalem besetzt. Sie sind vom vielen Blut auf den Straßen noch ganz berauscht. Ich versichere dir, sie kennen kein Erbarmen. Als Jüdin hast du draußen keine Chance. Wenn du leben möchtest, bin ich deine einzige Rettung.«

Die Frau ließ die Armbrust sinken und bat ihn, aufzustehen. Als sie ihm die Waffe übergab, zitterten ihre Hände. Gelähmt vor Entsetzen, hatte sie die Todesschreie der Menschen draußen vernommen. Sie bangte um ihr Leben, aber vor allem um den magischen Anhänger, den sie seit ihrer Kindheit trug und der ihrer Familie gehörte.

»Mein Name ist Sarah. Ich stamme aus Hebron, von einem uralten Geschlecht. Ich lege mein Leben in deine Hand.« Ängstlich suchte sie in dem Gesicht des Fremden nach einer Spur Mitleid.

Immer noch auf der Hut, erkundigte sich Ferdinand, ob sich im Hause noch weitere Diener wie der tote Sarazene zu ihren Füßen befänden.

»Die Meinen sind alle tot, nur ich bin noch übrig. Glaub mir! Es ist die Wahrheit.« Angst sprach aus ihren Augen. Sie musste Demut an den Tag legen, wenn sie mit dem Leben davonkommen wollte – dachte sie. »Ich nehme an, mein Palast und seine Schätze gehören nun dir, so wie auch ich. Wenn du Wort hältst, stehe ich ab jetzt unter deinem Schutz.«

Forschend blickte Ferdinand sie an. Seine Anspannung ließ nach. Nun sah er auch, wie wunderschön die vornehme Dame war.

»Mein Name ist Ferdinand de Subignac, und ich komme

aus Burgund. Ich kann mich jetzt nicht länger mit dir aufhalten, Weib. Bitte warte hier auf mich. Ein Wachtposten
vor dem Palast wird dich vor weiteren ungebetenen Gästen schützen. Zu deiner eigenen Sicherheit rate ich dir,
dich ruhig zu verhalten. Eine Flucht wäre ausgesprochen
töricht. Ich muss jetzt zum Heiligen Grab, um die neuen
Befehle meines Herrn entgegenzunehmen. Aber ich bin
bald zurück. Dann können wir über alles reden.«

Sie verneigte sich vor ihm und sagte:

»Sei unbesorgt, ich werde dir keine Schwierigkeiten
bereiten. Ab jetzt hängt mein Leben von dir ab. Ich verspreche, dein Vertrauen nicht zu enttäuschen.«

Der Fremde schien ein Ehrenmann zu sein. Und doch
konnte Sarah ihre Sorge nicht verbergen. Was würde in
den nächsten Stunden auf sie zukommen? Fieberhaft
suchte sie in Gedanken nach einem Weg, um das heilige
Erbe zu retten, das unter ihren Kleidern am Hals baumelte.

Während Ferdinand im Palast war, spitzte sich die Lage
in Jerusalem zu. Angesichts seines bevorstehenden Endes
hatte sich der sarazenische Gouverneur mit hunderten
von Soldaten im Felsendom verschanzt.

Immer wieder rammten die Kreuzfahrer das Tor, bis sie
es schließlich niedergerissen hatten. Obwohl Raimund
von Toulouse strikte Anweisung gegeben hatte, die Anführer der Gegner am Leben zu lassen, starben ausnahms-
los alle. Damit war auch der letzte Widerstand der Muslime zerschlagen. Jerusalem war in christlicher Hand.

Die Stadt bot ein schreckliches Bild. Ihre Straßen waren rot vom Blut der niedergemetzelten Einwohner. Keiner der siebzigtausend hatte überlebt. Chronisten zufolge
war das Schlachten so groß gewesen, dass die Christen
bis zum Knöchel im Blut standen.

Als Ferdinand zum Heiligen Grab eilte, weinte er vor Reue und Entsetzen angesichts des schrecklichen Massakers, welches sie im Namen Gottes angerichtet hatten. Vor dem Grab Christi flehte er zum Herrn um Vergebung. Auch Gottfried von Bouillon und Raimund von Toulouse taten es ihm gleich. Sie forderten alle Anwesenden auf, vor der heiligen Basilika niederzuknien und ihre Schandtaten zu bereuen.

»Bittet Gott um Vergebung für all das Blut, das ihr vor Seiner Tür vergossen habt!«, rief Gottfried. »Keiner von euch, der nicht zuvor die Beichte abgelegt hat, wird das Heilige Grab mit seiner Anwesenheit beschmutzen oder vor dem Grabstein Christi beten. Ich werde als Beispiel vorangehen und meine Sünden beichten. Mit reinem Gewissen kann ich dann das Heilige Grab betreten.« Während er zum Himmel emporblickte, fuhr er mit donnernder Stimme fort: »Erst durch die göttliche Vergebung werden mein Herz und meine Augen eines solch heiligen Ortes würdig sein!«

Vor einem Priester kniete Gottfried nieder und legte seine kurze Beichte ab. Sogleich bildete sich eine lange Schlange von Männern und Frauen, die dem Beispiel ihres Anführers folgten. Ferdinand, Gottfried und die übrigen fränkischen Edelmänner betraten als Erste den heiligen Ort. Endlich waren sie am Ziel. Überwältigt hielten sie den Atem an. Nur ihre Schritte hallten in den Hallen wider und störten die heilige Ruhe.

Langsam gewöhnten sich die Augen an die Dunkelheit in der Basilika. Sie war in einem jammervollen Zustand. Über dem unregelmäßigen Grundriss wölbte sich eine mächtige Kuppel.

Geradeaus in der Mitte befand sich eine vieleckige Grabkapelle. Von der Kuppel fiel ein kräftiger Sonnenkegel darauf herab und tauchte sie in ein erhabenes Licht. Dahinter, durch einen breiten Gang getrennt, lag die Apsis. Sechzehn Marmorsäulen und sechzehn Rundbögen stützten die obere Galerie, die ihrerseits mit ebenso vielen Säulen die nächste bildete. Darüber ergab die gleiche Anzahl mosaikverzierter Nischen die letzte Reihe. Sie zeigten neben den zwölf Aposteln auch die heilige Helena, Kaiser Konstantins Mutter, und andere unbekannte Figuren.

Vermutlich barg die Kapelle das ersehnte Grab.

Mehrere auf dem Boden liegende Kerzenleuchter wurden entzündet. Gottfried betrat als Erster die Kapelle.

Eine große, runde Steinplatte lag auf deren Boden. Dieser Stein, eine Spende des wohlhabenden Joseph von Arimathia, hatte sicher einst das Grab Christi verschlossen. Dahinter lag eine kleine Grabkammer, an deren Wand eine mit weißem Marmor verkleidete Steinplatte lehnte. Gottfried erkannte darin sogleich die heilige Stätte, auf welcher der Leichnam Jesu bis zur Auferstehung geruht hatte. Demütig küsste er den Stein und faltete die Hände zum Gebet. Er dankte Gott für die Gnade, als Erster an diesem so lange von Unchristen beherrschten Ort niederknien zu dürfen.

Dank Seiner Hilfe und dem Einsatz vieler vorzüglicher Männer hatten die Kreuzritter ihren Auftrag erfüllen können. Der heilige Ort stand der Christenheit wieder offen.

Mittlerweile drängten sich in der Grabkammer die Kreuzfahrer. Alle wollten dem Stein huldigen, auf dem vor tausend Jahren der Sohn Gottes im Tod gelegen hatte.

Einstimmig wurde Gottfried danach vor dem Heiligen Grab zum neuen König Jerusalems erklärt. Die Stadt gehörte ihnen. Jemand musste nun die Besetzung des Heiligen Landes leiten.

Dankbar nahm Gottfried die Ehre an. Aber er war mit seiner neuen Rangbezeichnung nicht einverstanden:

»Ich will weder eine Krone noch andere Insignien der Macht. Einst krönten Jesus hier Dornen, bevor er als König am Kreuz starb. Ich bin dieser Auszeichnung nicht würdig, übernehme aber die Verantwortung für Jerusalem und die Geschicke seiner neuen Bewohner. Fortan will ich den Titel ›Hüter des Heiligen Grabes‹ tragen.«

Als erste Amtshandlung ordnete Gottfried für den nächsten Tag, den sechzehnten Juli, einen feierlichen Gottesdienst zur Mittagsstunde in der heiligen Basilika an. Bis dahin konnten sich alle ausruhen, ihren neuen Besitz in Augenschein nehmen oder die historischen Plätze der Stadt erkunden.

Ferdinand lehnte Raimunds Einladung, gemeinsam die al-Aqsa-Moschee zu besichtigen, ab.

Er wollte in seinen neuen Palast, etwas Warmes essen und mit der geheimnisvollen Frau reden, die ihn dort erwartete. Es dunkelte bereits.

Der tapfere Kreuzfahrer schickte den Wachtposten weg, verschloss sorgfältig die Tür hinter sich und ging zur Küche, aus der ein gedämpftes Hantieren drang. Im übrigen Palast war es vollkommen still. Die Frau erwartete ihn bereits. Sie saß mit gesenktem Haupt an einem gediegenen Holztisch. Ihre Hände ruhten auf der Platte. Als er eintrat, richtete sich Sarah auf, warf ihm einen Blick zu, um sogleich wieder demütig den Kopf zu senken. Während ihres folgenden Gesprächs verharrte sie in dieser Haltung.

»Guten Abend, mein Herr. Ich habe dir zu essen gemacht. Es ist im Esszimmer angerichtet, würdest du bitte dort Platz nehmen.«

Sarah rührte im Kupferkessel, der auf dem Herd stand. »Ich möchte erst etwas Wein.«

Bevor er sich an den Tisch setzte, legte Ferdinand das Eisenhemd und das schwere Schwert ab. Nach dem langen, erschöpfenden Tag konnte er sich kaum auf den Beinen halten.

Sarah nahm ein Glas aus dem Schrank, schenkte großzügig aus einem in der Ecke stehenden Weinfass ein und stellte das Glas demütig vor ihm ab.

Sie trug ein anderes Gewand. Ferdinand bemerkte, dass die lange, grüne, an der Taille gebundene Tunika Sarahs schlanke Gestalt besonders hervorhob. Er griff nach dem Glas und trank von dem köstlichen Wein, der wohltuend seine durstige Kehle hinabbrann. Neugierig und ein wenig verunsichert verfolgte der Franke Sarahs Kommen und Gehen. Obwohl sie Angst und Schrecken erfüllen mussten, gab sie sich gefasst. An ein und demselben Tag hatte sie die Ihren verloren, ein entsetzliches Massaker erlebt, und jetzt hingen ihre Zukunft, ja ihr Leben von der Gunst eines Fremden ab. Die Selbstbeherrschung dieser Frau war bewundernswert. Was ihr wohl gerade durch den Kopf ging? Wodurch könnte er ihr Angst und Kummer nehmen? Sie tat ihm sehr leid.

»Sarah, auch wenn unsere Begegnung unter schlimmen Umständen erfolgte, würde es mich freuen, wenn du dich nicht mehr vor mir fürchten würdest.« Sie hob das Gesicht, und ihre Blicke trafen sich. Etwas in seinen Augen beruhigte Sarah auf der Stelle. Sie strahlten Verständnis und Ehrlichkeit aus. »Ich kann mich gut in deine Lage versetzen, aber glaube und vertraue mir. Heute Abend bin ich der glücklichste Mann der Stadt – bei diesem wunderbaren Essen und so angenehmer Gesellschaft.« Unbeholfen versuchte Ferdinand, die Spannung zu mindern, wobei sein Magen laut knurrend nach seinem Recht verlangte.

Der neue Hausherr begab sich ins Esszimmer. Auf dem Tisch war nur für eine Person gedeckt. Er wollte Sarah schon bitten, ihm Gesellschaft zu leisten, besann sich dann aber anders. Sicher würde sie sich lieber zurückziehen. Er rief sie, worauf die Frau den Raum betrat, um seine Anweisungen entgegenzunehmen.

»Du solltest nun ruhen, Sarah. Bring das Essen und stell es auf den Tisch. Morgen ist auch noch ein Tag. Dann können wir uns in Ruhe unterhalten.«

Wie er gewünscht hatte, brachte sie das Essen und bat – nun etwas ruhiger – um Erlaubnis, auf ihr Zimmer gehen zu dürfen. Sie bangte nicht mehr um ihr Leben, sondern fürchtete um ihre Ehre. Auch wenn der Mann sich ritterlich und scheinbar aufrichtig gab, so kannte sie doch nicht seine Absichten. Ihre Angst war nicht mehr ganz so groß. Dennoch verriegelte sie sorgfältig ihre Tür von innen und hoffte, sie erst am Morgen wieder öffnen zu müssen.

In dieser Nacht ließ der Schlaf lange auf sich warten. Die Schrecken des Tages wurden wieder lebendig. Gequält warf sich Sarah im Bett hin und her. Erst als sie vernahm, wie die Schritte des Mannes an ihrer Tür vorbeigingen, beruhigte sich ihr wild pochendes Herz. Erschöpft schlief sie endlich ein.

In den nächsten beiden Tagen fanden sie trotz Ferdinands Verpflichtungen genügend Zeit zum Reden und kamen sich dabei ein wenig näher. Allmählich wuchs etwas Vertrauen zwischen ihnen.

Sarah erzählte von sich: von ihrer glücklichen Kindheit in Hebron, woher ihre Familie stammte, von ihrer

Hochzeit mit einem reichen Kaufmann und dem anschließenden Umzug nach Jerusalem. Bereits mit sechzehn Jahren war sie vermählt worden.

In ihrer zwölfjährigen Ehe war sie nicht sehr glücklich
gewesen. Für ihren Gatten empfand sie nie Liebe und nur
Erleichterung bei seinem Tod vor drei Jahren. Auf dem
Weg nach Damaskus wurde die Karawane ihres Mannes
überfallen und ausgeraubt. Alle kamen dabei ums Leben.

Als sie sich eines Abends beim Essen angeregt unterhielten, blitzte unter Sarahs züchtigem Gewand etwas
hervor, was Ferdinand in seinen Bann zog. Es war ein kleines goldenes Medaillon, auf dem ein Lamm und darüber
ein Stern zu sehen waren – so wie auf dem Wappen des
Palastes. Sarah bemerkte Ferdinands Blick nicht.

Der neue Hausherr behielt seine Entdeckung vorerst
für sich. Aber im Verlauf des Abends wuchs seine Neugier, bis er nicht mehr anders konnte, als danach zu fragen:

»Seit einer Weile schon ist mir das Medaillon an deinem Hals aufgefallen.« Überrascht und auch ein wenig
ängstlich verbarg Sarah es eilig wieder unter der Tunika.
»Es mag dir vielleicht seltsam erscheinen, aber seit ich
es entdeckt habe, muss ich hinsehen – als hätte das Medaillon eine geheime Kraft. Ich kann mir keinen Reim
darauf machen, aber ich muss unbedingt mehr darüber
erfahren. Wenn mich nicht alles täuscht, zeigt es das gleiche Motiv wie das Wappen am Palast, nicht wahr?«

Sarah war die Frage sichtlich unangenehm. Sie betrachtete den Franken unsicher. Sie räusperte sich, als wollte
sie etwas sagen, verstummte aber wieder. Ferdinand
schien eine Ewigkeit vergangen zu sein, als Sarah endlich
zu sprechen begann.

»Wenn du die Bibel gelesen hast, wirst du einen Teil

meiner Geschichte bereits kennen. Sie ist ziemlich lang, deshalb schlage ich vor, es uns auf den Sitzkissen bei einem Gläschen Dattellikör bequem zu machen. Ich glaube, er wird dir schmecken.«

Sarah begann zu erzählen:

»Vor vielen hundert Jahren folgte ein Mann namens Abraham dem Befehl Jahves. Er verließ Ur, eine Stadt in Mesopotamien, um das angrenzende Kanaan zu erobern. Jahve hatte ihm und seinen Nachkommen dieses Land versprochen.

Abraham war schon lange mit Sarah verheiratet, hatte aber noch immer keinen Nachwuchs.

Gottes Geheiß befolgend, zog er mit seiner Familie und seinen Tieren ins Nachbarland. Bald zwang eine große Dürre sie, weiter nach Ägypten in die fruchtbaren Auen des Nils zu ziehen. Sonst hätte niemand überlebt. Einige Jahre später kehrten alle wieder nach Kanaan zurück.

Abraham wünschte sich sehnlichst einen Erben für das von Jahve versprochene Land. Da gebar eine schöne Sklavin, die er aus Ägypten mitgebracht hatte, seinen Sohn Ismael, denn Abrahams Frau war unfruchtbar. Eines Tages verkündete Jahve Abraham, die neunundneunzigjährige Sarah sei froher Hoffnung. Bald würde sie ihm einen rechtmäßigen Erben schenken. Diesen Sohn sollte er Isaak nennen.

Zur großen Verwunderung aller gebar die greise Sarah tatsächlich einen gesunden Sohn. Isaak wuchs zu einem kräftigen, gottesfürchtigen Knaben heran. Abraham war trotz seines hohen Alters über die später Vaterschaft hoch beglückt, denn er konnte das versprochene Land an Isaak weitergeben und dadurch das heilige Bündnis mit seinem Gott Jahve erneuern.«

Während er Sarah aufmerksam lauschte, kostete Ferdinand vom milden Likör und dachte über den Zusammenhang dieser Geschichte mit seiner Frage nach.

»Eines Tages erhielt Abraham einen unergründlichen, sehr schmerzlichen Auftrag von Jahve. Gott sprach zu ihm: ›Nimm deinen einzigen, über alles geliebten Sohn Isaak und gehe mit ihm nach Moriah. Dort werde ich dir den Berg zeigen, auf dem du ihn mir opfern wirst.‹

Auf einem Esel machte sich Abraham mit seinem Sohn und zwei Dienern auf den Weg. Auf den gewiesenen Berg stiegen jedoch nur er und Isaak. Sie trugen Holz, Feuer und ein Messer bei sich. Isaak fragte seinen Vater: ›Wir haben Holz und Feuer, aber wo ist das Opferlamm?‹ Abraham erklärte, Gott selbst werde es schicken. Sie erklommen einen Hügel bei Salem, dem heutigen Jerusalem. Hier errichtete Abraham einen Opfertisch, schichtete das Holz auf, fesselte seinen Sohn und legte ihn auf die Opferstätte. Er hielt schon das Messer in der Hand, um seinen Sohn zu schlachten, als ihm ein Engel Jahves vom Himmel aus zurief: ›Lass vom Knaben ab. Krümme ihm kein Haar, denn du fürchtest Gott und bist bereit, ihm deinen einzigen Sohn zu opfern.‹ Augenblicklich ließ Abraham das erhobene Messer fallen. Als er sich umblickte, sah er einen im Gestrüpp verfangenen Bock, den er Jahve darbrachte. Wieder erschien der Engel des Herrn und sprach zu ihm: ›Im Namen Jahves schwöre ich, dass du dafür reichlich belohnt werden wirst. Deine Nachkommen werden so zahlreich sein wie die Sterne am Firmament und der Sand im Meer. Dein Geschlecht wird die Tore seiner Feinde besitzen. Gepriesen seien deine Nachkommen auf der ganzen Welt, denn du bist meiner Stimme gefolgt.‹

Nach ein paar Jahren starb Sarah und wurde in Hebron,

meiner Geburtsstadt, beerdigt. Aus diesem Grund trage ich ihren Namen. Isaak heiratete Rebecca und hatte mit ihr zwei Söhne, Jakob und Esau. Jakob nahm sich Rahel zur Frau und zeugte mit ihr viele Kinder. Von ihnen ist vor allem Joseph in Erinnerung geblieben, den seine Brüder als Sklaven nach Ägypten verkauften. Viele Generationen später und in direkter Nachfolge wurde mein Vater, Josafat, geboren. Er blieb zeit seines Lebens in Hebron. Als direkter Nachkomme Isaaks oblag ihm eine wichtige Aufgabe. Er war Hüter der heiligen Grabstätten der Patriarchen Abraham, Isaak und Jakob. Ein großer Teil der Glaubensgeschichte unseres Landes ist mit der meiner Familie verwoben.«

Allmählich begann Ferdinand, den Zusammenhang zwischen dem von Abraham dargebrachten Opferlamm und dem auf Sarahs Medaillon zu erahnen.

»Wenn du also unmittelbar von den Patriarchen abstammst, dann ist das Lamm auf dem Medaillon auch Zeichen deines Geschlechts?«

Sarah füllte die Gläser erneut mit Likör und nahm wieder auf ihrem Kissen vor Ferdinand Platz. Feierlich erläuterte sie:

»Das Lamm ist für uns sowohl Zeichen des Opfers als auch der Freude. Um den Bund mit Gott zu erneuern, war Abraham sogar bereit, seinen einzigen Sohn zu opfern. Im letzten Augenblick wies ihn der Herr an, stattdessen einen Bock zu nehmen. Bevor Moses sein Volk aus Ägypten ins Gelobte Land führte, verlangte er, dass sämtliche Türen mit dem Blut eines Lammes gekennzeichnet wurden. Nur diese Häuser würde Jahves Engel verschonen, denen der Ägypter hingegen den Tod bringen. Aus diesem Grunde feiern wir das Osterfest und essen ein Lamm. Es ist für uns, wie ich bereits sagte, ein Zeichen des Festes, der Freude und des Opfers zugleich. Damit gedenken wir auf ewig des Opfers unseres jüdischen Volkes.«

»Ich verstehe«, sagte Ferdinand, für den sich allmählich die Dinge zusammenfügten. »Dann ist der Stern das Zeichen des von Jahve deinem Geschlecht versprochenen Erbes: ›wie die Sterne am Firmament ...‹«

»Genau das ist damit gemeint, Ferdinand!«, rief Sarah. »Du fängst an, die Zeichen richtig zu deuten. Das Lamm und der Stern sind seit jeher mit meiner Familie verbunden. Von Generation zu Generation wurde das Medaillon bis zu mir weitergegeben. Die Tradition verlangt, dass es nie in fremde Hände gerät.«

Sarah rückte etwas näher, senkte die Stimme und fuhr ungewöhnlich ernst fort:

»Vorhin hast du gesagt, das Medaillon ziehe dich unwiderstehlich an.« Bei diesen Worten küsste sie es sacht. »Das ist nichts Ungewöhnliches. Denn es ist nicht nur das Zeichen meines Geschlechts, sondern Sein Zeichen. Abraham selbst schmiedete es und gab es seinem Sohn Isaak nach ihrem Opfergang auf dem Berg Salem. In Erinnerung an das heilige Bündnis mit Jahve soll nach Abrahams Willen der Anhänger bis ans Ende der Zeit vom Vater auf den Sohn übergehen. Dieses Medaillon geht auf den Urvater meiner Sippe zurück. Und du, Ferdinand de Subignac, bist der Erste außerhalb unserer Familie, der davon weiß. Niemand kennt die geheime Kraft dieses Anhängers. Aber er hat sie, denn er steht für Abrahams Bund mit Jahve.«

Tief ergriffen von Sarahs Geschichte erhob sich Ferdinand. Es zog ihn unwiderstehlich zu ihr hin. Zärtlich nahm er das Medaillon in seine Hände und küsste es voller Ehrfurcht.

Sarah betrachtet ihn wohlwollend. Unwillkürlich

strich sie ihm mit der Hand übers Haar. Etwas Ungewöhnliches ging von dem Mann aus. Es öffnete ihr Herz und ihre Lippen.

»Als ich dich zum ersten Mal in meinem kleinen Gebetsraum sah, fühlte ich nur Angst. Ich fürchtete weniger den Tod, als das Medaillon zu verlieren. Meine oberste, heilige Pflicht ist, es zu bewahren und an meine Nachkommen weiterzugeben. Zu meinem Kummer sind mir in all den Jahren meiner Ehe eigene Kinder verwehrt geblieben. Seit dem Tod meines Gatten und der gebührenden Trauerzeit«, fuhr sie fort, »suche ich verzweifelt einen neuen Gemahl, der meinen Wunsch nach einem Erben für das Medaillon erfüllt. Doch kaum einer will von einer Witwe etwas wissen. Jüdische Männer lehnen Frauen, die bereits einem anderen gehörten, ab. Lange kann ich nicht mehr warten, denn ich bin bald zweiunddreißig und nicht ewig fruchtbar. Ein Nichtjude käme als Mann nicht in Frage, weil der Familienkodex eine solche Verbindung nicht anerkennt.«

»Noch bist du eine wunderschöne junge Frau. Du wirst bald einen Mann finden«, versuchte Ferdinand sie zu trösten. Er konnte nicht verstehen, dass sie nicht heiß umworben wurde.

»Mag sein. Aber nach eurem Überfall auf Jerusalem werde ich mir einen Gemahl woanders suchen müssen. Hier gibt es keinen einzigen Juden mehr, nur Christen.«

Die Frau rückte noch ein wenig näher, blickte ihm tief in die Augen und fuhr fort:

»Jetzt, da ich dich näher kenne, weiß ich: Du bist ein gottesfürchtiger Ehrenmann.« Sarah streichelte seine Wange. »Du hast mich vor dem Tod gerettet und mich als Frau geachtet. Ich vertraue dir mein Innerstes an. Du wirst mich niemals verraten.«

Ferdinand legte seine Hand auf Sarahs und hörte ihr weiter zu.

»Ich zähle auf deine Großmut. Du musst mir bei der Flucht helfen. Auf ewig kann ich mich nicht verkriechen. Sollte man mich hier finden, bringe ich dich in Schwierigkeiten. In Telem, einem kleinen Ort westlich von Hebron, habe ich Freunde. Wenn du mich zu ihnen bringst, könnte ich ein neues Leben beginnen.«

Ferdinand hielt ihre Hände zwischen den seinen. Er küsste sie feierlich und gelobte:

»Ich schwöre bei Gott und meiner Ehre, dass mir dein Wunsch Befehl ist. Welche Stadt es auch sein mag, sei dir meiner Unterstützung und meines Geleits versichert. Gleich morgen Früh können wir nach Hebron aufbrechen. Ich werde Männerkleider und eine Rüstung besorgen. So können wir die Wachen täuschen. Wenn wir dieses Hindernis erst überwunden haben, kann uns nichts mehr aufhalten.«

Bei diesen Worten konnte Sarah ihre Rührung nicht mehr verbergen. Sie weinte vor Freude und Dankbarkeit.

Entschlossen verließ Ferdinand den Palast, um die Kleider zu besorgen.

Die nächtliche Brise kühlte seinen Kopf. Nach kurzem Überlegen begab er sich zum Materiallager. Das Zelt war erst am Nachmittag errichtet worden. Hier wurden die Waffen der Kreuzfahrer verwahrt.

Oben in ihrem Schlafgemach legte sich Sarah zur Ruhe. Auch dieses Mal fand sie keinen Schlaf, wälzte sich im Bett und dachte an ihre Zukunft. Zwar hatte Ferdinand in den paar Tagen ihr Vertrauen gewonnen, aber Zweifel nagten jetzt an ihr. War es richtig gewesen, ihm die Geschichte des Medaillons zu erzählen? Es dauerte lange, bis sie einschlummerte.

Nach einer Stunde war Ferdinand wieder im Palast. Er hatte alles gefunden, was sie brauchten. Sorgfältig richtete er die Sachen her und legte sich ebenfalls nieder.

»Sarah, steh auf! Wir müssen aufbrechen.«

Sie rieb sich die Augen und sah sein übermüdetes Gesicht.

»Konntest du etwas schlafen?«, erkundigte sie sich.

»Nur ein wenig, aber das spielt jetzt keine Rolle. Hier sind Kleider, Rüstung und Schild. Sie müssten dir passen. Inzwischen sattle ich die Pferde. Ruf mich, wenn du mit der Rüstung nicht zurechtkommst.«

Hastig zog sich Sarah an. Das Kettenhemd war etwas zu eng und betonte ihre Hüften. Doch das lange weiße Hemd und die Rüstung verbargen sie wieder. Dann band sie ihre Mähne zurück und versteckte sie unter einem wollenen Strumpf. Vergeblich versuchte sie, die Rüstung festzuzurren. Also stieg sie in die schwarzen Stiefel und schnallte den schweren Gürtel mit dem Schwert an. Zuletzt nahm sie Schild und Helm. Schwerfällig stieg sie die Treppe hinab und suchte Ferdinand.

Er wartete im Hof auf sie und hatte die schwarzen Pferde bereits gesattelt. Sie konnten gleich aufbrechen.

»Gütiger Himmel! Niemand wird unter der Rüstung eines Kreuzritters eine Dame vermuten! Welch gelungene Maskerade! Keiner wird Verdacht schöpfen.«

Sarah lächelte zufrieden und bat ihn, die Rüstung festzumachen. Er schnürte sie so fest, dass sie kaum atmen konnte. Dann half er ihr aufs Pferd. Sie verließen den Hof durch die Hintertür und überquerten ein Feld, das sie geradewegs zum Südtor der Stadt führte.

Auf dem Weg verriet ihm Sarah, dass zwei Truhen voller Goldmünzen und Schmuck im Palast versteckt waren.

Sie wollte nicht, dass jemand anderer den Schatz fand. Ferdinand wehrte ab, aber Sarah bestand darauf. Er musste ihr schwören, ihn bei seiner Rückkehr an sich zu nehmen. Schließlich versprach Ferdinand, die Truhen nach Troyes zu bringen. Sarah erzählte, ihr verstorbener Gatte habe ein Vermögen gemacht. Es werde Ferdinand und seinen Nachkommen ein angenehmes Leben ermöglichen.

Ohne Schwierigkeiten passierten sie das Stadttor. Die Wachtposten grüßten den berühmten Truchsess. Als Ferdinand erklärte, er reite in Begleitung seines Knappen ins nahe Bethlehem, schöpften sie keinen Verdacht. Die Stadt befand sich bereits in christlicher Hand. Doch die beiden Reiter zogen daran vorbei und galoppierten weiter Richtung Süden. Vor Hebron hielt sie ein steiler Pass etwas auf und verzögerte die für mittags vorgesehene Ankunft.

Unentwegt hatten sie die Pferde angetrieben. Sarah war aber das lange Reiten nicht gewohnt. Nachdem sie das Dorf Halhul hinter sich gelassen hatten, bat Sarah um eine kurze Rast. Am Weg lud ein Brunnen dazu ein.

Ferdinand willigte ein und half ihr, vom Pferd abzusteigen. Die schwere Rüstung war Sarah im Weg. Umständlich ging sie zum Brunnen, ließ sie sich auf einem Stein nieder und lockerte den Gürtel mit dem Schwert. Mit einem Seufzer ließ sie beides auf den Boden gleiten, streckte wohlig die Beine aus, nahm den Helm ab und blinzelte in die Sonne.

Inzwischen holte Ferdinand Wasser aus dem Brunnen.

Sarah atmete gerade genüsslich die frische Luft ein, als sie plötzlich einen bohrenden Schmerz im Rücken verspürte und vornüber zu Boden fiel. Ein zweiter Pfeil streifte ihren Arm. Sie rief nach Ferdinand, der zu ihr eilte. Blut tropfte aus ihrer Seite. Als er aufsah, stürmten zwei sarazenische Soldaten auf sie zu. Sie hatten sich im Eichenhain verborgen und ihnen aufgelauert. Ohne einen Augenblick zu zögern, warf sich der Kreuzritter ihnen entgegen.

Dem Ersten hieb er den Arm ab. Dem Zweiten bohrte er sein Schwert tief in den Magen. Der Mann brach sofort tot zusammen.

Ferdinand wandte sich wieder dem Verletzten zu. Er lag auf dem Boden und sah entsetzt das Blut aus dem Stumpf spritzen. Ein gewaltiger Hieb entzweite den Schädel des Ungläubigen wie eine Nussschale.

Dann kniete Ferdinand vor Sarah nieder. Verzweifelt stellte der Ritter fest, dass der Pfeil ihre Brust durchbohrt hatte. Sie war tödlich getroffen. Er nahm sie in seine Arme. Als Sarah dem Franken in die Augen sah, wusste sie, wie es um sie stand.

»Es hat nicht sollen sein, mein Herr. Mein Ende naht.«

Ein schmerzhafter Husten brachte sie zum Schweigen. Ferdinand weinte. Hilflos musste er mit ansehen, wie sie langsam verblutete.

»Kann ich noch etwas für dich tun, Sarah?«

Mühsam sprach die Sterbende:

»Um zwei Dinge möchte ich dich noch bitten: Nimm das Medaillon. Von nun an soll es in deiner Familie weitergereicht werden. Aber versprich mir, dass niemand sonst davon erfährt. Du bist würdig, diesen heiligen Anhänger zu tragen. Und ...«, Sarahs Stimme versagte einen Moment, »wenn ich tot bin, bitte bete für mich zu meinem Gott.«

Sarahs Augen trübten sich. Ferdinand beugte sich über sie und küsste sie lange auf den Mund. Seine Tränen benetzten das Gesicht der Sterbenden. Als er sich wieder aufrichtete, war sie tot. Bitter weinend verharrte er beim Leichnam – wie lange, wusste er nicht. Der Schmerz nahm ihm das Gefühl für die Zeit. Doch sein Versprechen riss ihn aus der Trauer. Vorsichtig löste er die Kette mit dem Medaillon vom Hals der Frau und wischte das Blut davon ab. Danach legte er es sich um und verbarg es unter seinen Kleidern.

Mit dem Schwert hob er ein Grab aus, in das er die tote Sarah bettete. Dann bedeckte er ihren Körper mit Sand und Steinen. Die untergehende Sonne färbte den Himmel rot. Ferdinand stand am Grab, in der rechten Hand das Medaillon. Laut rief er zum Himmel:

»Oh Gott, Vater des Abraham, Isaak und Jakob, mit denen du einst den heiligen Bund besiegelt! Blicke gütig herab auf diese deine Tochter Sarah. Treu ergeben trug sie das Zeichen des Opfers ihrer Väter. Nimm sie auf in dein Reich, dass sie selig werde an deiner Seite und an der ihrer Ahnen. Gib mir die Kraft, mich dieser hohen Auszeichnung würdig zu erweisen, und leite meine Schritte.« Er hielt einen Augenblick inne und holte tief Luft: »Ich, Ferdinand de Subignac, schwöre bei deinem Namen, hier auf dem heiligen, vom Blut deiner dir ergebenen Dienern durchtränkten Boden, dieses Medaillon immer vor deinen Feinden zu schützen. Das geloben ich sowie alle meine Nachfahren!«

Wuchtvoll stieß er das Schwert in die Erde und sprach: »So soll es sein. Dein Wille geschehe!«

Bei diesen letzten Worten ertönte ein gewaltiges Donnern über Jerusalem. Verwundert blickten die Menschen zum tiefblauen Himmel empor. Manche sahen darin ein Zeichen Gottes.

4

Segovia, 2001

Als das Auto aus dem Guadarrama-Tunnel fuhr, zeigte das Außenthermometer minus zwei Grad an.

Vor einer Stunde, genau um neun Uhr, war Fernando vor dem Haus, in dem Mónica wohnte, vorgefahren. Sie wollten zeitig in Segovia sein, um den Absender des geheimnisvollen Päckchens ausfindig zu machen.

Fernando wartete bei laufendem Motor in zweiter Reihe auf sie. Ungeduldig blickte er auf die Uhr: Es war schon Viertel nach neun. Endlich erschien Mónica in einer Pelzjacke.

»Guten Morgen, Mónica. Startklar für einen Tag voller Rätsel?« Ohne Zögern antwortete die junge Frau mit einem breiten Lächeln:

»Bereit, das Geheimnis des Päckchens aus Segovia zu lüften, mein lieber Holmes.«

»Also dann, mein guter Watson. Aber ich rate Ihnen, zuvor die Jacke abzulegen. Die Autoheizung ist fabelhaft, und Ihnen läuft sonst binnen weniger Sekunden das Wasser runter.«

Fernando legte das »Konzert für zwei Violinen d-Moll« von Johann Sebastian Bach auf. Mónica machte es sich auf dem Ledersitz bequem und schnallte sich an.

Fernando beobachtete sie aus den Augenwinkeln.

Sie trug eine enge Jeans und einen warmen, dunkelroten Rollkragenpulli. Das zu einem Pferdeschwanz gebundene Haar lenkte die Aufmerksamkeit auf ihren langen Hals.

»Versteh das bitte nicht falsch, aber du siehst heute einfach umwerfend aus!«, bemerkte Fernando bewundernd.

Leicht errötend sagte sie:

»Danke, das ist sehr freundlich von dir, Fernando.«

Um diese Zeit war kaum Verkehr in Richtung Segovia. Mit hoher Geschwindigkeit fuhr das Auto auf der Straße nach La Coruña. Weder Fernando noch seine hübsche Begleitung waren gewohnt, so lange miteinander allein zu sein. Trotz der entspannenden Musik kam eine Unterhaltung nur stockend in Gang. Jeder hing seinen Gedanken nach. Mónica fühlte sich glücklich und zufrieden, denn sie war mit knapp achtundzwanzig Jahren in ihrem Traumberuf gelandet. Schon als kleines Mädchen hatte sie gewusst, was sie wollte, und viele Opfer dafür in Kauf genommen. Ihre Eltern erwarteten immer Höchstleistungen. Etwas anderes als die Note Eins kam gar nicht in Frage.

Neben dem Schulstoff las sich Mónica zusätzliches Wissen an. Niemand sollte sie in den Schatten stellen – lautete das elterliche Credo. Während andere Mädchen ihres Alters sich amüsierten, verbrachte Mónica ihre Zeit am Schreibtisch. Jetzt, wo sie am Ziel war, wurde ihr erst bewusst, wie viel sie versäumt hatte. Da war ein großer Nachholbedarf an Liebe, Freunden, Vertrauten. Auch Geschwister vermisste die junge Frau manchmal. Dann traf sie Fernando, der alle Wünsche vereinte.

Sie wurde geradezu süchtig nach ihm. Liebe und Leid waren nicht zu trennen. Was konnte sie ihm bieten, unerfahren wie sie war? Wie konnte sie ihn auf sich aufmerksam machen? Auf diese und ähnliche Fragen fand sie keine Antwort.

»Ich muss tanken«, unterbrach Fernando ihre Gedanken. »Hast du Lust auf einen Kaffee?«

»Das wäre klasse! Ich habe ehrlich gesagt noch nicht gefrühstückt und könnte etwas Warmes gut vertragen.«

Nach dem Tanken parkte Fernando den Wagen neben der Raststätte. Er half ihr in die Jacke. Als er den Wagenschlag öffnete, blies ihr ein eiskalter Wind ins Gesicht. Mónica war ganz aufgewühlt. Sie genoss jede winzige Kleinigkeit ihres Beisammenseins.

Bei einer Tasse Kaffee rekapitulierten beide, was sie bisher über das seltsame Paket herausgefunden hatten.

»Ich habe eine winzige Goldprobe vom Armband nach Amsterdam geschickt.« Der Juwelier holte das in Samt eingeschlagene Schmuckstück aus der Jackentasche. »Dort gibt es ein Labor, das antiken Schmuck ziemlich genau datieren kann. Sie wollen mir in einer Woche das Ergebnis zuschicken.« Fernando bat den Kellner um einen Aschenbecher. »Über die Feiertage habe ich zuhause zwei internationale Kataloge für antiken Schmuck gewälzt, aber nichts über das Armband gefunden.«

Er schob es seiner Assistentin zu, damit sie es besser sehen konnte.

»Schau, die Oberfläche ist ganz glatt, ohne Relief. Nur auf der Vorderseite sind zwölf kleine Steine eingelassen. Sie sind alle verschieden. Du wirst als Expertin für Edelsteine bestätigen können, dass diese hier ein Topas, ein Smaragd, ein Diamant, ein Rubin und ein Saphir sind. Die anderen sind Halbedelsteine: ein Sardonyx, ein Hyazinth, ein Achat, ein Amethyst; zuletzt ein Onyx, ein Crysolith und ein Jaspis. Alle zwölf Steine sind ungeschliffen.«

»Absolut richtig. Du bist immer noch firm in Edelstein-
kunde.«

Lächelnd fuhr Fernando fort:

»Unser Armband ähnelt einem ägyptischen Exemplar
aus dem 14. Jahrhundert vor Christus. Ich habe es im Katalog des Britischen Museums in London gesehen. Es hat
die gleiche Form, zeigt aber das Relief eines Falken – Symbol des Gottes Horus.«

»Glaubst du wirklich, dass es so alt ist?« Mónica nahm
das Armband prüfend in die Hand.

»Sicher können wir erst sein, wenn uns das Ergebnis
des Labors vorliegt. Sollte es in etwa aus dieser Zeit stammen, könnte es tatsächlich aus Ägypten sein. Aber darüber zu spekulieren, bringt uns jetzt nicht weiter. Ich
möchte zuerst wissen, wer der Absender ist. Vielleicht
finde ich dann heraus, warum mein Vater das Päcken nie
erhielt.« Fernando trank den letzten Schluck Kaffee. »Es
wird allmählich Zeit, die Identität unseres geheimnisvollen ›L‹ Herrera zu lüften. Ich hoffe, er kann mir einige
meiner Fragen beantworten.«

Mónica fröstelte und zog die Jacke über die Schultern.
Sie spielte mit dem Kaffeelöffel, während sie auf das
Wechselgeld warteten. Verlegen sagte sie:

»Ich bin dir für dein Vertrauen sehr dankbar und auch
dafür, dass du mich heute mitgenommen hast. Hoffentlich kann ich dir nützlich sein.«

Fernando nahm sie beim Kinn und lächelte charmant.
Sie verließen die Raststätte. Rasch liefen sie zum Wagen,
denn draußen ging eine schneidender Wind. Bis Segovia
waren es nur noch wenige Kilometer.

Egal, wie oft man Segovia gesehen hat – der römische
Aquädukt der Stadt ist immer ein überwältigender An-

blick. Unter seinen Arkaden hatte Fernando schon als Kind gespielt. Sie fuhren auf der Cuesta de San Juan daran vorbei bis zum Hauptplatz. In einer Seitenstraße, der Calle Capuchinos Alta, befand sich das Historische Archiv. Parkplätze gab es genügend. Fernando und Mónica stiegen aus dem Wagen, schlugen ihre Mantelkragen hoch, gingen zur Calle Trinidad, vorbei am Palast von Mansilla, und bogen in die Capuchinos-Straße. Nach wenigen Schritten standen sie vor einem Gebäude aus Stein. Auf dem Eingangsschild stand: »Historisches Archiv der Provinz Castilla y León«.

Drinnen saß eine Frau hinter einer großen Glasscheibe und sortierte Briefe.

»Guten Morgen. Entschuldigung, hätten Sie vielleicht einen Moment Zeit?«

Die Frau wandte sich ihnen zu:

»Selbstverständlich. Womit kann ich Ihnen helfen?«

»Wir suchen einen Mitarbeiter des Archivs, Herrn Herrera. Könnten Sie ihn fragen, ob er heute für uns Zeit hätte?«

»Tut mir leid, aber bei uns ist kein Herr Herrera beschäftigt«, ließ die Empfangsdame etwas verwundert verlauten. »Unsere Direktorin heißt so, Lucía Herrera. Vielleicht möchten Sie zu ihr?«

Fernando nahm die Fotokopie des Auftragformulars aus der Manteltasche und prüfte nochmals den Namen.

»Ich habe ein Paket von Ihnen erhalten, mit dieser Unterschrift.« Er übergab ihr das Fax von Serviexpress. »Ich bin nicht auf die Idee gekommen, es könne sich um eine Frau handeln. Aber das spielt keine Rolle. Ist Frau Herrera heute zu sprechen?«

»Im Augenblick nicht. Sie ist vor einer Stunde gegangen, hat aber gesagt, sie würde um halb zwölf wieder hier sein.« Die Empfangsdame blickte auf ihre Armband-uhr. »Es sind nur noch zehn Minuten.« Die freundliche Angestellte lud sie ein, ihr zu folgen. »Ich werde Sie in das Büro der Direktorin führen. Ihre Sekretärin hat Urlaub, aber Sie können dort gerne auf Frau Herrera warten.«

Im Gehen warf Mónica einen Blick auf den schönen Innenhof. Die Wände zierten Reste antiker Friese. Offensichtlich war der Hof erst kürzlich renoviert worden. Eine hohe Treppe führte in den ersten Stock. Nach einem langen Gang kamen sie zum Büro der Archivleiterin. Auf dem Türschild war zu lesen: Frau Dr. Lucía Herrera.

»Ich lasse Sie jetzt allein, ich muss zurück zum Telefon. Bitte setzen Sie sich doch. Auf dem Tischchen dort sind ein paar Zeitschriften, mit denen Sie sich die Zeit verkürzen können.«

Die Empfangsdame verließ den Raum.

Es war ein helles, modernes Büro. Mónica nahm in einem der beiden Sessel Platz und fing an, die Zeitschriften durchzusehen.

»Sieh mal diese Veröffentlichung hier, Mónica.«

Fernando zeigte auf ein Titelblatt. Darauf stand: »Historische Gedenkschrift über die Viehzüchterverbände im Kastilien des 14. Jahrhunderts«.

»Wahnsinn, ich glaub, mich tritt 'ne Kuh!«

Fernando lachte herzlich über Mónicas Einfall. Zerstreut blätterte die junge Frau in einem anderen, ebenso spannenden Fachblatt. Da ihr Chef sich in Schweigen gehüllt hatte, sah sich seine Assistentin das Büro genau an. Auf dem Arbeitstisch türmten sich unordentlich drei Stapel Unterlagen und Papiere. Dazwischen lugte ein Computer hervor. Auf dem Bildschirmschoner schwammen zwischen Luftblasen bunte Fische. Aus Langeweile versuchte sich Mónica die Direktorin vorzustellen. Der geheimnisvolle Absender war also eine Frau. Wie würde sie wohl aussehen? Die Leiterin dieses mit uralten, staubigen Unterlagen und Dokumenten voll gestopften Archivs war sicherlich ein liebenswürdiges Mütterlein – klein und mollig, mit einer runden Hornbrille, wie sie Mónicas Oma trug. Die Dame roch sicherlich nach Kampfer.

»Guten Tag! Mein Name ist Lucía Herrera. Man hat mir gesagt, Sie möchten mich sprechen. Womit kann ich Ihnen behilflich sein?«

Eine selbstbewusste Frau schüttelte ihnen die Hand und lud sie ein, wieder Platz zu nehmen.

»Ich bin Fernando Luengo, das ist meine Assistentin Mónica García.«

Während Fernando sie beide vorstellte, betrachtete Mónica aufmerksam die Frau. Sie war höchstens sechsunddreißig oder siebenunddreißig Jahre alt. Ihre Züge zeigten Spuren großen Leids oder Kummers. Das brünette Haar war zu einem Pferdeschwanz gebunden, der das ausdrucksstarke Gesicht hervorhob: Unter der schmalen Nase befand sich ein ebensolcher Mund. Wangenknochen und Kinn waren kräftig. Leichte Tränensäcke wölbten sich unter den großen, dunklen Augen. Die Frau war nicht schön, aber reif und attraktiv. Jedenfalls widersprach sie in allem Mónicas Bild. Die Assistentin richtete ihre Aufmerksamkeit wieder auf die Unterhaltung.

»Vor ein paar Tagen«, sagte Fernando gerade, »erhielt ich in meinem Madrider Laden dieses merkwürdige Paket mit Ihrem Absender. Über den Kurierdienst fand meine Mitarbeiterin heraus, dass es von Ihrem Archiv kam. Der Unterschrift entnahmen wir Ihren Nachnamen. Nun würde ich gerne von Ihnen mehr über den seltsamen Inhalt des Päckchens erfahren.«

»Ich erinnere mich genau daran«, erwiderte die Leiterin, während sie eine Schachtel Marlboro Light aus der Hosentasche kramte. Sie bot ihnen eine Zigarette an und zündete sich selbst eine an.

»Ich bin persönlich gekommen, weil ich es angesichts des ungewöhnlichen, antiken Inhalts für angebrachter hielt. Telefonisch lassen sich solche Dinge nicht so gut klären. Darf ich Ihnen jetzt die Einzelheiten unterbreiten? Nach sorgfältiger Prüfung fand ich heraus, dass das Päckchen für meinen Vater, Don Fernando Luengo, bestimmt war. Die genaue Anschrift von damals ist nicht zu entziffern, wohl aber die Stadt Segovia. Aufgrund der Briefmarke lässt sich die Sendung in etwa auf das Jahr 1933 datieren.« Fernando schob der Leiterin einen Aschenbecher zu. Ohne seine Ausführungen zu unterbrechen, fuhr er fort: »Wie Sie sich denken können, haben diese merkwürdigen Umstände für mich eine Reihe Fragen aufgeworfen. Vielleicht ist es Ihnen möglich, die eine oder andere zu beantworten.«

Mónica konzentrierte sich erneut auf das Äußere der Direktorin. Für ihr Alter sah sie ganz gut aus. Doch offenbar hatte sie keinen Geschmack, denn sie trug ziemlich abgetragene, schlabberige Cordhosen in Grau und einen verwaschenen blauen Pulli mit Zopfmuster.

»Ich war auf Ihren Besuch schon gespannt und freue mich, dass Sie so schnell gekommen sind. Ihre Ungeduld, mehr über das Päckchen in Erfahrung zu bringen, ist durchaus verständlich. Darf ich Ihnen einen Kaffee oder eine Erfrischung anbieten, bevor ich Ihnen sage, was ich über diese Sache weiß?«

Dankbar nahm Mónica eine Cola light. Fernando bat um einen kleinen Kaffee mit etwas Milch. Lucía Herrera bestellte telefonisch zwei Kaffee und eine Cola. Dann nahm sie wieder Platz. Seit mehr als sechzig Jahren schon, erklärte sie, gab es das Historische Archiv. Wie sie sehen konnten, war es aus diesem Grund vor kurzem renoviert worden. Es umfasste Tausende von Dokumenten über die Geschichte der Provinz und eines Teils von Neukastilien. Manches darunter war ein wahrer Schatz – vor allem die Schriftstücke aus der Zeit, als der Hof in der heutigen Burg weilte. Die Leiterin empfahl gerade ihren Gästen, dort ein paar der ältesten und interessantesten Dokumente zu besichtigen, als die Getränke serviert wurden. Wie immer tat Fernando drei Löffel Zucker in den Kaffee. Lucía nahm den Faden wieder auf.

»Bis kurz vor Ausbruch des Bürgerkriegs diente dieses Gebäude als Gefängnis.« Die Historikerin sah Fernando in die Augen. »Das führt uns direkt zu der Angelegenheit, die Sie heute hierher geführt hat.« Lässig warf sie ihren Pferdeschwanz zurück. »In den vergangenen Monaten haben wir alles Material aus dieser Zeit systematisch erfasst. Dabei tauchte besagtes Paket auf. Es befand sich unter dem Posteingang des Gefängnisses, inmitten von vielen anderen Dokumenten, wie dem Register der Zugänge und Entlassungen, alten Rechnungen und Verwaltungskram. Das Paket ließ mich gleich stutzen. Ich konnte mir nicht erklären, weshalb es einfach liegen geblieben war und warum es niemand je geöffnet hatte.« Die Direktorin schlug die Beine übereinander, nahm einen Schluck Kaffee und fuhr fort: »Zunächst suchte ich nach einem Luengo in der Beschäftigtenliste, dann unter den Gefangenen von damals – und ich fand ihn.« Sie klopfte sich mit der Zigarettenschachtel aufs Knie. »Der Gefangene trug Ihren Namen. Dann habe ich Ihr Geschäft in Madrid ausfindig gemacht. Den Rest kennen Sie bereits.«

Nachdenklich rieb sich Fernando das Kinn. Eine traurige Geschichte aus dem Leben seines Vater kam ihm in den Sinn. Seine Mutter hatte sie ihm erzählt. Das war lange vor seiner Geburt gewesen.

»Mein Vater war zwischen 1932 und 1933 über ein Jahr im Gefängnis. Er stammt aus Segovia, aus einer alten, bis auf die Mitte des 17. Jahrhunderts zurückgehenden Familie von Silberschmieden. Er selbst war für seine Kunstfertigkeit berühmt. Noch heute ist das Geschäft hier am Platz in Händen der Familie. Es gehört meiner Schwester Paula. Wir haben mehr Aufträge als jede andere Werkstatt in Castilla y León.« Unruhig spielte er mit einem dicken Füllfederhalter, den er aus dem Jackett genommen hatte. »Im Frühjahr 1932 muss etwas geschehen sein, worüber ich nichts Genaueres weiß. Einige Monate später landete er deswegen im Gefängnis.«

Verdutzt hörte Mónica die seltsame Geschichte von Fernandos Vater. Sie fühlte sich von der Unterhaltung ausgeschlossen und war auf die Direktorin eifersüchtig. Ihr Chef war ganz Ohr und schien seine Assistentin vergessen zu haben. »Lucía, als Historikerin kennen Sie sicher die sechzehn Grabplatten am Hauptaltar der Kirche Vera Cruz. Sie tragen alle verschiedene Namen ...«

Kaum hatte die Wissenschaftlerin den Namen dieser alten Kirche vernommen, richtete sie sich auf. Erregt fiel sie Fernando ins Wort:

»Seit meiner Jugend beschäftige ich mich intensiv mit dieser Kirche. Ich habe darüber promoviert und kenne mich ziemlich gut damit aus – soweit es dieser rätselhafte Bau überhaupt zulässt. Bisher gibt es über die Kirche nur wenig wissenschaftlich Fundiertes. Entschuldigen Sie, Herr Luengo, wenn ich Ihnen vorgreife. Soweit ich mich erinnern kann, tragen zwei der Grabplatten den Namen Luengo.«

»Sie kennen sich tatsächlich gut aus!«, rief Fernando, immer noch mit dem Füller spielend. »So ist es. Es gibt zwei Grabplatten: Eine lautet auf Juan Luengo, die andere auf Paula Luengo und deren Nachfahren. Beide sind aus dem ausgehenden 17. Jahrhundert, von 1679 und 1680. Bis dahin können wir unsere Familie zurückverfolgen.«

Mónica konnte sich nicht mehr länger zurückhalten. Die Angelegenheit fing an, spannend zu werden. Sie mischte sich ins Gespräch:

»Ich bitte um Entschuldigung, aber ich hätte gerne zwei Dinge gewusst: Erstens, wo genau ist die Kirche Vera Cruz? Zweitens, was hat das alles mit dem Gefängnisaufenthalt deines Vaters zu tun, Fernando?«

»Die Kirche liegt außerhalb der Stadt«, beantwortete Lucía die erste Frage, »auf dem Weg zum Dorf Zamarramala. Sie ist ziemlich ungewöhnlich, denn sie hat einen zwölfeckigen Grundriss. Auf dem Tabernakel steht die Zahl 1208. Es ist das Jahr, in dem sie vollendet wurde. Ein wunderbares Beispiel für den Baustil der Tempelritter. Heute bezeichnen sie sich als Malteser-Orden. Aber damals nannten sie sich noch Johanniter und waren Zeitgenossen der militärisch organisierten Templer. Schade, dass ich heute keine Zeit habe, Sie dorthin zu begleiten. Der Besuch lohnt sich! Es klingt vielleicht unbescheiden, aber ich kenne mich auf dem Gebiet der Ordensritter sehr gut aus. Wir können uns gerne ein anderes Mal verabreden, um die Kirche ausführlich zu besichtigen. Sehen Sie, Mónica, es ist eine völlig ungewöhnliche Kirche. Sie hat nichts mit denen gemein, die Sie kennen. Außerdem hat sich in ihren Mauern eine unglaubliche Geschichte abgespielt.«

Hier übernahm Fernando das Wort und beantwortete die zweite Frage seiner Assistentin:

»Mein Vater wurde eines Nachts in dieser Kirche verhaftet. Er hatte die Tür aufgebrochen. Als ihn die Polizei fand, versuchte er, mit einem Eisenstab die Steinplatten vom Grab unserer Ahnen zu entfernen. Wir haben nie erfahren, was er dort gesucht hat. Leider hatte kurz davor ein anderer Raub hier stattgefunden, der ihm nun ebenfalls angelastet wurde. Es fehlte ein kleiner alter Kelch an einem der Altäre. Vergebens beteuerte er, ihn nicht gestohlen zu haben. Obwohl der Kelch weder bei ihm noch sonstwo auftauchte, wurde mein Vater wegen Hausfriedensbruchs, Reliquiendiebstahls und Beschädigung des Kulturerbes zu einem Jahr Zuchthaus verurteilt.«

»Aber weshalb hat er verschwiegen, was er unter den Grabplatten suchte?«, wollte Mónica wissen.

»Das bleibt sein Geheimnis. Meine Mutter konnte ihm kein Wort darüber entlocken.«

Lucía stand auf und kramte in einem Haufen Unterlagen auf ihrem Schreibtisch. Ein altes, blau gebundenes Buch kam zum Vorschein. Sie rückte damit ganz nah an Fernando heran, wie Mónica auffiel. Die Direktorin schlug die eingemerkte Seite auf.

»In dem Buch sind alle Neuzugänge und Entlassungen der Häftlinge registriert. Es lag zwischen der alten Post. Hier siehst du – es ist dir doch recht, wenn ich du sage? – den Namen deines Vaters und den Tag seiner Entlassung, den zwanzigsten August 1933.«

Mónica fand, die Frau gehe entschieden zu weit. Jetzt duzte sie den Chef sogar!

»Das ist mein Vater!«, rief Fernando. »Hier rechts unten, das ist seine Unterschrift. Aber wieso hat er das Päckchen nicht erhalten, Lucía? Es war doch an ihn hier im Gefängnis adressiert?«

»Das kann ich dir auch nicht sagen. Aber lasst uns in den Keller gehen. Dort sind alle Ein- und Ausgänge von

Waren vermerkt. Mit etwas Glück finden wir das Eingangsdatum des Pakets sowie etwas über den Absender. Wenn sorgfältig darüber Buch geführt wurde, sind wir bald klüger.«

Entschlossen erhob sie sich von ihrem Sessel, führte sie durch einen langen Gang und eine Treppe nach unten. Die Kellertür war zugesperrt.

»Wartet einen Augenblick. Ich hole schnell den Schlüssel. Eigentlich müsste hier unten jemand arbeiten.«

Als Lucía fort war, nörgelte Mónica:

»Obwohl wir den ganzen Vormittag im Archiv verbracht haben, sind wir keinen Schritt weiter. Es ist bereits halb zwei. Ich schätze, dass wir vor zwei Uhr hier nicht fertig sind. Die ganze Angelegenheit hat mich unglaublich hungrig gemacht.«

»Das stimmt. Die Zeit ist wie im Flug vergangen! Aber ich bin sehr zufrieden mit dem Ergebnis unserer Nachforschungen. Für mich war das wie eine Reise in meine Vergangenheit und in die meiner Familie. Darüber habe ich komplett die Zeit vergessen.« Plötzlich schlug sich Fernando mit der Hand an die Stirn. »Übrigens, ich habe ganz vergessen, dass wir zum Essen mit meiner Schwester Paula verabredet sind. Wir müssen um halb drei im Restaurant sein. Es liegt ein wenig außerhalb der Stadt, im Dorf Torrecaballeros. Hoffentlich schaffen wir es noch rechtzeitig. Sonst wirst du meine Schwester nicht von ihrer Schokoladenseite kennenlernen.«

Mónica schluckte ihre Enttäuschung hinunter. Diesen Tag hatte sie sich anders vorgestellt. Nicht einmal beim Mittagessen würden sie zu zweit sein!

Lucía brachte den Schlüssel. Als die Tür klemmte, kam ihr sofort Fernando zu Hilfe. Beim zweiten Versuch sprang das Schloss auf. Die Leiterin knipste das Licht an.

Die Leuchtstoffröhren flackerten in dem mit Regalen, Schränken, Ordnern und Mappen voll gestopften Archiv auf. Als Mónica die vielen alten, feuchten Papiere sah, musste sie dreimal niesen. Sie litt an einer Stauballergie. Im Keller schien es vor Milben nur so zu wimmeln. Mónica entschuldigte sich und ging hinaus, um eine Zigarette zu rauchen. Normalerweise gönnte sie sich höchstens eine am Tag. Heute war eine Ausnahme, denn sie war ziemlich nervös.

»In diesem Schrank sind alle Unterlagen aus der Zeit von 1920 bis 1933«, erklärte Lucía Fernando. »Ich muss nur den Ordner mit den Posteingängen finden.«

Sie wühlte kurz in ein paar Kartons, zog das gesuchte Buch heraus und schlug das Jahr 1933 darin auf. Gemeinsam suchten sie im Verzeichnis nach einem Päckchen oder einer Sondersendung. Fernando stieß auf eine handschriftliche Notiz. Es war ein Code, und er lautete: A/C. 1933.

»Was könnte damit gemeint sein, Lucía?«

»Das ist doch ganz klar. Das A verweist auf den Archivschrank, in dem wir suchen müssen. Das C dürfte für Post stehen und die Zahl für das Jahr 1933. Man merkt, dass du nichts von Archivarbeit verstehst. Komm, lass uns unter A nachsehen!«

In einer dicken Mappe befanden sich etwa hundert Posteingänge. Sie teilten die Arbeit untereinander auf und sahen geduldig Stück für Stück durch. Nach fünf Minuten wurde Lucía fündig.

»Ich glaube, das ist es. Hier ist ein Lieferschein auf den Namen Fernando Luengo mit Datum vom 16. September 1933.«

»Da war er bereits entlassen, Lucía!« Die ersten Teile des Puzzles verbanden sich zu einem Bild. Fernando versuchte zu rekonstruieren: »Als das Päckchen im Gefängnis eintraf, war mein Vater schon seit einem Monat wieder frei. Das erklärt, warum er es hier nicht erhalten hat. Aber weshalb hat ihn niemand davon benachrichtigt?«

»Das kann ich dir auch nicht sagen. Möglicherweise hat der zuständige Gefängnisbeamte die Sache damals einfach vergessen oder verschlampt. Vergiss nicht, dass schon drei Jahre später der Bürgerkrieg ausbrach. Wen kümmerte da schon ein verlorenes Päckchen! Das Gefängnis füllte sich mit Frontsoldaten, und niemand dachte auch nur entfernt mehr daran. Sonst fällt mir keine andere Erklärung ein.«

»Könnte sein«, räumte Fernando ein. »Steht denn irgendwo ein Name? Ich muss herausfinden, wer meinem Vater den Armreif geschickt hat.«

»Von was für einem Armreif redest du?«, unterbrach ihn Lucía verständnislos.

Fernando bedauerte, die hilfsbereite Archivleiterin nicht besser informiert zu haben. Er beeilte sich, sein Versäumnis nachzuholen:

»Entschuldige, du wunderst dich zu Recht. Ich hatte vergessen zu erwähnen, dass im Paket dieses Armband war.« Der Juwelier zog das Samtsäckchen hervor und zeigte es ihr.

Die Direktorin prüfte es eingehend.

»Es ist wundeschön und sieht sehr, sehr alt aus. Die Art scheint mir ziemlich ungewöhnlich. Komisch, aber mir kommt es irgendwie bekannt vor. Momentan kann ich es jedoch überhaupt keiner bestimmten Epoche zuordnen.«

Fernando betrachtete Lucía. Sie hatte bezaubernde Hände. Überrascht stellte er fest, dass der Glanz in ihren Augen ihn an seine Frau erinnerte. Der Mund war schmaler, aber auch entschiedener, und ihre Lippen von einem wunderbar natürlichen Rot. Sie strahlte Persönlichkeit, Ruhe und Reife aus.

Knapp fasste der Juwelier zusammen, was er bisher über den Armreif wusste. Aus Holland erwartete er noch die Expertise über Alter und mögliche Herkunft des Schmuckstücks.

»Jetzt wir mir einiges klar. Das erklärt dein Interesse an der Angelegenheit. Wir müssen den Absender herausfinden und woher dieser Reif überhaupt kommt. Das wird dich bei deiner Recherche ein gutes Stück weiterbringen.«

Die Archivleiterin vertiefte sich erneut in die Unterlagen. Als Absender war der Name »Carlos Ramírez Cuesta« und die Adresse »Calle República Espanola 3, Jerez de los Caballeros, Provinz Badajoz« vermerkt.

»Jerez de los Caballeros! Das ist es! Weshalb bin ich nicht selbst darauf gekommen! Ich konnte auf dem Päckchen nur noch das letzte Wort des Absenders lesen und schloss auf ›Ejea de los Caballeros‹. Klar, es ist Jerez de los Caballeros!«

In Gedanken kehrte Fernando in seine Kindheit zurück. Verschwommen erinnerte er sich, an jenem Ort einen Sommer mit den Eltern verbracht zu haben.

»Ich glaube, mein Vater hatte dort Freunde. Für meine Schwester und mich waren es tolle Ferien. Wir müssen ziemlich klein gewesen sein. Ich erinnere mich an ein Schwimmbecken und eine rote Schaukel, auf der wir Stunden verbracht haben ...«

Das Flackern einer Neonröhre holte Fernando wieder in die Gegenwart zurück. Er bat Lucía: »Hast du etwas Papier zur Hand? Ich möchte mir das notieren.«

»Nein, tut mir leid. Ich kann dir höchstens meine Visitenkarte geben. Du kannst auf die Rückseite schreiben.«

Dankbar hielt Fernando darauf Name und Adresse der nächsten Kontaktperson fest. Er wollte sich Lucía gegenüber erkenntlich zeigen, aber sie wehrte ab. Für sie als Historikerin war es nichts Besonderes, Herrn Ramírez ausfindig gemacht zu haben. Aus Sicherheitsgründen mussten in einem Gefängnis alle Eingänge vermerkt werden. So etwas war nicht mehr als eine Fingerübung.

Sie klappten die Mappen zu, verwahrten alles wieder an seinem Platz und verließen das Archiv. Diesmal schloss Fernando gleich die Tür ab, denn er kannte bereits den richtigen Dreh. Mónica erwartete sie ungeduldig. Äußerst ungern hatte sie die beiden allein gelassen und brannte darauf, Neues zu erfahren. »Habt ihr etwas herausgefunden?«, wollte sie sofort wissen und sah sie forschend an.

Zufrieden strahlte Fernando übers ganze Gesicht.

»Ja, meine Liebe. Ich weiß jetzt, wer meinem Vater den Armreif geschickt hat.« Er kramte Lucías Visitenkarte hervor und las laut vor: »Die Spur führt nach Jerez de los Caballeros, in der Provinz Badajoz. Wenn er noch lebt, werde ich dort einen gewissen Carlos Ramírez aufsuchen. Er ist der Absender des Päckchens.«

Der Juwelier wandte sich an die Archivleiterin, küsste höflich ihre Hand und dankte ihr erneut:

»Ich bin dir für deine große Hilfe außerordentlich dankbar, Lucía. Ohne dich wäre ich jetzt nicht so weit. Darf ich dich im Gegenzug heute zum Essen einladen?«

Peinlich berührt, entzog ihm die Direktorin ihre Hand und entschuldigte sich:

»Vielen Dank für die Einladung. Leider wartet auf mich noch ein Haufen Arbeit. Ich kann unmöglich zum Essen gehen. Vielleicht ein anderes Mal, wenn ihr wieder in Segovia seid. Außerdem«, sie wandte sich an Mónica,

»habe ich versprochen, dir die Kirche Vera Cruz zu zeigen. Ruft mich ein paar Tage vorher an, wenn ihr unter der Woche kommt. Besser wäre natürlich am Wochenende: Dann könnten wir Besichtigung und Essen verbinden. Was haltet ihr davon?«

»Herzlich gerne«, log Mónica, glücklich darüber, die andere mindestens für heute los zu sein. »Ich richte mich ganz nach Fernando.«

Ihr Chef sah rasch seine Termine durch. Erst in zwei Wochen hätte er etwas Luft, um nach Segovia zu fahren.

»Nach den Feiertagen geht das Geschäft merklich zurück. Wenn es dir recht ist, Lucía, könnten wir übernächsten Samstag wiederkommen.«

»Einverstanden! Das passt mir prima! Wenn du nichts dagegen hast, werde ich sehen, was ich im Zeitungsarchiv über den Raub und vielleicht über deinen Vater finde. Ich schicke es dir dann. Hast du eine Karte mit Telefon und Faxnummer?«

Fernando gab ihr seine Geschäftskarte. Zum Abschied küsste Lucía Mónica auf beide Wangen, brachte die beiden zur Tür und wünschte ihnen noch einen angenehmen Tag in Segovia.

Es war schon Viertel nach zwei. In fünfzehn Minuten mussten sie in dem Restaurant sein, wo Paula sie erwartete. Fernando drängte Mónica, sich zu beeilen. Er wollte so schnell wie möglich dorthin. Es war immer noch bitter kalt. Sogar jetzt um die Mittagszeit war ein warmer Mantel unverzichtbar.

Der Eingang zum Restaurant befand sich in einem kleinen, originell gestalteten Innenhof. Ein gepflasterter Weg teilte den Rasen, auf dem ein umgekippter Schubkarren aus Holz lag. Wie zufällig verteilten sich Obst und Gemüse drum herum.

Fernando fragte einen Kellner nach Frau Luengo. Hilfsbereit führte sie der junge Mann an ihren Tisch. Mónica kannte die Schwester ihres Chefs nur von dem Foto, das auf seinem Schreibtisch stand. Sie kam nie nach Madrid. Nur wenn Fernando nach Segovia fuhr, sahen sich die Geschwister. Der Bruder beugte sich zu Paula herab und gab ihr einen Kuss auf beide Wangen.

»Hallo, Paula. Schön, dich zu sehen. Das ist meine Mitarbeiterin Mónica, von der ich dir bereits erzählt habe.«

»Nennt man das heute Mitarbeiterin?«, sagte Paula boshaft und musterte die junge Frau unverhohlen.

»Sei nicht so unhöflich, Paula!« Fernando war ernsthaft böse. »Du bist wirklich unmöglich! Mutter muss dich statt mit Milch mit Essig großgezogen haben. Bitte entschuldige dich bei Mónica. Sie ist solche Grobheiten nicht gewöhnt.«

Von dem Ganzen etwas verstört, küsste Mónica Paula auf die Wange. Fernandos Schwester hatte ebenso helle blaue Augen wie ihr Bruder. Sie schien eine starke Persönlichkeit zu sein – weiblich und zugleich voller Schalk.

»Ich freue mich, Sie endlich kennenzulernen. Fernando hat mir viel von Ihnen erzählt.«

»Entschuldige, Kleines, ich bin wirklich unmöglich. Aber es ist nicht einfach, die Schwester dieses Mannes zu sein. Setz dich zu mir. Ich bin richtig neugierig auf dich und glaube kein Wort von dem, was mein Bruder über dich gesagt hat!«

»Darf ich Ihre Mäntel haben?«, erkundigte sich der Kellner höflich.

Fernando half Mónica aus der Jacke. Grinsend beobachtete Paula die beiden. Nachdem sie sich gesetzt hatten, fasste die Schwester ihren Bruder am Arm und flüsterte ihm ins Ohr:

»Herzlichen Glückwunsch! Du hast Geschmack, mein Lieber. Die Kleine ist bezaubernd – vielleicht ein bisschen zu jung für dich!«

Fernando blieb ihr eine Antwort schuldig, denn der Oberkellner brachte gerade die Speisekarte und sagte die Spezialitäten des Hauses sowie das Tagesgericht auf. In den Anblick des Bruders vertieft, schenkte ihm Paula keinerlei Beachtung. Eigentlich sahen sie sich viel zu selten … Als Ältere hielt sie zwar telefonischen Kontakt zu ihm – aber sie hatte sich noch immer nicht daran gewöhnt, dass er inzwischen erwachsen war. Seit dem frühen Tod der Eltern hatte sie ihn immer etwas bemuttert. Und nach Isabels tragischem Ende sorgte sich Paula wieder mehr um ihn. Obwohl inzwischen ein paar Jahre vergangen waren, sah sie ihren Bruder noch völlig verzweifelt in ihren Armen liegen.

Keiner von beiden hatte bisher Glück in der Liebe gehabt. Ihr selbst war es ähnlich wie Fernando ergangen. Sie hatte ebenfalls ganz plötzlich den Mann ihres Lebens verloren. Niemand war an dessen Stelle getreten. Von Herzen wünschte Paula ihrem kleinen Bruder einen Neuanfang mit einer anderen Frau. An Fernandos Glück lag ihr mehr als an dem eigenen.

Sie schob diese Gedanken beiseite und bestellte. Als der Kellner fort war, wandte sich Paula an Fernando.

»Vermutlich seid ihr nicht nur in Segovia, um mich zu sehen.« Sie sah viel sagend von einem zum anderen. »Hier ist jedenfalls der Silberdolch, den du so dringend wolltest.«

Aus Paulas Tasche kam eine Schachtel aus gewelltem Karton zum Vorschein. Darin lag ein wunderbarer, mit aramäischen Schriftzeichen verzierter tunesischer Dolch – exakt wie ihn Fernando bestellt hatte. Während er noch das Stück genau besah, sprudelte Paula hervor:

»Wie du selbst sehen kannst, ist es ein richtiges Kunstwerk. Mein bester Silberschmied hat drei Tage daran gearbeitet. Die Feinarbeit habe ich übernommen.«

»Na ja ... nicht schlecht«, bemerkte Fernando trocken.

»Was soll das heißen? Ist das alles, was dir dazu einfällt? Gib her, du Nichtsnutz. In deinem ganzen Leben ist dir noch nichts Schöneres untergekommen. So etwas Undankbares!«

Gekränkt entriss ihm Paula den Dolch und legte ihn wieder in die Schachtel zurück. Mónica mischte sich vermittelnd ein:

»Ich finde auch, dass es ein Kunstwerk ist. Der Dolch ist wunderschön!«

»Danke, Mónica. Wenigstens einer, der Qualität zu schätzen weiß.« Dabei sah sie Fernando an. »Halte dich von diesem Unmenschen fern. Ich kenne ihn. Er will den Preis drücken. Wenn er zugibt, dass es ein einzigartiges Stück ist, müsste er entsprechend dafür zahlen. Ist es nicht so, du Schlitzohr?«

»Ja, ich gebe es ja zu: Du hast dich diesmal selbst übertroffen.« Fernando grinste ertappt. »Du hast unseren Vater schon längst überholt. Sag mir, was du dafür willst, aber bleib mit dem Preis auf dem Boden. Wir wollen schließlich noch in Frieden essen.«

»Ich schicke dir die Rechnung ins Geschäft. Diesmal wird nicht nachverhandelt, in Ordnung?«

Mónica bestellte den Wein, einen Rioja, Viña Ardanza, Jahrgang 1995, denn sie kannte sich gut aus. Während der Vorspeise fasste Fernando die Ergebnisse des Vormittags zusammen. Paula folgte atemlos der Geschichte des Päckchens und seines rätselhaften Inhalts.

»Kannst du dich noch an die Reise nach Jerez de los Caballeros erinnern? Ich war höchstens fünf – zu klein, um noch etwas Genaues zu wissen. Aber du warst damals schon zwölf.«

Paula versuchte sich jene ferne Reise zu vergegenwärtigen.

»Vater wollte unbedingt dorthin fahren. Wir sind nur drei Tage geblieben. Es war ein sehr heißer Sommer. Für uns war es toll, weil wir den ganz Tag im Hotelpool bleiben durften. Vater ging sehr früh weg und kam spät abends wieder. Niemand wusste, was er in der Zwischenzeit trieb. Ich kann mich noch an ein Gespräch zwischen Mutter und ihm erinnern. Er suchte nach etwas, das ihm jemand schuldete, und der Betreffende war inzwischen gestorben. Ich dachte damals, es handele sich um eine ausstehende Rechnung. Vater verhörte alle Angehörigen des Verstorbenen. Aber niemand wusste etwas. Auf der Rückfahrt, weiß ich noch, war er ziemlich verärgert.«

»Wahrscheinlich suchte er das Armband«, bemerkte Mónica. »Er hatte keine Ahnung, dass es bereits im Gefängnis lag. Deshalb fuhr er direkt nach Jerez de los Caballeros, um es dort zu holen.« Sie hielt inne, um Luft zu holen. Die Geschwister lauschten aufmerksam, und sie fuhr ermutigt fort: »Nach dem, was Paula eben erzählt hat, war aber die Kontaktperson verstorben, bevor sie euren Vater von dem Päckchen unterrichten konnte. Wie war noch der Name, den du aufgeschrieben hast, Fernando?«

»Carlos Ramírez«, half ihr der Chef weiter und fügte hinzu:

»Um das genaue Sterbedatum werde ich mich selbst kümmern. Aber wenn wir alles zusammennehmen, was wir bereits wissen, müsste es zeitlich um dem Eingang des Päckchens im Gefängnis liegen – also im September oder spätestens im Oktober 1933.«

»Dieser Carlos Ramírez«, ergänzte Mónica, »nahm sein Wissen über das Armband mit ins Grab. Wie er zu deinem Vater stand, werden wir auch nicht mehr erfahren. Auf jeden Fall konnte dein Vater in Jerez nichts mehr über den Armreif herausfinden – vorausgesetzt, es ging darum.«

»Ausgezeichnet, Mónica! Ich fange an, dich richtig zu mögen. Du hast nicht nur eine prima Figur, sondern auch etwas im Kopf«, warf Paula ein, die an der Sache Geschmack zu finden begann. »Also, Kinder, wann fahren wir nach Jerez de los Caballeros? Wir müssen herausfinden, was es mit diesem Herrn Carlos Ramírez auf sich hat.«

»Was heißt hier ›wir‹?«, unterbrach Fernando seine Schwester. »Ich erzähle dir das alles nur, weil du als meine einzige Schwester darüber informiert sein solltest. Überlass alles andere mir. Wenn ich es für angebracht erachte, halte ich dich auf dem Laufenden.«

»Wirf du mir noch einmal vor, ich sei schwer zu ertragen, mein Lieber!« Paula war über Fernando empört. »Du willst mich einfach so abfertigen, als ginge mich das Ganze nichts weiter an?«

Fernando wischte sich gerade den Mund ab. Paula ließ ihm zur Antwort keine Zeit.

»Ob es dir passt oder nicht, ich komme mit!« Sie schlug mit der Faust auf den Tisch. »Davon kann mich niemand abhalten. So ein Abenteuer lasse ich mir doch nicht entgehen. Du kannst also schon mal Zimmer für mich und Mónica reservieren lassen. Oder hattest du vor, das arme Ding auch auszuschließen?«

Der Bruder gab sich geschlagen. Trotz der vielen Arbeit im Geschäft einigte man sich auf das kommende Wochenende.

»Wir können schon am Freitag losfahren, das ist ein Feiertag. Ich versuche Zimmer im Parador von Zafra zu bekommen. Von da ist es nur ein Katzensprung nach Jerez de los Caballeros. Wenn ihr einverstanden seid, buche ich fürs ganze Wochenende.«

»Das klingt schon viel besser, Brüderchen!«

Nach dem Essen zahlten sie und verabschiedeten sich vor dem Restaurant. Paula brauste in ihrem Auto davon. Bevor die beiden wieder nach Segovia fuhren, erkundigte sich Fernando:

»Es ist bereits fünf Uhr nachmittags. Gleich wird es dunkel. Du entscheidest: Wenn du müde bist, fahren wir direkt nach Madrid, wenn nicht, gehen wir noch ein wenig in Segovia spazieren. Heute war so viel los, dass noch gar keine Zeit war, dir mein geliebtes Segovia zu zeigen.«

»Ich bin überhaupt nicht müde. Auch wenn es schon spät ist, würde ich gerne noch etwas bummeln. Aber nur unter der Bedingung, dass kein Wort mehr über das Armband oder die Vergangenheit fällt.« Sie zog eine süße Schnute. »Ich will wirklich nur ein bisschen laufen.«

»Einverstanden!«, gab er zurück.

Wieder in Segovia, parkten sie beim Aquädukt. Langsam schlenderten sie die Fußgängerzone entlang zur Kathedrale. Fernando plauderte aus seiner Kindheit und Jugend, erzählte von der Schule, seinen Freunden, den Eltern, seiner ersten Freundin namens Maria – er war erst zwölf gewesen –, den Ferien in Cambrils.

Glücklich hörte Mónica ihm zu. Vor ihrem Auge wurden die Zankereien der Geschwister lebendig. Alles schien ihr vertraut.

Hie und da unterbrach Fernando sich, um sie auf die Kirche rechts oder die Ornamente vom Palast aufmerksam zu machen. So entspannt, so angeregt plaudernd hatte ihn seine Mitarbeiterin noch nie gesehen. Trotzdem machten sich ihre eiskalte Nase und Ohren bemerkbar.

»Fernando, lädst du mich auf einen Kaffee ein? Ich muss unbedingt etwas Warmes trinken. Der Spaziergang ist wunderbar, aber ich bin total durchgefroren.«

Sie waren gerade auf dem Hauptplatz und kehrten ins *Café Suizo* ein. In wenigen Minuten standen auf dem Fenstertisch zum Platz zwei dampfende Tassen Kaffee. Dazu gab es etwas Gebäck. Um sich aufzuwärmen, hielt Mónica ihre Tasse mit beiden Händen, während sie an den Lippen ihres Chefs hing. Das Café war brechend voll. Doch die junge Frau nahm die lebhaften Gespräche ringsum kaum wahr, denn sie stand völlig im Bann von Fernandos blauen Augen.

»Übrigens, um nochmals auf den Armreif zurückzukommen ...« Der Juwelier nahm ein Samtsäckchen aus dem Jackett.

»Bitte nicht, Fernando. Du hast mir versprochen, nicht wieder damit anzufangen.«

Verständnislos legte er das Säckchen auf den Tisch.

»Fröhliche Weihnachten! Das hier lag für dich bei mir unterm Baum.«

»Aber ... Das ist ja eine Überraschung! Nicht im Traum wäre ich jetzt darauf gekommen!«

Ein goldener Ring mit einem dicken Peridot kam zum Vorschein. Das Säckchen war mit dem des Armreifs identisch, aber der Inhalt nicht.

Freudig steckte Mónica den Ring an und betrachtete ihn. Dann blickte sie Fernando tief in die Augen und küsste ihn zärtlich auf die Wange.

»Danke, Fernando. Du musst mir doch nichts schenken. Ich weiß gar nicht, was ich sagen soll …«

»Möchtest du vielleicht den Grund wissen …« Mónicas Herz hüpfte. Jetzt würde er endlich etwas Romantisches sagen. »Ich wollte dir schon seit langem für deine ausgezeichnete Arbeit danken und dachte, Weihnachten sei eine gute Gelegenheit dafür.« Die Enttäuschung in ihrem Gesicht entging ihm nicht. »Entschuldige bitte, wenn ich nachfrage. Aber ich habe den Eindruck, dass dir der Ring nicht gefällt. Du kannst dir gerne einen anderen aussuchen.«

»Oh nein, Fernando.« Sie bemühte sich zu lächeln. »Der Ring ist zauberhaft. Ich will keinen anderen. Nochmals vielen Dank. Er ist wirklich ganz toll.« Mónica sah auf ihre Uhr. »Es ist spät. Wenn es dir recht ist, sollten wir jetzt zurückfahren. Ich bin ein bisschen müde.«

Sämtliche Hoffnungen, die sie während des Ausflugs gehegt hatte, krachten wie ein Kartenhaus in sich zusammen. Sie würde Fernando niemals erobern und seine Liebe gewinnen. Wie hatte sie nur so naiv sein können? Was konnte ein Mann wie er schon an einem jungen Ding wie ihr finden?

Beim Zahlen überlegte Fernando, was er falsch gemacht haben könnte. Für sein Präsent hatte er einen Vorwand gesucht. Eigentlich wollte er damit etwas ganz anderes als berufliche Anerkennung zum Ausdruck bringen. Aber er durfte auch das tägliche Miteinander im Geschäft nicht vergessen. Eine Abfuhr ihrerseits wäre nicht nur fatal für die Arbeitsatmosphäre, sondern auch für ihn.

Bei der Rückfahrt nach Madrid war kaum Verkehr. Bald schon stand das Auto vor Mónicas Haustür. Bevor sie im Eingang verschwand, drehte sie sich nochmals zum Gruß um. Sie hatte es eilig, auf ihr Zimmer zu kommen, denn sie konnte ihren Kummer kaum mehr unterdrücken. Ihr Traum von der großen Liebe war wie eine Seifenblase zerplatzt. Fernando sah in ihr nichts weiter als eine gute Arbeitskraft, die man für besondere Leistungen belohnt. Sie war am Boden zerschmettert.

Der Juwelier gab Gas Richtung Castellana. Was zum Teufel war los? Am Morgen noch hatte seine Assistentin übers ganze Gesicht gestrahlt, und jetzt zog sie mit einer Leichenmiene ab. Offensichtlich war er ins Fettnäpfchen getreten. Ob sie seine wahren Absichten durchschaut hatte und deshalb sauer war? Das musste es sein. Er fühlte sich miserabel. Je öfter er über Mónicas Reaktion nachdachte, umso klarer wurde ihm: Sie hatte ihn höflich abgewiesen.

»Was für ein Trottel war ich! Wie konnte ich nur annehmen, dass eine Zwanzigjährige etwas mit einem alten Kerl wie mir anfangen möchte.«

5

Navarra im Jahr 1244

Bei den einsamen Bergen von Huesca setzte Pierre de Subignac über die Pyrenäen. Nach mehreren Tagen zu Pferd erreichte er nun endlich die Gegend von Puente de la Reina im Königreich Navarra. Der Parfait hatte seine Glaubensbrüder in Montségur den päpstlichen Truppen ausgeliefert. Jetzt suchte er für ein paar Monate Unterschlupf in diesem Kaff in Navarra.

Vier Jahre hatte er einst in Eunate gelebt, als er im Auftrag der Templer die Kirche errichtete. Zwei davon verbrachte er im Ritterorden und gewann unter den Mönchen mehrere Freunde. Seitdem waren mehr als zehn Jahre vergangen.

Schon immer hatte er zu den Templern ein herzliches Verhältnis gehabt. Vor allem war er ihrem Prior, Juan de Atareche, verbunden. Seine enge Freundschaft zum Komtur hatte die vielen Jahre überdauert, denn sie waren von ähnlicher Art und teilten so manche Ansicht. Diese Geistesverwandtschaft hatte sie gleich am Anfang ihrer Freundschaft einander näher gebracht. Obwohl Juan der Ältere war, spielte das für beide keine Rolle. Der Prior sah im Jüngeren eine Art Schüler, aber auch den Sohn, den er nicht hatte. Schon nach kurzer Zeit besprachen sie alles miteinander – auch Vertrauliches. So erlebte Juan Pierres aufkeimende Liebe zu Ana und seinen Übertritt zum Glauben der Katharer mit.

Als Pierre sich von der katholischen Kirche abwandte, nahm das Verhältnis der beiden Freunde eine überraschende Wendung. Anders als erwartet, zeigte sich der Templer nicht als streitbarer Verteidiger der rechten Lehre, sondern brachte Pierres Entscheidung Verständnis, ja sogar Zustimmung entgegen. Bald schien er selbst den Überzeugungen der Katharer näher zu stehen als denen Roms.

Bei aller Freundschaft blieb es für Pierre ein Rätsel, wie ein Mann mit so eigenem Kopf einer Komturei von Templern vorstehen konnte.

Damals wandelten der ehemalige Baumeister und der Prior oft am Ufer des Flusses Arga. Dabei debattierten sie über Gott und die Welt. Mit der Zeit ging Juans Leidenschaft für die Erforschung und Deutung alter Kulturen, wie die ägyptische oder babylonische, auf Pierre über. Nach der Kabbala der alten semitischen Völker lehrte ihn der Templer die Zahlensymbolik im Zusammenhang mit den Kräften des Universums zu verstehen. Auch erzählte ihm Juan von den Essenern. Diese uralte jüdische Sekte hatte Erleuchtung durch Askese und Eremitendasein gepredigt. Der Templer führte den Glauben der Katharer direkt auf die Lehren der Essener zurück.

Auch unterwies er den Baumeister darin, die Gebäude der Templer als Geheimbotschaften zu erkennen. Nichteingeweihte hatten dazu keinen Zugang, aber wer sie zu lesen verstand, konnte zu tiefer Erkenntnis gelangen. Die Lage ihrer Gebäude wurde ebenso wie ihre Größe, die sich nach festgelegten Zahlen richtete, sorgfältig bestimmt. All das fügte sich zusammen mit Ornamenten,

Kapitellen, Kranzleisten, Gesimsen und anderen Bauelementen zu einem geheimen Code.

Inzwischen war Juans Rücken krumm von mehr als neunzig Lebensjahren. Aber nicht nur das Alter hinterließ seine Spur, auch seine zahlreichen Abenteuer überall auf der Welt. Kurz bevor das Heilige Land wieder an die Muslime zurückfiel, war Juan dorthin aufgebrochen. Vor einem halben Jahrhundert, im Jahr 1188, hatte Saladin die Truppen der Ungläubigen angeführt. Wie es sich für einen Ritter ziemte, war Juan dem Ruf des Papstes gefolgt. Es galt, das Heilige Land zu verteidigen und die Pilger vor den muslimischen Heerscharen zu schützen. In seinem Innersten aber vernahm der Edelmann schon seit geraumer Zeit die Stimme Gottes. Als er dann in Jerusalem die Templer kennenlernte, trat er ihnen aus tiefer Überzeugung bei. Der Orden vereinte, wonach er sich so lange gesehnt hatte: Ritter und Gottesdiener zugleich sein zu dürfen. Er verbrachte einige Jahre dort, bevor er in seine Heimat Navarra zurückkehrte.

Im Allerheiligsten der Templer lernte er nach den strengen Richtlinien des Heiligen Bernhard von Clairvaux zu leben. Dieser fromme Abt war der Ordensgründer gewesen und hatte die Regeln seiner Bruderschaft gegen den Papst verteidigt. Doch Juans Wissensdurst trieb ihn schließlich orientalischen Lehren zu. Er vertiefte sich in die Kabbala und die Askese der Sufis.

Von Juan hatte Pierre gelernt, dass mehr als nur ästhetische und religiöse Gründe einen Bau bestimmen können. Wie ein Buch konnte auch ein Gebäude Wissensträger für künftige Generationen sein. In der Kabbala steht so etwa die Zahl fünf für Kraft, für Leben spendendes Licht. Die fünf Ecken der Sterne verkörpern dies ebenfalls. Juan ermutigte Pierre, die Neun in seinen Bauten zu berücksichtigen, denn sie war, wie die Schlange, das Zeichen für Weisheit, aber auch die Zahl der Eingeweihten sowie die Synthese von Gut und Böse.

Als Pierre auf die Komturei zuritt, kamen ihm die Worte des Priors in den Sinn. Damals hatte er ihm eingeschärft: »Vergiss nicht, wir sind sterblich, so wie auch unsere Gedanken die Zeit nicht überdauern werden. Anders jedoch die Steine – das müssen wir uns zu Nutze machen und den nach uns Kommenden den rechten Weg weisen.«

Obwohl Pierre von der langen Reise erschöpft war, freute er sich, seinen alten Freund wiederzusehen. Seit Jahren schon hatte er nichts mehr von ihm gehört.

Vom Hügel aus hatte Pierre einen wunderbaren Blick aufs Dorf. An dessen Eingang machte er die Mauer und das große Holztor aus, welche das Kloster der Templer von den anderen Gebäuden trennten. Erleichtert atmete der Parfait auf. Hier endete seine Flucht vorerst. Seit er jene Mauern dort unten einst hinter sich gelassen hatte, war viel Zeit verstrichen und manches geschehen. Welch ein Unterschied zu damals, als er mit Ana, seiner geliebten Ana, davonging, um ein neues Leben zu beginnen. Sie wussten, wie viel sie zurückließen. Bei dem Gedanken an seine langjährige Gefährtin krampfte sich sein Herz zusammen, und Tränen schossen ihm in die Augen. Er war allein zurückgekehrt. Schwer lastete die Schuld an ihrem Tod auf ihm, dem Flüchtigen. Was wohl das Schicksal noch alles für ihn bereithielt? In solche Gedanken vertieft, erreichte er das Klostertor. Sogleich erkannte Pierre den bewaffneten Mönch im weißen Umhang mit dem achteckigen Kreuz darauf. Dieser stellte sich ihm in den Weg:

»Haltet ein, Reisender! Was sucht Ihr hier, guter Mann?«

Schwerfällig glitt der flüchtige Parfait vom Pferd und stellte sich vor:

»Guten Tag, Bruder! Ihr scheint mich nicht mehr zu erkennen. Ich bin Baumeister und ein Freund dieses Klosters, in dem ich einige Zeit zuhause war. Ich möchte zu Eurem Komtur und meinem Freund, Juan de Atareche.«

Auf den zweiten Blick erkannte ihn schließlich der misstrauische Mönch.

»Seid Ihr etwa Pierre de Subignac?« Als dieser bejahte, versperrte ihm die Lanze des Bruders den Weg. »Dann sollte Euch bekannt sein, dass Ihr hier nicht willkommen seid.« Pierre fuhr bei diesen Worten zusammen. »Also packt Euer Pferd und verschwindet von hier, verdammter Ketzer!«

»Bitte, Bruder«, rief Pierre demütig. »Ich bin seit Tagen zu Pferd unterwegs, nur um meinen Freund zu sprechen. Keine Minute länger als nötig werde ich Euch zur Last fallen. Aber ich muss Juan unbedingt sehen.« Er fasste den Mönch beim Arm und flehte ihn an: »Um alles in der Welt, bitte lasst mich zu ihm. Er selbst würde es so wollen. Habt Erbarmen.«

Pierres Worte schienen den Templer zu rühren. Ohne ein weiteres Wort nahm er das Pferd bei den Zügeln und ließ ihn eintreten. Schweigend gingen sie zu den Stallungen. Schließlich erklärt der Templer dem verwirrten Pierre:

»Zu meinem Bedauern muss ich Euch mitteilen, dass der Gesundheitszustand unseres Komturs äußerst bedenklich ist.«

»Was wollt Ihr damit andeuten? Was meint Ihr mit bedenklich?«, fuhr Pierre aufgeregt dazwischen.

»Er liegt im Sterben! Seit fünf Tagen ringt er mit dem Tod. Es geht zu Ende. Ich fürchte, es bleiben ihm nur noch wenige Stunden.«

Pierre musste Juan sprechen und drängte den Mönch, ihn zum Prior zu führen. Doch der musste zu seinem Posten am Tor zurückkehren. Er bat einen Mitbruder um diesen Dienst. Pierre folgte dem zweiten Mönch durchs Kloster, vorbei am romanischen Kreuzgang, wo er einst oft gewandelt war. Einige Brüder kreuzten ihren Weg, erkannten Pierre und zeigten sich entweder abweisend oder lächelten freundlich. Die beiden Männer gingen die Treppe hoch in den ersten Stock, wo sich die Zellen befanden. Zwei lange Gänge weiter standen sie endlich vor der Tür des Komturs. Der Mönch bat Pierre, sich einige Minuten zu gedulden.

Dieser konnte es kaum erwarten, den lieben Freund wiederzusehen. Der Gedanke, Juan könne jeden Augenblick sterben, verwirrte ihn tief und stellte alles auf den Kopf. Verzweifelt starrte er auf die verschlossene Tür.

Es schien eine Ewigkeit vergangen zu sein, als endlich zwei Mönche aus der Zelle traten. Ohne weitere Erklärung entfernte sich Pierres Begleiter. Der andere war ein alter Bekannter: Pedro Uribe, der Vikar. Nur widerwillig hatte er Pierre damals als Baumeister im Kloster geduldet und keine Gelegenheit ausgelassen, um gegen ihn zu wettern. Weshalb ihn Pedro schikanierte und ihn seine Abneigung unverhohlen spüren ließ, begriff Pierre in all jenen Jahren nicht. Aber beides steigerte sich noch, als der Vikar erfuhr, dass sich der Baumeister vom katholischen Glauben abgewandt hatte und zu den Katharern konvertiert war.

»Sieh einer an, wen es hierher verschlagen hat. Niemand anderen als den Ketzer Pierre de Subignac!«, bemerkte er bissig. »Was führt dich in diese heiligen katholischen Hallen?«

»Eine beschwerliche Reise liegt hinter mir, Pedro. Ich wollte euren Komtur besuchen und erfuhr eben, dass es mit ihm zu Ende geht. Deshalb möchte ich ihn dringend noch einmal sehen – wenn du es mir gestatten möchtest.«

Missmutig verzog Pedro das Gesicht. Schon gab sich der Bittende geschlagen, denn er verstand die Geste als Absage und sackte förmlich in sich zusammen. Das erweichte das Herz des Vikars und stimmte ihn um.

»Pierre, du weißt, wie alt Juan ist. Er ist vor kurzem zweiundneunzig geworden und liegt nun im Sterben. Erschöpft und schwach, wie er ist, wird er diese Nacht nicht überstehen. In den letzten Tagen habe ich niemanden vorgelassen. Bis zu seinem Tod bin ich der stellvertretende Komtur. Warum ich es gestatte, ist mir selbst nicht klar. Aber du kannst kurz zu ihm. Doch wisse, dass ich es nur ihm zuliebe erlaube. Du warst wie ein Sohn für ihn. Ich hätte dich am liebsten nie wiedergesehen und hoffe, du weißt meinen Großmut zu schätzen.«

»Von Herzen Dank. Ich verspreche, nur kurz bei ihm zu bleiben und ihn nicht zu ermüden.«

Pierre trat ein und schloss leise die Tür. Das Bett stand neben einem Fenster, das den kleinen Raum mit Licht durchflutete. Er rückte einen Stuhl ans Bett und betrachtete den Freund. Juan schien zu schlafen. Er war bis auf die Knochen abgemagert, die eingefallenen Wangen überzog eine dünne gelbe Haut. Seine Augen lagen in tiefen, dunklen Höhlen, die Lippen waren blau verfärbt, und ein weißer, ungepflegter Bart reichte ihm bis auf die Brust. Unter dem Laken zeichnete sich der dürre Leib ab. Nichts von seiner ehemaligen Kraft und Lebensfreude schien mehr übrig.

Pierre nahm seine Hand. Sie war kalt. Als er die Berührung spürte, öffnete Juan die Augen und erblickte das kummervolle Gesicht des Freundes.

»Was für eine schöne Überraschung …!«, brachte er mühsam hervor.

»Lieber Juan, wie geht es dir?«

»Du siehst, Pierre, ich liege im Sterben. Man spielt mir vor, es gehe wieder bergauf. Aber ich spüre, dass meine Stunde gekommen ist. Bald werde ich beim Herrn sein.« Er machte eine Pause, um Atem zu schöpfen. »Aber sprechen wir nicht von mir. Erzähl mir, wie es dir in Montségur ergangen ist. Ich bin von dem schrecklichen Kreuzzug gegen euch unterrichtet. Wie stehen die Dinge jetzt? Wie geht es Ana?«

Auf der Flucht hierher hatte Pierre lange über diese Fragen gegrübelt. Die ganze Wahrheit brachte er nicht über die Lippen. Seinen gemeinen Verrat würde er für sich behalten und nur einen Teil der Geschichte wiedergeben. Beim blutigen Überfall von Montségur war auch Ana einen grausamen Tod gestorben. Doch nun wollte er den Sterbenden nicht belügen. Pierre drängte es, sein Gewissen zu erleichtern. Kein anderer als Juan, um eine Beichte abzulegen und Trost zu finden. Am Bett des kranken Freundes brach er weinend zusammen.

»Was ist geschehen? Warum bist du so verzweifelt?« Beruhigend strich der alte Mann Pierre übers Haar.

Der Parfait knöpfte das Hemd auf und hielt Juan das Medaillon entgegen.

»Erinnerst du dich daran, mein lieber Freund? Ich trage es immer auf meiner Brust.« Der Sterbende nickte, ohne zu verstehen, worauf Pierre hinauswollte. »Ich habe nie ein Wort über seine Bedeutung und seinen Ursprung verloren. Heute ist der Moment gekommen, es zu erklären.« Er holte Luft. »Es ist über zweitausendsiebenhundert Jahre alt und gehörte Isaak, Abrahams Sohn. Die Zeit hat es abgenutzt, aber darauf sind ein Stern und ein Lamm zu sehen. Letzteres steht für die Gottesfürchtigkeit des Vaters, der bereit war, Jahve seinen Sohn Isaak zu opfern. Der Stern symbolisiert Gottes Segen für Abrahams Nachkommenschaft, so ›zahlreich wie die Sterne am Firmament‹.«

Tief beeindruckt nahm Juan das Medaillon, um es besser sehen zu können.

»Pierre, weißt du überhaupt, was du da sagst? Das hieße, an deinem Hals baumelt die älteste und kostbarste Reliquie aller Zeiten! Ich habe bisher weder davon gehört noch gelesen. Hast du Beweise dafür?«

Pierre erzählte ihm von seinem Ururgroßvater Ferdinand de Subignac, wie dieser bei der Eroberung Jerusalems die Jüdin Sarah kennengelernt hatte und wie die Enkelin des Patriarchen Abraham gewaltsam in dessen Armen gestorben war.

Er verschwieg auch nicht den heiligen Eid, den sein Ahn geleistet hatte und der all seine Nachkommen band. Auch er, Pierre, war verpflichtet, das Medaillon zu hüten und es vor Fremden zu bewahren. Das hatte sein Vorfahr Jahve an Sarahs Grab geschworen.

Aufmerksam lauschte Juan de Atareche der Geschichte seines Freundes. Etwas beunruhigte ihn plötzlich. Pierre musste unbedingt etwas für ihn sehr Wichtiges erfahren. Aber der Prior konnte noch immer nicht verstehen, wie Pierres Erzählung mit seiner Frage zusammenhing.

»Warum schweigst du über Montségur? Und weshalb hast du meine Frage danach mit der Geschichte des Medaillons beantwortet?«

Noch auf dem Sterbebett bewahrte Juan seinen scharfen Verstand. Während Pierre von seinem Verrat, dem Überfall auf Montségur und seiner schändlichen Flucht berichtete, liefen ihm die Tränen übers Gesicht. Er hatte seine Mitbrüder und Ana geopfert, um das Medaillon zu retten. Schluchzend gestand er auch die Morde an Justine und seinem Vertrauten.

Mitfühlend und besorgt wie ein Vater betrachtete ihn Juan. Gleichzeitig ging ihm die Geschichte mit dem Medaillon nicht mehr aus dem Kopf. Es war das Medaillon Issaks, ein heiliger Gegenstand, das Zeichen, auf das er gewartet hatte.

Die Tür ging auf, und Pedro Uribe trat entschieden ans Bett, um den Parfait an sein Versprechen zu erinnern. Als Juan hörte, wie wenig Zeit ihnen blieb, nahm er Pierre bei den Händen und blickte ihn viel sagend an.

»Ich habe dir morgen etwas außerordentlich Wichtiges mitzuteilen! Du musst unbedingt kommen! Sobald man es dir wieder gestattet.« Pedro konnte verstehen, was Juan flüsternd hinzufügte: »Ich werde noch einen Tag durchhalten, das verspreche ich. Gott nimmt mich nicht zu sich, bevor ich es dir gesagt habe. Da bin ich ganz sicher!«

»Was redest du da, lieber Freund! Natürlich sehen wir uns morgen wieder! Gleich in der Frühe bin ich hier, und wir können eine Weile plaudern.«

Draußen auf dem Gang war keine Spur von Pedro. Nachdenklich ging der Parfait die Treppen hinab. Was war so wichtig? Was hatte sein Freund gemeint?

Als er am Kapitelsaal neben dem Kreuzgang vorbeiging, vernahm er die Stimme Pedro Uribes, der zu den Mönchen sprach. Neugierig hielt er inne und verbarg sich hinter einer Säule. Diesem Mann hatte er schon immer misstraut!

»Liebe Brüder. Ihr wisst alle, dass unser Prior im Sterben liegt. Heute oder vielleicht morgen wird er von uns gehen. Bisher habe ich an seiner statt die Verantwortung getragen. Doch angesichts der Lage und wie es unsere Regeln vorsehen, muss ein neuer Komtur ernannt werden. Dazu ist es notwendig, den hiesigen höchsten Rat einzuberufen.« Er deutete auf einen Mönche in der ersten Reihe. »Du, Martín Diéguez, mach dich rasch auf den Weg und hole Meister Guillem de Cardona! Er soll sich in zwei Tagen zum Rat einfinden!« Fromm faltete er die Hände. »Von heute Abend bis zur Ratssitzung werden wir alle für die Seele unseres Priors fasten. Lasst uns beten, Brüder, der Herr möge uns bei der Wahl des Nachfolgers leiten.« Er atmete durch und sah schweigend von einem zum anderen. Nach einer spannungsgeladenen Pause fuhr er fort:

»Abschließend habe ich euch noch etwas mitzuteilen: Es ist euch strengstens untersagt, mit der heute unter uns weilenden Person auch nur ein Wort zu wechseln oder ihr zu helfen. Einigen von euch ist sie bekannt, andere haben sie heute erstmals gesehen. Ich rede von Pierre de Subignac.«

Bei seinem Namen fuhr Pierre zusammen und hielt die Luft an, um sich nicht zu verraten.

»Subignac ist ein Gottloser, ein Ketzer, ein Katharer. Vor langer Zeit, als er noch in unserem Kloster lebte, wandte er sich vom rechten Glauben ab und ging unter die Häretiker. Damit besudelte er unser Haus und nutzte unsere Gastfreundschaft sowie Gutgläubigkeit schamlos aus. Schlimmer noch: Mit seinen Irrlehren verführte er zwei der Unseren. Sie verließen den Orden der Tempelritter und folgten ihm nach Frankreich. Dort traten sie seiner Teufelssekte bei. Heute ließ ich noch einmal Milde vor Recht walten und erlaubte ihm, Bruder Juan zu sehen. Von nun an stehen die Dinge anders. Sollte er wieder hier auftauchen, nehmt ihn sofort fest. Wir werden ihn den Dominikanern übergeben. Es wird Zeit, dass er vor der Heiligen Inquisition Rechenschaft ablegt!«

Pierre war gewarnt. Eilig lief er durch das leere Kloster zurück zum Pferdestall. Nur der Bruder Pförtner saß auf seinem Posten. Der Katharer hob die Hand zum Gruß, gab dem Pferd die Sporen und ritt durchs Dorf zum Gasthof, wo er schon früher eingekehrt war.

Oben auf seinem Zimmer verließen ihn Mut und Kraft. Erschöpft und von den Vorfällen im Kloster tief beunruhigt warf er sich aufs Bett. Seine Lage schien ausweglos! Er schloss die Augen und rief nochmals das Bild des sterbenden Freundes wach. Dessen naher Tod durchkreuzte alle Pläne. Anders als erwartet, war er hier nicht mehr sicher. Juan konnte seine schützende Hand nicht mehr über ihn halten. Hinzu kam die unverhohlene Bedrohung durch den vertretenden Komtur.

Gleich morgen Früh musste er fort. Aber zuvor wollte er sich von seinem Freund verabschieden.

Doch wie konnte er unentdeckt in seine Zelle gelangen? Er überlegte hin und her. Nur wenn alle schliefen, hatte er Aussicht auf Erfolg. Am besten vor Tagesanbruch. Er kannte die Festungsanlage auswendig. Wenn er über die Nordmauer kletterte, reichte ein einfacher Strick, um sich bis zum Fenster des Komturs abzuseilen. Es war sogar ziemlich einfach. Jetzt brauchte er etwas Schlaf. Nach Mitternacht würde er sich aus dem Gasthof schleichen. In seinen Satteltaschen waren ein langes Seil und ein Haken. Mehr brauchte er nicht, dachte er, bevor er erschöpft in einen tiefen Schlaf fiel.

Nach dem gemeinsamen Abendgebet zogen sich die Mönche in ihre Zellen zurück. Eine Stunde später war im Kloster alles dunkel. Nur in Juans Zelle brannte noch Licht. Der gebrechliche alte Mann lag im Bett, hilflos dem grausamen Verhör Pedro Uribes ausgeliefert.

»Verflucht sollst du sein, Juan de Atareche! Auf ewig

verdammt! Rück endlich raus, wo du die kleine Truhe und die Papyrusrolle versteckt hast. Dir bleibt nur noch wenig Zeit, und ich möchte dich nicht ohne diese Auskunft begraben müssen.«

Heftig schüttelte Pedro den nach Luft japsenden Greis. Das lange Verhör war bisher ohne jedes Ergebnis geblieben. Wütend begann der Vikar, auf den alten Mann einzudreschen: Ein Hieb mitten ins Gesicht, die Augenbraue platzte. Wieder ein Schlag; diesmal brach der dicke Ring an der Hand des Peinigers das Nasenbein. Blut spritzte.

»Du hast mir also immer noch nichts zu sagen? Wahrscheinlich muss ich dich noch ein bisschen mehr quälen. Liebend gerne würde ich dich auf der Stelle umbringen, du Bastard! Aber mach dir keine falschen Hoffnungen: Ich lasse dich zappeln, bis du es verraten hast. Jetzt gehe ich schlafen. Inzwischen hast du Zeit, über deine Verstocktheit nachzudenken. Glaub ja nicht, du könntest dein Geheimnis noch länger für dich behalten. Ich werde Wege und Mittel finden, dich zum Reden zu bringen.«

Pedro wischte sich die blutige Hand am Laken ab. Bevor er die Zelle verließ, warf er Juan einen letzten Blick zu.

Vor allem war Pedro ein treu ergebener Templer. Durch den Orden war er zum ehrbaren und geachteten Mann geworden. Er stand tief in der Schuld der Kongregation, die ihn von krummen Pfaden auf den rechten Weg gebracht hatte. Sein früheres Leben zwischen Dieben und Mördern lag lange zurück. Inzwischen hatte er sogar innerhalb des Ordens einigen Einfluss und Macht. Über den Kopf des Komturs hinweg hielt er direkte Verbindung zum Hauptsitz der Templer der Provinzen Katalonien und Aragon, zu dem auch Navarra gehörte. Ohne Gewissensbisse führte er treu ergeben jeden Befehl der

Vorgesetzten aus. So auch im Fall von Juan. Der Hauptsitz hierzulande hatte erfahren, dass der alte Mann einst einige Gegenstände von hohem religiösem Wert aus dem Heiligen Land mitgebracht hatte. Erfolglos hatte man ihn seinerzeit danach gefragt. Die Templer waren nicht selbst daran interessiert, sondern handelten unter päpstlichem Druck. Seine Heiligkeit forderte sie im Namen der Gläubigen ein. Der Hauptsitz der Templer im Heiligen Land wusste nur von einer uralten Truhe und einer Papyrusrolle, aber nicht, was beide enthielten.

Für Pedros Zukunft boten sich gleich zwei Vorteile: Nach Juans Tod ging das Amt des Ordenmeisters von Puente de la Reina auf ihn über. Wenn er seinen Vorgesetzten das so dringlich Gesuchte beschaffen konnte, stand seinem weiteren Aufstieg nichts im Wege. Wohl hatte er einen Sterbenden blutig geschlagen, aber was war das bisschen Blut schon, verglichen mit seinen weit reichenden Plänen?

Nach Mitternacht schlüpfte Pierre aus dem Bett und schlich zum Kloster. Das Dorf schlief tief. Kein Mensch war zu sehen. Bäume und Häuser schienen bedrohliche Schatten zu werfen. In der absoluten Stille hallten nur seine Schritte wider. Ängstlich sah er sich um, als lauerten ihm stumme Gestalten auf, bereit, ihn jederzeit niederzustrecken. Der Weg vom Gasthof zum Kloster wurde für ihn zum Albtraum. Endlich erreichte er die Klostermauern und umging sie bis zur Nordseite.

Schon beim ersten Wurf blieb der Haken an einem Vorsprung hängen. Die drei Meter hohe Mauer hochzusteigen, erwies sich als äußerst schwierig. Nicht wegen der Höhe, sondern weil aufgrund des dichten Moosbewuchses an manchen Stellen kaum Halt zu finden war. Als er oben war, warf er den Haken mit dem Seil zum Fenster

Juans. Diesen Vorgang musste er einige Male wiederholen. Es war nicht leicht, die kleine steinerne Vertiefung im Fenstersims zu treffen. Endlich gelang es ihm. Mit einem kräftigen Ruck prüfte er nochmals den Halt und begann, die glatte Wand hochzuklettern. Mit jedem Meter stieg auch die Angst in ihm. Rechts und links waren Fenster. Wenn jemand hinaussah, würde er ihn sofort entdecken. Doch nichts dergleichen geschah.

Juans Fenster war sehr niedrig, sodass er sich nicht aufrichten konnte. Mit beiden Händen hielt er sich am Rahmen fest und trat kräftig dagegen. Pierre ließ sich in die Zelle seines Freundes gleiten und tastete im Dunkeln nach einem Kerzenleuchter. Er zündete ihn an und trat an Juans Bett. Auf dem Kissen ruhte der Kopf des Greises in einem großen Fleck geronnenen Bluts. Das Gesicht war blau und angeschwollen, die eine Hälfte blutverkrustet, aus der Nase lief noch ein dünnes Rinnsal.

»Juan, um Gottes willen! Was hat man dir angetan?«

Da es still blieb, hielt Pierre die brennende Kerze an den Mund des Freundes. Die Flamme bewegte sich nicht. Juan war tot!

»Gütiger Himmel, gib, dass es nicht wahr ist! Sie haben dich umgebracht.«

Der Parfait spürte eine tiefe Verzweiflung in sich aufsteigen. Bitterlich weinend klammerte er sich an den mageren Körper des Toten. Er schwor für den Freund Rache.

»Deine eigenen Brüder haben dich auf dem Gewissen, geliebter Juan. Ich weiß nicht, wer das verbrochen hat, aber Pedro Uribe hat damit zu tun. Dafür wird dieser Hundesohn büßen, das schwöre ich!«

Benommen betrachtete er den Leichnam. Da kamen ihm Juans letzte Worte in den Sinn. Nun würde er nie erfahren, was ihm der Freund Wichtiges mitteilen wollte.

Er nahm die rechte Hand des Toten, um sie auf dessen Brust zu legen. Darunter war kein Blutfleck, sondern eine Zeichnung. Er hielt die Kerze näher, um sie deutlicher zu sehen. Mit seinem eigenen Blut hatte Juan das Kreuz der Templer aufs Betttuch gemalt, darüber den Buchstaben »C« und darunter einen Pfeil, der nach Südwesten zeigte.

»Was hat diese Zeichnung zu bedeuten, Juan? Ich verstehe sie nicht! Ein ›C‹, ein achteckiges Kreuz mit einem Pfeil ... Du weist mich nach Südwesten. Aber wonach soll ich suchen? Und von wo aus? Ich kann deine Botschaft nicht entziffern, mein Freund.« Vergebens suchte er in seiner Not nach einem Hinweis im Gesicht des Freundes. »Teurer Juan, es bricht mir das Herz, dich zurückzulassen. Aber ich muss fort. Ich bin hier in großer Gefahr!«

Pierre riss das Stück Laken ab, auf dem sich die Zeichnung befand, und steckte es in die Tasche. Er wollte den Mönchen keinerlei Hinweise hinterlassen.

»Ich verspreche dir, Juan, dass ich den Sinn deiner Botschaft noch herausbekommen werde!«

Er strich ihm übers Haar, löschte die Kerzen und kletterte wieder zum Fenster hinaus. Das Seil in den Händen, warf er Juan einen letzten Blick zu.

»Bitte beschütze und leite mich bei dieser Aufgabe. Adieu, Juan! Ruhe in Frieden, teurer Freund!«

Nachdem er sich abgeseilt hatte, verwischte er alle Spuren seines nächtlichen Besuchs und rannte zur Herberge. Schnurstracks ging er dort in den Stall und sattelte sein Pferd. Leise verließ er das Dorf und ritt quer übers Feld in Richtung Südwesten. Noch wusste er nicht, wonach er suchen sollte.

Die Nacht war mondlos. Gleich hinter Puente de la Reina lag Eunate. Als er die imposante Kirche sah, die er einst entworfen hatte, machte er Halt. Alte Gefühle und

Erinnerungen wurden wieder lebendig und zogen ihn zu dem mächtigen Bau. Vorsichtig blickte er sich um. Niemand war zu sehen. Ein letztes Mal wollte er sich an der Schönheit seines Werkes erfreuen.

Als er am äußeren Kreuzgang stand, fiel ihm plötzlich die Zeichnung Juan de Atareches ein. Natürlich, das »C« über dem Kreuz stand für diese Kirche hier! In der Landessprache bedeutete Eunate »Der Ort mit den hundert Türen«. Juan hatte die römische Zahl für Hundert verwendet! Das war der Schüssel und zugleich der Ausgangspunkt für ihn. Hier begann seine Suche. Er musste nur in Richtung Südwesten gehen.

Fieberhaft kombinierte er weiter. Auch das Symbol des achteckigen Kreuzes passte, denn es entsprach dem Grundriss der Kirche. Blieb noch der Pfeil. Wenn er ihn in die Koordinaten des Grundrisses einfügte, würde er ihm die Richtung weisen. Dort irgendwo befand sich das, was ihm Juan nicht mehr hatte sagen können!

»Gelobt seiest du, Juan! Mit deinem eigenen Blut hast du mir eine letzte Botschaft aufgezeichnet. Du wusstest, dass nur ich in der Lage bin, sie zu entziffern. Von dir habe ich gelernt, das Kreuz der Templer in all euren Gebäuden zu erkennen. Für alle anderen ist die Zeichnung auf deinem Betttuch nur ein Zeichen deiner Gottesfürchtigkeit und Ergebenheit für deinen Orden.«

Dankbar sah er zum Himmel auf und setzte seinen Weg in Richtung Südwesten fort. Bald lagen die Felder um die verlassene Kirche von Eunate hinter ihm. Es war eine bitterkalte Aprilnacht. Fröstelnd zog er die Kapuze hoch. Als er bei Tagesanbruch den Ort Lodosa erreichte, war er ein gutes Stück geritten. Pferd und Reiter hatten eine Rast nötig, um Kraft für den weiten Weg zu schöpfen. Pierre kehrte in den Gasthof am Ortsrand ein und überließ sein Pferd dem Stallburschen. An einem Tisch nahe beim Kamin nahm er Platz.

»Was wünscht Ihr zu essen, mein Herr?« Eine dicke Kellnerin trat an ihn heran und musterte Pierre unfreundlich, während sie auf die Bestellung wartete.

»Was gibt's zum Frühstück, gute Frau?« Es duftete viel versprechend nach warmem Essen.

»Ich empfehle Euch Bohnen mit Weißbrot und dazu einen Krug gut gekühlten Rosé«, schlug das rotwangige Weib vor.

»Auf was wartest du noch! Geh los, ich sterbe vor Hunger.«

Die Frau verzog sich in die Küche. Während er auf das Mahl wartete, vertiefte er sich in seine Gedanken.

Um dieselbe Zeit veranlasste Pedro Uribe in der Komturei gerade das Nötige für Juan de Atareches Totenmesse. In aller Frühe hatte er zwei Mönche seines Vertrauens zum Gasthof Armendáriz geschickt, um Pierre zu holen. Sie kehrten unerledigter Dinge zurück. Auch von den Wirtsleuten hatten sie nichts über den Aufenthaltsort des Gastes erfahren können. Ohne ein weiteres Wort hatte dieser gezahlt und war abgereist. Pedro konnte sich des Verdachtes nicht erwehren, dass Pierre dem Komtur einen nächtlichen Besuch abgestattet hatte. Das würde auch seine überstürzte Abreise erklären. Sonst hätte er selbstverständlich Wort gehalten und den Freund am nächsten Tag besucht. Wie es ihm gelungen war, unbemerkt in Juans Zelle zu schlüpfen, würde der Vikar noch herausbekommen. Zunächst würde er das Zimmer in Augenschein nehmen.

Bereits auf den ersten Blick sah Pedro am Fenster Spuren eines gewaltsamen Eindringens. Auch auf dem Fußboden verrieten Holzsplitter und Lehmreste den ungebetenen Gast. Zuletzt entdeckte Pedro, dass ein Stück vom Bettlaken fehlte.

Mehr Beweise waren nicht nötig. Es war klar, dass Pierre hier gewesen war und möglicherweise den Freund noch lebend vorgefunden hatte. Was aber hatte das zerrissene Laken zu bedeuten? Vermutlich war auf dem fehlenden Stück ein Hinweis auf die heiß begehrten Gegenstände.

Pedro war davon überzeugt, dass der übel zugerichtete Juan vor seinem Tod Pierre das Geheimnis anvertraut hatte. Der Katharer wusste also alles. Für Pedro wurde dieser damit zur Bedrohung, denn er gefährdete seinen Aufstieg innerhalb des Ordens. Doch auch die Templer brachte er in eine heikle Lage. Zu Recht würde Papst Innozenz dem Orden Unfähigkeit vorwerfen.

Es galt, Pierre ausfindig zu machen. Wo aber sollte er nach ihm suchen? Nachdenklich bedeckte er den Leichnam des Komturs mit dem Betttuch. Dabei blieb zufällig sein Blick bei einem Blutfleck hängen. Nach näherem Hinsehen erwies sich die vermeintlich dunkle Stelle auf dem Laken als Zeichnung – just unterhalb des zerrissenen Leintuchs. Es war das Kreuz der Templer. An einer seiner Spitzen war undeutlich ein Pfeil, der nach Südwesten zeigte, zu erkennen.

Nun sah die Sache ganz anders aus. So also hatte Juan Pierre – oder wem auch immer – seine Botschaft hinterlassen. Es war der Hinweis auf das Versteck. Der Katharer hatte die Zeichnung an sich genommen und glücklicherweise nicht bemerkt, dass das Blut durchgesickert war. Er musste demnach Richtung Südwesten geflohen sein. Keine weitere Minute war zu verlieren. Pedro rannte in seine Zelle, holte seine Waffen hervor und rief seine beiden Vertrauensmänner. Unverzüglich waren drei Pferde zu satteln. Sie selbst sollten sich zum Aufbruch bereitmachen. Bevor er zum Stall ging, entschuldigte sich der Vikar beim Sekretär. Dort erwarteten ihn bereits seine verwunderten Männer.

»Brüder, die Zeit drängt! Wir müssen Pierre de Subignac ausfindig machen. Er war heute Nacht im Kloster und hat einen wertvollen Gegenstand gestohlen. Unser Orden darf sich das nicht bieten lassen! Lasst uns seiner Fährte folgen! Er ist nach Südwesten geritten und uns vermutlich einen halben Tag voraus. Ohne Pausen können wir ihn noch einholen. Wenn er rastet, ist das für uns ein zusätzlicher Zeitgewinn. Vergesst nicht, ich muss ihn verhören, brauche ihn also lebend.« Im Galopp verließen die drei Templer das Kloster.

Pierre ritt durch das Ebrotal. Erst am späten Nachmittag erreichte er die Berge. Düstere Erinnerungen an die letzten Stunden in Montségur vermischten sich in seinem Kopf mit dem Bild der schrecklich zugerichteten Leiche des Freundes. Ziellos irrte er herum. Sein einziger Halt war Juans Geheimbotschaft, die für ihn angeblich lebenswichtig war. Ihn bedrückte, dass er weder wusste, wohin er sein Pferd lenken, noch, wonach er suchen sollte. Trotz seiner misslichen Lage besserte sich seine Gemütsverfassung gegen Mittag. Er spürte erneut die Kraft des Medaillons, das ihn zu lenken schien.

Der Weg durch die Berge wurde steil und unwegsam und erforderte bis zum Gipfel Pierres ganze Aufmerksamkeit. Von oben sah der Reiter auf die Landschaft herab, die sich südlich von ihm erstreckte. Am Beginn eines lang gezogenen Tals, durch welches sich der Fluss Cidacos schlängelte, befand sich der kleine Ort Arnedo.

Bald hatte Pierre das Dorf hinter sich gelassen. Eine ganze Weile folgte er noch dem Flusslauf, bis er nach

Arnedillo kam. Hier beschloss er, in einer Herberge zu nächtigen. Am nächsten Morgen wollte er in das zwei Tagesreisen entfernte Soria aufbrechen.

Im Gasthof von Lodosa erfuhren die Verfolger, dass der Gesuchte dort gegen Mittag losgeritten war. Offensichtlich wollte er weiter in die Stadt Soria, die in der Nähe des antiken römischen Numantia lag. Das jedenfalls schloss Pedro Uribe aus diesem ersten Hinweis. Nun hatte er es nicht mehr eilig. Sie würden ihm kurz vor Soria auflauern und ihm unauffällig folgen. Auf diese Weise würde der Katharer selbst sie zum Ziel führen. Am Nachmittag ging es im Galopp weiter nach Carboneras. Hier, in der Nähe von Arnedo, besaßen die Templer ein einfaches Landgut, wo sie die Nacht verbringen wollten. Der verhasste Ketzer würden ihnen nicht entkommen.

Der Ort lag auf einem Waldhügel. Mit bloßem Auge konnte man von hier oben dem Verlauf des Flusses Cidacos folgen. Das Gut der Templer lag in einem dichten, dunklen Wald. Man musste sich förmlich durchs Dickicht schlagen, um zu dem kleinen Steinhaus zu gelangen. Hier hausten ein Dutzend Mönche. Als sich das Kloster von Eunate noch im Bau befunden hatte, war Pedro Uribe zweimal zu Besuch gewesen. Ganz in der Nähe war nämlich ein Steinbruch, von dem er damals das Material für die Kirche bezogen hatte. Aus diesem Grunde fühlte sich der Vikar hier beinahe zuhause, zumal er mit dem Verwalter verwandt war. Auch unangemeldet würde ihnen sein Vetter heute Nacht Quartier und Essen geben.

Besuch war in dem entlegenen Landsitz äußerst rar und schon deshalb gern gesehen. Nach einer herzlichen Begrüßung bat man die Ankömmlinge zum Abendmahl ins kleine Refektorium. Drei zusätzliche Teller wurden aufgedeckt und der Eintopf aus Mangold, Artischocken und Spargel mit den Gästen geteilt. Die Kost war den Ordensregeln entsprechend leicht. Fleisch gehörte nicht zum Speiseplan der Templer. Doch der besondere Anlass verlangte nach einer Ausnahme, und so brachte Don Carlos Uribe zum Nachtisch köstliche Süßigkeiten aus Eigelb. Angeregt plaudernd verbrachten sie die Zeit bis zum Abendgebet. Danach zog sich jeder in seine Zelle zurück. Carlos teilte die seine mit dem Vetter. Als sie allein waren, erkundigte er sich:

»Bis jetzt hast du mir verschwiegen, was dich in diese Gegend führt. Die Umstände eurer Ankunft lassen mich allerdings vermuten, dass es etwas sehr Dringliches sein muss.«

»Wie wahr, mein lieber Vetter!« Pedro setzte sich an den Kamin. »Gestern Nacht ist Juan de Atareche verstorben.« Der Vikar mimte den Trauernden.

»Gütiger Gott! Bitte erzähl!« Sein Vetter nahm ihm gegenüber Platz.

»Vor ein paar Wochen bekam Juan Fieber, das seine Lungen angriff. Er wurde immer schwächer, bis gestern Nacht sein Herz zu schlagen aufhörte.«

»Mein herzliches Beileid, Pedro. Dein Komtur war ein Heiliger, und ich weiß, wie sehr du ihm verbunden warst. Aber jetzt verstehe ich noch weniger, warum du hier und nicht auf seiner Beerdigung bist.«

»Nun ja … es sind gewichtige Gründe – für mich und unseren Orden. Lass es mich erklären. Wie du vielleicht weißt, verbrachte Juan de Atareche lange Zeit im Heiligen Land. Unsere ersten neun Ordensbrüder durchforschten damals dort alles auf der Suche nach irgendwelchen Überresten der Patriarchen, Apostel und vor allem nach Dingen aus dem Leben Christi. Stein für Stein untersuchten unser Begründer Hugo von Payens und seine acht Mönche die Ruinen von Salomons Tempel. Da überließ ihnen König Balduin II. einen Teil seines Palastes, der heutigen al-Aqsa-Moschee. Dort fanden sie Verschiedenes. Und in der Wüste von Judäa am Toten Meer stieß Juan Jahrzehnte nach der Eroberung des Heiligen Landes auf eine Höhle. Hier entdeckte er bisher unbekannte heilige Gegenstände. Er verbarg seinen Fund vor seinen Oberen und nahm ihn mit nach Navarra. Ich habe ihn nie zu Gesicht bekommen, weiß aber, dass es ein uraltes Pergament und eine kleine Truhe sein müssen.« Der Vetter folgte gespannt Pedros Ausführungen. »Von alledem erfuhr ich viele Jahre später in einer geheimen Unterredung mit unserem hiesigen Ordensmeister. Er wies mich an, Juan gründlich auf die beiden Dinge hin zu überprüfen. Der Befehl kam von ganz oben. In unserem Hauptsitz in Akka scheint ein ehemaliger enger Freund Ataresches dem Großmeister anvertraut zu haben, dass Juan diese beiden Dinge bei seiner Abreise nach Navarra im Gepäck verborgen hatte. Daher wissen wir, dass es eine Papyrusrolle und eine Truhe sind. Was sie aber enthalten, entzieht sich bisher unserer Kenntnis. Papst Innozenz erfuhr von unserem Großmeister davon und will beides nun von unserem Orden für sich. Wie du dir denken kannst, habe ich unser Kloster auf den Kopf gestellt, doch ohne jeden Erfolg. Dann kam ich zu dem Schluss, dass Juan sie woanders versteckt haben muss. Er hatte jede Menge Gelegenheit dazu – bei den vielen Reisen in den letzten Jahren. Mehr weiß ich auch nicht!«, beschloss er erschöpft seine lange Rede.

Von den zahlreichen Neuigkeiten und Enthüllungen überwältigt, verstand Carlos immer noch nicht Juans geheime Beweggründe.

»Aber weshalb unterstellst du ihm, er habe seinen Oberen den Fund verheimlicht? Welchen Grund sollte er dafür gehabt haben?« Er seufzte nachdenklich. »Hast du nichts weiter herausgefunden, das Juans seltsames Verhalten erklären könnte?«

»Oh doch, Carlos, da ist noch etwas! Unter unseren Brüdern gibt es eine geheime Vereinigung, der Juan angehörte. Sie beschäftigen sich mit magischen, übersinnlichen Dingen – hinter dem Rücken unserer Oberen. Mehr als einmal trafen sie sich bei verschlossenen Türen in unser Komturei. Juan hat mir viel von seinen Abenteuern im Orient, von unglaublichen Erlebnissen und Erfahrungen dort erzählt. Aber seine Augen glänzten besonders bei einer Geschichte. Diese schien ihn tief zu bewegen. Jedes Mal, wenn er im Zusammenhang mit seinen Forschungen und Lektüren auf die jüdische Sekte der Essener zu sprechen kam, wurde er ein anderer Mensch. Glaub mir, Carlos, er war wie verwandelt. Er setzte sich so sehr mit dieser Sekte auseinander, dass er zuletzt nur noch tiefe Bewunderung dafür empfand. Unser Komtur behauptete sogar, Johannes der Täufer habe zu ihnen gehört.«

Ratlos kratzte sich Carlos am Kopf. Der Name dieser Sekte sagte ihm nichts.

»Man glaubt«, erklärte Pedro, »diese Leute hätten fernab von jeder Zivilisation in Höhlen in der Wüste gehaust. Sie teilten alles miteinander. Ich denke, dass Juan dort die Truhe und die Papyrusrolle gefunden hat.« Der Vikar schien wohl informiert zu sein. »Diese Sekte bezeichnete sich selbst als ›Kinder des Lichts‹, im Gegensatz zu den Söhnen der Finsternis – das waren für sie die Geschichtsfälscher und Pharisäer.« Energisch schlug er mit der Hand auf die Armlehne, um seinen wohl überlegten Schlussfolgerungen mehr Gewicht zu verleihen. »Ich bin davon überzeugt, dass Juan sich von deren Glauben und

Praktiken verführen ließ! Dieser Geheimring unserer Mönche hat wohl versucht, den alten Essenern nachzueifern. Vermutlich benötigten sie die große Kraft der heiligen Gegenstände für ihre Initiationsriten.«

Carlos war sprachlos. Was für eine unglaubliche Geschichte!

»Aber was, bitte, haben all diese Ausführungen mit deiner Reise zu tun?«

Pedro berichtete ihm nun von Pierre de Subignac, der die Kirche von Eunate gebaut hatte, sowie von der besonderen Freundschaft der beiden Männer und der Wiederkehr des Jüngeren. Nicht ganz ohne Grund beschuldigte der Vikar Juan, Pierre vom rechten Glauben abgebracht zu haben. Dieser hatte sich den Katharern zugewandt, die den Essenern mehr als nahe standen. Auch die merkwürdigen Ereignisse in der Todesnacht des Komturs sparte er nicht aus – wohl aber seine Verhörmethoden. Pierre hatte den Sterbenden heimlich besucht, dafür gab es Beweise. Wenn er der Spur des Katharers folgte, würde er endlich die Papyrusrolle und die Truhe finden. Wie Pierre, waren auch sie nun auf dem Weg nach Soria, um ihm den Schatz zu entreißen.

»Bei Tagesanbruch geht es morgen weiter. Wir müssen ihm auf den Fersen bleiben.« Müde schloss er: »So, Carlos, nun kennst du die ganze Geschichte!«

Da es schon sehr spät geworden war, beschloss man, sich zur Ruhe zu legen.

»Lieber Vetter, ich fürchte, wir haben über unserem Gespräch ganz die Zeit vergessen. Etwas Schlaf wird mir nicht schaden. Wer weiß, wann ich wieder dazu Gelegenheit haben werde.«

Pedro schlief gleich ein. Carlos lag dagegen noch eine Weile wach. Die Geschichte ging ihm weiter durch den

Kopf. Trotz seines unehrenhaften Vorlebens hatte der Vetter mehr Glück im Orden als er. »So ein kleiner Landsitz wie dieser ist doch eine ziemlich langweilige Sache!«, dachte er. »Nie geschehen hier aufregende Dinge! Wenn es ginge, würde ich mich in eine größere Komturei versetzen lassen!«

In aller Frühe setzte Pierre seinen Weg entlang des Flusses fort. Ein dichter Nebel hing über dem Tal und beeinträchtigte die Sicht. Er kam nur langsam voran und nutzte jede Gelegenheit, das Pferd anzutreiben. Auf keinen Fall durfte er an Vorsprung verlieren.

Um die Mittagszeit hatte er ein beträchtliches Stück zurückgelegt. Kurz darauf traf er in dem Dorf Yanguas ein. Das öde Land ringsum bot nur wenig Abwechslung, sodass Pierre über das Ziel seiner Reise ins Grübeln geriet. Südwestlich von Eunate lagen zahlreiche Städte, die alle gleichermaßen in Frage kamen. Juan könnte Soria, aber auch Segovia oder südlicher Toledo und weiter entfernt Cáceres gemeint haben. Zwischen diesen großen Städten waren unzählige Dörfer, die er nicht ausschließen konnte. Wieder erschien ihm sein Unterfangen aussichtslos.

Mit der geheimnisvollen Zeichnung wollte Juan seine Schritte in eine ganz bestimmte Richtung lenken – so viel war sicher. Er schickte ihn nicht ziellos auf den Weg – dazu kannte er den Toten zu gut. Vielleicht wollte er ihn zu einem Freund leiten, der die Botschaft enträtseln konnte. In Gedanken ging er Juans engste Vertraute durch. Einmal hatte er von einen jungen Komtur in der Provinz Aragón und Katalonien geschwärmt und ihn in den höchsten Tönen gelobt. Aber das war eine ganz andere Richtung. Plötzlich fiel ihm der Name Esquívez ein. Wenn ihn nicht alles täuschte, stand dieser gute

Freund Juans einer Komturei in der Nähe von Segovia vor. Vieles schien für Esquívez zu sprechen, sodass er beschloss, als Erstes sein Glück hier zu versuchen. Sollte es sich als Irrtum erweisen, standen ihm immer noch die anderen Möglichkeiten offen.

Als junger Mann war er schon einmal in Segovia gewesen. Die Schönheit der Stadt war ihm bis jetzt gegenwärtig. Damals hatten den Achtzehnjährigen die zahlreichen Kirchen, aber vor allem die herrliche Kathedrale tief beeindruckt. Obwohl er schon lange nicht mehr seinem alten Handwerk nachging, interessierte sich Pierre nach wie vor für neue Techniken und Bauweisen. In Pierres Jugend war die inzwischen in der Zunft wegen ihres ungewöhnlichen Grundrisses berühmt gewordene Kirche vom Heiligen Grab noch nicht errichtet gewesen. Von anderen Baumeistern wusste er, dass die Kirche einen zwölfeckigen Grundriss hatte – wie ihr Vorbild in Jerusalem. Und wie in diesem befand sich vor der Apsis ebenfalls eine Grabkapelle.

Für ihn als ehemaligen Baumeister war die Gelegenheit, dieses Gebäude besichtigen zu können, ein zusätzlicher Ansporn. Baulich gesehen ruhte auf der Grabkapelle die Hauptlast von Wänden und Decken. Eine derartige Konstruktion hatte er noch nie unmittelbar studieren können. Auch wenn Juans Ziel nicht die Kirche sein konnte, lohnte ein Besuch.

Am fortgeschrittenen Nachmittag überquerte Pierre die Ebene bei Soria. Mit einigem Abstand folgten ihm die drei Templer ohne Hast.

Die nächsten Tage verschlechterte sich das Wetter zunehmend. In Navarra hatte die Sonne geschienen, und die Luft war lau gewesen. Je weiter der Katharer nach Süden vordrang, umso dichter wurden die Wolken. Ein kalter Wind blies ihm entgegen. Gleich hinter Soria begann es heftig zu regnen, und es hörte bis Burgo de Osma nicht auf. In dieser reichen, schönen Stadt hielt Pierre nur, um etwas zu essen. Der nächste größere Ort lag drei Tagesreisen entfernt. Inzwischen durchnässte den Reiter zwar nicht mehr der Regen, aber es schlug ihm weiterhin ein eiskalter Wind ins Gesicht. Ein paar Meilen dahinter überlegte Pedro Uribe, wo und wie er Pierre überwältigen könnte.

»Liebe Brüder, wir können nur erahnen, wohin er uns jetzt führen wird. Dem Weg nach zu urteilen, zieht er entweder nach Burgos oder Segovia. Wie dem auch sei: Bis zum Ziel werden wir uns noch eine Weile gedulden müssen.«

Pedro freute sich schon auf Pierres Gesicht, wenn sie ihn ergreifen würden. Genugtuung und Vorfreude waren dabei so groß, dass er die Kälte kaum spürte.

Seit ein paar Tagen redeten seine Gefolgsmänner hinter seinem Rücken über ihn. Sie fanden für diese überstürzte, ziellose Reise keine vernünftige Erklärung. Pedros Beweggründe blieben ihnen ein Rätsel. Dessen Hass auf Pierre de Subignac war ein offenes Geheimnis, aber da schien noch etwas anderes zu sein. Es musste sich um etwas Persönliches handeln, das nichts mit den gestohlenen Gegenständen zu tun hatte. Wiederholt hatten die Männer nachgefragt, was denn fehle. Doch der Vikar war ihnen immer ausgewichen. Sie kamen bald zu dem Schluss, dass es die vermeintliche Beute nur in Pedros Fantasie gab. Da die beiden Mönche ihm aber Gehorsam schuldeten, blieb ihnen nichts anders übrig, als weiter mit von der Partie zu sein. Vergebens hatten sie versucht, ihren Anführer zur Rückkehr zu bewegen.

»Bruder Pedro, seit Tagen schon folgen wir diesem Mann. Wir wissen nicht, wohin es geht, und schlimmer noch, wann wir umkehren werden. Das Einfachste wäre doch, ihn heute Nacht im Schlaf zu überwältigen. Wir hätte die Beute wieder und könnten den Mann den Dominikanern übergeben.«

»Wir haben das alles bereits untereinander besprochen und wollen beide ein rasches Ende dieser sinnlosen Hatz«, ergänzte der andere Mönche bestimmt. »Im Kloster warten zahlreiche Pflichten auf uns. Wir können unmöglich so lange fern bleiben. Entweder wir schlagen jetzt zu, oder wir brechen die Aktion ab! Du bist also gewarnt: Wir werden ins Kloster zurückreiten!«

Pedro befahl den aufmüpfigen Mönchen, denen die Reise offenbar zu mühsam war, abzusteigen. Er ritt zu dem, der zuletzt gesprochen hatte, und hieb ihm mit der Peitsche mitten ins Gesicht. Blut rann dem fassungslosen Mönch über die Wange.

»Ihr schuldet mir Gehorsam! Ich dulde keine Widerrede! Muss ich euch etwa daran erinnern, dass ihr als Soldaten Christi euren Vorgesetzten, und das bin ich, absoluten Gehorsam entgegenbringen müsst – bei der Arbeit und beim Gebet ebenso wie in Kampf und Krieg.«

Anders als es Pedro erwartet hatte, zeigte sich der Verletzte nicht eingeschüchtert. Im Gegenteil, die erfahrene Demütigung schürte seinen Zorn. Wütend zog er das Schwert und ging auf den Vikar los. Dieser hatte gerade Zeit, das seine zu ziehen und den Hieb des Angreifers abzuwehren. Dennoch wurde er leicht am Arm verletzt. Der Gegenschlag traf den Mönch mit voller Wucht auf die Schulter. Vom Schmerz überwältigt, fiel der Mann zu Boden. Angesichts des plötzlichen Gefechts stand der andere Bruder wie vom Blitz gerührt da. Pedro ließ ihn nicht aus den Augen. Seinem entsetzten Gesicht nach würde er dem Gefährten nicht zu Hilfe eilen. Ohne den

Blick von ihm abzuwenden, stieg der Vikar mit gezücktem Schwert vom Pferd und ging zum Schwerverwundeten, der langsam verblutete.

»Marcos, du weißt, dass du tödlich getroffen bist. Wenn ich dich mit uns nehme, verliere ich kostbare Zeit. Deiner eigenen Torheit hast du dieses schreckliche Ende zuzuschreiben. Für deinen Tod, den ich ehrlich bedauere, bist nur du verantwortlich. Möchtest du wie ein Mann sterben oder langsam krepieren?«

Erschüttert verfolgte der unversehrte Mönch die Szene vor seinen Augen.

Der Verwundete hielt seine blutende Schulter. Die starken Schmerzen machten ihm eine Antwort unmöglich. Muskeln und Sehnen waren durchtrennt. Dadurch hing sein Kopf merkwürdig schief über der gesunden Schulter. Pedro tat der Mann mit einem Mal leid. Ohne Zögern stieß er ihm das Schwert ins Herz. Ohnmacht und Grauen mischten sich im Blick des Sterbenden. Der zweite Mönch schlotterte am ganzen Leib, als der Vikar auf ihn zuging. Wohl hatte er noch dessen Verteidigungsschlag verstehen können, aber diese grausame Hinrichtung war durch nichts zu rechtfertigen.

»Es war Notwehr. Wenn du nicht das Schicksal von Bruder Marcos teilen möchtest, weißt du, was du zu tun hast.«

Pedros kalter, drohender Blick zeigte, wie wenig ihn der Tod eines Menschen berührte. »Wenn du weiter dabeibleibst, muss ich dir ganz und gar vertrauen können. Was geschehen ist, ist geschehen. Kann ich auf dich zählen, oder möchtest du lieber gehen? Fühle dich in deiner Entscheidung völlig frei.«

Nach kurzem Überlegen erklärte sich der Mönch bereit, ihm weiter zu folgen.

»Ein wahrer Templer lässt einen Bruder niemals im Stich«, rechtfertigte er sich.

»Ich freue mich über deine Treue und Ergebenheit, Bruder. Lass uns aufsteigen und weiterziehen. Solche Zwischenfälle sollen nicht wieder vorkommen.«

Sie gaben den Pferden die Sporen und nahmen im Galopp die Verfolgung wieder auf. Wie mit tausend Nadeln blies ihnen der eiskalte Wind ins Gesicht. Es dämmerte bereits. Pedro biss die Zähne zusammen und dachte an die Zukunft. Er musste die Reliquien für den Orden besorgen, so wie es der Großmeister und der Papst verlangten. In einem Bauernhaus am Weg stahlen sie Kleidung, die sie gegen die auffälligen Mönchskutten tauschten. Diese verwahrten sie in den Satteltaschen.

Nach fünf Tagen traf Pierre in Segovia ein. Aus einem Gewirr von Gassen, Palästen, Häusern ragte das gewaltige Aquädukt zum Himmel empor.

Das römische Bauwerk bewundernd, stieg Pierre de Subignac vom Pferd. Mehr als tausendzweihundert Jahre Geschichte erhoben sich vor ihm. Die großen Steinblöcke trugen sich nur durch ihr eigenes Gewicht. Kein Mörtel hielt die antike Wasserleitung zusammen. Die Reihen hoher Bögen gaben der Anlage eine unerhörte Leichtigkeit.

Er wandte seine Aufmerksamkeit davon ab und der Stadt zu. Es zog ihn zum Hauptplatz. Auf einem lauten Markt drängten sich viele Menschen. Erfreut ließ er sich von der Menge treiben. Überall lockten die verschiedensten Waren und Speisen. Vieles davon hatte er noch nie gesehen. Über den ersten Ständen waren Leinen gespannt, an denen die unterschiedlichsten Würste sowie Schinken und getrocknete Fleischstücke hingen. Die Tische bedeckten blütenweiße Baumwolltücher, auf denen nach Größe, Form und

Farbe geordnet duftende Käselaibe feilgeboten wurden. An einer Ecke des Platzes pries ein hagerer Mann lauthals die besten Weine Kastiliens an. Großzügig schenkte er von dem kräftigen, aromatischen Wein aus. Etwas weiter hinten saß eine schwarz gekleidete Frau inmitten ihrer randvoll mit allerlei Pilzen gefüllten Körbe. Pierre beschloss, gleich vor Ort die vielen Köstlichkeiten zu probieren und seine Satteltaschen mit Proviant für die nächsten Tage zu füllen. Nachdem er an fast allen Ständen vorbeigeschlendert war, bog er vom Hauptplatz in eine enge Gasse.

An seinen Fersen hingen zwei Männer, die ihn nicht aus den Augen ließen. Die Gasse war menschenleer. Eine günstige Gelegenheit für Pedro Uribe, zuzuschlagen. Entschlossen holte er Pierre ein.

Das Pferd des Parfaits wurde in einem nahe des Hauptplatzes gelegenen Stall versorgt. Er selbst suchte gerade nach einem Gasthaus, um sich ein wenig auszuruhen. Plötzlich spürte er eine Hand auf seiner Schulter. Als er sich umdrehte, sah er das freundlich lächelnde Gesicht Pedro Uribes. Daneben war ein anderer, ihm unbekannter Mann. Unangenehm überrascht fühlte er etwas Stechendes in Nierenhöhe.

»Wer hätte gedacht, dass wir uns so bald wiedersehen würden! Nicht wahr, Pierre? Ich rate dir, ruhig zu bleiben und nichts Unüberlegtes zu tun. Was du in deinem Rücken spürst, ist mein Dolch. Ich werde nicht zögern, ihn dir zwischen die Rippen zu jagen.«

»Was machst du hier?«, fragte Pierre erschrocken.

»Das Gleiche wie du. Aber das Glück ist auf unserer Seite. Die kleine Truhe gehört uns und nicht dir widerwärtigem Ketzer.« Pedro stieß seinen Gefangenen in eine engere Gasse, wo sie niemand stören konnte.

»Wovon redest du, Pedro? Ich verstehe kein Wort.«

Der zweite Mann versperrte jede Möglichkeit zur Flucht. Pedro lächelte zynisch.

»Ich weiß alles, Pierre. Juan hat dich auf die Spur gesetzt. Sie ist hier in Segovia. Aber du wirst sie nicht bekommen. Die Truhe gehört den Templern. Dafür bin ich zu allem bereit.« Er packte ihn beim Kragen und drängte ihn an die Wand. »Du bist nachts wieder ins Kloster zurück, und Juan hat dir das Versteck verraten. Seitdem sind wir hinter dir her. Als ich merkte, dass Segovia das Ziel ist, wurde mir einiges klar. Im Jahr 1224 kam Juan hierher. Zeitgleich traf eine Reliquie vom Kreuz Christi in einem Schrein ein. Sie war für eine neue Kirche, die unser Orden dem Heiligen Grab gewidmet hatte, bestimmt. Bei dieser Gelegenheit muss er die Dinge, nach denen du suchst, versteckt haben.«

Pierre kombinierte rasch. Was er eben gehört hatte, half ihm, die Zeichnung auf dem Laken zu verstehen. Pedro hatte unwillkürlich Segovia als Ziel bestätigt und es sogar noch näher bestimmt. Offenbar war es die Kirche vom Heiligen Grab. Außerdem hatte er ihm auch verraten, dass es um mehrere Dinge, unter anderem um eine Truhe, ging. Aus welchem Grund auch immer – Juan hatte vermeiden wollen, dass sie in die Hände der Mönche fielen. Sein Wille war Pierre heilig. Also musste er Pedro dazu bringen, ihm bei der Suche zu helfen, aber dabei verhindern, dass er den Fund behielt.

Der Vikar drückte den Dolch gegen Pierres Gurgel und zog ihn dicht an sich heran.

»Wo ist das Versteck? Gestehe, oder ich schneide dir auf der Stelle die Kehle durch! Ich finde die Sachen auch ohne dich.«

Pierre dachte an das heilige Medaillon und antwortete rasch:

»Juan nannte die Kirche vom Heiligen Grab, außerhalb von Segovia. Dort hat er die Sachen versteckt. Mehr weiß ich auch nicht. Denn als ich ihn in der Nacht aufsuchte, war er bereits tot. Du hast ihn umgebracht.«

»Leider muss ich dich enttäuschen. Ich habe ihn nicht getötet, sondern, sagen wir einmal, etwas rau angefasst.« Pierre betrachtete den Vikar voller Abscheu.

»Gleich heute Nacht gehen wir dort hin und suchen das Pergament und die Truhe! Wenn du uns dabei hilfst, lasse ich dich am Leben. Das verspreche ich. Solltest du etwas im Schilde führen, kann ich für nichts garantieren.«

Um sich der beiden Templer zu entledigen, sah der Parfait nur eine Möglichkeit. Vor dem Besuch in der Kirche mussten sie zur Komturei von Juans Freund Esquívez. Er fühlte, dass dieser Mann ihm helfen würde. Es war Pierres einzige Chance.

»Einverstanden, Pedro. Ich werde dir helfen. Aber heute Nacht ist nicht die richtige Gelegenheit. Die Kirche ist höchstwahrscheinlich streng bewacht und verriegelt. Ich weiß nicht, ob wir eindringen könnten. Aber auch wenn, in der Dunkelheit würden wir die Truhe niemals finden. Bei Tag hingegen können wir die Kirche in aller Ruhe auf ein mögliches Versteck hin untersuchen. Es wird bestimmt nicht leicht sein. Ich schlage vor, zunächst das Landgut der Templer bei Zamarramala aufzusuchen. Eure Brüder dort sind für die Kirche vom Heiligen Grab zuständig. Da ihr beide zum Orden gehört, glaube ich nicht, dass sie gegen einen Besuch in der Kirche etwas einzuwenden hätten.«

»In Ordnung. Morgen gehen wir gemeinsam hin! Ich werde meine Brüder schon überzeugen. Sollte es mir allerdings nicht gelingen, kannst du dir jetzt schon etwas einfallen lassen. Wir müssen allein sein und brauchen genügend Zeit, um die Sachen zu finden.« Er nahm den

Dolch von Pierres Gurgel. »Jetzt suchen wir uns eine Bleibe für diese Nacht. Wir werden das Zimmer teilen. Keine Sorge, ich lasse dich nicht allein.«

Gleich um die Ecke war ein Gasthof, wo sie einkehrten und zu Abend aßen. Obwohl nur ein paar Worte gewechselt wurden und Pedros Begleiter die ganze Zeit über keinen Ton verlauten ließ, gelang es Pierre, etwas mehr über die Truhe und den Papyrus herauszubekommen. So erfuhr er, dass Juan beides aus dem Heiligen Land mitgebracht hatte, den Fund in der Wüste von Judäa gemacht haben musste und diesen seinen Oberen vorenthalten hatte – aus welchem Grund auch immer. Während Pedro erzählte, zog Pierre seine eigenen Schlüsse. Der Fund musste von allergrößter Bedeutung sein, da man selbst vor Mord nicht zurückschreckte. Das bewies Juans trauriger Tod. Pedro und sein schweigsamer Gefährte waren offenkundig zu allem bereit. Pierre fand auch heraus, dass der Stammsitz der Templer in Akko in die Angelegenheit verwickelt war. Insgeheim freute ihn, dass Pedro während des Essens den starken Wein in sich hineingeschüttet hatte, denn dieser hatte seine Zunge gelöst.

Als sie auf dem Zimmer waren, verriegelte der Vikar sorgfältig Tür und Fenster. Dann fesselte er seinen Gefangenen an Händen und Füßen. Anschließend band er ihn ans Bettgestell. Nachdem er sich nochmals versichert hatte, dass Pierre sich nicht rühren konnte, legte er sich schlafen. Der stumme Mönch hatte ein eigenes Zimmer.

Schon nach ein paar Minuten schnarchte der Vikar laut. Pierre konnte kein Auge zutun. Fieberhaft versuchte er Juans Zeichnung mit dem eben Erfahrenen in Zusammenhang zu setzen. Pedro schien mehr zu wissen. Da erinnerte er sich, wie er Juan das Medaillon gezeigt und dieser ihn daraufhin gedrängt hatte, wiederzukommen. Er habe ihm etwas sehr Wichtiges mitzuteilen, das waren Juans Worte gewesen. Gab es vielleicht eine Verbindung zwischen seinem Medaillon, der Truhe und dem Papyrus?

Es war ganz klar, dass nur er Juans Botschaft verstehen konnte. Also musste die Zeichnung noch etwas enthalten, was das Versteck genau bestimmte. Pierre rief sich das Bild erneut ins Gedächtnis. Aus dem achteckigen Kreuz ragte ein Pfeil nach Südwesten. Über dem Kreuz stand der Buchstabe »C«.

Auf den Ort war er durch Zufall gestoßen. Es war die Kirche vom Heiligen Grab in Segovia. Das »C« hatte er anfangs als Hinweis auf Eunate verstanden, aber vielleicht war etwas ganz anderes damit gemeint. Er grübelte weiter. Es war der dritte Buchstabe im Alphabet. Der dritte über dem Kreuz …

Der übliche Kirchengrundriss in Form eines römischen Kreuzes kam ihm plötzlich in den Sinn. Dort, wo die gedachten Linien aufeinandertreffen, befindet sich immer der Altar. Über diesem öffnet sich die Kuppel, als Zeichen des himmlischen Gewölbes. Im Mittelpunkt, direkt unter der Kuppel, feiert die römische Kirche das Sakrament der Verwandlung. Es ist die Vereinigung von Himmel und Erde, des Menschlichen, in Form des Brotes, mit dem Göttlichen, in Gestalt des Leibes Christi.

Pierre lag mit seinen Überlegungen ganz richtig. Aber die Kirche vom Heiligen Grab in Segovia hatte einen zwölfeckigen Grundriss und keinen kreuzförmigen.

Hatte ihm Juan nicht beigebracht, das Kreuz der Templer in all ihren Gebäuden ausfindig zu machen? Der einstige Baumeister stellte sich ein Zwölfeck vor. Wenn er alle Ecken miteinander verband, ergab das kein Kreuz. Wenn er aber die vier Koordinatenpunkte weglässt, hatte er ein sauberes achteckiges Kreuz. Die Koordinaten ließen sich durch einen Kreis verbinden. Vor seinem geistigen Auge sah er das Kreuz der Templer, in dessen Mitte sich die Grabkapelle der Kirche erhob, die ihrerseits ein Kreis umgab. Dieser konnte für die Welt stehen, aber auch das Siegel der Templer verkörpern.

Gerade hatte Pierre Juans Versteck für die Truhe gefunden! Es musste in der inneren Grabkapelle sein, dem wahren Mittelpunkt des Templerkreuzes!

Mit dem »C« über dem Kreuz schien Juan den genauen Ort der Truhe in der Grabkapelle anzuzeigen. Im Alphabet kam das »C« an dritter Stelle. Auf der Zeichnung war es direkt über dem Templerkreuz. Das konnte also nur heißen, dass er über der Grabkapelle suchen musste. Möglicherweise befand sich die Truhe in der dritten Galeriereihe. Zufrieden, ein Stück weitergekommen zu sein, schlief Pierre schließlich ein. Am nächsten Tag würde er das Rätsel lösen, das ihm sein Freund aufgegeben hatte.

Das Gut von Zamarramala bestand aus ein paar einfachen Häusern und Scheunen, die sich um eine Kirche scharten. An ihrer Ostseite ging die Kirche in einen langen, hässlichen Bau über. Hier wohnten die Mönche. Die bescheiden wirkende Anlage war für den Orden der Templer ungewöhnlich.

Wiederholt klopften Pierre und seine Häscher gegen das große Tor. Die drei dachten schon, niemand sei im Haus, als ihnen ein dürrer, unfreundlicher Mönch öffnete.

»Wollt Ihr mit Eurem Gepolter das Tor einschlagen? Welche Laune führt Euer Gnaden in dieses Haus?«

Durch einen Spalt musterte er die drei Gestalten. Die beiden Templer waren ihm nicht bekannt. Der dritte schien ihm etwas aufgeweckter.

»Guten Tag, Bruder!«, ergriff Pedro das Wort. »Wir

kommen aus Navarra und möchten Euren Komtur sprechen.«

»Was ist der Grund?«, erkundigte sich trocken der hagere Mönch.

Verunsichert suchte Pedro nach einer überzeugenden Antwort. Diesmal war Pierre schneller.

»Wir möchten gerne den Komtur Esquívez sprechen.« Pedro fiel auf, dass Pierre den Namen des Priors kannte. Auch ihm kam er bekannt vor. »Es geht um eine Angelegenheit, bei der wir seine Hilfe und seinen Rat brauchen.«

»Wie ich sehe, kennt Ihr unseren Prior, Gastón de Esquívez«, erwiderte der Pförtner freundlicher. »Tretet ein! Er ist im Kreuzgang beim Beten. Geht einfach durch den Innenhof und dann nach rechts.« Der Mönch öffnete das Tor.

Dahinter lag ein großer Innenhof. Zwei junge Brüder nahmen ihnen die Pferde ab. Rechts vom Hof war ein Rundbogen, der zum Kreuzgang führte.

»Woher kennst du diesen Gastón de Esquívez?« Krampfhaft versuchte sich Pedro zu erinnern, wo er diesen Namen schon gehört hatte.

»Juan erwähnte ihn, bevor er starb. Weiter weiß ich nichts«, log der Katharer und eilte voraus, um weiteren Fragen zu entgehen.

Zunächst konnten sie im Kreuzgang niemanden entdecken. Sie gingen weiter bis zur nächsten Ecke. Da kam ihnen ein alter, in die Lektüre eines kleinen Buches vertiefter Mönch entgegen. Ihre Schritte ließen ihn aufblicken.

»Wir möchten zum Komtur Gastón de Esquívez.« Pierre ahnte bereits, dass dieser vor ihm stand.

Der Prior reichte ihm die Hand und sah ihn forschend an.

»Das bin ich«, gab er freundlich lächelnd zurück. »Womit kann ich Euch helfen?«

Der betagte Mönch wandte sich den beiden fremden Templern zu. Der Ältere stellte sich und seine Begleiter vor.

»Ich bin Pedro Uribe, verehrter Herr«, sagte er mit einem festen Händedruck. »Es begleiten mich mein Assistent, Lucas Ascorbe, und Pierre de Subignac, ein Baumeister und Freund. Wir möchten gerne die berühmte Kirche vom Heiligen Grab besichtigen. Unser Baumeister hat mit uns die lange Reise hierher unternommen, weil wir beabsichtigen, eine neue Kirche zu errichten. Vom viel gerühmten Heiligen Grab erhoffen wir uns neue Anregungen für unser Vorhaben.« Pedro hatte sich dies eben als Rechtfertigung ihrer Reise zurechtgelegt. Er wollte etwas Zeit gewinnen, um den Bruder besser einschätzen zu können. Wenn er sich als vertrauenswürdig erwies, würde er ihm später den wahren Grund nennen.

»Wenn es weiter nichts ist, wird es mir ein Vergnügen sein, Euch zu helfen.« Er hakte sich bei Pedro ein und bat die drei, ihm zu folgen. »Es spricht nichts gegen einen Besuch der Kirche. Ihr habt dafür so viel Zeit, wie Ihr wollt.«

Esquívez zeigte sich äußerst entgegenkommend. »Verzeiht meine Neugier. Von welcher Komturei seid Ihr?«

Pedro warf Lucas einen warnenden Blick zu, nichts Unüberlegtes zu äußern.

»Wir sind von einer neu gegründeten Komturei im Maestrazgo«, gab Pedro sehr bestimmt zurück. Dem Prior entging Pierres bestürzte Miene nicht. »Unser Ordenssitz ist so neu, dass ihn fast noch niemand kennt!«, beendete der Vikar das unbequeme Thema.

»Was für gute Nachrichten! Es freut mich zu hören,

dass unser Orden weiter wächst.« Der alte Mann lächelte. »Ihr seid gerade rechtzeitig zum Mittagessen gekommen. Darf ich Euch an unseren Tisch bitten?«

Der Name Pedro Uribe war Esquívez sofort ein Begriff gewesen. Bei Pierre de Subignac brauchte er ein wenig länger. Der dritte Mann war ihm tatsächlich unbekannt. Doch der alte Prior hielt es für klüger, sich nichts anmerken zu lassen. Er wusste, dass Uribe seit einiger Zeit Stellvertreter seines Freundes Atareche war. Auch wenn er ihn noch nie gesehen hatte, war ihm doch einiges über diesen Mann zu Ohren gekommen, und es war nichts Gutes gewesen. Juan hatte ihm immer schon misstraut. Seit langem wusste der Prior, dass sein Stellvertreter ein Spitzel war. Esquívez überlegte, welche Gründe Uribe für dieses Lügenmärchen von einer neuen Komturei haben könnte. Er würde ihn noch nicht bloßstellen, sondern abwarten, was er im Schilde führte. Subignac hingegen war ihm als enger Freund Juans bekannt. Dieser hatte ihm oft von Pierre und ihrer gegenseitigen Zuneigung erzählt. Die ganze Angelegenheit kam dem alten Mann äußerst seltsam vor. Er hatte den Eindruck, dass Juan nichts von dieser Reise und deren Gründen wusste. Deshalb schien es ihm ratsam, bei der Posse vorerst mitzuspielen. Nur so würde er die Wahrheit erfahren.

Herzlich nahm der Ordensbruder Pierre beim Arm und führte ihn ein wenig abseits der Gruppe zum Refektorium. Hier erwartete sie bereits ein schlichtes Mahl.

»Darf ich die Gelegenheit nutzen, um Euch nach dem Mittagessen für ein neues Projekt einzuspannen? Ich würde gerne Eure Kenntnisse als Baumeister beanspruchen, denn wir möchten unser Gut erweitern. Hättet Ihr ein wenig Zeit für mich?« Gastón Esquívez wollte Pierre unter vier Augen sprechen. Er ahnte, dass Juans Freund nicht freiwillig hier war.

»Nichts lieber als das.«

Im geräumigen Refektorium waren ein paar Laibe Schwarzbrot und eine Auswahl gegarter Gemüse angerichtet. Neben den Tellern standen einige Weinkrüge. Während sie herzhaft zulangten, berichtete Esquívez vom Alltag im Gut, der Arbeit der Mönche und ihrem Hauptprodukt. Dafür waren sie in ganz Segovia berühmt. Der Erlös aus dem Weinverkauf floss direkt ins Heilige Land.

Nach dem Essen begaben sie sich zum Kreuzgang. Während ein Mönch im Auftrag des Priors die beiden Templer auf dem Gut herumführen sollte, wollte der Komtur mit Pierre die Pläne für eine Erweiterung besprechen. Pedro Uribes Einwände stießen auf taube Ohren. Es missfiel dem Vikar, die beiden Männer allein zu lassen. Andererseits fand er keinen guten Vorwand für seinen Argwohn.

Pierre folgte Esquívez in sein karges Arbeitszimmer. Kaum hatte der Komtur die Tür hinter sich geschlossen, begann er zu sprechen.

»Ich weiß, wer du bist, Pierre!« Damit hatte der Baumeister nicht gerechnet. »Juan und ich sind enge Freunde, davon hast du sicher Kenntnis gehabt. Dass ich durch ihn auch eine Menge von dir erfahren habe, ist dir bestimmt neu. Ich habe nach einem Vorwand gesucht, um dich unter vier Augen zu sprechen. Du kannst ganz offen sein.« Er lud ihn ein, sich zu setzen. »Zu deiner Beruhigung möchte ich vorwegnehmen, dass mir auch Pedro Uribe wohl bekannt ist. Leider habe ich von ihm nur Schlimmes gehört. Hier geht etwas höchst Seltsames vor, das du mir erklären musst. Du kannst auf meine Verschwiegenheit und Hilfe zählen.«

Von der unumwundenen Art seines Gegenübers überrumpelt, schwieg Pierre zunächst verwirrt. Dann suchte er dessen Blick. Esquívez' Augen schenkten ihm das Vertrauen, nach dem er sich gesehnt hatte. Er begann zu erzählen:

»Unser Freund Juan de Atareche ist tot.« Bei diesen Worten sah er den Prior prüfend an und beobachtete sein Verhalten.

»Tot? Wie kann das sein?« Tränen glänzten in den Augen des alten Mannes. »Ich wusste, dass er sehr krank war, aber nicht, dass er tot ist ...«

»Er starb vor ein paar Tagen in seiner Komturei. Ich habe ihn kurz davor noch einmal gesehen. Er ist keines natürlichen Todes gestorben.«

Esquívez konnte die Tränen nicht länger zurückhalten. Er fiel ihm ins Wort:

»Willst du damit sagen, dass ihn jemand umgebracht hat?« Mit einem weißen Tuch, das er aus der Innentasche seiner Kutte hervorholte, wischte er sich die Augen.

»Man könnte sagen, jemand hat seinen Tod beschleunigt. Er lag schon seit einigen Tagen im Sterben. Dieser Jemand ist Pedro Uribe.«

»Dieser Satansbraten! Nach dem, was er getan hat, wagt er noch, hier zu erscheinen, mich zu belügen und zum Narren zu halten!« Wütend ballte er die Fäuste. »Aber du kennst sicher den Grund seiner Reise und seine teuflischen Absichten.«

Pierre erzählte ihm von den Vorfällen in Puente de la Reina: von Juans rätselhafter letzter Zeichnung, seiner eigenen Flucht nach dessen Tod, den Mutmaßungen über die Bedeutung der Botschaft, die ihn schließlich zu Atareches Freund in Zamarramala geführt hatten. Er sparte auch nicht den Überfall im Herzen Segovias aus, bei dem er Pedro und seinem Helfer in die Hände gefallen war. Von diesem hatte er schließlich erfahren, dass sie nach einer Truhe und einem Pergament suchten. Beides sollte sich irgendwo in der Kirche vom Heiligen Grab befinden.

»Also haben sie es herausgefunden!«, unterbrach ihn unmutig Esquívez und überlegte laut weiter: »Er hat dich geschickt, um mich zu warnen. Allmählich beginne ich, zu begreifen ...« Dabei kratzte er sich sinnend am Kinn. Wie konnte er unauffällig Uribe und seinen Gehilfen aus dem Weg schaffen? Pierre unterbrach ihn:

»Deinem Verhalten nach zu urteilen, gibt es die beiden Gegenstände wirklich.«

»Natürlich gibt es die. Sie sind an einem sicheren Platz.«

Der greise Prior erhob sich und begann, unruhig umherzugehen. Pierre sah ihm dabei zu.

»Sie wissen, was es ist, nicht aber, was es beinhaltet. Es muss von außerordentlicher Bedeutung sein, damit sich der Hauptsitz der Templer dafür interessiert.«

»In Akka ist man auf dem Laufenden?«

Zu Pierres Erleichterung war Esquívez vor ihm stehen geblieben.

»Das wurde gestern gesagt. Was um alles in der Welt ist von so immenser Wichtigkeit, dass es die gesamte Hierarchie in Aufruhr versetzt?« Pierre brannte darauf, endlich mehr zu erfahren.

»Das kann ich dir jetzt noch nicht verraten. Vertrau mir.« Der alte Mann reichte ihm die Hand. »Der Augenblick der Wahrheit ist nah, glaube mir, mein lieber Freund. Doch vorerst werden wir Pedros Spielchen noch eine Weile mitmachen. Lass uns zu ihm gehen.«

»Und wie soll ich mich verhalten?«

Esquívez schien sich einen Plan zurechtgelegt zu haben. Pierre hätte gerne gewusst, welche Rolle er ihm dabei zugedacht hatte. Der Komtur erklärte ihm kurz, dass er sie die Kirche untersuchen lassen werde. Zuerst wollte er sie selbst führen, sie dann aber sich selbst überlassen. Aber er würde in der Nähe bleiben. Pierres Aufgabe bestand darin, die Prüfung der Kirche auf eine gute Stunde auszudehnen. Er musste es irgendwie schaffen, Pedro auf die zweite Galerie der Grabkapelle zu locken.

»Dort ist in der Decke eine Falltür eingelassen. Dahinter befinden sich die Gegenstände. Du musst dort nur auf mich warten. Ich werde durch eine Nebentür unbemerkt zu euch stoßen. Der Rest ist meine Sache.«

Misstrauisch beäugte Pedro die beiden Männer und überlegte, worüber sie in der ganzen Zeit wohl gesprochen haben könnten. Doch die harmlosen Mienen von Pierre und Esquívez zerstreuten seine Bedenken. Wie er es gewünscht hatte, brach man sogleich auf. Die Pferde waren bereits gesattelt, und der Komtur selbst würde die Gruppe als Führer begleiten. Auf dem Weg zur Kirche ritt Uribe nah an den Baumeister heran und drohte ihm:

»Du wirkst allzu ruhig, Pierre. Ich hoffe, du bist nicht ins Plaudern geraten und hast darüber dein Versprechen vergessen. Hast du erreicht, dass er uns ein Weilchen allein in der Kirche lässt?«

»Dem Komtur leuchtete ein, dass die Erfassung der Kirchenstruktur langwierige Berechnungen und damit einiges an Zeit erfordern wird.«

»Ausgezeichnet, Pierre! Wie ich sehe, bist du äußerst erfindungsreich. Wunderbar! Die Truhe und der Papyrus sind schon so gut wie mein.«

Angesichts so viel unverblümter Habgier wandte sich Pierre angewidert ab. Wie konnte dieser Mensch solch wertvolle Gegenstände als seine betrachten!

Hinter einem Hügel erschien endlich die Kirche vom Heiligen Grab. Während sie darauf zuritten, versuchte der Baumeister ihre eigenwillige Form zu erfassen. Der Grundriss war ein perfektes Zwölfeck. Die drei Apsiden waren nach Süden ausgerichtet. Im Westen stand ein zweigliedriger viereckiger Turm. Anders als die meisten romanischen Bauwerke war die Außenfassade einfach, keine Ornamente oder Figuren schmückten die Konsolen.

Vor dem Hauptportal standen in Rüstung und Helm zwei mit großen Schwertern bewaffnete Templer. Still trat die Gruppe ein. Über dem Eingang wölbte sich ein großer, in drei Traufleisten übergehender Bogen, den sechs Säulen stützten. Manche Kapitelle zierten Pflanzenornamente, andere Darstellungen von Tieren und Menschen. Für eine genauere Betrachtung blieb Pierre keine Zeit. Er fand Freude daran, die Reliefs an Konsolen und Kapitellen zu deuten. Eines seiner liebsten Bücher war das damals weit verbreitete *Bestiarium*. Hier konnten Laien die Bedeutung der verschiedenen Figuren nachlesen.

»Meine Herren, das ist die berühmte Kirche Vera Cruz, ehemals vom Heiligen Grab. Sie heißt jetzt so in Erinnerung an das von Papst Honorius III. gesandte *Lignum Crucis*.« Um seinen Ausführungen über das Gotteshaus besser folgen zu können, stellte sich die kleine Gruppe im Halbkreis um Gastón Esquívez auf. »Unser größter Schatz befindet sich im Inneren der Grabkapelle.«

Der greise Templer deutete auf einen wunderschönen Reliquienschrein aus Silber. Er ruhte auf einem kleinen Altar. Ein Stück vom Heiligen Kreuz wurde darin aufbewahrt. Mitten in der Grabkapelle war ebenerdig eine kleine Kammer, in der sich Schrein und Reliquie befanden. In diese Kammer konnte man von allen vier Seiten hineinsehen, da ihre Wände zur Hälfte aus einfachen Eisengittern bestanden.

Wie Pierre feststellen konnte, bestand die Kapelle aus zwei Teilen. Im unteren wurde das *Lignum Crucis* verwahrt. In den oberen Teil gelangte man über eine Treppe an der Seite. Ein Spitzbogen verband die Kapelle mit der Decke des Chorumgangs. Auf der Suche nach einer dritten Ebene, die Atareche gemeint haben könnte, spähte der Baumeister in die Höhe. Doch über dem Obergeschoss der Grabkapelle war nichts zu sehen. Möglicherweise führte die von Esquírez erwähnte Falltür dorthin.

Die Gruppe kniete zu einem kurzen Gebet vor dem Reliquienschrein nieder. Dann bestaunten sie gemeinsam das prächtig ausgestattete Gotteshaus. Von den vielen Kunstschätzen waren besonders zwei hervorzuheben. Es waren zwei Fresken, die jeweils eine Apsis zierten. Hinter dem Altar stand in der mittleren Apsis ein gewaltiges, schönes Kreuz aus Holz und auf einem Podest daneben ein etwas abgegriffenes Tabernakel. Als Gastón auf Pierre zutrat, hatten sie bereits die gesamte Kirche besichtigt.

»Hier endet meine Führung. Ihr könnt nun über so viel Zeit verfügen, wie Ihr für Eure Studien braucht, Pierre. Als Meister Eures Handwerks werdet Ihr hoffentlich die nötigen Anregungen für Euer geplantes Gotteshaus finden. Solltet Ihr Hilfe brauchen, wendet Euch bitte an die Wächter draußen. Ich werde sie anweisen, Euch zu Diensten zu sein.«

Als der Prior die Tür hinter sich schloss, blieben Pierre und Pedro allein in der Kirche zurück. Auf Befehl seines Vorgesetzten sorgte Lucas dafür, dass die Wächter die beiden bei ihrer Suche nicht störten.

»Lass uns keine Zeit verlieren, Pierre! Jeder nimmt sich einen Teil der Kirche vor.«

Mit Argusaugen begutachtete der Kaplan jeden Winkel der Apsiden. Um sicherzugehen, dass er nichts übersah, klopfte er Stein für Stein auf einen möglichen Hohlraum dahinter ab.

Pierre war ans andere Ende der Kirche gegangen und gab vor, ebenso sorgfältig vorzugehen. Er musste die vereinbarte Zeit verstreichen lassen, bis er ins Obergeschoss steigen konnte. Angesichts des hohen Alters des Komturs war der Baumeister ein wenig beunruhigt. Wie wollte dieser Pedro überwältigen? Nach einer Weile war es so weit, und er begab sich in den oberen Teil der Grabkapelle. Auch dessen Grundriss war ein Zwölfeck. Auf einem Steinaltar in der Mitte lag eine Christusfigur.

Von den drei Seitenfenstern öffnete sich das größte zum Hauptaltar. So konnte er gut sehen, wie unten sein Gegner unbeirrt die gewissenhafte Prüfung fortsetzte. Das Gewölbe der Kapelle war nach arabischer Art gestaltet. Durch neun kleine Fenster drang Tageslicht. Weit oben, mit bloßem Auge kaum zu erkennen, entdeckte der Baumeister die Falltür aus Holz.

Er lehnte sich zum Fenster hinaus und rief Pedro. Dieser stürmte sogleich hoch und folgte mit dem Blick Pierres nach oben weisendem Arm. Von Esquívez war weit und breit keine Spur zu sehen, wie der Katharer beunruhigt feststellte. »Ich glaube, Pedro, hinter jener Falltür dürfte sich das befinden, wonach wir suchen. Allerdings kommen wir ohne eine Leiter oder ein Brett nicht da hoch. An dem Fenster zum Hauptaltar hängt, glaube ich, ein Brett. Das könnten wir gebrauchen. Würdest du es holen?«

Entschlossenen Schrittes ging Pedro zum Fenster. Er beugte sich vor, konnte aber nirgends ein Brett entdecken. Als er sich wieder halb umgedreht hatte, blickte er in das lächelnde Gesicht des Priors. Mit beiden Händen stieß ihn der alte Mann in die Tiefe. Verzweifelt suchte der Kaplan nach einem Halt. Mit einem dumpfen Schlag prallte er unten auf.

Pierre hatte weder Esquívez hereinkommen sehen, noch wann genau dieser seinen Gegner hinunterstürzte. Alles war ebenso rasch wie glatt verlaufen, sodass er davon wie benommen war. Er hasste Uribe für das, was er seinem Freund Juan de Atareche und ihm selbst angetan hatte. Doch wäre ihm nicht im Traum eingefallen, dass Esquívez die Angelegenheit derart gewaltsam bereinigen würde. Andererseits weinte er Uribe keine Träne nach.

»Der wird uns nicht mehr belästigen ...!« Der alte Mann betrachtete Pierre zufrieden. »Den anderen nehmen wir uns später vor.«

Sie gingen zum reglosen Körper Pedros hinunter. Er lag in einer Blutlache und schien nicht mehr zu atmen. Vom Lärm aufgeschreckt, stürzte in diesem Augenblick Lucas herein. Als Erstes sah er den toten Uribe, dann wanderte sein Blick zum daneben stehenden Komtur und zu Subignac.

Gastón gelang es nicht, den davoneilenden Mönch aufzuhalten. Als der Prior die Wächter zu Hilfe rief, saß Lucas schon auf dem Pferd und galoppierte in die entgegengesetzte Richtung von Zamarramala.

Esquívez konnte gerade noch sehen, wie der Flüchtige hinter den Hügeln verschwand. Obwohl er ahnte, dass sie ihn nicht mehr einholen würden, ordnete er die Verfolgung an. »Verdammt!«, rief er zornig, »wenn meine Vorgesetzten davon erfahren, bekomme ich ernsthafte Schwierigkeiten.«

Er spähte zum Horizont, um zu sehen, ob seine Männer

den Mönch doch eingefangen hatten. Die Sache war nicht gut gelaufen. Derweil dachte Pierre darüber nach, welche Folgen dieser Vorfall für den Templer haben würde. Der alte Mann tat ihm aufrichtig leid. Er machte einen niedergeschlagenen Eindruck. »Lass uns die Leiche Pedros wegschaffen, bevor meine Männer zurückkommen! Wir müssen sie an einem einsamen Ort verscharren.«

Pierre schleppte für zwei. Für diese Arbeit war der Komtur nun doch zu schwach und zu alt. Bei jedem Handgriff schnaufte er so schwer, dass Pierre befürchtete, es wäre sein letzter Atemzug. Mühsam hievten sie den toten Kaplan auf ein Pferd und ritten zu einem entlegenen Ort mit vielen Höhlen. Hier waren sie vor unerwünschten Blicken sicher und wollten Pedro begraben.

Um das Grab auszuheben, hatte der Baumeister nichts als einen Stein. Dies erschwerte die Sache beträchtlich, denn der Greis konnte ihm hierbei keine Hilfe sein. Zum Glück war die Erde nicht allzu hart. Dennoch plagte sich Pierre lange und verzweifelte darüber beinahe.

Drei Stunden später legte der Baumeister den letzten Stein auf das Grab Uribes. Völlig entkräftet setzte er sich auf den Boden. Er musste sich etwas erholen, bevor sie in die Komturei zurückritten.

»Ich bin dir für deine Hilfe ewig dankbar.« Gastón wollte den erschöpften Gefährten ermuntern, obwohl er selbst Zuspruch nötig hatte. Er konnte nur hoffen, dass seine Leute den flüchtigen Mönch eingefangen hatten. »Wenn er uns entwischt, verwickelt das die ganze Sache beträchtlich. Ich weiß nicht, wie es meine Vorgesetzten aufnehmen werden. Doch lassen wir das. Reden wir lieber über dich. Du hast schon genug durchgemacht. Jetzt komme ich auch noch mit meinen Sorgen daher! Nach all dem, was war – hast du nun eine Ahnung, weshalb dich Juan zur mir geschickt hat?«

»Nein, immer noch nicht. Ich bin verzweifelt und weiß weder ein noch aus. In den vergangenen Wochen habe ich alle verloren, die mir wichtig waren: meine Frau, meinen besten Mitarbeiter in Montségur, meine Glaubensbrüder. In Puente de la Reina wurde unser Freund Juan umgebracht. Der Tod von dem da«, er deutete aufs Grab, »ist mir egal. Ich bin verfolgt und bedroht worden. Was soll noch geschehen? Doch zurück zu deiner Frage: Warum Juan wollte, dass ich zu Euch komme, kann ich mir nicht erklären.«

»Pierre, lieber Freund, es tut mir von Herzen weh, dich so niedergeschlagen zu sehen. Bleib bei uns, so lange du willst. Es würde mich freuen, wenn du dich hier so gut aufgehoben fühlen würdest wie bei Juan de Atareche in Navarra.«

Im freundlichen Gesicht des Priors erkannte Pierre Züge des verstorbenen Freundes wieder. Seine Einsamkeit wurde ihm etwas erträglicher, denn er hatte nun jemanden, dem er sich anvertrauen konnte. Plötzlich fiel ihm ein, wie er Juan das Medaillon gezeigt hatte.

»Als ich Juan zuletzt sah und ihm mein Medaillon zeigte, war er mit einem Mal ganz anders. Er wollte mir etwas für mich Lebenswichtiges sagen. Dazu hatte er allerdings keine Gelegenheit mehr. Er konnte nur noch mit seinem Blut etwas aufs Laken zeichnen. Ich muss herausfinden, was er mir damit mitteilen wollte.«

»Von welchem Medaillon sprichst du?« Die Neuigkeit hatte Esquívez in helle Aufregung versetzt.

»Von diesem hier.« Der Baumeister holte es unter seinem Wams hervor. »Von dem Medaillon Isaaks!«

Esquívez traute seinen Augen und Ohren nicht. Nun

verstand er die Botschaft seines Freundes Juan de Atareche. Den gutgläubigen Subignac hatte Juan als Über-
bringer des Medaillons benutzt.

»Woher weißt du, dass es echt ist?«, fragte der Komtur, um Zeit zu gewinnen. Er musste sich einen Plan
zurechtlegen, um in den Besitz des Medaillons zu gelangen.

Nun erzählte Pierre die Geschichte des Medaillons, wie
er sie einst von seinem Vater erfahren hatte. Überglück-
lich lauschte Esquívez seinen Ausführungen. Er konnte
es kaum erwarten, in den Besitz der ältesten Reliquie der
Welt zu gelangen.

»Ich werde dir nun mein Geheimnis anvertrauen.«
Der Baumeister sah den alten Prior neugierig an. »Die
Truhe, nach der Uribe suchte, gehörte einer Gemeinde
von Essenern am Toten Meer. Sie ist Teil des Schatzes
aus dem Tempel Salomos. Da nicht alles im Berg Nebo
versteckt werden konnte, nahmen sie die zwölf Priester
bei ihrer Flucht aus dem Tempel mit. In der Wüste wollten sie eine neue Gemeinde aufbauen. Zu seinem Schutz
gaben die Essener Juan die Truhe mit. Darin ist ein Armreif von unermesslichem Wert. Und der Papyrus enthält
eine sehr wichtige, uralte Prophetie.« Mit einem Mal ver-
zerrte sich das gütige Gesicht des Alten. »Du musst mir
dein Medaillon geben! Von seiner Kraft hängt das Gelingen unseres Vorhabens ab.«

Pierre schreckte vor ihm zurück. Unwillkürlich griff er
zum Medaillon und verbarg es wieder unter dem Wams.
Der Blick des Komturs jagte ihm Angst ein. Nach Uribes
Tod hatte er zum ersten Mal diesen sonderbaren Ausdruck in den Augen des Alten gesehen.

»Das Medaillon bleibt, wo es ist«, verkündete Pierre bestimmt. »Niemals werde ich mich von ihm trennen.«

Esquívez wurde immer seltsamer. War er nicht eben noch ein Freund gewesen, bereit, Uribe für ihn zu beseitigen? Auch die Botschaft seines verehrten Juan war für den alten Prior bestimmt gewesen. Urplötzlich war dieser Mann wie verwandelt und schien für ihn zur Gefahr geworden zu sein.

Da sah Pierre auch schon zwischen den Röcken des Templers etwas aufblitzen. Bevor er begreifen konnte, was geschah, hatte der Alte Pierres Kehle mit einem Messer durchbohrt. Blut drang in die Speiseröhre des Verletzten. Nach kurzem Würgen sank Pierre leblos zu Boden.

»Ich werde dafür sorgen, dass du dich davon trennst, Pierre de Subignac.«

Mit einem kräftigen Ruck riss der Komtur dem Toten das Medaillon vom Hals und steckte es ein. Bevor er zur Kirche Vera Cruz zurückritt, verbarg er die Leiche in einer Höhle. Die beiden Wächter warteten bereits vor dem Gotteshaus – aber ohne Lucas.

Gastón eilte zur Kirche und in den zweiten Stock hinauf. Um zur Falltür zu gelangen, nahm er eine Leiter zu Hilfe. Hinter der sorgfältig versperrten Tür lag eine enge Kammer. Etwas darüber befand sich ein weiteres Gewölbe. Dort nahm er einen Stein aus der Wand. In dem Hohlraum war eine kleine Truhe aus Wacholderholz verborgen. Er legte das Medaillon zu dem herrlichen Armreif darin. Danach rückte er den Stein wieder an seinen Platz und verließ die beiden Kammern.

Als er das Hauptschiff der Kirche betrat, dachte er zufrieden: »Endlich kann die Prophetie in Erfüllung gehen!«

6

Jerez de los Caballeros, 2002

Unter den Autoreifen knirschte der Kies der Auffahrt zum Parador von Zafra, einem Schloss aus dem 15. Jahrhundert. Auf der Digitaluhr im Wagen war es zehn Uhr nachts. Der Portier öffnete Mónica den Wagenschlag, während Fernando vom Bordcomputer aus den Kofferraum aufspringen ließ. Er nahm einen Handkoffer heraus und begab sich mit seiner Assistentin zur Rezeption. Es war Freitag, Mitte Januar. Das Jahr 2002 war noch ganz jung.

Sie waren um sechs Uhr nachmittags in Madrid losgefahren, um rechtzeitig zum Abendessen in Zafra zu sein. Am nächsten Vormittag wollte Fernando im benachbarten Jerez de los Caballeros herausfinden, wer dieser Carlos Ramírez war. Dem Stand der Dinge nach musste das Päckchen mit dem Armreif für Fernandos Vater von Ramírez gewesen sein.

Während der ganzen Fahrt war die Stimmung zwischen Mónica und dem Juwelier äußerst gespannt gewesen. Die junge Frau hatte die Enttäuschung über den Ausklang ihres Ausflugs nach Segovia noch nicht überwunden. Sie gab sich kühl und zurückhaltend. Im Wagen hatten die beiden nur ein paar Worte über die Arbeit gewechselt. Auch Fernando war nicht zum Plaudern aufgelegt. Er hatte bemerkt, dass sie seinen Ring trug und ziemlich abweisend wirkte. Paula hatte Fernando vor zwei Tagen angerufen. Sie war in Sevilla und würde in Zafra dazustoßen. Am Freitag hatte sie morgens in Sevilla ein wichtiges Treffen mit den Vertretern einer großen Juwelierkette. Nachmittags wollte Paula dann mit einem Leihwagen nach Zafra fahren. Vermutlich war sie schon im Parador.

Die Rezeption war ganz hinten in der Eingangshalle.

»Guten Abend. Herzlich willkommen im Parador von Zafra. Was kann ich für Sie tun?« Die junge, freundliche Dame am Empfang war von Fernandos blauen Augen hingerissen.

»Guten Abend. Ich habe auf den Namen Fernando Luengo drei Einzelzimmer für zwei Nächte reserviert.«

Die Empfangsdame überprüfte die Angaben im Computer und bat um die Ausweise.

»Wissen Sie, ob Doña Paula Luengo schon eingetroffen ist?«

»Nein, tut mir leid. Bis jetzt noch nicht.«

Eine Spur zu frech musterte die junge Frau den attraktiven Gast, während sie nach dem Gepäckträger klingelte.

»Ihre Zimmer liegen, wie Sie gebeten hatten, nebeneinander, Herr Luengo. Die Nummer fünf ist für Doña Mónica García, und die sechs ist für Sie. Es sind unsere besten Suiten. Nochmals herzlich willkommen. Ich hoffe, Sie werden sich bei uns zuhause fühlen.«

Schweigend folgten sie dem Gepäckträger zum Lift. Zimmer Nummer fünf befand sich am Ende eines langen Ganges im ersten Stock.

»Das ist das älteste Zimmer der Burg. Hier hat schon Hernán Cortés, der Eroberer, geschlafen. Wenn Sie erlauben, werde ich zuerst der Dame ihr Zimmer zeigen und begleite dann den Herrn in seins.« Der Mann schob die

Magnetkarte ins elektronische Schloss und bat die Gäste, einzutreten. Danach betätigte er den zentralen Lichtschalter, stellte Mónicas Reisetasche ab und zeigte ihr, wo die Minibar war und sich die Lichter einzeln einschalten ließen. Der Gepäckträger gab Mónica den Zimmerschlüssel und erklärte ihr, wofür die anderen beiden am Bund waren.

»Der kleine ist für die Minibar. Mit dem anderen haben Sie direkten Zugang zur Nachbarsuite«, der Boy deutete viel sagend nach links, »der Nummer sechs. Wenn Sie etwas brauchen, wählen Sie bitte die Neun. Wir stehen Ihnen gerne zur Verfügung.« Dann bat er Fernando, ihm zu folgen.

Nachdem er auch ihn eingewiesen hatte, drückte ihm der Juwelier ein großzügiges Trinkgeld in die Hand. Bevor der Boy ging, zeigte er dem Gast noch den Schlüssel zur Nachbarsuite. Als er allein war, rief Fernando seine Schwester an. Er wollte wissen, um wie viel Uhr sie kommen würde.

Mónica war von dem riesigen Salon ihrer Suite tief beeindruckt. Es war ein rechteckiger Raum mit einem steinernen Rundgewölbe, das geometrische Figuren schmückten. An den Wänden hingen große, alte Gobelins. In einer Ecke standen zwei bequeme weiße Sessel. Vor dem großen Fenster befand sich ein Schreibtisch mit einer grünen Arbeitsleuchte und einem Telefon. Mónica zog den Mantel aus und warf ihn über einen der Sessel. Sie war auf den Rest der Suite gespannt.

»Es ist ein Traum«, dachte sie auf dem Weg zum Schlafraum.

Dieser war ein Eckzimmer und von unerhörter Größe. Flämische Gobelins hingen von den Wänden, und die Kassettendecke zierten Blumenornamente und Goldintarsien. Eine Tür führte zu einem kleinen, runden Erker.

Über dem wuchtigen Eichenbett spannte sich ein Himmel aus feinstem Damaststoff – ein Möbelstück wie aus dem Antiquitätenladen!

»Wie schade, dass ich in diesem wunderbar romantischen Zimmer allein schlafen muss. Es ist die reinste Verschwendung«, sagte sich Mónica und dachte, dass mit Fernando alles noch viel schöner wäre.

Seufzend blickte sie zur Verbindungstür der beiden Suiten.

»Wie Sie gebeten hatten, Herr Luengo« – hatte die Empfangsdame damit die Reservierung gemeint oder Fernandos Wunsch, die Zimmer mögen nebeneinander liegen? Auch wenn Mónica nicht Fernandos wahre Absicht erahnen konnte, entschied sie sich für die zweite Möglichkeit.

»Paula? Verstehst du mich jetzt?«

»Ja, jetzt höre ich dich ganz deutlich, Fernando.«

Paula lief in dem herrlich nach Orangenblüten duftenden Innenhof des Restaurants *La Chica* in Sevilla herum. Hier hatte sie besseren Empfang als drinnen.

»Wir haben gerade im Hotel eingecheckt. Wo steckst du jetzt?«

Fernando hoffte, dass seine Schwester rechtzeitig zum Abendessen da sein würde, um die Spannung zwischen ihm und Mónica zu lindern.

»Ich bin noch in Sevilla, Fer. Es wird noch eine ganze Weile dauern. Als du angerufen hast, wollte ich mit meinen Kunden gerade etwas zu Abend essen. Sie haben darauf bestanden, unsere Übereinkunft zu feiern. Das konnte ich nicht ablehnen.«

»Das ist ja eine tolle Nachricht, Paula! Du wirst natürlich auch in Sevilla übernachten.« Fernando musste demnach allein mit Mónica klarkommen.

»Toll wird sicher die Nacht, die ihr beide nun allein, ohne meine Aufsicht, vor euch habt!«, lachte seine Schwester. »Morgen will ich einen haarkleinen Bericht über diese Wahnsinnsnacht und …«

»Hör mit dem Blödsinn auf, Paula«, fiel ihr der Juwelier ins Wort. »Zwischen uns ist nichts. Um das Thema zu wechseln: Wann gedenkst du morgen anzureisen?«

»Ich bin bestimmt nicht vor dem Mittagessen da. Aber ich rufe dich vorher an.« Fernando wollte schon auflegen. »Warte einen Moment! Seit ein paar Tagen schon wollte ich dir sagen, dass ich Mónica sehr nett finde. Ich finde, ihr würdet ein gutes Paar machen. Um es kurz zu machen: Sie gefällt mir richtig gut für dich, Fer!«

»Ist ja gut, Mütterchen! Du kannst es einfach nicht lassen. Ich muss dir etwas erzählen, aber nicht am Telefon.«

Mónica hängte gerade ihre Sachen in den Schrank, als es an der Tür klopfte. Sie bat Fernando herein. Ihr Chef teilte ihr die veränderten Pläne seiner Schwester mit und lud sie ein, mit ihm auswärts zu essen.

»Das ist sehr nett von dir, aber es ist schon spät. Außerdem bin ich ziemlich müde. Ich möchte nur unter die Dusche und dann ins Bett.« Die junge Frau war etwas verwirrt. Mit Fernando allein zu Abend zu essen, schien ihr keine besonders gute Idee.

»Das verstehe ich. Ganz wie du möchtest, Mónica. Soll ich dir eine Kleinigkeit aufs Zimmer bestellen?« Dieses Angebot nahm sie an. »Auf was hast du Lust?« Fernando hielt den Hörer schon in der Hand, um in der Rezeption die Bestellung aufzugeben.

»Bestell, was du willst! Ich habe auf nichts Bestimmtes Appetit, nur wenig soll es sein.«

Sie verblieben, dass er sie am nächsten Morgen zum Frühstück gegen neun Uhr abholen würde. Nachdem er ihre eine gute Nacht gewünscht hatte, verließ der Juwelier das Zimmer.

Das Bad war durch zwei große Schiebetüren aus Eichenholz und Glas vom Schlafzimmer getrennt. Weiße Vorhänge verhinderten die Einsicht. An der Stirnseite gegenüber stand ein langer Waschtisch aus Marmor, über dem ein großer Spiegel hing. Hinter einer Glasscheibe war die mit weißem Marmor ausgekleidete Dusche. Auch der Fußboden und die Wänden waren aus Marmor.

Mónica war immer noch tief beeindruckt. Noch nie war sie in einem so luxuriösen Hotel gewesen. Sie drehte den Wasserhahn auf. Aus mehreren Duschköpfen fiel ein Vorhang aus Wasser herab – so lang wie die ganze Wanne.

In Fernandos Zimmer läutete das Telefon.

»Entschuldigen Sie bitte die Störung, Herr Luengo.« Es war die Dame vom Empfang. »Ich hatte vergessen, dass ich eine Nachricht für Sie habe. Darf ich sie Ihnen vorlesen? Ich habe notiert: ›Bar La Luciérnaga. Elf Uhr vormittags.‹

Das hat ein Herr telefonisch hinterlassen. Sein Name ist Don Lorenzo Ramírez aus Jerez de los Caballeros.«

»Vielen Dank, sehr aufmerksam von Ihnen. Übrigens, würden Sie Frau García mit dem Abendessen eine Flasche kalten Moët servieren? Bitte legen Sie auch eine Notiz bei, auf der nur ›Carpe diem‹ steht.«

»Selbstverständlich. In zehn Minuten ist alles in der Suite von Frau García. Ich lasse Ihnen Ihr Essen ebenfalls bringen. Ich hoffe, es ist nach Ihrem Geschmack!«

Fernando legte auf und nahm einen Ordner aus der Reisetasche. Darin war alles, was er bisher über die Familie des verstorbenen Carlos Ramírez herausbekommen hatte. Das war nicht viel. Auf diesen Lorenzo Ramírez war er übers Internet gestoßen. Am achtundzwanzigsten Dezember hatten sie sich für den morgigen Vormittag verabredet. Das war das einzige Mal, dass er den Mann gesprochen hatte. Der Nachname war sehr häufig. Deshalb war es nicht leicht gewesen, den aus Jerez de los Caballeros Gebürtigen ausfindig zu machen. Inzwischen lebte Lorenzo Ramírez in Cáceres, wo er dem Institut für Mediävistik vorstand. Da zurzeit Semesterferien waren, hatte es allerhand Recherchen bedurft, um die Telefonnummer des Professors in Erfahrung zu bringen. Beim Studium verschiedener Fachartikel des Historikers stieß Fernando schließlich auf einen, wo neben der Vita auch das Telefon vermerkt war. Der Juwelier machte es sich in einem Sessel bequem und ging bis zum Abendessen die Artikel nochmals durch.

Mónica hatte sich ausgezogen und gönnte sich eine wohltuende Dusche. Aus acht Duschköpfen prasselte das Wasser beruhigend auf ihren Körper. Allmählich ließ die innere Anspannung der Fahrt nach, und die junge Frau fand wieder mehr zu sich. Von oben bis unten rieb sie sich mit dem Gel des Hotels ein. Genüsslich wusch sie die Seife unter der Dusche ab.

Fernando öffnete den Umschlag aus Amsterdam, der kurz vor ihrer Abreise in Madrid eingegangen war. Da am Wochenende vor Ladenschluss immer viel zu tun war, hatte er den Brief ungelesen eingesteckt. Die Lektüre wollte er jetzt in aller Ruhe nachholen.

Rasch überflog er den Inhalt. Damit hatte er nicht gerechnet. Dem Gutachten zufolge stammte der Armreif aus der Zeit des 14. bis Mitte des 13. Jahrhunderts vor Christus. Das Gold war typisch für die Region des Oberen Nils und ähnelte dem aus den Pharaonengräbern derselben Zeit.

»Ein ägyptischer Armreif!«, dachte Fernando. »Was er wohl für eine Geschichte hat? Durch wie viele Hände er gegangen ist, bis er bei mir landete?« Dem Juwelier erschien das Alter des Schmuckstücks ebenso fantastisch wie die Tatsache, dass sein Vater der Empfänger war. Weshalb war ihm dieses uralte Stück zugesandt worden? Auf der Suche nach einem Anhaltspunkt ging der Sohn nochmals das Leben des Vaters durch. Doch er fand nichts Auffälliges. Ihm kamen nur die üblichen Szenen zwischen Vater und Sohn in den Sinn: Die Liebkosungen des Vaters, der eine oder andere Streit, die Gutenachtgeschichten, die Nachmittage in der Silberschmiede ... Mit zunehmendem Alter hatte er auch gelernt, den Vater differenzierter zu sehen: Er war ein hart arbeitender und verantwortungsbewusster Mann gewesen, halsstarrig und anspruchsvoll – vor allem auch als Vater. Seinen Kindern impfte er schon sehr früh den Wert der Dinge ein. Vor dem Bürgerkrieg, aber besonders danach, war das Geschäft sehr schlecht gelaufen. Für die Familie war es eine entbehrungsreiche Zeit gewesen. Umso mehr wunderte sich Fernando, wie sein Vater zu diesem Juwel von unschätzbarem Wert gekommen war.

Es klopfte. Fernando ging zur Tür und öffnete dem Kellner. Auf einem Teewagen fuhr dieser das Abendessen in den Salon. Neben den Fauteuils ließ er den Wagen stehen. Der Juwelier drückte ihm einen funkelnagelneuen Zehn-Euro-Schein in die Hand. Als der Mann gegangen war, nahm Fernando die Warmhaltehaube vom Teller. Das Menü bestand aus einem aromatischen luftgetrockneten

Schinken und einer Käsespezialität aus der Extremadura. Der köstliche Käse aus Casar war in einer kleinen, runden Schachtel angerichtet. Für Mónica hatte er das Gleiche bestellt. Fernando sah auf die Uhr. Es war halb zwölf.

Erneut machte er es sich in einem der weißen Sessel bequem. Während er den Schinken verzehrte, dachte er über seine Assistentin nach. Ganz deutlich erinnerte er sich noch an den Tag ihres Vorstellungsgesprächs. Das Geschäft blühte, und er suchte händeringend nach einer Edelsteinfachfrau. Er brauchte dringend Unterstützung. Da er kürzlich ins Immobiliengeschäft eingestiegen war, hatte er wenig Zeit für den Einkauf von Edelsteinen. Er suchte nach einer qualifizierten, motivierten Fachkraft, die ihm einen Teil der Geschäftsführung abnahm. An jenem Nachmittag war Mónica die dritte Bewerberin gewesen.

Einstellungsgespräche waren für Fernando ein Albtraum, den er seinem ärgsten Feind nicht wünschte. Er fand sie extrem anstrengend, denn sie forderten Geistesgegenwart und höchste Konzentration. In der relativ kurzen Zeit musste alles Wichtige registriert werden. Eine Kleinigkeit konnte den Hinweis enthalten, ob ein Bewerber dem gewünschten Profil entsprach oder nicht.

Jedes der vorhergehenden Gespräche hatte eine Stunde gedauert. Als Mónica den Raum betrat, machten sich beim Chef bereits die ersten Zeichen von Erschöpfung bemerkbar. Nicht nur wegen ihrer tadellosen Erscheinung hatte sie ihm gleich gefallen. Die Kandidatin konnte vorzügliche Qualifikationen vorweisen. Von ihrem Jahrgang hatte sie als Beste abgeschlossen und sich danach am Gemmologischen Institut von Basel graduiert – einem der weltweit am höchsten angesehenen. Hinzu kamen vorzügliche Sprachkenntnisse in Englisch und Französisch. Zu alledem war die Bewerberin erst einundzwanzig Jahre alt. Nur Berufserfahrung fehlte ihr noch, denn sie war eben erst aus der Schweiz zurückgekehrt. Es war ihr erstes Bewerbungsgespräch.

Die anderen Mitbewerber fielen gegen sie weit ab. Sie war wahrhaft ein noch ungeschliffener Diamant! Er konnte sie ganz nach seinen Wünschen formen und musste ihr nicht erst schlechte Angewohnheiten abgewöhnen. Ganz im Gegenteil. Das Geschäft würde vom neuesten Kenntnisstand der Kandidatin nur profitieren. Noch am selben Tag stellte er sie ein.

Erneut klingelte sein Telefon. Es war Mónica.

»Guten Abend, Fernando. Ich wollte mich für das ausgezeichnete Abendessen bedanken – und natürlich auch für den Champagner. Das war doch nicht nötig.« Der Juwelier spielte die Einladung herunter. »Übrigens bedeutet das ›Carpe Diem‹, wenn ich mich recht entsinne, so viel wie ›Genieße den Augenblick‹ oder ›Nutze jeden Tag bis zur Neige‹. So etwas in der Art, nicht wahr?«

»Genau das heißt es. Ich wünsche, dass dieser Spruch während deines Aufenthaltes in diesem wunderbaren Hotel in Erfüllung geht.«

»Das ist sehr freundlich von dir! Glaub mir, ich genieße ihn in vollen Zügen.«

Nach einem langen Schweigen fuhr Fernando fort:

»Ich dachte gerade an deinen ersten Tag im Juwelierladen, an den Nachmittag deines Vorstellungsgesprächs. Du hast mir nie erzählt, wie du dich damals gefühlt hast.«

»Das ist aber ein Zufall«, gab sie zurück. »Als ich beim Duschen war, dachte ich auch daran. Ich muss gestehen, dass ich damals ziemlich nervös war. Es war ja mein erstes Vorstellungsgespräch überhaupt, und mein Gegenüber war einer der bedeutendsten Juweliere Madrids. Von Anfang an war mir klar, dass diese Stelle wie für mich bestimmt war. Du bist hinter deinem Schreibtisch gesessen, und ich fand dich einfach umwerfend. Ich hatte einen seriösen älteren Herrn erwartet. Es brauchte einen Moment, bis ich mich in die Situation einfand. Schließlich wollte ich dir ja nicht nur wie blöd in die Augen sehen. Nach zehn Minuten hast du mich dann eingestellt! Ich war einfach sprachlos. Damals, heute ist es nicht viel anders, fühlte ich mich so jung und unsicher. Fast ohne etwas von mir zu wissen, hast du mich eingestellt und gesagt, ich sei die Beste. Du hast nicht die leiseste Ahnung, welchen Eindruck das auf mich gemacht hat.« Da sie schon eine ganze Weile geredet hatte, unterbrach sich Mónica, denn sie befürchtete, Fernando zu langweilen. »Was rede ich für Zeug!« Er widersprach: »Besser wir hören auf. Ich möchte jetzt schlafen. Morgen haben wir eine Menge vor uns!«

Sie wünschten sich gute Nacht und beendeten das Gespräch. Jeder aß noch zu Ende und legte sich dann ins Bett. Bevor Mónica ins Schlafzimmer ging, schenkte sie sich noch ein Glas perlenden Champagner ein, um es in Ruhe in ihrem Himmelbett zu genießen. Sie blickte zur Verbindungstür der Nachbarsuite. Weshalb sperrte Fernando sie nicht einfach auf? Sie stürzte den Rest Champagner hinunter, löschte das Licht und schloss die Augen.

Als Mónica aufwachte, drang das Tageslicht bereits durch die Vorhänge vor dem großen Fenster. Sie streckte sich wohlig und kostete die letzten Minuten im Bett aus. Nachdem sie aufgestanden war, holte sie aus dem Schrank die Sachen, die sie für diesen Tag vorgesehen hatte. Sie zog die Vorhänge am Fenster zurück und betrachtete die

Landschaft. Über dem Dorf draußen hing dichter Nebel. Es schien ziemlich kalt zu sein. Sie fröstelte. Offenbar war der kurze Rock, den sie trug, keine gute Wahl. Die junge Frau ging zurück zum Schrank und entschied sich diesmal für eine schwarze Cordhose und einen dazu passenden Rollkragenpulli aus Kaschmir. Kaum hatte sie sich hingesetzt, um auf Fernando zu warten, als es bereits an der Tür klopfte. Fernando trug Jeans und einen dunkelblauen Pullover.

»Einen wunderschönen guten Morgen, Mónica! Wie fühlst du dich heute?«

»Hmmm, wunderbar erholt, aber wahnsinnig hungrig!«

»Wenn du fertig bist, können wir gleich frühstücken gehen – was meinst du?«

Fernando sah auf die Uhr. Es war neun Uhr früh. Wenn sie nicht zu viel Zeit mit dem Frühstück vertrödelten, könnten sie um halb zehn losfahren. In Jerez de los Caballeros wären sie dann um zehn. Hier hatte er sich mit dem einzigen Nachfahren des geheimnisvollen Ramírez verabredet.

Beim Kaffeetrinken fiel im wieder der Brief aus Holland ein. Er gab ihn Mónica. Schließlich musste sie wissen, wie alt und wertvoll der Armreif war. Nach dem Frühstück erkundigten sie sich an der Rezeption, wie sie am besten nach Jerez de los Caballeros kamen. Auf einer kleinen Umgebungskarte zeichnete ihnen der Hotelangestellte die kürzeste Route ein. Als sie den Wagen anließen, war es genau halb zehn.

Zunächst fuhren sie Richtung Huelva. Nach wenigen Kilometern bogen sie rechts ab. Das war der direkte Weg nach Jerez de los Caballeros. Rechts und links von der Straße erstreckten sich riesige Weideflächen. Friedlich grasten zwischen Eichen und einzelnen Kühen hunderte von iberischen Schweinen. Da klingelte das Handy. Auf dem Display erkannte Fernando die Nummer seiner Schwester Paula.

»Guten Tag, Paula. Wo bist du?«

»Ich bin schon unterwegs, mein Lieber. Eben bin ich durch das Dorf El Ronquillo gefahren. Wenn nichts dazwischenkommt, sehen wir uns zum Mittagessen. Wo finde ich euch?«

Fernando bat Mónica, im Reiseführer nach einem Restaurant zu sehen. Sie nannte ihm eines mit drei Sternen.

»Wenn du im Dorf bist, frag nach einem Restaurant namens *La Ermita*. Um zwei treffen wir uns da.«

»Wie laufen die Nachforschungen, Bruderherz? Hast du schon etwas herausgefunden?«

Fernando überlegte kurz, was Paula noch nicht wusste, und erzählte ihr dann von dem überraschenden Laborergebnis aus Holland.

»Beim Essen kann ich dir hoffentlich schon mehr berichten. Ich habe mich mit dem einzigen Nachfahren des verstorbenen Freundes unseres Vaters verabredet.«

»Der Armreif ist also aus Ägypten? Aus welchem Grund hat man unserem Vater einen derart kostbaren und antiken Gegenstand wohl geschickt? Was denkst du, Fer?«

»Das frage ich mich auch schon die ganze Zeit. Vor allem würde ich gerne wissen, was unser Vater mit dem Toten aus Jerez zu tun hatte. Ich muss unbedingt herausfinden, wer Carlos Ramírez war. Seine ganze Geschichte will ich wissen. Nur so werden wir erfahren, welcher Art ihre Verbindung war. Das Gespräch heute Vormittag ist äußerst wichtig.«

»Redest du über die Freisprechanlage?«

»Ja, wir hören dich beide.«

»Also, dann nimm den Hörer, denn ich muss dich etwas fragen.«

Fernando folgte der Anweisung seiner Schwester. Was sollte nun das schon wieder? »Bist du bei Mónica weitergekommen? Antworte einfach mit Ja oder Nein.«

»Nicht besonders«, entgegnete er abwägend.

»Nur mit der Ruhe. Ich werde ein wenig nachhelfen.«

»Misch dich ja nicht ein! Das reicht jetzt! Du gehst entschieden zu weit! Ich denke gar nicht daran, mich mit dir weiter über solchen Unsinn zu unterhalten! Adiós!« Ärgerlich legte Fernando den Hörer zurück auf die Station.

Seine Assistentin musterte ihn neugierig – traute sich aber nicht, nachzufragen.

»Meine Schwester ist einfach unbelehrbar. Ich muss zwar zugeben, dass sie künstlerisch immer besser wird, aber sie macht alles durch ihre Klatschsucht kaputt. Überall mischt sie sich ein. Sie kann es einfach nicht lassen. Wenn du sie näher kennenlernst, wirst du verstehen, was ich meine.«

Nach einem Hügel fuhren sie am Ortsschild vorbei auf den Dorfplatz. Bevor der Juwelier auf der Plaza Santa Catalina parkte, erkundigte er sich beim Polizisten nach der Bar *La Luciérnaga*. Das Lokal befand sich zwei Straßenzüge weiter.

Die Rathausuhr zeigte auf halb elf. Es war noch Zeit für einen kleinen Spaziergang durchs Dorf. Alles war Fernando fremd, so als wäre er als Kind niemals hier gewesen.

Die Bar befand sich neben dem Hauptplatz. Über dem Eingang hing eine altmodische Leuchtreklame von Coca-Cola. Als die beiden Fremden eintraten, verstummten die Gespräche. Alle Blicke galten Mónica, die an diesem Morgen besonders reizend aussah.

Sie fragten den Kellner hinter dem Tresen nach Don Lorenzo Ramírez. Der dickbäuchige Wirt wies mit dem Kopf nach hinten, wo ein Herr mit dem Rücken zu ihnen saß. Fernando und Mónica gingen an seinen Tisch.

»Guten Tag. Sind Sie Don Lorenzo Ramírez?«

Als der Professor die junge Frau sah, stand er auf.

»Ja, das bin ich. Und Sie müssen Don Fernando Luengo sein.«

Er reichte ihm die Hand und wandte sich an Mónica. Fernando stellte sie als seine Assistentin vor. Galant küsste ihr der Professor die Hand. »Bitte setzen Sie sich doch.«

Don Lorenzo rückte Mónicas Stuhl zurecht und winkte den Kellner herbei, der die beiden Fremden nicht aus den Augen gelassen hatte.

»Was darf ich den Herrschaften bringen?«

Geschäftig wischte der Mann den Tisch und verteilte dabei mit dem Lappen die alten Essensreste. Mónica bestellte eine Coca-Cola light und Fernando einen starken Kaffee. Professor Ramírez wollte nichts. Die Assistentin beobachtete den Mann aufmerksam. Er war etwa fünfzig, und sein Haar war bereits schlohweiß. Etwas zu früh für sein Alter, fand Mónica. Nase und Kinn waren markant, die Augen verschwanden hinter dicken Brillengläsern. Don Lorenzo hatte ihr gegenüber exquisite Umgangsformen an den Tag gelegt und war gut gekleidet. Daraus schloss die junge Frau, sie habe einen echten Herrn aus Extremadura vor sich.

»Nun gut. Wie kann ich Ihnen behilflich sein?«

»Ich erhoffe mir viel von unserer Unterredung. Lassen Sie es mich erklären«, begann Fernando. »Ich habe ein Juweliergeschäft in Madrid. Meine Familie kommt allerdings aus Segovia. Übers Internet bin ich schließlich auf Sie gekommen. Es war völlig aussichtslos, Sie im Telefonbuch zu finden. Dazu ist Ihr Name einfach zu häufig. Es wäre ein Albtraum gewesen. Aber zurück zur Sache. Erst vor kurzem und unter sehr merkwürdigen Umständen habe ich erfahren, dass mein Vater, Gott hab ihn selig, mit einem Ihrer Verwandten befreundet war, mit Don Carlos Ramírez.«

»Wie ich Ihnen bereits sagte, bin ich sein Enkel. Mein Großvater starb vor vielen Jahren. Um genau zu sein, und wenn mich nicht alles täuscht, am zwanzigsten September dreiunddreißig. Er hatte gerade seinen sechzigsten Geburtstag hinter sich. Ich fürchte, für eine Unterredung mit ihm sind Sie ein paar Jahre zu spät dran.«

Mónica nahm aus ihrer Handtasche ein kleines Notizbuch, in welches sie das Todesdatum notierte. Don Lorenzo wurde misstrauisch.

»Sind Sie etwa nebenberuflich Journalistin?«

Die junge Frau errötete bis unter die Haarwurzeln und entschuldigte sich. Stammelnd erklärte sie den Grund für ihre Notizen. Sie konnten auf diese Weise die Daten später vergleichen. So würden sie vielleicht besser das Verhältnis zwischen den beiden Verstorben verstehen können. Fernando kam ihr zu Hilfe.

»Vier Tage vor seinem Tod, Mitte September 1933, schickte Ihr Großvater meinem Vater etwas, das nie angekommen ist. Vor ein paar Wochen habe ich dieses Päckchen erhalten. Seitdem versuche ich herauszufinden, was die beiden damals verband.«

»Was erzählen Sie da für Geschichten! Sie wollen achtundsechzig Jahre später diese Sendung bekommen haben! Vielleicht bin ich ja etwas schwerfällig, aber das kann ich mir einfach nicht vorstellen.«

»Das Päckchen ging seinerzeit in einem Lager verloren. Warum das geschah, ist eine andere Geschichte. Jedenfalls blieb es dort während des Bürgerkriegs liegen und wurde dann über all die Jahre vergessen. Letzten Monat tauchte es auf, und man hat es mir geschickt.«

Nachdenklich kratzte sich der Mann am Kopf.

»Ich möchte nicht indiskret sein, aber was war in dem Päckchen?«

»Das darf ich Ihnen jetzt noch nicht sagen. Es ist eine interne Familienangelegenheit.«

Ärgerlich runzelte der Professor die Stirn.

»Lassen Sie mich das Bisherige zusammenfassen! Ein Madrider Juwelier ruft mich kurz nach Weihnachten an und bittet um eine dringende Unterredung. Das ist an sich schon ziemlich ungewöhnlich. Wir treffen uns daraufhin, und er erzählt mir, sein Vater sei in irgendeiner Beziehung zu meinem Großvater gestanden, der schon ewig tot ist. Dann eröffnet er, nach achtundsechzig Jahren ein Päckchen erhalten zu haben. – Hut ab vor der Effizienz unserer spanischen Post! – Was jedoch die Sendung enthält, und weshalb Sie beide hier sind, will er nicht verraten.« Er stand auf, um den Mantel anzuziehen. »Sehen Sie, es tut mir aufrichtig leid, dass Sie so weit gefahren sind – aber ich habe keine Lust, mir weiter konfuses Zeug anzuhören. Auf Wiedersehen.«

Er wollte sich gerade von Mónica mit einem Handkuss verabschieden, als diese ihn anflehte:

»Bitte setzen Sie sich wieder. Ich bitte Sie ganz herzlich darum, Don Lorenzo!«

Von der schönen Frau überrumpelt, nahm der Historiker wieder Platz.

»Wir haben uns eben erst kennengelernt, aber mir ist sofort aufgefallen, dass Sie ein echter Herr sind. Bitte entschuldigen Sie, dass wir mit unserer wirren Geschichte Ihren Unmut erregt haben.«

Bereits etwas versöhnter, folgte der Professor Mónicas Worten. Er fand die junge Frau sehr überlegt und klug. Fernando wollte wieder das Wort ergreifen, aber seine Assistentin hielt ihn zurück. Sie war noch nicht fertig.

»Bitte haben Sie Verständnis dafür, dass wir Ihnen nicht gleich zu Beginn alles gesagt haben. Wir wissen ja kaum etwas von Ihnen und kennen überhaupt nicht Ihren Blick auf die Dinge. Ich bin sicher, dass wir danach vorbehaltlos alles offen legen werden. Wir möchten nur Licht in die Sache bringen.« Mónica konnte sehen, wie sich der Mann allmählich entspannte. »Zunächst sollten Sie wissen, dass in dem Päckchen ein ziemlich altes Schmuckstück war. Mein Chef hat es erst kürzlich erhalten, und wir lassen es gerade prüfen. Herr Luengo senior starb 1965. Wir wissen aber, dass er mindestens einmal nach Jerez de los Caballeros gekommen ist. Er war auf der Suche nach einem Gegenstand. Ihr verstorbener Großvater sollte ihm diesen schicken. Weshalb er mit leeren Händen nach Segovia zurückkehrte, war uns zunächst unklar. Inzwischen haben wir den Grund dafür erfahren. Ihr Großvater hatte es ihm bereits geschickt. Leider hat Herr Luengo senior das nie erfahren!« Don Lorenzo war ganz Ohr. »Der Vater meines Chefs war eine Zeitlang im Gefängnis. Bitte ersparen Sie mir, Ihnen die Gründe dafür zu nennen. Das schulden wir seinem Andenken. Jedenfalls saß er in Segovia 1932 und einen Teil des Jahres 1933 ein. Er wurde am zwanzigsten August entlassen.« Sie atmete durch, denn Mónica war sich nicht sicher, ob Fernando einverstanden war, dass sie diese Dinge preisgab. In ihrem Inneren vertraute sie dem Professor. »Erst kürzlich gefundene Dokumente belegen, dass Ihr Großvater tatsächlich der Absender des Päckchens mit dem Schmuck war. Es traf leider einen

Monat nach der Entlassung des Seniorchefs ein. Weshalb es im Gefängnis vergessen wurde, bleibt ein Rätsel. Möglicherweise ist die Nachlässigkeit eines Angestellten dafür verantwortlich. Jedenfalls verstaubte es fast siebzig Jahre lang in einem Archiv. Als das Historische Archiv von Segovia auf EDV umstellte, tauchte es wieder auf. Daraufhin wurde der Sohn ausfindig gemacht. Den Rest kennen Sie bereits.«

Don Lorenzo sah den missbilligenden Blick in Fernandos Augen.

»Mein Herr!«, rief der Professor. »Sie können stolz darauf sein, in Ihrem Unternehmen eine derart kompetente Mitarbeiterin zu beschäftigen!«

Geschmeichelt lächelte Fernando und sah nun dankbar zu Mónica hinüber. Nun verstand auch er die Strategie der jungen Frau. Wie es schien, trug sie bereits die ersten Früchte. Don Lorenzo entspannte sich zusehends und war nun seinerseits bereit, zu erzählen.

»Anfang des 13. Jahrhunderts verließ die Familie Ramírez León und folgte König Alfons IX. Sie siedelte sich hier zwischen 1227 und 1230 an. An der Seite des Königs kämpften die ersten Ramírez gegen die Mauren. Nachdem diese besiegt waren, erhielt die Familie als Lohn für ihre Tapferkeit zahlreiche Ländereien. Wenn Sie die südliche Umgebung von Badajoz auf der Landkarte betrachten, werden Sie eine Menge Dörfer finden, deren Name auf León zurückgeht. Beispiele dafür sind Fuentes de León, Segura de León und Cañaveral de León, um nur einige zu nennen. Die meisten davon schenkte der König meinen Vorfahren. Auch die Ritterorden, allen voran die Templer, erhielten reichen Landbesitz von der Krone als Gegenleistung für die Hilfe bei der Rückeroberung Spaniens. Die Templer errichteten in Jerez de los Caballeros eine riesige Komturei – diese gab dem Ort den Namen. Ihr Besitz war größer als die heutige Provinz Santander.«

Mónica machte sich rasche Notizen von dem Wichtigsten. Wie nicht anders zu erwarten gewesen war, gab Don Lorenzo als Historiker zunächst einen kurzen Abriss der mittelalterlichen Geschichte der Region.

»Die Templer blieben in dieser Gegend, bis der Orden 1312 auf Befehl von Papst Clemens V. aufgelöst wurde. Es entstanden zahlreiche Verflechtungen zu den Edelleuten der Umgebung, zu denen auch meine Vorfahren zählten. Das Verhältnis der mächtigen Nachbarn untereinander war nicht nur friedlich. Immer wieder gab es Machtkämpfe, bei denen das eine oder andere Dorf den Besitzer wechselte.«

An dieser Stelle unterbrach Don Lorenzo seine Ausführungen für eine Weile, um in Ruhe seine Zuhörer zu betrachten. Befriedigt stellte er fest, dass sie an seinen Lippen hingen.

»Bitte vergessen Sie jetzt alles, was ich Ihnen bisher erzählt habe. Nun komme ich zum wichtigsten Teil, der mit Ihrem Anliegen zu tun hat.« Er senkte die Stimme, damit sie niemand belauschen konnte. »Nach Ihrem Anruf bin ich auf der Suche nach dem Namen Ihres Vaters alle meine Unterlagen nochmals durchgegangen. Ich sage Ihnen später, wie ich ihn gefunden habe. Dabei bin ich auf eine Theorie gestoßen – aber bevor ich sie näher erläutere, sollten Sie noch etwas wissen: Ich habe herausgefunden, dass meine Vorfahren eine sonderbare Verbindung zu den Templern eingegangen sind!«

Der Professor legte eine Pause ein, um den Effekt seiner Worte auszukosten. Nachdem er sich nach den Wünschen seiner beiden Hörer erkundigt hatte, rief er den Kellner herbei und bestellte ein Glas Wein und zwei Coca-Cola.

»Um Sie nicht unnötig zu verwirren, möchte ich diesen Teil meiner Geschichte hierbei belassen. Da ist etwas anderes, was ich Ihnen zunächst erklären möchte. Sie werden sich sicher wundern, was meine achthundertjährige Familiengeschichte mit der Beziehung Ihres Vaters und meines Großvaters vor siebzig Jahren zu tun hat. Diese Frage kann ich Ihnen gerne beantworten! Allerdings möchte ich keine allzu voreiligen Schlüsse ziehen. Sie werden mich gleich verstehen«, sagte er zu Fernando gewandt. »Ich habe etwas über Ihren Vater herausgefunden! Leider habe ich es nicht von meinem Vater oder Großvater erfahren. Beide behielten ihr Geheimnis für sich. Nein, ich habe den Nachlass meines Großvaters nochmals sorgfältig geprüft. Ein großer Teil seiner Bibliothek und des privaten Archivs sind im Bürgerkrieg verbrannt. Vieles haben die Republikaner beschlagnahmt. Den Rest konnte mein Vater verstecken.« Er nahm einen Schluck Wein. »Seit mehr als zwanzig Jahren sammle ich die verloren gegangenen Bücher und Dokumente. Bis auf das, was verbrannt war, habe ich alles vollständig wieder.«

Fernando konnte sich nicht mehr länger zurückhalten und fragte:

»Sie haben vorhin angedeutet, etwas über die Beziehung unserer Väter in Erfahrung gebracht zu haben. Was hatten sie miteinander zu tun? Aber bevor Sie darauf antworten, sagen Sie mir bitte, was Sie über meinen Vater wissen.«

»Scheinbar wollten beide eine gemeinsam gemachte Entdeckung verbergen. Deshalb sollte nichts auf eine Verbindung zwischen ihnen hinweisen. Sogar vor der Familie hielten sie das verborgen und schwiegen.«

»Wie haben sie sich denn kennengelernt?«, erkundigte sich Mónica.

»Mein Großvater suchte Herrn Luengos Vater in Segovia auf. Das muss etwa um 1930 gewesen sein. Ich habe die Reisedaten aus den Buchhaltungsunterlagen rekonstruieren können. Mein Großvater vermerkte die Reise unter der Rubrik ›Besuch der Vera Cruz‹. Sagt Ihnen diese Kirche etwas?«

»Und ob«, erwiderte Fernando. »Meine ältesten Vorfahren liegen dort. Sie wurden im 13. Jahrhundert in der Kirche beigesetzt. Als mein Vater 1932 heimlich versuchte, die Gräber zu öffnen, wurde er zu einer Gefängnisstrafe verurteilt. Jetzt wissen Sie, warum er einsaß!«

»In dem Rechnungsbuch hat mein Großvater die Adresse einer Silberschmiede in Segovia und den Namen Fernando Luengo notiert. Aber jetzt kommt etwas sehr Merkwürdiges: Daneben steht noch ›Honorius III.‹. Wissen Sie, wer das war?«

»Ich glaube, es war ein Papst – aber mehr weiß ich nicht.« Obwohl sich Fernando Mühe gab, den Ausführungen des Professors zu folgen, wurde die Geschichte immer verwickelter.

»Entschuldigen Sie bitte! Über all dem habe ich komplett vergessen, mich näher vorzustellen. Wie Sie schon wissen, bin ich Professor für Mediävistik. Meine Vorfahren haben im Laufe der Zeit ihren Landbesitz veräußert. Von den paar Hektar, die wir heute noch haben, kann man nicht mehr leben. Meine Generation musste sich anderen Einkommensquellen zuwenden – zuweilen auch weit weg von unseren Wurzeln.«

»Sie waren bei Papst Honorius III. stehen geblieben. Was könnte dieser Papst mit Fernandos Vater zu tun haben?« Mónica wollte den Faden nicht verlieren.

»Das weiß ich noch nicht! Aber ich werde es herausfinden. Allerdings gibt es eine Verbindung zur Kirche

Vera Cruz. Früher trug sie den Namen Heiliges Grab. Als Honorius III. in einem Schrein ein Stück vom Heiligen Kreuz dorthin schickte, wurde sie umgetauft. Das war im Jahr 1224, kurz nachdem sie errichtet worden war. Es ist mir schleierhaft, weshalb mein Großvater zum Namen Ihres Vaters den des Papstes dazugeschrieben hat. Haben Sie vielleicht eine Erklärung oder Idee?«

»Absolut nicht! Meine Vorfahren wurden 1679 und 1680 in der Kirche begraben, also vierhundert Jahre später. Ich habe keine Ahnung, wie die Kurie mit meiner Familie zusammenhängen könnte.«

Fernando sah auf die Armbanduhr. Der Vormittag war wie im Flug vergangen. Es war schon zwei vorbei. Die Verabredung mit Paula fiel ihm ein. Sie würden zu spät ins Restaurant kommen, dachte er unruhig.

»Bitte verzeihen Sie, dass ich unser spannendes Gespräch hier unterbreche. Aber ich bin mit meiner Schwester zum Essen im Restaurant *La Ermita* verabredet. Es wäre mir ein Vergnügen, wenn Sie uns dabei Gesellschaft leisten würden. Wir könnten unser Gespräch dort fortsetzen.«

Lorenzo Ramírez entschuldigte sich. Er hatte leider keine Zeit, denn er musste in Sevilla einen Krankenbesuch machen und würde übers Wochenende dort bleiben. Am Montag hatte er noch einen Vortrag an der dortigen Universität zu halten.

»Sie haben eine ausgezeichnete Wahl mit diesem Restaurant getroffen! Es ist vorzüglich! Ich empfehle Ihnen die Hoden. Das ist eine der Spezialitäten. Ich hoffe, wir werden das Essen ein anderes Mal nachholen!«

Wie alle Anwesenden hatte Mónica noch viele Fragen. Aber eine beschäftigte sie besonders. Vorher wollte sie Don Lorenzo nicht gehen lassen.

»Bevor wir uns verabschieden, habe ich noch eine letzte Frage. War Ihr Großvater ein Templer?«

Verblüfft blickte Fernando seine forsche Assistentin an. Der Professor hingegen lächelte und nickte anerkennend. Die intelligente Frau bestätigte haargenau seinen ersten Eindruck.

»Ich werde versuchen, Ihnen so gut wie möglich zu antworten.

Der Templerorden wurde offiziell 1312 aufgelöst. Aber heimlich existierte er viele hundert Jahre weiter. Ihre Frage zeigt, dass Sie zu demselben Schluss wie ich gelangt sind – mit dem Unterschied, dass ich zahlreiche Jahre Forschung hinter mir habe und Sie sich gerade erst seit zwei Stunden damit beschäftigen. Ja, so ist es. Ich habe Grund zur Annahme, dass sowohl mein Großvater, Carlos Ramírez, als auch Ihr Vater, Fernando Luengo«, der Professor wandte sich an Fernando, »den Templern angehörten oder einem ihrer neueren Zweige. Vermutlich hat mein Großvater Ihren Vater zum Beitritt ermuntert.«

»Sie wollen sagen, mein Vater war ein Templer?« Fernando traute seinen Ohren nicht.

»Nein, nicht, was man normalerweise darunter versteht. Ich behaupte nicht, er sei ein Soldat Christi gewesen. Aber Ihr Vater und mein Großvater gehörten offenbar einer Geheimverbindung an, welche die alten Rituale und Feiern der Templer wieder aufgriff.«

Fernando konnte immer noch nicht glauben, was er hörte. Nun ließ ihn die Sache nicht mehr los. Er wollte mehr darüber erfahren. Lorenzo Ramírez wusste viel mehr, als er zugab.

»Ich finde, Don Lorenzo, wir sollten uns unbedingt wieder treffen. Wenn wir uns bei den Nachforschungen zusammentun, könnten wir der Sache auf den Grund kommen. Wann hätten Sie wieder Zeit?«

»Ich bin in der ersten Februarwoche in Madrid. Unter Umständen kann ich ein paar Stunden abzweigen, damit wir in Ruhe weiter reden können.«

Auf seiner Geschäftskarte notierte Fernando die private Telefonnummer.

»Bitte sagen Sie rechtzeitig Bescheid. Sie sind herzlich eingeladen, in meinem Haus zu übernachten.«

»Das ist sehr freundlich von Ihnen. Unter Umständen komme ich darauf zurück!«

Don Lorenzo half Mónica in den Mantel, während Fernando die Rechnung beglich. Auf dem Dorfplatz verabschiedeten sie sich bis zum nächsten Mal.

»Sehr verehrte Mónica, es war ein Vergnügen, Sie kennengelernt zu haben.« Er beugte sich erneut über ihre Hand. »Es gibt kaum noch Frauen von Ihrem Format.«

Von den Komplimenten des Professors gerührt, gab Mónica ihm einen Kuss auf die Wange.

»Es gibt auch keine Gentlemen mehr wie Sie!«

Die beiden Madrilenen folgten der Ortsbeschreibung Don Lorenzos. Sie kamen gleichzeitig mit Paula ins Restaurant. Fernandos Schwester küsste Mónica.

»Hallo, Paula, schön, dich wiederzusehen. Wie war die Reise?«

»Lang und ziemlich langweilig! Aber jetzt bin ich endlich bei euch.«

Im Gehen beobachtete Mónica Paula. Obwohl sie schon über fünfzig war, hielt sie sich sehr gut. Als junge Frau waren ihr die Männer bestimmt scharenweise nachgelaufen. Die Assistentin fand Paula wirklich attraktiv und bewunderte deren perfektes Auftreten. Ihre Augen waren ebenso auffällig blau wie die des Bruders. Dazu hatte sie eine fantastische Figur. Weshalb so eine Frau nicht geheiratet hatte, war ein Rätsel.

»Du bist zu wohlwollend, Mónica. Sehe ich nicht wie eine Vogelscheuche aus?«

Die junge Frau fühlte sich ertappt. Verlegen entgegnete sie, Paula sehe prima aus. Um etwas abzulenken, erkundigte sie sich, wo diese den schicken Pulli gekauft habe.

Im Restaurant nahmen sie an einem runden Tisch in der Nähe des großen, offenen Kamins aus Granit Platz.

»Ich habe eben noch meinen Koffer in den Parador gebracht. Alle Achtung! Du hast Geschmack bei deiner Wahl gezeigt. Das Hotel hat etwas Besonderes. Es ist irgendwie romantisch – findet ihr nicht auch?« Paula lächelte viel sagend.

Grob erwiderte Fernando:

»Wann wirst du endlich vernünftig, Paula? Musst du erst sechzig werden, um mich nicht mehr mit deinen Sticheleien zu quälen? Gott sei Dank ist es bis dahin nicht mehr lang.«

»Hör mal zu, mein Lieber: Führ dich nicht so auf und mach mich nicht älter als ich bin! Ich bin gerade mal fünfzig und habe noch eine Ewigkeit bis dahin.« Fernandos Schwester war beleidigt.

»Oh, entschuldige bitte mein schlechtes Gedächtnis. Stimmt, wir haben erst vor vier Jahren bei dir zuhause deinen Fünfzigsten gefeiert.« Noch war kein Waffenstillstand in Sicht.

»Sieh einer an! Dabei ist das Bürschelchen auch schon achtundvierzig.«

»Sechsundvierzig«, widersprach Fernando.

»Minimum siebenundvierzig«, hänselte ihn Paula weiter.

Mónica wurde das Ganze zu dumm.

»Wollt ihr euch vielleicht an den Haaren ziehen, oder können wir vernünftig zu Mittag essen? Eigentlich bin ja ich die Jüngste in der Runde ...«

»Das tut mir leid, Mónica! Mein Bruder muss sich immer mit mir anlegen. Er kann einfach nicht anders.«

Fernando wies das weit von sich; das Gegenteil sei der Fall, behauptete er. Zum Glück brachte der Kellner die Speisekarten. Damit endete vorerst das komische Gezänk der Geschwister.

Jeder gab seine Bestellung auf. Mónica war wieder für den Wein zuständig. Diesmal wählte sie einen Rotwein aus dem Priorat, Les Terrasses, Jahrgang 1998. Mit viel Geschick gelang es der jungen Assistentin, die Geschwister von ihrem Streit abzulenken. Nach und nach sahen beide wieder freundlicher drein.

Dem Essen »*en famille*« stand bald nichts mehr im Weg. Als der Wein und die Vorspeisen serviert wurden, war alles vergessen.

»Also, meine Lieben, konntet ihr den Vormittag nutzen? Hat das Treffen mit dem Verwandten unseres geheimnisvollen Ramírez' etwas gebracht?«

»Und ob«, entgegnete Fernando. »Vor allem dank Mónicas Charme. Ohne sie wäre die Sache im Sande verlaufen. Ich habe mich zu Beginn des Gesprächs so ungeschickt angestellt, dass Don Lorenzo Ramírez, so heißt der Enkel von Carlos Ramírez, um ein Haar gegangen wäre. Paula, dieser Mann weiß eine ganze Menge. Übrigens, er ist in deinem Alter.«

Fernandos Schwester legte ihre Hand auf die Mónicas.

»Da siehst du es: Er lässt keine Gelegenheit aus, um mich zu torpedieren. Gut, dass er neulich so helle war, uns heute beide mitzunehmen. Eigentlich wollte er ja die

Sache selbst in die Hand nehmen. Wenn Männer meinen, allein klarzukommen ...«

»Lorenzo Ramírez ist Professor für Mediävistik. Er hat uns eröffnet, Vater habe den Templern angehört«, überging Fernando die Bemerkung seiner Schwester.

»Wie war das? Vater soll ein Templer gewesen sein? Wie kommt der Mann auf diesen Unsinn! Ich habe darüber nur ein paar Bücher gelesen und kenne mich daher nicht besonders aus, aber – war das nicht zur Zeit der Kreuzzüge ein Orden bewaffneter Mönche?«

Mónica nahm ihr Notizbuch aus der Handtasche und fasste das Treffen zusammen.

»Seit über zwanzig Jahren sichtet Lorenzo Ramírez das umfangreiche Archivmaterial, welches ihm der Großvater hinterlassen hat. Seiner Ansicht nach gehörte Carlos Ramírez zu einer Art Sekte, die sich auf die Templer berief. Euren Vater hat er circa 1930 in Segovia kennengelernt. Offenbar konnte Ramírez Senior ihn überzeugen, dem Geheimbund beizutreten. Er hat uns auch etwas über seine Familie erzählt. Sie kämpfte für die Krone von Kastilien und León. Zum Lohn erhielt sie Land, auf dem sie sich niederließ und es bewirtschaftete. Ursprünglich kamen die Vorfahren aus León. Zu etwa der gleichen Zeit bekam auch der Templerorden für seine Dienste vom König viel Land. Der Besitz war sehr groß. Viele Dörfer gehörten dazu, darunter auch Jerez de los Caballeros. Hier errichtete er eine Komturei. Don Lorenzo bezeichnete die Beziehung zwischen den Templern und seiner Familie als ›sonderbar‹, ließ sich aber nicht weiter darüber aus. Das alles spielte sich im 13. Jahrhundert ab. Achthundert Jahre später trafen sich Großvater Ramírez und Vater Luengo in Segovia – vermutlich ging es dabei um etwas, das mit der Kirche Vera Cruz in Verbindung steht.«

»Du bist ein Engel, Mónica, und erklärst hervorragend, aber mir dreht sich der Kopf. Das ist zu viel auf einmal. Woher will er wissen, dass die beiden sich 1930 getroffen haben?«

»Das hat der Professor bei der sorgfältigen Durchsicht der Dokumente aus der großväterlichen Bibliothek entdeckt. In einem Rechnungsbuch waren die Kosten einer Reise nach Segovia in just diesem Jahr vermerkt. Hier hat er auch erstmals den Namen deines Vaters und die Anschrift seiner Werkstatt gefunden. Das alles stand in dem Buch unter der Rubrik ›Besuch der Vera Cruz‹.«

»Das ist einleuchtend und beweist, dass sie sich kannten. Aber woraus schließt er, beide seien Templer gewesen oder hätten einer diesen nahe stehenden Sekte angehört?«

»Das konnte er noch nicht belegen, weil er die Nachforschungen noch nicht abgeschlossen hat. Glaube mir, Paula, dieser Mann weiß, wovon er redet. Das hat er sicher nicht aus der Luft gegriffen!«

»Don Lorenzo«, fuhr nun Fernando fort, »denkt, dass die beiden einen Fund verbergen wollten. Niemand sollte von ihrem Geheimnis erfahren. Deshalb verwischten sie alle Spuren und verschwiegen es sogar der Familie. Kein Wunder also, dass Vater damals bei seiner Reise nach Jerez de los Caballeros nichts in Erfahrung brachte. Er muss wohl mit dem Vater von Don Lorenzo gesprochen haben. Dieser konnte ihm aber natürlich nichts sagen.«

Paula fasste die Neuigkeiten nochmals zusammen.

»Mit anderen Worten: Unser Vater lernte diesen Mann in Segovia kennen und ließ sich von ihm dazu überreden, einer Sekte der Templer beizutreten. Anlass der Reise war der Besuch der Kirche Vera Cruz, die von den Templern erbaut worden ist. Die beiden Männer scheinen etwas entdeckt zu haben und wollten ihren Fund um jeden Preis geheim halten. Ich schätze, dass es möglicherweise mit unserem Armreif zusammenhängt. Und wir wissen auch, dass die Familie Ramírez seit langem eine sonderbare Beziehung zu den Templern unterhielt. Habe ich etwas vergessen?«

»Absolut nichts, Paula! Ausnahmsweise hast du deine paar grauen Zellen aktiviert«, bemerkte Fernando sarkastisch.

»No comment, du Flegel!«, erwiderte die Schwester. »Nur zwei Jahre nach der Begegnung der beiden wurde unser Vater beim Versuch der Grabschändung in der Kirche Vera Cruz geschnappt und dann inhaftiert. Wir haben nie erfahren, warum er das getan hat. Mit keinem Wort kam Vater je darauf zu sprechen. Habt ihr nicht auch den Eindruck, dass diese beiden Sachen miteinander zusammenhängen?«

»Auf jeden Fall!«, entgegnete Mónica.

»Bei unserem Treffen mit Don Lorenzo streiften wir dieses Thema nur flüchtig. Das nächste Mal müssen wir ausführlich darüber reden. Ich werde mir diesen Punkt notieren!«

»Nehmen wir an, wir liegen bisher richtig. Dann hat unser Vater in den Gräbern nach etwas gesucht, was in irgendeiner Beziehung zum geheimen Fund steht.«

Da fiel Fernando ein, dass in Don Lorenzos Rechnungsbuch neben dem Namen seines Vaters der eines Papstes stand.

»Das Ganze ist komplizierter, als du dir vorstellen kannst. Neben den Reisenotizen und dem Namen unseres Vaters war im Rechnungsbuch auch der Name von Papst Honorius III. vermerkt. Eben jenes Papstes, der 1224 die Reliquie vom Heiligen Kreuz nach Segovia bringen ließ.« Entschlossen fuhr er fort: »Wir müssen so schnell wie möglich mit Frau Doktor Herrera sprechen! Sie kennt die Geschichte der Kirche Vera Cruz in- und auswendig und weiß eine Menge über Templer. Vielleicht kann sie erklären, welches Geheimnis diese Kirche für die Templer und deren Nachfolger enthält. Fast könnte ich beschwören, dass die Vera Cruz der Dreh- und Angelpunkt in dieser ganzen Angelegenheit ist. Gleich morgen rufe ich Lucía an und vereinbare einen Termin mit ihr!«

In seiner Aktentasche begann er, nach der Visitenkarte der Archivleiterin zu kramen.

»Wusste ich es doch! Hier ist die Telefonnummer!«, verkündet er auftrumpfend.

Paula las auf dem Kärtchen die private Anschrift von Dr. Herrera. Unwillkürlich warf sie Mónica einen raschen Blick zu. Sie wirkte verstimmt.

»Ist die Dame vom Archiv hübsch?« Paulas Frage war an beide gerichtet.

»Nicht besonders«, erwiderte Mónica.

»Sie ist klug«, sagte Fernando im gleichen Atemzug. »Aber was soll das jetzt, Paula?«

Erneut schweifte der Blick der Schwester zur Assistentin, die völlig in die Reste des Seebarschs auf ihrem Teller vertieft schien.

»Vergiss es einfach … Es war reine Neugierde!«

Der Kaffee wurde gebracht. Fernando bestellte sich einen Cognac dazu. Er wollte noch ein wenig sitzen bleiben. Nachdenklich nahm er einen Schluck aus dem Schwenker. Dann teilte er den anderen seine Zweifel mit.

»Auf der einen Seite klären sich immer mehr Dinge, und auf der anderen tauchen lauter neue Fragen auf. Warum, zum Beispiel, hat Herr Ramírez den kostbaren Armreif nicht einfach behalten? Weshalb schickte er ihn unserem Vater? Und: Was hatte er damit dann vor? Eigentlich wäre es noch wichtiger, den Ursprung und die Bedeutung des Reifs zu kennen. Angeblich stammt er aus der Hochblüte des alten Ägyptens.«

Mónica unterbrach ihn. Etwas anderes ließ sie nicht mehr los.

»Viel interessanter ist doch, was dein Vater in der Gruft der Luengos gesucht hat.« Sie legte eine kleine Pause ein. »Genauso aufschlussreich wie die Frage nach dem Wonach erscheint mir allerdings auch die nach dem Wozu: Wozu brauchte er das, was im Grab war? Der Armreif scheint irgendwie zum Inhalt der Gruft zu gehören. Aus welchem anderen Grund sollte Ramírez sonst den Armreif nach Segovia geschickt haben? Wenn diese Mutmaßungen richtig sind, drängt sich weiter die Frage nach dem Sinn auf. Was sollte durch das Zusammenbringen der beiden Dinge erreicht werden?« Sie nippte an ihrem Likör. »Nach Don Lorenzo gehörten die beiden einer Templersekte an. Das könnte der Schlüssel zu ihrem merkwürdigen Verhalten sein und erklären, weshalb sie beides zusammenbringen wollten.«

Fernando schlug vor, diese Überlegungen aufzuschreiben. Es war besser, die Arbeit aufzuteilen. Sonst würden sie bald den Überblick verlieren.

Paula warf ein völlig neues Licht auf die Sache.

»Habt ihr schon überlegt, dass die beiden nicht allein agierten? Es muss noch weitere Eingeweihte gegeben haben. Ich denke an die anderen Sektenmitglieder. Das Ganze ist doch eine Organisation.«

»Du hast absolut Recht, Paula! Darauf sind wir bisher noch gar nicht gekommen. Es könnte sogar sein, dass wir bei dieser Geschichte nicht allein sind.«

Fernando teilte die Arbeit auf.

»Du, Mónica, kümmerst dich um den Armreif! Wir müssen alles darüber wissen, wem er gehört hat und so weiter. Ohne diese Information kommen wir nicht voran. Und du, Paula, erkundigst dich über unsere in der Vera Cruz ruhenden Vorfahren! Finde alles über sie heraus. Vielleicht lässt sich daraus erschließen, was sie mit ins Grab genommen haben. Ich werde mir das Leben von Papst Honorius III. vornehmen. Wer weiß, ob es nicht einen Hinweis auf das von Vater Gesuchte enthält.«

Der Kellner brachte die Rechnung. Fernando zahlte mit American Express. Nach der fruchtbaren Unterredung mit Don Lorenzo blieb in der Gegend nicht mehr viel zu tun. Deshalb schlug der Juwelier vor, den Nachmittag mit etwas Sightseeing zu verbringen. Im Dorf gab es einige interessante Denkmäler zu sehen.

Gegen neun Uhr abends fuhren die beiden Autos beim Parador vor. An der Rezeption ließ sich Fernando den Zimmerschlüssel geben und half seiner Schwester bei den Anmeldeformalitäten. Die aufdringliche Dame am Empfang begann ihm auf die Nerven zu gehen. Sehr zu seinem Verdruss hatte sie Paula Zimmer Nummer sieben angewiesen. »Alle schön beieinander!«, dachte er grimmig. »Als ob es keine anderen Suiten gäbe! Warum muss sie direkt neben uns einquartiert werden?« Welch ein Ärgernis!

»Fer, führst du uns anständig aus, oder bekommen wir nur, wie sonst, irgendetwas zwischen die Zähne? Ich meine, wegen der Kleiderfrage.«

»Ich würde vorschlagen, ihr macht euch richtig schön. Heute Abend bin ich in Spendierlaune!«, gab Fernando zurück.

»Dein Einfluss macht sich schon bemerkbar! Meine Liebe, heute ist ›schlicht, aber elegant‹ angesagt«, erklärte Paula.

Sie gingen auf ihre Zimmer. Paulas Zimmer befand sich direkt gegenüber den anderen beiden. Es war der ideale Beobachtungsposten. Man verabredete sich für zehn Uhr. Nun konnte sich Fernandos Schwester nicht länger zurückhalten. Bevor sie in ihrer Suite verschwand, musste sie noch ein wenig sticheln:

»Vorsicht heute Nacht mit den Türen. Von meinem Zimmer aus hört man alles!«, lachte sie. Im Gang vernahm sie den Aufschrei ihres Bruders:

»Paulaaaa …!«

Die anderen beiden gingen ebenfalls in ihre Suiten. Mónica begab sich schnurstracks zum Kleiderschrank und nahm zwei Kombinationen ins Bad mit. Eine davon hatte sie erst kürzlich gekauft. Diese stand ihr hervorragend. Für ein Abendessen im Hotel schien die andere etwas zu elegant. Dennoch probierte sie beide an, um dann zu entscheiden. Nach einigem Hin und Her blieb sie doch beim neuen Outfit – einem engen, ärmellosen Oberteil in Creme und dem dazu passenden Bleistiftrock. Zufrieden stellte sie im Spiegel fest, dass es perfekt saß und die Figur vorteilhaft zur Geltung brachte. Um ihre Erscheinung abzurunden, zog sie farblich abgestimmte Strümpfe an. Nun blieben noch Schminken und Frisieren. Dies erforderte immer mehr Zeit und einiges an Überlegung. Schließlich flocht sie das Haar zum Zopf.

Da klopfte schon Fernando an die Tür.

»Es ist schon zehn! Brauchst du noch lange?«

»Ich bin gleich so weit! Keine Sorge, in zwei Sekunden bin ich fertig!«

Die junge Frau parfümierte Hals und Dekolletee. Bevor sie die Suite verließ, betrachtete sie sich nochmals prüfend im Spiegel.

»Und, wie gefalle ich dir?« Sie drehte sich einmal um die eigene Achse. »Findet das Ihre Zustimmung, Herr Luengo?«

Fernando machte aus seiner Bewunderung keinen Hehl.

»Du siehst fantastisch aus! Gehen wir?«

Sie klopften an Paulas Tür. Da sie keine Antwort erhielten, gingen sie hinunter ins Restaurant. Paula saß mit dem Rücken zu ihnen und trank einen Martini. Als die beiden Frauen einander erblickten, wurden sie kreidebleich – sie trugen exakt das Gleiche. Fernando konnte nicht anders: Er musste herzlich über ihre entsetzten Gesichter lachen – was die Stimmung nicht gerade verbesserte. Galant versuchte er, einzulenken:

»Ihr seht heute Abend gleich schön aus.«

»Du bist ein fieses Stück, Brüderlein. Es gibt nichts Peinlicheres für eine Frau als so etwas. Besonders, wenn es sich um elegante Garderobe handelt. Ein bisschen mehr Feingefühl deinerseits würde uns allen guttun!«

»Falls es euch ein Trost ist: Haarfarbe und Ohrringe sind völlig unterschiedlich«, bemerkte Fernando.

Die drei sahen sich an und prusteten laut los.

Während des Essens gelang es Mónica, Paula über ihre Vergangenheit zum Reden zu bringen. In jungen Jahren war die attraktive Frau lange verlobt gewesen. Doch zwei Tage vor der Hochzeit starb plötzlich der Bräutigam. Damals war Paula fünfunddreißig gewesen. Ihren Freund hatte sie blutjung kennengelernt, aber immer wieder den Schritt vor den Altar hinausgezögert. Über seinen Verlust war Paula lange nicht hinweggekommen. Es war ihre große Liebe gewesen. Seit damals wollte sie von keinem anderen Mann etwas wissen und begrub sich in der Silberschmiede unter Arbeit. So schmerzte sie die entstandene Leere weniger.

Paula tat der hübschen Assistentin leid. Nach dieser traurigen Geschichte schätzte sie Fernandos Schwester noch mehr. Hinter der starken, ironischen Fassade verbarg sich ein verletzlicher Mensch, der einiges durchgemacht hatte. Mónica nahm sich vor, sich öfters allein mit Paula zu treffen. Sie war so nett! Auch spürte sie, dass ihre Zuneigung erwidert wurde.

Nach dem Essen verabredeten sie sich um neun zum Frühstück. Jeder begab sich auf sein Zimmer. Merkwürdigerweise hielt sich Paula beim Abschied zurück. Noch von den traurigen Erinnerungen erfüllt, war ihr nicht zum Scherzen zu Mute.

In ihrer Suite ging Mónica jedoch Paulas Schicksal nicht mehr aus dem Kopf. Sie setzte sich an den Schreibtisch und wählte die Nummer von deren Zimmer.

»Ja, bitte?«, meldete sich Paula.

»Ich bin's, Mónica!«

»Du brauchst mir nichts zu sagen! Ich weiß, warum du anrufst! Du fühlst dich in deiner fantastischen Suite allein und verloren. Stimmt's?«

»Sei nicht boshaft. Aber Spaß beiseite. Ich würde mich gerne öfters mit dir treffen. In deiner Gesellschaft fühle ich mich sehr wohl. Es wäre schön, wenn wir uns näher kennenlernen würden.«

»Aber gerne doch! Mir geht es genauso. Ich rufe dich bald an. Dann können wir uns mal allein sehen …« Paula zögerte. Sie hatte noch eine etwas delikate Frage. »Du musst mir nicht antworten, aber ich kann sonst vor lauter Neugierde heute Nacht kein Auge zumachen. Sag mal, machst du dir etwas aus meinem Bruder?«

»Sogar ziemlich viel«, entgegnete Mónica prompt.

»Das freut mich aber! Ich weiß nicht, ob es dir aufgefallen ist, aber ihm geht es, denke ich, ebenso.«

»Glaubst du?«, fragte die junge Frau unschuldig.

»Nun ja, du weißt doch, wie dämlich sich Männer anstellen, wenn es um Gefühle geht. Ich glaube, ich kenne Fernando ganz gut und weiß, wovon ich rede. Lass ihn mal machen. Er muss die Initiative ergreifen. Es wird ihn zwar einiges kosten, aber am Schluss gibt er sich doch noch einen Ruck. Du wirst schon sehen.«

Diese Nacht sah Mónica wieder zur Verbindungstür der Nachbarsuite. Aber diesmal stimmte sie ihr Anblick nicht traurig. Voller Freude wiederholte sie: »Fernando liebt mich! Er liebt mich!«

7

Sankt Johannes im Lateran. Rom im Jahr 1244

»*Wenn Ihr Euch* noch ein wenig gedulden wollt. In einer Stunde ist der Gottesdienst von Papst Innozenz vorüber. Dann hat er für die Herrschaften Zeit. Bitte wartet hier im Spiegelsaal auf ihn.«

Der Sekretär des Pontifex hielt einen dicken Stapel ungeordneter Dokumente im Arm. Nervös entschuldigte er sich beim Großmeister des Templerordens, Armand de Périgord, und bei Guillem de Cardona, dem Meister der Provinzen Katalonien und Aragón. An diesem Morgen war noch so viel Arbeit zu erledigen, dass er leider den beiden Herren keine Gesellschaft leisten konnte. Höflich verneigte er sich vor ihnen und verließ eilig den Salon. Die Templer hatte in hohen Lehnstühlen Platz genommen, gegenüber einem langen Schreibtisch aus Nussbaumholz. Dahinter hing ein gewaltiges, in Elfenbein gearbeitetes Kruzifix.

»Ich fürchte, dem Papst werden unsere Neuigkeiten nicht behagen, Sire Armand. Doch Ihr kennt seine Art besser – wie ist er?«

Der Großmeister zog die weiße Kutte mit dem roten achteckigen Kreuz über dem Gürtel glatt. Seit zwölf Jahren ruhte die Verantwortung für den Orden auf seinen

Schultern. Damals hatte er den Hauptsitz in die Festung bei Akko nördlich von Haifa verlegt. Als Jerusalem 1187 an Saladin zurückfiel, mussten die Templer nach Akko ziehen. Hier hatten die Kreuzfahrer einen der wichtigsten Häfen des Orients.

Nicht zum ersten Mal waren die beiden Templer in dieser Angelegenheit beim Papst.

Es ging um die geheimnisvollen Reliquien. Da Seine Heiligkeit sehr eigensinnig war, wollte er auf eigenen Wegen in ihren Besitz gelangen. Leider waren bisher sämtliche Bemühungen fehlgeschlagen. Den Großmeister beunruhigte, wie der Pontifex die Nachrichten aus Segovia auffassen würde.

»Lieber Guillem, Innozenz IV. ist ein frommer Mann, aber wenn die Dinge nicht nach seinem Kopf gehen, kann er sehr ungemütlich werden. Immer wieder hat er sich nach dem Erfolg unserer Suche erkundigt, ob wir schon im Besitz der berühmten Truhe und der Papyrusrollen seien. Ein längeres Hinhalten war zuletzt unmöglich. Deshalb sah ich mich gezwungen, ihm persönlich Rechenschaft abzulegen. Ihr könnt mir glauben, es ist keine Freude, ihm diese Nachricht zu überbringen. Außerdem reise ich zurzeit äußerst ungern – angesichts der schwierigen Lage im Heiligen Land.«

Guillem de Cardona konnte seine Angst kaum bezwingen. Als Mann von Ehre hatte er stets treu ergeben allen Befehlen seiner Vorgesetzten Folge geleistet. Aber diesmal war es schlecht gelaufen. Beim Versuch, dem Papst die von Juan de Atareche aus dem Heiligen Land mitgebrachten Gegenstände zu verschaffen, war Cardonas Spion Pedro Uribe nicht nur gescheitert, sondern auch noch ermordet worden. Zum Glück war dessen Helfer Lucas

Ascorbe entkommen. Daher wusste Guillem aus erster Hand, was in der Kirche Vera Cruz vorgefallen war. Da es ein Auftrag des Papstes gewesen war, hatte er unverzüglich den Großmeister unterrichtet. Nach einiger Zeit erhielt er Nachricht aus Akko, er solle sich beim Heiligen Vater einfinden, um persönlich Bericht zu erstatten.

Auch der Großmeister de Périgord war ernsthaft in Sorge. In einer Privataudienz hatte der Papst ihn und seinen Orden mit dieser Aufgabe betraut. Nun würde er gleich als Versager vor dem Kirchenoberhaupt stehen und sich erklären müssen.

Er war davon überzeugt, dass der schlechte Verlauf der Dinge unmittelbare Folgen für ihn haben würde. Um gegen die Ungläubigen in Gaza vorzugehen, war er dringend auf Truppen und materielle Unterstützung angewiesen. Innozenz IV. hatte sich und sämtliche Christenfürsten zu einem weiteren Kreuzzug verpflichtet. Noch bevor sie eintrafen, wollte Meister Armand wichtige strategische Stützpunkte in Palästina zurückerobern.

Um sich etwas abzulenken, sah sich Guillem im Saal um. Er war von oben bis unten verspiegelt. Die scheinbare Tiefe des Raumes war eine optische Täuschung, denn in Wirklichkeit war er eher klein.

»*Pax vobiscum*, meine Söhne!«

Durch die weit geöffnete Türe trat mit einem strahlenden Lächeln Innozenz ein.

»*Et cum spiritu tuo*, Eure Heiligkeit!«, entgegneten die Templer im Chor.

Sie waren aufgestanden und küssten ergeben den Ring von Petri Nachfolger. Nachdem er Platz genommen hatte, taten sie das Gleiche.

»Nun lasst schon diese Gegenstände sehen! Spannt

mich nicht länger auf die Folter und erzählt endlich! Aber zuerst möchte ich sie sehen. Wie habe ich diesen Tag herbeigesehnt. Ich kann es kaum erwarten!« Aufgeregt spielte der Papst mit dem Kruzifix an seinem Hals und sah die beiden an.

»Ich fürchte, Eure Heiligkeit, es ist leider noch nicht möglich«, begann Armand.

»Habt Ihr sie etwa meinem Sekretär gegeben?«, fiel ihm der Papst ins Wort. »Wenn dem so ist, habt Ihr Euch meinem Befehl widersetzt. Ich wollte, dass Ihr sie mir höchstpersönlich überreicht!«

Großmeister Armand rutschte auf seinem Stuhl hin und her. Wiederholt räusperte er sich, nach Worten ringend, um dem Papst die schlechte Nachricht zu überbringen. Seufzend begann er mit seiner Erklärung:

»Wie ich Eurer Heiligkeit bereits in meinem letzten Brief mitteilte, glauben wir zu wissen, wo sie sich befinden. Einer Eurer Söhne und Mitglied unseres Ordens setzte den hier anwesenden Guillem de Cardona, Meister im Königreich Aragón, davon in Kenntnis. Zu meinem tiefsten Bedauern muss ich gestehen, dass sie aber noch nicht in unserem Besitz sind.«

»Was sagt Ihr?« Wütend runzelte der Papst die Stirn. Seine Augen quollen hervor, und die Faust donnerte auf den Schreibtisch. Der fromme Mann schnappte sich eine schwere Öllampe und drohte: »Soll das etwa heißen, dass Ihr diesem Kinderspiel nicht gewachsen wart?« Nach einer kurzen Pause fuhr er fort. »Verzeiht, aber das ist mir unbegreiflich!« Das folgende Schweigen des Papstes traf die Templer härter als sein Toben davor. »Wo also glaubt Ihr, dass sie verborgen sind?«

Völlig verstört gab der Meister aus Aragón wieder, was nach dem Tod des Komturs Atareche vorgefallen war. Ein enger Freund hatte ihn kurz vor seinem Tod besucht und war anschließend geflohen. Da man vermutete, Atareche habe ihm das Versteck anvertraut, nahm sein Mitarbeiter Pedro Uribe zusammen mit einem anderen Mönch die Verfolgung auf. Dieser Mönch war inzwischen der einzige Zeuge.

»Der Freund unseres Verräters Atareche heißt Pierre de Subignac. Nachdem ihn meine Leute gefangen genommen hatten, folgten sie ihm auf einen Landsitz unseres Ordens in einem kleinen Dorf der Provinz Segovia namens Zamarramala.« Papst Innozenz kam der Ort bekannt vor. Doch der Pontifex konnte sich nicht erinnern, in welchem Zusammenhang er davon gehört hatte. Sichtlich bemüht, nichts von Bedeutung auszulassen, fuhr Meister Cardona in seinem Bericht fort: »Als unsere Leute Subignac mit dem Tod drohten«, der Papst verzog keine Miene, »erklärte sich dieser zur Mithilfe bereit. Gemeinsam stellten sie sich beim Komtur von Zamarramala vor und baten um Erlaubnis, die Kirche von Vera Cruz besuchen zu dürfen. Sie vermuteten, dass die Gegenstände in der Kirche verborgen sind.«

»Das heißt, sie befinden sich in Vera Cruz! Was für ein Zufall …!«, unterbrach der inzwischen gespannt lauschende Papst.

Seit einer Weile schon hielt er nicht mehr drohend die Öllampe in der Hand, sondern rieb seine steifen Finger. Es schien, als ließe der Sturm allmählich nach. Während der Templer weiter erzählte, überlegte Seine Heiligkeit blitzschnell, wie dieser seltsamen Wendung am besten zu begegnen sei.

»Der Komtur hatte keine Einwände und begleitete sie höchstpersönlich in die Kirche. Was hier geschah, können wir nur erahnen. Unser Informant sah nur noch das traurige Ende der ›kundigen Führung‹ in der Kirche. Während unser Mönch die Wächter draußen im Auge behielt, konnten Subignac und Uribe sich unbehelligt in der Kirche umsehen. Ein lauter Krach drinnen ließ unseren Mann misstrauisch werden. Das Bild, das sich ihm dort bot, schlug ihn entsetzt in die Flucht. Er legte mehrere Tagesreisen im Galopp zurück, um mir das Vorgefallene so schnell wie möglich mitzuteilen.« Innozenz wurde langsam ungeduldig. Das Ende ließ auf sich warten. »Der Mann hat Pedro Uribe in einer Lache Blut gefunden. Daneben standen dessen Mörder: Subignac und der Komtur. Dieser versuchte noch, unseren Mönch festzuhalten – zum Glück ohne Erfolg.« Erleichtert atmete Guillem auf, denn seine schwere Aufgabe lag jetzt hinter ihm.

»Ein ausführlicher Bericht, mein Sohn!« Der Papst blickte zunächst zum Templer aus Aragón und dann zum Großmeister. »Dennoch, zwei Dinge sind ungeklärt: Erstens, von welchem Komtur ist hier die Rede? Zweitens, da Euch das Versteck bekannt ist, was hat Euch daran gehindert, Truhe und Papyrus zu beschaffen und heute mitzubringen?«

»Dürfte ich diese Fragen beantworten.« Geduldig hatte der Großmeister gewartet, bis er an der Reihe war. »Der Komtur ist Gastón de Esquívez, der …«

»Gastón de Esquívez und die Vera Cruz. Jetzt weiß ich, von wem wir reden.« Der Papst ließ den Satz so stehen und schwieg eine Weile, bevor er den Großmeister aufforderte, fortzufahren. »Erzähle weiter, mein Sohn. Wir reden später noch über diesen Mann.«

Périgord versuchte nun zu rechtfertigen, weshalb er Esquívez nicht zur Rede gestellt und die Gegenstände an sich gebracht hatte. Zum einen war der Komtur schuld an ihrem Scheitern, zum anderen Gegenstand einer streng vertraulichen, internen Untersuchung. Im Hauptsitz des Ordens hatte man erfahren, dass sich in Europa eine Gruppe von Templern zu einem Geheimbund zusammengeschlossen hatte. Diese Sekte folgte eigenartigen Praktiken und Lehren. Die Untersuchung zeigte bereits erste Erfolge. Man stand kurz davor, den gesunden Stamm von diesem faulen Ast zu befreien.

Unter den Abtrünnigen befanden sich ranghohe Ordensbrüder. Zwei Provinzmeister und fünf Komture waren bereits entlarvt. Aber man vermutete, dass es noch fünf weitere gab.

»Du hast mir nie etwas von dieser Sekte erzählt!«, rief Innozenz IV. über das mangelnde Vertrauen des Großmeisters enttäuscht.

»Eure Heiligkeit, dafür gab es zahlreiche Gründe. Zunächst maß ich der Angelegenheit keine Bedeutung bei. Als ich dann erfuhr, wer die Drahtzieher sind, geriet ich in Sorge. Natürlich hätte ich Euch unterrichten sollen, aber ich wollte die Sache erst bereinigen.« Armand war bedrückt.

»Das sind keine Gründe. Aber fahre bitte fort.«

»Als wir wussten, was in Vera Cruz geschehen war, wollte ich sofort einen Trupp Männer losschicken. Esquívez musste gerichtet und die Reliquien endlich geholt werden. Doch da der Komtur nachgewiesenermaßen zur Gruppe der Abtrünnigen gehört, änderte ich meinen Entschluss. Seine Festnahme würde die anderen Sektenmitglieder aufschrecken und unsere Untersuchung behindern. Aus diesem Grunde ist die Sache noch in der Schwebe. Allerdings steht Esquívez unter ständiger Beobachtung. Es wird ihm unmöglich sein, die Reliquien an einen anderen Ort zu bringen. Zwar weiß er, dass uns Uribes Tod bekannt ist, aber nicht, was ihn erwartet. Natürlich will er die begehrten Gegenstände behalten.« Nach seinem Bericht fühlte sich Armand, als hätte er die Beichte abgelegt.

Seine engsten Vertrauten wussten immer, wann der Papst erzürnt war. Dann hüstelte er nämlich, und sein Kinn zitterte auf eine höchst merkwürdige Art. Wenn dies eintrat, war es am klügsten, nicht in der Reichweite Seiner Heiligkeit zu sein. Als die Templer ihren Bericht abgelegt hatten, tat er beides. Noch dazu knirschte das Kirchenoberhaupt wütend mit den Zähnen. Nach ein paar Sekunden schien er sich wieder in der Gewalt zu haben.

»Ich nehme einen seltsamen Zufall als Anlass, Euch etwas zu erzählen, wozu Eure Unterstützung nötig sein wird. Ihr werdet mich bald verstehen. Lasst es mich erklären. Einer meiner Vorgänger, Honorius III., schenkte der Kirche vom Heiligen Grab in Segovia einen schönen silbernen Reliquienschrein, der ein Stück vom Heiligen Kreuz enthält. Seitdem nennt sich das Gotteshaus Vera Cruz. Schon wiederholt habe ich die Reliquie von Eurem Komtur Esquívez zurückgefordert. Bisher hat er meinen Befehl jedoch nicht befolgt, obwohl ich ihm zahlreiche Briefe mit dem päpstlichen Siegel gesandt habe.« Er schlug mit der Faust auf die Armlehne. »Dieser Wurm weiß nicht, worauf und mit wem er sich einlässt! Nicht nur, dass er mir den Schrein vorenthält, nein, er wagt es auch noch, die Truhe und den Papyrus vor uns zu verbergen.« Die Augen des Papstes glänzten. »Ich werde diese Reliquien ganz ohne Gewalt bekommen. Und er wird es nicht einmal merken!«

»Aber, Eure Heiligkeit«, warf der Großmeister ein, »wie wollt Ihr das anstellen? Nach unserer Erfahrung geht es bei Esquívez nicht ohne Gewalt.«

Spitzbübisch leuchteten die Augen des Papstes, als er Armand de Périgord antwortete:

»Nicht ich, sondern Ihr werdet das für mich erledigen!«, säuselte Seine Heiligkeit. »Wie Ihr das *Lignum Crucis* beschaffen könnt, werde ich Euch gleich verraten. Für die anderen beiden Reliquien müsst Ihr Euch selbst etwas einfallen lassen.« Ein strenger Blick, der Schlimmes befürchten ließ, traf die beiden Templer. »Ohne die Reliquien braucht Ihr mir nicht mehr unter die Augen zu treten. Ganz besonders nicht ohne den Schrein. Hütet Euch, erneut mit leeren Händen im Lateran zu erscheinen. Habt Ihr das verstanden? Auf jeden Fall will ich den Schrein zurück! Da weiß ich mindestens, was ich bekomme. Die anderen beiden Dinge sind möglicherweise nur Chimären.« Die Worte des Papstes waren deutlich. »Hört jetzt, wie Ihr in den Besitz des Schreins gelangen werdet.«

»Wie sollte sein Verlust unbemerkt bleiben?«

»Ich werde sofort eine Kopie davon fertigen lassen. Eure Aufgabe besteht darin, den echten gegen den falschen auszutauschen. So einfach ist der Plan! Damit könnt Ihr Eure bisherigen schlechten Dienste wettmachen.« Der Papst schwieg und sah eindringlich den Großmeister an. »Von dir hätte ich mehr erwartet, Armand! Enttäusche mich nicht erneut. Ich habe Pläne für dein Haus im Heiligen Land. Beweise mir, dass du ihrer würdig bist!«

»Heiliger Vater, dürften wir erfahren, weshalb Ihr den Schrein so sehr begehrt?« Guillem de Cardona hatte sich lange im Hintergrund gehalten. Doch jetzt konnte er seine Neugierde nicht mehr bezähmen. Er wollte den Grund für diese delikate Aufgabe wissen.

Nach der päpstlichen Ermahnung hielt es Périgord für ratsam, zu schweigen.

»Also gut! Ihr sollt heute einen Teil erfahren. Wenn Ihr den Schrein gebracht habt, erzähle ich Euch den Rest. Im Augenblick kann ich Euch nicht alles sagen.«

Das Kirchenoberhaupt machte es sich in seinem Sessel bequem. Während er die Templer ansah, überlegte er, wie viel Zeit er damit verlieren würde, das Allernötigste über den Schrein zu erklären. Zahlreiche Verpflichtungen erwarteten ihn noch an diesem Morgen. Es galt, ein Opfer zu bringen, denn er musste die beiden Templer auch anspornen.

»Meiner Ansicht nach herrscht ein Papst nicht nur spirituell über das Volk, sondern er sollte es auch tatsächlich tun. Ersteres ist unbezweifelt, beim Zweiten hingegen sieht es anders aus. Vor allem wollen sich die europäischen Fürsten nicht der päpstlichen Macht beugen. Doch wir sind die Vertreter Gottes auf Erden, daher sollte auch die weltliche Macht in unseren Händen ruhen. Zwei Möglichkeiten boten sich den Päpsten bisher. Zunächst haben wir in unserem Amt und unserer Person sämtliche Interessen der europäischen Fürsten vereinigt. Damit unterstanden die Könige dem Papst und erkannten ihn als übergeordnete Autorität an. Die Kreuzzüge sind ein gutes Beispiel dafür. Noch nie zuvor haben sich alle Mächtigen unter eine einzige Führung gestellt – nämlich die des Papstes. Ebenso wichtig aber ist es, dass auch das einfache Volk zur geistlichen Macht aufsieht. Dazu dienen die Reliquien. Viele der ersten Kreuzfahrer brachen nur aus diesem Grund ins Heilige Land auf. Besonders begehrt sind solche, die mit dem Leben Christi zu tun haben. Deshalb brauche ich sie, denn damit bringe ich das Volk auf unsere Seite. Aber dies ist nur einer der Gründe, warum ich an dem Schrein aus Segovia so interessiert bin.« Der Heilige Vater sah, wie die Templer erwartungsvoll die Ohren spitzten. »Ich bin erst seit einem Jahr im Amt. Wie Ihr wisst, habe ich davor viele Jahre das Privatarchiv der Päpste geführt. In Sankt Johannes im Lateran werden Dokumente aus fast einem Jahrtausend aufbewahrt. Darin kann man sehen, wie die Inhaber des Stuhles Petri ihr Amt jeweils ausfüllten. Es sind einfache interne Mitteilungen, Briefe, Rechnungen und andere private Schriftstücke des jeweiligen Pontifex.« Die Aufmerksamkeit der beiden Ordensmeister begann etwas nachzulassen, sodass sich Seine Heiligkeit knapp fasste.

Von allen Nachlässen, die Innozenz noch als Archivleiter verwaltet hatte, war der eines seiner Vorgänger, Honorius III., der unordentlichste gewesen und hatte ihn am längsten beansprucht. Honorius III. war 1216 zum Papst gewählt worden und starb im März des Jahres 1227. In seiner Amtszeit fand der fünfte Kreuzzug statt. Honorius III. war ein Mann der Schrift und hinterließ unzählige Dokumente. Von all seinen Taten würde jedoch die Renovierung der Kirche Sankt Paul vor den Mauern noch Jahrhunderte später an ihn erinnern. Ungefähr im Jahre 320 hatte Kaiser Konstantin das Gotteshaus an der Stelle errichten lassen, wo der Überlieferung nach der Apostel Paulus begraben ist. Das Gebäude wurde nahezu vollständig umgebaut. Nur der Grundriss mit seinen drei durch achtzig Marmorsäulen voneinander getrennten Schiffen blieb erhalten. Die Kirche wurde aufwändig verschönert. Am berühmtesten ist die Ausschmückung der Kuppel über der Apsis. Auf dem prächtigen Mosaik ist Christus zu sehen, umgeben von seinen wichtigsten Jüngern, Petrus, dessen Bruder Andreas, Paulus und Lukas. Links zu Füßen Jesu Christi ließ der Papst die venezianischen Meister ein kleines Bild mit dem Titel »Honorius III.« anbringen.

»Im Querschiff von Sankt Paul«, fuhr Papst Innozenz fort, »befinden sich vier Kapellen. Eine davon wurde ebenfalls von Honorius umgebaut. Der Patriarch der Orthodoxen Kirche, Germanos II., hatte ihm eine wunderschöne byzantinische Mosaikarbeit geschenkt, die nun die Kapelle ziert. Vor goldenem Hintergrund hebt sich eine blau gekleidete Muttergottes mit Kind ab.

Wenn Ihr in der Kapelle seid, werdet Ihr sehen, dass das Jesuskind in der linken Hand ein kleines weißes Pergament hält. Die Figur der Maria ist reinster Hellenismus. Ihr schönes blaues Gewand hat goldene Borten. Auch trägt sie ungewöhnliche Ohrringe. Der Schmuck ist mir von Anfang aufgefallen.«

Innozenz führte aus, dass dieses Mosaik aus Konstantinopel stammt und die Kopie eines älteren ist. Vermutlich ist das Original aus dem ersten Jahrhundert unserer Zeitrechnung. Deshalb glaubt man, der Künstler des ursprünglichen Werkes habe die Muttergottes gekannt.

»Nie zuvor hatte ich ein Bild gesehen, auf dem Maria Schmuck trägt. Soweit ich weiß, wurde dies auf keinem Gemälde oder einer Skulptur wiederholt. Ich glaube, dass Honorius durch diese Ikone zu einer Schlussfolgerung gelangte, die von unermesslicher historischer Bedeutung ist.« Der Papst schien zum Ende kommen zu wollen. »Doch genug für heute. Wenn Ihr den Schrein bringt, werde ich Euch den Rest erzählen.«

Der Sekretär klopfte dreimal an die Tür und bat, eintreten zu dürfen. Er küsste den Ring des Papstes und flüsterte ihm etwas ins Ohr, das die Anwesenden nicht erfahren sollten. Bevor er davoneilte, bat ihn der Papst, drei Gläser und ein Karaffe mit toskanischem Wein zu bringen.

Innozenz kehrte zu seiner Schilderung zurück. Bisher

schien sie jedoch nichts mit dem Schrein von Vera Cruz zu tun zu haben.

»Zwei Schriftstücke von Honorius kamen mir sonderbar vor. Das eine war die Rechnung für einen Silberschrein von einer renommierten römischen Werkstatt. Das ist an sich nichts Ungewöhnliches. Aber es tauchte ein anderer Beleg auf. Eine unbedeutende Silberschmiede in Ostia verlangte darin eine kleine Geldsumme für die Änderung des Schreins.«

Aufmerksam folgten die Templer den verwinkelten Ausführungen des Papstes.

Ein Vergleich des Datums auf beiden Rechnungen zeigte, dass nur eine Woche dazwischenlag. Nach einiger Überlegung war Innozenz zum Schluss gekommen, dass es sich um denselben Schrein handeln musste. Aber weshalb hatte Honorius das neue Stück von einer völlig unbekannten Werkstatt überarbeiten lassen?

Vermutlich hatte ihm irgendeine Kleinigkeit nicht gefallen, und er beauftragte eine andere Werkstatt mit der Änderung. Um lange Erklärungen zu vermeiden, umging man manchmal die ursprüngliche Werkstatt.

Aber ein anderer Grund schien Innozenz einleuchtender. In der zweiten, unbekannten Werkstatt konnte man viel unauffälliger etwas im Schrein verschwinden lassen. Offenbar wollte Honorius hinter dem Rücken der Kurie etwas aus der Schatzkammer des Lateran schmuggeln.

Zufrieden sah der Papst zu den beiden Templern. Die Privataudienz war beinahe beendet.

»Genau diesen Schrein schenkte Honorius 1224 der Kirche vom Heiligen Grab in Segovia, meine Söhne. Seitdem heißt die Kirche auf Wunsch meines Vorgängers und weil dort die Reliquie aufbewahrt wird, Vera Cruz.« Innozenz legte eine bedeutsame Pause ein. »Ich glaube zu wissen, was Honorius im Schrein versteckt hat! Doch bevor ich es verrate, möchte ich es mit eigenen Augen sehen.«

Der Heilige Vater schenkte sich etwas Wein ein und hielt das Glas gegen das Licht, um Farbe und Schwere des Weins zu prüfen. Dann nahm er einen kleinen Schluck und kaute ihn. »Ein guter Wein!«, dachte er. Eigenhändig schenkte er seinen Gästen großzügig ein.

»Vielen Dank für den Wein, Eure Heiligkeit! Er schmeckt vorzüglich! Ich möchte Eure kostbare Zeit nicht weiter beanspruchen, aber da wäre noch einen letzte Frage.« Von den Templern brachte nur Guillem den Mut auf, noch etwas wissen zu wollen. Großmeister Armand überlegte, welche Konsequenzen ein erneutes Scheitern für seinen Orden haben würde. »Euch ist sicher bekannt, dass die Beziehungen Eures Vorgängers zu den Templern nicht besonders gut waren. Aus welchem Grund sollte er den Schrein einer Niederlassung unseres Ordens schenken?«

»Eine kluge Frage, Meister Cardona! Auch ich habe sie mir bereits gestellt. Ich glaube, der Schrein sollte nur vorübergehend dort aufgehoben werden. Deshalb hat Honorius über den wahren Inhalt kein Wort verloren. In Eurer Obhut war die Reliquie bestens aufgehoben. Vermutlich wollte er den Schrein später nach Jerusalem ins Heilige Grab bringen lassen. Wer war für diese Aufgabe besser geeignet als die Soldaten Christi? Segovia war eher ein Zufall: Eine Kopie des Heiligen Grabes in Jerusalem war eben dort vom Templerorden errichtet worden. Es war nicht der richtige Zeitpunkt, um den Schrein samt seines geheimen Inhaltes ins Heilige Land zu schicken. Die Lage war damals dort zu gefährlich. Besser also, ihn vorübergehend in Segovia aufzubewahren. Doch bevor er die Weiterreise der Reliquie verfügen konnte, ereilte ihn der Tod. Seitdem ist sie in Segovia. Honorius ließ jedoch nicht nur diesen Schrein anfertigen. Ich habe den Beweis, dass er zur selben Zeit einen zweiten in Auftrag gab. Auch dieser ging durch die Werkstatt in Ostia. Honorius bestimmte ihn für das Grab des Apostels Johannes in Ephesus. Momentan kann ich euch nicht mehr verraten. Es gibt ein von Honorius handgeschriebenes Dokument. Daraus geht hervor, dass Jerusalem und Ephesus von ihm dazu bestimmt waren, die Schreine aufzubewahren. Segovia war nur eine Zwischenstation.« Er sah die beiden Meister eindringlich an. »Versteht Ihr nun, warum ich sofort und ohne Aufsehen sowohl den Schrein als auch die anderen zwei heiligen Gegenstände haben muss?«

»Überlasst die Angelegenheit uns, Heiliger Vater! Dieses Mal werden wir Euch nicht enttäuschen!«

Innozenz sah Armand de Périgord in die Augen. Es lag nun beim Großmeister, ob er auf die päpstliche Hilfe im Heiligen Land zählen durfte.

»Meine Söhne, es ist alles gesagt! Sobald der Schrein fertig ist, lasse ich ihn Euch zukommen. Ihr braucht Euch vor Eurer Abreise nicht mehr zu verabschieden. Ich hoffe, Euch das nächste Mal mit dem Schrein wiederzusehen!«

Innozenz erhob sich von seinem Stuhl, und die Templer taten es ihm nach. Zum Schluss reichte er ihnen die Hand mit dem Ring zum Kuss. Bevor er den Spiegelsaal verließ, segnete er die Ordensritter.

»Gott sei mit Euch! Möge Er Euch leiten und Eure Schritte lenken. Gehet hin in Frieden, meine Söhne!«

Die Männer gingen durch die päpstlichen Gemächer aus dem Palast hinaus, der sich neben der schönen Kathedrale vom Heiligen Johannes im Lateran befand.

Der unangenehmste Teil ihres Besuchs in Rom lag hinter ihnen. Draußen zerstreuten der Lärm und die Gerüche der Straßen den letzten Rest von Anspannung. Befreit atmeten sie tief die frische Luft ein und beschlossen, bei einem Spaziergang die Angelegenheit zu überdenken. Esquívez erneut für eine Zusammenarbeit zu gewinnen und dabei gleichzeitig die laufende Untersuchung geheim zu halten, schien mehr als schwierig. Um eine Lösung zu finden, blieben ihnen ein paar Tage in Rom – ein schwacher Trost.

Auf einem Platz nahe der Kathedrale fand ein Trödelmarkt statt. Zahlreiche Stände lockten mit einem breiten Angebot an kuriosen und schönen Gegenständen. Darüber vergaßen die Templer bald ihre Unterredung mit dem Heiligen Vater.

Nicht nur zur Eroberung der heiligen Stätten und der Errichtung fränkischer Bastionen in Palästina waren einst die Kreuzzügler aufgebrochen, sie hatten auch die Handelswege zwischen Orient und Okzident geebnet. Obwohl mit Jerusalem im Jahre 1188 auch andere fränkische Lehen im Heiligen Land wieder an die Sarazenen gefallen waren, bestand immer noch ein reger Verkehr zwischen den Häfen von Akko, Venedig und Genua. Auf allen Märkten Europas wurden Waren aus dem Morgenland feilgeboten – so auch auf diesem.

Guillem de Cardona folgte zerstreut der Unterhaltung eines dicken venezianischen Händlers mit einem Kunden. Der schwitzende Dicke hatte sein Opfer in die Zange genommen. Er hielt es am Ärmel fest, sodass ein Entkommen unmöglich war.

»Mein Herr, dieser Teppich ist einzigartig. In ganz Rom werdet Ihr keinen schöneren finden! Er wurde aus der Wolle von fünfhundert Karakulschafen geknüpft. Diese Tiere leben nur in den Hochlagen ferner und kalter Regionen des Orients. Die große Kälte dort macht ihr Fell so geschmeidig und weich. Fühlt selbst, wie wunderbar es ist! Es erinnert an die zarte Haut einer Beduinin.« Er lachte frech heraus und gab zu verstehen, dass er wusste, wovon er sprach. »Drei lange Monate arbeitet eine Frau an so einem Stück.« Der Händler holte Luft und trieb sein Opfer weiter in die Enge. Seine Knubbelnase berührte fast die des Kunden, als er ihm zuflüsterte: »Heute ist Euer Glückstag, lieber Freund! Ich muss nach Akko, um neue Ware zu holen. Deshalb verkaufe ich heute die Restposten weit unter Preis.«

Der Mann nannte eine Summe, die Meister Guillem vernünftig erschien – obwohl er nichts von Teppichen verstand. Das Geschäft war so gut wie beschlossen, als plötzlich ein markdurchdringendes Gebrüll den Kunden zusammenfahren ließ.

Mit großen Schritten stürmte ein Mann wütend auf den Stand zu.

»Hast du mir nicht gestern einen Teppich aus Karakulwolle verkauft? Von unvergleichlicher Qualität! Gestern beim Abendessen fiel der Wasserkrug um, und heute Morgen ist das Muster im Teppich verlaufen, die Wolle ist rau und sieht entsetzlich aus. Wenn du mir mein Geld nicht auf der Stelle zurückgibst, wirst du gleich wie der Teppich aussehen. Mal sehen, ob dein Gesicht nach einem Fausthieb auch verläuft. Danach wird dich nicht einmal mehr deine Mutter wiedererkennen!«

Der Römer gestikulierte wild, um den dicken Händler einzuschüchtern. Obwohl die Lage überaus heikel war, wand sich der Verkäufer geschickt heraus.

»Verzeihung, mein Herr. Selbstverständlich erinnere ich mich an Euch! Gestern Nachmittag habt Ihr in Begleitung einer wunderschönen Frau, Eurer Gattin sicherlich, und ein paar entzückender Kinder meinen bescheidenen

Stand aufgesucht. Ich habe Euch meinen besten Teppich verkauft. Wie ich nun höre, ist ein Teil des Musters schon nach einem Tag verblasst. Das ist ja eine schöne Bescherung! Ihr denkt nun, dass ich Euch betrügen wollte, nicht wahr?«

Da sich der Händler so einsichtig zeigte, beruhigte sich der Mann etwas und nickte zustimmend. Nun setzte der Venezianer sein geschicktes Spiel fort. Guillem verfolgte die Szene, insgeheim das Verhandlungstalent des Venezianers bewundernd.

»Euren Teppich muss mir einer meiner neuen Lieferanten untergejubelt haben. Wenn ich mit seriösen Geschäftspartnern arbeite, kommt so etwas nicht vor. Aber bei neuen Verbindungen sind Betrügereien nicht auszuschließen. Unter erstklassige Ware werden manchmal auch Stücke minderer Qualität geschmuggelt. Das muss hier der Fall gewesen sein. Dennoch überrascht mich diese Nachricht. Wie Ihr Euch sicher denken könnt, überprüfe ich jeden Teppich einzeln, bevor ich ihn zum Verkauf anbiete.«

Er nahm den Mann beim Arm und senkte vertraulich die Stimme. Dennoch konnte Guillem hören, was der Händler vorschlug.

»Wie es aussieht, ist Euer Teppich völlig wertlos. Ich schenke ihn Euch, obwohl er mich zwölf Goldstücke gekostet hat. Aber Ihr sollt nicht ohne einen guten Teppich nach Hause gehen. Nehmt diesen hier«, er griff aus einem der Stapel einen beliebigen heraus, »für nur ein Viertel des Preises von gestern. Ihr gebt mir drei Goldstücke und habt dafür zwei Teppiche: den neuen, im Wert von zwanzig Goldstücken und den alten, den Ihr noch gut verwenden könnt. Ich packe Euch den neuen gleich ein. Jetzt bekomme ich von Euch noch drei Goldstücke, und alle sind zufrieden.«

Der Mann war nicht mehr zu Wort gekommen. Er hielt das Paket mit dem neuen Teppich in einem Arm und kramte mit der freien Hand nach dem Geld. Beim Abschied flüsterte ihm der Venezianer zu:

»Ich bitte Euch, niemandem zu verraten, wie billig ich Euch die Teppiche überlassen habe. Ihr seid ein rechtes Schlitzohr, mein Herr! Bisher hat mich noch keiner so im Preis gedrückt wie Ihr. Und ich bin schon viele Jahre im Geschäft. Wenn das die Runde macht, kann ich meinen Stand schließen.«

Der Mann lächelte unsicher und gelobte Verschwiegenheit. Schließlich gab ihm der Venezianer für die schöne Gattin noch ein seidenes Raffseil mit dicken Quasten mit. Vielleicht konnte die Dame des Hauses es für Vorhänge verwenden.

Guillem de Cardona verbeugte sich im Stillen vor so viel Verhandlungstalent. Da traf sein Blick auf den des Händlers. Doch bevor sich dieser einen Reim auf das Ganze machen konnte, war Cardona bereits in der Menge untergetaucht. Aufgeregt suchte er zwischen den Ständen nach Armand. Der gewitzte Venezianer hatte ihn auf eine Idee gebracht. Er wusste jetzt, wie sie Esquívez täuschen konnten. Guillem fand den Großmeister an einem Obststand, wo dieser gerade Kirschen kaufte.

»Armand, ich habe unsere Vorgehensweise klar vor Augen. Das ist die Lösung!«

Überrascht drehte sich Meister de Périgord zu ihm um.

»Das freut mich sehr, Bruder Guillem.« Er bezahlte und bot seinem Begleiter von den köstlichen Früchten an. »Ich bin ganz Ohr. Lass uns keine Zeit verlieren und erzähle, während wir weitergehen, was du dir ausgedacht hast.«

Haargenau gab Guillem die eben erlebte Szene beim Teppichhändler wieder und sparte auch das Verhalten der verschiedenen Personen nicht aus. Doch der Großmeister sah nicht, was diese Episode mit der Lösung ihres Problems zu tun haben könnte.

»Durch seinen Witz konnte der Händler den sich anbahnenden Ärger vermeiden, ein zusätzliches Geschäft machen und obendrein einen zufriedenen Kunden nach Hause schicken. Er machte ihn glauben, gut gekauft zu haben, die schönste Frau von ganz Rom zu besitzen und die allerliebsten Kinder. Welch Beispiel grandiosen Verhandlungsgeschicks!« Cardona breitete nun seine Idee aus. »Wir müssen den Inhalt unserer Botschaft leicht verändern. So machen wir Esquívez glauben, seine Lage sei genau das Gegenteil von der erwarteten. Bisher dachte er, wir würden Uribes Tod mit großer Strenge ahnden. Stattdessen äußern wir unsere Zufriedenheit über sein Vorgehen und stellen ihm sogar den Aufstieg zum Provinzmeister in Aussicht.«

»Dein Vorschlag ist gut. Doch er hat einen Haken. Esquívez weiß, dass er uns als Mörder bekannt ist.« Armand zweifelte an der Durchführbarkeit von Guillems Plan.

»Daran habe ich bereits gedacht! Darf ich dich daran erinnern, dass unser Informant berichtet hat, bei Uribes Leiche Esquívez und den Katharer überrascht zu haben. Aber er hat nicht gesehen, wer von den beiden ihn getötet hat. Wir werden Esquívez davon überzeugen, dass wir nicht ihn, sondern von Anfang an den Katharer verdächtigten.« Guillem war mit sich sehr zufrieden. »Am günstigsten erscheint mir, wenn ich ihn allein aufsuche. Der Besuch von Großmeister und Provinzial ist viel zu gewichtig und würde ihn misstrauisch stimmen. Um unseren Plan nicht zu gefährden, muss er sich in Sicherheit wiegen. Und das wird er, wenn der Provinzial ohne Eskorte, nur in Begleitung seines Knappen auftaucht, um ihm die günstige Wende in dieser bedauerlichen Angelegenheit mitzuteilen, die damit auch schon zu den Akten gehört.«

»Ausgezeichnet, Guillem!« Anerkennend klopfte ihm der Großmeister auf die Schulter. »Ich glaube, er wird anbeißen!« Nachdenklich kratzte sich Armand am Bart. »Aber da wäre noch etwas: Auch wenn du sein Vertrauen zurückgewinnst, wie willst du an die drei Gegenstände kommen?«

»Ich werde zwei bis drei Wochen in der Komturei verbringen und Esquívez' letzte Zweifel ausräumen. Langsam wird er sich an meine Anwesenheit gewöhnen und nachlässiger werden. In der Zwischenzeit kann ich die Mönche aushorchen und mich in der Kirche nach einem möglichen Versteck umsehen. Das Vertauschen des Schreins mit dem *Lignum Crucis* halte ich für eine leichte Sache. Mehr Kopfzerbrechen bereitet mir das Versteck von Truhe und Papyrus.«

Nachdem die größten Zweifel Armands ausgeräumt waren, schien Cardonas Plan nichts mehr im Wege zu stehen. Der Vorschlag kam dem Großmeister auch in anderer Hinsicht entgegen. Er musste nicht nach Segovia, sondern konnte unverzüglich ins Heilige Land aufbrechen. Dort erwarteten ihn dringende Projekte. Zwar bedauerte Armand, die Sache auf Gedeih und Verderb Guillem überlassen zu müssen, aber er hatte keine Wahl.

Zufrieden lenkten sie ihre Schritte zum Sitz der Templer in Rom. In der kommenden Woche würden sich die Wege der beiden Männer trennen: Der Großmeister blieb in Rom, um die Angelegenheiten des Ordens zu klären und mit dem Lateran über die in Aussicht gestellten Lie-

ferungen für das Heilige Land zu verhandeln. Cardona
wollte in Neapel seine Verwandten besuchen. Er hatte beschlossen, diese unverhofft freien Tage zu nutzen.

Vor Guillems Abreise wollten sie sich noch einmal treffen, um gemeinsam die berühmte Kirche Sankt Paul vor
den Mauern zu besichtigen. Vor allem waren sie neugierig
auf die Mosaikarbeiten im Auftrag von Papst Honorius
III., für die sich der Heilige Vater so interessiert gezeigt
hatte. Die Templer verabschiedeten sich. Jeder ging seinen
Angelegenheiten nach: Der eine stand für den Orden gerade, und der andere kümmerte sich ums Familiäre.

Eine Woche später trafen sich Armand de Périgord und
Meister Cardona auf dem Platz vor Sankt Paul. Als sie
die Kirche betraten, waren sie von ihren Ausmaßen überwältigt. Die drei rechteckigen Schiffe wurden von einer
langen marmornen Säulenreihe unterteilt. Die Templer
gingen zum Bogen, der das Hauptschiff vom Transept
trennt, und suchten nach der Kapelle, wo Honorius III.
das rätselhafte Mosaikbild der Heiligen Jungfrau mit
dem Kind hatte anbringen lassen.

»Sieh, Guillem, dort drüben ist es! Es ist so schön, wie
der Heilige Vater gesagt hat! Was für prächtige Farben.
Das türkisfarbene Kleid der Jungfrau kontrastiert mit
dem roten des Sohnes, und beides leuchtet vor dem goldenen Hintergrund.

Eine beeindruckende Komposition!«

Großmeister Armand trat näher an das Bild heran. So
konnte er die Ohrringe der Jungfrau besser sehen, die
den Papst so beschäftigten. Nur einer davon war sichtbar,
denn die Muttergottes blickte im Profil auf das Kind. Mit
der Rechten deutete der Knabe auf sie, als wollte er sagen,
der Weg zu ihm führe über die Jungfrau.

Ohne den Hinweis des Papstes wäre ihnen der Ohrring nicht aufgefallen. Mit Sicherheit übersahen ihn auch die meisten Besucher der Basilika. Armand versuchte, sich sein Aussehen einzuprägen. Das war nicht einfach, weil ein so kleiner Gegenstand auf einem Mosaikbild nur grob dargestellt werden konnte. Jedenfalls hatte der Großmeister nichts Vergleichbares bisher gesehen – sollte es diesen Ohrring überhaupt jemals wirklich gegeben haben oder noch irgendwo geben. Aus dem Verhalten des Papstes folgerte er, Bild, Ohrring und Schrein müssten irgendwie zusammenhängen. Aber der Heilige Vater hatte ihnen den zweiten Teil der Geschichte noch vorenthalten.

Man musste blind sein, um nicht beides miteinander zu verknüpfen. Zwar gab es keinen Beweis dafür, aber Armand glaubte sich auf der richtigen Spur.

Die Ordensritter wandelten durch die herrliche Basilika und suchten das Grab des Heiligen Paulus auf. Bewundernd blieben sie vor dem riesigen Mosaikbild in der Apsis stehen, das auch Honorius in Auftrag gegeben hatte. Nach dem Besuch von Sankt Paul gingen die Templer zum Lateranpalast. Hier sollten sie den falschen Schrein in Empfang nehmen. Ein Bote hatte sie am Vortag benachrichtigt, dass er abholbereit sei.

Höchstpersönlich übergab der Sekretär des Papstes ihnen eine als Weinlieferung getarnte Holzkiste.

»Großmeister, ich werde schon morgen aufbrechen! Im Morgengrauen geht ein Schiff von Ostia nach Barcelona. Der Seeweg ist kürzer, und ich gewinne Zeit, um in Barcelona die dringendsten Angelegenheiten in meiner Provinz zu regeln, bevor ich weiter nach Segovia ziehe.«

Armand wünschte ihm viel Glück und gab ihm eine Nachricht für König Jakob von Aragón mit auf den Weg.

»Mein guter Guillem, ich bin sehr zuversichtlich! Dennoch werde ich ungeduldig auf Neuigkeiten von dir warten. Bitte halte mich auf dem Laufenden. Wenn du aus Segovia zurück bist, schickst du mir mit dem nächsten Schiff eine Nachricht nach Akko.«

Am gleichen Tag traf, fernab von Rom, Gastón de Esquívez in Sigüenza die Mitglieder seines Geheimbundes. Er eröffnete ihnen, das ersehnte Medaillon Isaaks gehöre nun ihnen; er habe es in der Kirche Vera Cruz verborgen. Danach folgte ein detaillierter Bericht, unter welchen Umständen es ihm in die Hände gefallen sei. Esquívez verschwieg auch nicht, dass er Pierre de Subignac dafür umgebracht habe. Der Preis schien angemessen, um in den Besitz des Medaillons zu gelangen. Niemand unter den Anwesenden nahm Anstoß am Tod des Trägers oder an der Vorgehensweise des Komturs. Weder sollte es das erste noch das letzte Mal sein, dass drastische Maßnahmen erforderlich waren. Schließlich ging es darum, das Werk zu vollenden. Dazu mussten die begehrten Gegenstände zusammengetragen werden. In nun bedrücktem Tonfall unterrichtete Esquívez die Geheimbündler auch vom Tod des Templers Pedro Uribe. Viele der Anwesenden hatten ihn gut gekannt. Uribe hatte ihren Gründer, Juan de Atareche, auf dem Gewissen. Doch sein Begleiter war entkommen. Sicher hatte dieser inzwischen die Oberen informiert. Die Versammelten berieten, mit welchen Folgen zu rechnen war, und beschlossen, sich vorerst nicht mehr zu treffen. Es war besser, keinen weiteren Argwohn zu erregen.

Schließlich ließ der Komtur den jüngsten Brief aus Rom mit dem Siegel von Papst Innozenz IV. reihum gehen. Darin forderte das Kirchenoberhaupt die Herausgabe des *Lignum Crucis.* Doch hierzu war keiner der Versammelten bereit. Also überlegten sie gemeinsam, wie man den Befehl aus Rom umgehen könne. Der Älteste unter ihnen schlug vor, die Reliquie für längere Zeit an einem sicheren Ort zu verwahren und in der Kirche eine Kopie auszustellen. So könne man möglichen Dieben zuvorkommen. Nichts ahnend würden diese die Replik davontragen, während sie weiterhin das für ihre Riten unerlässliche Original behielten. Der Vorschlag wurde durch Handwahl mehrheitlich angenommen. Esquívez wurde beauftragt, eine Kopie anfertigen zu lassen, die so bald wie möglich den Platz des Originals in der Kirche Vera Cruz einnehmen sollte.

Nachdem das Fahrgeld beglichen war und der muffige, ungepflegte Kapitän ein üppiges Trinkgeld eingesteckt hatte, ging der neue Passagier an Bord der Galeone. Gleich in der Frühe sollte sie den Hafen mit Kurs auf Barcelona verlassen. Guillem hatte das Doppelte des normalen Preises zahlen müssen, um im Bauch des Schiffes zwei Pferde und das Gepäck mitnehmen zu können.

Der Provinzial von Aragón bezog, wie es seiner hohen Stellung entsprach, die beste Kabine des Schiffs. Die Langeweile auf hoher See vertrieb sich der Templer mit reichlich Lektüre.

Während der zehntägigen Überfahrt forderten ein anhaltender Sturm und starker Seegang das ganze Geschick des Kapitäns, um das Schiff auf Kurs zu halten und heil durch das Unwetter zu leiten. Auch wenn die Mannschaft bestimmt schon durch Schlimmeres gegangen war, so wurde doch ein Großteil davon seekrank. Dem Templer erging es nicht anders. Wie den meisten auf der Galeone machte auch ihm der starke Seegang zu schaffen.

Als sie im großen Hafen von Barcelona anlegten, konnte

es der Mönch kaum erwarten, festen Boden unter den Füßen zu spüren. Er wies einen Matrosen an, sich um Pferde und Gepäck zu kümmern. Dann ging er eilig über eine Holzleiter an Land. Schon nach ein paar Schritten am Kai ließ das Gefühl des Schwankens allmählich nach. Guillem setzte sich auf einen Stapel. Während er auf Pferde und Gepäck wartete, wanderte sein Blick über das bunte Treiben des vertrauten Hafens von Barcelona.

Es war der dritt- oder viertgrößte am Mittelmeer. Die Eroberung des Heiligen Landes ging vor allem auf Franken und Venezianer zurück. Dies hatte dazu geführt, dass die Handelswege in den Orient von Venedig, Genua und Marseille ausgingen.

Von seinem Beobachtungsposten aus konnte Guillem eine Gruppe Nubier sehen. Sie waren rabenschwarz, und ihre Sprache klang seltsam. Andere Fremde trugen weiße, pelzgesäumte Tuniken und prächtige Turbane. Ein reger Verkehr durchzog das exotische Menschengetümmel. Auf den vorbeiziehenden Karren türmte sich allerhand kostbare Ware. Hier luden ein paar Frauen große Stoffballen aus Damast auf; dort wankten riesige, mit orientalischen Gewürzen gefüllte Gläser auf einem Wagen; ein weiterer Karren transportierte Holz aus Indien, ein anderer Elfenbein und chinesisches Porzellan. Guillem hätte dem geschäftigen Treiben den ganzen Vormittag zusehen können. Doch da brachte ein Seemann schon das gesattelte Pferd und dazu das mit dem Gepäck beladene.

Guillem ritt vorbei an den Schiffszeughäusern durch die Gassen des Hafens zu seinem Wohnsitz in Barcelona. Dabei fiel ihm ein, dass er noch eine Nachricht von Großmeister Armand für König Jakob hatte. Zuhause würde er sofort seinen Sekretär bitten, um Audienz zu ersuchen.

Er konnte nur hoffen, dass der König in der Stadt war. Seinem umtriebigen Wesen nach war das Gegenteil wahrscheinlicher. Nicht umsonst wurde er Jakob der Eroberer genannt. Im Jahre 1229 hatte der Monarch sein Reich um die Balearen erweitert. Neun Jahre später entriss er das an der Levanteküste gelegene Valencia der Herrschaft der Almoraviden. Doch damit war das Expansionsbedürfnis des Monarchen noch nicht gestillt. Als sein Vater sich gegen die fränkischen Kreuzfahrer auf die Seite der Katharer geschlagen hatte, war dieser in der Schlacht von Muret gefallen. Nun wollte der Sohn das verlorene Land, Okzitanien, wieder zurückgewinnen. Bei all seinen Feldzügen waren die Templer Jakob zur Seite gestanden. Daher fühlte sich der Monarch ihnen verpflichtet. Doch ihre Beziehung hatte bessere Tage gesehen. Der König war Guillem zuletzt bei der Übergabe der Stadt Jativa begegnet. Dies war kurz vor seiner Abreise nach Rom gewesen. Als Dank für die Eroberung des Küstenortes hatten die Templer die Hälfte der Werften des benachbarten Denia erhalten. Jakobs Vorfahren waren großzügiger gewesen. Gewöhnlich betrug die Gegenleistung ein Fünftel der Beute. Doch König Jakob hielt sich nicht daran, sondern verringerte seinen Tribut mit jeder weiteren Eroberung. Dies war ein Grund für ihr angespanntes Verhältnis. Nun bat der Großmeister über seinen Provinzial den Monarchen um Unterstützung im Heiligen Land.

In Cardonas Abwesenheit waren viele wichtige Angelegenheiten der Provinz liegen geblieben. Meister Guillems Sekretär hatte ihm nur das Dringlichste vorgelegt. Trotzdem verbrachte der Provinzial den ganzen Tag hinter seinem Schreibtisch. Seit einigen Jahren hatte Jakob I. dem Orden das Recht der Münzprägung erteilt. Dieses Privileg brachte den Templern in Aragón mehr ein als jede noch so florierende Komturei. Zu den Dingen, die keinen Aufschub erlaubten, gehörte das seltsame Verschwinden eines Münzdepots aus einem den Templern unterstellten Lager. Unter keinen Umständen durfte König Jakob davon erfahren. Er könnte dem Orden das Privileg wieder entziehen. Dadurch würden die Templer nicht nur eine wichtige Einkunftsquelle verlieren, sondern womöglich auch noch andere Nachteile erfahren. Unverzüglich setzte der Provinzleiter ein Schreiben an die zuständigen Komtureien auf, in dem er die damit beauftragten Veteranen ihres Amtes enthob und die Jüngeren zur Sühne nach Akko befahl, um dort gegen den Feind zu kämpfen. Als Nächstes stand an, die Stelle des Komturs von Puente de la Reina neu zu besetzen. Kurz nach dem Tod von Juan Atareche war auch sein Stellvertreter, Pedro Uribe, gestorben. In den wenigen Stunden, die ihm noch bis zur Weiterreise nach Segovia blieben, erledigte Meister Cardona noch allerhand Wichtiges. Der Rest musste warten, bis er aus Segovia wieder zurück war.

Am nächsten Morgen wurde er in Begleitung eines Knappen bei Hofe vorstellig. Alle Reisevorbereitungen waren bereits getroffen. Gleich nach der Audienz würden sie gemeinsam aufbrechen. Guillem wollte nicht allein reisen.

König Jakob empfing ihn ohne das übliche Protokoll. Seine Gemahlin, Yolanda von Ungarn, begrüßte ihn herzlich und entschuldigte sich wenig später. Indessen spielte der kleine Peter weiter zu Füßen des Vaters.

»Seitdem ich weiß, dass du wieder im Lande bist, bin ich ruhiger.« Die sonore Stimme des Monarchen hallte im Raum. »Ich habe dich ungeduldig erwartet, um die an das Kalifat von Granada angrenzende Provinz Murcia anzugreifen. Wo hast du die ganze Zeit gesteckt?«

»Großmeister de Périgord und ich hatten in Rom zu tun.« Wohlweislich erwähnte Guillem nichts vom Besuch im Lateran und noch weniger, worum es dabei gegangen war. »Noch heute breche ich erneut auf. Doch diesmal werde ich nicht mehr als drei oder vier Wochen weg sein.«

»Mehr Zeit brauche ich nicht, um meine Truppen aufzustellen und nach Murcia zu ziehen.« Guillems erneute Abwesenheit schien die Pläne des Königs nicht weiter zu stören. »Was gibt es Neues vom guten Armand? Jahre sind vergangen, seitdem wir uns zuletzt sahen.«

»Schon seit geraumer Zeit versucht er, Unterstützung für einen neuen Feldzug in Gaza zu gewinnen. In Jerusalem muss bald wieder das christliche Banner wehen. Armand bat mich, persönlich bei Euch in dieser Angelegenheit vorzusprechen. Er zählt auf Eure Hilfe und Eure Kavallerie, soweit Ihr sie entbehren könnt.« Der König schien dem nichts entgegenzusetzen. »Auch wünscht er, dass Ihr dem Templerorden das ihm gebührende Fünftel wieder zugesteht.«

»In diesem Punkt lasse ich nicht mehr mit mir verhandeln! Es bleibt, wie es ist!« Die Stimme des Monarchen ließ die Wände erbeben. »Jeder bekommt nach seinem Einsatz. Ich habe längst mitgeteilt, dass der Templerorden künftig auch mehr als ein Fünftel für sich beanspruchen kann. Damit ist alles klar. Ich möchte von der Angelegenheit nichts mehr hören.«

Nachdem man eine Weile über weniger empfindliche Dinge geplaudert hatte, besserte sich die königliche Laune wieder, und Meister Cardona empfahl sich bis zu seiner Rückkehr.

Nach fünf Tagen zu Pferd erreichten sie Zaragoza. Durch die Stadt fließt der Ebro. Von diesem bekannten Fluss leitet sich der Name der Iberischen Halbinsel ab. Vor Zaragoza erstreckt sich die karge Ebene von Monegros, welche die Reiter bei glühender Hitze durchqueren mussten. Mittags suchten sie davor Schutz im Schatten vereinzelter Bäume.

Erst gegen Abend konnten sie den Weg fortsetzen und ritten dann bis in die Nacht hinein, um etwas von der verlorenen Zeit aufzuholen.

In Zaragoza besuchten die Templer die Kathedrale von San Salvador. Sie betraten das Bauwerk von seiner Nordseite durch ein herrliches romanisches Portal, das zwei runde Türme flankieren. Das riesige Kirchenschiff beeindruckte sie tief. Wie ihnen der Dekan nach der Begrüßung erklärte, war die Kathedrale auf der ehemaligen Moschee errichtet worden. Dazu hatte man einen Teil der alten Mauern benutzt. Momentan waren die Bauarbeiten auf der Ostseite eingestellt. Dort waren drei runde Apsiden geplant. Die mittlere sollte von zwei kleineren eingerahmt werden und zwei viereckige den äußeren Abschluss bilden.

Die Rückeroberung Valencias hatte die Truhen König Jakobs geleert. Außerdem waren auch die öffentlichen Einnahmen zurückgegangen. Der Monarch hatte den Grafschaften eine gewisse finanzielle Unabhängigkeit von der Krone zugestanden. Alles in allem gab es nicht mehr genügend Geld, um den Bau der Kathedrale wie geplant zu vollenden.

Von Zaragoza brauchten die Templer noch weitere fünf Tage, bis sie die Gegend von Segovia erreichten. Guillem und seine Knappe ließen die Stadt östlich liegen und begaben sich nach Zamarramala, dem eigentlichen Ziel der beschwerlichen Reise. Gegen Mittag trafen sie in der Komturei ein.

Komtur Gastón de Esquívez wurde durch heftiges Klopfen an der Tür in seiner Arbeit unterbrochen. Jeden letzten Freitag im Monat prüfte er sorgfältig die Buchhaltung. Er beherrschte sich, um nicht laut loszupoltern. Seine Brüder wussten nur zu gut, dass diese Arbeit absolute Ruhe erforderte. Also nahm er seinen ganzen guten Willen zusammen und bat, einzutreten.

»Herr, der Provinzial steht vor dem Tor!« Erschrocken riss der Mönch die Augen auf.

»Meister Guillem de Cardona ist hier?« Schlagartig geriet Esquívez in Panik. Es war so weit. Die von ihm so gefürchtete Begegnung stand unmittelbar bevor. Linkisch erhob er sich vom Stuhl. »Sag, wie viele Männer begleiten ihn?« Der Komtur rechnete damit, von einem Haufen bewaffneter Mönche verhaftet zu werden.

»Er ist mit seinem Knappen hier, mein Herr, und fragt nach Euch.«

Esquívez wies den Bruder an, die Gäste in die Bibliothek zu begleiten.

Der Komtur konnte es nicht fassen. Misstrauisch lugte er aus dem Fenster nach einem draußen nur auf seinen Einsatz wartenden Trupp. Doch seine Befürchtungen waren unbegründet. Also begab er sich, mit dem Schlimmsten rechnend, in die Bibliothek im Erdgeschoss.

»Mein guter Gastón! Wie schön, dich wiederzusehen!« Herzlich umarmte Meister Cardona den sprachlosen Esquívez.

»Auch ich freue mich über Euren Besuch hier«, brachte er schließlich mit dünner Stimme hervor. »Wie lange ist es her, dass Ihr unser bescheidenes Gut beehrt habt!« Um etwas Zeit zu gewinnen, räusperte er sich umständlich. »Bitte verzeiht meine Neugier, aber was führt Euch zu uns?« Kaum ausgesprochen, bereute der Komtur schon seine unverblümte Frage. Sie widersprach der Höflichkeit. Angst und Ungeduld hatten ihn dazu getrieben.

»Ich verstehe deine Unruhe, da ich meinen Besuch nicht angekündigt habe« – jetzt, dachte Gastón, wird er zum Angriff übergehen –, »aber dies geschah in voller Absicht.« Cardona legte eine lange Pause ein.

Wie versteinert erwartete Esquívez den schrecklichen Augenblick der Eröffnung. Doch Guillem de Cardona genoss es, sein Opfer eine Weile zappeln zu lassen.

»Nachdem ich von einer langen Reise wieder nach Barcelona zurückgekommen war, wollte ich dir die Nachricht persönlich überbringen.« Erneut legte der Provinzial eine bedeutsame Pause ein. Vor Anspannung bebend, unterbrach der Komtur die Stille. Stockend erkundigte er sich nach dem Inhalt der Nachricht. »Ich habe beschlossen, dich zum Nachfolger von Juan de Atareche zu machen und dir die Verantwortung für die Komtur von Puente de la Reina zu übertragen. Es ist eine unserer wichtigsten Niederlassungen, deshalb habe ich mich selbst auf den Weg von Barcelona hierher gemacht.«

Esquívez traute seinen Ohren nicht. Entweder war das ein übler Scherz, oder er träumte mit offenen Augen. Meister Cardona musste über seine Rolle beim Tod von Uribe Bescheid wissen. Aber hier war von Strafe keine Rede. Scheinbar hatte der Provinzial seine Gedanken erraten, denn er schnitt sogleich das heikle Thema an.

»Ich bin über die schrecklichen Ereignisse in der Kirche von Vera Cruz und vom Tod Bruder Uribes unterrichtet.« Das Herz schlug Esquívez bis zum Hals. Er war von der unerwarteten Wende des Gesprächs wie benebelt. »Ich hoffe, dieser Subignac hat für sein Verbrechen gebüßt.« Innerlich frohlockte Guillem. Sein Plan funktionierte wie am Schnürchen.

Blitzschnell legte sich Esquívez eine Erklärung für die Tötung von Pierre zurecht. Im Nachhinein schien es unfassbar, dass er nicht selbst auf die Idee gekommen war, Pierre den Mord anzuhängen. Tatsache war, dass Lucas nicht gesehen haben konnte, wer Uribe hinabgestürzt hatte. Ohne Zögern biss der Komtur an.

»Leider muss ich zugeben, dass ich mich an diesem Verbrecher vergangen habe, mein Herr. Als er nach seiner niederträchtigen Tat zu fliehen versuchte, stellte ich mich ihm in den Weg. Wir kämpften, und dabei habe ich ihn getötet.«

Das war neu für Guillem und bestätigte nur, wie gefährlich Esquívez war.

»Das ist recht. In der Hölle soll er dafür schmoren.«

Um den Schwindel glaubhaft zu machen, mussten alle Zweifel zerstreut werden. Andererseits kam ein Wechsel nach Navarra Esquívez sehr ungelegen. Er würde alle in Vera Cruz versteckten Gegenstände neu verbergen müssen. Immer noch nicht konnte der Komtur sein Glück fassen. Etwas ruhiger erkundigte er sich, wie lange Cardona bei ihnen zu verweilen gedenke. Zwei oder drei Wochen, um sich fernab der Verpflichtungen ein wenig zu erholen, gab der Meister zurück.

In den folgenden Wochen spielte Esquívez den perfekten Gastgeber. Doch bei den langen Spaziergängen und Unterhaltungen mit seinem Meister vermied er stets Themen, die seinen geheimen Glauben hätten verraten können. Dies blieb Guillem nicht verborgen.

Der Provinzmeister nutzte die Zeit für seine Zwecke. Er suchte nach Hinweisen, wo die Gegenstände verborgen sein könnten. Dazu sprach er mit jedem einzelnen Mönch, prüfte sorgfältig alle Informationen und stöberte im Archiv des Komturs, sobald dieser außer Haus war. Doch da war nichts. Nicht einmal ein Anhaltspunkt, dem er hätte nachgehen können.

Als die drei Wochen verstrichen waren, gab er entmutigt auf. Weiteres Suchen war sinnlos. Daher beschloss Guillem, nur den falschen Schrein aus Rom gegen das Original in der Kirche auszutauschen. Wenn er schon nicht seinen Ansprüchen und denen des Großmeisters genügen konnte, musste er zumindest den Papst zufrieden stellen.

»Noch heute Nachmittag reiten wir nach Barcelona zurück, Bruder Gastón«, kündigte Cardona eines schönen Augusttages nach dem kargen Frühstück an. »Bevor ich aufbreche, möchte ich beim *Lignum Crucis* in der Vera Cruz den Schutz und Segen des Herrn für meine Reise erflehen.«

»Selbstverständlich werde ich Euch dabei begleiten. Ich möchte Euren Besuch bis zum letzten Augenblick auskosten.«

Vergeblich versuchte Cardona, den Komtur davon abzubringen. Wäre er allein in der Kirche, könnte er leicht die beiden Schreine austauschen. Doch die freundliche Beharrlichkeit des Gastgebers erschwerte die Sache sehr. Es blieb nur der Moment der Segnung, um den Tausch vorzunehmen. Die Kopie könnte er unter seinem Messgewand hineinschmuggeln und das Original auf demselben Wege wieder hinaus. Beim Umziehen in der kleinen Sakristei könnte er es dann in seinen Sachen verstecken.

Als die Sonne hoch am Himmel stand, erreichten der Meister, sein Knappe und Gastón de Esquívez Vera Cruz. Sie betraten die schöne Kirche und begaben sich zur Grabkapelle. Hier wurde auf einem kleinen Altar der Reliquienschrein verwahrt. Die Kapelle war von einem halbhohen Eisengitter umgeben, das alle vier Zugänge versperrte. Esquívez schloss eine der Gittertüren auf und ging zusammen mit dem Knappen hinein. Sie knieten nieder und warteten auf den Meister, der sich in der kleinen Sakristei umzog. Er wollte im eigenen Messgewand und in keinem anderen die Zeremonie halten.

Guillem de Cardona ging um den kleinen Altar herum, stellte sich davor auf und eröffnete das Gebet. Seine Anspannung wuchs, je näher der entscheidende Augenblick rückte. Auch seinem Knappen, der in alles eingeweiht war, erging es nicht anders. Ihm war, als müsse Esquívez sein Herz laut pochen hören.

Der Meister kniete vor dem Altar nieder. In perfektem Latein sprach er zuerst das Gebet. Danach folgte eine Reihe kurzer Litaneien. Nun war es so weit. Cardona erhob sich und ging zum Schrein.

Jetzt konnte er selbst aus nächster Nähe sehen, dass nichts die Kopie vom Original unterschied. Er nahm es mit beiden Händen, um zunächst die beiden Anwesenden damit zu segnen. Dann wiederholte er das Zeichen des Kreuzes in alle vier Himmelsrichtungen.

Als er dabei den Ordensbrüdern den Rücken zuwandte, hielt er die Reliquie nur mit einer Hand. Rasch vertauschte er das Original gegen die Kopie. Die echte Reliquie verbarg er unter dem Messgewand. Alles geschah geschickt und blitzschnell. Niemand bemerkte etwas davon.

Zum Publikum blickend, stellte er den falschen Schrein auf den Altar zurück, kniete erneut nieder und stimmte das letzte lateinische Gebet an. Auch bei sorgfältigster Prüfung würde niemand den Betrug bemerken. Die Arbeit der römischen Goldschmiede war ohne Makel und würde keine Zweifel an der Echtheit aufkommen lassen. Nach den Gesängen segnete Guillem Knappen und Komtur. Er ging zu Esquívez und legte seine Hände auf dessen Haupt, ein kurzes, unverständliches Gebet murmelnd.

Da der Gottesdienst vorbei war, verließen sie gemeinsam die Kirche. Guillem verabschiedete sich vom überlisteten Esquívez, nicht ohne ihn zu ermahnen, noch vor Ende des Sommers seine neue Stelle anzutreten.

Knappe und Meister ritten Richtung Segovia. Bis Barcelona war es noch weit. Von dort aus würde der Meister mit dem Schiff allein weiter nach Rom fahren. Auch wenn Gastón nichts von dem Schwindel ahnte, gaben die Männer den Pferden die Sporen. Je größer die Entfernung zu Zamarramala, umso wohler fühlten sie sich.

Am Nachmittag des fünfundzwanzigsten August traf Cardona in Rom ein. Am folgenden Morgen sollte er Seiner Heiligkeit die kostbare Reliquie übergeben. Vor seiner Reise hatte er dem Großmeister einen langen Brief geschrieben. Darin freute er sich über den gelungenen Plan, konnte er doch dem Papst die ersehnte Reliquie zurückgeben. Guillem bedauerte auch in dem Schreiben, nichts über den Aufenthalt von Truhe und Papyrus herausgefunden zu haben. Doch er gab sich noch nicht geschlagen. Schließlich versicherte er dem Großmeister, dass nichts über die geheime Untersuchung gegen die Sekte durchgesickert war.

Am nächsten Morgen brannte die Sonne schon in der Frühe mit solcher Kraft, als wäre es bereits Mittag. In großer Eile verließ Guillem de Cardona den Sitz der Templer in der Ewigen Stadt. Ein ganz besonderer Tag lag vor ihm.

Im Spiegelsaal wartete der Templer auf Papst Innozenz IV. Anders als vor der letzten Audienz war er diesmal geradezu heiter, denn er brannte darauf, dem Papst die Reliquie als Zeichen der unerschütterlichen Ergebenheit des Ordens zu überreichen.

»*Pax vobiscum*, mein Sohn. Welch eine Freude, dich wiederzusehen!«

Papst Innozenz betrat in Begleitung seines Privatsekretärs den Salon.

»*Et cum spiritu tuo!*«, erwiderte Cardona, der sich erhoben hatte. Nach der Begrüßung nahmen sie Platz. Ohne ein weiteres Wort wickelte der Meister den Schrein aus einem Samttuch und legte ihn behutsam auf den Tisch. Mit angehaltenem Atem verfolgte der Papst jede Bewegung. Dann nahm er die Reliquie in seine Hände.

»Herrlich! Gott sei es gedankt, wir haben sie wieder!« Gerührt sah er Cardona an und fuhr fort: »Ich bin dir zutiefst dankbar, dass du diese schwierige Aufgabe gelöst hast. Ich brenne schon darauf zu erfahren, wie du es angestellt hast. Aber zuvor muss ich wissen, ob du auch die Truhe und den Papyrus gefunden hast. Hoffentlich gab es mit diesem Esquívez keinen Ärger.«

»Nein, absolut nicht, Heiliger Vater. Er hat den Schwindel gar nicht bemerkt. Seid versichert, Eure Heiligkeit, er wird nie erfahren, dass sein Schrein gegen einen anderen vertauscht wurde. Alles ging ohne Aufsehen über die Bühne. Irgendwelche Zweifel sind völlig ausgeschlossen«, beantwortete Guillem die letzte Frage. Erst dann gestand er dem Papst, bei der Suche nach Papyrus und Truhe keinen Erfolg gehabt zu haben. Nicht einmal die leiseste Spur habe er gefunden.

Die schlechte Nachricht hatte nichts am zufriedenen Strahlen des Papstes geändert. Innozenz reichte den Schrein seinem Sekretär, der ihn eilends in die Werkstatt des Lateran zu bringen hatte. Hier sollte er umgehend und vorsichtig geöffnet werden. Der Papst wies seinen Mitarbeiter an, die Reliquie keinen Moment aus den Augen zu lassen. Der Inhalt des Schreins sei ihm unverzüglich zu bringen.

Während sie warteten, schilderte der Provinzial, wie nach der letzten Audienz der Plan zustande gekommen war, den er dann umgesetzt hatte. Bei der Gelegenheit erwähnte der Meister beiläufig die hohen Unkosten seiner Mission und erinnerte an den neuen Feldzug des Großmeisters im Heiligen Land. Anschließend berichtete er auch von seiner Unterredung mit König Jakob von Aragón, der demnächst Murcia aus maurischer Hand zu befreien gedachte.

»König Jakob schätze ich ganz besonders. Er räumt mit diesen Gottlosen auf und macht seine Sache hervorragend. Wenn er dort abkömmlich wäre, würde ich ihn zu einem Kreuzzug ins Heilige Land ermuntern. Seine Tapferkeit und sein Edelmut wären die besten Garanten für den Erfolg. Mein guter Jakob ist als Christ und als König für alle ein Beispiel!«

Leichenblass erschien der Sekretär wieder. Schweißperlen glänzten auf seiner Stirn. Er eilte zum Papst und flüsterte ihm etwas ins Ohr. Ungläubig riss Innozenz beide Augen auf und verzog enttäuscht den Mund. Dann verbarg er tief seufzend das Gesicht in den Händen. Nach einer Weile hob er den Kopf und wandte sich an Guillem.

»Es tut mir leid, mein Sohn, dich in diese Sache hineingezogen zu haben. Gerade wurde mir gesagt, dass der Schrein nichts außer der Reliquie enthält. Ich bin zutiefst verwirrt. Eine ganze Reihe von Umständen machte mich glauben, Honorius III. habe im Schrein etwas Wichtiges verborgen. Jetzt hat sich gezeigt, dass es nur Einbildung war. Meine Annahmen sind ohne jeden Halt! Der Schrein ist absolut leer.« Er seufzte erneut. »Schade um deinen Einsatz und Eifer. Aber ich werde mich gegenüber dem Orden großzügig zeigen. Mein treuer Périgord wird die erbetene Hilfe in Gaza erhalten, und du hast im Rahmen des Möglichen einen Wunsch frei.«

Für den Papst war damit die Audienz beendet. Er wirkte geschlagen. Müde erhob er sich und verabschiedete Guillem de Cardona. Seinen Sekretär wies er an, dem Meister eine großzügige Geldsumme für seine Provinz mitzugeben. Alle weiteren Audienzen für diesen Tag wurden gestrichen.

Endlich war Innozenz für sich und ungestört. In seinem Kopf hämmerte immer die gleiche Frage:

Wenn sein Vorgänger sie nicht im Schrein von Vera Cruz verborgen hatte, wo waren die Ohrringe der Jungfrau dann? Sie mussten in dem anderen Schrein in Ephesus sein!

8

Kirche Vera Cruz. Segovia, 2002.

Fernando parkte seinen Wagen auf einem freien Platz vor der Kirche. Eine Gruppe von etwa dreißig Rentnern aus einem Bus folgte der Touristenführerin in die Kirche. Die junge Frau erzählte gerade die Geschichte des symbolträchtigen Gotteshauses.

Fernando und Mónica warteten im Auto auf Doktor Herrera. Sie hatten sich für Samstag, den sechsundzwanzigsten Januar, um zwölf Uhr hier mit ihr verabredet. Gemeinsam wollten sie die Kirche besichtigen und anschließend mit Paula den Nachmittag verbringen. Da bis zwölf noch eine Viertelstunde fehlte, hing jeder der beiden seinen Gedanken nach.

Fernando dachte an die Enthüllungen von Don Lorenzo Ramírez am vergangenen Wochenende in Jerez de los Caballeros. Danach war ihm klar gewesen, dass er die Kirche wieder besuchen musste. Offensichtlich enthielt sie eine Reihe geheimer Hinweise und verborgener Bedeutungen.

Doktor Lucía Herrera war eine ausgewiesene Fachfrau für diese Kirche – eine der Besten. Sicher konnte sie das Geheimnis von Vera Cruz lüften. Deshalb hatte er sie angerufen. Auf diese Weise rückten sie vielleicht auch der Geschichte des Armbands ein weniger näher.

Mónica hatte es sich auf ihrem Sitz bequem gemacht. Vergangenen Donnerstag hatte Paula sie angerufen und ihr erzählt, was sie über Frau Doktor Herrera in Erfahrung gebracht hatte. Mónica fand es zunächst eigenartig, dass Fernandos Schwester Erkundigungen über diese Frau eingezogen hatte. Jetzt kamen ihr Einzelheiten des Telefonats in den Sinn.

»Ich habe versucht, etwas über Lucía Herrera herauszufinden. Du kannst dir nicht vorstellen, Mónica, wie schwer das gewesen ist. Hör zu, was ich herausbekommen habe. Obwohl Segovia inzwischen ganz schön groß ist, bleibt es in mancher Hinsicht ein Dorf: Jeder weiß hier alles über jeden. Aber bei dieser Frau ist es anders. Sie ist nicht von hier. Nach Segovia kam sie erst vor fünf Jahren als Leiterin des Historischen Archivs. Sie war damals gerade dreißig. Natürlich gab es deshalb viel Gerede. Wohlwollende Geister meinen, sie habe den Job aufgrund ihrer überragenden Fähigkeiten bekommen. Andere glauben, ihr habe eher ›Vitamin B‹ geholfen – sie kenne einen hohen Beamten in der Regierung von Kastilien und León. Wie gesagt, es war nicht leicht, etwas herauszufinden. Außerdem nimmt sie kaum am gesellschaftlichen Leben der Stadt teil. Ich selbst kenne sie nur vom Sehen. Offen gesagt, finde ich sie äußerlich nichts Besonderes. Aber jeder, der sie näher kennt, behauptet, sie sei überaus gebildet und feinsinnig.«

»Das ist ja auch kein Wunder, bei ihrer Arbeit. Kennst du die Redewendung: Die Kutte macht den Mönch? Lucía Herrera beschäftigt sich mit nichts anderem als mit Manuskripten, Doktorarbeiten und wissenschaftlichen Aufsätzen. Wie sollte sie da ungebildet sein? Aber wer weiß, wie sie sonst ist …« Mónica rüttelte nicht an Lucías wissenschaftlichen Meriten, misstraute aber offensichtlich ihrem Charakter.

»In dieser Hinsicht konnte ich doch etwas in Erfahrung bringen. Vor etwas mehr als einem Jahr hat die Herrera geheiratet. Gleich nach der Hochzeit ist sie verwitwet. Halt dich fest: Dazwischen lagen gerade mal drei Wochen. Was meinst du dazu?!«

»Das ist ja ein Ding. Weißt du auch, was den frischgebackenen Gatten so schnell dahingerafft hat?«

»Die Quelle sitzt direkt im Archiv. Meine Freundin Marisa ist eng mit einer Angestellten dort befreundet. Von der habe ich das alles erfahren. Lucías Gatte war steinreich. Bei einer Geschäftsreise verunglückte er tödlich mit seinem Privatflugzeug. Aber da ist noch etwas.«

Mónicas Festnetzanschluss klingelte, aber sie beachtete es nicht. Paulas Recherchen waren einfach zu spannend. Aus dem Handy tönte es weiter: »Nach dem Unglücksfall erbte die Herrera ein Vermögen. Ihr Mann, in etwa so alt wie Fernando, war ein bedeutender Bauunternehmer und besaß viel Land. Abgesehen von einem beachtlichen Bankvermögen fiel an unsere Frau Doktor ein riesiges Gut in der Extremadura. Es ist ungefähr tausend Hektar groß und hat Jagdgründe, Weideflächen sowie landwirtschaftliches Nutzland. Dazu kommen noch zwei Häuser am Meer; eins an der Costa Brava und das andere in Puerto de Santa María. Auch das Haus in Segovia gehört ihr jetzt und noch dazu ein paar Luxuslimousinen sowie achtzig Prozent des Bauunternehmens.«

Mónica war sprachlos. Ihr Bild von Lucía war weit entfernt von dem einer reichen Erbin gewesen, die teure Autos fährt, in der Freizeit zwischen ihren zahlreichen Besitzungen hin und her pendelt und Hausangestellte beschäftigt.

Ihrer Erscheinung nach wirkte die Archivleiterin eher zurückhaltend, fast bescheiden. Die relativ eintönige Arbeit als wissenschaftliche Leiterin des Archivs schien nicht zu dem großzügigen Lebensstil einer reichen Erbin zu passen.

»Wie es aussieht, führt sie eine Art Doppelleben.« Paula rang nach einer Erklärung. »Das verzerrt ihr Bild ganz beachtlich, nicht wahr, Mónica? Meines Erachtens ist diese Frau eine vielschichtige und komplizierte Persönlichkeit, gezeichnet von einem schrecklichen Ereignis. Seit Zafra weiß ich, dass du in Fernando verliebt bist. Deshalb: Vorsicht mit dieser Frau, beobachte sie genau und bleib misstrauisch.«

»Vielen Dank für deinen Rat, Paula. Aber ich denke, Lucía ist eigentlich nicht Fernandos Typ. Du weißt ja, seit einigen Wochen lässt ihn diese Geschichte mit dem Armband nicht mehr los. Die Herrera ist für ihn in dieser Sache nur Mittel zum Zweck. Er hofft, durch sie in der Angelegenheit weiterzukommen.«

»Kann schon sein. Vielleicht hast du Recht. Aber pass einfach auf, wenn die beiden sich treffen. Du weißt so gut wie ich, Mónica, dass wir Frauen die Männer um den Finger wickeln können, wenn wir wollen. Auch wenn du dir jetzt noch keine Gedanken über Lucía machst, glaube ich, dass wir es mit einer in jeder Hinsicht außergewöhnlichen Frau zu tun haben. Kind, schau, dass du keine Gelegenheit ungenutzt lässt, Fernando die Augen zu öffnen.«

Das Geräusch eines ankommenden Wagens riss Mónica aus ihren Gedanken. Neben ihnen parkte Frau Doktor Herrera ihr Auto.

Lucía begrüßte Fernando mit einem Kuss auf die Wange und tat das Gleiche mit Mónica. Sie sah keinen Deut besser aus als beim Treffen in ihrem Büro.

»Schön, euch wiederzusehen!« Sie kehrte ihnen den Rücken und sah zur Kirche. »Das ist sie: die berühmte Vera Cruz!« Lucía wandte sich an Mónica. »Hoffentlich gefällt sie dir! Ich werde versuchen, euch hinter einige der Geheimnisse dieser Kirche blicken zu lassen.«

Mónica hatte Fernando noch nichts von ihrem Telefonat mit Paula erzählt. Was Lucía betraf, war er völlig ahnungslos. Als Mónica diese jetzt wiedersah, wurden ihre alten Ängste auf einmal wieder lebendig. Sie konnte sich nicht erklären, warum. In ihrem tiefsten Inneren misstraute sie ihr.

Sie waren die wenigen Meter vom Parkplatz herüber zum Haupteingang geschlendert. Lucía machte davor Halt, um etwas von der Entstehungsgeschichte zu erzählen. Die Kirche war Anfang des 13. Jahrhunderts entstanden. Gemeinhin wurde ihr Bau dem Ritterorden vom Heiligen Grab zugeschrieben. Aber die Historikerin hielt das für falsch und führte ihn auf die Templer zurück. Bis vor vierzig Jahren hatten diese im benachbarten Zamarramala noch eine große Komturei besessen. Erst kürzlich, hob sie hervor, habe sie den Namen des Komturs in Erfahrung gebracht, der den Bau der Kirche einst veranlasste. Besser sie prägten sich seinen Namen gleich ein, denn er würde im Verlauf des Tages noch oft fallen. Er hieß Gastón de Esquívez.

Die Wissenschaftlerin betonte, wie schwer es war, seriöse Quellen zur Geschichte der Templer zu finden. Dafür gab es zwei Gründe. Die meisten Unterlagen waren mit der Auflösung des Ordens im 14. Jahrhundert verloren gegangen oder verbrannt. In neuester Zeit hatte ein Bücherboom über die Templer eingesetzt, und es war eine Fülle an zwielichtigem Material verbreitet worden.

»Mit Hilfe eines Stipendiaten trage ich gerade Fakten aus dem Leben dieses Templers zusammen. Dabei stoßen wir auf durchaus ungewöhnliche Dinge. Aber noch wäre es verfrüht, Schlüsse zu ziehen.« So weit Lucías Ausführungen zu den Templern. Dann ging sie zu den historischen Fakten über. »Wenden wir uns jetzt den Besonderheiten dieser Kirche zu. Ursprünglich trug sie den Namen vom Heiligen Grab. Erst unter Papst Honorius III. wurde sie zur Vera Cruz, weil hier der Schrein mit dem *Lignum Crucis* ausgestellt wurde.

Dieses Gotteshaus hat einen zwölfeckigen Grundriss – etwas sehr Ungewöhnliches. Zwar sind die Kirchen der Templer immer mehreckig, aber meistens sind sie nach dem Vorbild des Felsendoms in Jerusalem ein Achteck. Hier feierten sie während ihrer Zeit in der Heiligen Stadt die Messen. Dieser besondere Grundriss findet sich im 12. und 13. Jahrhundert nur noch in Konstantinopel und im Heiligen Land. Ansatzweise erinnert die Vera Cruz wegen der Grabkapelle und des Rundgangs an das Heilige Grab in Jerusalem. Heute ist es nur noch ein blasses Abbild von dem der Kreuzfahrer. Zahlreiche Brände und Erweiterungen haben es im Lauf der Jahrhunderte verändert. Auch die ersten Kreuzfahrer fanden es schon anders vor. Im Inneren war eine zweite achteckige Kirche. Darin war das Grab Christi. Drei Tage lag er hier, bis zu seiner Auferstehung. Später versuchte man an verschiedenen Orten in Europa, die Basilika nachzubauen. Wenn wir in der Kirche sind, werdet ihr sehen, dass die Mittelachse einen Leerraum enthält – in der Art, wie ich eben erläutert habe. Nur dass dieser ein Zwölfeck beschreibt.«

»Entschuldige, wenn ich dich unterbreche, Lucía. Du hast zwar einen Grund bereits genannt – aber wozu diese Kirchen mit acht- und zwölfeckigem Grundriss?« Fernando war schon oft in der Vera Cruz gewesen, aber er hatte den Grund für ihre eigenartige Form bisher nicht begriffen.

Seine Frage gefiel Lucía. Eindringlich sah sie ihm in die Augen, bis er verlegen den Blick abwandte.

»Die Antwort auf diese Frage führt uns zu einem der größten Geheimnisse, das diese Mauern bergen! Wie schön, dass meine Zuhörer so scharfsinnig sind!«

So viel Lob und bedeutungsvolle Blicke machten nun ihrerseits Mónica verlegen. Sie hatte ja bisher noch nichts gesagt.

»In allen Religionen, auch in archaischen wie im Mitraismus, bei den Ägyptern, im Zoroastrismus und natürlich auch im Judentum glaubte man an die Kraft und Bedeutung der Zahlen. In der Kabbala werden die Zahlen von eins bis neun mit den Buchstaben des Alphabets in Verbindung gesetzt und diese wiederum mit den verschiedenen Körperteilen des Menschen, die durch Symbole repräsentiert und transzendental untermauert werden.

Ein Beispiel: Die Zahl eins entspricht dem Wort *keter*. Es bedeutet Krone und ist der höchste Punkt des Kopfes. Ein anderes: Die Fünf ist dem Wort *gebura* zugeordnet, was so viel wie ›Kraft‹ heißt. Es verkörpert das Zeichen des göttlichen, Leben spendenden Lichts. Es wird auch als fünfzackiger Stern und Pentagramm dargestellt. Hattet ihr schon von dieser Art der Zahlendeutung gehört?«

Beide verneinten. Doch Mónica wollte nicht länger abseits bleiben und nutzte die Gelegenheit, um nach der Bedeutung der Zwölf zu fragen.

»Diese Zahl steht für vieles, wie ihr gleich sehen werdet. Jakob hatte zwölf Söhne, ebenso viele Stämme zählte Israel. Zwölf waren die Apostel. Kaiser Karl der Große hatte ein Dutzend Pferde, ein Dutzend waren die Ritter am Tisch von König Artus. Ursprünglich war die Dezimalrechnung weniger geläufig gewesen als das Zwölfersystem. Stunden, Monate, das Winkelmaß des Kreises sind danach eingeteilt. Wie ihr wisst, gibt es auch zwölf Tierkreiszeichen.«

Zunächst besichtigten Lucía und ihre Begleiter das Hauptschiff. Im Chorumgang tummelten sich noch die bildungshungrigen Rentner. Ausgiebig bestaunten sie die Wände mit den bunten Wappen, darunter das der Malteser und andere.

Die drei gingen in die Grabkappelle. Lucía erklärte, dass hier früher der Schrein mit der Reliquie vom Heiligen Kreuz aufbewahrt wurde. Zu dieser waren die Leute aus dem nahen Segovia gepilgert. Eine Treppe führte ins Obergeschoss. Mitten in dem zwölfeckigen Raum befand sich ein kleiner Altar. Von mehreren Seiten fiel durch die Fenster Licht ein. Durch das größte war der Hauptaltar mit dem Gekreuzigten gut sichtbar.

»Seht nur! Von diesem Fenster aus kann man die Grabplatten meiner Vorfahren erkennen. Es sind die beiden da drüben, gegenüber vom Hauptaltar.« Fernando deutete auf zwei Stellen im Chorumgang.

»Dort befinden sich insgesamt sechzehn Gräber, wie ihr vielleicht bemerkt habt. Die deiner Vorfahren sind die Nummer acht und zwölf.«

»Das sind wieder die Zahlen, Lucía!«, rief Fernando überrascht.

»Vielleicht stehen sie im Zusammenhang mit der Zahlenmystik der Templerkirchen?«

»Ausgezeichnet, Mónica! Das war uns bisher entgangen. Möglicherweise besteht da ein Zusammenhang. Wie ich bereits erwähnte, ist diese Kirche voller Rätsel. Merkwürdige Dinge haben sich hier zugetragen, die bisher niemand zu erklären vermochte. Die Grabkapelle beispielsweise besteht aus zwei Geschossen. Wir befinden uns jetzt im oberen, aber es gibt noch eine dritte Etage. Man übersieht sie leicht. Hier direkt über euren Köpfen.«

Sie sahen nach oben und entdeckten eine Klappe aus Holz. Sie war seitlich in der Kuppel angebracht.

»Hinter dieser Tür befindet sich eine Kammer, eine Art Vorraum mit zwei großen Stufen. Sie führen über den Bogen des Chorumgangs hinaus zu einem tonnenartigen Gewölbe. Dieses liegt höher als der Vorraum und ist auch etwas größer als dieser. Demnach haben wir es mit drei Geschossen zu tun: Zuerst kommt der Altarraum, darüber der Vorraum und schließlich das Tonnengewölbe. Einige Forscher fragen sich, wozu die Bauherren diese geheimen Kammern errichten ließen, insbesondere das Tonnengewölbe. Manche glauben, es waren Verstecke für bestimmte Gegenstände oder wichtige Dokumente.«

Gebannt folgte Fernando Lucías Ausführungen. Er war davon überzeugt, nur sie allein könne die verworrenen Beziehungen zwischen den Templern und der Vera Cruz erhellen. Auch die seltsame Verbindung zwischen den in der Kirche bestatteten Urahnen und einem Papst aus dem 13. Jahrhundert hoffte er, mit Hilfe der Historikerin zu begreifen. Vielleicht hing auch das eigenartige Verhalten seines Vaters, das ihn ins Gefängnis gebracht hatte, damit zusammen.

Lucía hatte sich auf die an der Mauer entlanglaufende Bank der Kapelle gesetzt. Mónica und Fernando nahmen ihr gegenüber Platz.

Bisher hatte Fernando ihrem Äußeren keine Beachtung geschenkt, wie er jetzt bemerkte. Nun, wo sie ihm gegenübersaß, entdeckte er etwas Besonderes an ihr – obwohl sie ganz offensichtlich keine Schönheit war. Vielleicht war es die reife Ausstrahlung, der scharfe Verstand, ihre ausgeprägte Persönlichkeit oder alles zusammen. Wie dem auch war: Von Lucía ging ein eigenartiger Reiz aus, der sie von allen Frauen, die Fernando bisher gekannt hatte, unterschied.

»Fachleute glauben, dass die drei Etagen den drei Initiationsstufen der Templer entsprachen. Sie nehmen an, die Vera Cruz wurde eigens zu diesem Zweck errichtet. Ich erkläre das gleich. Auf der Symbolebene steht jedes Geschoss für einen bestimmten Wegabschnitt, eine Pilgerschaft, eine Wandlung zu etwas Höherem. Demnach wäre die unterste Stufe gleich der Auseinandersetzung des Anwärters mit der Lehre. Noch ist er auf dem Boden, nahe der Erde und den Menschen. Die zweite Ebene stünde für die Loslösung von allem Irdischen und Fleischlichen. Das Ich stirbt, um in Ihm wiedergeboren zu werden. Ein symbolischer Tod. Danach kommt die dritte Kammer. Hier wird die Auferstehung des Initiierten vorweggenommen. Auf der dritten und letzten Ebene befindet sich das Tonnengewölbe. Hier ist der Initiierte zu einem neuen Menschen geworden. Er verfügt nun über ein höheres, transzendentes Wissen. Dieses Gewölbe wird von vielen die ›Laterne der Toten‹ genannt. Eine treffende Bezeichnung, wie ich finde.«

Die Archivleiterin führte die Bedeutung der drei Ebenen weiter aus. Es gab Parallelen zum Leben Christi, das sich auch in drei Phasen gliedern lässt. Die erste umfasst Kindheit und Jugend des Messias. In dieser Zeit lernte er die Menschen, ihre Bedürfnisse und Grenzen kennen. Die Lehrzeit also. Im zweiten Abschnitt seines Lebens unterwarf sich der Sohn ganz dem Willen des Vaters und starb am Kreuz. Am Anfang der letzten Phase steht die Auferstehung. Christus hat den Tod besiegt und das ewige Leben erlangt.

»Darf ich darauf hinweisen, dass zwischen Tod und Auferstehung des Heilands drei Tage liegen. Hier haben wir wieder die Zahl drei! Und drei sind die Kammern der Grabkapelle. Möglich, dass die Initiation der Anwärter auch drei Tage dauerte. Es ist bekannt, dass Reliquien eine entscheidende Rolle bei diesem Ritual spielten. In einer sehr gut erhaltenen Schenkungsurkunde von Papst Honorius III. wird beschrieben, dass die angehenden Templer ihr Gelübde auf einem *Lignum Crucis* ablegten.«

Wie in Zafra verabredet, hatte sich Fernando mit dem Leben von Papst Honorius III. auseinander gesetzt. Nun wollte er Lucía mit seinem Wissen beeindrucken.

»Jetzt, wo du ihn erwähnst, besagter Papst war Ordensgründungen gegenüber sehr aufgeschlossen. Ihm verdanken wir die Dominikaner, Franziskaner und Karmeliter. Er war auch ein eifriger Kriegsherr, der die Katharer verfolgte, zu neuen Kreuzzügen nach Jerusalem aufrief und sich gegen König Friedrich II. stellte, dessen Lehrmeister, Freund und Gönner er eine Zeitlang gewesen war. Mit dem Mann war nicht zu spaßen!«

Lucía lobte Fernandos Kenntnisse. Damit könne er ihr jederzeit die Stelle als Archivleiterin streitig machen, scherzte sie. Nach dieser Bemerkung fuhr sie mit ihren Erläuterungen fort.

»Andere Gelehrte und Forscher sind zu ganz anderen Ergebnissen hinsichtlich dieser Kammern und ihres ehemaligen Zwecks gekommen. Sie halten sie für Orte der Buße und des Rückzugs. Hier sühnten diejenigen, die schwer gegen die Ordensregeln verstoßen hatten. Die Mönche sollen in absoluter Stille und Einsamkeit mehrere Tage ohne Wasser und Essen darin verbracht haben. Ich persönlich neige mehr zu den vorhergehenden Theorien.« Die Historikerin betonte dies. »Für die orthodoxen Templer – ihr werdet noch verstehen, was ich damit meine – waren die Kammern beides: Sie dienten der Initiation und später als Strafzellen. Mitten unter den Templern existierte noch ein ausgezeichnet organisierter Geheimbund. Für diesen müssen diese Räume noch eine andere Funktion gehabt haben. Möglich, dass sie hier die Einsamkeit der Eremiten in den Höhlen nachzuleben suchten. Ich glaube, dass ich inzwischen ihren Beweggrund begriffen habe. Aber das gehört jetzt nicht hierher. Das erkläre ich euch ein anderes Mal!«

Die Archivleiterin sah Fernando forschend an. Aber in seinem Gesicht spiegelten sich weder Neugier noch Unruhe. Er war ganz in die Betrachtung ihrer Beine vertieft. Das überraschte sie nicht und erfüllte sie mit einer eigenartigen Genugtuung. In diesem Augenblick klingelte ein Handy. Es war das von Fernando. Er rannte die Treppen hinunter und verließ eilig die Kirche, um den Anruf entgegennehmen zu können. In der Basilika war der Empfang miserabel. Mónica und Lucía überlegten in der Zwischenzeit, ob man noch heute die Kammern erforschen sollte.

»Bist du es, Fernando?«

»Ja. Was ist los, Paula?«

»Ich bin in der Werkstatt und habe gerade die Polizei gerufen. Heute Nacht ist eingebrochen worden! Es ist alles durchwühlt worden. Ein einziges Chaos! Kannst du gleich kommen? Um ehrlich zu sein, habe ich einen ganz schönen Schreck.«

»Selbstverständlich, Paula. Wir sind gleich da. Pass auf dich auf und fass nichts an, bis die Polizei da ist. Rühr dich nicht vom Fleck. Wir sind in zehn bis fünfzehn Minuten da.« Fernando klappte das Handy zusammen und rannte zu den beiden Frauen. »Wir müssen gehen!«, rief er atemlos. »In die Werkstatt meiner Schwester ist eingebrochen worden. Sie ist total durcheinander.«

Sie eilten zum Parkplatz und fuhren los.

In der Innenstadt folgte Lucía Fernandos Wagen. Ursprünglich war die Werkstatt am Stadtrand errichtet worden. Aber die Stadt war inzwischen so gewachsen, dass sie jetzt mittendrin lag. Als sie ankamen, standen bereits drei Streifenwagen vor dem Büro. Vor der Tür hatte sich eine Traube Schaulustiger gebildet. Ein Polizist stellte sich ihnen in den Weg.

»Ich bin der Bruder der Besitzerin. Bitte lassen Sie mich vorbei!«

Der Polizist entschuldigte sich und trat zur Seite.

Sie rannten den langen Gang zu Paulas Büro hinunter. Mehrere Stimmen waren zu hören. Fernando trat als Erster ein. Paula saß zwischen zwei Polizisten in Zivil, die Notizen machten. Als seine Schwester ihn erblickte, warf sie sich ihm in die Arme.

»Ich hab vielleicht Angst gehabt, Fer! Die Tür war aufgebrochen und drinnen alles durcheinander. Ich fürchtete, sie wären noch da. Es war schrecklich!« Fernando strich über Paulas Haar und versuchte, sie zu beruhigen. »Es ist das erste Mal, dass wir überfallen werden. Aber mir reicht es schon jetzt. Danke, dass du so schnell gekommen bist!«

Als Paula sich von ihrem Bruder löste, bemerkte sie hinter ihm Lucía. Mónica fiel ihr um den Hals und drückte sie tröstend an sich. Zurückhaltend näherte sich Lucía, um sich vorzustellen.

»Ich bin Lucía Herrera. Eben noch habe ich Ihrem Bruder und Mónica die Kirche Vera Cruz gezeigt. Da kam Ihr Anruf. Es tut mir sehr leid, dass wir uns unter diesen Umständen kennenlernen.«

»Vielen Dank, Lucía. Das ist sehr freundlich von dir. Du hast ganz Recht: Heute ist kein guter Tag, um sich kennenzulernen. Nochmals, vielen Dank.«

Unhöflich erkundigte sich der ältere der beiden Polizisten, ob die Vorstellung den ganzen Tag dauern werde. Schließlich müsse noch die Aussage aufgenommen werden. An Fernando gewandt, stellte sich der Beamte vor:

»Hauptkommissar Fraga, und wer sind Sie, bitte?«

Fernando nannte seinen Namen und erklärte, dass er Paulas Bruder sei. Dann stellte er die Damen in seiner Begleitung vor. Höflich küsste der Kommissar ihnen die Hand. Paula nahm wieder Platz, und der Beamte fuhr mit der Vernehmung fort.

»Sie sind also gegen zwölf Uhr ins Büro gekommen und haben die Tür aufgebrochen vorgefunden. Der Weg zu Werkstatt und Safe, wo Sie normalerweise den fertigen Schmuck verwahren, war somit frei. Sind Sie sich absolut sicher, gestern das Büro verschlossen und die Alarmanlage angemacht zu haben?«

»Ja, absolut. Die Alarmanlage ist an die Verriegelung der Eingangstüren gekoppelt. Wenn eine davon, egal, ob die der Werkstatt oder des Büros, offen ist, schaltet sich die Anlage nicht ein. Ebenso der Safe. Wenn er nicht ordnungsgemäß abgeschlossen und verriegelt wird, geht der Alarm auch nicht. Vergesse ich abzuschließen, ertönt jedoch ein Warnsignal. Es ist so eindringlich, dass man es nicht überhören kann.«

»Also gut. Sie hatten die Tür sorgfältig verriegelt und die Alarmanlage angemacht. Ihr Sicherheitssystem ist auf dem neuesten Stand – das habe ich vorhin überprüft. Demnach können wir gewöhnliche Diebe ausschließen. Die Anlage zu deaktivieren, erfordert eine gewisse Professionalität.«

»Das stimmt. Die Anlage ist erst zwei Jahre alt – ein teures deutsches Fabrikat. Sie gilt als eine der Besten. Es muss technisch hoch kompliziert sein, sie außer Kraft zu setzen. Aber wir sehen, wo ein Wille ist, ist auch ein Weg – egal, welche Hürden da sind. Schließlich schaffen es die Gauner doch.«

Der jüngere Beamte notierte Paulas Aussagen. Verstohlen blickte er immer wieder zu Lucías schönen Beinen. Dann wanderte sein Blick unwillkürlich zur Jungen. Die engen Jeans brachten eine Traumfigur zur Geltung. Donnerwetter, dachte er, welche Prachtweiber! Seine Blicke waren der Archivleiterin nicht entgangen. Ihre Wirkung auf Männer an diesem Tag überraschte sie.

»Unsere Fachleute sind gerade dabei, den Safe zu untersuchen. So wie es aussieht, wurde er mittels einer Sprengladung mit zusätzlichem Dämpfer geöffnet. So hat die Explosion keinen Knall verursacht, der die Täter verraten hätte. Ein Hinweis mehr dafür, dass die Täter genau wussten, wonach sie suchten und was sie hier erwartete. Haben Sie in der letzten Zeit jemanden entlassen, der über diese Einzelheiten Bescheid weiß?«

»Nein! Ich beschäftige schon seit Jahren dieselben Mitarbeiter. Von denen kommt niemand in Frage. Es sind zwanzig Angestellte, für die ich meine Hand ins Feuer lege.«

»Ich verstehe Sie, gnädige Frau. Aber glauben Sie nichts, bis es belegt ist. Das sage ich aus Erfahrung. Vorher weiß man nie, wo der Verräter steckt. Wirklich ungewöhnlich an diesem Fall ist, dass Sie nichts vermissen.«

Hier mischte sich Fernando ein. Er wollte wissen, was gestohlen worden war.

»Fehlt denn nichts, Paula?«

»Das ist ja das Merkwürdige, Fer. Sie haben fast nichts mitgenommen. Genau gesagt, fehlen aus dem Safe gerade mal dreihundert Euro. Die Wertsachen und Silberbarren haben sie glatt liegen gelassen. Im Safe befindet sich Ware im Wert von dreihundert- bis vierhunderttausend Euro. Die haben sie nicht angerührt.«

Bei Paulas letzten Worten war noch ein Polizist hereingekommen – offenbar, um dem Hauptkommissar etwas auszurichten. Fraga antwortete leise, und der Beamte verließ wieder das Büro.

»Eben wurde mir mitgeteilt, dass Ihr Telefon abgehört wird. Natürlich nicht von uns. Seit einiger Zeit scheint jemand Ihre Telefonate mitzuhören. Wir wissen noch nicht, wie lange schon.«

Paula lief ein Schauer über den Rücken. Angst und Überraschung mischten sich. Wer konnte ihre Gespräche belauschen wollen und wozu? Der Kommissar fuhr fort: »Gnädige Frau, ich habe den Eindruck, dass es sich nicht um einen Diebstahl handelt. Hier geht es um etwas ganz anderes. Seit geraumer Zeit werden Ihre Privatgespräche abgehört. Vielleicht haben Sie unbewusst eine Bemerkung fallen lassen über einen Wertgegenstand oder eine große Geldsumme. Es muss die Täter veranlasst haben, hier danach zu suchen. Die Männer müssen gedacht haben, dass Sie hier etwas sehr Wertvolles verwahren.« Der Hauptkommissar zupfte sich am Ohrläppchen. Das tat er immer, wenn er eine Spur gefunden hatte. »Allmählich sehe ich glasklar, worum es hier geht.

Gnädige Frau, die Diebe suchten nicht nach etwas Silber, um es für ein paar Euro auf dem Schwarzmarkt zu verscherbeln. Sie haben die Werkstatt komplett auf den Kopf gestellt, weil sie nach etwas ganz Bestimmtem, suchen. Offenbar war es nicht hier. Haben Sie eine Ahnung, was sie gesucht haben könnten? Erinnern Sie sich an irgendeine Unterhaltung, die den Anstoß zu dieser Aktion gegeben haben könnte?«

Sogleich dachten Fernando, Paula und Mónica an den

Armreif. Sie hatten am Telefon ein paar Mal darüber geredet. Fernando ging in Gedanken nochmals die Gespräche durch. Der holländischen Expertise nach war der Reif uralt und von großem Wert. Deshalb hatte er vorgeschlagen, ihn im Safe der Werkstatt aufzubewahren. Die Einbruchswelle in Madrid machte den Tresor in seinem Laden nicht zum sichersten aller Orte.

Die drei sahen sich an und beschlossen, aus taktischen Gründen der Polizei vorerst nichts von dem Reif zu sagen.

Beide Beamte hatten den raschen Blickwechsel nicht bemerkt, denn sie starrten bewundernd auf Lucías übereinandergeschlagene Beine. An so viel Aufmerksamkeit war diese durchaus nicht gewöhnt. Nur selten trug sie einen Rock, und dieser war heute auch nicht besonders kurz. Früher hatte sie öfters Blicke auf sich gezogen – aber das war schon lange her. Nach dem Tod ihres Mannes hatte sie sich in Schriftstücken und Papieren vergraben. Darüber hatte sie komplett vergessen, wie anziehend und weiblich sie auf Männer wirkte – obwohl ihr Gesicht eher durchschnittlich war. Sie nahm sich vor, künftig weniger Bücherwurm zu sein und etwas mehr auszugehen.

»Man hat die Ordner im Büro nebenan durchwühlt«, sagte Paula, »und auch hier alles auf den Kopf gestellt. Ich glaube, Sie haben Recht. Aber was um alles in der Welt könnten sie gesucht haben? Ich handle ausschließlich mit Silber. Etwas anderes werden Sie bei mir nicht finden. Was an meinen Telefongesprächen interessant sein könnte, kann ich mir nicht vorstellen. Ich rede mit Lieferanten, Banken, mit vielen Juweliergeschäften. Das sind meine Kunden. Von ihnen erhalte ich regelmäßig Aufträge für Silberarbeiten. Der Rest sind Privatgespräche, mit meinen Freundinnen und der Familie. Sie können sich ja denken, dass da nichts Aufregendes zur Sprache kommt.«

»In Ordnung, Frau Luengo. Einstweilen reicht uns das. Aber bitte nehmen Sie sich etwas Zeit, um Ihre Unterlagen durchzusehen. Sollte etwas fehlen, rufen Sie mich bitte an. Hier haben Sie meine Karte mit der Nummer vom Büro und vom Handy. Sie können jederzeit anrufen.« Auch die anderen erhielten ein Kärtchen des Kommissars.

Alle erhoben sich. Hauptkommissar Fraga verabschiedete sich von Fernando und Paula. Der jüngere Beamte drückte einen schmatzenden Kuss auf Lucías Hand. Unwillkürlich zog die Historikerin sie vor dem kratzigen Schnauzer des Polizisten zurück.

Wieder unter sich, nahmen alle erneut Platz, um die Lage zu bereden. Fernando und Lucía teilten sich einen engen Sessel. Sie klebten förmlich aneinander – wie Mónica von ihrem Stuhl und Paula vom Fauteuil aus unangenehm berührt feststellten.

Fernando sprach als Erster.

»Fühlst du dich jetzt etwas besser, Paula?«

»Ja und nein. Ja, weil ihr bei mir seid und die Polizei eingeschaltet ist. Nein, weil der Grund für den Einbruch nicht klar ist. Außerdem fürchte ich mich vor weiteren Überfällen. Ich weiß nicht, wie ihr das seht. Als der Kommissar mögliche Gründe für den Einbruch nannte und dabei ausdrücklich das Silber ausschloss, fiel mir der Armreif ein.«

»Redet ihr von dem Armreif, den du mir im Archiv gezeigt hast?« Lucía mischte sich erstmals, seitdem sie die Kirche verlassen hatten, ins Gespräch ein. »Vermutlich ist er in deiner Wohnung, nicht wahr?«

»Nein, aber ich habe ihn nicht zuhause«, entgegnete

Fernando. »Im Tresorschrank meines Ladens ist er besser aufgehoben.« Bevor er es wieder vergaß, sagte er zu seiner Schwester: »Haben wir nicht einmal überlegt, den Reif besser in deinem Safe aufzubewahren? Kannst du dich daran erinnern?«

»Ja, vorhin habe ich daran gedacht. Wegen der Reihe von Einbrüchen in Madrid schien er dir hier sicherer – vor allem, als du wusstest, dass es sich um ein historisch immens wertvolles Stück handelt.«

»Genau! Das ist der Grund für den Einbruch in der Werkstatt. Diese Leute suchen den Armreif. Sie haben unser Telefonat mitgehört und dachten, du hättest ihn.« Bei dem Gedanken fuhr er auf. »Aber woher wissen sie, dass wir ihn haben? Ich habe das Päckchen erst vor kurzem erhalten. Allmählich mache ich mir richtig Sorgen. Wir haben keine Ahnung, mit wem wir es hier zu tun haben.«

Beunruhigt legte Lucía die Hand auf Fernandos Schulter.

»Sie haben offensichtlich eure Unterhaltungen belauscht, wissen vom Armreif und haben in der Werkstatt ohne Erfolg danach gesucht. Meint ihr nicht, dass sie jetzt bei dir zuhause und im Laden alles danach durchwühlen werden?«

»Aber natürlich. Du hast vollkommen Recht. Auf der Stelle rufe ich den Hausmeister an. Er soll in der Wohnung nachsehen, ob alles in Ordnung ist! Von der Bewachungsfirma will ich wissen, wie die Dinge im Geschäft stehen.« Fernando nahm sein Handy aus der Tasche und wählte die Nummer des Hausmeisters.

»Hier hast du keinen Empfang, Fer. Entweder du gehst auf die Straße oder rufst vom Festnetz an.«

»Lieber nehme ich das Handy. Dein Festnetzanschluss ist doch angezapft.«

Fernando schloss die Tür hinter sich und ging auf die Straße. Im Büro blieben drei beunruhigte Frauen zurück. Nun war der Grund für den Einbruch klar. Sie hätten vorgezogen, ihn nicht zu kennen. Um das angespannte Schweigen zu brechen und auf andere Gedanken zu kommen, begann Paula eine Unterhaltung mit Lucía.

»Obwohl Segovia so überschaubar ist, sind wir uns bisher noch nicht begegnet. Ist das nicht seltsam?«

Lucía rückte an den Sesselrand, kreuzte die Beine und sah Fernandos Schwester an.

»Vielleicht haben wir uns schon mal gesehen, ohne es zu bemerken. Andererseits ist es auch nicht verwunderlich, denn ich gehe kaum aus. Die meiste Zeit verbringe ich in der Arbeit. In der Freizeit lese ich, betreue langweilige Doktorarbeiten und widme mich noch langweiligeren Facharbeiten. Manchmal verbringe ich ein Wochenende in einem Landhaus, das ich bei Cáceres habe. In Segovia wohne ich noch gar nicht so lange. Ihr wisst doch, dass ich nicht von hier bin?«

»Ich nicht«, log Mónica. »Woher kommst du?«

»Aus Burgos, aber ich habe viele Jahre in Madrid gelebt. Dort fühle ich mich eigentlich zuhause.«

»Meine Beziehungen zu Historikerkreisen sind eher beschränkt. Doch wenn ich genau überlege, stimmt es gar nicht. In jüngster Zeit habe ich gleich zwei kennengelernt: den Professor aus Cáceres und dich. Ich hoffe, du nimmst mir die Frage nicht übel, aber ist es nicht eine sehr unsinnige und langweilige Arbeit?«

Mónica bereute den unverschämten Ton sogleich. Es war gar nicht ihre Absicht gewesen, aber diese Frau brachte sie aus dem Konzept – aus welchem Grund auch immer. Sie nahm sich mehr Zurückhaltung vor.

Um ein Haar hätte Lucía ihrem ersten Impuls nachgegeben und geantwortet: »Ist es vielleicht spannender, Uhren, Ringe und Ohrringe in mehr oder minder aufwändige Schächtelchen zu packen?« Doch sie hielt sich zurück, denn damit begab sie sich unter Niveau. Eine weniger aggressive Antwort war sicher angebrachter. Sie überlegte rasch. Zwar hatte sie die junge Frau erst zweimal gesehen, aber bisher hatte sie einen durchaus vernünftigen und ausgeglichenen Eindruck auf sie gemacht. Während der Kirchenbesichtigung war ihr allerdings Mónicas abweisender Blick aufgefallen. Aber sie hatte dem keine Bedeutung beigemessen. Sie hatte ihr ja nichts getan. Da ging ihr ein Licht auf. Jetzt war alles sonnenklar: Mónica war in ihren Chef verliebt und sah sie als Rivalin! Welch ein Unsinn! Typisch für eine Zwanzigjährige!

»Ich gebe zu, manchmal sieht es so aus. Vielleicht hat es auch damit zu tun, dass man so wenig von unserer Arbeit weiß. Ihr denkt bestimmt, ein historisches Archiv ist ein muffiger, langweiliger Ort, wo ein Haufen seltsamer Typen verkehren – meistens Rentner und Tattergreise. Selbstvergessen kramen sie zwischen staubigen Bücherbergen nach irgendwelchen bedeutungslosen Informationen. Trifft das in etwa eure Vorstellung?«

Das saß. Lucía hielt Mónicas Taktlosigkeit Witz und Ironie entgegen.

»Doch, das kommt dem landläufigen Bild ziemlich nahe«, kam Paula zu Hilfe. »Mit ihrer Frage zielte unsere junge Freundin genau auf das Klischee, das du gerade beschrieben hast.«

»Klar, das hat auch niemand bezweifelt!«

Ironie war Lucías Stärke. »Ein Dreieck also«, sagte sie sich. »Mónica ist in Fernando verliebt, Paula hilft ihr und versucht Fernando in Mónicas Arme zu treiben. Ob Fernando bei dem Spiel mitmacht?«

Die Arbeit eines Wissenschaftlers sei gar nicht so anders als das Bild, das sich die Leute davon machten, räumte Lucía ein. Aber neben dem Abziehbild gebe es noch andere, weniger geläufige Dinge, die äußerst spannend seien.

»Manchmal fühle ich mich wie ein Taucher im Ozean auf der Suche nach einem versunkenen Schatz. Wir stecken unsere Nase in Sachen, die Jahrhunderte zurückliegen. Das Vergangene wird wieder lebendig, die Beweggründe der Menschen von damals werden verständlich. Dann ist es, als hielte man eine Schatztruhe in Händen. Unsere Arbeit besteht darin, ein großes, kompliziertes Puzzle zusammenzufügen. Manchmal dauert es Jahre, bis man ein Teil an die richtige Stelle setzen kann.«

»Wenn man dir zuhört, Lucía, hat man gleich ein ganz anderes Bild von einer Wissenschaftlerin.« Paula begann, an der Archivleiterin Gefallen zu finden.

Mónica schwieg beschämt. Sie hatte sich bis auf die Knochen blamiert. Erst als Fernando zurückkam, meldete sie sich wieder zu Wort und erkundigte sich nach dem Stand der Dinge in Madrid.

»Gott sei Dank ist alles in Ordnung! Ich habe die Sicherheitsfirma gebeten, das Wachpersonal im Geschäft zu verstärken und mir auch jemanden nach Hause zu schicken. Der Armreif dürfte jetzt sicherer sein.« Der Juwelier fühlte die Spannung zwischen den Frauen. Er schlug vor, gemeinsam zum Essen zu gehen. Das würde die Laune wieder heben. »Über diese ganze Aufregung habe ich ganz schön Hunger bekommen. Was haltet ihr von einem Essen in einem guten Restaurant?«

Lucía nahm ihren Wagen, um nach dem Essen nicht wieder zur Werkstatt fahren zu müssen. Während sie Fernandos Auto folgte, dachte sie, welchen überraschend unterhaltsamen Verlauf der Tag genommen hatte. Vormittags hatte sie noch Fernando und Mónica durch die Kirche und ihre Geheimnisse gelotst. Ebenso unerwartet wie zufällig hatte sie dabei ihre Weiblichkeit wieder entdeckt und beschlossen, ihr Leben zu ändern. Sogar die Eifersucht einer jungen Frau hatte sie geweckt. Dabei war ihr der Mann völlig gleichgültig.

Sie stellten die Autos in einem Parkhaus in der Stadtmitte ab. An der Tür des Restaurants empfing sie ein junger Kellner.

»Guten Tag, die Herrschaften. Hmmm … haben Sie reserviert?«

»Leider nein. Haben Sie noch einen Tisch für vier Personen?«

Der Kellner öffnete ein unhandliches Buch. »Hmmm, lassen Sie mich nachsehen … Ja, hier habe ich einen! Also, bitte wären Sie so freundlich, mir zu folgen!«

Sie gingen durch den Hauptraum in ein Nebenzimmer.

»Hmmm, ist dieser Tisch angenehm, oder möchten Sie einen anderen?«

»Danke. Dieser ist hervorragend«, entgegnete Fernando.

Der Mann rückte den Damen die Stühle zurecht.

»Hmmm … wünschen die Herrschaften zuvor einen Aperitif?«

Die Gäste orderten dreimal Martini bianco und einen Sherry.

»Hmmm … wie findet ihr das Lokal?«, äffte Fernando den Kellner nach.

»Hmmm … ist uns auch schon aufgefallen«, bemerkte Paula.

Die vier amüsierten sich königlich über die komische Art des Kellners. Jeder steuerte ein Beispiel aus seinem Er-

fahrungsschatz bei. Mónica gewann mit ihrer Geschichte
den kleinen Wettbewerb. Sie hatte in der Schule einen
Lehrer gehabt, der statt »lauwarm« »blauwarm« sagte.
Natürlich nannten ihn alle Professor Blauwarm.

Inzwischen hatte sich die Spannung wieder gelegt.
Sie vertieften sich in die fantastische Speisekarte und be-
stellten. Fernando wählte einen Rotwein vom Duero aus,
den er besonders mochte – einen »Reserva Dehesa de los
Canónigos«.

Beim zweiten Gang breitete Fernando sein ganzes Wissen über Papst Honorius III. aus – nicht besonders viel,
wie die anderen fanden. Jeder hatte in Zafra die Aufgabe
gehabt, sich in ein Gebiet besonders zu vertiefen.

Aufmerksam hatte Lucía den spärlichen Ausführungen zugehört und ergänzte sie, so gut sie konnte.

»Da hast du dir aber kein Bein ausgerissen, mein Lieber!« Paula konnte es nicht lassen, den Bruder zu provo-
zieren. »Wenn wir zwei uns auch so angestrengt haben,
sind wir bedient.«

Nun war Mónica an der Reihe. Sie sollte sich über den
Armreif kundig machen. Im Spanischen Institut für Edel-
steinkunde hatte sie reichlich Literatur gefunden.

Nach der Expertise des holländischen Labors stammte
das Gold des Reifs vom Unteren Nil. Daraus hatten sie geschlossen, das Armband stamme vermutlich aus der Zeit
der Pharaonen. Mónica hatte versucht, diese Annahme
zu bestätigen.

»Aus einer Mine in der nubischen Wüste wurden einst
große Mengen Gold gewonnen. Daraus fertigten ägyptische Goldschmiede Schmuck sowie allerhand Zierrat für
die Tempel und den Pharao. Damit wurden, wie ihr wisst,
die Herrscher bestattet. Ich bin ganz sicher, dass unser
Armband aus diesem Gold gemacht wurde. Die Zusam-

mensetzung des Edelmetalls schließt jeden Zweifel aus.«
Die junge Frau trank einen Schluck Wein. »Ich bin auch
dem Ursprung der zwölf Steine nachgegangen. Auch da
habe ich verblüffende Übereinstimmungen gefunden, die
meine These bekräftigen. Zwischen Nil und Rotem Meer
zieht sich eine Gebirgskette entlang. Früher befanden sich
hier zahlreiche Edelsteinminen. Smaragde, Amethyste,
Diorite und andere Steine wurden hier gewonnen. Alle
sind auf dem Armreif. Das Sinai-Massiv war für seine
Türkise berühmt. Amulette und Ketten wurden daraus
gemacht. Sowohl die Steine als auch die Qualität des Goldes belegen, dass der Reif aus Ägypten stammt. Er lässt
sich auf die Zeit des Neuen Reichs datieren.«

Wie auch die anderen beglückwünschte Lucía die
junge Frau für ihre ausgezeichnete Recherche. Paula sti-
chelte weiter gegen ihren Bruder. Die Information über
den Ursprung der Steine hatte die Historikerin auf eine
Idee gebracht. Auch ohne »Hausaufgaben« beschloss sie,
ihr Quäntchen beizusteuern.

»Vielleicht ist der Gedanke allzu waghalsig. Mir ist gerade eingefallen, woher der Reif stammen könnte. Aber
ich brauche eine Bibel dazu. Fernando, könntest du den
Maitre fragen, ob sie zufällig eine hier haben? Falls nicht,
was anzunehmen ist, bitte ihn um die Faxnummer des
Restaurants. Im Archiv ist einer der Stipendiaten, der mir
ein paar Seiten schicken könnte.«

Natürlich gab es im Restaurant keine Bibel, aber ein
Faxgerät. Kurz nach Lucías Telefonat mit dem Stipendiaten brachte der Kellner ein zweiseitiges Fax an den
Tisch. Die Archivleiterin überprüfte, ob die Seiten korrekt waren.

»Fernando oder Mónica, wer von euch beiden kann
mir die Steine des Reifs nennen?«

»Kein Problem!«, antwortete Fernando.» Es sind zwölf ungeschliffene Steine. Wenn ich mich nicht täusche – bitte verbessere mich, falls nötig, Mónica –, ist in der ersten Reihe ein Rubin, ein Topas und ein Smaragd. In der zweiten ein Türkis, ein Saphir und ein Diamant ...«

Lucía unterbrach ihn und las die Namen der übrigen Steine aus dem Fax vor.

»Die dritte Reihe besteht aus einem Hyazinth, Achat, Chrysolit, Onyx und Jaspis. Alle sind goldgefasst ...«

Die anderen staunten.

»Zwölf Steine sollen es sein, gemäß den Söhnen Israels. Exodus achtundzwanzig, Vers siebzehn bis zweiundzwanzig. Fernando«, siegessicher sah Lucía ihm in die Augen, »sind das die Steine, die du noch aufzählen wolltest?«

»Ja, ganz genau! Sogar die Reihenfolge stimmt. Nur eines noch: Stammt das Zitat wirklich aus der Bibel?«

»Es ist aus dem Alten Testament. Darin werden Jahves Anweisungen an Moses genau wiedergegeben. Der Hohepriester durfte das Allerheiligste nur mit einem Brustharnisch und anderem Schmuck betreten. An diesem Ort wurde die Bundeslade mit den Gesetzestafeln verwahrt. Es war der Sitz des Allerheiligsten.«

Paula und Mónica kamen aus dem Staunen nicht heraus. Aber Lucía war noch nicht am Ende ihrer Darlegungen.

»Es wird immer deutlicher!« Sie warf eine störende Haarsträhne zurück und atmete tief durch. »Ihr werdet mich bestimmt gleich für verrückt erklären. Der Armreif ist nicht nur außerordentlich alt, sondern auch ebenso kostbar. Ich gehe sogar so weit zu glauben, er habe Moses gehört.« Ihre Augen funkelten vor Begeisterung. Diese Eröffnung war so überwältigend, dass die anderen förmlich die Gabel fallen ließen. »Da der Reif mit den Angaben aus der Bibel übereinstimmt, gibt es nur zwei mögliche Schlüsse: Entweder er gehörte Moses, oder dieser hat ihn irgendwo gesehen.«

Fernando bestätigte ihre Vermutungen.

»Das holländische Labor hat ihn zwischen dem vierzehnten und dem dreizehnten Jahrhundert vor Christus datiert. Ich glaube, in diesem Zeitraum brach das Volk Israel zum Heiligen Land auf, oder?«

»Ja, man geht davon aus, dass Moses um diese Zeit nach Kanaan gezogen ist. Das Laborergebnis bestätigt, dass wir auf der richtigen Spur sind – auch in Bezug auf Moses.

Absolute Gewissheit kann es nicht geben, da es in den alten Schriften nicht erwähnt wird. Über Moses gibt es nur diese Quelle schriftlicher Überlieferung. Aber es gibt noch einen Hinweis, weshalb Moses Träger des Reifs gewesen sein könnte. Wir müssen nur das Geschehen auf dem Berg Sinai mit einer anderen Geschichte verknüpfen, die sich einige Jahre davor am Hof des Pharaos zugetragen hat.«

Während sie diese Überlegungen formulierte, hatten Lucías Augen einen eigentümlichen Glanz bekommen. Fernando schien davon angesteckt, denn er rieb sich die seinen und schluckte wiederholt. Selbstvergessen hing er an den Lippen der Historikerin. Dies war Mónica schon vor einer Weile aufgefallen.

»Die Geschichte ist folgende: Es ist bekannt, dass der Pharao dem jungen Moses einst in seinem Palast einen Armreif schenkte. Diesen trug Moses viele Jahre lang. Er gab ihn erst zurück, als das Verhältnis der beiden in die Brüche ging. Sie waren so etwas wie Blutsbrüder gewesen. Doch der Pharao wollte Moses nicht mit seinem

Volk ins Gelobte Land ziehen lassen, wie es Jahve geboten hatte. Das Armband muss für den jungen Moses so etwas wie ein Zeichen der Treue oder Verbundenheit gegenüber dem Pharao gewesen sein. Nachdem er aber auf dem
Berge Sinai die Gesetzestafeln erhalten und sein Volk damit den Bund mit Gott eingegangen war, frage ich mich:
Hat Moses als Zeichen dieser heiligen Allianz ebenfalls
einen Armreif erhalten ...? Ich meine, ja. Meiner Ansicht
nach seid ihr im Besitz des Armreifs, den Moses trug, seit
Gott auf dem Berge Sinai zu ihm gesprochen hatte.«

Fernandos Bewunderung für die Historikerin wuchs
ins Unermessliche. So einer Frau war er noch nie begegnet.

»Ich bin fast hundertprozentig davon überzeugt, dass
wir auf die wichtigste und heiligste Reliquie aller Zeiten
gestoßen sind!«

»Donnerwetter, Lucía!«, platzte Paula heraus. »Du
behauptest, wir hätten einen Armreif von Moses – das
ist ein Ding! Aber wie kam ausgerechnet mein Vater
dazu ...? Ich meine, der Ärmste hat ihn ja nie wirklich
erhalten.«

Ein Kellner schenkte Wein nach. Das Essen hatten sie
kaum angerührt. Paula sprach weiter, nachdem er sich
wieder zurückgezogen hatte.

»Lass mich nur noch Folgendes zusammenfassen, bevor du antwortest: Wie wir wissen, schickte Carlos Ramírez meinem Vater das Armband. Die einzige Verbindung zwischen diesen beiden wäre, nach Ansicht von
Lorenzo Ramírez, ihre mögliche Mitgliedschaft in einem
Templerorden und die Kirche Vera Cruz.«

Da Lucía dieser Zusammenhang nicht bekannt war, erklärte Mónica ihn ihr. Während die junge Frau sprach,
kombinierte die Archivleiterin bereits. Gerade kam eine

große Platte mit Petits Fours auf den Tisch. Lucía überlegte noch einen Augenblick und legte dann erneut los.

»Aufgrund der neuen Sachlage ist mir ein Verdacht gekommen. Der Gedanke ist zwar noch nicht ausgereift, aber ich möchte ihn trotzdem darlegen. Es könnte sein, dass einer von den neun Ordensgründern der Templer den Armreif in Jerusalem gefunden hat – vielleicht bei Ausgrabungen im ehemaligen Tempel Salomons.« Den Tischgefährten blieb der Mund offen stehen. Die Historikerin sah sich genötigt, geschichtlich etwas auszuholen, um ihre Annahme verständlicher zu machen. »Neun Jahre lang lebten die neun Mönche allein in der heutigen al-Aqsa-Moschee – von der Ordensgründung im Jahr tausendeinhundertneunzehn bis zum Jahr tausendeinhundertachtundzwanzig. König Balduin II. von Jerusalem hatte ihnen das Gebäude überlassen. Erst nachdem der Orden auf dem Konzil von Troyes anerkannt worden war, konnten neue Mitglieder aufgenommen werden. Nach den Römern waren diese neun Männer die ersten Europäer, welche die Reste des immer wieder zerstörten Tempels erforschen konnten.

Der Schatz des Salomon ist der Traum eines jeden Archäologen, nicht nur aufgrund seines historischen und materiellen Wertes, sondern vor allem wegen des religiösen. Er umfasst die Bundeslade mit den Gesetzestafeln, einen goldenen Tisch, Kultgegenstände des Hohepriesters und vieles mehr – alles genauestens in der Bibel beschrieben. Der Schatz wurde im Tempel verwahrt, bis dieser von Nebukadnezar zerstört wurde. Ich vermute, der Armreif gehört dazu. Keine Ahnung, wie, aber die ersten Templer müssen ihn damals gefunden haben.«

»Wenn das alles zuträfe, wäre es ein zusätzlicher Beweis seiner Echtheit. Vergiss nicht, dass wir einen Sprung in der Geschichte von lässigen tausend Jahren machen. Wundert dich nicht, dass der Armreif nach so unglaublich langer Zeit bei uns landen konnte?« Paula konnte einfach nicht fassen, dass sie im Besitz einer Reliquie von derartigem Wert sein sollten.

»Aber natürlich! Wir müssen diesen Lorenzo Ramírez noch einmal treffen und ihm alles darlegen, was wir bisher in Erfahrung gebracht haben. Vielleicht wird so klar, wie der Reif nach Badajoz gelangt ist.«

»Wenn die Templer ihn gefunden haben, ist anzunehmen, dass sie ihn auch über Jahre verwahrten. Es ist kein Zufall, dass als Versandort auf unserem Paket mit dem Armreif Jerez de los Caballeros steht. Hier befand sich eine der größten Komtureien Europas – wie bei der Kirche Vera Cruz, wo er dann verblieben ist ...«

Fernando bestellte Kaffee und die Rechnung.

»Hmmm ... darf ich den Herrschaften sonst noch etwas anbieten? Vielleicht einen kleinen Likör?«

»Nein, danke. Bitte nur die Kaffees.«

Bisher hatte hauptsächlich Lucía die Unterhaltung bestritten. Nur zögernd verließ sie die Runde und entschuldigte sich, um auf die Toilette zu gehen.

»Wir müssen Don Lorenzo Ramírez anrufen. Er soll uns sagen, wann er in Madrid ist. Zusammen werden Lucía und er mehr Licht in die Sache bringen.«

Die Frauen hielten das für eine gute Idee. Da bemerkte Mónica, dass sie das Notizbuch mit der Telefonnummer in Fernandos Wagen gelassen hatte. Sie begleitete Lucía auf die Toilette und ließ die Geschwister für einen Moment allein.

Paula betrachtete den Bruder. Fernando schien weggetreten, als wäre er in Gedanken ganz woanders.

»Geht es dir gut, Fer?«

»Wie bitte? Was hast du gesagt, Paula?« Offenbar war er wieder im Hier und Jetzt gelandet.

»Ich habe gefragt, ob es dir gut geht. Du warst wie in Trance. Was ist dir durch den Kopf gegangen?«

»Ich musste an Isabel denken. Vermutlich wegen Lucía. Jetzt wäre sie im gleichen Alter. Irgendetwas an dieser Frau erinnert mich an Isabel und lässt mich nicht los.«

»Du wirst mir doch nicht sagen wollen, dass Lucía dir den Kopf verdreht hat, oder? Muss ich dich daran erinnern, dass du mir in Zafra noch dein Interesse für Mónica gestanden hast? Du scheinst ganz schön durcheinander zu sein.«

»Den Kopf hat Lucía mir ganz bestimmt nicht verdreht. Sie beschäftigt mich vielmehr. Es ist etwas Besonderes an ihr. Vielleicht liegt es an ihrem erstaunlichen Wissen, an ihrer Reife. Das kann dir nicht entgangen sein, oder?«

»Natürlich ist es mir aufgefallen, Fer. Lucía steht für das Gute und Schlechte der reifen Frau. Man merkt einfach, dass sie schon einiges erlebt hat. Ich glaube, dass sich hinter all dem Wissen eine Unbekannte verbirgt, jemand Kompliziertes mit einem Haufen Probleme. Möglich, dass ich falsch liege. An deiner Stelle würde ich mich an Mónica halten. Sie ist das genaue Gegenteil: unschuldig und dabei intelligent, mit der Fähigkeit, sich ganz hinzugeben und das noch Unbekannte lustvoll zu erforschen.«

»Du bist wirklich unverbesserlich! Nie lässt du locker.« Er kniff sie freundschaftlich in die Wange. »Aber du übertreibst ein wenig. Ich schwanke nicht im Geringsten zwischen den beiden. Das war nur laut gedacht, weil du mich darum gebeten hattest.«

»Ist ja gut! Trotzdem: Mónica ist die bessere Wahl.«

Die beiden Frauen kamen gerade zurück. Damit war das Gespräch beendet.

Man verabschiedete sich am Parkplatz. Dann ging jeder seiner Wege.

Während der ganzen Fahrt nach Madrid machte Fernando einen geistesabwesenden Eindruck. Viele Gelegenheiten, mit ihm allein zu sein und ihm ihre Gefühle zu gestehen, würden sich vermutlich nicht bieten, überlegte Mónica. Doch sie besann sich auf Paulas Ratschlag, dem Mann die Initiative zu überlassen.

Bis zur Stadtgrenze hatten sie kaum ein Wort gewechselt. Jetzt löste Fernandos Frage ihre Zweifel in Luft auf.

»Hast du dich schon mal verliebt, Mónica?«

»Was für eine Frage, Fernando. Na klar war ich schon verliebt und nicht nur einmal. Um ehrlich zu sein, sogar zweimal. Mit sechzehn, während der Sommerferien. An den Typen kann ich mich gar nicht mehr erinnern. Dann habe ich mich so in mein Studium hineingekniet, dass Jungen, sagen wir mal, auf Platz hundert rückten.«

»Und wer war Nummer zwei?«

Mónica errötete bis unter die Haarwurzeln. Sie war verunsichert und zögerte mit der Antwort. Sollte sie zugeben, dass sie in ihn verliebt war? War das der richtige Zeitpunkt?

Da sie immer noch schwieg, hakte Fernando nach.

»Was ist, warum sagst du nichts, Mónica? Sei jetzt nicht gleich böse. Gab es überhaupt noch einen anderen?«

»Nein! Es stimmt. Es hat keinen gegeben.« Sie schloss die Augen und sprang ins Kalte. »Weil es ihn noch gibt … Dich.«

Erleichtert atmete sie auf. Es war draußen. Jetzt war er an der Reihe. Sie hatten nur noch wenige Minuten bis zu ihrer Haustür.

»Das freut mich, und ich fühle mich sehr geschmeichelt.« Er wurde ernst. »Ich nehme an, du willst wissen, was ich fühle.«

»Natürlich will ich das.«

»Ich fühle mich zu dir hingezogen. Sehr sogar.« Er streichelte ihre Wange. »Du bist für mich etwas ganz Besonderes. Deshalb will ich ganz ehrlich sein. Ich bin mir noch nicht so sicher wie du. Lass mir noch etwas Zeit, klarer zu sehen.«

Im Aufzug konnte Mónica endlich ihren Tränen freien Lauf lassen. Ihr großer Traum war in Erfüllung gegangen. Fernando fühlte sich zu ihr hingezogen!

Für die Angestellten des Juwelierladens Luengo verlief die Woche relativ eintönig. Ende Januar war im Geschäft nie viel los. Mónica jedoch strahlte und war voller Tatendrang.

Am Mittwochabend erhielt Fernando in seinem Büro einen Anruf von Lucía.

»Ich möchte bitte mit Fernando Luengo sprechen.«

»Ja, am Apparat. Bist es du, Lucía?«

Frau Doktor Herrera wollte wissen, ob Fernando Donnerstag, am späten Nachmittag, Zeit hatte. Sie hatte einen außerordentlichen Fund gemacht. Eine Angelegenheit im Kulturministerium führte sie nach Madrid. Ab sieben könnte sie sich freimachen. Fernando bot an, sie im Ministerium abzuholen und anschließend gemeinsam einen Kaffee zu trinken.

Er hatte noch nicht aufgelegt, da betrat Mónica das Büro.

Sie brachte ihm verschiedene Rechnungen und Unterlagen zur Unterschrift. An diesem Tag sah sie besonders hinreißend aus. Nachdem er alles unterschrieben hatte, klappte sie die Mappe zu und sah ihn bedeutungsvoll an.

»Weißt du, was morgen für ein Tag ist?«

»Na, Donnerstag. Aber du willst doch nicht andeuten, dass ich Schussel wieder ein wichtiges Treffen vergessen habe? Was ist es diesmal?«

»Es ist nur mein Geburtstag. Sonst nichts.«

Mit einem breiten Lächeln verließ sie das Büro und schloss die Tür hinter sich.

»Jetzt sitze ich in der Tinte!«, dachte Fernando. Er war doch schon am Nachmittag mit Lucía verabredet. Sie hatte sicherlich noch etwas über den Armreif herausgefunden. Welch ein Zufall, dass sie ausgerechnet morgen in Madrid zu tun hatte. Aber er war viel zu gespannt auf ihre Neuigkeiten, um die Verabredung zu verschieben. Vorerst musste Mónica nichts von dem Treffen erfahren. Er würde sie gegen neun zu sich nach Hause zum Abendessen einladen. Später könnte er ihr alles in Ruhe erzählen.

»So mache ich es. Wenn sie wieder hereinkommt, lade ich sie für morgen Abend um neun Uhr ein«, sagte er sich.

»Wenn es dir recht ist, komm doch morgen Abend zu mir nach Hause. Ich werde selbst kochen und mich ordentlich anstrengen. Schließlich ist es dein Geburtstag. Einverstanden?«

»Ja, das klingt prima. Ich bin dann gegen neun bei dir. Hoffentlich wird es ein recht ›besonderer‹ Geburtstag.« Sie zwinkerte ihm zu. »Also, ich lasse dich jetzt allein.«

Mónica verabschiedete sich bis zum nächsten Tag und ging hinaus. Obwohl es schon neun vorbei war, blieb Fernando noch im Büro, um eine Weile zu arbeiten.

Wie jeden Abend fuhr Mónica mit dem Wagen aus der Garage und dann nach Hause. Ein Auto mit zwei Männern folgte ihr unauffällig. Seit ein paar Tagen wurde die junge Frau beobachtet. Sie hatte nichts davon bemerkt.

Es war schon nach sieben Uhr, als Fernando am nächsten Abend in der Alcalástraße parkte. Er hatte sich verspätet, deshalb eilte er zum Ministerium, wo er mit Lucía verabredet war. In der Calle Serrano war eine Laterne umgefallen und hatte einen Stau verursacht. Das hatte ihn zehn Minuten gekostet.

Lucía wartete schon auf der Straße. Sie trug einen beigen Mantel. Wegen der großen Kälte lief sie stapfend hin und her.

Fernando rannte die letzten Meter und gab ihr atemlos einen Kuss auf die Wange, sich für die Verspätung entschuldigend. Entgegen ihrer Gewohnheit hatte sich die Archivleiterin etwas zurechtgemacht. Fernando hielt es für taktlos, ihr zu sagen, dass sie so viel besser aussehe.

»Ich bin völlig durchgefroren! Wer hätte gedacht, dass es heute in Madrid so kalt wird? Seit einer Weile stehe ich schon auf der Straße. Gut, dass ich den dicken Mantel angezogen habe. Wie geht's, Fernando?«

»Abgesehen davon, dass ich wegen der Verspätung untröstlich bin, ausgezeichnet. Ich freue mich, dich zu sehen. Hast du Lust, hier in der Nähe einen Kaffee zu trinken? Dabei wärmst du dich wieder auf und erzählst mir, was du herausgefunden hast. Den ganzen Tag brenne ich schon darauf!«

»Das mit dem Kaffee würde ich gerne vorerst verschieben. Aber danke für die Einladung. Lass uns lieber gleich zur Sache kommen. Doch dafür müsste ich noch einmal das Armband sehen. Ich kann mich kaum daran erinnern und müsste etwas überprüfen. Besser, wir gehen gleich in dein Geschäft und trinken anschließend Kaffee. Außerdem hoffe ich, dass Mónica dort ist, dann weiß sie auch gleich Bescheid.«

Der Vorschlag löste in Fernando eine Horrorvision aus. Am Vortag hatte er alles eingefädelt. Er konnte unmöglich aus heiterem Himmel mit Lucía im Geschäft aufkreuzen. Wie sollte er das Mónica erklären? Rasch legte er sich eine Ausrede zurecht.

»Tut mir leid, Lucía, aber das wird heute nicht gehen. Aus Sicherheitsgründen ist der Safe so programmiert, dass er nur zu bestimmten Zeiten geöffnet werden kann. Das ist erst morgen Früh um zehn wieder der Fall. Natürlich geht es auch außer der Zeit. Aber du kannst dir nicht vorstellen, wie umständlich und aufwändig das ist.« Er hoffte, sie überzeugt zu haben. »Ich habe bei mir zuhause Fotos von dem Reif. Das müsste doch auch gehen, was meinst du?«

»Ja, klar! Der Reif selbst wäre mir zwar lieber, aber es geht wohl nicht anders. Die Fotos dürften reichen.«

Jeder nahm seinen Wagen, denn Lucía musste anschließend noch nach Segovia.

Fernandos exklusive Penthousewohnung lag in einem der teuersten Viertel Madrids, im Barrio de los Jerónimos. Sie gaben dem Hausmeister die Autoschlüssel.

»Guten Abend, Paco. Gibt's was Neues von deinem Sohn?« Am Morgen war dessen Aufnahmeprüfung zur Marine gewesen.

»Leider noch nichts. Die Prüfung ist noch nicht zu Ende.« Der Hausmeister setzte sich ins Auto, um es wegzufahren. »Trotzdem, vielen Dank fürs Nachfragen, Don Fernando. Ich halte Sie über die Neuigkeiten auf dem Laufenden.« Neugierig beäugte der Mann Fernandos Begleitung.

Der Hausherr öffnete die Wohnungstür und ließ Lucía

in die großzügige ovale Empfangshalle eintreten. Gegenüber vom Eingang befanden sich vier Türen mit klassischem Rundbogen.

Fernando half seinem Besuch aus dem Mantel und führte ihn in den geräumigen Salon. Durch die beiden großen Fenster sah man auf den Retiropark. Lucía nahm in einem bequemen elfenbeinfarbenen Sofa Platz, während der Gastgeber die Fotos holte und Kaffeewasser aufsetzte.

Die Archivleiterin sah sich in dem Raum um. Ihr Blick blieb bei einer Reihe in Silber gerahmter Porträtfotos hängen, die auf einem kleinen Tisch neben dem Fenster arrangiert waren. Sie ging hin, um sie von der Nähe zu betrachten. Besonders ein Hochzeitsfoto erregte ihre Aufmerksamkeit. Zweifelsohne war der Bräutigam Fernando – auch wenn er sich inzwischen etwas verändert hatte.

Der Juwelier hatte seine Frau nie erwähnt. Vielleicht war er geschieden. Diese kleine Entdeckung überraschte Lucía. Zwar hatte sie sich darüber keine besonderen Gedanken gemacht, aber angenommen, Fernando sei Junggeselle.

Auf dem Tisch waren noch mehr Bilder der Frau; an verschiedenen Orten, manchmal war sie allein zu sehen, auf anderen zusammen mit ihm. Sie war nicht besonders schön, hatte aber etwas Besonderes.

»Das ist meine Frau Isabel. Sie starb hier in dieser Wohnung vor fast vier Jahren unter schrecklichen Umständen.«

Der Hausherr stellte das Tablett mit dem Kaffee auf dem Couchtisch ab und ging zu Lucía, um ihr die versprochenen Fotos des Armreifs zu zeigen.

»Das tut mir leid, Fernando. Ich wusste nicht, dass du

Witwer bist. Ist es dir sehr unangenehm, darüber zu sprechen?«

Sie stellte den Bilderrahmen zurück und setzte sich in den Sessel, um die Fotos des Armreifs anzusehen. Damit sich Fernando zu ihr setzen konnte, rückte sie ein wenig zur Seite.

»Mach dir keine Sorgen. Jeden Tag sehe ich die Tote vor mir. Es macht mir nichts aus, darüber zu sprechen. Ich fand Isabel auf der Treppe zur zweiten Etage. Sie lag in einer Blutlache. Man hatte ihr die Kehle aufgeschlitzt. Verzeih meine Schonungslosigkeit, es war ein furchtbarer Anblick. Mir blieb nichts erspart.«

»Gütiger Gott, das muss ja entsetzlich für dich gewesen sein! Wie ist es denn passiert?« Bei der Vorstellung lief Lucía ein Schauer über den Rücken.

»Nach Ansicht der Polizei war es Raubmord. Sie vermuten, Isabel habe die Diebe überrascht. Die haben die Nerven verloren und die lästige Zeugin umgebracht. Ich habe nie daran geglaubt. Etwas sagt mir, dass es Mord war und kein Totschlag. Aber ich kann nichts beweisen. Es ist mir auch nicht gelungen, dass die Polizei in dieser Richtung weiter ermittelt.«

»Es tut mir so leid, Fernando. Du ahnst gar nicht, wie sehr ich mit dir fühle! Vielleicht weißt du es nicht, aber ich bin auch Witwe. Mein Mann kam bei einem Unfall ums Leben.«

Der Hausherr schüttelte den Kopf und schenkte etwas Kaffee ein. Lucía zündete sich eine Zigarette an und fuhr fort:

»Als wir heirateten, war ich bis über beide Ohren verliebt. Er war ein wunderbarer Mann. Wir kannten uns nur kurz, aber wir wussten sofort, dass wir füreinander bestimmt waren. Nach drei Wochen – unsere Hochzeitsreise lag gerade mal ein paar Tage zurück – stürzte seine Propellermaschine ab. Er war auf dem Weg zur Baustelle einer Wohnungsanlage bei Alicante. Sein Tod traf mich wie ein Blitz. Ich fiel vom siebten Himmel in ein großes schwarzes Loch. Ein Jahr lang verließ ich nicht mehr das Haus. Ich wollte niemanden sehen und mit niemandem reden. Irgendwann begann sich die Wunde dann langsam zu schließen.«

»Das Schicksal hat uns beiden übel mitgespielt. Es ist bitter, den Menschen zu verlieren, mit dem man sein Leben verbringen wollte. Wie bist du darüber hinweggekommen?«

Lucía kramte in der Handtasche nach einem Taschentuch. Mit der Erinnerung waren auch die Tränen gekommen.

»Keine Ahnung! Wie kommt man darüber weg? Da ziehen einen andere raus. Allein schafft man es nicht.« Lucía schnäuzte und entschuldigte sich anschließend, die Fassung verloren zu haben. »Die Arbeit hat mir sehr geholfen. Zum Glück wurde mir bald darauf die Leitung des Archivs angetragen. Das hat mich auf andere Gedanken gebracht. Für mich war das ganz entscheidend. Zwar geht es mir inzwischen besser, aber die Alte werde ich nicht mehr. Ich weiß nicht, ob es dir auch so geht, aber ich fühle mich manchmal wie ein verletztes wildes Tier. Man schleppt sich irgendwie weiter, stößt dabei überall an, frisst seinen Schmerz in sich hinein, aber wehe, jemand stellt sich mir in den Weg: Ohne zu überlegen, schlage ich da erbarmungslos zu.« Sie schnäuzte sich erneut und wischte die verlaufende Wimperntusche von den Wangen. »Lass uns Klageweiber bitte das Thema wechseln.«

Fernando nickte. Er überlegte besorgt, wie lange Lucía

noch bleiben würde. Sie hatte noch nichts von ihrem Fund erzählt. Bald würde Mónica zum Abendessen erscheinen. Er musste ein Zusammentreffen der beiden unbedingt verhindern.

In einem Katalog des Archäologischen Museums von Amman über antiken Schmuck hatte Lucía einen Ring entdeckt, der große Ähnlichkeit mit dem Armreif hatte. Auch diesen Ring schmückten zwölf Edelsteine. Man hatte ihn erst kürzlich bei einer Ausgrabung in der Nähe des Berges Nebo gefunden – einem heiligen Ort in Jordanien. Der Ring war viel jüngeren Datums als der Reif. Es wurde vermutet, er sei ein jüdischer Kultgegenstand. Lucía erinnerte nochmals an die religiöse Bedeutung des Fundortes. Vom Gipfel des Berges Nebo erblickte Moses erstmals das Gelobte Land.

»Sollte sich die Ähnlichkeit tatsächlich bestätigen, gibt es kaum mehr Zweifel über die Herkunft des Armreifs, auch nicht in Bezug auf die Verbindung zu Moses. Zwar ist der Ring nicht so alt, aber von der gleichen Machart wie die – laut Bibel – in der Bundeslade zu Ehren Jahves verwahrten Kultgegenstände. Folgerichtig haben Jahrhunderte später die Nachfahren dieser Tradition ähnliche heilige Objekte für ihre Riten hergestellt.«

»Lucía, du überraschst mich immer aufs Neue. Was wären wir ohne dein erstaunliches Wissen und deine Hilfe? Wir wären noch ganz am Anfang.«

Wieder spürte Fernando ein eigenartiges Gefühl in sich aufsteigen. Wie er schon in Segovia seiner Schwester zu erklären versucht hatte, zog ihn irgendetwas zu dieser Frau hin.

»Vielen Dank für das Kompliment. Aber warte, was jetzt kommt. Wenn du dann noch den leisesten Zweifel hegst, bringe ich dich auf der Stelle um«, sagte Lucía lächelnd. »Im Buch der Makkabäer berichtet die Bibel, dass der Prophet Jeremias in einer Höhle des Berges Nebo die Bundeslade, die Stiftshütte und den goldenen Räucheraltar versteckt hat. Dies sind die wichtigsten Insignien für das Bündnis zwischen Jahve und Moses. Überliefert ist auch, dass Moses nicht ins Gelobte Land zog, sondern auf dem Berg blieb – offen hingegen, ob er dort starb oder in den Himmel aufstieg.« Die Historikerin zündete sich noch eine Zigarette an. »Das alles ist nicht nur Zufall. Ich glaube, der Armreif wurde eine Zeitlang in der Höhle oder einem ähnlichen Ort verwahrt und diente später als Vorlage für den Ring. Jeder Zweifel ist eigentlich ausgeschlossen! Wir haben den sonnenklaren Beweis, dass es sich um den Armreif von Moses handelt – das Zeichen seines Bundes mit Jahve.«

»Ich bin überwältigt, Lucía! Nach deinen Ausführungen ist gar kein anderer Schluss möglich.«

Fernando war von den neuen Erkenntnissen beeindruckt. Doch er wurde zunehmend unruhiger. Denn es war schon spät. Es konnte jeden Augenblick klingeln. Wie sollte er Mónica Lucías Besuch erklären! Dieser war seine Unruhe nicht entgangen. Sie schaute auf die Uhr und sah, dass es Zeit war aufzubrechen. Bis Segovia war es ein gutes Stück.

»Ich muss jetzt gehen, Fernando. Es ist schon spät, und ich möchte nicht mitten in der Nacht nach Hause kommen.« Sie erhob sich vom Sessel und ging zur Tür. »Auf jeden Fall war es ein schöner Abend.«

Fernando ging den Mantel holen. Dieser Mann konnte nicht nur wunderbar zuhören, sondern weckte in ihr das wachsende Bedürfnis, sich wieder mehr als Frau zu fühlen.

»Beinahe hätte ich es vergessen. Da ist noch etwas, was mir seit Tagen nicht aus dem Kopf geht. Es gab eine alte jüdische Sekte, die Essener. Ich vermute, dass auch sie in dieser Geschichte eine Rolle spielen.« Es drängte sie, den Juwelier bald wiederzusehen. Ein Versuch konnte nicht schaden. »Hättest du noch mal Zeit, dass wir darüber reden?«

»Aber sicher. Selbstverständlich.« Es war schon nach neun. Er musste sie loswerden. »Ich rufe dich an, ja?«, würgte er sie ab.

»Ich hätte eine Idee ...« Lucía ließ nicht locker. »Wir müssen uns ja nicht wieder zum Essen oder so wie heute verabreden. Hast du nicht vorhin erwähnt, dass Don Lorenzo Ramírez aus der Extremadura stammt? Ich habe ein Landhaus in der Nähe von Cáceres. Nächstes Wochenende bin ich ohnehin dort. Komm mich doch einfach besuchen. So können wir auch gleich den Professor treffen. Wir sollten alle Informationen zusammentun. Dann werden wir bestimmt um vieles klarer sehen.«

Eigentlich hatte Lucía auch Mónica und Paula einladen wollen. Doch statt des beabsichtigten Plurals war es eine Einladung im Singular geworden. Egal – gesagt war gesagt. Gespannt wartete sie auf die Antwort.

»Nächstes Wochenende bei dir auf dem Land?«

Die Zeit drängte. Fernando überlegte eine Sekunde. Es sprach mehr gegen als für diesen Besuch. Schließlich konnte er Lucías erwartungsvollem Blick nicht länger widerstehen und sagte zu.

»Ich freue mich, dass du kommst, Fernando. Es wird bestimmt ein schönes Wochenende. Übrigens, gehst du gerne auf die Jagd?«

»Ja, schon. Ich habe zwar Jagd- und Waffenschein, aber viel zu wenig Zeit. Also, ein leidenschaftlicher Jäger bin ich eigentlich nicht.«

»Ich werde dir ein paar Rebhühner vor die Flinte treiben. Viel Vergnügen!«

Gerade als sie ihn zum Abschied auf die Wangen küssen wollte, summte die Sprechanlage.

»Also, ich gehe jetzt wirklich. Du wirst verlangt.«

Sie ging zum Aufzug und winkte ihm zu.

Fernando erwiderte die Geste von der Tür aus. Er nahm
den Hörer von der Sprechanlage ab. Mónica war dran.

»Hallo, Fernando, ich stehe im Hauseingang und weiß
nicht, wohin mit dem Wagen. Was soll ich tun?«

»Ach ja … natürlich … natürlich kannst du. Der Hausmeister müsste unten sein. Gib ihm einfach die Autoschlüssel. Obwohl … ich weiß nicht recht …«

»Ist was, Fernando? Du klingst so eigenartig. Kann ich
nun parken oder nicht? Bitte sag mir, was ich tun soll.
Ich stehe nämlich in zweiter Reihe und werde dauernd
angehupt …« Mit einem Mal wurde es still. »Hör mal,
aus deinem Haus kommt gerade … Ich glaube, es ist …
Das gibt es doch nicht, Fernando!« In Mónicas Stimme
mischten sich Wut und Enttäuschung. Sie konnte kaum
weitersprechen und japste nach Luft. »Lucía kommt gerade aus dem Haus. Mit ihr bist du jetzt fertig. Nun bin
wohl ich dran?«

»Ich kann dir das alles erklären, Mónica. Sei nicht al-
bern und komm rauf.«

»Du musst mir gar nichts erklären. Die Erklärung hat
zwei Beine und läuft gerade an meiner Nase vorbei. Be-
müh dich nicht. Zwischen uns ist es aus, noch bevor es
angefangen hat!

Gute Nacht, Fernando!«

9

Ephesus, 1244

Von Venedig bis zum Hafen von Smyrna brauchte ein Schiff fast zwei Wochen. Nachdem Tripolis und Akko zu unsicher geworden waren, hatte sich der Schiffsverkehr mit Europa nach Smyrna verlagert.

Auf der Galeere reisten nur zwei Passagiere mit. Jeden Nachmittag trafen sie sich am Bug zum Gebet – das sie hinaus über Gottes weites Meer schickten. Sie wollten der Besatzung nicht auf die Nase binden, dass sie Kirchenmänner waren.

Von Rom aus hatten sie den Apennin überquert, um in Venedig ein Schiff Richtung Ephesus zu nehmen. Doch es gab keine direkte Verbindung dorthin. Deshalb schifften sich die beiden auf der Galeere ein, die alle vierzehn Tage nach Smyrna fuhr.

Diese Hafenstadt befand sich nur wenige Meilen nördlich vom antiken Ephesus – dem eigentlichen Ziel der inoffiziellen Reise von Papst Innozenz IV. Seit einer Woche waren der Heilige Vater und sein Privatsekretär Carlo Brugnolli schon unterwegs. Zu Ehren der venezianischen Flagge trug die Galeere den Namen *Il Leone*.

Vor Reiseantritt erklärte der Kapitän den Passagieren, das Schiff werde zunächst in Konstantinopel einlaufen –

dem Bestimmungsort eines Teils der Fracht. Deshalb waren drei Tage Verspätung nicht auszuschließen.

Der Kapitän war ein kleiner, grober Kerl, der von allen *Il Pescante* genannt wurde. Er ahnte nicht, wer seine Passagiere in Wirklichkeit waren, denn der Heilige Vater hatte sich mit seinem profanen Namen, als Sinibaldo de Fieschi, vorgestellt.

Er gab vor, ein römischer Kaufmann zu sein. In Begleitung seines Vertrauten und Buchhalters habe er geschäftlich in Ephesus zu tun. Kurz nachdem der Kirchenfürst und sein Sekretär Rom hinter sich gelassen hatten, tauschten sie die Kleider. Niemand sollte den Papst bei dieser Reise als solchen erkennen.

Auf dem Weg nach Venedig lagen verschiedene den Truppen Friedrichs II. unterstehende Orte. Die Beziehungen zwischen Kaiser und Papst waren derzeit äußerst delikat. Vorsicht war geboten, um nicht erkannt zu werden. Dies hätte sicher eine unangenehme Konfrontation mit dem Kaiser zur Folge gehabt, denn Seine Heiligkeit hatte Friedrich II. erst kürzlich exkommuniziert.

Auch mit Konstantinopel gab es Spannungen. Wiederholt hatte der Papst Kaiser Johannes III. aufgefordert, Truppen ins Heilige Land zu entsenden. Die Kreuzfahrer brauchten dringend Hilfe gegen die Angriffe der Araber. Doch die Antwort war jedes Mal knapp und ausweichend ausgefallen.

Die grausame, demütigende Eroberung Konstantinopels während des vierten Kreuzzuges hatte das Volk nicht vergessen. Johannes III. musste eine konziliante Politik betreiben und warten, bis die tiefe Wunde allmählich vernarbte. Wie sollte er seine Soldaten dazu bringen, an der Seite der Kreuzfahrer zu kämpfen? Außerdem musste die ohnehin schwache Armee im eigenen Land für Ordnung sorgen. Häufige Volksaufstände forderten militärische Präsenz. An eine weitere Front in einem fernen Land war gar nicht zu denken.

Vor diesem politischen Hintergrund hätte ein offizieller Besuch des Papstes automatisch die umständliche und schwerfällige Diplomatie in Gang gesetzt. Genau dies konnte Innozenz in dieser Angelegenheit am wenigsten brauchen.

Ein wichtiger Grund zwang den Heiligen Vater, inkognito zu reisen. Er war hinter einer kostbaren Reliquie her. Vermutlich hatte einer seiner Vorgänger im Amt, Honorius III., diese in einem Schrein verborgen und 1224 nach Ephesus geschickt. Nachdem sich die andere Spur als falsch erwiesen hatte, konnten sich die Ohrringe nur dort befinden. Es war nicht einfach gewesen, sich für mehrere Wochen vom Stuhl Petri und seinen zahlreichen schweren Verpflichtungen freizumachen.

Doch die Angelegenheit erforderte seinen persönlichen Einsatz, denn alle bisherigen Versuche waren fehlgeschlagen.

In seinem Tagebuch beschrieb Honorius minuziös, wie am fünfzehnten August des Jahres tausendzweihundertdreiundzwanzig ein bekannter ungarischer Fürst und Kreuzritter ihm ein paar einfache Ohrringe aus einem Grab übergeben hatte. Dieses lag auf einem Hügel vor Ephesus. Hier hatte einst eine Basilika zu Ehren des Apostels Johannes gestanden. In den Ruinen war der Ritter auf das Grab, vielleicht des Apostels, gestoßen. Und darin hatte er die Ohrringe gefunden.

Zunächst maß Honorius dem Fund keine Bedeutung bei. Doch bald darauf ereignete sich etwas Ungewöhnliches, und Honorius begriff, dass die Ohrringe weit mehr als nur ein gewöhnliches Schmuckstück waren.

Um die Beziehung zwischen der orthodoxen und der römischen Kirche zu entspannen, hatte ihm der Patriarch von Konstantinopel ein Präsent geschickt. Es handelte sich um eine byzantinische Mosaikarbeit zur Verschönerung der Basilika Sankt Paul vor den Mauern. Seit einigen Jahren wurde sie von Honorius umgebaut. Konstantinopel zählte zu seinen vornehmsten Stadtsöhnen Sankt Paul, auch Paulus von Tarsus genannt. Daran sollte das Mosaik über seinem Grab in Rom erinnern.

Unbesehen ließ es Honorius in einer der Kapellen anbringen. Als er wenige Tage später die Baufortschritte begutachtete, entdeckte er zu seiner großen Überraschung etwas Unglaubliches. Das Bild zeigte die Muttergottes, die Jesus auf dem Arm hielt. Doch die Jungfrau trug die gleichen Ohrringe wie jene, die ihm erst kürzlich geschenkt worden waren.

Tief erschüttert vertraute Honorius dem Tagebuch seine Zweifel an. Er konnte sich nicht entschließen, der Öffentlichkeit seine Entdeckung zu enthüllen. Die ganze Welt würde durch diese einzigartige Reliquie der Heiligen Jungfrau in Aufruhr geraten. Ihr tiefer Sinn würde im allgemeinen Lärm untergehen. Dem Papst war der unwürdige Reliquienhandel in Europa ein Dorn im Auge – wie er auf zwei Seiten darlegte.

Europa wurde von einem Jagdfieber nach heiligen Gegenständen geschüttelt. Die Städte wetteiferten untereinander um die kostbarsten, denn wer sie sein Eigen nennen konnte, füllte rasch die Truhen mit Gold: Pilger aus den entlegensten Winkeln strömten herbei, Herbergen entstanden, die Kirchen erhielten großzügige Spenden, auf Kopien spezialisierte Werkstätten schossen aus dem Boden und arbeiteten Tag und Nacht.

Viele Stunden verbrachte der Papst vor dem Tabernakel in seiner Privatkapelle und bedachte in Ruhe seinen Entschluss, bevor er ihn niederschrieb. Vor fast tausendzweihundert Jahren waren ein paar Christen vor der gleichen Entscheidung gestanden. Auch sie mussten über den Verbleib dieser außerordentlichen Reliquie befinden. Damals beschloss man, die Ohrringe im Grab des Heiligen Johannes zu verstecken. Von allen Aposteln war dieser Jesus der liebste gewesen. Nachdem Er in den Himmel gefahren war, hatte Johannes sich dem Schutz der Jungfrau verschrieben. Honorius würde es ihm gleichtun. Aber er wollte die Ohrringe trennen: Der eine sollte in der Basilika von Sankt Johannes aufbewahrt werden, der andere im Heiligen Grab zu Jerusalem. An diesen Orten waren Jesus und sein Apostel bestattet worden.

Nur Innozenz kannte das Tagebuch seines Vorgängers. Als es ihm im Vatikanischen Archiv in die Hände fiel, beschloss er, seinen Fund zunächst geheim zu halten. Er verwahrte ihn zwischen seinen persönlichen Unterlagen. Bevor die Angelegenheit öffentlich wurde, wollte er Gewissheit haben.

»Wie geht es dir heute, Carlo? Was machen Magen und Darm, die dich gestern noch so plagten?«

Innozenz hatte gerade an dem einzigen Tisch im Speisesaal des Schiffs Platz genommen. Es war der sechste Tag an Bord und Zeit zum Frühstück.

»Heute Nacht konnte ich durchschlafen. Die Krämpfe, welche mich die letzten Tage aus dem Bett trieben, haben aufgehört. Aber ich bin noch nicht ganz wiederhergestellt.«

Der Koch kam an den Tisch. Von Anfang an waren die beiden Passagiere sich einig gewesen, dass Paulino de Módena nicht nur vorzüglich kochte, sondern auch überaus entgegenkommend war.

»Heute Morgen kann ich den Herren ein paar weich ge-
kochte Eier anbieten mit Würstchen aus dem Piemont in
einer scharfen Fleischsauce. Als Beilage gibt es Gemüse
nach Modenaer Art – ein Rezept aus meiner Heimat.
Soll ich Ihnen einen Krug Wein dazu bringen und etwas
Schwarzbrot?«

Bei dem Gedanken an die schwere Kost traten Carlo
Schweißperlen auf die Stirn. Sein Magen ließ nicht mehr
als etwas Brot und heiße Milch zu.

Innozenz sah ihn mitleidig an. Die Augenringe waren
noch tiefer geworden, die Haut blass und fahl. Der ohnehin dünne Mann war nach den vergangenen zwei Tagen
nur mehr Haut und Knochen.

Der Appetit des Papstes war hingegen ungebrochen. Er
bestellte eine ordentliche Portion. Noch nie hatte er so
viel gegessen wie auf dieser Reise. Im Lateran war das Essen ganz anders. Da er mittags stets Termine hatte, konnte
er nie in Ruhe und nach seinem Geschmack speisen. Meistens wurden die Menüs vorgekocht. Die Gerichte waren
viel zu aufwändig: Sie enthielten so viele Zutaten, dass
sie schließlich nach allem und nichts schmeckten.

Er genoss das ungewohnt einfache, aber umso schmack-
haftere Essen an Bord. Statt bestickter Leinendecken, fei-
nem böhmischem Glas und Geschirr aus Limoges standen auf dem groben Holztisch Tonteller und rustikale
Gläser. Das störte den Papst wenig. Im Gegenteil: Er fand
es wunderbar.

Sinibaldo de Fieschi stammte aus einer sehr reichen,
mit Kaiser Friedrich befreundeten Familie. Bescheidene
Verhältnisse waren ihm gänzlich fremd. Die Nahrung
schwer arbeitender Seeleute musste natürlich viel sätti-
gender und kräftiger sein als die erlesenen Speisen im
Lateran.

Alles schmeckte ihm himmlisch. Es hatte Schwein, geschmorte Bohnen mit Fleisch und Tagliatelle mit Pilzen gegeben – alles völlig ungewohnte Gerichte für einen Mann seines Amtes und seiner Herkunft.

Keiner der grobschlächtigen. fluchenden Seeleute konnte ahnen, dass er mit dem Papst höchstpersönlich an einem Tisch saß. Sonst hätten sie ihre Zungen im Zaum gehalten und weder Gotteslästerliches gesagt noch lose Reden über Weiber geführt.

Beim Essen prahlten sie lauthals mit den Eroberungen vom Hafen und lachten über das gierige Weiberpack, das nur auf die prallen Geldbeutel schielte.

Die Reise gab Innozenz Gelegenheit, die Menschen aus nächster Nähe zu erleben. Gewöhnlich bekam er nur ein gefiltertes Bild zu sehen. Nach ein paar Tagen mischte er vergnügt bei den Gesprächen der Besatzung mit und hatte eine Meinung zu allen Themen. Ungebildet waren die Seeleute, dafür aber überraschend aufgeschlossen – stellte Innozenz fest. Wie oft hatte der Papst seine Ansichten klugen und hoch gebildeten Männern dargelegt, ohne deren Herzen zu erreichen! Als Kaufmann verkleidet, war es ihm in wenigen Tagen gelungen, diesen einfachen Kerlen tief in die Seele zu blicken. Er lernte ihre Sehnsüchte, ihren Glauben und Edelmut kennen und auch, worauf es ihnen im Leben ankam. Nun begriff er, warum unser Herr Jesus Christus seine Jünger bei ihresgleichen gesucht hatte. In wenigen Tagen hatte Innozenz mehr über die menschliche Seele gelernt als in den vielen Jahren im Lateran.

Eine sanfte Brise lud die beiden Passagiere am Nachmittag zu einem Rundgang an Deck ein. Während sie sich die Beine vertraten, besprachen sie die weitere Reise.

»Hat dir der Kapitän gesagt, wann wir morgen in Konstantinopel eintreffen, Carlo?«

»Wenn nichts dazwischenkommt, meinte er, würden wir bereits mittags einlaufen. Hat Eure Heiligkeit schon erwogen, wie wir die beiden Tage in Konstantinopel verbringen werden?«

»Ich hatte dir strengstens verboten, mich so anzureden, Carlo! Es wird dir noch vor Fremden herausrutschen und alles verderben.«

Carlo bat um Verzeihung und gelobte, sich zu bessern.

»Ich möchte die Basilika der Heiligen Irene besuchen. Dort befindet sich das Originalmosaik. Das von Sankt Paul vor den Mauern ist nur eine Replik. Unbedingt will ich die Kathedrale der Heiligen Sophia sehen. Sie soll der imposanteste Sakralbau aller Zeiten sein, nicht nur der größte der ganzen Christenheit, sondern auch der schönste. Seit Jahren träume ich davon, wie ein einfacher Pilger die mit prächtigen Fliesen ausgeschmückten Kuppeln zu bewundern. Wie ich gehört habe, sollen tausende von Mosaiksteinchen dort oben glitzern. Das Licht bricht sich darin und wird in den unglaublichsten Farben und Schattierungen zurückgeworfen. Es muss ein überwältigender Anblick sein. Wir werden unsere Zeit für eine unauffällige, aber gründliche Besichtigung der Stadt nutzen. Nach ihrer Eroberung durch unsere Kreuzfahrer im Jahr 1203 wurde vieles zerstört und verbrannt. Manches Standbild ist in Frankreich gelandet, doch das Meiste befindet sich in Venedig. Vor allem eine Unzahl von Reliquien. Trotzdem gibt es noch allerhand Sehenswertes. Es wird dir gefallen, Carlo! Allerdings musst du morgen wieder gesund sein. Andernfalls wirst du auf dem Schiff bleiben.«

In aller Frühe passierte die Galeere die Dardanellen

und nahm Kurs Richtung Nordosten, auf den Bosporus. Sie glitt durch das Marmarameer dem herrlichen Konstantinopel entgegen.

Auf der spiegelglatten See fuhr das Schiff noch eine ganze Weile parallel zur Küste. Unter der grellen Mittagssonne zeichnete sich in der Ferne die Silhouette Konstantinopels ab. Da lag es erhaben und geheimnisvoll. Um die sieben Hügel schlängelte sich die Stadtmauer, unterbrochen von mehr als dreihundert Türmen.

Schweigend betrachtete die Besatzung das herrliche Bild. Vom Meer aus, hieß es, habe man einen atemberaubenden Blick auf die Stadt. Obwohl er den Matrosen geläufig war, konnten sie sich daran nicht satt sehen. Die Kuppeln der Kathedrale der Heiligen Sophia ragten unter allen anderen hervor und stellten mit ihrer Pracht selbst Paläste in den Schatten.

Wie die Besatzung von *Il Leone* bestaunte auch Carlo das herrliche Stadtbild, das sich vor dem tiefen Blau des Himmels und Wassers abhob.

Innozenz erklärte seinem Sekretär, dass Konstantinopel einst der Nabel der Welt war. Der Namenspatron der Stadt, Kaiser Konstantin, hatte sie das »neue Rom« genannt.

»Die Stadt geht auf die Zeit König Davids zurück. Sie wurde etwa tausend vor Christi gegründet und von den Römern zweihundert vor unserer Zeitrechnung erobert. Erst 330 nach Christi Geburt wurde sie von Kaiser Konstantin wieder befreit. Er machte sie zur Hauptstadt seines Reiches und gab ihr ein neues Gesicht. Richtige Bedeutung erhielt Konstantinopel, als die Westgoten in die Ewige Stadt einfielen. Da entwickelte sie sich zum zweiten Rom. Den größten Glanz entfaltete die Metropole im

6. Jahrhundert unter Kaiser Justinian. Dieser ließ die Kathedrale von Santa Sophia errichten. Damit sollte Konstantinopel zum Mittelpunkt der christlichen Welt des Ostens werden. Aber das werden wir alles noch sehen. Geht es dir inzwischen besser?«

»Ich fühle mich ausgezeichnet, mein Herr! Meine Eingeweide scheinen wieder an ihrem Platz zu sein. Einem normalen Lebenswandel steht nichts mehr im Wege.«

»Es freut mich, wieder auf dich zählen zu können, Carlo! Jetzt beginnt unser Abenteuer erst! Diese Zwischenlandung war zwar nicht vorgesehen, aber wir werden sie nutzen. Sie gibt uns Gelegenheit, mehr über das Mosaik aus Konstantinopel in Erfahrung zu bringen. Wie du weißt, ließ ich sie in einer der Kapellen von Sankt Paul vor den Mauern anbringen.«

Eine knappe Stunde später lief die Galeere in den geschäftigen Hafen von Konstantinopel ein. Geschickt legte der Kapitän zwischen zwei Schiffen mit geringerem Tiefgang an. Auf dem einen flatterte die Flagge des Königreichs Aragón, auf dem anderen die der Stadt Genua.

Bevor die beiden Römer zu ihrem Stadtrundgang aufbrachen, erkundigten sie sich beim Kapitän über die Weiterreise nach Smyrna. Dieser bedauerte. Genaueres könne er erst am nächsten Morgen sagen. Sicher war bisher nur, dass sie im Morgengrauen ablegen würden.

Als die Passagiere das Schiff verlassen hatten, befahl der ungehobelte Kapitän der Mannschaft, die Ladung zu löschen. Sie belegte mehr als die Hälfte des Stauraums.

Enge, belebte Gassen führten vom Hafen in die Innenstadt. Mit Segeltuch überspannte Fischstände säumten den Weg von Carlo und Innozenz. Im Gewimmel kamen sie ohne Einsatz der Ellenbogen kaum voran. Da es unmöglich war, nebeneinander zu laufen, ging Innozenz voraus. Auf der Suche nach der Kirche der Heiligen Irene badeten sie förmlich in der Masse. Im Hafen hatte man ihnen gesagt, die Basilika liege ganz in der Nähe der Kathedrale.

Sie waren schon eine Weile unterwegs, als Carlo sah, wie ein schmuddeliges Bürschlein nach dem zwischen den Kleidern verborgenen Geldsack des Papstes fischte. Der Privatsekretär versetzte dem Langfinger einen kräftigen Tritt gegen das Schienbein.

»Was für ein Spitzbub! Er war gar nicht abzuschütteln. Aber seine Absicht habe ich erst bemerkt, als es schon zu spät war. Danke, Carlo! Du bist ein wahrer Schutzengel. Man hatte mich vor Dieben gewarnt. Die ganze Stadt sei voll davon. Aber ich war abgelenkt. Der Weg durch diese unglaublichen Gassen beansprucht all meine Sinne. In Rom erzählten mir zwei italienische Kardinäle, die Straßen Konstantinopels hätten sie trunken gemacht, beinahe ohnmächtig – wenn ich mich richtig erinnere. Ich muss zugeben, Carlo, dass es mir ganz genau so ergeht. Die vielen Farben, der Lärm und vor allem die Gerüche berauschen mich förmlich. Zunächst schien es, als würde der Fischgestank vom Hafen und den ersten Gassen nie enden. Doch seit dem Platz der Korbflechter schnuppere ich bei jeder Straße ein anderes betörendes Aroma.«

In den Gassen Konstantinopels mischten sich die Düfte ferner Länder. An einem kleinen Platz drängten sich Stände mit den verschiedensten Essenzen. Erst roch es süß nach Hyazinthen, bald mengte sich der Duft von Sandelholz dazu und das Aroma von Rosen. Blühender Jasmin bedeckte die Mauern der Häuser und Paläste. Durch die Wärme verströmten die Blüten ihr Parfüm und erfüllten damit die Luft. Es legte sich wie Balsam auf die Sinne. Den von den feinen Gerüchen noch ganz betörten Kirchenmännern strömten bereits neue Düfte entgegen. Ein paar Straßen weiter wurden in bunten Körben Gewürze aus dem fernen Orient feilgeboten: Muskatnuss, schwarzer Pfeffer, Nelken und Vanilleschoten. Die verschiedenen Aromen vermischten sich und stiegen ihnen zu Kopf.

Der ganze Weg war ein Rausch der Sinne – nicht nur für Nase und Auge. Es wurde geschoben, geschubst, getreten. Die Stoffhändler packten die Vorbeigehenden am Ärmel und versuchten sie in ihre Läden zu ziehen. Bettelnde Kinder hingen in Trauben an den Rockzipfeln der Fremden. Zigeunerinnen und Wahrsagerinnen griffen nach ihren Händen, um daraus die Zukunft zu lesen.

Endlich entkamen sie dem Labyrinth der Gassen und gelangten zu einem riesigen Platz. Links wurde er von dem prunkvollen Palast des Kaisers von Byzanz flankiert – dem gewaltigsten und prächtigsten Herrschaftsbau der östlichen Welt. Die Spuren des verheerenden Angriffs der Kreuzfahrer waren noch deutlich zu erkennen. Die Römer erkundigten sich nach der Kirche der Heiligen Irene. Sie lag auf der rechten Seite des Platzes.

»Sieh nur, wie beeindruckend sie ist. Ein herrlicher Bau! Es ist die erste große Kirche der Stadt. Deshalb steht sie auch am Anfang unserer Besichtigungsrunde. Konstantin ließ sie erbauen. Obwohl ihre Steine mehr als sechshundert Jahre alt sind, hat die Basilika nichts von ihrer Größe eingebüßt. Lass uns hineingehen!«

Sie mischten sich unter eine Gruppe von Leuten und betraten die Basilika durch einen Seiteneingang. Innen teilte sich der Raum in zwei große Vierecke. Links und ganz hinten befand sich jeweils eine Apsis, über die sich eine halbrunde Kuppel wölbte. Doch die große Kuppel, direkt vor ihnen, ließ den Ehrgeiz der Baumeister erkennen. Hier und da waren noch Reste der einzigartigen Mosaike zu erkennen, die einst Wände und Decken geziert hatten.

Innozenz wusste nur allzu gut, dass sie den Plünderungen des vierten Kreuzzuges zum Opfer gefallen waren. Die Reste waren in einem erbärmlichen Zustand. Der Papst hatte wenig Hoffnung, das Bild der Jungfrau in einem besseren Zustand vorzufinden. Sie begaben sich in den rechten Teil der Kirche. Dort lag ein wunderbares rechteckiges Atrium, das eine Vielzahl von Kapellen säumte. Hastig eilten der Papst und sein Sekretär von einer zur anderen, bis sie schließlich die mit dem berühmten Mosaik fanden. Die Hälfte der Steinchen fehlte, sodass man das Bild nur noch erahnen konnte. Doch Innozenz war fest überzeugt, das Original vor sich zu haben.

»Beachte die Farben, Carlo. Noch nach hunderten von Jahren leuchten sie, haben nichts von ihrem magischen Glanz verloren.« Ein jüdisch aussehender Mann gesellte sich neugierig zu ihnen. »Die Züge des Jesuskindes, die Hände der Jungfrau, die Farbe ihres Gewands und ein Teil der Krone sind noch gut zu erkennen«, fuhr Innozenz fort.

»Aber wo sind die Ohrringe?«, brummte Carlo enttäuscht.

Als der Jude das hörte, rückt er näher heran: Ein paar Ohrringe waren erwähnt worden – doch nicht etwa die, nach denen sie schon so lange suchten?

»Ich versichere dir, Carlo, wir werden sie finden, und zwar bald.« Der aufdringliche Unbekannte war dem Papst nicht geheuer. Misstrauisch senkte er die Stimme: »Wir stehen kurz davor, sie in den Händen zu halten. Das ist viel besser als jedes Mosaik. Denk daran, wir werden im Besitz der Ohrringe Marias sein! Die einzige Reliquie, die es von ihr gibt, und die wichtigste aller aus dem Leben Unseres Herrn. Stell dir nur die Pilgerscharen vor. Wir sind ganz nah dran, Carlo! Aber jetzt lass uns erst mal hier weitergehen. Auf zur Kathedrale der Heiligen Sophia. Hier ist nichts mehr von Interesse für uns.«

Der neugierige Zaungast hatte zwar nicht alles verstanden. Aber er hatte klar vernommen, dass der Römer das Versteck der Ohrringe kannte. Schon lange suchten er und seine Brüder danach. Der Schmuck würde sie ihrer Bestimmung näher bringen, und die Weissagung konnte eintreten. Die Gemeinschaft der Brüder des Lichts hatte ihn mit der Suche betraut. Oftmals kam er in die Kirche, um vor dem Mosaik nachzudenken. Zufällig hatte er an diesem Tag die Römer belauscht. Im Gegensatz zu den gewöhnlichen Besuchern schienen die beiden eine Menge zu wissen – sogar weit mehr als er selbst. Er beschloss, sich an die Fersen der Fremden zu heften. So konnte er erfahren, wer sie waren und wohin sie gingen. Unauffällig folgte er ihnen in die nur zweihundert Schritt entfernte Kathedrale der Heiligen Sophia.

Innozenz war die Nähe der beiden Kirchen nicht bewusst. Unabsichtlich machte er einen kleinen Umweg über einen großen Platz. Hier blieb der Papst stehen, um die prächtige Basilika von Santa Sophia mit ihren zahlreichen Kuppeln zu bestaunen. Keine Kirche der Welt ragte so hoch in den Himmel wie diese.

»Ich danke dir, gütiger Gott, dass du mir diesen wunderbaren Anblick gewährt hast!« Er klopfte seinem Sekretär auf die Schulter. »Du stehst vor der Kirche der Göttlichen Weisheit, Sancta Sophia auf Latein und Hagia Sophia auf Griechisch! Der Name huldigt keiner Heiligen, sondern der Göttlichen Weisheit, dem Höheren Wissen – das sind die größten aller Schätze der Welt: tiefe Einsicht und allumfassendes Wissen.«

Von allen Ecken des Platzes drängten, wie auch der Papst und sein Reisegefährte, Pilger zum Hauptportal. Nur ein paar Schritte von den Römern entfernt hielt eine von vier Dienern getragene Sänfte. Ihr entstiegen eine vornehm gekleidete Frau und ihre beiden Hofdamen. Der Auftritt erregte Aufsehen unter den Wartenden. Ohne diese eines Blicks zu würdigen, gingen die drei Frauen an der Schlange vorbei zur Eingangstür. Zwar hatte Innozenz die Dame nicht sehen können, aber er fürchtete, erkannt zu werden.

»Wir dürfen auf keinen Fall auffallen, Carlo! Möglicherweise gibt es hier Leute, die mich kennen!«

Hinter dem Eingang lag der erste Narthex, die einstöckige Vorhalle an der Breitseite der Kirche. Ihre Wände waren blank; die der zweiten Halle waren mit Marmor verkleidet. Das Deckengewölbe schmückten herrliche Mosaike, die sich kunstvoll zu geometrischen Formen, goldgrundierten Sternen und Kreuzen zusammenfügten. Keine Bewegung der Fremden entging dem vorsichtigen Verfolger.

»Diese Räume sind Orte der Reinigung. Hier entledigt sich die Seele alles Weltlichen und bereitet sich auf die Meditation vor. Nichts soll sie beflecken – nicht Selbstsucht, Hochmut, Ehrgeiz oder Machtgier. Das Haus Gottes darf nur mit reinem Herzen betreten werden. Diese und andere Sünden trüben den Blick und lassen die Menschen das Licht Gottes nicht erkennen.«

Innozenz hakte den Sekretär unter und zog ihn ans Ende des Narthex – weg von den vielen Menschen, die in den Hauptraum strömten. Hier war es etwas ruhiger, und er konnte mit seinen Ausführungen fortfahren.

»Vor den byzantinischen Baumeistern besaß niemand das Können und die Kunstfertigkeit, solche gewaltigen, zum Himmel strebenden Gotteshäuser zu errichten. Welch ein Unterschied zu den romanischen Kirchen – kalt und dunkel, mit dicken Mauern und schmalen Fenstern. Von den Meistern aus Konstantinopel haben wir gelernt, unsere Tempel in den Himmel ragen zu lassen. Dickes Mauerwerk gehört nun ebenso der Vergangenheit an wie enge Lichtspalte. Jetzt dringt heller Sonnenschein durch große Fenster. Auf einer Insel in der Seine entsteht zu Ehren der Heiligen Jungfrau im neuen Stil die künftige Kathedrale von Paris. Nôtre Dame ist der französische Name.

Wie gesagt, jene Meister entwarfen die Kirchen als Orte der Herrlichkeit – groß, von Schwindel erregender Höhe und lichtdurchflutet. So kann das göttliche Licht die Seele von uns armen Geschöpfen erhellen, uns erheben, indem es uns mit Ihm vereint.«

»Verzeiht, mein Herr, aber ich habe den Grund für die zwei Vorhallen nicht ganz verstanden.«

Carlo hatte sich mit den schönen Künsten nie auseinander gesetzt. Als junger Mönch war er ein einfacher Zisterzienser gewesen. Dem Abt war er durch seine außerordentliche Intelligenz aufgefallen, von welcher er die Oberen unterrichtete. So kam es, dass der noch nicht dreißigjährige Carlo zum Sekretär des frisch gewählten Papstes Innozenz IV. wurde. Er hatte versierte und politisch einflussreiche Kandidaten für das wichtige Amt in den Schatten gestellt. Innozenz entschied sich für den jungen Zisterzienser und war ihm fortan ein strenger, fordernder Vater.

»Den Grund sollst du gleich erfahren, mein lieber Carlo. Viele der Kirchen hier haben zwei Vorhallen, auch

Narthex genannt. Sie gemahnen die Gläubigen, das Haus Gottes reinen Herzens zu betreten, die Last der Sünden vor der Tür zu lassen, das menschliche Elend. Hier sollen sie den Staub des Weges abklopfen, der sie an das Irdische bindet. In der ersten Vorhalle wäscht sich der Gläubige von seinen Sünden rein. Es ist also ein Ort der Katharsis. Deshalb sind seine Wände blank und bloß. Er dient dem Übergang. Noch ist das Irdische stärker als das Göttliche. In der zweiten, wo wir jetzt stehen, treten wir aus uns heraus. Um sich mit Ihm zu vereinen, muss das Ich sterben. Verstehst du das?«

»Ja, Eure Heiligkeit … Verzeihung: mein Herr. Hier gibt man sich auf. In der ersten wird die Seele von allem Irdischen rein gewaschen. Alles, was uns ausmacht, sollen wir in der zweiten ablegen, um klein und bescheiden das Haus Gottes zu betreten. Das Kreuz – Zeichen für Tod und Opfer – wiederholt sich unzählige Male in der Kuppel.«

»Ich will das ›Eure Heiligkeit‹ noch einmal überhören, aber nur, weil du auf Anhieb diese wichtigen Dinge begriffen hast. Lass uns jetzt hineingehen. Ich bin schon ganz ungeduldig!«

Innozenz ging dem Sekretär voraus durch den Haupteingang, das sogenannte Kaisertor, ins Hauptschiff.

Auch ohne das Innere je gesehen zu haben, kannte der Papst es auswendig. Er hatte nicht nur alles darüber gelesen. Auch dank der minuziösen Schilderungen ihm nahe stehender Kardinäle war es ihm vertraut. Fast so, als wäre er schon hunderte von Malen hier gewesen, um sich an der Pracht zu erfreuen.

Als sie eintraten, blendete sie das Licht. Es brauchte einen Augenblick, bis sich die Augen daran gewöhnt hatten. Vor ihnen lag ein riesiger rechteckiger Raum, über dem eine gigantische Kuppel zu schweben schien. Im Westen und Osten waren zwei weitere Halbkuppeln, doch nirgends Säulen zu sehen. Der Anblick war überwältigend. Angesichts dieser Pracht kamen Innozenz die treffenden Worte eines anderen in den Sinn.

»Als Kaiser Justinian die vollendete Kirche sah, soll er ausgerufen haben: ›Preis und Ehre sei Gott, dem Allerhöchsten, der mich für würdig hielt, ein solches Werk zu vollenden! Salomo, ich habe dich übertroffen!‹ Wie wahr. Sieh nur: Auf den ersten Blick scheint die Kuppel in der Luft zu schweben. Erst auf den zweiten erkennt man, dass sie von den anderen Kuppeln und vier großen, in der Wand verborgenen Pfeilern getragen wird. Eine fantastische Sinnestäuschung!«

Staunend wandelten der Papst und sein Sekretär unter der riesigen Kuppel. Es glitzerte und funkelte in allen Farben. Millionen von Mosaiksteinchen reflektierten das Sonnenlicht.

»Eure Heiligkeit, es ist gerade so, als blickte man in den Sternenhimmel! Als spannte sich über uns das mit tausenden von Sternen übersäte Himmelsgewölbe!«

Innozenz war ganz in den Anblick des herrlichen Werkes hoch über ihnen vertieft. Deshalb hatte er die vornehme Dame und ihre Begleiterin nicht bemerkt, die kurz vor ihm das Hauptschiff betreten hatten. Zunächst hatten sie ihn aus einiger Entfernung beobachtet. Jetzt kamen sie auf ihn zu – erst zögernd, dann immer entschiedener.

»Eure Heiligkeit?«

Die Frau wollte sich vergewissern, ob dieser Mann nicht tatsächlich der Papst war. Sie hatte ihn einige Male auf privaten Gesellschaften in Rom getroffen, zuletzt vor einem Jahr. Auch als Innozenz Genua besucht hatte, waren sie sich begegnet – denn sie war die Fürstin der Stadt. Von weitem war sich die Herzogin nicht sicher gewesen. Doch jetzt, wo sie neben ihm stand, gab es keinen Zweifel: Es war Innozenz IV. Die Genueserin verfügte über ein ausgezeichnetes Personengedächtnis. Auch der für ein Kirchenoberhaupt ungewöhnliche Aufzug konnte sie nicht täuschen.

Erschrocken zuckte der Papst zusammen und drehte sich zur fremden Dame um. Sofort erkannte er die Herzogin von Genua.

»Verzeiht, meine Dame, ich fürchte, Ihr irrt Euch. Ich bin nur ein einfacher Kaufmann aus Rom, der diese schöne Stadt besichtigt.«

Die Herzogin traute ihren Ohren nicht. Ohne jeden Zweifel war das der Papst höchstselbst.

»Das kann nicht sein, Eure Heiligkeit. Ich weiß, dass Ihr es seid! Sogar an der Stimme erkenne ich Euch. Außerdem ist mir nicht entgangen, dass auch Ihr mich wiedererkannt habt, nicht wahr?« In ihrer Erregung war die Herzogin laut geworden. Eine Gruppe Neugieriger scharte sich um sie.

»Verzeihung, meine Dame, aber ich wiederhole, Ihr müsst mich verwechseln. Es geschieht nicht zum ersten Mal, wie ich gestehen muss. Darum wundert und stört mich Eure Beharrlichkeit nicht. Dennoch bin ich nichts weiter als ein bescheidener Kaufmann, der Stoffe aus Byzanz in Rom und Venedig verkauft. Das ist alles!«

Inzwischen hatte sich eine große Menschentraube gebildet, vom Gerücht angezogen, der Papst befinde sich in der Basilika. Innozenz und der Sekretär verspürten nur noch den dringenden Wunsch, vor der herbeiströmenden Menge zu fliehen.

»Eure Heiligkeit«, die Herzogin war unbelehrbar, »ich

wäre Euch ewig dankbar, wenn ich an Eurem Gottesdienst in diesem heiligen Ort teilnehmen dürfte.«

»Es reicht, meine Dame. Eure Sturheit scheint grenzenlos. So glaubt mir doch endlich! Ich bin nicht der, für den Ihr mich haltet! Belassen wir es dabei. Wir sind in Eile und müssen fort. Es tut uns leid!«

Schleunigst mussten sie das Weite suchen, bevor sich das Ganze noch mehr verwickelte. Kurz angebunden verabschiedeten sie sich von den Damen und eilten zum Kaisertor hinaus, durch das sie erst vor wenigen Minuten hereingekommen waren.

Unauffällig hatte sich der Verfolger unter die Neugierigen gemischt und die Unterhaltung gehört. Demnach wären die Fremden noch wichtiger, als der Mann zunächst vermutet hatte.

Er ging zur völlig fassungslosen Herzogin von Genua. Sie konnte nicht begreifen, weshalb sich Seine Heiligkeit verleugnete.

»Ich bitte um Vergebung, verehrte Dame, aber ich konnte nicht vermeiden, Euer Gespräch mit den beiden Herren zu hören. Ihr sagtet, Innozenz IV. erkannt zu haben. Meint Ihr den römischen Pontifex?«

»Ganz genau den meine ich, mein Herr! Er war es, zweifelsohne. Ich verstehe nur nicht, was er hier inkognito sucht.«

Den letzten Worten hatte der Mann nur noch mit einem halben Ohr zugehört. Rasch suchte er in der Menge nach den beiden entschlüpften Römern und sah sie draußen vor der Kirche wieder. Schnellen Schrittes gingen sie in die Innenstadt. Wenn er sich nicht beeilte, würden sie ihm im Gewimmel der Geschäftsstraßen entwischen. Noch bevor die Straße in eine geschäftigere mündete, hatte er die Fremden erreicht. Jetzt konnte er ihnen wieder unbemerkt folgen. Zunächst sahen sich die beiden Männer alle paar Schritte um. Sie wollten sichergehen, dass ihnen niemand nachging. Doch mit wachsender Entfernung zur Sophienkirche legte sich das Misstrauen.

In einigem Abstand schlich der Jude wie ein Schatten hinter ihnen her. Nichts entging seiner Aufmerksamkeit. Sie liefen weiter durch viele Gassen und Straßen, bis sie endlich zum Platz neben dem Hafen gelangten. Nun wurde der Schritt der Kirchenmänner etwas gemächlicher. Am Kai lagen verschiedene Schiffe, an denen sie vorbeigingen. Zuletzt sah der Jude, wie sie sich an Bord einer venezianische Galeere mit dem Namen *Il Leone* begaben.

Bevor er sich dem Schiff näherte, ließ der Mann etwas Zeit vergehen. Neben der Galeere luden Matrosen Säcke auf einen Karren, während ein anderer sie antrieb. Das musste wohl der Kapitän sein, schloss der Jude, und ging zu ihm hin.

»Guten Tag. Ich bin Isaak Ibsaal. Seid Ihr der Kapitän dieses Schiffs?«

»Ja, Ihr sprecht mit ihm. Womit kann ich Euch helfen?«, entgegnete der Kapitän, den knochigen Kerl musternd.

»Ich muss dringend fort und suche nach einer passenden Reisegelegenheit. Eure Galeere macht den Eindruck eines schnellen Schiffs. Deshalb würde ich gerne wissen, wohin die Fahrt geht.«

»Morgen Früh fahren wir weiter nach Symrna. Dort laden wir ab und nehmen neue Ware auf. Dann geht es wieder zurück nach Venedig. Ich weiß nicht, wohin Ihr wollt, aber ich kann Euch jetzt schon sagen, dass ich keine Passagiere an Bord nehme. Das ist eine Handelsgaleere.«

»Smyrna! Genau dahin will ich!« Der Jude zog einen Geldsack hervor und reichte ihn wortlos dem überraschten Kapitän. »Zählt ruhig nach. Aber ich glaube, es ist genügend drin, um Euch die Last eines Passagiers erträglicher zu machen.«

Ein Blick in den prall gefüllten Beutel überzeugte den Kapitän. Zufrieden steckt er ihn ein.

»Herr Isaak, fühlt Euch auf meinem Schiff wie zuhause. Willkommen auf *Il Leone*. Es ist das schnellste Schiff des ganzen Mittelmeers. Kein anderes im Hafen wird Euch so rasch an Euer Ziel bringen.« Er reichte ihm die Hand und langte mit der anderen an den Geldbeutel unter dem Wams. »Wenn Ihr wollt, könnt Ihr heute schon an Bord übernachten. Andernfalls erwarte ich Euch morgen bei Tagesanbruch.« Er hielt ihm erneut die Hand entgegen, um das Geschäft zu besiegeln.

»Habt Dank für Euer freundliches Angebot. Doch ich muss noch einiges vor meiner Abreise erledigen. Seid unbesorgt! Vor Sonnenaufgang bin ich wieder da.«

Der Jude verabschiedete sich mit einem kräftigen Händedruck.

Isaak ging durch die Marktgassen in ein kleines Lokal, wo es den besten grünen Tee von ganz Konstantinopel gab. Hier saßen drei rauchende, auf Hebräisch heftig diskutierende Männer. Der mit dem langen roten Bart erhob sich, als er Isaak sah, und rückte einen Stuhl heran.

»Wo hast du die ganze Zeit gesteckt, Bruder Isaak? Wir warten schon seit Stunden auf dich und waren ziemlich besorgt!«

Isaak bat die anderen, nicht so laut zu sein und näher zu rücken. Er habe ihnen etwas Wichtiges mitzuteilen.

»Ihr werdet es nicht glauben. Ich habe soeben den römischen Papst gesehen. Er weiß von den Ohrringen!«

Die Nachricht ließ den Rotbärtigen derart zusammenfahren, dass er den Tee über seinem Nachbarn verschüttete. Dieser beschwerte sich lauthals.

»Sei still, Ismael!«, rügte ihn der bärtige David. »Hör lieber Isaak zu. Es scheint wichtig zu sein.«

»In der Hoffnung auf einen Hinweis war ich heute wieder beim Mosaik mit der Mutter des Nazareners. Ihr wisst schon, in der Kirche der Heiligen Irene. Zu meiner großen Überraschung hörte ich ein paar Fremde dort von den Ohrringen reden. Das Mosaik ist so verwittert, dass ein Erkennen des Gesichts unmöglich ist. Zwar ist mir schleierhaft, wie, aber diese Männer wissen davon. Wir sind nicht die Einzigen.«

»Wie können sie davon erfahren haben?«, fragte David.

»Ich weiß es nicht. Aber noch verblüffender ist, dass sie offenbar das Versteck kennen. Ich habe mich natürlich sofort an ihre Fersen geheftet. Sie sind von dort in die Sophienkirche gegangen.«

»Wie kommst du darauf, dass einer davon Papst Innozenz ist?« Ismael brauchte immer ein wenig länger.

»Hör einfach zu, Bruder, dann wirst du schon wissen, warum.

Ein paar fremde Frauen waren zufällig auch da und schienen einen der Männer erkannt zu haben. Direkt vor meiner Nase spielte sich folgende Szene ab: Obwohl der Mann weltliche Kleider trug, beharrte die vornehme Dame darauf, es sei Papst Innozenz IV. Nachdem die beiden Fremden überstürzt die Kirche verlassen hatten, ging ich zu der Dame. Ich wollte sicher sein, mich nicht verhört zu haben.«

»Der römische Papst in Konstantinopel! Was sucht er hier nur? Er muss doch wissen, dass er hierzulande nicht gern gesehen ist. Sollte er nur wegen der Ohrringe den langen Weg auf sich genommen haben? Seine Beweggründe sind jedenfalls nicht die unseren.« David beunruhigte es, einen so hochrangigen Widersacher zu haben.

»Das weiß ich auch nicht, David«, entgegnete Issak. »Sicher ist nur, dass er unerkannt bleiben möchte. Andernfalls wäre er vor der Frau, die ihn wiedererkannt hat, nicht wie vor dem Leibhaftigen geflohen. Ich bin den Fremden von der Sophienkirche durch die ganze Stadt gefolgt. Im Hafen sind sie dann an Bord eines venezianischen Schiffs gegangen, das morgen nach Smyrna fährt. Ohne lange zu überlegen, habe ich mich ebenfalls eingeschifft. Ab morgen werde ich sie auf ihrer Reise begleiten.« Isaak trank einen Schluck von dem köstlichen Tee. »Brüder, wir sollten die Fremden nicht mehr aus den Augen lassen, bis wir wissen, was sie vorhaben. Egal, ob in Konstantinopel oder Smyrna – offenkundig möchten sie nicht erkannt werden. Die Reise soll geheim bleiben. Bisher haben sie mich zum Glück nicht bemerkt. Ich kann also morgen ganz unbesorgt an Bord gehen.«

»Sollen wir dich nach Smyrna begleiten, Isaak?«, erkundigte sich Ismael.

»Nein, um Gottes willen. Ihr müsst unseren bisherigen Spuren nachgehen. Außerdem nimmt die Galeere eigentlich keine Passagiere mit. Es hat mich ein kleines Vermögen gekostet, den Kapitän vom Gegenteil zu überzeugen! Wir dürfen jetzt nicht leichtsinnig werden. Niemand darf erfahren, warum wir hinter den Ohrringen her sind. Keiner kennt uns, und das soll auch so bleiben. Sehnsüchtig erwarten wir Essener den großartigen Schlussakt. Dazu müssen alle heiligen Gegenstände in unserer Gewalt sein. Die Sache ist von höchster Bedeutung. Sie erfordert viel Fingerspitzengefühl und Umsicht.«

»Einverstanden. Wir kümmern uns hier weiter um unsere Angelegenheiten. Aber bitte sei sehr vorsichtig, Bruder Isaak. Solltest du in Schwierigkeiten geraten, vergiss nicht: In Ephesus gibt es eine kleine Gemeinde von Essenern.«

»Das ist gut, David. Ich werde es nicht vergessen! Jetzt gehe ich Geld und meine Sachen holen. Der Kapitän hat mir angeboten, schon die Nacht auf dem Schiff zu verbringen. Eigentlich wollte ich erst morgen kommen. Doch wenn ich es recht bedenke, werde ich schon heute an Bord gehen. So habe ich die beiden länger im Auge.«

Er nahm einen letzten Schluck Tee und verabschiedete sich.

»Der Gott des Lichts möge deinen Weg erhellen, Isaak!«, wünschte ihm Ismael zum Abschied.

»So möge es sein, Bruder!«

Auf der *Il Leone* unterhielt sich Papst Innozenz in seiner Kabine mit Carlo.

»Was für ein Pech auch! Diese lästige Frau hat mich erkannt. Ein Haar fehlte, und der Vorfall hätte sich zu einer diplomatischen Krise auswachsen können. Stell dir vor, der Patriarch von Konstantinopel hätte erfahren, dass der römische Papst als Händler verkleidet in Konstantinopel ist! Lieber will ich mir die Folgen gar nicht erst ausmalen!«

»Befürchten Eure Heiligkeit, dass eine Indiskretion der Herzogin unser Vorhaben gefährden könnte?«

»Ich kenne die Herzogin von Genua nur vom Sehen auf ein paar Empfängen – ich habe sie höchstens zwei, drei Mal getroffen. Sie steht allerdings nicht in dem Ruf großer Verschwiegenheit, wie ich aus zuverlässiger Quelle weiß.

Wie weit sie in Konstantinopel die Neuigkeit verbreiten wird, hängt von der Zahl ihrer Bekannten hier ab. Wir können nur hoffen, dass sie möglichst klein ist. Besser wir verlassen heute nicht mehr das Schiff. Morgen in der Frühe reisen wir ohnehin ab.«

»Wie Eure Heiligkeit befehlen!«

Den Rest des Nachmittags verbrachten die Passagiere in ihren Kabinen. Da sie allein auf dem Schiff waren, hielten sie eine stille Andacht und berieten die Pläne für Ephesus.

Es dämmerte bereits, als sie zum Abendessen gerufen wurden. Sie verließen ihre Kabinen und begaben sich zum Speisesaal. Überrascht sahen sie, dass sich der Kapitän angeregt mit einem Fremden unterhielt. Als er sie bemerkte, drehte er sich zu ihnen um.

»Guten Abend, die Herren. Heute hat sich der Koch etwas ganz Besonderes für uns ausgedacht. Setzt Euch zu uns!«

Die beiden nahmen Platz und beäugten argwöhnisch den dunklen Krauskopf mit der Hakennase. Auch der Fremde sah sie neugierig an.

»Darf ich Ihnen Herrn Isaak … vorstellen. Verzeiht bitte, aber ich habe Euren Nachnamen vergessen.«

»Isaak Ibsaal«, half ihm der neue Passagier weiter.

»Herr Ibsaal muss dringend nach Smyrna und bat mich, auf der Galeere mitfahren zu dürfen. Er besitzt ein außerordentliches Überzeugungsvermögen, wie ich feststellen musste. Ich habe ihm mehrfach erklärt, dass dies ein Handelsschiff ist. Doch dann brachte ich es nicht übers Herz, bei meiner Absage zu bleiben.«

Innozenz reichte ihm die Hand.

»Ich bin Sinibaldo de Fieschi aus Rom und auf Geschäftsreise. Das ist mein Sozius, Carlo Brugnolli. Wir wollen in Ephesus Einkäufe machen. Und woher kommt Ihr, mein Herr?«

Die Ankömmlinge setzten sich auf die noch freien Bänke.

»Ich bin aus Antiochien, aber meine Familie stammt aus Jericho. Meine Eltern flohen, als Saladins Truppen die Stadt besetzten. Unseren Besitz, der sich von Jericho bis zum Toten Meer erstreckte, rissen die Ägypter an sich. Also zogen wir weiter nach Norden.«

Paulino de Módena trug indessen zwei große Platten auf.

»Als Vorspeise gibt es Tunfisch in Olivenöl, dazu geröstete Sesamschnitten. Wer dann noch Hunger hat, für den gibt es eingelegte Sardinen aus der Adria.«

»Das klingt wunderbar, Paulino! Du verstehst dich prächtig auf dein Handwerk. Wenn du uns noch ein paar Krüge gut gekühlten Weißwein bringst, sind wir rundum glücklich«, sagte der Kapitän, während er sich eine große Portion Tunfisch und eine Brotschnitte nahm. »Ich habe einen Bärenhunger! Fühlt Euch wie zuhause und greift zu. Sonst esse ich noch alles allein. Mir knurrt der Magen, als hätte ich schon seit Tagen nichts zwischen die Zähne bekommen!«

Rasch waren die Platten geleert. Wieder einmal hatte sich der Koch selbst übertroffen.

Verstohlen betrachtete Innozenz den Neuling. Eine innere Stimme warnte ihn. Es lag etwas Beunruhigendes im Blick dieser tiefschwarzen Augen.

Nach dem Tunfisch schleppte Paulino eine riesige Platte mit herrlich duftenden Sardinen an. Jeder häufte sich ordentlich davon auf seinen Teller. Während sie mit vollen Backen kauten, fragte Innozenz Isaak:

»Demnach seid Ihr also Jude, nicht wahr?«

»So ist es. Seit vielen Generationen fließt in unseren Adern jüdisches Blut. Unsere Familiengeschichte reicht mindestens zweihundert Jahre zurück. Immer wurde unser Erbe sorgfältig mündlich überliefert. Deshalb könnte ich die Geschichte jedes einzelnen meiner Ahnen zum Besten geben. Aber ich würde Euch damit nur langweilen.«

»Ich bin mir sicher, Ihr würdet es unterhaltsam gestalten. Nur fehlt uns die Zeit für – sagen wir, grob geschätzt – etwa vierzig Generationen?«, mischte sich Carlo ein.

»Sechsundvierzig, um genau zu sein. Aber seid unbesorgt, nichts liegt mir ferner.«

»Verzeiht meine Neugier, aber was führt Euch so dringend nach Smyrna? Sind es Geschäfte?«, bohrte Innozenz weiter.

»Hmm, also … es ist so …« Rasch legte sich Isaak eine Erklärung zurecht, während ihn die anderen fragend ansahen. »Ich habe in Ephesus einen Verwandten, der sehr krank ist. Er liegt so gut wie im Sterben. Da möchte ich an seiner Seite sein.«

»Das tut mir wirklich sehr leid, Isaak. Aber ist das nicht ein merkwürdiger Zufall: Wenn auch aus anderen Gründen, zieht es uns alle nach Ephesus. Euer Anlass ist traurig und schmerzhaft, gewiss. Vielleicht vermag unsere Gesellschaft Euren Kummer etwas zu mildern – wenn Ihr damit einverstanden seid.«

Nach dem Essen zog sich jeder in seine Kabine zurück.

Als Innozenz und Carlo allein waren, sagte der Sekretär:

»Welchen Eindruck haben Eure Heiligkeit von dem Mann? Schließlich werden wir bis Ephesus den ganzen Tag an Bord zusammen sein. Unsere Pläne können wir nur noch in der Kabine besprechen. Der Mann scheint mir nicht ganz ehrlich – zumindest, was den sterbenskranken Verwandten betrifft. Daher meine Frage.«

»Ja, du hast Recht, Carlo. Isaak hat gelogen, aus welchem Grund auch immer. Die Sache mit dem Verwandten ist eindeutig erfunden. Seine Augen haben ihn verraten. Aber wir sollten uns nicht unnötig den Kopf zerbrechen. Er wird schon seine Gründe haben, seine Pläne nicht einfach offen zu legen. Vergiss nicht, auch wir halten es mit der Wahrheit nicht so genau.«

»Von Smyrna bis Ephesus ist es nicht mehr als eine halbe Tagesreise. Dort sind wir den Mann wieder los. Wir müssen uns dann mit einem Franziskaner in Verbindung setzen. Er steht dem Kloster bei der Sankt-Johannes-Kirche vor. Nur ihm allein werde ich mich als Papst zu erkennen geben. Er soll mir die Reliquie vom *Lignum Crucis* herausgeben, die Honorius III. nach Ephesus bringen ließ. Wenn wir den Schrein haben, fahren wir wieder zurück nach Rom. So einfach ist das. Du wirst schon sehen. Aber jetzt sollten wir ein paar Stunden ruhen. Wir wollen doch morgen frisch sein. Bis nach Smyrna haben wir noch Zeit, unseren Reisegefährten unter die Lupe zu nehmen!«

»Wie Eure Heiligkeit wünschen. Eine geruhsame Nacht.«

In seiner Kabine versuchte Isaak mögliche Fragen seiner Mitreisenden vorwegzunehmen. Schließlich schlief auch er ein.

Statt der geplanten zwei Reisetage bis Smyrna verkürzte sich die Fahrt auf eineinhalb. Nach den Dardanellen war ein starker Nordwind aufgekommen. Leicht glitt das

Schiff unter der geübten Hand des Kapitäns über die Wellen. Von Isaak war auf dem Schiff nichts zu sehen. Seitdem sie den Hafen verlassen hatten, machte ihm der Seegang zu schaffen.

Während der ganzen Zeit lag der Jude seekrank in seiner Kabine. Ging er an Deck, sah man ihn würgend über die Reling gebeugt – mit den Resten seines Mageninhaltes kämpfend. An Geselligkeit war gar nicht zu denken.

Gegen Mittag des zweiten Tages tauchte die Westküste Anatoliens vor ihren Augen auf. Der Wind hatte sich gelegt und Isaaks Wangen wieder eine natürliche Farbe angenommen. Auch der Appetit war nach der unfreiwilligen Fastenzeit wieder zurückgekehrt.

Am Nachmittag fuhren sie in eine herrliche, von hohen Bergen eingerahmte Bucht. Hier lag Smyrna. Auf einem Hügel ragten die Ruinen einer mächtigen Festung. Alexander der Große habe sie einst errichten lassen, erklärte der Kapitän. Nach mehreren Manövern ankerte das Schiff schließlich im Hafen von Smyrna. Die Passagiere verabschiedeten sich vom Kapitän und seiner Besatzung, insbesondere vom Koch. Für den Fall, dass sie kein geeignetes Wirtshaus fänden, hatte Paulino ihnen als Wegzehrung Fleischküchlein zubereitet.

Die drei Fremden begaben sich in die Stadt. Gleich in der ersten Taverne erkundigten sie sich nach dem Weg. Sie seien sonst immer direkt bis Ephesus mit dem Schiff gefahren, rechtfertigten sich die beiden Römer gegenüber Isaak. Deshalb wüssten sie auch jetzt nicht weiter. Der Jude seinerseits log, immer den Landweg bevorzugt zu haben. So kenne auch er sich nicht aus. Schließlich gelangten sie auf den richtigen Weg nach Ephesus.

»Ich wollte nichts weiter als wieder festen Boden unter den Füßen spüren – das könnt Ihr mir glauben. Noch nie habe ich mich so elend gefühlt! Wie schade, dass ich Euch kein besserer Reisebegleiter sein konnte. Leider ließ mein Zustand für Geselligkeit keinen Platz. Ihr seid doch Händler, nicht wahr? Was gibt es denn in dieser Gegend zu kaufen?«

»Stoffe! Damit handeln wir. Feinster persischer Damast und kostbare Seide bringen in Rom gutes Geld. Das Ganze ist kein großes Geheimnis, wie Ihr Euch vorstellen könnt.« Innozenz war inzwischen mit seiner Rolle vertraut und klang sehr glaubhaft.

»Aber Ihr habt uns noch nicht verraten, womit Ihr Euer Geld verdient. Als wir uns in Konstantinopel kennenlernten, habt Ihr nur gesagt, dass Ihr aus Antiochien stammt. Was aber treibt Ihr für gewöhnlich zwischen diesen beiden Orten?«, wollte Carlo wissen.

»Ich handle mit Antiquitäten. In Konstantinopel ist mein Lager. Ich suche nach alten Stücken, restauriere sie auch selbst und verkaufe sie dann an den Adel, der damit seine Paläste schmückt.« Isaak blieb einen Augenblick stehen, um von den Klippen den herrlichen Blick auf die tiefblaue Ägäis zu genießen. Nachdem seine Reisegefährten es ihm gleichgetan hatten, setzten sie ihren Weg fort. »Auch ich bin ein Kaufmann wie Ihr! Ich statte die Häuser aus und Ihr deren Besitzer.« Die Römer schmunzelten über den Einfall des Juden. »Wie Ihr Euch sicher denken könnt, ist diese geschichtsträchtige Gegend eine Fundgrube für Antiquitäten. Allerdings braucht es ein gutes Auge, um die Originale von den vielen Fälschungen unterscheiden zu können. Doch es ist keine Zauberei und lässt sich lernen. Allein dieser Küstenstreifen hat eine mehr als zweitausendjährige Geschichte. Die großen Reiche haben einen wahren Schatz an alten Stücken hinterlassen.« Isaak hatte sich gründlich vorbereitet. Den Bemerkungen der Römer nach nahmen diese ihm den Antiquitätenhändler ab.

Auf der staubigen Landstraße kamen ihnen mehrmals Karawanen entgegen. Endlich erreichten sie eine Anhöhe, von der sich der Blick auf Ephesus öffnete: Im Westen lag der Hafen und gegenüber die Stadt mit dem großartigen griechischen Theater. Beeindruckt schwiegen sie. Eine Bemerkung hätte verraten können, dass sie alle gelogen hatten. Keiner von ihnen war jemals in Ephesus gewesen.

Sie folgten dem Weg hinunter ins Tal. Als die ersten Häuser zu sehen waren, füllte sich die Straße schlagartig mit Menschen. Je weiter sie gingen, umso dichter wurde das Gewimmel. Seit diese Gegend nicht mehr zu Rom gehörte, lag Ephesus etwas im Abseits. Doch immer noch war die zweihunderttausend Einwohner zählende Stadt eine der wichtigsten Asiens.

Im Zentrum war der römische Einfluss nicht zu übersehen. Rechts lagen die Thermen und das Gymnasium. Nicht weit entfernt erhob sich die Marienkirche.

Innozenz war tief bewegt. In diesem Gotteshaus hatte im Jahr 431 das dritte Konzil des Christentums stattgefunden. Dabei wurde Maria feierlich zur Mutter Gottes erklärt. Leider war die Zeit an dem Bau nicht vorübergegangen, denn er drohte einzustürzen.

Etwas weiter unten tat sich ein einzigartiges Panorama auf. Zur Linken erhob sich gewaltig das gut erhaltene antike Theater. Vor den Kassen hatten sich lange Besucherschlangen gebildet.

Gegenüber vom Theater führte eine breite, von Palmen gesäumte Straße mit marmorverkleideten Gehsteigen zum Hafen. Links davon drängten sich auf einem großen Platz die Marktstände. Da es bereits dämmerte, räumten die meisten Verkäufer schon zusammen.

Die Fremden gingen die Hauptstraße entlang bis zu einem wunderschönen zweistöckigen Gebäude. Es war die Bibliothek des Kelsos, wie auf einer Tafel stand. Auf der mit Säulen verzierten Fassade erkannten die Reisenden in den Nischen die Standbilder der vier Tugenden.

Gleich neben der Bibliothek führte ein Torbogen in eine vornehme Straße. Zu beiden Seiten befanden sich elegante Villen.

Links leuchtete eine in kräftigem Rosa. Auf den Stufen zum Eingang tummelten sich einige leicht bekleidete und stark geschminkte Frauen. Den dreien war sofort klar, dass dies ein besseres Freudenhaus war. Direkt gegenüber befand sich ein Gasthof – genau die Gelegenheit für Innozenz, Isaak loszuwerden. Carlo und er würden hier übernachten. Es war bereits dunkel, und sie waren erschöpft.

»Mein lieber Isaak, wir werde heute hier nächtigen.« Innozenz deutete auf das schöne Haus wenige Meter weiter. Ein Schild warb mit freien Zimmern.

»Sehr wohl, meine Herren. Mein Weg ist noch nicht zu Ende. Das Haus meiner Verwandten befindet sich etwas außerhalb. Es war mir ein Vergnügen, mit Euch den Weg geteilt zu haben – was ich von der Schiffsreise nicht behaupten kann. Ich wünsche Euch einen angenehmen Aufenthalt und viel Erfolg bei Euren Geschäften.«

Nun wünschten ihm die Römer ihrerseits eine angenehme Nachtruhe und seinem Angehörigen baldige Genesung. Dann betraten sie die Villa, wo sie Ruhe zu finden hofften.

»Guten Abend, meine Herren«, empfing sie eine hinreißende Schönheit hinter dem Marmortresen.

»Wir hätten gerne ein Zimmer für heute Nacht. Ein langer Weg liegt hinter uns. Es wird doch hoffentlich noch etwas frei sein.« Carlo freute sich, wieder in seinem Amt als Sekretär walten zu können.

»Hmm, sehen wir mal! ... Ein Zimmer für zwei ... Ja, doch. Ihr habt Glück, das beste Zimmer ist noch frei. Es hat ein kleines Schwimmbecken und einen eigenen Garten. Sicher wird es nach Eurem Geschmack sein.« Die Frau schrieb die Namen der Gäste in ein Buch. »Solltet Ihr Theater mögen, dürft Ihr auf keinen Fall die neue Komödie versäumen. Sie wird noch ein paar Mal aufgeführt. Unser Haus hat immer Plätze reserviert, die ich Euch gerne anbieten kann. Wenn Euch nicht der Sinn danach steht, empfehle ich den Besuch eines der vielen Restaurants im Hafen. Der Fisch aus Ephesus ist der beste von ganz Byzanz!«

»Das ist sehr freundlich von Euch, junge Dame. Wir nehmen gerne Euer großzügiges Angebot fürs Theater an.« Innozenz sah fragend zu seinem Sekretär. »Wir sind an der langen Schlange vorbeigegangen. Es ist anzunehmen, dass das Stück sehenswert ist. Eure Einladung hat uns angenehm überrascht. Damit hatten wir nicht gerechnet. Nochmals, Dank.«

Carlo erkundigte sich nach dem Zimmerpreis. Als ihn die junge Frau nannte, beklagte der Sekretär gesittet dessen Schwindel erregende Höhe. Das schöne Mädchen gab zu bedenken, dass Ephesus kein gewöhnlicher Ort sei und daher viel teurer als jeder andere der Umgebung.

Sie reichte den Männern Schlüssel und Eintrittskarten. Das Theater beginne um zehn Uhr, sagte sie, während sie ihnen den Weg zum Zimmer wies und einen schönen Aufenthalt wünschte.

Das Haus war im Stil einer römischen Villa mit Atrium und Wasserspielen gehalten. Drum herum waren die Zimmer angeordnet. Auch ihres befand sich dort – wie die

Empfangsdame erklärt hatte. Als sie eintraten, sahen sie, dass die junge Frau nicht übertrieben hatte. Zweifelsohne war es das schönste von allen. Sie gönnten sich eine Ruhepause. Nach zwei Wochen enger Schlafkoje genossen sie es, wieder in einem richtigen Bett zu liegen.

Bevor sie ins Theater gingen, aßen Innozenz und Carlo im Hafen zu Abend. Das Theater war bis auf den letzten Platz gefüllt. Auch die Aufführung gefiel ihnen. Es war eine Komödie nach dem Geschmack der Zeit und handelte von kuriosen Liebschaften zwischen Kreuzfahrern und Haremsdamen. Der Ton des Stücks war leicht und unterhaltsam; sein Aufbau der einer klassischen Verwechslungskomödie mit Täuschung, Aufdeckung und glücklicher Auflösung.

Nach dem Theater schlenderten sie durch die belebten Straßen zu ihrer vornehmen Herberge. Wie ein Schatten war ihnen Isaak den ganzen Abend gefolgt.

Früh am nächsten Morgen brachen sie zum Berg Ayasoluk auf. Hier war auf dem ehemaligen Artemistempel die Basilika des Heiligen Johannes errichtet worden.

Innozenz konnte seine Erregung, so kurz vor dem Ziel zu stehen, kaum unterdrücken. Er sah bereits die ersehnten Ohrringe Marias in seinen Händen. Weder der Papst noch sein Sekretär ahnten, dass Isaak ihnen nachschlich.

Der Aufstieg war steil und beschwerlich. Ein angenehmer Duft nach Rosmarin und Minze milderte die Strapazen. Auf dem Gipfel erhob sich majestätisch die Basilika des Heiligen Johannes.

»Ist sie nicht prächtig, Carlo. Sie ist nicht viel kleiner als die Sophienkirche.«

Die Basilika war in einem jammervollen Zustand, wie die frommen Männer bald feststellten. Ein Teil war eingestürzt. Von den sieben Kuppeln waren nur noch zwei erhalten.

»Wussten Eure Heiligkeit von dem erbarmungswürdigen Zustand der Kirche? Es sieht aus, als würde sie jeden Augenblick einstürzen«, bemerkte Carlo angesichts eines riesigen Risses in einem Stützbogen der Kuppel. Es sah nicht so aus, als würde er der Last noch lange standhalten.

»Wahrhaftig, ich hatte keine Ahnung! Zwar hieß es, eine Restaurierung sei vonnöten – aber dass es so schlecht steht, wusste ich nicht. Ich wundere mich, wo in dieser Ruine der Reliquienschrein sein soll. Hier drinnen befindet er sich offensichtlich nicht. In dieser Kirche kann gar kein Gottesdienst mehr gehalten werden.«

Die Römer gingen um die Basilika herum, an einem Schutthaufen vorbei und betraten sie durch eine Seitenkapelle. Im Inneren vermieden sie die noch verbleibenden Decken – das Risiko, darunter begraben zu werden, erschien einfach zu hoch.

Wieder wusste Innozenz einiges über den Bau zu berichten. Carlo erfuhr, dass auch dieses Gotteshaus von Kaiser Justinian zu Ehren des Evangelisten errichtet worden war. Von allen Aposteln war der Verfasser der Apokalypse der Einzige, der nicht den Märtyrertod gestorben war.

Der Überlieferung nach hatte der hochbetagte Johannes auf Drängen seiner Jünger das Evangelium in Ephesus geschrieben. Erst nach dem Tod von Kaiser Diokletian wurde Johannes freigelassen. Lange Jahre hatte er als Gefangener des Kaisers auf der Insel Patmos verbracht. Ephesus war Johannes vertraut, denn er hatte die Jungfrau Maria hierher begleitet. Nach Christi Himmelfahrt verbrachte seine Mutter drei Jahre in Bethanien, im

Hause des Lazarus. Dann musste sie das Land verlassen. Johannes nahm sich ihrer an und führte sie nach Ephesus. Sechs Jahre umsorgte er sie hier – wie er dem sterbenden Jesus am Kreuz versprochen hatte. Auf diese Weise entgingen Johannes und Maria dem grausamen Herodes Agrippa in Jerusalem.

»Aber was machen wir, Eure Heiligkeit, wenn der Schrein nicht in dieser Kirche ist?«

»Soviel ich weiß, ist nicht unweit von hier ein Franziskanerkloster. Abt Luciano Lilli wird uns mehr über den Aufenthaltsort des Schreins sagen können. Möglicherweise befindet er sich sogar im Kloster!«

»Dann lasst uns nicht länger Zeit verlieren!«, rief Carlo. »In einem Wald hinter der Basilika glaube ich, ein Haus aus Stein gesehen zu haben. Wenn es das nicht ist, wird man uns dort sicher den Weg zum Kloster sagen können.«

Carlo war sich seiner Sache ziemlich sicher und stapfte entschieden los.

Hinter einem Felsen verborgen, hatte Isaak die ganze Szene beobachtet. Er wusste nicht, weshalb die Römer Ruinen besichtigten. Doch vermutlich suchten sie nach den Ohrringen.

Carlo und der Papst standen vor einem bescheidenen Haus mit einem schönen Gemüsegarten. Das konnte unmöglich das Kloster sein. Sie klopften an die Tür. Eine beleibte Frau trat heraus, die ihnen den Weg zum Kloster wies. Schon seit einiger Zeit waren die Mönche auf den Nachtigallenhügel südlich von Ephesus gezogen. Dort hatten sie sich in der Nähe des einstigen Hauses Marias niedergelassen.

Nach zwei Wegstunden erreichten sie die Anhöhe. Dort standen mehrere Lehmbauten um ein viereckiges

Haus aus Stein. Misstrauisch kamen den Fremden ein paar Frauen entgegen.

»Was wollt Ihr hier? Sucht Ihr das Marienhaus?«, fragte die Ältere.

»Wir sind aus Rom und wollen zu Prior Luciano Lilli. Man hat uns gesagt, wir würden ihn hier finden. Wisst Ihr, wo er ist?«, entgegnete Carlo der Frau.

Diese warf einen raschen Blick auf ihre Gefährtin. Argwöhnisch beäugten sie die Männer. Dann steckten sie die Köpfe zusammen.

Schließlich bedeutete die Ältere, ihr zu folgen. Über eine violett blühende Wiese führte sie Papst und Sekretär zu einem der Lehmhäuser. Kräftig hämmerte sie gegen die Tür.

»Hier wohnt Abt Luciano. Ihr müsst laut mit ihm sprechen, denn er hört schlecht.«

Ohne eine Antwort abzuwarten, verabschiedete sich die Frau und lief weiter zu einem anderen Haus. Nichts rührte sich in Lucianos Hütte. Die Frau drehte sich nochmals um und rief ihnen zu:

»Wenn er nicht öffnet, müsst Ihr lauter klopfen! Ich sagte doch, dass er schlecht hört.«

Innozenz schlug dreimal kräftig gegen die Tür. Drinnen ertönte eine dünne Greisenstimme:

»Kommt herein! Die Tür ist offen.«

In der Lehmhütte saß der alte Mönch am Fenster und hielt ein großes Buch.

»Abt Luciano?«, fragte Innozenz.

»Sprecht bitte etwas lauter! Ich höre nicht gut.«

Innozenz holte tief Luft und brüllte:

»Prior Luciano!!!«

»Ja, mein Sohn, der bin ich. Tretet näher, damit ich Euch besser sehen kann ... Hmm, ich glaube, ich kenne

Euch nicht. Nur Mut! Kommt mehr ins Licht. Wer gibt mir in meiner bescheidenen Hütte die Ehre?«

Carlo schloss die Tür. Außer ihnen befand sich niemand im Raum. Der Papst und sein Sekretär stellten sich ans Fenster, sodass der Prior sie gut sehen konnte. Innozenz erwiderte:

»Ich bin Papst Innozenz IV., und dies ist mein Sekretär, Carlo Brugnolli.«

»Könnt Ihr das wiederholen? Ich habe Euch nicht richtig verstanden.«

»Ich sagte, dass ich Papst Innozenz IV. bin, Prior!«, brüllte dieser wieder.

»Gütiger Himmel! Der Papst aus Rom in meinem einfachen Haus!«

Umständlich erhob sich der Greis, kniete nieder und küsste demütig die päpstliche Hand.

»Bitte erhebt Euch, Prior Luciano. Lassen wir das Zeremoniell beiseite. Mein unangekündigter Besuch dürfte Euch ziemlich überrascht haben. Verständlicherweise fragt Ihr Euch sicher nach dem Grund und auch, warum wir weltliche Kleider tragen. Ist es nicht so?«

»Ja, so ist es, Eure Heiligkeit. Aber Ihr schuldet einem einfachen Diener keinerlei Erklärung.«

Die Besucher nahmen Platz, und Innozenz fuhr fort:

»Hört dennoch meine Erklärung, Prior! Die Beziehungen zwischen Rom und Byzanz sind zurzeit ziemlich angespannt. Auf meine Anregung versucht Kaiser Johannes III. eine Brücke zwischen der orthodoxen und der römischen Kirche zu schlagen. Wir sind zwar noch weit davon entfernt, aber Ziel ist der Zusammenschluss der beiden. Die Entgleisungen auf christlicher Seite bei der Eroberung Konstantinopels im Jahr zwölfhundertvier haben sich auf dieses Vorhaben nicht günstig ausgewirkt.

Aber zurück zu meiner Reise. Seitdem wir Rom verlassen haben, bemühen wir uns, unerkannt zu bleiben. Andernfalls hätte es sicherlich Ärger mit dem Patriarchen von Konstantinopel gegeben. Aber so konnten wir ihn umgehen.«

Der Prior hielt sein Ohr dicht an das Gesicht des Papstes. Trotzdem bat er ihn, lauter zu sprechen. Er wollte sich kein Wort entgehen lassen. Innozenz hob erneut die Stimme an und sprach weiter:

»Meine Reise hat zwei Gründe. Zunächst will ich die Reliquie zurück, die Papst Honorius III. in die Basilika des Heiligen Johannes nach Ephesus bringen ließ. Sie soll im Lateran untersucht werden. Kann ich sie sehen?«

»Selbstverständlich, Eure Heiligkeit. Sie befindet sich in der Kapelle im Hause Marias. Ich selbst habe sie entgegengenommen. Damals hielten wir noch unsere Andachten in der Basilika vom Heiligen Johannes. Doch als ein Seitenschiff einstürzte, konnten wir das Leben der Gläubigen nicht weiter aufs Spiel setzen. Seitdem findet dort kein Gottesdienst mehr statt. Die Basilika ist in einem miserablen Zustand. Ich zog mit meinen Mönchen zum Berg, auf dem die Jungfrau Maria gelebt hat. An diesem heiligen Ort haben wir den Frieden und die Ruhe zum Gebet gefunden. Den Schrein mit dem *Lignum Crucis* haben wir mitgenommen. Ihr findet ihn in der kleinen Kapelle. Wir alle verehren ihn sehr, aber selbstverständlich werden wir Eurem Wunsch folgen. Betrachtet ihn als den Euren!«

»Gesegnet seien Eure Gottergebenheit und Euer Gehorsam, mein lieber Abt! Nun hört, was mich noch zu Euch geführt hat. Schon lange hege ich den brennenden Wunsch, das heilige Haus Marias zu besuchen. Seit deren letzter Aufenthaltsort bekannt und eine Kapelle ihr zu

Ehren errichtet wurde, habe ich mir tagtäglich vorgenommen, hier zur Mutter Gottes zu beten.«

»Ihr sollt nicht länger darauf warten, Eure Heiligkeit! Lasst uns gemeinsam gehen!«

Prior Luciano und seine Gäste erhoben sich. Gemeinsam verließen sie die Lehmhütte. Nichts an dem Steinhaus in der Mitte der Siedlung verriet, dass einst Maria hier gewohnt hatte. Befremdet fragten die Besucher nach dem Grund. Es sei eine reine Vorsichtsmaßnahme, erklärte der Abt. Schlimme Geschichten über Mongolen waren im Umlauf. Diese Wilden hatten bereits den Norden erobert und standen beinahe vor der Tür. Je unauffälliger das Haus, umso eher würde es Plünderung und Zerstörung entgehen.

Sie betraten das kleine, als Kapelle dienende Haus. Über einem einfachen Altar aus Stein hing ein hölzernes Kreuz. Davor standen zwei Reihen mit je vier schmalen Holzbänken. Ein paar betende Mönche drehten sich neugierig zu ihnen um.

Auf dem Altar stand der Schrein: Es war ein reich verziertes Silberkreuz mit doppeltem Querbalken. In der Mitte befanden sich zwei kleine Kruzifixe. Sie waren aus dem Holz gefertigt, an welchem der Heiland gestorben war.

Innozenz war von der großen Bescheidenheit ringsum tief beeindruckt. Diese stand in krassem Missverhältnis zur Bedeutsamkeit der Stätte. Doch die Gegend war unsicher und erforderte Zurückhaltung. Die Franziskanergemeinschaft besaß nichts außer dem Schrein. Just diesen musste er ihnen nehmen.

Die armen Brüder taten ihm leid. Selbstlos hatten sie die heilige Stätte gehütet. Nun rückten von Süden die Sarazenen vor, vom Norden die wilden Mongolenstämme.

Welchen Gefahren würde sich diese kleine Gemeinschaft noch stellen müssen? Ihre einzige Waffe war das Gebet. Gerade deshalb durfte die Reliquie nicht länger hier bleiben. Es war zu gefährlich.

»Ihr wollt sie gleich mitnehmen, nicht wahr?«

Feinfühlig erriet der Abt die traurigen Gedanken des Papstes und kam ihm zu Hilfe.

»Ja, Luciano. Ich muss aufbrechen, sobald ich zur Mutter Gottes gebetet habe.«

»Macht Euch keine Sorgen, Eure Heiligkeit. Ich lasse den Schrein gleich fertig machen, damit Ihr ihn unauffällig transportieren könnt.«

Bevor sie die Kapelle verließen, beauftragte der Abt einen Mönch damit. Eine Weile plauderte der Gastgeber noch über den neu gegründeten Franziskanerorden. Innozenz war ein glühender Verehrer des Franz von Assisi, den er als einen Heiligen betrachtete. Daraufhin gab Luciano einige Geschichten des Ordensgründers zum Besten.

Da wurde auch schon die Reliquie gebracht, in einer Ledertasche wohl verstaut. Carlo presste sie sogleich an sich, während Innozenz jene frommen Mönche zum Abschied segnete. Dann umarmte er sie brüderlich, sprach ihnen Mut zu und wünschte allen Frieden. Noch einige Mal hielt der Papst auf dem Rückweg, um den Mönchen zuzuwinken. Bei der Wegkreuzung gingen die beiden Wanderer diesmal bergabwärts, direkt nach Ephesus.

Nach all den Mühen war endlich der begehrte Schrein in ihren Händen. Innozenz konnte es kaum erwarten, ihn in Ephesus zu öffnen und den Inhalt zu überprüfen. In der Euphorie bemerkten sie nicht, dass Isaak ihnen seit dem Nachtigallenhügel auf den Fersen war.

Den Heimweg legten sie in einer Stunde zurück. Wieder in der Stadt, begaben sie sich zu ihrer Herberge. Die junge Dame in der Empfangshalle erkannte sie sogleich und gab ihnen den Zimmerschlüssel. Eilig gingen die Römer auf ihr Zimmer. Zum Glück begegnete ihnen niemand im Atrium, denn ihre Kleider waren staubig und verschwitzt.

Während Carlo umständlich die Tür aufschloss, schnaubte Innozenz vor Aufregung hinter ihm. Wie zwei geölte Blitze schossen sie ins Zimmer und schlugen die Tür mit solcher Vehemenz hinter sich zu, dass die kupferne Deckenlampe in der kleinen Vorhalle wackelte.

Innozenz ließ sich aufs Bett fallen und versuchte, mit einem Dolch den Schrein zu öffnen. Gleich würde er wissen, ob er mit seinen Vermutungen richtig lag. Auch Carlo fieberte dem entscheidenden Augenblick entgegen. Er kniete vor dem Papst und hielt das Kruzifix unten fest, um Seiner Heiligkeit behilflich zu sein. Zwei Mal verfehlte der Dolch nur knapp die Hand des Sekretärs, sodass dieser den Eifer des Papstes ein wenig bremsen musste.

Just in diesem Augenblick betrat ein Mann die Herberge und erkundigte sich nach der Zimmernummer der Römer. Um das Misstrauen der Empfangsdame zu zerstreuen, erklärte er, ein guter Freund der beiden Männer zu sein, die er namentlich nannte. Er wolle sie mit seinem Besuch überraschen.

Schließlich erhielt er die gewünschte Auskunft. Kurz darauf stand er vor der Zimmertür. Er klopfte an.

Carlo streckte den Kopf durch die Tür und sah verdutzt Isaak an. Dann wanderte sein Blick hinunter und fiel auf zwei lange, auf ihn gerichtete Messer. Mit einer schnellen Bewegung führte der Jude eins an Carlos Gurgel.

»Meine Herren, bitte bewahrt die Ruhe und macht keine Dummheiten.«

Der Eindringling stieß die Tür hinter sich zu. Fassungslos starrte ihn Innozenz an. Neben ihm auf dem Bett lag aufgeklappt das schöne silberne Kruzifix. Rasch versuchte der Papst, den Ohrring in seiner Hand zu verstecken. Aber Isaak hatte den Schmuck bereits entdeckt.

»Bemüht Euch nicht, Eure Heiligkeit. Ich weiß, dass Ihr etwas in Eurer Hand verbergt. Seid bitte vernünftig und gebt es mir sofort. Andernfalls kann ich für nichts garantieren.«

Er ging zum Bett, das Messer immer noch an Carlos Halsschlagader. Rasch nahm er den Ohrring aus Innozenz' Hand und steckte ihn in seine Hosentasche.

Isaak war bereits im Begriff, das Zimmer zu verlassen, als er sich noch einmal umdrehte. Er blickte dem verstörten und enttäuschten Papst ins Gesicht. Hilflos musste Innozenz mit ansehen, wie ihm die heiß begehrte Reliquie geraubt wurde. Der Jude öffnete die Tür und sagte, bevor er sie ins Schloss krachen ließ:

»Ich wünsche Euch eine gute Reise nach Rom, Eure Heiligkeit!«

10

Gut Vistahermosa. Cáceres, 2002

In Lucías Handtasche klingelte das Handy. Während sie danach wühlte, schwor sie sich, für mehr Ordnung darin zu sorgen und das viele unnütze Zeug wegzuwerfen.

»Ja, bitte?«

»Lucía? Ich bin's, Fernando.«

»Hallo, wo bist du jetzt gerade?« Sie warf einen raschen Blick auf die Uhr und sagte, ohne seine Antwort abzuwarten: »Es ist fast elf. Du müsstest gleich da sein, oder?«

»Ja, ich bin fast da. Aber es gibt ein Problem.«

Lucía konnte ihn kaum verstehen. Vermutlich fuhr er gerade durch ein Funkloch.

»Ich hör dich nicht. Kannst du mich noch verstehen?«

»Jetzt wieder. Vorhin hatte ich keinen Empfang, aber nun klappt es gut. Ich finde das Landhaus nicht. Wie du gesagt hast, bin ich an Navalmoral de la Mata vorbei Richtung Navatejada gefahren. Ich habe auch die Abzweigung nach Almaraz gefunden. Jetzt bin ich schon durchs Dorf durch. Aber von einer Einfahrt keine Spur. Gerade fahre ich den gleichen Weg noch mal zurück.«

»In Ordnung. Mach dir keine Sorgen, du hast es fast geschafft. Links kommt gleich ein halb verfallenes Haus.«

»Ja, da ist es!«

»Fahr etwas langsamer. In etwa zweihundert Metern ist eine Einfahrt. Such nach einem grünen Metalltor. Das ist das Tor zum Grundstück. Bleib da und warte auf mich. Es ist nämlich nicht einfach, das Haus zu finden. Ich hole dich mit dem Jeep ab.«

»Da ist schon das Tor. Ich warte!«

Fernando klappte das Handy zu, lenkte den Wagen durch die Einfahrt und parkte kurz dahinter. Vor ihm lag ein riesiger Eichenwald. Zwischen den Bäumen weideten vereinzelte Kühe, Schweine und eine Menge Schafe. Links schlängelte sich ein von großen Steinen und Eichen gesäumter Weg.

Auf dem Weg nach Cáceres hatte sich der Juwelier die Ereignisse der letzten achtundvierzig Stunden nochmals durch den Kopf gehen lassen. Zuletzt war Lucía bei ihm zuhause gewesen. Spontan hatte sie ihn zum Abschied übers Wochenende auf ihre Finca eingeladen. Das würde die Nachforschungen beschleunigen und wäre eine Gelegenheit, sich mit Professor Ramírez auszutauschen.

Kühl betrachtet, handelte es sich um ein Arbeitstreffen – nichts weiter. Doch nicht für Mónica. Seit sie an jenem fatalen Donnerstagabend Lucía aus seinem Haus hatte kommen sehen, quälte sie Fernando mit ihren Unterstellungen. Seine Ruhe war seitdem dahin.

Andererseits war er an der Misere selbst schuld. Warum hatte er nur die Verabredung mit Lucía verschwiegen? Auch im Geschäft ließ ihn Mónica ihren Ärger spüren. Fernandos Erklärungen und Beteuerungen stießen auf taube Ohren und machten alles noch schlimmer. Deshalb hatte er jetzt wieder nichts von der Einladung gesagt. Noch mehr Streit fühlte er sich nicht gewachsen.

So hatte sich Fernando in immer mehr Unwahrheiten verstrickt. Obwohl er in Mónica verliebt war, machte er, wie ein dummer Junge, alles kaputt. Nun saß er hier und wartete auf eine Frau, die ihn mehr beunruhigte, als dass sie ihm gefiel.

Auf der Fahrt hatte er auch Zeit gehabt, über die letzten Jahre nachzudenken. Noch immer machte ihm der Tod seiner Frau zu schaffen. Von einem inneren Gleichgewicht war er weit entfernt. Er interessierte sich nicht besonders für andere Frauen und sah sie hauptsächlich in ihrer Funktion: entweder als Kundin, Nachbarin, Bedienung, Verkäuferin in seinem Juweliergeschäft, Kassiererin oder Fernsehansagerin. Mehr Kontakte zur Damenwelt hatte er nicht. Doch seit weniger als einem Monat war plötzlich alles anders.

Mit einem Mal ging ihm Mónica nicht mehr aus dem Kopf. Was ihn an ihr nicht mehr losließ und wann es damit angefangen hatte, wusste er nicht.

Seit Jahren arbeitete sie eng mit ihm zusammen, und erst jetzt war ihm aufgefallen, dass sie auch eine außergewöhnliche Frau war. Durch die Geschichte mit dem Armreif hatte er entdeckt, dass sie sich beide zueinander hingezogen fühlten. Schließlich hatten sie sich ihre Gefühle gestanden.

Nun fragte sich Fernando, weshalb alles plötzlich so schwierig geworden war. Seit einer Woche war ihr Verhältnis extrem angespannt. Ein Haufen Zweifel stieg in ihm auf, sodass er sich selbst mit seinen Gefühlen nicht mehr auskannte.

Sein Herz gehörte Mónica, das stand fest. Warum musste er jetzt wieder Öl ins Feuer gießen und das Wochenende mit Lucía verbringen? Genau genommen verhielt er sich wie ein Dummkopf, wenn er seine ohnehin schon gefährdete Beziehung weiter aufs Spiel setzte.

Während ihm dies noch durch den Kopf ging, sah er von links einen grünen Jeep auf sich zukommen. Wenig später hielt das Fahrzeug neben seinem Wagen, und eine strahlende Lucía stieg aus. Sie sah glücklich aus.

Fernando ging ihr entgegen.

»Herzlich willkommen auf Vistahermosa!« Sie küsste ihn auf die Wangen. »Fahr mir einfach nach. Wir lassen das Gepäck im Haus, und ich zeige dir die Finca zu Pferd. Was hältst du davon?«

»Wie du meinst, Lucía! Ich bin ganz in deiner Hand!«

»Na ja, das werden wir noch sehen …«, sagte sie lächelnd. Die Historikerin war wie verwandelt – entspannt und charmant.

»Nein … ich wollte sagen …«, stammelte Fernando.

»Ist schon gut. Es war doch nur ein Scherz. Lass uns keine Zeit verlieren! Fahr vorsichtig, denn ein Teil des Wegs ist nicht ganz in Ordnung, und dein Wagen hat eine tiefe Straßenlage. Also lieber langsam fahren als mit dem Auto hängen bleiben!«

Fernando ließ seinen Sportwagen wieder anspringen und sah Lucía zu, wie sie in den Jeep kletterte. Sie trug grüne Cordhosen, eine passende Strickjacke über einer weißen Bluse und ein grün gemustertes Halstuch. Ein Paar Reitstiefel machte den Look komplett. Fernando fand sie mit jedem Mal attraktiver.

Zwei Mal war der Sportwagen beinahe stecken geblieben. Nach zwei Kilometern erreichten sie eine Anhöhe, von welcher man das Haus unten im Tal sah. Es war eine große U-förmige Anlage, die aus einem zweistöckigen Haupttrakt und zwei niedrigeren Seitenflügeln bestand. Daneben standen zwei große Lagerhallen und ein Stall mit einem umzäunten Hof, in welchem ein halbes Dutzend Pferde herumlief.

Ein steiler Weg führte direkt hinab zum Haus. Lucía hielt vor einem mit Blumen geschmückten Patio. Ein Mann mittleren Alters kam auf sie zu.

»Das ist Manolo. Er ist der Verwalter und meine rechte Hand hier.«

Fernando begrüßte ihn und stellte sich vor.

»Manolo wohnt mit seiner Familie hier schon seit … zwanzig Jahren?«

»Im April werden es fünfundzwanzig, gnädige Frau«, half ihr der Mann weiter.

»Elvira, seine Frau, sieht im Haus und in der Küche nach dem Rechten. Sie haben ein paar schon erwachsene Jungs, die mit dem Vieh und auf dem Feld helfen. Auf dem Gut arbeiten noch vier Männer aus der Gegend. Aber heute haben sie frei.«

Der Verwalter hatte bereits Fernandos Reisetasche aus dem Kofferraum genommen. Er wünschte dem Gast viel Vergnügen bei der Landpartie und brachte das Gepäck ins Haus.

»Welche Schuhgröße hast du?«, wollte Lucía wissen.

»Zweiundvierzig, warum?«

»Gut, dann passen dir die Stiefel meines Mannes. Komm, gehen wir zum Stall. Kannst du überhaupt reiten?«

»Als junger Kerl saß ich ständig im Sattel. Hoffentlich habe ich es nicht verlernt. Seit zwanzig Jahren bin ich nicht mehr geritten.«

»Macht nichts. Das habe ich mir schon gedacht und ›Prinzessin‹ satteln lassen. Die Stute ist zahm und fügsam.«

Sie gingen zum Zaun und sahen zu, wie die Pferde vorbereitet wurden.

»Schau, deins ist das dort drüben! Das braune mit

der blonden Mähne. Eine prächtige Stute! Du wirst dich gleich mit ihr anfreunden.«

Fernando betrachtete Lucías kurzes brünettes Haar. Hatte sie nicht vorhin so eine Anspielung gemacht? Ihm war gerade auch etwas in der Art eingefallen. Wortspiele schienen der Gastgeberin nicht zu missfallen – eher im Gegenteil.

»Mag ich sie nun, weil sie fügsam ist, oder weil ich Brünette bevorzuge – was meinst du?«

Schlagfertig konterte Lucía:

»Nicht alle Brünetten sind so leicht zu gewinnen wie diese. Bei anderen musst du dich schon erheblich mehr anstrengen. Ich spreche natürlich von Stuten! Ich hoffe nicht, dass wir aneinander vorbeigeredet haben …«

»Nein, nein, Lucía, natürlich nicht …! Wir meinen das Gleiche.«

Sie wechselten einen komplizenhaften Blick.

»Komm, wir gehen in den Stall! Du kannst dich da umziehen. Ich habe ein paar Hosen, die dir passen könnten. Es wäre schade um die, die du anhast.«

Bei den Boxen stellte ihn Lucía einem der Söhne des Verwalters vor. Der junge Mann war gerade beim Säubern.

Aus einem Schrank nahm Lucía Reithosen und Stiefel. Fernando zog sich in einem kleinen Nebenraum um. Währenddessen schwatzte die Gastgeberin mit dem Jungen. Sie erkundigte sich nach dem Pferd, das vor ein paar Tagen heftige Koliken gehabt hatte.

Die Stiefel drückten ein wenig, aber die Hose war entschieden zu eng. Um den Reißverschluss schließen zu können, musste er die Luft anhalten und den Bauch einziehen. Die war ihm mindestens zwei Nummern zu klein! Als er rausging, kam ihm Lucía bereits auf dem Gang entgegen, um ihn zu mehr Eile anzutreiben. Kommentarlos musterte sie ihn von oben bis unten und sah diskret über die zu enge Hose hinweg. Sie hakte ihn unter und führte ihn zu den Pferden im Hof. Leicht und elegant schwang sich Lucía aufs Pferd. Fernando brauchte etwas mehr Zeit. Aber schließlich saß er – ohne fremde Hilfe – oben. Sie ritten durchs Tor hinaus quer übers Feld nach Westen. Nach ein paar Metern erklärte Lucía, wohin es ging.

»Ich möchte dir zuerst den westlichen Teil des Gutes zeigen. Das meiste Vieh ist dort. Die Weiden liegen direkt neben einem See. Dann reiten wir durch den Besitz weiter nach Norden in die reinste Wildnis. Sie ist nur schwer mit dem Pferd passierbar. Im dichten Unterholz gibt es jede Menge Wild, vor allem Wildschweine und Rehe. Von dort geht's nach Osten durch einen Eichenwald am Haus vorbei. Den Weg kennst du ja bereits. Hier halte ich iberische Schweine und Merinoschafe. Die Runde beschließen wir im Süden. Wir werfen nur einen schnellen Blick auf die Getreidefelder, denn da gibt es nichts Besonders zu sehen.«

»Das ist ja ein riesiges Anwesen. Ich bin beeindruckt. Wie viel Hektar hat es denn?«

»Nicht ganz tausend, ich weiß es nicht genau. Das klingt zwar nach einer ganzen Menge, aber vergiß nicht, dass viel Brachland dabei ist. Nur ein kleiner Teil davon ist wirklich nutzbar und bringt etwas ein.«

Sie ritten durch einen großen Korkeichenwald voller herrlicher hundertjähriger Bäume. Hinter den Wolken kam die Sonne hervor.

»Übrigens, was ist mit der Verabredung mit Don Lorenzo Ramírez? Gab es irgendwelche Probleme?«

»Nein, überhaupt nicht! Er hat versprochen, gegen

fünf hier zu sein. Offenbar hat er etwas Neues über unsere Vorfahren herausgefunden.«

»Das ist ja toll! Ich bin schon sehr gespannt auf ihn! Sollte sich unsere Unterredung hinausziehen, lade ich ihn zum Abendessen ein. Ist dir das recht?«

»Selbstverständlich, Lucía. Mir ist, als ob wir drei in dieser rätselhaften Geschichte ein gutes Stück vorankommen werden.«

In aller Ruhe besichtigten sie das Anwesen. Gegen zwei Uhr nachmittags waren sie wieder beim Haus. Der dreistündige Ausritt hatte nicht nur Fernandos Appetit geweckt, sondern ließ ihn auch sein Kreuz spüren. Im Stall überließen sie die Pferde dem Burschen und begaben sich zum Essen.

»Was hältst du von einer ausgiebigen Dusche, um den Pferdegeruch wieder loszuwerden?« Fernando war von dem Vorschlag äußerst angetan. »Also los, ich zeige dir dein Zimmer und das Bad. Nach dem Essen führe ich dich durchs Haus.«

In der weitläufigen Empfangshalle hing ein riesiger Dreschflegel. Darunter stand ein altertümlicher, mit Blumentöpfen geschmückter Karren. Fernando fielen auch zwei überdimensionale Ölbilder auf. Jedes zeigte einen unnatürlich lächelnden Bauern in Landestracht vor Feldern und Ochsen. Lucía erklärte, es seien die ursprünglichen Besitzer des Guts – Verwandte ihres verstorbenen Mannes. Fernando folgte ihr in den zweiten Stock. Die erste Tür war das Gästezimmer. Lucía lud ihn ein, einzutreten.

»Bitte, das ist dein Zimmer!« Die Reisetasche stand bereits auf einem Beistelltisch. »Das Bad ist hinter der Tür links vom Balkon.« Sie zog die schweren Vorhänge auf, um die Mittagssonne hereinzulassen. »Fühl dich bitte wie zuhause. Klingel einfach, wenn du etwas brauchst.«

»Egal was …?«

Fernando hatte seine Probleme mit Mónica auf dem angenehmen Spazierritt vergessen. Er fühlte sich leicht und entspannt wie schon lange nicht. Unbekümmert schäkerte er mit Lucía. Die Landluft vertrieb die grüblerischen Gedanken. Alles schien so natürlich und unkompliziert. Auch die sonst ernste und förmliche Historikerin wirkte in dieser Umgebung heiter und gelassen.

»Ja, außer das Personal sollte nichts davon wissen. Nur dann darfst du dich direkt an mich wenden.« Lucía gab ihm dem Ball zurück.

»Einverstanden! Ich werde daran denken.«

Lucía lächelte und überprüfte, ob im Bad nichts fehlte. Sie erkannte sich selbst kaum wieder. Wie ein unschuldiger Teenager flirtete sie mit Fernando herum. Jeder Vernunft zum Trotz würde sie dieses Wochenende den Dingen einfach ihren Lauf lassen. Mal sehen, was sich ergeben würde.

Im Gästezimmer kämpfte Fernando mit den Reitstiefeln.

»Warte, ich helfe dir!« Lucía kniete nieder, zog am Stiefel, drehte ihn hin und her. Allmählich gab er nach, und sie konnte mit einem Ruck Fernando davon befreien. »So, jetzt ist der andere dran!«

Sie wiederholte den Vorgang. Aber der zweite Stiefel gab kein bisschen nach. Lucía stand auf, drehte sich um und klemmte Fernandos Bein zwischen die Knie. Sie musste mehrmals kräftig ziehen, bis der Fuß endlich draußen war. Stiefel und Stiefelknecht landeten auf dem Boden. Fernando prustete vergnügt los. Auch Lucía musste lachen, bis ihr der Bauch wehtat.

»So habe ich schon seit langem nicht mehr gelacht!«, sagte sie nach Luft japsend. »Wenn wir jetzt nicht endlich duschen, sind wir noch mitten beim Essen, wenn Don Lorenzo aufkreuzt. Ich gehe jetzt, Fernando. Wir sehen uns in einer Viertelstunde in der Empfangshalle!«

Als Fernando frisch geschniegelt die Treppen hinunterstieg, schlug es gerade drei Uhr. Unten wartete schon Lucía auf ihn und führte ihn ins Speisezimmer.

Für zwei war der Tisch etwas zu groß. An der Mahagonitafel hatten leicht zwanzig Personen Platz. Lucía setzte sich ans Ende und Fernando links neben sie. Eine Frau mittleren Alters brachte eine Suppenterrine herein.

»Das ist Elvira, Manolos Frau.«

»Sehr erfreut. Gerade habe ich einen Ihrer Söhne im Stall kennengelernt. Ein gut aussehender Bursche. Kein Wunder bei der Mutter.«

»Sie sind sehr liebenswürdig, gnädiger Herr. Ich hoffe, die Suppe schmeckt Ihnen. Es ist ein getrüffeltes Fasanenkonsommee – eines meiner Lieblingsrezepte«, erklärte Elvira, während sie die Suppe servierte.

»Es schmeckt sicher ausgezeichnet. Aber geben Sie mir bitte nicht zu viel.«

Beim Essen plauderte Lucía über die Schwierigkeiten, die sie anfangs mit dem Gut gehabt hatte. Bis zum Tod ihres Mannes hatte sie von diesen Dingen keine Ahnung gehabt. Sie musste sich erst in alle Bereiche einarbeiten, um einen landwirtschaftlichen Betrieb dieser Größe führen zu können.

Inzwischen wusste sie alles über Aussaat, Saatgut, landwirtschaftliche Maschinen, Düngemittel … Natürlich war ihr immer Manolo mit Rat und Tat zur Seite gestanden. Seine Erfahrung und Können waren unverzichtbar gewesen. Auf die Rolle der typischen Herrschaft, die von nichts eine Ahnung hat, alles auf den Verwalter abwälzt und nur zum Vergnügen am Wochenende auftaucht, hatte sie keine Lust gehabt. Von Anfang an engagierte sie sich: Sie lernte viel Neues, verbesserte auch manches – vor allem aber fühlte sie sich auf dem Gut pudelwohl.

Gerade hatte sie sich ausgiebig mit der Zucht von iberischen Schweinen beschäftigt. Sie konnte jetzt die optimale Größe der Herden zur Zeit der Eichelmast berechnen – je nachdem, wie die Jahresernte ausfiel. Auch von Schafen, Kühen und Bienenzucht verstand sie inzwischen etwas.

»In all diese Dinge musste ausgerechnet ich, eine Geisteswissenschaftlerin, mich einarbeiten. So etwas lernt man nicht an der Fakultät. Aber die Anstrengung hat sich gelohnt, das kannst du mir glauben. Das Land ist etwas ganz Besonderes, das muss man einfach erleben!«

Als zweiten Gang gab es einen wunderbaren Rehbraten und anschließend eine Nachspeise aus Honig, Biskuit und viel Likör – noch eine von Elviras Spezialitäten.

»Wenn Sie möchten, serviere ich jetzt den Kaffee.« Manolo rückte Lucías Stuhl zur Seite.

Diese führte ihren Gast in den ans Esszimmer anschließenden Salon. Vor dem steinernen Kamin machten sie es sich in zwei Ledersesseln bequem. Das Feuer verbreitete eine wohlige Wärme. Elvira stellte das Tablett mit dem Kaffee auf einen kleinen Beistelltisch.

»Hat es dir geschmeckt, Fernando?«, erkundigte sich Lucía, während sie einschenkte.

»Wie schon lange nicht!« Er wandte sich an Elvira. »Sie kochen so gut wie meine Mutter, die – nebenbei bemerkt – eine vorzügliche Köchin war. Ich muss gestehen, dass Sie sie fast übertreffen.«

»Vielen Dank, gnädiger Herr! Das ist sehr freundlich von Ihnen. So viel Lob verdiene ich gar nicht.«

»Sie können jetzt gehen, Elvira«, sagte die Hausherrin. »Machen Sie bitte die Tür hinter sich zu und sorgen Sie dafür, dass uns eine Weile niemand stört ...«

»Selbstverständlich, gnädige Frau! Soll ich vorher noch einen Likör servieren?«

»Ja, bitte. Bringen Sie uns zwei Gläser Cognac«, bat Lucía.

Die Haushälterin schenkte großzügig von der Marke Cardenal Mendoza ein – dem Herrn etwas mehr – und stellte die Cognacschwenker zum Kaffee. Dann schloss sie hinter sich die Tür.

»Die hast du in der Tasche! Ich kenne sie gut, und ihrem Gesicht nach zu urteilen, betet sie dich bereits an. Heute Abend verwöhnt sie dich bestimmt mit noch einer ihrer Spezialitäten. Du wirst schon sehen!« Insgeheim freute sich Lucía über Fernandos Aufmerksamkeiten. »Endlich wieder allein!«, rief sie.

»Bis Don Lorenzo Ramírez kommt, haben wir noch genau eine Stunde. Jetzt erzähl doch endlich, was es über diese Essener gibt. Du hast schon neulich bei mir so etwas angedeutet.« Fernando hatte auf seiner Armbanduhr gesehen, dass es schon vier war.

»Also gut, hör zu.« Lucía lehnte sich genüsslich mit ihrem Cognacglas im Sessel zurück. Sie nippte daran und legte los:

»Ich hab dir doch erzählt, dass ich eine Arbeit über den Komtur der Templerniederlassung von Zamarramala betreue – diesen Gastón Esquívez?«

»Ja, ich erinnere mich ... Das war an dem Tag, an dem wir die Kirche Vera Cruz besichtigten.«

»Genau, jetzt pass auf: Die Nachforschungen haben

ergeben, dass dieser Esquívez ein übler Bursche war. Hätte er in unserer Zeit gelebt, wäre er sicher Mafiaboss oder so etwas in der Art geworden. Um das zu erklären, muss ich etwas ausholen. Über den Templerorden gibt es kaum mehr Unterlagen in den Archiven. Papst Clemens V. löste den Orden nicht nur über Nacht auf, sondern der französische König ließ die Führungsspitze der Templer in den Kerker werfen. Das hat natürlich auch die Komturen außerhalb Frankreichs gewaltig erschüttert – einschließlich der in Kastilien, Aragón und Katalonien. Ich beziehe mich auf die Zeit zwischen 1312 und 1315. Der Papst stammte aus Frankreich und wurde von Philipp IV. zur Auflösung mehr oder weniger gezwungen. Die Krone hatte es auf die Reichtümer und den Besitz des Ordens abgesehen – der ihr bis zu diesem Zeitpunkt Geld geliehen und auch das Amt des Schatzmeisters versehen hatte. Auf diese Weise gedachte Philipp, seine maroden Finanzen zu sanieren und Expansionspläne zu verwirklichen. In der allgemeinen Aufregung vernichteten und verbrannten viele Komturen selbst ihre Archive, denn der König nutzte alles zur Diffamierung des Ordens. Viele Templer suchten Schutz bei anderen Ritterorden. Manche hatten wichtige Dokumente aus ihren Beständen retten können und brachten sie in den Archiven der neuen Komturen unter. Mit anderen Worten: Vieles aus den Archiven der Templer landete bei dem Malteserorden, etwas auch bei dem Orden der Calatrava-Ritter, doch der größte Teil gelangte in die Hände des Ordens von Montesa. Dieser wurde in Spanien gegründet, um das Erbe der Templer zu übernehmen.« Lucía fischte aus einer Holzkiste eine Schachtel Zigaretten. Sie zündete sich eine an und zog genüsslich daran. »Mit all dem will ich nur klar machen, wie schwer es war, an das Quellenmaterial aus der Niederlassung in Zamarramala heranzukommen. Wir haben Schriftstücke gefunden, die aus den Jahren 1218 bis 1234 stammen und von Gastón de Esquívez unterzeichnet sind – just zur Zeit der Errichtung von Vera Cruz.«

»Verzeih, wenn ich an dieser Stelle nachhake. Aber welche Funde legten den Schluss nahe, dass Esquívez – salopp gesagt – ein schlimmer Finger war?«

»Warte noch einen Augenblick, dann wirst du es verstehen.« Lucía zog erneut an ihrer Zigarette. »Acht Jahrhunderte später haben wir aus den Dokumenten erfahren, dass Herr Esquívez nicht nur Komtur bei den Templern war, sondern einer anderen, nicht ganz ungefährlich operierenden Sekte angehörte. Zwölf führende Köpfe der Templer jener Zeit hatten sich zu einem Geheimbund zusammengeschlossen, der sich ›Filii Lucis‹, also ›Kinder des Lichts‹, nannte. Erinnerst du dich an das Gespräch über die Zahl zwölf in Vera Cruz?«

»Natürlich! Aber wie seid ihr darauf gekommen? Ich nehme an, dass dies nicht einfach so in den alten Unterlagen steht, oder?«

»Wir konnten mit Hilfe eines ausgeklügelten Computerprogramms einige der verschlüsselten Dokumente knacken. Gemessen an dem damals geläufigen, benutzten die Templer aus Zamarramala ein ziemlich komplexes Codierungssystem. Auf den ersten Blick meint man, völlig normale Texte vor sich zu haben. Erst beim zweiten Hinsehen entdeckt man wirklich überraschende Botschaften. In den letzten zwei Wochen ist es uns gelungen, etwa vierzig Dokumente zu entziffern. Jetzt läuft es etwas schneller, aber es fehlen immer noch welche. Zehn Schriftstücke machen uns besonders zu schaffen.« Im Kamin krachte ein Holzscheit auseinander und sorgte für Ablenkung.

»So weit, so gut. Unter dem bisher Gesichteten haben wir ganz außerordentliche Funde gemacht – zum Beispiel über die Vera Cruz. Auch Schreckliches ist darunter. In einem Schriftstück wurde beschrieben, wie der Komtur einen gewissen Pierre de Subignac in der Nähe der Kirche umgebracht hat. Bei dem Schriftstück handelt es sich um ein Schreiben des Komturs an einen Geheimbündler. Außer dem Mord enthielt er auch noch folgende Information: ›Unser Bruder Atareche schickte den Verstorbenen auf der Suche nach dem Papyrus und der Truhe zu uns. Dieser trug ein Medaillon von allergrößter Bedeutung für unseren Bund bei sich, das sich jetzt in unseren Händen befindet.‹ Hinsichtlich der Bedeutung der erwähnten Gegenstände tappen wir noch völlig im Dunkeln. Sie werden nirgends sonst erwähnt. Dem müssen wir noch nachgehen!«

»Moment, Moment, Lucía, nicht so schnell!« Fernando richtete sich im Sessel auf und nahm einen Schluck Cognac. »An wen waren die Schreiben von Esquívez adressiert? Was war das überhaupt für ein Geheimbund? Weißt du darüber schon mehr?«

»Die meisten Briefe waren an die Meister anderer Komturen gerichtet; zum Beispiel an einen gewissen Juan de Atareche – er stand der Niederlassung in Puente de la Reina vor. Aber es sind auch sechs französische Templer darunter, aus der Languedoc, der Champagne und dem Roussillon. Zwei Briefe gingen an englische Templer, einer an einen Katalanen – namens Joan Pinaret, von der Komtur Begur – und ein weiterer an einen italienischen Bruder. Alle Dokumente haben ein winziges Detail gemeinsam, das uns auf die Spur des Geheimbundes brachte. Gastón des Esquívez setzte in allen Briefen hinter seinen Namen zwei kleine Buchstaben: ›F.L.‹. Die Initialen von Esquívez oder irgendetwas anderes in der Art konnten es definitiv nicht sein. Wir haben uns lange den Kopf zerbrochen, bis wir schließlich dahintergekommen sind. ›F.L.‹ steht für ›*Filii Lucis*‹, also Kinder des Lichts. Das führt uns gleich zu deiner nächsten Frage, was das für ein Geheimbund war.« Lucía blickte sehr ernst. Sie wusste, dass ihre Behauptung äußerst kühn war: »Ich bin mir sicher, dass es ein Geheimbund von Essenern war – mitten im 13. Jahrhundert!«

»Immer der Reihe nach. Du erzählst mir zum wiederholten Male etwas von Essenern. Es tut mir leid, aber ich weiß so gut wie nichts darüber. Wer war denn das?«

»Du hast ganz Recht, Fernando. Dafür muss ich wieder etwas ausholen. Lassen wir unseren Freund und seine Gefährten einen Moment beiseite. Ich sage dir gleich, was ich über diese Sekte weiß. – Möchtest du noch einen Kaffee? Schwarz oder mit Milch?« Sie setzte sich auf, nahm Fernandos Tasse und sah ihn fragend an.

»Einen kleinen Schwarzen, bitte!«

Lucía nahm den Faden wieder auf. Die Essener seien nur eine kleine Gruppierung gewesen – ein philosophischer Zweig des Judentums neben Pharisäern und Sadduzäern. Sie hätten zwischen zweihundert vor und etwa sechzig nach Christus gewirkt. Anfänglich bildeten sie stabile Gemeinschaften in Judäa, Galiläa und Samaria, dem heutigen Westjordanland. Etwa hundertachtzig Jahre vor unserer Zeitrechnung habe sich eine Sekte abgespalten, die sich in der Wüste am Toten Meer niederließ.

»Man könnte behaupten«, erläuterte Lucía weiter, »dass damit das religiöse Asketentum beginnt: die Eremiten. Der Gläubige widmet sich ausschließlich dem Gebet und zieht sich ganz aus der Welt zurück, lebt in Höhlen oder in der Wildnis. Anders als die Anachoreten suchte diese Sekte nicht die absolute Einsamkeit, sondern bildete weiterhin kleine Gruppen.

In den Bergen der Wüste errichteten die Essener unterirdische Klöster. Gemeinsam hausten sie keusch in diesen Höhlen, allem Irdischen entsagend. Sie teilten das Brot und predigten Nächstenliebe. Auch studierten sie die heiligen Bücher und schrieben sie ab. Sie verabscheuten die Sadduzäer, Pharisäer und Schreiber. In ihren Augen missachteten diese das Wort Moses, befolgten nur äußerlich Gebote und Schrift, entfernten sich von der mündlichen Überlieferung.

1947 wurde in der Wüste von Judäa, im heutigen Jordanien, ein sensationeller Fund gemacht. Das karstige Land ist übersät mit Dutzenden von Hügeln, die ihrerseits wiederum Tausende von kleinen Höhlen bergen. Ganz in der Nähe des Toten Meeres, in der Gegend von Qumran, stieß ein arabischer Ziegenhirte in einer dieser Höhlen auf ein paar Tongefäße. Darin befanden sich, wie dem Mann schien, uralte Pergamente und Papyrusrollen. Er verkaufte sie an einen Händler, und sie gingen noch durch einige Hände, bis sie bei einem jüdischen Forscher landeten. Dieser machte den Fund öffentlich. Die Presse verbreitete natürlich die sensationelle Entdeckung. Schon bald machte sich eine Expedition von Archäologen auf, die Höhlen am Toten Meer zu erforschen. Nach kurzer Zeit hatte man achthundert weitere Pergamente und Papyrusrollen aus Hunderten solcher Tongefäße geborgen. Besonders auffallend war, wie gut die Funde erhalten waren. In den Höhlen gab es offenbar kaum Temperaturschwankungen und auch keine Feuchtigkeit. So konnten sich die Rollen über Hunderte von Jahren erhalten. Wenig später stand auch vom wissenschaftlichen Standpunkt fest, dass die Papyrusrollen etwa zweitausend Jahre alt sind und vermutlich auf die Essener zurückgehen, die ja in den unterirdischen Klöstern gehaust hatten.

Die Nachricht schlug seinerzeit wie eine Bombe ein und füllte die Schlagzeilen: ›Papyrusrollen-Bibliothek aus der Zeit von Jesus Christus entdeckt.‹ Nachdem der Fund eindeutig datiert war, begann überall auf der Welt ein regelrechter Wettlauf, um ihn zu entschlüsseln. Allmählich fand man heraus, dass die meisten Rollen Abschriften der fünf Bücher des Alten Testaments, des Pentateuchs, sind. Aber auch Kopien noch älteren Schrifttums kamen zutage, wie die Weissagungen von Jeremias, Elias und Henoch. Am meisten beeindruckte die Öffentlichkeit damals die Lehre der Essener, die Grundlagen ihres Glaubens und die Regeln ihrer Gemeinschaft. Da die Essener beim Aufstand der Juden im Jahr siebenundsechzig nach Christus befürchteten, von den römischen Besatzern angegriffen zu werden, versteckten sie die Rollen. Ihre Befürchtungen waren durchaus berechtigt, denn die Essener verschwanden aus der Gegend von Qumran gegen neunundsechzig nach Christus. Im Höhlenlabyrinth verbargen sie die heiligen Bücher in Tongefäßen, um sie vor den Römern zu retten.«

»Das ist ihnen auch gelungen, Lucía! Erst zwanzig Jahrhunderte später kamen sie wieder ans Licht!«

»So ist es. Dank des Fundes von Qumran konnte die Wissenschaft die Welt der Essener erforschen. Ihrer Gemeinschaft stand ein sogenannter ›Meister der Gerechtigkeit‹ vor. Dieser hatte sich von den ursprünglichen, in Palästina lebenden Essenern abgewandt und war in die Wüste gegangen.« Lucía nippte wieder am Cognac. »Pass jetzt gut auf! Das sollte dir eigentlich bekannt vorkommen.« Sie legte ihre Hand mit Nachdruck auf die seine. »Eine der Rollen begann folgendermaßen: ›Damit nahm der Krieg zwischen den Söhnen des Lichts und denen der Finsternis seinen Anfang.‹ Der Text schildert die Niederlassung der Gemeinde in Qumran. Sie wurde von zwölf ehemaligen Priestern des Tempels in Jerusalem gegründet. Abgestoßen von den Pharisäern, hatten sie der Stadt den Rücken gekehrt. Die Priester dort und die Römer nannten sie ›Söhne der Finsternis‹. Offenbar konnten die Zwölf nicht länger mit ansehen, wie die Pharisäer das Volk mit falschen Versprechen verführten, Gottes Wort vernachlässigten und stattdessen sich mit den Mächtigen gut stellten. Im Text heißt es weiter, dass die Kinder des Lichts in der Wüste anstelle des alten einen neuen Tempel errichteten. Das Bündnis mit Gott sollte durch einen neuen Exodus ins Gelobte Land, diesmal nach Qumran, erneuert werden. In den folgenden Jahren entstanden fernab der Welt eine Reihe kleiner Gemeinschaften.«

Fernando begann, den Zusammenhang zwischen der Qumransekte und dem Geheimbund des Komturs Esquívez zu erahnen.

»Zwölf Priester ... des Tempels ... die ihrem Amt entsagen und einen neuen Bund eingehen, auch das Bündnis mit Gott zu erneuern suchen, in die Wüste von Judäa ziehen ... ein neues Land ...«, fasste Fernando zusammen. »Allmählich verstehe ich! Deine Templer, mit Gastón de Esquívez an der Spitze, waren Priester, ebenfalls zwölf, sie schlossen sich zu einem Geheimbund zusammen, den sie Kinder des Lichts nannten. Das sind einfach zu viel Zufälle, nicht wahr?«

Die Mosaiksteinchen passten zusammen und ergaben allmählich für Fernando ein deutliches Bild. Nun erschien Lucías Hypothese, es handele sich um Essener, gar nicht mehr so abwegig. Die Buchstaben »F« und »L« ließen zunächst viele möglichen Deutungen zu. Aber nach diesem Exkurs war Fernando von Lucías Interpretation überzeugt.

»Jetzt kann ich deine Schlüsse nachvollziehen. Du bist einfach genial, Lucía!«

»Danke für die Blumen, aber es ist nicht allein mein Verdienst. Als dem Stipendiaten und mir die Parallelen auffielen, fingen wir an, die Dinge miteinander zu verknüpfen. Das ergibt ein völlig anderes Bild, als wenn man es im Einzelnen betrachtet. Als Beispiel nehmen wir die Kirche von Vera Cruz. Der Grundriss ist zwölfeckig; da haben wir wieder die Zahl zwölf. Die Basilika wurde von Templern errichtet. Honorius III. schenkte der Kirche die Reliquie im Jahr 1224 – diese Zahl enthält wieder die Zwölf und die Vierundzwanzig. Im Tempel waren es einst vierundzwanzig Priester, Fernando! Zwölf haben ihn verlassen, um eine essenische Sekte zu gründen – wie in den Rollen geschrieben ist.«

Fernando blieb der Mund offen stehen.

»Soll ich fortfahren?«, fragte Lucía, begierig, ihre Funde darzulegen.

»Ich bitte darum! Es ist absolut faszinierend für mich!«

»Wenn du das Gelände unserer heiß geliebten Kirche von Vera Cruz näher betrachtest, findest du noch eine Parallele. An ihrer Nordseite liegt ein Hügel voller kleiner Höhlen. ›Dohlennester‹ nennen sie die Leute, wegen der vielen darin nistenden Vögel. Noch eine Übereinstimmung! Auch am Toten Meer gibt es Tausende von Höhlen.« Lucías Augen sprühten vor Begeisterung.

»Glaubst du, dass diese Templer, sagen wir mal, essenischer Ausrichtung, den Standort der Kirche danach auswählten?«

»Das weiß ich nicht«, erwiderte sie. »Ich sage nur, so viele Zufälle kann es gar nicht geben.«

»Das finde ich auch, Lucía. Das sind ein paar zu viel.«

»Das ist nicht alles. Es gibt noch mehr. Als wir in der Vera Cruz waren, haben wir doch von den Geheimkammern gesprochen, weißt du noch? Ich sagte, dass sie möglicherweise einigen auserwählten Mönchen als Orte der Besinnung und Kontemplation dienten, dass die Mönche darin zeitweise wie Eremiten lebten.«

»Ja, ja, ich erinnere mich! Manche Forscher vermuten, es seien Orte der Buße, andere wiederum Orte der Initiation, und wieder andere sehen darin mögliche Verstecke.«

»Du hast ja ein richtig gutes Gedächtnis, Fer!«

Lucía nahm ihre Hand wieder von der seinen und fragte, ob sie ihn so nennen dürfe – wie seine Schwester. Fernando hatte nichts dagegen, und seine Gastgeberin nahm den Faden wieder auf.

»Ich möchte diese Deutungsmöglichkeiten nicht ganz ausschließen. Doch ich denke, dass unser Freund Esquívez und sein essenischer Geheimbund die Vera Cruz als ihren ›neuen Tempel‹ errichten ließen. Ihr Vorbild war die Qumransekte. Die Vera Cruz erfüllte für sie eine doppelte Funktion – ganz in der Tradition der frühen Essener in Qumran. Einerseits ermöglichte sie ihnen, wie Eremiten zu leben; andererseits war es auch möglich, hier Kultgegenstände an einem geheimen Ort zu verbergen. Letzteres kann ich nicht beweisen. Aber mein Gefühl sagt mir, dass sie sich dort ihr eigenes Allerheiligstes eingerichtet haben – in Anlehnung an das Vorbild des salomonischen Tempels.«

»Wann können wir uns noch mal gründlich die Kirche vornehmen? Glaubst du, da liegt noch etwas, wovon niemand weiß?« In Fernando war der Schatzsucher erwacht.

»Allerdings! Auch dein Vater hat das wahrscheinlich vermutet! Ich bin auch davon überzeugt. Wann wir die

Kirche unter die Lupe nehmen können, weiß ich leider nicht. Der Antrag liegt bereits dem Ministerium vor. Während die Untersuchung läuft, möchte ich, dass die Kirche für Besucher geschlossen bleibt. Es muss jetzt ein für alle Mal mit den Spekulationen Schluss sein. Mit einer definitiven Antwort wird in etwa ein bis zwei Wochen zu rechnen sein.«

»Ich möchte unbedingt dabei sein. Bitte gib mir Bescheid, Lucía! Ich möchte den Fund nicht versäumen!« Jetzt hielt Fernando flehend die Hand der Historikerin.

»Mach dir keine Sorgen. Du bist bereits eingeplant. Ich möchte das Grab deiner Vorfahren öffnen. Da ist doch selbstverständlich, dass du dabei anwesend bist.«

Manolo kam in den Salon und kündigte Herrn Ramírez an.

»Wir brauchen noch fünf Minuten. Bitte ihn, so lange zu warten«, wies Lucía an. »Ich finde, Ramírez soll zunächst seinen Teil offen legen, dann sind wir dran – was meinst du dazu? Wenn er nichts Neues bringt, halten wir uns auch zurück. Kein Wort von dem eben Besprochenen. Weiß er von dem Armreif?«

»Nein, ich habe nur gesagt, es handele sich um ein altes Schmuckstück. Aber es sollte für ihn nicht der Eindruck entstehen, wir wollten ihm etwas vorenthalten. Den Fehler habe ich bei unserem ersten Treffen gemacht, und er war drauf und dran zu gehen. Wir können vorsichtig sein, aber etwas müssen wir herausrücken.«

Es klopfte drei Mal, und Manolo ließ Don Lorenzo Ramírez eintreten.

Lucía und ihr Gast kamen dem Professor entgegen. Fernando begrüßte ihn als Erster, um ihn anschließend der Dame des Hauses vorzustellen.

»Schön, Sie wiederzusehen, Don Lorenzo! Das ist

Lucía Herrera, eine Kollegin von Ihnen und Leiterin des Historischen Archivs von Segovia. Sie ist unsere Gastgeberin.« An Lucía gewandt, ergänzte er: »Don Lorenzo Ramírez ist Professor für Mittelalterliche Geschichte an der Universität von Cáceres und – wie ich dir sagte – der Enkel von Carlos Ramírez, einem Freund meines Vaters. Der Großvater von Herrn Ramírez war auch der Absender des Päckchens, das im Archiv aufgetaucht ist.«

Lucía sah dem Professor in die Augen und reichte ihm die Hand. Ritterlich beugte sich Don Lorenzo darüber.

»Herzlich willkommen auf meiner Finca, Don Lorenzo. Ist es Ihnen recht, wenn wir am Kamin Platz nehmen?«

»Sehr sogar! Der Tag heute ist ganz danach. So ein schöner, sonniger Morgen, und nun ist es schon düster und kalt«, sagte Ramírez, sich im vornehmen Salon umblickend.

»Möchten Sie zum Aufwärmen lieber einen Kaffee oder einen Cognac?«, erkundigte sich die Gastgeberin, während sie sich vor den Kamin setzten.

»Wenn es nicht zu viel verlangt ist, würde ich gerne beides nehmen. Danke!«

Don Lorenzo zögerte, Fernando etwas zu fragen. Lucía bat Manolo, noch einen Kaffee zu bringen. Sie selbst schenkte dem Neuankömmling einen Cognac ein und füllte ihre beiden Gläser nach.

»Wenn alle einverstanden sind, schlage ich vor, du zu sagen«, bot Lucía an.

Niemand hatte etwas dagegen einzuwenden. Nach einer kleinen Pause erkundigte sich Don Lorenzo höflich nach Mónica.

»Ich nehme an, Fernando, Mónica ist heute verhindert.«

»Nein. Bedauerlicherweise hat es einen anderen Grund«,

beantwortete völlig unterwartet Lucía die Frage. »Ich war so unhöflich, sie nicht einzuladen.«

Fernando überraschte Lucías Erklärung. Es war zwar merkwürdig, aber sie hatten den ganzen Tag kein Wort darüber verloren. Nach dem Ärger vom Donnerstag war Fernando sogar dankbar, dass Mónica nicht dabei war.

Don Lorenzo sah in Lucías Erklärung mehr als eine Entschuldigung. Seine Nase sagte ihm, dass diese Frau an Fernando nicht nur als Historikerin interessiert war. Es sah fast so aus, als rivalisierten die beiden Frauen um den Juwelier. Die hier sah er zum ersten Mal, aber Mónica war zweifelsohne die Schönere – so viel stand fest.

»Also … wie Lucía schon sagte, heute ist sie nicht dabei. Mónica ist noch in Madrid.« Fernando fühlte sich ebenfalls zu einer Erklärung verpflichtet.

»Das tut mir wirklich leid! Wie ich schon bei unserer ersten Begegnung feststellen konnte und sagte, ich glaube, Mónica ist etwas ganz Besonderes. Sie ist nicht nur charmant, sondern, nebenbei bemerkt, auch ungewöhnlich hübsch.«

»Wir sehen uns bestimmt bald alle wieder.« Fernando versuchte das Thema zu wechseln. »Was machen deine Nachforschungen?«

»Ich glaube, es läuft ganz gut. Du wirst mir Recht geben, wenn du erfährst, was ich herausgefunden habe. Doch vorher zu euren Ergebnissen. Ich bin ungeheuer gespannt, was es Neues vom Schmuck gibt, und vor allem, um welchen Schmuck es sich überhaupt handelt.« Zu Lucía gewandt, sagte er: »Ich nehme an, dir haben wir zu verdanken, dass das Päckchen meines Großvaters an seinen Vater überhaupt aufgetaucht ist. Stimmt's?«

»Absolut richtig!«, erwiderte die Gastgeberin wortkarg.

Lucía traute dem Professor nicht ganz. Es missfiel ihr, wie er sie ansah.

»Es handelt sich um einen Armreif ...« Fernando wusste nicht, ob er oder besser Ramírez anfangen sollte – wie er es vorhin mit Lucía besprochen hatte. Stockend fuhr er fort: »Also über das Armband wissen wir ... nun ja, es ist sehr alt ... ist aus Gold ... möglicherweise stammte es von den Templ...«

Lucía fiel ihm ins Wort. Er war gerade dabei, einen der wichtigsten Rückschlüsse zu verraten. Die Historikerin versuchte, die Sache zurechtzubiegen.

»Tempelanlagen in Oberägypten. Das ist es! Vermutlich stammt es aus einer Grabkammer. Fernando wollte sagen, dass es unter Umständen aus dem alten Ägypten ist.«

Fernandos Zaudern verblüffte Lorenzo. Das Ganze kam ihm äußerst merkwürdig vor. Ihm drängte sich der Verdacht auf, dass die Karten wieder nicht offen gelegt wurden. Er richtete sich im Sessel auf, atmete tief durch und setzte ein ernstes Gesicht auf.

»Ich möchte zunächst ein paar Dinge klarstellen. Hier haben sich zwei Geschichtswissenschaftler zusammengefunden, um Licht in diese verworrene Angelegenheit zu bringen. Also teilen wir ein gemeinsames Interesse. Seht ihr das auch so?«

Die anderen stimmten ihm zu: Sie suchten zusammen nach einer Lösung des Falls.

»Also gut! ... Einverstanden!« Er holte erneut tief Luft. »Weshalb versucht ihr dann, mir eure Informationen vorzuenthalten?«

Fernando entschuldigte sich. Lorenzos Standpunkt war mehr als verständlich. Nun kam der Juwelier ohne weitere Umstände direkt zur Sache: Sie glaubten, der

Armreif gehe auf Moses zurück. Im Alten Testament, im Exodus, war das Schmuckstück genau beschrieben. Auch die Herkunft der zwölf Halbedelsteine und des nubischen Goldes erhärteten diese Vermutung. Hinzu kam noch das Gutachten, wonach der Reif aus jener Zeit stammen musste. Fernando sparte auch nicht ihre Vermutung aus, nach der die ersten Templer den Reif in den Kellergewölben des ehemaligen salomonischen Tempels gefunden haben könnten – denn dies war ihr ursprünglicher Hauptsitz gewesen.

»Ausgezeichnete Arbeit! Ich beglückwünsche euch zu diesem riesigen Fortschritt in den Ermittlungen!« Um ihre Gunst zu gewinnen, schloss der Professor Lucía ins Lob ein. Er spürte eine vage Ablehnung ihm gegenüber. »Dein Anteil daran muss ganz entscheidend sein. Das ist kein bloßes Kompliment. Man merkt dahinter die Hand eines gewissenhaften und erfahrenen Historikers. Du musst die Forschungsmethoden meisterhaft beherrschen, um bei der dürftigen Ausgangslage eine so präzise Aussage machen zu können.«

»Eine absolut richtige Einschätzung von Lucías Leistung. Ohne ihre Hilfe wären wir niemals so weit. Sie allein hat die Nuss geknackt!«

Beide sahen die Gastgeberin an. Peinlich berührt, versuchte sie ihre Leistung herunterzuspielen:

»In aller Bescheidenheit: Es war ganz einfach. Einige Punkte sind noch nicht wissenschaftlich belegt. Es ist sogar anzunehmen, dass manche Beweise aufgrund der Quellenlage gar nicht erbracht werden können.«

Das Eis war gebrochen. Lucía gab ihre Zurückhaltung auf. Sie sah Lorenzo an und setzte ihm ihre Zweifel auseinander.

»Für Fernando und mich wäre es an dieser Stelle unerlässlich, sowohl deinen Standpunkt als auch deinen Wissensstand in dieser Angelegenheit zu erfahren. Wir müssen wissen, welche Verbindung zwischen den Templern und deinen Vorfahren im Mittelalter bestanden hat. Auch muss endlich geklärt werden, warum dein Großvater Fernandos Vater den Armreif geschickt hat.«

»Einverstanden. Ich freue mich, zu sehen, dass wir auf der richtigen Spur sind. Ich habe Folgendes herausgefunden: Bei unserem Treffen in Jerez de los Caballeros erwähnte ich, auf eine seltsame Verbindung zwischen meinen Vorfahren und der Templerkomtur im 13. und 14. Jahrhundert gestoßen zu sein. Anfangs scheint es eine typisch nachbarschaftliche Beziehung gewesen zu sein – die vermutlich auf Grenzstreitigkeiten zurückzuführen ist. Deshalb liegt ein ausgiebiger Schriftverkehr vor. Zum Beispiel werden darin die Zeiten festgelegt, wann welcher der Nachbarn das gemeinsame Bewässerungssystem nutzen durfte. In anderen Schriftstücken ging es um die Abgrenzung des jeweiligen Besitzes. Es gibt auch Briefe, in welchen verlaufenes Vieh zurückgefordert wird.

Diese Dokumente habe ich alle im Archiv meines Großvaters gefunden, das ich allmählich wieder vervollständigen konnte. Ich habe das Archiv zunächst nach Datum geordnet und dann nach den verschiedenen Angelegenheiten. Nach unserem Treffen ist mir ein Schriftstück vom 22. April 1312 in die Hände gefallen, das vom Komtur der Templer in Jerez de los Caballeros unterzeichnet ist. Das Schreiben kam mir irgendwie eigenartig vor. Es ist an meinen Vorfahren Gonzalo Ramírez adressiert. Darin ist von der Übergabe eines Gegenstandes an meinen Ahnen die Rede, verbunden mit einer klaren Anweisung.« Der Professor holte aus der Jackentasche ein zusammengefaltetes Blatt Papier und die Lesebrille. »›Ihr sollt es sicher verbergen und künftig niemandem herausgeben, der es für sich beansprucht. Verwahrt es, bis der Unterzeichnete und nur dieser es wieder zurückfordert. Allein ihm sollt ihr es höchstselbst in die Hand geben.‹«

Lorenzo faltete das Dokument wieder zusammen und steckte es zurück in seine Tasche.

»Es wird mit keinem Wort erwähnt, um welchen Gegenstand es geht.«

»Stimmt das Datum nicht mit dem der Bulle von Clemens V. überein, in der er im Konzil von Vienne die Auflösung des Templerordens befahl?«, hakte Lucía nach.

»Du hast ein ausgezeichnetes Gedächtnis«, erwiderte Don Lorenzo, »aber das Datum stimmt nicht ganz. Die Bulle ›Vox in excelso‹ wurde einen Monat davor unterzeichnet, am 22. März. Am dritten April wurde sie dann im Konzil verkündet. Der Komtur von Jerez de los Caballeros muss zu der Zeit längst von den Vorgängen in Frankreich und im übrigen Europa gewusst haben. Es gehörte nicht allzu viel Klugheit dazu, die Gefahr zu erkennen. Nach der Bulle fiel der gesamte Templerbesitz an andere Orden.«

»Wenn der Komtur nun besagten unbekannten Gegenstand deinem Verwandten übertrug, rettete er ihn gewissermaßen vor dem päpstlichen Zugriff – absolute Verschwiegenheit war natürlich die Voraussetzung für diese Transaktion«, beendete Fernando Lorenzos Gedankengang.

»Ich bin mir absolut sicher, dass es so gewesen sein muss!«, entgegnete Lorenzo ohne Zögern. »Meiner Ansicht nach geht es in dem Brief um euren Armreif. Zunächst bin ich nicht gleich darauf gekommen, weil ich den Inhalt des Päckchens nicht kannte. Einerlei – ich habe trotzdem versucht, etwas über den Komtur herauszufinden. Doch mit wenig Erfolg. Das Einzige, was ich weiß, ist, dass er sehr alt war. Keine Ahnung … Möglich, dass er starb, bevor er den Armreif zurückfordern konnte. So wurde der Schmuck in meiner Familie von Generation zu Generation bis zu meinem Großvater weitergereicht.«

Lorenzo griff nach dem Cognacschwenker. Plötzlich schien ihm etwas einzufallen.

»Oh, das hätte ich beinahe vergessen! In vielen Schriftstücken steht am Ende, hinter dem Namen des Komturs beziehungsweise meines Ahnen, ein seltsames Kürzel. Ich habe versucht, es zu entschlüsseln, bin aber nicht dahintergekommen, was es sein könnte. Es sind nur zwei Buchstaben, ›F‹ und ›L‹. Sie stehen auch in dem Brief, aus dem ich eben zitiert habe.«

Lucía riss die Augen auf, schnellte im Sessel hoch und fiel Don Lorenzo ins Wort. Es stand für sie ganz außer Zweifel, worum es sich dabei handelte.

»F. L. sind die Initialen von *Filii Lucis*!«

»Kinder des Lichts?«, übersetzte Lorenzo automatisch. »Das höre ich zum ersten Mal! Offenbar wisst ihr mehr darüber. Was soll dieser Zusatz eurer Meinung nach bedeuten?«

»Na, dass der Templer und dein Vorfahre Essener waren!«, platzte Fernando heraus.

»Wie, Essener …? Die Essener lebten zur Zeit Christi am Toten Meer – wie kommt ihr auf so etwas?« Befremdet blickte der Professor von einem zur anderen. Welche Verbindung sollte zwischen Zeitgenossen des 13. Jahrhunderts und einer längst untergegangenen jüdischen Sekte aus biblischer Zeit bestehen?

Nun führte Lucía alles aus, was sie in Segovia über die Machenschaften des Komturs von Zamarramala, Gastón Esquívez, herausgefunden hatte. Rasch fasste sie die Forschungsarbeit des Stipendiaten über dessen Leben zusammen. Rückblickend erschien das Verhalten des Komturs sehr ungewöhnlich. Sogar ein Mord ging auf sein Konto. Außerdem gehörte er einem aus zwölf Templern bestehenden Geheimbund an.

Zwischen dieser Templersekte der ersten Hälfte des 13. Jahrhunderts und der Qumransekte, ebenfalls ein Priesterbund, gab es erstaunliche Parallelen. Lucía legte weiter ihre Überlegungen über die Zahlensymbolik dar, sowohl in Bezug auf die geheimnisvolle Kirche von Vera Cruz wie auch auf den Geheimbund der Templer. Dieser hatte zwölf Mitglieder, genauso viele wie die Gründer der Qumransekte. Im Mittelpunkt stand die Vera Cruz – deren zwölfeckiger Grundriss und die hügelige Umgebung ähnelten den unterirdischen Klosteranlagen am Toten Meer.

Auch die Geheimkammern als mögliche Orte der Askese – so wie sie die Essener praktiziert hatten – ließ die Historikerin nicht aus. Zu all diesen Auffälligkeiten kamen als letzter Beweis die Initialen »F. L.« hinzu, die für »Söhne des Lichts« standen. Auch ihr waren diese Buchstaben in den Schriften des Komturs Esquívez aufgefallen. Die anderen elf Mitglieder des Geheimbundes setzten sie ebenfalls hinter ihren jeweiligen Namen.

Lorenzo hatte die Frau unterschätzt. Er hatte es mit einer hoch professionellen Geschichtswissenschaftlerin zu tun. Hinzu kamen noch ein außerordentlicher Scharfsinn sowie eine gut durchdachte dialektische Argumentationsweise und eine ausgewählte Sprache. Lucía war in der Tat ein brillanter Kopf.

»Ich bin beeindruckt, meine Liebe. Du hast gerade ein Bravourstück wissenschaftlicher Forschungsarbeit abgelegt. Davon kann man nur lernen. Chapeau.« Lucía war gleichzeitig intuitiv und logisch, assoziativ und nüchtern. »Mit einem Wort, es ist ein Vergnügen, dir zuzuhören.«

Lucía errötete vor so viel Lob. Der Professor gab ihr keine Gelegenheit zu antworten und fuhr fort:

»Weißt du vielleicht auch noch die Namen der anderen Bundesgenossen unseres Freundes Esquívez? Vielleicht stand einer davon der Komtur von Jerez de los Caballeros vor. Das wäre der nächste logische Schritt.«

»Ich kann es versuchen, auch wenn es nicht ganz einfach sein wird!« Die Gastgeberin bat Fernando, die Namen mitzuschreiben. »Es waren sechs Franzosen: Philippe Juvert, François Tomplasier und Charles du Lipont. Die anderen hießen ... ja! Guillaume Medier und Richard Depulé. Der Letzte fällt mir nicht ein ... doch! Philippe Marcé.«

»Das ist ja nicht zu fassen! Wie kannst du dir die ganzen Namen merken?« Fernando war platt. So eine intelligente Frau hatte er noch nie erlebt.

»Ich habe einfach ein gutes Gedächtnis. Aber zurück zur Sache. Wir waren bei den Franzosen stehen geblieben. Es gab noch zwei Engländer, einen Italiener und die Spanier. Ich mache mit unseren Landsleuten weiter, weil es am einfachsten ist. Da war ein gewisser Juan de Atareche aus Navarra, der besagte Gastón de Esquívez und noch ein Katalane ... Joan Pinaret. Die Engländer ...«

Lorenzo fiel ihr aufgeregt ins Wort:

»Du hast doch eben Joan Pinaret gesagt, nicht wahr?«

»Ja, ich glaube, einer hieß Joan Pinaret. Es muss der Jüngste im Bund gewesen sein – nach den Erwähnungen in den Briefen zu urteilen. Vielleicht war er noch in der Initiationsphase.«

»Das habe ich euch bisher noch nicht gesagt.« Lorenzo schlug einen feierlichen Ton an. »Der von mir vorhin zitierte Brief ist von einem gewissen Juan Pinaret unterzeichnet ...« Der Professor sah seine Gesprächspartner erwartungsvoll an. »Was meint ihr, sprechen wir von ein und derselben Person?«

Rasch überschlug Lucía im Kopf, wie viel Zeit zwischen den Dokumenten lag. Die ältesten Briefe, in denen Pinaret erwähnt wurde, waren von 1244. Lorenzos Fund stammte aus dem Jahr 1312 – weit weg von Katalonien – aus Jerez de los Caballeros! Es handelte sich um einen Unterschied von achtundsechzig Jahren. Das war viel! Aber immerhin möglich. »Warum nicht?«, sagte sich Lucía.

»Meinen Quellen nach zu schließen, war Pinaret zu jenem Zeitpunkt ein frisch eingetretener Novize. Gehen wir davon aus, dass er sechzehn, achtzehn Jahre alt war. Man könnte ihn Jahre später in die Komtur von Jerez de los Caballeros geschickt haben. Wenn ich mich nicht verrechnet habe, hätte er als Dreiundachtzigjähriger oder Fünfundachtzigjähriger Lorenzos Brief unterzeichnet. Es ist gewagt, aber nicht auszuschließen!«

»Der Name scheint in beiden Fällen der gleiche zu sein – auch wenn unser Mann in Jerez natürlich nicht mit Joan unterschreibt. Ich glaube, wir haben das Bindeglied zwischen den Komturen in Zamarramala und Jerez de los Caballeros gefunden.« Für Fernando fügte sich alles langsam zusammen.

»Um das Ganze nochmals zusammenzufassen: Wir wissen jetzt, dass zwei Templer – einer aus Zamarramala bei Vera Cruz, der andere aus Katalonien – zu einem essenischen Geheimbund gehörten. Der Komtur von Jerez gab meiner Familie einen Gegenstand zur zeitweiligen Verwahrung. Es ist anzunehmen, dass es sich dabei um nichts weniger als den Armreif von Moses handelte. Vom Templer aus Zamarramala weiß ich so gut wie nichts ...«

Lorenzo versuchte, die neuen Erkenntnisse zu ordnen.

»Wir haben noch etwas entdeckt«, verkündete Lucía. »In einem der Quellenfunde wird der Mord an einem gewissen Pierre de Subignac beschrieben. In diesem Brief werden auch ein Medaillon, eine Truhe und ein Papyrus erwähnt. Mehr wissen wir aber definitiv nicht!«

»Sehr eigenartig!«, sagte Lorenzo nachdenklich. »Wir haben also einen Armreif, ein Medaillon, eine Truhe und einen Papyrus.« Etwas ließ den Professor stutzen. Zu Fernando sagte er: »Mir fällt auf, dass zwei Schmuckstücke dabei sind … Meiner Ansicht nach gibt es in dieser Geschichte keine Zufälle. Denkt doch mal nach: Zwei Historiker und ein Juwelier tun sich zusammen, um acht Jahrhunderte zurückliegende Ereignisse zu rekonstruieren. Wir dringen tiefer in die Angelegenheit ein und finden heraus, dass sich alles um Schmuckstücke und Gegenstände von unermesslichem, religiösem und historischem Wert dreht. Ich frage mich, ob die anderen drei Dinge ähnlich wertvoll sind wie der Reif des Moses.«

Nun war Lucía wieder mit ihren Vermutungen an der Reihe. Es bestand die entfernte Möglichkeit, dass einige der geheimnisvollen Gegenstände noch in der Kirche Vera Cruz verborgen waren. Um dies zu prüfen, hatte sie beim Ministerium bereits ein Gesuch eingereicht. Falls der Kollege wünsche, an der Untersuchung teilzunehmen, würde sie ihn gerne vom Termin in Kenntnis setzen.

»Vielen Dank, Lucía. Sehr gerne nehme ich das Angebot wahr.« Der Professor machte es sich erneut im Sessel bequem. Er sah Fernando an. »Dann können wir diesen Teil hier vorläufig beschließen. Definitives werden wir nach Untersuchung der Kirche wissen. Jetzt ist nur noch offen, was dein Vater und mein Großvater mit dem Ganzen zu tun hatten.«

Lucía hatte vom langen Sitzen genug. Sie stellte sich

vor ihre Gäste, den Rücken zum Kamin gekehrt. Auf der Uhr im Salon war es gerade acht Uhr. Blieb noch Lorenzos letzte Frage. Sie hatte eine Idee, wie dieser Punkt vielleicht erhellt werden könnte.

»Ich schlage Folgendes vor: Jeder von euch schreibt auf einem Blatt alles auf, was ihm dazu einfällt. Also, Ereignisse, Kontakte, Arbeiten, in eurem Besitz befindliche Dokumente, oder einfach wichtige Erinnerungen an eure beiden Verwandten, die in einem Zusammenhang mit unseren Überlegungen stehen könnten. Jeder arbeitet für sich, in kurzen Stichpunkten. Bitte keine Biografien! Wenn ihr fertig seid, vergleichen wir die Ergebnisse. Vielleicht finden wir auf diese Weise noch mehr Verbindungen zwischen den Templern des 13. Jahrhunderts aus Jerez de los Caballeros und denen von Segovia. Was haltet ihr davon?«

Die Männer fanden den Vorschlag gut und machten sich an die Arbeit.

Lucía zündete sich eine Zigarette an und ging zu Elvira in die Küche, um das Abendessen zu besprechen. Es war noch nicht klar, ob Don Lorenzo bleiben würde. Dieser Aussicht konnte die Dame des Hauses nur wenig abgewinnen. Ein ruhiger Abend mit Fernando war mehr nach ihrem Geschmack.

Der Nachmittag war wie im Flug vergangen. Es stand nur noch der Vergleich der Lebensdaten von Fernandos Vater mit denen von Lorenzos Großvater aus. Nach Lucías Einschätzung gab es danach nichts mehr zu besprechen. Also könnten sie in einer halben Stunde fertig sein. Doch für alle Fälle wies Lucía Elvira an, ein Gedeck mehr aufzulegen, und bat Manolo, in beiden Gästezimmern einzuheizen.

Dann ging sie auf ihr Zimmer und setzte sich nachdenklich vor ihre Garderobe. Sie hatte einen wunderbaren Vormittag mit Fernando verbracht. Seine Andeutungen und Wortspiele ließen bestimmte Absichten nicht ausschließen. Lucía konnte sich nicht erinnern, wann sie zuletzt ein ähnliches Prickeln empfunden hatte. Gerade weil es ungewohnt war, schmeichelte es ihr als Frau umso mehr.

Sie hatte zwar das Flirten vergessen, ja fast verlernt, aber der Juwelier gefiel ihr außerordentlich gut. Es wäre töricht, sich eine solche Gelegenheit entgehen zu lassen – vor allem bei einem Mann, der eine ebenso traurige Vergangenheit hatte wie sie selbst. Sie hatten beide nichts zu verlieren – höchstens zu gewinnen, und sei es nur für einen Tag!

Sie entschied sich für ein schlichtes, raffiniert geschnittenes Kleid. Wann sie das kleine Schwarze zuletzt getragen hatte, wusste sie nicht mehr zu sagen. Rasch schlüpfte sie hinein. Es saß wie angegossen. Sie zog es wieder aus und legte es aufs Bett. Zum Abendessen würde sie es tragen.

Wieder im Salon, nahm Lucía neben Fernando Platz und erkundigte sich, wie weit sie mit der Arbeit waren.

Beide waren bereits fertig. Lorenzo machte den Anfang und trug seine Notizen vor.

»Mein Großvater erhält einen Armreif, der von seinen Vorfahren stammt. 1930 besichtigt er in Segovia die Kirche Vera Cruz und sucht die Silberschmiede von Fernando Luengo auf. In seinem Rechnungsbuch trägt er unter dem Reisedatum einen Vermerk auf Papst Honorius III. ein. Dieser Pontifex hatte 1244 einen Reliquienschrein mit dem *lignum crucis* gespendet. Mein Großvater führt deinen Vater in einen ausgewählten Kreis von Neotemplern ein. Ihre Beziehung halten sie vor allen geheim. Dann schickt er Mitte September 1933 deinem Vater den Reif. Aber dein Vater ist zu diesem Zeitpunkt im Gefängnis.« Lorenzo sah einen Augenblick vom Blatt auf. »An dieser Stelle möchte ich eine Anmerkung machen. Es ist mir absolut unbegreiflich, wie mein Großvater einen Gegenstand von diesem Wert in ein Gefängnis schicken konnte. Das Päckchen hätte leicht beschlagnahmt werden können …« Er setzte die Brille wieder auf und las weiter: »Mein Großvater stirbt wenige Tage, nachdem er den Armreif verschickt hatte – um genau zu sein, Ende September 1933.«

Bedächtig faltete Lorenzo seine Notizen zusammen und legte sie auf den Tisch. Nach einer ausgedehnten Pause lehnte er sich zurück und sah die anderen seltsam, beinahe geheimnisvoll an.

»Das sind eine ganze Menge wichtiger Fakten, meint ihr nicht auch? Aber das ist nichts im Vergleich zu dem, was jetzt kommt.« Äußerst gespannt erwarteten die anderen seine Eröffnung. »Während ich die Notizen machte, ging mir unsere Unterhaltung nochmals durch den Kopf. Plötzlich habe ich bemerkt, dass ich etwas Wichtiges total übersehen habe.« Lucía und Fernando folgten verwundert Lorenzos Ausführungen. »Betrachtet bitte aufmerksam den Ring an meiner Hand. Was fällt euch daran auf?«

Der Professor hielt die Hand hoch, damit die beiden sie besser sehen konnten. Es war ein goldgefasster Siegelring mit einem blauen Saphir. Lorenzo nahm ihn ab und reichte ihn Lucía.

»Also, es ist ein Wappen. Ich nehme an, das deiner Familie: Ein Löwe auf einem Stein, oben rechts davon eine strahlende Sonne und links ein Olivenbaum. Mehr kann ich nicht erkennen!«, schloss Lucía ihre Untersuchung und gab Fernando den Ring weiter.

»Ganz genau«, bestätigte Don Lorenzo. »Wie du richtig vermutest, ist es das Wappen der Familie Ramírez. Der Löwe steht für die Gegend, aus der wir ursprünglich stammen. Ich weiß nicht, ob ich schon erwähnte, dass meine Vorfahren die Araber aus einem großen Teil der heutigen Provinz von Badajoz vertrieben haben. Zum Dank und als Lohn überließ ihnen der König reichlich Land. Daher der Fels und der Olivenbaum. Sie stehen für das geschenkte Land.« Währenddessen untersuchte Fernando sorgfältig den Ring. »Fernando ...«, fuhr Lorenzo fort, »betrachte doch bitte mal genau den Felsen unter dem Löwen. Da steht etwas geschrieben. Es ist winzig klein. Kannst du es entziffern?«

»Es ist kaum zu lesen ...« Der Juwelier hielt das Schmuckstück ganz nah. »Da sind zwei Buchstaben. Wartet einen Augenblick! Ich glaube, ich hab's. Es könnte ein ›F‹ und ein ›L‹ sein.«

»*Filii Lucis!* Kinder des Lichts!«, rief Don Lorenzo erregt. »Der Ring gehörte meinem Großvater. Nach seinem Tod habe ich ihn geerbt. Für mich ist es ein Andenken. Ihm muss der Ring viel bedeutet haben. Er trug ihn bis zu seinem Tod.«

»Wie kann es sein, dass dir diese Buchstaben bisher nicht aufgefallen sind?«, wollte Fernando wissen.

»Natürlich sind sie das. Aber ich habe mir einfach nichts dabei gedacht, weil sie ja auch nicht mit den Initialen meines Großvaters übereinstimmen. Erst seit heute ergeben sie für mich einen Sinn. Ich vermute, mein Großvater gehörte einer Sekte von Essenern an.« Lorenzo glühte vor Begeisterung, wie ein kleines Kind. »Die Dinge fangen an, zusammenzupassen! Zuerst dachte ich, er habe sich Neotemplern angeschlossen. Er pflegte seltsame Beziehungen und fuhr wiederholt zu verschiedenen ehemaligen Niederlassungen der Templer. Diese Reisen hat er unter seinen Ausgaben vermerkt. Auch die zahlreiche Korrespondenz mit eigenartigen Leuten und Organisationen sowie der Inhalt seiner Bibliothek legten diesen Verdacht nahe. Alles in allem hielt ich ihn immer für eine Art Templer.«

»Der Armreif ist, bis er bei deinem Großvater ankam, durch zahllose Hände gegangen – so viel scheint sicher. Der erste uns bekannte Empfänger könnte Esquívez gewesen sein, obwohl sicher davor noch jede Menge anderer Namen standen. Dieser gab ihn vor mehr als acht Jahrhunderten an Juan Pinaret weiter. Als Nächster käme dein Ahne Gonzalo in Frage. Hinter seinem Namen stehen die Initialen der Essener. Ab hier ist anzunehmen, dass der Reif mit hoher Wahrscheinlichkeit im Besitz der Essener geblieben ist.« Lucía verknüpfte die zeitlich auseinander liegenden Ereignisse. »Konsequenterweise muss dein Vater«, sie richtete sich an Fernando, »ebenfalls Essener gewesen sein. Aus welchem anderen Grund hätte ihm Carlos Ramírez den Armreif sonst geschickt? Beide müssen der gleichen Sekte angehört haben.«

Diese jüngste Entdeckung weckte in Fernando etwas längst Vergessenes. Paula hatte vom Vater auch dessen Ring geerbt. Er hatte ihn immer getragen. An sein Aussehen konnte sich Fernando allerdings nicht erinnern. Der Vater war schon so lange tot, dass sogar dessen Züge langsam verblichen.

»Mein Vater trug immer einen Ring, den nach seinem Tod meine Schwester geerbt hat. Ich kann sie gleich anrufen! Wenn die Ringe Gemeinsamkeiten aufweisen, können wir die Beweiskette damit als geschlossen betrachten. Was haltet ihr davon?«

Fernando klickte im Speicher seines Handys Paulas Nummer an.

»Bist es du, Fernando?«

»Ja, wie geht's?«

»Bei mir ist alles in Ordnung. Aber wo steckst du denn? Ich habe schon mehrmals bei dir zuhause angerufen, doch es antwortete niemand. Ich muss unbedingt mit dir allein reden!«

»Ich bin gerade nicht in Madrid und rufe dich an, weil ich ganz dringend etwas klären muss. Nur du kannst …«

»Halt, halt, halt!«, fuhr Paula empört dazwischen. »Glaubst du, du kannst so einfach über die Ungeheuerlichkeiten der letzen Woche hinweggehen? Einfach so? Wie konntest du der armen Mónica so etwas antun?«

»Hör mal, Paula, ich kann jetzt über diese Dinge nicht sprechen. Ich verspreche, wir setzen uns zusammen und bereden das in aller Ruhe.« Fernando war die Wendung des Telefonats vor Lucía und Lorenzo äußerst unangenehm. Er entschuldigte sich bei ihnen und ging hinaus. »Im Moment kann ich unmöglich über …«

»Nichts da. Nach der eiskalten Nummer vom Donnerstag ist Mónica am Boden zerstört und hat sich zuhause verbarrikadiert. Ich weiß genau, welche Geburtstagsüberraschung du der Kleinen bereitet hast. Sie hat fünf Buchstaben und heißt Lucía. Mónica hat sie aus deinem Haus kommen sehen. Wolltest du mit ihr etwa schon vorfeiern, oder was hast du dir dabei gedacht?«

»Bitte, Paula, es reicht!« Fernando wurde böse. »Lass mich endlich auch zu Wort kommen!«

»Ich denk gar nicht dran! Du bist ein richtiger Mistkerl, und es ist meine Pflicht, es dir zu sagen! Ich sollte mich zwar nicht in deine Liebesgeschichten einmischen, aber diese Frau ist nichts für dich.« Paula war davon überzeugt. »Glaub deiner Schwester!«

»Du hast ja Recht … Eigentlich geht es dich wirklich

nichts an, aber als meiner Schwester sehe ich es dir nach. Das heißt aber noch lange nicht, dass ich nach deiner Pfeife tanze. Auf jeden Fall sollten wir uns demnächst treffen, um über diese Dinge unter vier Augen zu reden. Wir suchen uns einen Tag heraus, an dem wir uns beide etwas Zeit nehmen können, und dann sehen wir uns, in Ordnung?«

»Einverstanden … Du hast es schon immer verstanden, mich um den Finger zu wickeln, mein Lieber! Ein ganz, ganz, aber wirklich nur ein ganz kleines bisschen mag ich dich immer noch, du Dummkopf!«

»Schon gut. Aber jetzt musst du mir einen Gefallen tun. Erinnerst du dich noch an Vaters Ring, den du geerbt hast?«

»Natürlich, ich habe ihn heute an. Ich trage ihn zwar nie, aber hie und da packt es mich. Dann bleibt er eine Zeitlang an meinem Finger. Nach dem Überfall im Geschäft musste ich an Vater und Mutter denken. Seitdem funkelt er wieder an meiner Hand. Wie kommst du darauf?«

»Das erkläre ich dir später. Du musst ihn mir jetzt haargenau beschreiben. Es ist enorm wichtig. Bitte lass nichts aus. Ich weiß nicht mehr, wie er aussieht.«

»Aus dir soll mal einer schlau werden, Junge! In der letzten Zeit verhältst du dich sehr sonderbar. Aber macht nichts. Also: Es ist ein goldener Siegelring mit zwölf winzigen Brillanten um Vaters Initialen. Das ist alles. Willst du sonst noch etwas wissen?«

»Heißt das, dass in der Mitte Vaters Initialen stehen, ein ›F‹ und ein ›L‹?«

»Na was denn sonst! Bist du nur heute so schwer von Kapee, oder hast du das öfter? Genau das habe ich gesagt! Falls du es immer noch nicht verstanden hast, kann ich es auf Englisch wiederholen: The ring has got two letters in the middle, ›F‹ and ›L‹, that's right?«

»Ist ja gut, ist ja gut! Du musst jetzt nicht den Clown spielen. Ich wollte nur sicher sein. Das war genau, was ich wissen wollte! Vielen Dank, Schwesterchen. Wir sehen uns.«

»Also, bis dann. Ruf mich an!«

Fernando wollte gerade auflegen, als Paula nochmals anfing.

»Hör mal, bevor du auflegst: Versprich mir, dass du dieser Tage Mónica anrufst, ja?«

»Jaaaa … ich verspreche es, du Nervensäge.«

»Jetzt, wo ich es gerade überlege, du könntest sie ebenso gut heute Abend zum Essen einladen. Ach komm schon … sei nicht fad!«

»Ehrlich gesagt, geht es heute beim besten Willen nicht. Wie ich dir schon sagte, bin ich nicht in Madrid.«

»Wo steckst du denn, wenn man fragen darf? Bist du allein oder zu zweit?«, bohrte Paula misstrauisch nach.

»Na ja … ich bin hier mit Lorenzo Ramírez. Du erinnerst dich doch noch an den Geschichtsprofessor, den wir in Zafra getroffen haben? Der Enkel des Mannes, der unserem Vater das Armband geschickt hat.«

»Soll ich dir mal sagen, was ich glaube? Du bist in Lucías Finca in Extremadura. Gib zu, dass ich dich erwischt hab, du Lügenbold!« Paula merkte sofort an Fernandos Stimme, ob er mogelte.

»Also gut … ich bin bei Lucía auf dem Land, aber Lorenzo Ramírez ist auch da. Ich habe nicht gelogen, ist das klar?«

»Ja, ja, mit Don Lorenzo … aber vor allem mit Lucía. Und ich Esel rede auf dich ein, Mónica zum Essen einzuladen. Hör zu, ich sag jetzt nichts dazu, weil wir uns sonst noch richtig in die Haare geraten. Du bist ja kein kleiner Junge mehr und solltest also wissen, was du tust. Im Übrigen scheinst du mit Mónica und mir auch nicht mehr für die Geschichte mit dem Armband zu rechnen.«

»Es ging nur darum, Ramírez hier zu treffen, und um nichts anderes!« Fernando versuchte, seine Schwester zu überzeugen, wohl wissend, dass es nicht ganz einfach sein würde.

»Also, ich bin doch nicht auf den Kopf gefallen. Lassen wir das jetzt. Noch ein letzter Ratschlag von deiner Schwester: Pass auf dich auf, und tue nichts, was du später bereust! Auf Wiedersehen, Fer!«

Das Gespräch hatte Fernando ziemlich mitgenommen, und er musste sich erst einen Augenblick sammeln. Es tat ihm leid, Mónica so niedergeschlagen zu wissen. Leise Zweifel meldeten sich. Vielleicht war es doch keine besonders gute Idee gewesen, das Wochenende mit Lucía zu verbringen. Lorenzo hätte er ebenso gut in Madrid treffen können, wie sie zunächst verabredet hatten. Über Fernandos lange Abwesenheit beunruhigt, kam Lucía aus dem Wohnzimmer.

»Hast du mit deiner Schwester gesprochen?«

»Ja, entschuldige, Lucía. Ich habe eben aufgelegt. Komm ins Wohnzimmer, dann erzähle ich es euch!«

Etwas in Fernandos Gesicht war anders, fiel Lucía sogleich auf. Er wirkte niedergeschlagen. Sie setzten sich. Lucía sah auf ihre Armbanduhr – es war halb neun. Noch war lange nicht alles besprochen, aber sie hoffte, Lorenzo werde sich bald verabschieden und nicht zum Abendessen bleiben.

»Es ist ziemlich sicher, dass mein Vater auch den Essenern angehörte. Auf seinem Ring stehen unsere beiden Buchstaben. Es sind zwar auch die Initialen seines

Namens, wie auch des meinen – deswegen bin ich noch lange kein Essener. Aber, die Initialen werden von zwölf kleinen Diamanten umrahmt. Zwölf!«

»Die zwölf ersten Priester – strahlend wie Sterne am Firmament«, ergänzte Don Lorenzo. »Die zwölf Kinder des Lichts! Die Brillanten sind ebenso ein Symbol wie die Sonne auf dem Ring meines Großvaters. Sonne und Sterne erhellen die Erde.«

Don Lorenzo war begeistert. Nach Jahren der Forschung sah er nun endlich Licht am Ende des Tunnels – um beim Bild zu bleiben.

Lucía nutzte die Gelegenheit, um die Unterredung an dieser Stelle zu vertagen. Es beunruhigte sie, Fernando so abwesend zu sehen. Seit er mit Paula telefoniert hatte, war er ganz verändert.

Sie musste herausfinden, ob er eine schlechte Nachricht erhalten hatte.

»So, meine Herren! Heute sind wir ein gutes Stück weitergekommen. Nun müssen wir nur noch einen Termin festlegen, um unser anregendes und spannendes Gespräch fortzusetzen. Wenn nichts dazwischenkommt, sehen wir uns das nächste Mal in Segovia. Sobald ich die Genehmigung habe, gebe ich euch Bescheid. Mal sehen, was wir im Grab deiner Vorfahren finden, Fernando. Ich brenne schon darauf, jeden Winkel nach diesen geheimnisvollen Gegenständen zu durchsuchen – sollte es sie denn tatsächlich geben.« Lucía ließ niemanden mehr zu Wort kommen, bemüht, einen Schlusspunkt zu setzen. »Wenn ihr einverstanden seid, sollten wir an dieser Stelle jetzt abbrechen.« Sie erhob sich und zwang die beiden Männer, es ihr gleichzutun.

Lorenzo sah auf die Uhr. Mit einem Mal schien er es eilig zu haben.

»Ihr müsst mich jetzt entschuldigen. Der Nachmittag ist wie im Flug vergangen, und bis Zafra ist es noch weit.«

»Wie schade, dass du schon gehen musst. Es hätte mich sehr gefreut, wenn du noch zum Abendessen geblieben wärst«, heuchelte Lucía, die glücklich einem trauten Abend zu zweit entgegensah.

»Vielen Dank. Das ist sehr nett von dir. Ein anderes Mal vielleicht. Sonst wird es allzu spät, bis ich zuhause bin, und das geht nicht. Nochmals, vielen Dank!«

Sie begleiteten den Professor zu seinem Wagen und wünschten ihm eine gute Fahrt. Als er losgefahren war, liefen die beiden rasch ins Haus. Die Nacht war bitterkalt.

»Seit dem Telefonat mit deiner Schwester wirkst du auf mich so bedrückt. Ich möchte nicht indiskret sein, aber ist etwas passiert?« Fernando beschwichtigte sie und bedankte sich für die Anteilnahme. »Schön, dass nichts ist! Bis zum Abendessen ist noch eine halbe Stunde. Ich muss mich noch umziehen. Fühl dich inzwischen wie zuhause. Wenn dir nach Musik ist, die Anlage steht im Wohnzimmer. Platten findest du im Schrank gegenüber vom Kamin. Du kannst dich auch auf deinem Zimmer ausruhen. Ganz wie du willst. Also bitte, fühle dich frei.«

»Ich glaube, ich packe mich warm ein und drehe eine Runde. In Madrid habe ich kaum Gelegenheit, einen nächtlichen Spaziergang in der Natur zu machen. Das vermisse ich manchmal.«

»Wie du willst.« Ihr kam das Geplänkel vom Vormittag in den Sinn. »Mein Angebot von heute Morgen steht noch. Gib mir einfach Bescheid, wenn dir etwas fehlt.« Sie sah ihn viel sagend an. »Ich kann fast alles möglich machen.« Bevor sie die Treppe hinaufstieg, zwinkerte sie ihm zu: »Bis gleich, Fernando. Wir sehen uns um halb zehn.«

Der Juwelier zog eine dicke Pelzjacke und einen Schal an. Es war Vollmond, der Himmel klar und voller Sterne. Winternächte wie diese brachten im Morgengrauen Frost und klirrende Kälte.

Der eisige Wind schnitt ihm ins Gesicht. Fernando achtete nicht darauf. Er wollte auf einen zweihundert Meter entfernten Hügel, von dem aus der ganze Besitz zu sehen war. Unten glänzte der See im Mondlicht.

Der Armreif hatte ihn in der letzten Zeit nicht mehr losgelassen. Darüber waren andere, nicht minder wichtige Dinge in den Hintergrund getreten. Fernando versuchte, an Mónica zu denken. Aber Lucías Andeutung ging ihm nicht aus dem Sinn.

Im Verlauf des Tages hatten sie beide ihrer bisher rein sachlichen Beziehung einen aufregenden neuen Akzent gegeben. Er fühlte sich stark zu ihr hingezogen und wollte dem einfach nur nachgeben. Aber Mónicas Bild drängte sich ständig dazwischen. Hatte nicht Paula gesagt, sie sei am Boden zerstört und gehe seit dem bedauernswerten Zwischenfall nicht mehr aus? Nachdrücklich hatte ihn seine Schwester gebeten, Mónica noch heute anzurufen. Warum also nicht jetzt gleich? Es gab keinen Grund, die Probleme zu vertagen. War das nicht das Beste? Andererseits stand er kurz davor, etwas mit einer ganz besonderen Frau anzufangen. Lucías Tür war weit offen. Wer konnte schon solch einer Einladung widerstehen?

Ihr beider Leben war nicht besonders glücklich verlaufen. Gefühle hatten darin wenig Platz, gehörten höchstens der Vergangenheit an. Wie wunderbar, jetzt das lang Vergessene wiederzuentdecken, als wäre es das erste Mal … Das Verlangen war stärker als das Pflichtgefühl. Aber, was zum Teufel sollte das? Wo nichts war, konnte es auch keine Untreue geben. Das mit Mónica hatte nicht einmal eine Woche gehalten. Wem schadete er also? – Es brauchte eine Weile, bis er darauf kam: Er würde beide verletzen, wenn er sich weiter treiben ließ. So konnte es nicht weitergehen.

Fernando kramte das Handy hervor und rief Mónica an.

»Ja bitte?«

»Guten Abend«, erwiderte Fernando einfach.

»Hallo. Das ist ja ein Zufall! Ich habe eben mit deiner Schwester telefoniert. Sie hat offenbar mit dir gesprochen.«

»Ich nehme an, sie hat dir gesagt, wo ich gerade bin.«

»Nein, das hat sie nicht. Nur, dass du nicht in Madrid bist. Aber weil du es gerade ansprichst: Wo steckst du denn?«

»Ich möchte dich unbedingt sehen. Bitte, Mónica!«

»Ich weiß nicht, Fernando! Von mir aus steht dem nichts im Weg. Aber du solltest dir vorher über deine Gefühle im Klaren sein. Andernfalls ist es besser, wenn wir es so lassen. Das ist in Ordnung. Mach dir meinetwegen keine Sorgen. Es geht wieder vorbei.«

»Ich sehe jetzt um einiges klarer. Deshalb rufe ich an. Außerdem wollte ich sagen, dass ich in der Extremadura bin, auf Lucías Landsitz. Wir haben uns eben mit deinem Bewunderer Don Lorenzo Ramírez getroffen. Glaub mir, es hat sich gelohnt! Nur deshalb bin ich hier, na ja, und weil mich Lucía eingeladen hat.« Mónica schwieg dazu. »Aber sei unbesorgt. Ich weiß jetzt, was ich wirklich will!«

Es verging eine ganze Weile, bis Mónica antwortete.

»Also gut, Fernando, ruf mich an. Aber ich blicke bei dir wirklich nicht durch – kannst du das verstehen?«

»Natürlich. Vertrau mir trotzdem!«

»Dann bis bald, Fernando.«

Er sah auf die Uhr. Bis halb zehn waren es nur noch fünf Minuten – höchste Zeit, ins Haus zurückzukehren. Nach dem Gespräch mit Mónica fühlte er sich wohler. Es hatte Klarheit in sein Gefühlsleben gebracht und ihn innerlich gefestigt.

Jetzt musste er auch Lucía gegenüber offen sein. Ein schwieriger Positionswechsel nach dem Geplänkel am Morgen. Wie konnte er ihr heute Abend aus dem Weg gehen, eine weitere Annäherung vermeiden – dachte er, während er zur Finca lief. Bis auf die Knochen durchgefroren, schlug er die Tür der Eingangshalle hinter sich zu. Lucía kam gerade die Treppen hinunter.

Sie sah völlig verwandelt aus. Überrascht und bewundernd sah Fernando zu ihr hoch. Ein enges ausgeschnittenes Kleid in Schwarz brachte ihre Formen zur Geltung, Perlen schimmerten an Hals und Ohren, etwas Make-up ließ ihr Gesicht strahlen. Lucía sah umwerfend aus.

»Du bist ja völlig durchgefroren. Sollen wir uns erst an den Kamin setzen, damit du dich ein wenig aufwärmen kannst?«

»Keine schlechte Idee! Ein bisschen Wärme wird mir vor dem Abendessen guttun.«

Lucía nahm seine Hand und führte ihn in den Salon vor den Kamin. Dort half sie ihm aus der Pelzjacke. Nach einigen Minuten lag ein wunderbarer Duft nach brennendem Eichenholz in der Luft. Fernandos kältestarre Gliedmaßen wurden bald von einer wohligen Wärme durchflutet. Zuerst rieben nur Lucías Hände kräftig seinen Rücken, Schultern und Arme. Dann presste sie sich mit ihrem ganzen Körper an ihn.

»So wird es dir schneller warm«, flüsterte sie ihm ins Ohr.

Sichtlich nervös, versuchte Fernando sich Lucías Umklammerung zu entziehen, indem er einen entsetzlichen Hunger vorgab. Sanft schob er sie beiseite und ging ins Esszimmer.

»Na komm schon, lass uns etwas essen! Jetzt ist mir nicht mehr kalt, aber ich habe einen schrecklichen Hunger. Ich bin auf Dona Elviras Kochkünste sehr gespannt!«

Bei Tisch wahrte Lucía wegen der Hausangestellten den Schein. Man kommentierte die Ergebnisse des Nachmittags mit Don Lorenzo. Jetzt wussten sie, dass beider Vorfahren, wie einst die Templer, einer essenischen Sekte angehört hatten. Verwandte und Ordensritter hatten am gleichen Ort gelebt: jeweils in Segovia und Jerez de los Caballeros – nur dass achthundert Jahre dazwischenlagen.

Die alten Essener aus der Bibelzeit hatten sich vor allem zusammengefunden, um dem Herrn einen neuen, ihm würdigen Tempel zu errichten. Hier huldigten sie den heiligen Gegenständen, wie es Jahrhunderte zuvor im Tempel Salomons geschehen war.

Darüber hinaus gab es Hinweise auf verschiedene, mit der Kirche von Vera Cruz verknüpfte Gegenstände, die dort möglicherweise verborgen lagen. Trotz der vielen Indizien konnte Fernando nicht fassen, dass sein Vater in die Angelegenheit verwickelt gewesen war.

Beim Servieren zeigte sich Elvira besonders entgegenkommend. Sie mochte den netten Wochenendgast der gnädigen Frau. Nun erwiderte sie Fernandos Freundlichkeit mit einer köstlichen Vorspeise. Zur Freude der Köchin lobte der Gast wieder ausgiebig das gelungene Gericht.

Es war grüner, mit einem Spinatblatt umwickelter Spargel, garniert mit einer Auswahl von gegrilltem Gemüse. Dazu wurde eine scharfe Paprikasauce gereicht. Danach gab es gefülltes Filet vom iberischen Schwein. Als Nachspeise servierte Elvira ein Champagner-Zitronen-Sorbet. Den Kaffee nahm man wieder im Salon.

Im Speisezimmer nebenan hantierten Elvira und Manolo mit dem Geschirr. Nachdem sie mit der Küche fertig waren, und bevor sie sich zurückzogen, erkundigten sie sich nach den Wünschen der gnädigen Frau. Dann waren Fernando und Lucía endlich allein. Nervös rutschte der Juwelier hin und her. Der heikle Teil des Abends stand nun bevor.

Lucía schenkte sich ein Glas Bailey ein und für ihn einen Scotch. Dann ließ sie sich neben ihm in den Sessel fallen. Ein betörender Parfümduft stieg ihm in die Nase, gefolgt von einem angespannten Schweigen.

»Nach diesem aufregenden Tag habe ich mich nach Ruhe gesehnt.«

Auch Lucía verunsicherte die ungewohnte Situation. Sie überspielte ihre Nervosität und zündete sich eine Zigarette an. Rauchen half, sich zu entspannen.

»Ich finde, wir haben heute eine Menge erreicht, ich bin sehr zufrieden, Lucía«, bemerkte Fernando unbeholfen. Im Moment fiel ihm nichts Besseres ein.

»Es freut mich, wenn sich das Wochenende hier für dich gelohnt hat. Offenbar war deine Entscheidung richtig.« Lucía gelang es ebenfalls nicht, das Gespräch in leichte Bahnen zu lenken.

Als Fernando sich vorbeugte, um das Glas vom Tisch zu nehmen, spürte er sie ganz nah.

Um nicht in Versuchung zu geraten, stand er mit dem Glas auf und ging zu einem Regal mit alten Büchern. Mit seitlich geneigtem Kopf las er die Titel. Lucía folgte ihm, ebenfalls das Glas in der Hand.

»Wie du siehst, gibt es darunter auch sehr wertvolle Exemplare. Einige sind Erstausgaben sehr bekannter

Schriftsteller.« Sie nahm einen alten Band heraus. »Das ist die Erstausgabe der *Galatea* von Cervantes.«

Fernando klappte das Buch auf und bewunderte den guten Zustand. Lucía schmiegte sich an ihn, während er nervös im Buch blätterte.

Eigentlich hatte sie gehofft, er werde die Initiative ergreifen. Doch Fernando wirkte abwesend und zerstreut. Das stachelte Lucía an, ihn zu erobern. Er schien völlig in die Bücher vertieft, die er aus dem Schrank nahm.

»Kann es sein, dass du schon lange nicht mehr mit einer Frau zusammen warst?« Jetzt wird es brenzlig, dachte Fernando. »Du vermisst es sicherlich!« Sie klappte das Buch zu, hinter dem er sich zu verschanzen suchte, und ging zum Angriff über. Verführerisch sah sie ihm in die Augen. »Ich möchte, dass du mich küsst.«

Sie schloss die Augen und hielt ihm erwartungsvoll das Gesicht entgegen.

Fernando rang mit sich. Auch ihn verlangte es danach, sich hinzugeben, ihrem Willen zu folgen. Es war das Natürlichste der Welt. Schließlich küsste er sie zärtlich. Als sie seine Lippen auf den ihren spürte, umschlang sie ihn, wühlte in seinem Haar. Ihr Mund saugte sich an dem seinen fest.

Lucías Leidenschaft steckte ihn an. Doch gleichzeitig litt er, weil er sie nicht rechtzeitig gebremst hatte. Immer mehr erregte seine Zurückhaltung die Frau. Sie bedeckte sein Gesicht, seinen Hals mit Küssen. Fernandos Standfestigkeit schwand zusehends in ihren Armen. Er durfte sich nicht weiter treiben lassen. Es war nicht fair gegen Lucía und auch nicht gegen Mónica, die ihm vertraute. Die Sache durfte nicht weiter voranschreiten. Aber er wollte Lucía nicht verletzten.

Sie liebkoste ihn immer noch und hing an seinen Lippen. Endlich konnte sich Fernando durchringen. Er nahm sie bei den Schultern und schob sie für einen Augenblick von sich.

»Lucía, ich muss dir etwas sagen …«

Sie legte ihm die Hand auf den Mund und wollte ihn erneut küssen. Doch Fernando wandte sich ab.

»Warte, Lucía. Es ist ernst! Ich muss mit dir sprechen!«

Sichtlich enttäuscht setzte sie sich hin.

»Es ist wegen Mónica, nicht wahr?«

»Ja. Alles andere wäre gelogen. Ich nehme an, dir ist nicht entgangen, dass zwischen ihr und mir etwas läuft.«

»Offen gestanden, habe ich nur gemerkt, dass sie für dich schwärmt.«

Lucía schämte sich und starrte ins Leere.

»Ich war heute nicht ganz ehrlich zu dir – wie ich gestehen muss. Das Geplänkel und die Andeutungen mussten den Eindruck erwecken, dass ich mehr wollte.«

»Genau so war es zu verstehen, um die Wahrheit zu sagen.« Sein Verhalten kränkte sie tief.

»Es tut mir furchtbar leid! Du bist völlig im Recht. Zu meiner Entschuldigung kann ich nur sagen, dass ich es dir gegenüber nicht richtig fand. Auch wenn es mir unwahrscheinlich schwergefallen ist – vor allem deinetwegen wollte ich nicht weitermachen.«

Lucía fühlte sich blamiert und war wütend auf sich selbst. Wie hatte sie sich nur so gehen lassen können! Gleichzeitig wuchs in ihr die Enttäuschung. Sie hatte geglaubt, gemeinsam mit diesem Mann längst vergessene Gefühle erwecken zu können. Ihr war zum Weinen – aber nicht vor ihm. Am besten, jeder ging in sein Zimmer.

»Fernando, lassen wir die Sache. Ich möchte jetzt allein sein und gehe ins Bett.« Sie erhob sich. »Wir können morgen reden.«

Schweigend gingen sie nach oben und verabschiedeten sich mit einer unbeholfenen Geste. Betroffen zog Fernando die Tür hinter sich zu. Keine Glanzrolle – die seine. Er hatte eine ziemlich lächerliche Figur abgegeben und Lucía vermutlich tief gekränkt.

Sein letzter Gedanke vor dem Einschlafen galt Mónica. Etwas mit sich versöhnter, rollte er sich ein. Immerhin hatte er Mónica nicht hintergangen.

Am nächsten Morgen fiel über den Abend kein Wort mehr zwischen ihnen. Natürlich war Lucía wie ausgewechselt, aber sie verhielt sich weiterhin korrekt und aufmerksam. Souverän meisterte sie die peinliche Situation mit einem charmanten Lächeln.

Sie beschlossen die Jagd am späten Vormittag. Fernandos Beute war mager. Er hatte nur ein paar Rebhühner erlegt, Lucía dagegen fünfzehn. Immerhin lockerte sich danach die Stimmung ein wenig, und die beiden scherzten wieder miteinander. Gegen Mittag wurde Fernando unruhig. Es war Zeit aufzubrechen, wenn er den Stau vor Madrid vermeiden wollte.

»Vielen Dank, Lucía, für das schöne Wochenende.«

Der Juwelier schlug den Kofferraum zu und wandte sich ihr zu, um sie auf die Wangen zu küssen. Völlig unerwartet wich ihm Lucía aus und küsste ihn auf den Mund.

»Na komm schon. Es ist doch nur ein Kuss, weiter nichts.« Sie küsste ihn erneut und sah ihm danach ernst in die Augen. »Bevor du gehst, möchte ich dir noch etwas sagen. Ich habe den ganzen Vormittag darüber nachgedacht, ob ich es nach gestern Abend tun soll. Aber wie du siehst, habe ich mich doch dazu durchgerungen.«

Fernando war gespannt.

»Ich finde dich äußerst attraktiv und will, dass du das weißt. Zunächst hat mich dein Verhalten gestern beleidigt und sogar beschämt. Aber im Nachhinein finde ich es überaus ritterlich. Es macht dich in meinen Augen noch anziehender.« Nach einer Pause fuhr sie fort: »Wir sind beide keine kleinen Kinder mehr und können offen über diese Dinge reden. Wie ich schon sagte, ich verstehe deine Entscheidung, aber ich habe auch dein Verlangen gespürt. Also, ich würde mich freuen, wenn wir die Tür nicht einfach zuschlagen. Die meine bleibt für dich weiterhin offen. Ich wollte, dass du das weißt. Wir sehen uns in Segovia! Auf Wiedersehen und gute Reise!«

Fernando fuhr los. Lucías Worte hallten in seinem Kopf wider und verwirrten ihn.

Ohne weitere Schwierigkeiten fand er aus der Finca hinaus und nahm die Landstraße nach Almaraz. Er war noch keine zweihundert Meter gefahren, da klingelte sein Handy. Er meldete sich. Ein Stimme mit leicht fremdländischem Akzent antwortete.

»Fernando Luengo?«

»Ja, am Apparat. Mit wem spreche ich, bitte?«

»Das spielt im Moment keine Rolle. In Ihrem Besitz befindet sich etwas, das uns gehört. Wir wollen es wiederhaben. Ich rede vom Armreif.«

Fernando hatte immer noch keine Ahnung, mit wem er es zu tun hatte. Aber der Mann gab ihm keine Gelegenheit zu Rückfragen. »Wir nehmen an, dass Sie ihn freiwillig nicht rausrücken werden. Deshalb haben wir Vorsorge getroffen. Sie können jetzt einen Moment mit ihr reden!«

»Fernando?« Es war Mónicas Stimme. »Bitte tu, was sie dir sagen! Sie wollen mich sonst umbringen!«

»Mónica!« Das Herz klopfte ihm bis zum Hals. Er bremste und hielt am Straßengraben.

»Das reicht! Sie haben gehört, was sie gesagt hat. Noch geht es ihr gut. Ich rate Ihnen, die Polizei aus dem Spiel zu lassen. Andernfalls werden wir sie Ihnen portionsweise per Post zusenden. Jetzt hören Sie genau zu! Am Montag um zwei Uhr nachmittags sind Sie mit dem Armreif auf der Puerta del Sol neben dem Wahrzeichen der Stadt Madrid. Wenn Sie sich an die Anweisungen halten, krümmen wir dieser hübschen jungen Frau kein Haar. Aber ich wiederhole: Wenn Sie zu Dummheiten aufgelegt sind, können Sie sich schon mal einen Termin für die Beerdigung überlegen. Also, bis morgen.«

»Aber, wer sind Sie ...?«, rief Fernando verzweifelt.

Der Mann hatte bereits aufgelegt. Der Juwelier versuchte über die Rückruftaste des Handys den Anrufer zu lokalisieren – natürlich vergebens.

Fernando war offenbar skrupellosen Typen hilflos ausgeliefert. Die Sorge und Angst um Mónica kippten bald in Wut auf die Gangster um. Er ließ den Wagen wieder an und startete durch, um so rasch wie möglich in Madrid zu sein. Dann rief er seine Schwester Paula an.

»Du rufst doch vom Auto aus an, oder? Und ist jetzt Lucía endlich zufrieden?«

»Bitte lass den Unsinn und setz dich lieber hin! Ich muss dir etwas Schreckliches sagen.«

»Um Gottes willen. Hast du einen Unfall gehabt?«, fragte Paula beunruhigt.

»Es geht nicht um mich, Paula. Schön wär's! Es geht um Mónica. Man hat sie entführt!«

11

Kirche Vera Cruz im Jahr 1244

Elf Fackeln brannten in den Ecken der Grabkapelle von Vera Cruz – nur das zwölfte Licht nicht. Es war das Zeichen, dass einer beim Geheimtreffen fehlen würde. Unruhig flackerten die Flammen und warfen unheimliche Schatten an die Wände. Über den Lichtinseln war es tiefschwarz. Ein unangenehmer Geruch nach Pech und Qualm hing in der Luft.

Am Eingang erwartete Gastón de Esquívez, das Oberhaupt der essenischen Sekte, die restlichen zehn Mitglieder. Nacheinander würden sie – gemäß ihrer Zugehörigkeitsdauer – eintreten. Das wichtigste aller bisherigen Treffen stand unmittelbar bevor.

Als »Meister der Gerechtigkeit« empfing Esquívez seine Brüder, indem er ihnen zuerst die Hand aufs Haupt legte und dann niederkniete, um ihre Füße zu waschen. Ersteres war Zeichen des Bundes im Licht und brüderlicher Liebe; mit der zweiten Geste wurde des uralten Reinigungsrituals gedacht, das seit jeher den Versammlungen voranging. In der unteren Kammer lagen für jeden ein Leinengewand und ein Hirtenstab bereit. Das Zeremoniell forderte reine weiße Kleidung, bloße, die Erde ehrende Füße und den Krummstab als Zeichen des Rechts.

»Du bist nun rein, tritt ein«, segnete der Meister jeden Einzelnen. Die Brüder nahmen reihum auf den zwölf Bänken der Grabkapelle Platz. Nur eine blieb leer. Es war die von Bruder Juan de Atareche. Als Letzter betrat der jüngste Glaubensbruder den Raum. Esquívez folgte ihm und begab sich ebenfalls an seinen Platz. Nach einigen Minuten absoluter Stille sprach er das Eröffnungsgebet. Dazu holte er ein Pergament mit einem althebräischen Text hervor, den er ins Lateinische übersetzte.

»›Noch wird euch das Licht eine Weile leuchten. Gehet also, solange es hell ist, und bevor euch die Finsternis einholt. Wer in der Finsternis wandelt, ist wie ein Blinder. Wenn euch das Licht leuchtet, steht Ihr in Seiner Gnade – Kinder des Lichts, glaubet daran.‹ Dieses Gebet«, Esquívez hielt es für angebracht, seine Wahl zu erläutern, »stammt aus dem Johannesevangelium. Es ist ein Zitat unseres Herrn Jesus Christus, das wie für uns Essener bestimmt scheint. Es ist das erste Mal, dass ich es einer Versammlung voranstelle. Ihr werdet mir zustimmen, dass es wie für uns geschaffen ist.« Esquívez machte eine Pause, um den Brüdern Zeit zum Nachdenken zu geben. Aufmerksam betrachtete er ihre Gesichter. Da die Jüngeren unter ihnen kein Althebräisch verstanden, sprach er Latein. Nach einer Weile fuhr er fort: »Ich habe euch alle vom Tod unseres geliebten Bruders Atareche in Kenntnis gesetzt. Mit ihm hat unsere Glaubensgemeinschaft ein großes Vorbild verloren. Er zeigte sich edelmütig gegen seine Nächsten und trat rein vor Gottes Augen. Nie gab sich sein kämpferischer Geist geschlagen. Unseren Glauben verdanken wir ihm. Er brachte ihn aus Palästina zu uns und erlöste uns von unserer Gottlosigkeit, half die alten überkommenen Prinzipien zu überdenken, bis ein einfaches Gerüst von Gut und Böse übrig blieb. Auch die

Regeln unserer Gemeinschaft sind sein Verdienst sowie alles, was wir sind und darstellen. Jeder von euch wurde von ihm initiiert. Zwar habt ihr mich zu eurem Meister gewählt, aber dieser Titel stand in Wirklichkeit nur ihm zu.« Die Versammelten teilten Esquívez' Schmerz über den Verlust. »Jetzt, wo er von uns gegangen ist, tröstet mich zu wissen, dass er für immer ins Licht eingegangen ist.«

Rechts und links von der nicht entzündeten Fackel – als Zeichen der Trauer und der Verlustes – saßen die beiden Templer aus England. Sie waren als Letzte der Sekte beigetreten.

Still sprachen alle für sich das Totengebet der Essener. Elf Herzen schlugen im gleichen Takt und verbanden sich zu einer Kraft. Es war, als stiege ein Lichtstrahl in der Mitte der Grabkammer auf, dem Himmel entgegen.

Gastón de Esquívez erhob sich und holte aus seiner Kutte einen Lederbeutel hervor, den er ungeöffnet auf den Tisch vor ihnen legte. Alle sahen gebannt darauf und hofften, er enthalte das Begehrte.

»Liebe Brüder, heute Nacht werdet ihr zu Zeugen einer der unglaublichsten Entdeckungen der Menschheit. Die meisten würden dafür ihr Leben geben – nur um zu wissen, dass es wahr ist. Euch ist es vergönnt, daran teilzunehmen und auch dessen ungeheure Bedeutung für uns zu verstehen. Glaubt mir, es ist ein großes Privileg für euch Auserwählte, es berühren zu dürfen.«

Es folgte eine lange Pause, teils um die Spannung zu erhöhen, teils um die Aura des Geheimnisvollen zu verstärken.

»Vor euch seht ihr ein Symbol von unermesslich transzendentalem Wert – wie kein anderes je davor! Es tauchte erst kürzlich in meiner Komturei auf. Ich betone nochmals die enorme Bedeutung dessen, was ihr hier heute sehen und erleben werdet. Aus diesem wichtigen Anlass habe ich euch hierher gebeten.«

Keiner der zehn wagte auch nur zu blinzeln. Mit angehaltenem Atem erwarteten sie die Offenbarung des Inhalts jenes Beutels. Langsam löste Esquívez den Knoten und holte ein goldenes Medaillon an einer Lederkordel hervor. Triumphierend hielt er es hoch.

»Seht, das ist das Medaillon des Isaak!«

Den zehn verschlug es die Sprache. Noch nie hatten sie davon gehört. Natürlich hatten sie geahnt, dass der Meister einen wichtigen Grund für dieses Treffen hatte. Die Weissagung musste unmittelbar vor ihrer Erfüllung stehen. Dadurch erhielt ihre geheime Zusammenkunft eine einzigartige Bedeutung. Doch der Meister hatte keine Einzelheiten verraten.

»Brüder …«, Esquívez war sich des Gewichts seiner Worte bewusst und wurde feierlich, »vor uns haben wir ein weiteres Zeichen des heiligen Bundes zwischen Gott und den Menschen!« Erneut legte der Meister eine Pause ein, um den besonderen Augenblick zu unterstreichen und seinen Worten mehr Nachdruck zu verleihen. »Dies ist das Symbol des ersten Bundes von Jahve mit Abraham!«

Er sah den anderen in die Augen und sprach weiter: »Mit diesem hier hat unsere Gemeinschaft endlich alle Zeichen des Bundes mit Gott.«

Freudige Erregung durchlief die Bankreihen. Die Auserwählten standen kurz davor, die heiligste Pflicht der Essener zu erfüllen: Sie waren im Besitz der drei Zeichen des Bundes mit Gott. Dies machte alles andere wett. Vergessen waren die Reisestrapazen; die märchenhaften Erklärungen, um vor den Vorgesetzten ihre lange Abwesenheit zu rechtfertigen; die vielen Jahre vergeblicher Suche nach diesen Gegenständen.

Esquívez erinnerte an die erste Tat Atareches. Die Brüder am Toten Meer hatten ihm den Armreif von Moses übergeben. Dies war das zweite Symbol des Bundes zwischen Gott und den Menschen. Es war auch gleichzeitig die Verheißung des Gelobten Landes und eines neuen Rechts.

Das Medaillon ging von Hand zu Hand. Mit unendlicher Vorsicht und großer Ehrfurcht reichten die Brüder den heiligen uralten Gegenstand weiter.

»Meister, was bedeuten das Lamm und der Stern darauf?« Gebannt starrte John auf die Zeichen, bemüht, sie zu verstehen.

»Kann jemand die Frage unseres Bruders beantworten?«

Der Lombarde Nicola meldete sich zu Wort. Zunächst erläuterte er die Bedeutung des Lammes für jene Zeit und die damaligen Völker.

»Vergesst nicht, dass es für die alten Hebräer das Natürlichste der Welt war, ein Lamm zu opfern. Es war ein Hirtenvolk, das von der Viehzucht lebte. Die Opfer wurden als Dank für die Geburt eines Sohnes oder als Bitte an Gott dargebracht. Wie müssen uns in die damalige Zeit und Umstände hineinversetzen. Abraham war ein Hirte, der seine Heimat auf Geheiß Gottes verließ, um mit seiner Herde ins Gelobte Land zu ziehen. Später schenkte ihm Jahve den lang ersehnten Sohn. So wurde Isaak geboren. Als dieser heranwuchs, stellte Jahve Abraham auf die Probe und befahl ihm, den geliebten Sohn zu opfern.«

»Ein Engel gebot ihm im letzten Augenblick, einzuhalten«, führte der Komtur von Chartres, Charles du Lipont, die Geschichte weiter. »An Isaaks Stelle brachte Abraham

373

ein Lamm dar, das sich in einem nahen Gehölz verfangen hatte. In Anerkennung seines Gehorsams erneuerte Jahve den Bund mit ihm und seinem Geschlecht. Er versprach Abraham so viele Nachkommen wie Sterne am Firmament.«

»Sehr gut, meine Brüder«, lobte Esquívez. »Soeben habt ihr selbst ausführlich die Bedeutung der Symbole auf dem Medaillon erklärt. Das Lamm steht für Isaak. Es stellt das Opfer Abrahams für Jahve dar. Der Stern ist das Zeichen der zahlreichen Nachkommenschaft.«

»Meister!«, unterbrach ihn Charles, »mit Moses erhält das Lamm noch eine weitere Bedeutung. Es wird zum Zeichen des Festes, des Osterfestes. Wie ihr wisst«, führte der Franzose weiter aus, »befahl Jahve Moses vor dem Auszug aus Ägypten, dass in jedem Hause ein einjähriges Lamm geopfert werde. Kein Knochen dürfe dabei dem Tier gebrochen werden. Es solle nur mit Kräutern zubereitet und mit ungesäuertem Brot verspeist werden. Mit dem Blut sollte jeder ein Zeichen an seine Tür machen. Nur an diesen Häusern ging der Todesengel vorbei. Die anderen verschonte er nicht und nahm alle Erstgeborenen mit. Nach den sieben Plagen war dies der letzte schwere Schlag für den Pharao. Er ließ die Hebräer ziehen, und sie gingen ins Gelobte Land.«

»Es erfüllt mich mit Stolz, zu sehen, wie sorgfältig ihr die alten Schriften gelesen habt. Das ist die Pflicht eines braven Esseners!« Zufrieden sah Esquívez in die Runde. Anschließend schilderte er, wie er zur Reliquie gekommen war.

Erst seit wenigen Wochen befand sie sich in seinem Besitz. Davor hatte sie einem Katharer gehört. Er trug das Medaillon um den Hals und wurde – dank der Hilfe von Bruder Juan de Atareche – zum unfreiwilligen Spender.

Da der Katharer nicht willens gewesen war, es herauszugeben, hatte ihn Esquívez töten müssen. Er war ein enger und langjähriger Freund Atareches gewesen. Kurz vor seinem Tod hatte dieser dem Katharer eine verschlüsselte Botschaft mitgegeben.

»Pierre de Subignac, so heißt der Tote, gelang es, die Nachricht unseres Begründers zu entschlüsseln. Diese wies ihn zu mir, verriet aber nicht den Grund. Zwei Templer aus Juans Komturei folgten ihm bis hierher. Sie glaubten, er kenne das Versteck des Armreifs und des Papyrus mit der Weissagung des Jeremias. Die Verfolger, Pedro Uribe und Lucas Ascorbe, handelten im Auftrag von ganz oben. Papst Innozenz will die Gegenstände für sich, und die Ordensleitung hilft ihm dabei. Subignac würde sie direkt zu ihnen führen, so dachten sie. Niemand ahnte, dass der gute Juan uns in Wahrheit das Medaillon von Isaak schickte. Sein Freund war nur Mittel zum Zweck. Ich musste auch Uribe töten. Der andere konnte entkommen und die Oberen von dem Vorgefallenen unterrichten.« Nach dieser Darlegung gönnte sich Esquívez eine Atempause. Dann gab er der berechtigten Sorge Ausdruck, dass eine Strafe der Ordensleitung zu erwarten sei.

»Ich bin mir ganz sicher, dass jeder von euch in seiner Komturei beobachtet wird. Wenn wir weiterhin unentdeckt bleiben möchten, müssen wir noch umsichtiger vorgehen. Vor wenigen Tagen erhielt ich den Besuch meines Provinzials. Guillem de Cardona teilte mir mit, dass ich demnächst in die Komturei von Puente de la Reina versetzt werde. Ich soll die Stelle unseres geliebten verstorbenen Bruders Juan de Atareche übernehmen.« Die Brüder sahen sich beunruhigt an. »Dies ist also unser letztes Treffen hier. Deshalb soll es auch zum wichtigsten seit unserer Gründung werden.«

Jeder der Versammelten war sich schlagartig der Folgen dieser Versetzung bewusst. Ohne direkte Kontrolle über die Kirche Vera Cruz und die dort verborgenen heiligen Gegenstände war jedes weitere Wirken hoch gefährlich.

Guillaume Medier dachte nicht nur an die Folgen. Der Bruder aus der Komturei von Carcassonne nahm Anstoß an den beiden Morden. Die Wahl von Esquívez zum »Meister der Gerechtigkeit« war nie in seinem Sinne gewesen. Er hielt ihn für einen geschickten Drahtzieher, dem es jedoch an der nötigen Güte mangelte, um eine Essenersekte zu führen. Den Titel des Meisters beanspruchte er für sich selbst, denn er war als Erster von Atareche initiiert worden. Esquívez war für ihn ein Usurpator. Bei der Wahl zum Meister hatte Medier ihn bezichtigt, Stimmen gekauft zu haben. Für diese Unterstellung wurde er seinerzeit hart bestraft. Nun ließ er keine Gelegenheit ungenutzt, den Meister anzugreifen und ihn bloßzustellen.

»Meister, nach unseren Regeln haben wir ein friedliches Leben und Nächstenliebe gelobt. Nun höre ich, dass Ihr eigenhändig zwei Männer getötet habt. Und schlimmer noch: Es scheint Euch nicht sonderlich zu bewegen. Angesichts Eurer schweren Sünde verbietet es mir mein Gewissen, Euch weiterhin zu folgen. Ich nehme die Gelegenheit wahr, um vor der versammelten Gemeinschaft Euer Verhalten anzuklagen. Es ist verabscheuungswürdig.« Er hatte sich erhoben und schlug mit der Faust auf den Tisch. »Ich fordere eine sofortige Verwarnung *coram publico!*«

Mediers Stimme hallte in der Grabkammer wider und unterstrich wirkungsvoll seine Worte. Sein heftiges Auftreten sorgte für Unruhe unter den Versammelten.

»Ich bitte um Ruhe! Bruder Guillaume fordert zu

Recht meine Verwarnung.« Verwundert und überrascht von dieser unerwarteten Wendung blickten sich die Brüder an. »Ja, es ist wahr! Wundert euch nicht über meine Worte! Der Mord an dem Katharer verstößt gegen unsere Prinzipien. Ich will erklären, weshalb ich es dennoch tat. Seit Jahrhunderten erwartet unsere Bruderschaft die Ankunft des Reichs des Lichts und damit den Sieg über das Reich der Finsternis, der Schatten.« Esquívez sah schweigend jedem Einzelnen in die Augen. »Von heute an müssen wir nicht länger warten!« Triumphierend schloss er: »Wir sind im Besitz der Symbole der drei großen Bünde!«

»Glaubt Ihr immer noch, dass die Reliquie vom Kreuz das dritte ist ...? Bisher waren wir uns nicht ganz sicher«, merkte François Tomplasier aus Blois an.

»Das ist wahr, Bruder François. Gewissheit haben wir bis heute nicht. Aber es spricht vieles dafür. Jesus Christus, der geliebte Sohn, starb am Kreuz. Gibt es ein stärkeres Zeichen, um den Bund mit den Menschen zu bekräftigen als Seinen Opfertod? In diesem Zusammenhang sei mir eine Anmerkung gestattet. Nach einer eiligen Versammlung im kleinen Kreise haben wir beschlossen, in der Kirche eine Kopie des *Lignum Crucis* auszustellen. Wir wollten dadurch einem möglichen Diebstahl des Originals zuvorkommen. Die Kurie hat es erst kürzlich zurückgefordert, und es galt, vorbereitet zu sein. Das Original befindet also sich nach wie vor in meinem Besitz.«

Nicht nur wegen der späten Stunde mitten im Winter war es in der Grabkammer eiskalt. Auch ihre gefährliche, ja existenzbedrohende Lage ließ die Versammelten erstarren.

Das entging dem schlauen Esquívez nicht. Mit warmen

Worten und leidenschaftlichem Gestus versuchte er, den Seelen seiner braven Brüder Zuversicht einzuhauchen.

»Vor tausendachthundert Jahren sah der große Prophet Jeremias voraus, wann die letzte Schlacht zwischen den Kindern des Lichts und denen der Finsternis beginnen würde. Damit das Gute endlich das Böse besiegen kann, müssen alle Zeichen des Bundes mit Jahve beisammen sein.« In der Stille der Grabkammer war außer der Stimme des Meisters nur das Knistern der Fackeln zu hören. »Was bedeutet schon der Tod eines Ungläubigen angesichts der Möglichkeit, die drei großen Symbole endlich in Händen zu halten! Als ich wusste, dass es sich um das Medaillon von Isaak handelte, blieb mir keine andere Wahl, als den Mann zu töten. Es geht um die letzte Schlacht, um den Sieg des Lichts über die Finsternis! In unserem Besitz sind das Kreuz Christi, der Armreif von Moses und jetzt das Medaillon von Isaak. Grund genug, auch zu töten!«

Die Gesichter der anderen waren von tiefem Mitgefühl und Verständnis erfüllt. Zuversicht glänzte in ihren Augen. Eine neue Ära stand unmittelbar bevor. Sie würden Zeugen des Sieges über das Böse. Plötzlich schien die Grabkammer noch von einem anderen als dem Licht der Fackeln erhellt zu sein.

»Wenn ihr immer noch der Ansicht seid, dass ich eine Verwarnung verdiene, beuge ich mich dem in aller Demut. Wie streng ihr auch über mich richten solltet, werde ich mich dem Urteil fügen.« Zum Zeichen seiner Demut und Ergebenheit senkte Esquívez tief das Haupt.

Ein kurzer Blick auf seine Glaubensbrüder reichte Guillaume, um festzustellen, dass Esquívez wieder als Sieger hervorgegangen war. Angesichts des großen Geschicks, mit welcher der Meister die Bruderschaft zu lenken verstand, konnte er nur kapitulieren. Inzwischen standen alle auf dessen Seite und sahen in ihm den Störenfried. Es blieb ihm keine andere Wahl, als sich für seine Worte zu entschuldigen.

»Meister, ich möchte in aller Form mein Gesuch zurückziehen und Euch vor den hier Versammelten um Vergebung bitten. Eure Worte zeugen von Weisheit und Güte.«

Esquívez erhob sich und umarmte ihn zum Zeichen der Versöhnung. Damit zerstreute er unter seinen Anhängern auch den letzten Zweifel. Keiner unter ihnen war würdiger, der »Meister der Gerechtigkeit« zu sein. Die Nachsicht gegenüber dem Komtur der Languedoc war nur ein Beweis mehr seiner Güte, Großherzigkeit und Weisheit – unerlässliche Tugenden für den Richter und das Oberhaupt ihrer Gemeinschaft.

Guillaumes Unbedachtheit hatte die feierliche und erhabene Stimmung, die eine so immens wichtige Zusammenkunft erforderte, beträchtlich gestört. Dieser Ansicht war Bruder Richard Depulé, der mit am längsten dem Geheimbund angehörte. Er bat, wieder zum eigentlichen Anliegen ihres Treffens zurückzukehren.

»Verehrungswürdiger Meister, wir alle hier Versammelten wünschen nichts sehnlicher als den Sieg des Lichts über die Finsternis, auf dass es für immer das Böse vertreibe. Wo wir nun im Besitz der drei Symbole des Bundes mit Jahve sind – was steht da als Nächstes für uns an? Wie können wir das Ende herbeiführen?«

Die Anwesenden sahen erwartungsvoll zu Esquívez.

»Mein lieber Richard, vor vielen Jahrhunderten gab Jahve dem Propheten Jeremia bereits Antwort darauf. Bruder Juan brachte vom Toten Meer eine Papyrusrolle mit. Sie enthielt die Abschrift des Textes von Jeremia. Unsere Brüder haben sie Jahrhunderte lang in der Wüste gehütet. Wir dachten lange, es sei die vollständige Prophezeiung. Später konnte ich feststellen, dass sie gewisse Ähnlichkeiten mit einem anderen Text des Jeremia aufweist. Inzwischen bin ich davon überzeugt, dass unsere Schrift die Fortsetzung des Buchs des Jeremia ist. Lasst mich euch nochmals aus der Abschrift vorlesen, die Atareche uns vermacht hat.

›Nur wenn die drei Symbole meines Bundes in der Kammer aller Kammern vereint sind, werden drei Zeichen an drei aufeinander folgenden Tagen eine Säule aus Rauch und Feuer ankündigen.‹ Die drei Zeichen entsprechen den drei Wirklichkeitsebenen der Welt: der himmlischen, der irdischen und der menschlichen. ›Während dieser Tage wird alles zum Gegenteil dessen, was es gewöhnlich ist. Am ersten Tag wird die Sonne kein Licht spenden. Der feste Boden unter unseren Füßen wird sich am zweiten Tag bewegen. Am dritten Tag wird ein Mann kommen, der nicht sprechen noch hören noch sehen kann. Ohne diese Pforten seiner Seele ist er mehr Tier als menschliches Wesen.‹« Esquívez rollte das Pergament wieder ein und legte es auf den Tisch. Dann öffnete er die Bibel an einer eingemerkten Stelle und las aus dem zweiten Buch der Makkabäer, Kapitel zwei, Vers vier vor. Er wollte den Glaubensbrüdern die Ähnlichkeit mit dem Bibeltext nochmals vorführen. »›Auch stand in derselben Schrift, der Prophet habe auf göttlichen Befehl hin geboten, die Stiftshütte und Bundeslade sollten mit ihm kommen, als er auszog zu dem Berg, auf den Mose gestiegen war und von dem aus er das Erbland des Herrn gesehen hatte. Als Jeremia dorthin kam, fand er eine Höhle, darin versteckte er die Stiftshütte und die Lade und den Räucheraltar und verschloss den Eingang.‹« Hier unterbrach der Meister die Lektüre. Die Brüder sollten sich vorstellen, wie Jeremia einst versucht hatte, die heiligen Symbole des Bundes zu retten. Nach der Eroberung Jerusalems hatte Nebukadnezar den Tempel Salomos in Jerusalem zerstören lassen. Esquívez las einen weiteren Vers vor, der sich auf die Höhle bezog: »›Diese Stätte soll kein Mensch kennen, bis Gott sein Volk wieder zusammenbringen und ihm gnädig sein wird. Dann wird der Herr dies alles wieder ans Licht bringen; und dann werden die Herrlichkeit des Herrn und die Wolke erscheinen, wie sie sich zu Moses Zeiten gezeigt hat und wie damals, als Salomo bat, dass die Stätte über die Maßen geheiligt würde.‹«

Esquívez schlug die Bibel zu und schwieg, bevor er die drei Schilderungen nochmals zusammenfasste.

»Nach der Bibel verbarg Jeremia also die Symbole des Bundes mit Moses in einer Höhle des Berges Nebo. Moses hatte sie aus dem Sinai mitgebracht. Jeremia wollte sie vor dem gottlosen Treiben, wie es im Tempel von Jerusalem um sich gegriffen hatte, bewahren. Nehmen wir an, die drei Symbole des Bundes mit Jahve, die er schützen und verstecken wollte, seien mit den in der Bibel erwähnten identisch. Gemäß den Worten Jahves würden sie dort verborgen bleiben, bis Gott einen neuen Bund mit seinem Volk einginge. Erst dann würde der Inhalt der Höhle wieder ans Licht gelangen. Die Herrlichkeit des Herrn würde sich darauf am Tag durch eine Wolke kundtun, wie sie Mose und Salomo bereits erblickten. In der Nacht würde eine Feuersäule am Himmel brennen. Liebe Brüder, unsere Papyrusrolle ergänzt die Bibelschrift – so viel steht fest. Aber ich bin überzeugt, Jeremia irrte, als er an die Bundeslade, Stiftshütte und den Räucheraltar dachte. Die drei Gegenstände in unserem Besitz sind die wahren Symbole der drei Bünde: Erstes Zeichen ist das Medaillon Isaaks, zweites Zeugnis des Bundes Jahves mit den Menschen ist der Armreif Moses, und das dritte ist das Kreuz Jesu Christi. Ihr habt gerade gehört, was Jahve erwartet, um den vierten Bund besiegeln zu können: Zunächst müssen die heiligen Gegenstände, die Symbole der drei vorangegangenen Bünde, im Allerheiligsten zusammengebracht werden. Daraufhin werden drei Zeichen Feuer und Rauch ankündigen.«

Die Brüder wollten wissen, ob die Geheimkammer der Vera Cruz für die Weissagung geeignet sei. Esquívez entgegnete, die Kirche sei nach dem Plan der in die Führungsspitze der Templer infiltrierten Essener errichtet worden. Der gesamte Bau sei exakt nach der Weissagung ausgerichtet. Deshalb gebe es auch über der zweiten Kammer noch eine geheime, ganz vergoldete. Sie sei das Abbild des ehemaligen Sanctum Sanctorum, des Allerheiligsten, im Tempel des Salomo. Jeremia habe geglaubt, in der Kammer in Jerusalem werde die Prophetie in Gang gesetzt. Doch Esquívez war anderer Ansicht. Wichtiger als der Ort schien ihm die Zusammenführung der Symbole.

»Wir werden die drei Symbole – den Armreif, das Medaillon und das *Lignum Crucis* – in unserer Kammer verwahren.«

»Weshalb noch länger damit warten? Lasst uns gleich zur Tat schreiten!«, rief der Lombarde voller Ungeduld. Wie die anderen Brüder konnte auch er es nicht mehr erwarten, endlich die Weissagung in Gang zu setzen.

Ergriffen betrachtete Esquívez seine Brüder. Er war das Werkzeug der Vorsehung und höchster Zeremonienmeister zugleich. Die Gemeinschaft stand kurz davor, das von ihren Vorgängern im Glauben lang ersehnte Ereignis auszulösen. Es würde allen Gottesfürchtigen den

Weg leuchten, die Seine, an Moses übergebenen Gesetze geachtet hatten.

Viele der Anwesenden waren schon Greise. Doch die Jüngeren unter ihnen würden ihre Lehren bewahren und an die künftigen Generationen weitergeben. Ernst, seiner erhabenen Aufgabe Rechnung tragend, beobachtete der Meister die im Halbdunkel verborgenen Gesichter seiner Mitbrüder. Sie hatten sich im Vorraum des Allerheiligsten versammelt. Es stand auf so festem Boden wie ihr Glaube. Ein feierlicher Augenblick lag vor ihnen. Aber der Meister musste zuvor noch eine andere, zweitrangige Angelegenheit klären.

»Bevor wir zur heiligsten aller Zeremonien übergehen, müssen wir einen Nachfolger für unseren geliebten Bruder Juan de Atareche wählen. Wie immer werden wir dabei nach dem Brauch vorgehen. Jeder Mentor darf unter den Novizen einen Kandidaten vorschlagen. Dieser muss sich mindestens drei Jahre mit unserer Lehre befasst haben und die dreitägige Meditation absolviert haben – wie alle vollwertigen Brüder. In die Gemeinschaft wird schließlich derjenige aufgenommen, der die meisten Stimmen erhalten hat. Heute haben wir zwei Kandidaten. Ich selbst werde nach Bruder Philippe Juvert den meinen vorstellen.«

»Verehrter Meister«, Juvert räusperte sich unsicher und fuhr fort, »meine lieben Mitbrüder, ich bedaure zutiefst, euch mitteilen zu müssen, dass mein Kandidat ausfällt. Er hat sich kürzlich ein schweres Vergehen zuschulden kommen lassen. Deshalb kommt er für unsere Gemeinschaft nicht mehr in Frage.« Bruder Philippe schwieg und sah in die Runde. Die anderen erwarteten eine Erklärung für dieses plötzliche Ausscheiden. »Laurent Traubelier von der Komtur Luzca war mein Schüler.

Es hat sich herausgestellt, dass er Finanzvollmachten und Schriftstücke zur persönlichen Bereicherung gefälscht hat. Wie es unserer Ordensregel entspricht, ist er streng dafür bestraft worden. Und für unsere Sache ist er nicht mehr geeignet.«

Esquívez beklagte den verderblichen Einfluss des Geldes auf die Menschen. Er erinnerte nochmals an die Vorteile des Gemeinschaftseigentums gegenüber dem persönlichen Besitz – wie es der Geheimbund erforderte.

»Dies allein müssen die moralischen Pfeiler unseres Verhaltens sein, wenn wir der essenischen Gemeinschaft würdig sein wollen«, fügte er abschließend hinzu.

»Das außerordentliche Wesen von unserem verehrten Juan de Atareche«, Esquívez ging dazu über, der Versammlung seinen Kandidaten vorzustellen, »ließ nur die Wahl des Besten unter meinen Schülern zu. Sein Name ist Joan Pinaret. Seit vier Jahren weise ich ihn ein. Er ist, wie wir alle, Templer und erst einundzwanzig Jahre alt. Damit hat er das Mindestalter erreicht, um unserem Bund beitreten zu können. Juan de Atareche war vollkommen wie Gottes reife Frucht; dieser junge Mann dagegen ist noch Saatgut, aber er trägt in sich die allerbesten Anlagen – das kann ich euch versichern!« Der Meister suchte unter den vor ihm liegenden Schriftstücken nach einem bestimmten. »Aber das ist noch lange nicht alles, was es über ihn zu sagen gibt. Er ist ein Vorbild an Tugendhaftigkeit: großzügig und großherzig, bescheiden, arbeitsam und von hoher Moral. Zurzeit ist er in der Komtur der Krone von Aragón beschäftigt. Angesichts seiner jungen Jahre ist besonders hervorzuheben, dass er schon jetzt fünf Sprachen vollkommen beherrscht: Griechisch, Latein, Arabisch als wäre er ein Sohn der Wüste, dazu seine Muttersprache Okzitanisch und obendrein Althebräisch, das er gerade lernt. Denkt doch nur, welch großer Gewinn er für uns wäre. Endlich hätten wir einen Bruder, der viele unserer ältesten Schriftstücke im Original lesen kann. Einmal ins Lateinische übersetzt, stünden diese Texte uns allen zur Verfügung.«

»Meister, lasst uns abstimmen! Ihr habt uns schon genug über ihn gesagt«, unterbrach Richard die Auflistung der Vorzüge.

»Einverstanden. Also, lasst uns, wie immer, durch Handzeichen abstimmen! Wer ist für die Aufnahme des Kandidaten Pinaret?«

Außer den Engländern waren alle Anwesenden dafür.

»Die Aufnahme Bruder Pinarets in unseren Bund wurde mehrheitlich beschlossen. Ich selbst werde ihn unverzüglich davon unterrichten. Hoffentlich werdet ihr ihn bald kennenlernen können!«

Nun schien es endlich so weit. Nichts stand der letzten Zeremonie vor der Zusammenführung der drei Symbole mehr im Weg. Der Meister bat die Anwesenden, sich an den Händen zu fassen und einen magischen Kreis zu bilden. Er allein würde das Ritual der Prophetie vollziehen, denn in der goldenen Kammer hatten kaum zwei Männer Platz. Guillaume holte eine Leiter, damit Esquívez zur Klapptür hochsteigen konnte. Dieser öffnete sie und verschwand dahinter.

Der Meister kannte den Mechanismus, der den Zugang zur Geheimkammer frei machte. Ein beweglicher Stein verbarg den Eingang. Dieser Stein rückte eine Handbreit zur Seite. Auf den ersten Blick unterschied sich der Stein durch nichts von den anderen. Keine Kerbe, Vertiefung oder sonst irgendein Zeichen verrieten den verborgenen Mechanismus. Um ihn in Gang zu setzen, musste man ein olivengroßes Steinchen in der

Vorhalle betätigen. Dann öffnete sich der Eingang zur Geheimkammer. Nur wenige der Anwesenden kannten den Mechanismus.

Gastón de Esquívez bewegte das Steinchen eine Vierteldrehung nach rechts. In der Ferne war das Aneinanderreiben von Steinplatten zu hören: Der Eingang war entriegelt. Der Meister ging die letzten beiden Stufen hoch und legte sich in der oberen Kammer auf den Bauch. Auf Magenhöhe war zur Rechten der den Eingang verbergende Stein. Dahinter befanden sich in einer zwei mal drei Ellen großen Nische die Papyrusrolle des Jeremia und die Truhe mit dem Armreif von Mose. Esquívez öffnete die Truhe und legte das Medaillon hinein. Unwillkürlich sah er wieder die entsetzt aufgerissenen Augen Pierres vor sich, als er ihm die Kehle durchschnitt.

Er bat Guillaume, der in der Vorhalle wartete, ihm den Schrein mit dem *Lignum Crucis* zu reichen. Die Reliquie war sehr sperrig und hätte den Meister beim Öffnen der Kammer behindert. Umständlich gelang es ihm, sie in die Nische zu den anderen Gegenständen zu legen. Dann schob er wieder den Stein davor, kroch aus der Kammer und brachte den kleinen Stein in der Vorhalle in seine Ausgangsposition. Zuletzt kletterte er die Leiter hinunter zu den anderen. Erstmals waren alle Symbole in der Kammer vereint.

»Meine lieben Brüder. Jetzt ist alles in die Wege geleitet. Die Symbole der drei Bünde liegen in der geheimen Kammer beisammen. Lasst uns zu Gott beten, er möge die Prophetie in Gang setzen.«

»Oh Jahve, der du alles bist und mit den Menschen drei große Bünde eingegangen bist, den Bund des Abraham, den des Moses und den mit Jesus Christus, erbarme dich unser. Dein Wille ist geschehen, und die drei heiligen Symbole liegen im Allerheiligsten. Gib, dass endlich dein Licht über Schatten und Finsternis siegen möge! Alle dunklen Kräfte, die sich deinem Willen widersetzt haben, sollen sich auflösen und die Kinder des Lichts für immer und in alle Ewigkeit hienieden herrschen!«

Ergriffen von der Erhabenheit des Augenblicks, umarmten sich die Brüder, alte salomonische Lobgesänge murmelnd. Esquívez ließ sich von ihrer Freude anstecken. Still dankte er Jahve. Er war zum Träger des dreifachen Bundes auserwählt worden. Nun setzte er die letzte, seit Jahrhunderten erwartete Schlacht der Kinder des Lichts in Gang.

Meister Esquívez schlug vor, bis zur Frühmette ein wenig in der Komturei zu ruhen. Schon bei anderen Gelegenheiten hatten die Essener hier Kraft für die Rückreise geschöpft. Die Mönche von Zamarramala kannten daher die nächtlichen Gäste bereits. Und das Gelübde der Loyalität und des Gehorsams verbot ihnen ohnehin, Fragen zu stellen.

Sie gingen den Berg nach Zamarramala hoch, wo das Gut der Templer lag. Ein außergewöhnlicher Tag lag vor ihnen. Etwas Schlaf würde die Nerven stärken.

»Brüder ...! Zweiter Weckruf zur Frühmette!«

Die tiefe Stimme des Mannes riss Charles du Lipont aus dem Halbschlaf. Müde drehte er sich um. Das Bett von Meister Esquívez, mit dem er die Zelle geteilt hatte, war bereits leer. Bruder Charles stand auf und öffnete die Fensterläden. Es war noch dunkel. Die Sonne ging erst nach der Frühmette auf. Nach der Weissagung musste der Tag sonnig beginnen. Dann würde etwas die Sonne verfinstern.

Das Morgengebet hatte bereits angefangen, als Bruder

Charles die Kapelle betrat. Unter den Templern von Zamarramala befanden sich die anderen zehn Essener. Der Komtur führte das Gebet an. Nach der Messe begaben sich alle zum Frühstück ins Refektorium. Immer wieder sahen die Essener zum Himmel hoch. Gerade war es hell geworden, und am blauen Himmel war kein Wölkchen zu sehen. Sie konnten unbesorgt sein. Der ganze Tag lag vor ihnen – Zeit genug für die erwartete Finsternis!

Gegen Mittag wurden die ersten Brüder unruhig. Nichts deutete auf eine Verdunkelung der Sonne hin. Im Gegenteil: Sie strahlte schöner und wärmer denn je. Gastón de Esquívez versuchte, den Brüdern gut zuzureden. Doch der Tag blieb unverändert schön.

Am Nachmittag zogen ein paar Wolken auf, und damit keimte neue Hoffnung. Keiner wusste, was genau eintreten sollte. Als gültiges Zeichen galt eine Sonnenfinsternis oder etwas Ähnliches.

Aber der Nachmittag ging ohne irgendeine Besonderheit oder etwas Ungewöhnlichem zu Ende.

Die Nacht brach herein. Damit war klar, dass die Weissagung nicht eingetreten war. Sicher war ihnen ein Fehler unterlaufen! Nach der Komplet versammelten sich alle erneut in der Grabkammer der Vera Cruz.

»Liebe Brüder, heute Abend muss ich euch nicht um Ruhe ersuchen, denn die Stimmung ist mehr als gedrückt«, eröffnete Esquívez die Zusammenkunft. »Nichts ist heute eingetreten. Ich kann eure Enttäuschung verstehen. Aber wir dürfen nicht aufgeben. Es muss uns etwas entgangen sein!«

»Seid Ihr sicher, verehrter Meister, dass das Medaillon echt ist? Vielleicht habt Ihr euch täuschen lassen.« Neil Ballitsburg konnte Zweifel und Ärger nicht länger zurückhalten.

»Absolut sicher, Neil! Ich selbst habe die Geschichte des Medaillons aus dem Munde seines Besitzers vernommen. Seine Echtheit steht außer Zweifel. Ich glaube nicht, dass der Misserfolg auf die heiligen Gegenstände zurückzuführen ist. Auch die Echtheit des Armreifs ist verbürgt. Bruder Atareche erhielt den Reif von unseren essenischen Brüdern, um ihn vor den ägyptischen und seleukidischen Überfällen zu retten. Viele Jahrhunderte hütete das Volk der Essener den Armreif, damit eines Tages die Prophetie in Gang gesetzt würde. Es bleibt nur noch die Reliquie des Heiligen Kreuzes übrig. Von allen drei Gegenständen ist ihre Echtheit am fragwürdigsten. Zwar ist sie in der von Papst Honorius III. unterzeichneten Empfangsurkunde dieser Kirche bestätigt – aber wir alle wissen, wie viele abenteuerliche Geschichten mit dem Heiligen Kreuz verbunden sind.«

»Im Jahr 330«, schaltete sich Nicola ein, »fand es Helena, die Mutter Kaiser Konstantins, in Jerusalem.« Nicola kannte sich bestens in der Geschichte des Heiligen Kreuzes aus. Deshalb hegte er auch die meisten Zweifel. »Im siebten Jahrhundert fiel es dem Perserkönig Chosrau in die Hände. Wenige Jahre später brachte es der byzantinische Kaiser Herakleios wieder nach Jerusalem zurück – wie auf dem Fresko in der Apsis der Vera Cruz zu sehen ist. Doch die Geschichte geht weiter. Auf den Kreuzzügen begleitete es die Franken in vielen Schlachten – entweder ganz oder als Fragment. Der Glaube an seine Wundertätigkeit stärkte die Truppenmoral und half, den muslimischen Feind zu schlagen. Wer weiß, ob es bei dieser wechselvollen Geschichte nicht verloren gegangen oder ernsthaft beschädigt worden ist.«

»Vielleicht hast du Recht, Nicola«, lenkte Esquívez ein. »Ich teile deine Zweifel. Andererseits spricht das Interesse von Papst Innozenz für die Echtheit. Er würde nie diesen Aufwand betreiben, wenn es eine Fälschung wäre. Ich erinnere euch, dass ich eine Kopie habe fertigen lassen, um einem Verlust der Reliquie vorzubeugen. Es war zu befürchten, der Papst werde unsere Zustimmung nicht erst abwarten … Ihr versteht schon!« Der Meister erhob sich. Laut denkend begann er auf und ab zu laufen. »Angesichts von so viel Beharrlichkeit haben sich meine anfänglichen Zweifel in Luft aufgelöst. Obwohl ich mich noch immer frage, wozu der Papst die Reliquie braucht. Vielleicht sammelt auch er Gegenstände wie wir – nur mit einem anderen Ziel?«

»Jetzt da Ihr Papst Innozenz erwähnt, möchte ich, mit Verlaub, der Gemeinschaft etwas Wichtiges mitteilen.« Alle blickten gespannt zu Guillaume. »Kürzlich besuchte mich Bruder Ismael aus Palästina auf der Durchreise nach England in meiner Komturei in Chartres. Er erzählte eine äußerst merkwürdige Geschichte. Isaak Ibsaal, einer seiner Brüder, habe vor wenigen Wochen Papst Innozenz IV. und seinen Privatsekretär inkognito in Konstantinopel gesehen. Zufällig schnappte Isaak auf, dass die beiden nach dem gleichen uralten Gegenstand suchten wie er selbst. Folglich beschloss er, sie nicht mehr aus den Augen zu lassen. Gemeinsam schifften sie sich auf einer Galeere nach Ephesus ein. Dieser Isaak schloss sich dem Papst an und schlich ihm und seinem Begleiter in der Stadt nach. Er folgte ihnen an einen Ort, wo sich das Haus der Maria befunden haben soll. Was sich dort abgespielt hat, entzieht sich seiner Kenntnis. Aber als er sie das Haus bester Dinge wieder verlassen sah, nahm Isaak an, der Gegenstand müsse nun im Besitz des Papstes sein. Zurück in Ephesus, nutzte er die erste Gelegenheit, um dem Papst einen antiken Ohrring abzunehmen. Es heißt, er habe der Mutter Gottes gehört. Nun verwahrt ihn Isaak in Konstantinopel.« Guillaume räusperte sich. »Das ist alles. Ich hielt es für angebracht, euch davon in Kenntnis zu setzen!«

»Ich bin sprachlos und verwundert zugleich, Bruder Guillaume«, erwiderte Esquívez. »Warum hast du erst jetzt diese Geschichte erzählt? Weshalb haben unsere Brüder in Konstantinopel nichts von ihrer Suche nach dem Ohrring verraten? Seit Jahren verfolgen wie jede Spur eines heiligen Gegenstandes!« Esquívez war ungehalten. Das Auftauchen einer neuen Reliquie rückte die Erfüllung der Weissagung wieder in ferne Zukunft – wo er sie doch eben noch zum Greifen nah vor sich gesehen hatte. »Jetzt erfahre ich, dass uns die Existenz einer neuen Reliquie sogar verschwiegen wurde. Ich wünsche, dass dieser Isaak uns unverzüglich den Ohrring bringt und alles darüber erzählt!«

Guillaumes Geschichte versetzte die Brüder in Aufruhr. Vielleicht täuschte sich Esquívez? Möglich, dass die falschen Gegenstände in der Geheimkammer lagen! Musste die Gemeinschaft nicht ihre Suche fortsetzen? Der Meister gab zu bedenken, dass die Prophetie die genauen Umstände offen lasse. Auch das Fehlen des Zwölften im Bunde könne für den Fehlschlag verantwortlich sein. In den Ohren der anderen waren das Ausflüchte, keine Argumente. Esquívez schien die Fäden in dieser hochwichtigen Angelegenheit nicht mehr in der Hand zu halten.

Am Vortag noch hatte sich Gastón de Esquívez als Schlüsselfigur gesehen, dazu bestimmt, ihr aller Schicksal dem ersehnten Ende entgegenzuführen. Nun aber zweifelten die Brüder an seiner Bestimmung. Daher schien es ihm ratsam, nicht weiter auf den vorgebrachten Erklärungen zu beharren und sich Neuem zuzuwenden: Was hatte es mit diesem Ohrring auf sich? Dennoch durfte er die Versammlung nicht so auseinander gehen lassen. Er musste das Vertrauen der Brüder zurückgewinnen, um seinen Führungsanspruch nicht zu gefährden.

»Liebe Brüder«, erklärte Esquívez, »wir werden am Ende siegen. Sobald wir den Ohrring haben, treffen wir uns wieder. Wir stehen kurz vor dem lang ersehnten Ziel, und nichts kann uns aufhalten. Kinder des Lichts … möge die Hoffnung euren Weg erhellen! Verzagt nicht, denn unsere Zeit ist gekommen!«

12

Madrid, Puerta del Sol, 2002

Noch zehn Minuten bis zwei Uhr nachmittags. Dann war die Übergabe. Ein Lieferwagen der Fastfoodkette *Rodilla* diente Chefinspektor Fraga als Zentrale für das Sondereinsatzkommando der Polizei. Er überprüfte die Funkverbindung zu seinen über den Platz verteilten Leuten. Die städtischen Kameras überwachten komplett die Puerta del Sol – auf zwölf Monitoren konnte Fraga jeden Winkel und die angrenzenden Straßen sehen. Die Operation »Kaninchenbau« hatte begonnen.

Eben hatte Fernando Luengo sein Auto in einer Garage der Calle Arenal abgestellt. Vor ihm lag die schlimmste Verabredung seines Lebens. Er hatte das Gefühl, das Ganze in Zeitlupe zu erleben. Auf dem Platz ging alles seinen gewohnten Lauf – nichts deutete auf etwas Ungewöhnliches. Das geschäftige Herz der Stadt pochte gleichgültig weiter. In den Schaufensterauslagen lockten Waren und Sonderangebote; in den Bars tranken die Leute wie immer Kaffee oder Bier; aus einer berühmten alten Konditorei duftete es verführerisch; die Busse spuckten sorglose Menschen aus und sogen die Schlangen der Wartenden auf. Nur für Fernando war es eine unheilvolle, schicksalhafte Stunde.

Verloren stand er in der Menge. Es erfüllte ihn die gleiche Angst wie den Matrosen, der bei einem aufziehenden Unwetter in See sticht. Er fühlte sich schuldig an Mónicas Entführung. Hinzu kam die Ungewissheit, was mit ihr geschehen würde.

Vergangene Nacht war Paula bei ihm gewesen. Am Telefon hatte er so verzweifelt geklungen, dass sie sich ernsthaft Sorgen um ihn gemacht hatte. In diesem Zustand konnte sie ihn nicht allein lassen. Ihre Anwesenheit, dachte sie, werde ihn ablenken, vielleicht sogar beruhigen. Doch es kam anders. Fernando steckte Paula an. Nun war sie es, die gehütet werden musste. Ihre Nerven spielten komplett verrückt. Nur mit Beruhigungsmitteln und gutem Zureden schlief sie gegen vier Uhr morgens ein. Erst dann konnte sich auch Fernando hinlegen.

Noch lange war er wach gewesen. Die Frage, wie es so weit hatte kommen können, quälte ihn. Zunächst schien alles ein Spiel, eine aufregende Suche nach dem Ursprung des seltsamen Armbands. Dabei waren sie auf Überraschendes, geheimnisvolle Enthüllungen und erstaunliche historische Dinge gestoßen. Nun aber war mit einem Mal alles anders – aus dem Spaß war bitterer Ernst geworden. Der spannende Geschichtskrimi war plötzlich ein echter Kriminalfall. Bange dachte Fernando, wie die Sache enden werde.

Auch Lucía hatte ihn aus Segovia angerufen. Der Ernst der Lage bedrückte sie. Nie hätte sie vermutet, dass ihre harmlosen Nachforschungen diese drastische Wendung nehmen würden. Von nun an würde nichts mehr so sein wie zuvor.

Die Historikerin beschloss, hinter Fernandos Rücken die Polizei von der Entführung und den Forderungen der Kidnapper zu informieren. Diese Leute waren offensichtlich unberechenbar und zu allem bereit. Fernando konnte einer solchen Situation nicht gewachsen sein. Auch wenn er ihr diesen Schritt sicher verübeln würde, trieb sie die Sorge um ihn ans Telefon.

Sie rief den einzigen Polizisten an, den sie kannte. In ihrer Brieftasche befand sich noch die Visitenkarte von Hauptkommissar Fraga. Der Beamte beruhigte sie und verbürgte sich für die Sicherheit von Fernando und Mónica. Der Polizeieinsatz werde die beiden nicht gefährden – im Gegenteil. Er versprach auch, dass der Zugriff erst nach erfolgter Übergabe stattfinden werde, wenn die Geisel heil zurück war. Der gesamte Platz werde von Zivilpolizei überwacht werden. Keine Bewegung – weder von Fernando noch von den Entführern – werde seinen Leuten entgehen.

Aufgeregt stellte sich Fernando neben das Wahrzeichen von Madrid – den Bären unterm Erdbeerbaum. Bange reckte er den Hals und hielt in der dichten Menge Ausschau nach Mónica. Flüchtig streifte sein Blick hunderte von Gesichtern, die wie in einem Film vor ihm auftauchten und wieder in der Masse verschwanden. Gelegentlich hielt er inne, denn er glaubte Mónicas Züge in der Menge erkannt zu haben. Aber es war nur das Gesicht einer Fremden gewesen.

In zehn Meter Abstand ließen ihn zwei Zivilpolizisten nicht aus den Augen. An jeder Straße zum Platz hatte Hauptkommissar Fraga zwei seiner Männer postiert. Sämtliche Fluchtwege der Entführer waren unter polizeilicher Kontrolle.

»Die Operation läuft. Das Kaninchen hat den Bau erreicht. Er trägt einen dunklen Anzug, eine blaue Krawatte und steht jetzt neben dem Madrider Bären.«

»Objekt im Visier. Gebe zurück.«

»Sehe ihn ebenfalls«, bestätigte ein zweiter Polizeibeamter.

»Lasst ihn nicht aus den Augen, und achtet auf Füchse am Bau.«

Eine Zigeunerin ging auf Fernando zu und bot ihm Lotterielose an.

»Guter Cherr! Kaufen bitteschen Glick! Mit meine Los gewinne am Samstag!«

Die Frau zupfte ihn am Sakko und versuchte, seine Aufmerksamkeit auf sich zu ziehen. Doch Fernando beachtete sie nicht und suchte weiter in der Menge das Gesicht seiner geliebten Mónica.

»Eine Lotterieverkäuferin ist jetzt bei ihm, Chef! Soll ich mich um sie kümmern?«, wollte ein Polizist vom Hauptkommissar im Lieferwagen wissen.

»Nein, bis auf weitere Anweisung bleibt ihr im Hintergrund. Es ist nur eine Zigeunerin, die Lose verkauft.«

Immer noch stand die Frau neben Fernando und redete auf ihn ein.

»Lieber Cherr, hören zu! Ich chabe Nachricht! Kaufen Los, dass nix merken.« Fernando gab ihr Geld und steckte den Coupon ein. »Männer chaben gesagt, du sollen kommen, wo Sonderangebote in Kaufhaus Corte Inglés. Da warten bei Turnsuhe.« Sie zog ihn am Ärmel zu sich hinunter und flüsterte ihm ins Ohr. »Guter Cherr, mich nix gehen an, aber böse Mentsen, nix gut für dich. Sie guter Ments, echter Cherr! Bitteschen gut aufpassen. Nix gute Leute …! Ich immer auf Straße, chabe Auge dafir.«

»Vielen Dank, gute Frau. Ich werde daran denken!«

So schnell er konnte, lief Fernando ins Kaufhaus.

»Achtung, an alle: Das Kaninchen verlässt den Bau!

Paco, Carlos geht ihm unauffällig hinterher. Er darf euch nicht entwischen.«

Als Fernando den Platz verließ, konnte ihn Kommissar Fraga nicht mehr auf dem Bildschirm sehen. Der Empfang schien gestört.

Um diese Zeit herrschte ein buntes Treiben in den Kaufhäusern. Die Leute nutzten die letzten Tage des Winterschlussverkaufs. Große Schilder am Eingang wiesen darauf hin. Aber Fernando nahm sie gar nicht wahr. Er raste durch den Eingang und sah auf der Tafel nach, in welchem Stock die Sonderangebote waren. Sie befanden sich im Tiefparterre. Die beiden Polizisten folgten ihm unauffällig.

Da erblickte Fernando einen Aufzug, der abwärts fuhr. Im letzten Moment drückte er sich zwischen die schließenden Türen. Ratlos blieben die Sicherheitsbeamten davor stehen.

»Chef, das Kaninchen ist entwischt! Er ist gerade in einen Aufzug geschlüpft. Wir wissen nicht, in welchem Stock er wieder aussteigt.«

»Ihr verdammten Hornochsen! Wie konntet ihr nur so dämlich sein!« Hauptkommissar Fraga im Lieferwagen tobte vor Wut. »Alle Mann sofort an die Eingangstüren zum Kaufhaus! Fünf von euch suchen drinnen weiter. Und ihr beiden dort durchstöbert die Untergeschosse nach ihm!«

Auch der Kommissar rannte ins Kaufhaus. Inzwischen ging Fernando im Tiefparterre zur Sportabteilung. Als er beim Regal mit den Turnschuhen ankam, stellten sich ihm zwei Männer in den Weg. Auf der Stelle erkannte der Juwelier einen davon. Es war der Palästinenser, der den Silberdolch bei ihm in Auftrag gegeben hatte. Kopfschüttelnd sagte er zu Fernando:

»Das war nicht schön von Ihnen, Herr Luengo! Wir haben ausdrücklich gesagt: keine Polizei. Sie haben einfach nicht auf uns gehört. Das macht die Sache schlimm, sehr schlimm sogar. Ich befürchte, Sie haben alles kaputtgemacht.«

»Wieso Polizei …? Ich habe niemanden informiert … So glauben Sie mir doch!«, erwiderte Fernando und sah sich nach Mónica um.

»Genug! Lassen Sie die Faxen, und geben Sie uns auf der Stelle den Armreif!« Dem Mann war nicht zum Spaßen.

»Und das Mädchen?«

»Es befindet sich wieder an einem sicheren Ort. Oben auf dem Platz wimmelt es von Polizei. Das war uns zu riskant. Geben Sie mir jetzt endlich den Armreif, und ich verspreche Ihnen, Sie bekommen Ihr Mädchen wieder!«

»Ich gebe es Ihnen nur, wenn ich sie sehen kann!«

»Wie Sie wollen. Sie lassen uns keine andere Wahl.«

Fernando spürte einen spitzen Gegenstand an den Rippen.

»Einen Laut und Sie sind tot«, zischte der zweite Mann.

Die Ganoven hakten ihn unter und schleiften ihn in eine Umkleidekabine. Hier sperrten sie sich mit ihm ein. Fernando geriet in Panik und rief um Hilfe. Da versetzte ihm der Kräftigere von beiden einen gewaltigen Schlag auf den Kopf. Bewusstlos sackte Fernando in sich zusammen.

»Herr Luengo … Herr Luengo, aufwachen …!«

Fernando versuchte, die Augen zu öffnen. Sein Schädel schmerzte stark. Er lag in einer Umkleidekabine. Um ihn herum standen drei Männer. Ein paar Verkäuferinnen sahen ihn entsetzt an. Vor der Kabine drängten sich die Schaulustigen. Einer der Männer über ihm kam ihm bekannt vor. Aber er konnte sich nicht erinnern, wo er ihn schon gesehen hatte.

»Versuchen Sie, vorsichtig aufzustehen. Jemand hat Ihnen einen kräftigen Schlag versetzt! Ich bin Hauptkommissar Fraga. Wir haben uns in Segovia, in der Werkstatt Ihrer Schwester, kennengelernt.«

Fernando klopfte die Innentasche des Sakkos nach dem Armreif ab. Sie hatten ihn ihm abgenommen! Der Juwelier teilte dem Polizisten den Diebstahl mit. Deshalb war Mónica entführt worden.

»Haben Sie die Kerle schon geschnappt?«

»Es tut mir leid, aber sie sind uns durch die Lappen gegangen. Es ist viel zu voll hier. Wir hatten sogar Schwierigkeiten, Sie zu finden. Eine Kundin hat Sie in der Umkleidekabine entdeckt, als sie etwas anprobieren wollte.«

Obwohl Fernando noch benommen war, versuchte er zu verstehen, weshalb die Polizei da war.

»Was machen Sie eigentlich hier, Herr Hauptkommissar?«

»Oh, bin zu Ihrem Schutz da und um die Kidnapper zu fangen. Das ist meine Aufgabe als Polizist.«

»Woher wissen Sie von der Entführung?«

»Ihre Freundin, Doña Lucía Herrera, hat uns davon unterrichtet. Sie können mir glauben, dass wir alles getan haben, um diese Typen aufzuhalten. Aber als Sie im Kaufhaus verschwanden, haben wir die Kontrolle verloren.«

Eine Riesenwut stieg in Fernando auf. Mit welchem Recht hatte sich Lucía eingemischt! Vergebens verteidigte der Kommissar die Historikerin. Fernando sah nur den fatalen Ausgang: Mónica befand sich nach wie vor in der Gewalt der Entführer. Diese wussten nun, dass die

Polizei eingeschaltet worden war. Durch die Aktion war Mónica mehr in Gefahr als davor.

Nach der Untersuchung im Krankenhaus wollte Fernando nach Hause zu seiner Schwester. Er musste mit ihr reden und sich vom Schock erholen.

Vor der Umkleidekabine im Kaufhaus hatte sich eine große Menge Neugieriger versammelt. Als Fernando in Begleitung der Polizei mit einem blutigen Kopfverband heraustrat, sahen sich die Schaulustigen für ihre Beharrlichkeit entlohnt. Die Beamten bahnten sich einen Weg durch die Menge und brachten den Verwundeten zum Wagen des Kommissars. Fernandos Auto fuhr ein Polizist nach Hause.

Während der Fahrt ins Madrider Nobelviertel »Los Jernónimos« vernahm Hauptkommissar Fraga den Juwelier. Vor dem Haus erwartete sie bereits der Hausmeister. Besorgt erkundigte er sich, was geschehen sei. Dann deutete er mit dem Kopf nach oben: Schon seit einer Stunde warteten Mónicas Eltern auf Fernando.

Im Aufzug überlegte der Juwelier, wie er die verzweifelten Eltern beruhigen könne. Fürchtete er nicht ebenso wie sie um Mónicas Leben? Ihm wurde immer mulmiger zu Mute. Die erste Begegnung mit ihren Eltern hatte er sich anders vorgestellt – bestimmt nicht unter Aufsicht der Polizei. Es war wie ein Albtraum.

Die Situation wuchs ihm über den Kopf, und sein seelisches Gleichgewicht drohte zu kippen. Er war gescheitert, müde und sehr wütend auf Lucía.

Knarrend fuhr der alte Aufzug in den letzten Stock. Der eine Polizist starrte auf die Knöpfe im Fahrstuhl; der andere untersuchte eine kleine Zeichnung, die jemand wahrscheinlich mit dem Hausschlüssel eingeritzt hatte, und der dritte blickte Fernando unverwandt an. Am liebsten wäre der Juwelier davongerannt – einfach die Treppen hinunter, um allein zu sein. Weg von alledem. Besser im Gefängnis, als Mónicas Eltern unter die Augen zu treten.

Mit einem Ruck blieb der Aufzug stehen. Als sie hinaustraten, stand die Wohnungstür schon halb offen. Wahrscheinlich hatte der Hausmeister sie angekündigt. Fernando schluckte und ging voraus in die Vorhalle. Um sich bemerkbar zu machen, grüßte er laut. Kommissar Fraga und seine zwei Mitarbeiter folgten ihm. Den Jüngeren kannte Fernando vom Einsatz in Paulas Werkstatt. Unter der Wohnzimmertür tauchten Mónicas Eltern und Paula auf. Das Ehepaar war eben aus Pamplona eingetroffen. Fernandos Schwester jammerte:

»Es ist schrecklich, Fer! Dein Anruf hat uns den Rest gegeben!« Paula merkte gleich, wie unangenehm ihrem Bruder die Anwesenheit der Eltern war. Rasch stellte sie vor: »Das sind Mónicas Eltern, Don Gabriel García und Doña María.«

Zuerst ging Fernando zur Mutter, die ihn weinend umarmte. Die Frau war ganz aufgelöst. Am liebsten hätte Fernando mit ihr geweint. Dann drückte er dem Vater fest die Hand. Mónica sah ihm sehr ähnlich, viel mehr als der Mutter. Nun nahm ihn Paula liebevoll in die Arme und besah das dicke Pflaster an seinem Kopf.

»Haben sie dir sehr wehgetan?«

Fernando spielte die Blessur herunter und bat alle ins Wohnzimmer.

»Was werden Sie unternehmen, um meine Tochter zu retten?«, fragte die Mutter schluchzend die Polizisten.

»Nach Fernandos Aussage sind die Kidnapper Ausländer. Einer davon ist Palästinenser«, sagte Kommissar Fraga.

»Ich habe ihn sofort erkannt, Paula!«, rief Fernando dazwischen. »Der Mann hat letzten Monat den silbernen Dolch bei mir bestellt.«

Bei den Entführern und Einbrechern in Paulas Werkstatt handele es sich vermutlich um die gleichen Personen, fuhr Hauptkommissar Fraga fort. In der Silberschmiede habe die Spurensuche Fingerabdrücke gefunden, die, dank Interpol, bereits identifiziert werden konnten. Zur Überraschung der Ermittler gehörten sie Rachel Nahoim, einer Professorin für Altertumsgeschichte an der Jüdischen Universität von Jerusalem. Wer noch von der Partie sei, darüber tappe man im Dunkeln. Wahrscheinlich sei aber auch ein Spanier involviert, der die Entführer decke.

Schweigend betrachtete Fraga einen Moment lang die Anwesenden, bevor er sie weiter informierte. Die Fahndung nach der Professorin sei bereits im Gang, wie auch nach dem Palästinenser. Von diesem gebe es allerdings nur ein Phantombild aufgrund von Fernandos Beschreibung. Gegen die Frau lag schon der Haftbefehl vor.

»Ich glaube, dass sie Ihre Tochter freilassen werden«, sagte der Kommissar zur Mutter. »Die Entführer haben, was sie wollten. Mit großer Sicherheit suchten sie schon in der Werkstatt nach dem Armband.« Missbilligend sah Fraga zu Fernando und Paula, die ihm das Schmuckstück verschwiegen hatten.

»Und meine Tochter? Was wird mit ihr geschehen?«, wiederholte Doña María.

Mehr könne man im Moment nicht sagen, entgegnete der Beamte. Doch es werde alles Menschenmögliche getan, um den Fall rasch aufzuklären. Er oblag dem Madrider Hauptkommissariat und dem Landeskriminalamt. Um die Entführer aufzuspüren, sei eigens eine Sondereinheit eingerichtet worden. Alle Ausfahrtstraßen von Madrid würden überwacht. Obwohl er zur Polizeiinspektion von Segovia gehöre, habe er sich persönlich dieser Sache angenommen. Natürlich arbeite er eng mit den Madrider Kollegen zusammen. Nachdrücklich versicherte Fraga, der Polizeiapparat arbeite auf Hochtouren, und ließ zur Beruhigung der verzweifelten Mutter durchblicken, dass normalerweise die Entführer ihre Opfer freigeben, sobald deren Forderungen erfüllt seien. In diesem konkreten Fall würden sie sicherlich nur abwarten, bis die Sicherheitskräfte abgezogen waren.

»Wie können wir Ihnen helfen?«, wollte Fernando wissen.

»Im Augenblick gar nicht. Sollte Ihnen jedoch noch etwas zum Mann, der den Dolch bestellt hat, einfallen, sagen Sie es, bitte. Leider Gottes bleibt in solchen Fällen nichts anderes übrig, als abzuwarten, bis …«

»Da gibt es noch etwas …«, fiel ihm Fernando ins Wort. »Im Laden gab er mir eine Art Visitenkarte, auf der hinten der Text für die Gravur steht. Vielleicht sind seine Fingerabdrücke darauf.«

»Fantastisch! Das wird uns ein gutes Stück weiterbringen.« Über das Funkgerät wies der Kommissar einen Beamten an, sich unverzüglich ins Geschäft zu begeben.

»Ich glaube, es ist besser, ich komme mit. Leider weiß ich nicht genau, wo das Kärtchen ist. Vielleicht hat es auch Mónica weggesteckt, aber die …«

Beim Namen ihrer Tochter liefen der Mutter wieder die Tränen über die Wangen.

In der allgemeinen Aufbruchstimmung verabschiedeten sich auch Mónicas Eltern. Sie seien bei ihrer Tochter zuhause erreichbar und stünden jederzeit zur Verfügung.

Zwei Stunden später kehrte Fernando in seine Wohnung zurück. Diesmal war er zum Glück allein – aber er schien sehr wütend zu sein. Im Laden hatte er das Kärtchen gefunden und der Spurensuche mitgegeben. Im Labor würde es auf Fingerabdrücke hin untersucht werden.

»Wusstest du eigentlich, dass Lucía ohne irgendeine Rücksprache gestern die Polizei alarmiert hat?«, fragte er seine Schwester, während er sich in einen Sessel fallen ließ. Mit einem Schlag machte sich die Anspannung der letzten vierundzwanzig Stunden bemerkbar.

»Nein, ich hatte keine Ahnung. Woher weißt du das? Hast du etwa mit ihr gesprochen?«

Fernando erwiderte, er wisse es vom Kommissar. Dieser habe es ihm gesagt, als er in der Umkleidekabine wieder zu Bewusstsein gekommen war. Seitdem habe er eine Mordswut auf Lucía – so groß, dass er sie bisher nicht einmal angerufen habe. Von den jüngsten Ereignissen habe sie nicht die leiseste Ahnung. Die missglückte Übergabe sei allein ihre Schuld. Lucías Einmischung habe alles nur verschlimmert. Mónica befinde sich immer noch in der Gewalt der Kidnapper. Gewaltsam hatten ihm diese den Armreif abgenommen und damit auch das einzige Druckmittel. Zu allem Überfluss wussten die Entführer auch, dass die Polizei eingeschaltet worden war. Der Ausgang sei überhaupt nicht mehr absehbar.

Paula gab ihm nur teilweise Recht. Es sei nicht fair gegen Lucía, sie nicht auf dem Laufenden zu halten. Sie habe gewiss nur die besten Absichten gehabt. Fernando messe dem Ganzen eine viel zu große Bedeutung bei und übertreibe die Angelegenheit gewaltig. Schließlich sei nicht Lucía für die Entführung verantwortlich, sondern diese Unholde, die Mónica gefangen hielten.

Paulas Argumente schienen Fernando nicht zu überzeugen. Er hatte sich darin verbohrt, Lucía die Schuld in die Schuhe zu schieben. Aus diesem Grund hielt es Paula für klüger, selbst die Historikerin anzurufen. Sie würde vorgeben, der Bruder sei zu mitgenommen.

»Ich spreche schon mit ihr. Mach du dir inzwischen einen Beruhigungstee.«

Als die Archivleiterin auf dem Telefondisplay Fernandos Nummer sah, stand sie kurz vor dem Nervenzusammenbruch. Seit Stunden wartete sie vergeblich auf Nachricht von ihm. Paula meldete sich am anderen Ende der Leitung. Knapp fasste sie zusammen, was geschehen war. Lucía war untröstlich, dass Mónica sich immer noch in der Gewalt der Kidnapper befand. Nicht im Traum habe sie gedacht, die Intervention der Polizei werde die Lage derart zuspitzen.

Erst nach einer Weile ließ Paula durchblicken, was Fernando von diesem eigenmächtigen Schritt hielt. Lucía versuchte, sich zu rechtfertigen: Sie habe ihn nicht noch mehr beunruhigen wollen. Außerdem habe sie nur seine Sicherheit im Kopf gehabt. Dann erkundigte sich die Historikerin nach den weiteren Maßnahmen der Polizei. Bevor sie auflegte, hatte sie noch einen letzte Frage.

»Weißt du, ob Fernando der Polizei gesagt hat, was wir über den Armreif herausgefunden haben?«

»Soweit ich weiß, ist das nicht zur Sprache gekommen. Er hat nur erklärt, unter welchen Umständen er zum Reif gekommen ist, sonst nichts.« Paula zweifelte keinen Augenblick an Lucías Anteilnahme.

»Fernando wird bestimmt noch eine ganze Weile schlecht auf mich zu sprechen sein, nehme ich an. Würde es dir etwas ausmachen, mich weiterhin auf dem Laufenden zu halten? Wenn du Zeit hast, würde ich mich auch gerne mit dir treffen. Im Zusammenhang mit deinen Vorfahren in der Vera Cruz bin ich auf eine neue Spur gestoßen. Es würde mich interessieren, was du davon hältst.«

Fernando saß in der Küche vor einem großen Glas Rotwein. Offenbar glaubte er damit seine Nerven besser zu beruhigen als mit einem Kräutertee. Lucías Beweggründe schienen ihn immer noch nicht zu überzeugen. Doch, wie seine Schwester bemerkte, verhielt er sich schon etwas nachsichtiger. Als Paula beiläufig erwähnte, Lucía habe wissen wollen, was die Polizei über das Armband wisse, brauste er wieder auf.

»Mir ist das Armband völlig egal! Mónicas Leben steht auf dem Spiel!« Er schlug mit der Faust auf den Küchentisch, dass der Wein im Glas schwappte.

»Das sehen alle so, Fer! Auch Lucía. Während sie wie auf Kohlen neben dem Telefon saß, ist ihr sicher jede Menge durch den Kopf gegangen. Und ich glaube nicht, dass sie dabei zu einem anderen Schluss gekommen ist als du.«

»Das sehe ich aber anders. Sie hat nur erreicht, dass die Kerle jetzt Mónica *und* das Armband haben. Ich sage dir nur eins: Sollten sie Mónica auch nur ein Haar krümmen, werde ich das Lucía nie im Leben verzeihen.« Fernando war ganz außer sich. Er schrie beinahe und gestikulierte wild.

Paula betrachtete ihn besorgt. Plötzlich war die Historikerin für ihren Bruder ein rotes Tuch. Sie fand seine Haltung unangemessen und übertrieben. Andererseits sprachen weder Fernandos Verfassung noch der Zeitpunkt für eine weitere Auseinandersetzung. Vorwürfe waren momentan fehl am Platz.

Schweigend saßen die Geschwister nebeneinander. Aus

den Augenwinkeln beobachtete Paula ihren Bruder. Sie kannte ihn von klein auf. Früher hatte sie seinem Blick angesehen, was in ihm vorging. Doch seit sie als Erwachsene ihrer Wege gingen, war das anders geworden. Es fiel ihr immer schwerer, ihn zu verstehen – vor allem, wenn Frauen im Spiel waren. In knapp einer Woche hatte Fer ein komplettes Chaos angerichtet. Zuerst hatte er Mónica Hoffnungen gemacht, um sie kurz darauf vor den Kopf zu stoßen und das Wochenende mit Lucía zu verbringen. Wer weiß, was die beiden in den zwei Tagen getrieben hatten? Mit einem Mal schob er der Historikerin den schwarzen Peter zu. Von all den Frauen, die derzeit in seinem Leben eine Rolle spielten, fehlte nur noch sie selbst auf der Liste der Opfer. Sie brauchte nur abzuwarten. Aus dem einen oder anderen Grund endeten alle gleich.

Während Fernando vom Wein trank, betrachtete ihn seine Schwester schweigend. Er stierte bitter, mit krauser Stirn vor sich hin. Ein Bein war über das andere geschlagen und wippte nervös. Das Gezappel verriet nicht nur große innere Unruhe, sondern es kam Paula auch unglaublich kindisch vor.

Die anderen litten nicht weniger als er unter der Situation. Offenbar machte er immer noch gerne andere für alles verantwortlich, ganz besonders für seine Probleme. Als Schwester kannte sie das gut von ihm. Doch eigentlich durfte man von einem Mittvierziger mehr Reife erwarten.

Fernando stürzte den Rest Wein hinunter und sah Paula ertappt an – genauso wie als kleiner Junge, wenn er etwas angestellt hatte.

»Also was ist? Kommst du allein darauf, oder muss ich nachhelfen?«

»Ich habe mich ziemlich töricht verhalten, gebe den

anderen wieder einmal an allem die Schuld und bin ungerecht zu Lucía. Das denkst du doch, oder?«

»Du sagst es, Kleiner. Inzwischen solltest sogar du bemerkt haben, dass dein Verhältnis zu Frauen von einem Extrem ins andere fällt. Dein Verhalten kann man nur als unvernünftig bezeichnen. Mal weckst du Hoffnungen, dann enttäuschst du sie wieder – gerade wie es beliebt. Jetzt spielst du den Empörten und steigerst dich in einen unbegreiflichen Hass hinein. Dabei bist du der anderen bis vor ein paar Tagen noch wie ein Trottel nachgestiegen und vermutlich in ihrem Bett gelandet, nicht wahr?«

»Nein, zwischen uns war nichts. Diesmal täuschst du dich.«

»Nun sieh einer an. Mein kleiner Bruder wird allmählich erwachsen. Das war aber höchste Zeit!« Sie nahm seine Hand und streichelte sie mütterlich. »Es freut mich zu sehen, dass du auf dem richtigen Weg bist. Obwohl mir mein siebter Sinn sagt, dass du noch immer nicht klar siehst, wer von beiden für dich besser ist.«

Das Telefon läutete, und Fernando nahm rasch ab.

»Ja, bitte …?«

»Fernando? Ich bin's, Mónica. Bitte komm mich holen!«

Paula und Fernando rasten aus dem Haus. In weniger als fünf Minuten fuhren sie im Auto den Boulevard vom Prado Richtung Plaza de Castilla hinunter. Mónica hatte sie von dort aus angerufen. Am Telefon hatte sie ganz benommen geklungen. Tiefe Erschöpfung und Verstörung sprachen aus ihr. Womöglich hatte man ihr Schlimmes angetan. Fernando wünschte sich, sie möge noch die Gleiche sein – so jung, vital, sanft, hingabevoll und verletzlich, wie er sie lieben gelernt hatte.

Während er mechanisch das Auto durch den Verkehr lenkte, wuchs im Juwelier die Befürchtung, dass der Schock Mónica verändert haben könnte. Angst, Ungewissheit, Panik hatten möglicherweise ihre jugendliche Unsicherheit verstärkt … Vielleicht hatte man sie misshandelt, und nun war ihre süße Unschuld für immer dahin.

Alle in den letzten Stunden unterdrückten Wünsche schnellten aus den Tiefen von Fernandos Bewusstsein an die Oberfläche. Die Autofahrt zog sich scheinbar endlos hin …

Keine fünfzehn Minuten waren seit dem Anruf der jungen Frau vergangen, da war Fernando schon bei ihr. Verloren stand sie im Strom der Vorbeigehenden, von denen keiner etwas ähnlich Schreckliches erleben würde. Geduldig wartete sie an eine Ampel gelehnt darauf, dass die Welt sich, wie gewohnt, weiter drehe. Sie wünschte nur, dass künftig nichts den natürlichen Lauf stören möge.

Fernando stellte das Auto irgendwo ab und eilte zu ihr, um sie in die Arme zu nehmen. An seiner Schulter konnte sie endlich dem inneren Druck nachgeben und hemmungslos weinen. Er drückte sie ganz fest an sich. Sie war nicht mehr allein, sondern innig mit ihm verbunden. Die Worte versagten ihm. Ihn durchflutete das Glück, sie wieder im Arm zu halten. Zärtlich ordnete er ihr Haar, streichelte die Wangen und trocknete ihre Tränen. Leicht benommen schluchzte die junge Frau vor sich hin und wiederholte unablässig, wie viel Angst sie gehabt habe. Als sie sich eng in Fernandos Arme schmiegte, fühlte sie sich endlich geborgen.

Auf dem Heimweg versuchte Mónica wiederzugeben, was geschehen war. Sie war derart erschöpft, dass sie nicht zusammenhängend reden konnte. Es war am Sonntagnachmittag gewesen. Sie hatte mit ihren Freundinnen Kaffee getrunken und wollte nach Hause. Da traten ihr plötzlich zwei Männer in den Weg. Sie betäubten sie und zerrten sie in einen Wagen. Bevor sie das Bewusstsein verlor, konnte sie sehen, dass eine Frau am Lenkrad saß. Als sie in einem schmutzigen Badezimmer wieder zu sich kam, hatte sie keinerlei Zeitgefühl mehr. Die Uhr hatte man ihr vorsorglich abgenommen.

»Wie haben sie dich behandelt? Haben sie dich bedroht? Konntest du sehen, wer es war? Was haben sie über das Armband gesagt?« Fernando wollte alles auf einmal wissen.

»Sie haben ganz am Schluss darüber gesprochen. Insgesamt waren es vier. Untereinander unterhielten sie sich in einer seltsamen Sprache. Vor mir haben sie immer sorgfältig jede Namensnennung vermieden. Nur einmal konnte ich den Namen Philippe aufschnappen. Den haben die Männer zwei oder drei Mal angerufen und französisch geredet. Sie sagten ihm, der Armreif sei so gut wie in ihren Händen, und man könne bald den großen Tag feiern. So etwas in der Art. Mehr habe ich nicht verstanden.«

»Du musst vor Angst gestorben sein, nicht wahr?« Paula lehnte sich auf dem Rücksitz vor und tätschelte Mónicas Schulter.

»Ja, ich war halb tot vor Angst. Während ich in dem schmutzigen Bad eingesperrt war, stellte ich mir die schlimmsten Dinge vor.« Die Stimme drohte ihr zu versagen. Es war, als schnürte ihr etwas von innen die Kehle zu. Fernando bat sie, nicht weiterzusprechen. Er konnte ihren Kummer nicht mit ansehen. Doch Mónica musste alles loswerden, redend die bösen Geister vertreiben. »Es hat nur eine Nacht und einen endlos langen Tag gedauert.

Aber ich musste ununterbrochen daran denken, dass sie mich töten würden, und geriet in Panik.« Tränen liefen ihr übers Gesicht, das Mónica mit beiden Händen bedeckt hielt. »Ich hatte keine Ahnung, was sie von mir wollten. Zuerst dachte ich, sie hätten mich verwechselt. Die Männer schrien sich an. Ich konnte mir auf das Ganze keinen Reim machen. Erst als ich das Telefongespräch mit dem Franzosen mithörte, begann ich zu begreifen. Du solltest erpresst werden, Fernando. Doch ich wusste immer noch nicht, was sie mit mir vorhatten. Heute Morgen brachten sie mich zur Puerta del Sol – ich nehme an, um mich gegen das Armband oder Geld zu tauschen. Dann muss irgendetwas dazwischengekommen sein. Wir sind zum Wagen zurückgerannt. Alle waren sehr aufgeregt. Ich wurde erneut betäubt und wachte später wieder in der Kammer auf. Die Fahrt kann ebenso ein oder zwei Stunden gedauert haben wie nur zehn Minuten.«

»Du hast doch nicht gedacht, wir würden dich im Stich lassen und das Lösegeld nicht zahlen – oder?« Fernando streichelte ihre Hand.

»Nein. Daran habe ich nicht eine Sekunde gezweifelt. Vor allem nicht, nachdem ich wieder bei Bewusstsein war. Die Männer klangen gut gelaunt. Sie lachten und sprachen laut miteinander. Ich wusste nicht, was vorgefallen war. Doch offensichtlich waren ihre Forderungen erfüllt worden. Verwirrend fand ich nur, dass sie mich nicht laufen ließen.«

»Sie haben mir den Armreif von Moses abgenommen. Nur darauf hatten sie es abgesehen«, erläuterte Fernando. »Inzwischen ist bekannt, dass die Frau Israelin ist und Rachel Nahoim heißt. Man hat sie aufgrund der Fingerabdrücke in Paulas Werkstatt identifiziert. Heute Morgen habe ich einen der Entführer wiedererkannt. Es ist der

Palästinenser, der diesen Dolch im Laden wollte – kannst du dich an ihn erinnern?«

»Ja, natürlich. Wisst ihr schon, wer es ist?«

»Ich war mit der Polizei im Büro und habe den Beamten die Visitenkarte des Mannes gegeben. Sie werden sie auf Fingerabdrücke hin untersuchen.«

»Ich brauche jetzt unbedingt etwas Ruhe.«

Mónica schüttelte ein neuer Weinkrampf. Die junge Frau bat Fernando schluchzend, sie nach Hause zu ihren Eltern zu fahren.

Am folgenden Tag wachte Mónica erst am späten Vormittag auf.

Vor dem Schlafengehen hatten die Eltern der völlig erschöpften Tochter zwei Beruhigungstabletten gegeben.

Stündlich erkundigte sich Fernando nach ihrem Zustand. Als Mónica am späten Nachmittag immer noch keinen Hunger verspürte und das verdunkelte Zimmer nicht verlassen wollte, machte sich der Juwelier ernsthafte Sorgen. Gegen Abend verstärkte sich das Zittern, welches im Verlauf des Tages die Patientin immer wieder befallen hatte. Fernando beschloss, nicht länger zu warten, und fuhr gegen zehn zu ihr nach Hause, um sie gleich in die Notaufnahme zu bringen.

Nach einer Menge Routineuntersuchungen, die alle negativ ausfielen, wurde Mónica schließlich in die Psychiatrie überwiesen. Sie litt unter einem posttraumatischen Schock, einer typischen Folge von Extremsituationen.

Der Facharzt empfahl eine Psychotherapie. Darin würde Mónica lernen, mit Bildern, Erinnerungen und negativen Gedanken umzugehen. Ungeschehen konnte man das Erlebte nicht machen. Auch bat sie der Neurologe, auf andere mögliche Folgeerscheinungen wie auftretende Phobien, Depressionen, Obsessionen und Angstzustände zu achten. Zuletzt erhielten sie den Rat, Mónica solle Dinge tun, die sie liebe. Dies werde ihr helfen, zu entspannen. Nach dem ersten therapeutischen Sitzungsblock wollte sie sich mit ihren Eltern ein paar Tage in den Alpen erholen.

Zwei Tage nach Mónicas Freilassung rief Fernando Don Lorenzo Ramírez an. Er informierte ihn von der Entführung, den schlimmen Folgen für Mónicas Gesundheitszustand und dem Verlust des Armreifs. Der Professor zeigte mehr Interesse am Zustand der jungen Frau als am Verbleib des Reifs. Auch nutzte er die Gelegenheit, um Fernando an ihr kürzlich stattgefundenes Gespräch zu erinnern. Darin habe er erwähnt, sich beobachtet zu fühlen. Nach dem Wochenende in Lucías Finca ließ Don Lorenzo der Verdacht nicht mehr los, dass eine essenische Sekte dem Armband hinterherjage. Das wäre eine plausible Erklärung für die Entführung. Offenbar war das Interesse für den Schmuck bei den Männern ebenso stark wie zuvor das ihrer beiden Vorfahren. Die Erklärung schien nicht allzu abwegig.

Zu den ersten Therapiesitzungen begleitete Fernando Mónica. Es war die einzige Gelegenheit, etwas Zeit mit ihr zu verbringen.

Die junge, quirlige Frau wirkte zusehends apathischer. Ob dies den Medikamenten zuzuschreiben war oder ob sich ihr Gemütszustand verschlechtert hatte, war unklar. Sie zeigte weder Interesse für das Juweliergeschäft noch für andere Themen, die Fernando anschnitt. Dabei vermied dieser stets, den Armreif zu erwähnen. Schließlich war das Schmuckstück die Ursache für Mónicas seelische Störung. Am meisten litt der Goldschmied unter ihrer Gefühlskälte – sie schien nichts mehr für ihn zu empfinden.

Am Samstag nach der Entführung rief Hauptkommissar Fraga am späten Vormittag Fernando an. Die Identität des Palästinensers sei bestimmt worden. Der Mann hieß Mohamed Benhaimé, stammte aus Jericho und lebte seit zehn Jahren in Spanien. Er betrieb ein Bauunternehmen mit Schwerpunkt an der Costa del Sol und Cádiz. Er war weder in seiner Heimat noch im Gastland vorbestraft. Inzwischen lief jedoch die Fahndung nach ihm. Auch der Haftbefehl lag vor. Über die restlichen Beteiligten an der Entführung hatte die Polizei nichts in Erfahrung bringen können. Die Ermittlungen gingen jedoch weiter. Fraga vermutete, die Bande halte sich in Madrid oder in der unmittelbaren Umgebung versteckt.

Jeden zweiten Tag erkundigte sich Lucía telefonisch bei Fernando nach Mónicas Befinden. Dabei stellte sie im Lauf der Zeit eine Art inneren Wandel bei ihm fest. Das anfängliche Schuldgefühl schien der Sorge um die Gesundheit der jungen Frau zu weichen. Der Archivleiterin entging auch nicht, dass die Beziehung zwischen beiden deutlich kühler wurde – obwohl sich Fernando nach wie vor rührend um das Mädchen kümmerte. Lucía sah diesen Eindruck mit jedem vergehenden Tag aufs Neue bestätigt. Zwar tat ihr Mónica aufrichtig leid, aber Fernando ging ihr einfach nicht aus dem Sinn – vor allem nicht nach dem Wochenende auf ihrer Finca. Ein wenig plagte sie das schlechte Gewissen gegenüber der Kranken. Andererseits wollte sie den Mann nicht loslassen. Am besten konnte sie dranbleiben, wenn sie ihn an der Spurensuche beteiligte und nicht, wie zuvor, erst Ergebnisse vorlegte.

Im Zusammenhang mit Fernandos in der Kirche Vera Cruz ruhenden Ahnen war Lucía auf Neues gestoßen. Sie beabsichtigte, sich in dieser Angelegenheit mit beiden Geschwistern zum Essen zu treffen. Lose hatte sie dies schon ausgemacht. Es fehlte nur noch ein passender Vorwand. Angesichts des Einflusses auf den Bruder hielt Lucía die Anwesenheit Paulas für einen klugen Schachzug. Eine Verbündete konnte nicht schaden.

Lucía ließ ein paar Tage verstreichen, bevor sie Fernando wieder anrief. Sie klagte am Telefon, die Untersuchung der Kirche sei auf Mitte Juli verschoben worden. Es gebe Uneinigkeit über die Zuständigkeit in der Angelegenheit – ein Behördenstreit zwischen dem Ministerium und der Regierung von Castilla y León. Doch sie sei nicht bereit, das so hinzunehmen. Deshalb habe sie beschlossen, persönlich in Madrid beim Ministerium vorzusprechen, sie könne unmöglich so lange warten. Dies nahm sie zum Vorwand, um Paula ein Essen zu dritt vorzuschlagen.

Fernando war einverstanden – das alte Misstrauen war vergessen –, und sie verabredeten sich bei einem Japaner. Sie trafen sich an einem Freitag, Anfang April. Die Entführung lag einen Monat zurück. Seitdem hatten sie sich nicht mehr gesehen.

Zufällig begegneten sie sich auf dem Parkplatz vor dem Restaurant. Wie Lucía stiegen Paula und Fernando gerade aus dem Wagen. Die drei begrüßten sich und gingen gemeinsam ins sparsam dekorierte Lokal. Ein Kellner empfing sie mit einer übertriebenen Verbeugung, die sie dezent erwiderten. Lucía erkundigte sich nach Mónica. Sie sei in einer katastrophalen Verfassung, erwiderte Fernando. Das Fachwort dafür war »Vermeidungshaltung«. Damit wurde ein Zustand beschrieben, in dem der Patient jede Gefühlsregung unterdrückt, denn er empfindet positive wie negative Emotionen als Bedrohung. Lucía spürte Fernandos Widerwillen, darüber zu sprechen.

Die Gäste wurden in einen nach japanischer Art durch

Papierwände abgetrennten Nebenraum geführt. Sie nahmen auf Sitzkissen am Boden Platz, wogegen Fernando heftig protestierte. Stühle seien zum Essen entschieden bequemer.

Während Lucía die Vorzüge der japanischen Küche pries, ließ Fernando seinen Blick über sie gleiten. In den letzten Wochen hatte er viel Zeit mit Mónica verbracht und auch versucht, zärtlich zu ihr zu sein. Doch Lucía verhexte ihn. Etwas an ihr fesselte ihn – vielleicht war es der kluge und erfahrene Blick ihrer braunen Augen oder der fein gezeichnete, verführerische Mund oder der zarte lange Hals. Mit Genugtuung spürte sie sein Begehren und erwiderte seine Blicke. Aufforderung und Versprechen lagen darin.

Anfänglich war Paula von dem, was sich zwischen den beiden abspielte, überrascht. Doch bald fand sie sich damit ab und verschanzte sich hinter der Speisekarte. Sie fühlte sich als fünftes Rad am Wagen.

»Du verstehst doch so viel von japanischer Küche – such du für uns aus, und dann erzählst du von der neuen Spur.«

Paula zwang Lucía, für eine Weile ihre Verführungskünste einzustellen und sich den Speisen zuzuwenden.

Der Kellner brauchte eine Ewigkeit, um die Bestellung aufzunehmen. Endlich steckte er den Block weg und zog hinter sich die Schiebetür zu, die den Raum vom restlichen Restaurant trennte.

»Bis zu den Vorspeisen ist noch Zeit, um euch auf den neuesten Stand der Dinge zu bringen. Ich glaube zu wissen, wie eure Vorfahren in diese Geschichte verwickelt waren«, verkündete Lucía sicher. »Letzte Woche fand ich ein bemerkenswertes altes Schriftstück in der Gemeindekirche von Zamarramala – ihr werdet mir Recht geben, wenn ihr erfahrt, worum es sich handelt. Wir suchten im Kirchenarchiv nach Unterlagen über die Reliquie. Dabei fiel mir eine Rechnung aus dem Jahre sechzehnhundertsiebzig in die Hände. Hundertfünfzig Reales waren für die Restaurierung des Schreins an eine Silberschmiede in Segovia gezahlt worden – ihr Name war nicht vermerkt.« Sie sah zu Paula. »Denkst du das Gleiche wie ich?«

Lucía wartete, bis der Wein eingeschenkt worden war. Vor zwei Tagen hatte sie noch etwas höchst Ungewöhnliches gefunden. Als der Kellner gegangen war, erwiderte Paula:

»Ich glaube schon. Vorgestern habe ich in der Werkstatt aufgeräumt. In einem kleinen Zimmer hat mein Vater alte Unterlagen aufbewahrt. Es war nicht leicht, dort etwas zu finden. Alles liegt nicht nur kreuz und quer durcheinander, sondern auch noch unter Tonnen Staub begraben. Ohne Gesichtsmaske muss man ständig niesen und kann den Raum gar nicht betreten. In dem Wust habe ich schließlich ein Tagebuch unseres Vaters von neunzehnhundertzweiunddreißig gefunden – genau ein Jahr, bevor ihm sein Freund Ramírez den Armreif schickte. Darin ist die wörtliche Abschrift eines alten Familienschriftstücks, vermutlich aus dem 18. Jahrhundert. Es war nicht ganz einfach, es zu entziffern, denn die Schrift muss feucht geworden sein und ist verlaufen. Vom ganzen Text sind nur noch einzelne Worte leserlich.«

Paula kramte aus ihrer Handtasche ein Stück Papier hervor. Um nichts zu vergessen, hatte sie es aufgeschrieben. Sie hielt ihre Notizen von sich, konnte aber aufgrund der zunehmenden Weitsichtigkeit nichts lesen. Schließlich holte sie doch eine kleine Lesebrille aus der Tasche und setzte sie auf.

»Ich weiß, dass du Augen wie ein Adler hast, liebe

Schwester. Nur deine Arme sind zu kurz«, lästerte Fernando schadenfroh.

»Du bist wirklich ein Hohlkopf, Fer! Wann wirst du endlich erwachsen?« Paula wollte zur Sache kommen und hatte keine Lust auf seine Spielchen. »Wie ich bereits sagte, der Text besteht nur noch aus zusammenhanglosen Wörtern. Aber ich habe noch nicht erwähnt, dass er mit ›Zamarramala‹ überschrieben ist. Deshalb fiel er mir ja auch ins Auge. Ich lese ihn euch einfach vor und muss nicht einmal die Arme dazu ausstrecken.« Paula warf ihrem Bruder über den Brillenrand hinweg einen resignierten Blick zu: »›Zur Restaurierung wurde eine Unze Silber verwendet und (…)‹ Hier kann man nichts mehr lesen, vermutlich wurde an dieser Stelle das Arbeitsmaterial aufgelistet. Dann heißt es: ›Dafür wurde eine einmalige Summe von (…)‹ Die Rechnungshöhe ist ebenfalls nicht mehr zu erkennen – aber die hat Lucía uns ja gerade genannt. Der nächste Absatz ist komplett unleserlich. Doch nach der Unterschrift ist noch etwas entzifferbar. Es scheint ein später hinzugekommener Vermerk zu sein: ›Die Arbeit wurde nicht abgeholt und wird bis auf weiteres hier verwahrt (…)‹ Es folgen noch drei oder vier unkenntliche Wörter. Das letzte ist ›kostbar‹. Das ist alles.«

»Hervorragend, Paula! Jetzt gibt es überhaupt keinen Zweifel mehr daran, dass es eure Vorfahren waren.«

»Wenn sie es waren, müssen sie etwas Kostbares erhalten haben. Offenbar hatte der ursprüngliche Besitzer keine Ahnung von dessen Wert. Andernfalls hätte er es abgeholt.«

»So ungefähr muss es gewesen sein, Fernando«, unterstrich Lucía. »Ich kann beweisen, dass der Schrein nie mehr restauriert worden ist. Eure Vorfahren wären somit die Einzigen, die in den letzten Jahrhunderten die Reliquie auch von innen gesehen haben. Vergiss nicht, dein Vater hat versucht, das Grab zu öffnen. Möglicherweise ist er zum gleichen Schluss wie wir gekommen und hat gedacht, seine Ahnen könnten den oder die Gegenstände mit ins Grab genommen haben.«

»Möglich wäre es. Aber dazu müsste mein Vater das Originalschriftstück von der Abschrift im Tagebuch gekannt haben. Das nachzuweisen, dürfte äußerst schwierig sein«, gab Fernando zu bedenken.

»Es ist auch nicht einfach, sein Beziehung zu den Essenern zu belegen. Aber wenn eine bestand, dann konnte nur dein Vater, ohne Verdacht zu erregen, die Exhumierung beantragen. Die Essener mussten ihn als Mitglied werben, um ihn für ihre Zwecke benutzen zu können.«

Lucía dachte kurz nach, bevor sie weiter kombinierte. »Ich weiß nicht, was dazwischengekommen ist. Aber vermutlich erhielt er nicht die Erlaubnis, die Gräber zu öffnen, oder es wurden ihm zu viele Hindernisse in den Weg gelegt. Tatsache ist, dass er beschloss, die Sache selbst in die Hand zu nehmen. Als Folge davon landete er im Gefängnis.«

Zwei Japanerinnen stellten die Teller mit den verschiedenen Speisen auf den Tisch. Lucía erklärte den Geschwistern, um welche Gerichte es sich handelte.

Als Vorspeise gab es »kushiage« – Bambusspießchen mit Riesenshrimps und Rettichwurzeln. Lucía fuhr mit ihren Mutmaßungen fort.

Für die Restaurierung der Reliquie in der Werkstatt Luengo sprach noch einiges mehr. Auch dafür, dass im Familiengrab etwas verborgen sein musste. Beide Vorfahren waren nach 1670 verschieden – der eine 1679, der andere 1680. Das hieß, die Luengos waren nach der Restaurierung gestorben und begraben worden. Sie hätten demnach den Inhalt des Schreins mit ins Grab nehmen können, um ihn zu verstecken.

Die Historikerin räumte ein, es sei nur eine Möglichkeit unter hunderten – vor allem, da es sich angesichts der Größe des Schreins um einen kleinen Gegenstand handeln musste. Ihre Vermutung sah sie durch einen Hinweis von Don Lorenzo Ramírez bestätigt. Er hatte einen verblüffenden Vermerk in den Büchern seines Großvaters gefunden. Darin stand neben dem Namen seines Vaters der eines Papstes aus dem 13. Jahrhundert. Wenn es ihr gelungen war, das Datum der Restaurierung herauszufinden – warum nicht auch Carlos Ramírez? Allzu viele Silberschmiede dürfte es im 17. Jahrhundert nicht in Segovia gegeben haben. Es war kein großes Kunststück, auf den Namen Luengo zu stoßen, und sei es durch Ausschluss.

Wenn Carlos Ramírez seinerzeit hinter dem Inhalt des Schreins her war und dabei herausgefunden hatte, dass die Silberschmiede Luengo 1670 mit der Restaurierung der Reliquie beauftragt worden war, musste er Fernandos Vater als Sektenmitglied gewinnen. Danach war es ein Leichtes, diesen dazu zu bringen, die Gräber öffnen zu lassen.

»Fernando, Paula, für mich ist die Sache ziemlich klar! Mit einem Wort, die Familie Luengo hat den Reliquienschrein restauriert und dabei etwas entdeckt. Sie haben versucht, ihren Fund verborgen zu halten. Ob es so war, werden wir erst wissen, wenn wir die Gräber öffnen können.

Gegen 1930 fand eine essenische Gruppe heraus, dass die Reliquie Ende des 17. Jahrhunderts restauriert worden war. Ihr war bekannt, dass Papst Honorius III. etwas darin verborgen hatte. In der Folge stießen sie auf die Werkstatt deiner Vorfahren und versuchten, über deinen Vater in den Besitz des Gegenstandes zu kommen. Sollte sich diese Vermutung bestätigen, dann hätten die Luengo – zwar mittelbar, dafür aber umso nachhaltiger – das Geschehen sowohl im 17. als auch in diesem Jahrhundert mitbestimmt. Zuerst dein Vater und jetzt du.« Sie atmete tief durch, bevor sie schloss: »Ich würde fast behaupten, ihr wart die tragende Säule dieser Geschichte.«

»Könnten wir die Untersuchung der Vera Cruz nicht einfach vorverlegen?«, fragte Fernando. »Wie du brenne ich darauf, hinter das Geheimnis dieser Kirche zu kommen. Bis Juli ist noch eine Ewigkeit. Allmählich verstehe ich meinen Vater! Er konnte es auch nicht abwarten und versuchte in jener berüchtigten Nacht, die Gruft zu öffnen.«

»Das klingt, als hättest du innerlich den offiziellen Weg bereits verlassen. Du willst doch nicht etwa heimlich die Kirche untersuchen?«

»Und warum nicht? Wenn du dabei bist, ziehen wir die Sache gemeinsam durch.« Fernando beobachtete ihr ungläubiges Gesicht.

»Das ist völlig ausgeschlossen. Warum sollten wir das Risiko eingehen, wenn wir in aller Ruhe legal vorgehen können? Welchen Vorteil hätten wir davon? Vergiss nicht, es ist keine Lappalie. Die Grabplatten sind schwer. Wir werden sicher einen kleinen Kran benötigen, um sie zu heben. Nein, wir werden es abwarten!«

Paula war ganz Lucías Ansicht.

»In Ordnung. Du hast vermutlich Recht. Also warten wir auf den weißen Rauch!«

Sie waren gerade mit dem *nanban-zuke,* einem köstlichen marinierten, gebratenen Fisch, fertig. Das Gespräch wandte sich nun weniger wichtigen Dingen zu. Man tauschte sich über die Vorzüge von Madrid und Segovia aus.

Paula hatte während des Essens oft an die arme Mónica gedacht. Es war besser, dass sie heute nicht dabei gewesen war. Mindestens war ihr so erspart geblieben, die viel versprechenden Blicke bei Tisch mit ansehen zu müssen. Beim Abschied hatte Lucía Fernando ganz selbstverständlich auf den Mund geküsst – so als wären sie bereits ein Paar. Das hatte Paula besonders verletzt.

Nach dem Besuch beim Japaner traf Paula die beiden mehrere Wochen nicht. Ihr Bruder und die Historikerin sahen sich danach gelegentlich. Fernando begleitete Mónica weiterhin zu den Therapiesitzungen. Dem Mädchen ging es schon wesentlich besser. Paula war es unbegreiflich, wie Fernando mit dieser *Menage à trois* zurechtkommen konnte. Sie beschloss, ihn nicht anzurufen und sich nicht mehr um sein wankelmütiges Herz zu kümmern. Beide Frauen waren ihr inzwischen gleich lieb. Nur sollte Mónica so weit wieder hergestellt sein, dass sie auch um Fernando kämpfen konnte. Sie war auf dem besten Weg dahin, aber eben noch nicht ganz auf der Höhe. Das fand Paula ungerecht und schmollte.

Fernando hingegen ahnte nichts von alledem und rief seine Schwester sehr wohl an. Mitte Mai, einen Monat nach dem Treffen im Restaurant, hatte sich etwas Seltsames in der Kirche von Vera Cruz ereignet. Deshalb bestellte Hauptkommissar Fraga die beiden ins Präsidium von Segovia.

Die gesamte Presse berichtete darüber. Bei der Kirche Vera Cruz hatte man einen halb toten jungen Mann am Boden einer Schlucht gefunden. Der Taubstumme war grausam zugerichtet und dann geblendet worden. Bis ihn zufällig ein Bauer entdeckte, war der Schwerverletzte fast verblutet. Die Hilfe kam zu spät. Als der junge Mann ins Krankenhaus eingeliefert wurde, war er im Koma. Weshalb der Behinderte so schrecklich verstümmelt worden war – darüber schwiegen sich die Zeitungen aus. Auch wurde nirgends hinterfragt, ob die entsetzliche Tat möglicherweise in Zusammenhang mit dem Einbruch in der Vera Cruz stand. Die Eingangstür der Kirche und die Bodenklappe zu einer Kammer waren aufgebrochen worden. Doch offenbar fehlte nichts.

»Ich habe Sie aus zwei Gründen hergebeten. Sie, Lucía, als Historikerin und Expertin für die Kirche. Auf diesem Gebiet brauche ich dringend Ihre Hilfe! Und Sie, Fernando, weil ich glaube, dass die Täter in diesem Fall mit den Entführern identisch sind. Die Art und Weise, wie sie den Jungen verstümmelt haben, deutet mehr auf eine rituelle Tat als auf bloße Gewalt hin. Sollten wir es hier wieder mit Rachel Nahoim und dem Palästinenser zu tun haben«, Fraga wandte sich dabei an Lucía, »dann sind sie gefährlicher und gewaltbereiter, als wir ursprünglich dachten. Seit wir wissen, dass es gebildete Leute sind, geht mir die Sache nicht mehr aus dem Kopf. Wir haben es offenbar nicht mit gewöhnlichen Kriminellen zu tun. Mir scheint eher, es ist so etwas wie eine Sekte. Wie dem auch sei – ich lasse gerade einige Wohnungen in verschiedenen Vierteln von Segovia überprüfen. Es könnte sein, dass wir sie bald haben.« Er machte eine kurze Pause und sah dabei Lucía an. »Sie sind doch Historikerin und mit der merkwürdigen Geschichte der Vera Cruz bestens vertraut. Diese Leute scheinen alles andere als Gewaltverbrecher oder Diebe zu sein. Mit welcher Gruppe oder Sekte haben wir es, Ihrer Meinung nach, zu tun?«

»Ich glaube, es sind Essener!«

»Könnten Sie das näher erklären? Ich höre davon zum ersten Mal.« Fraga zückte seinen Bleistift, bereit mitzuschreiben.

Die Historikerin fasste rasch zusammen, was sie über die Sekte der Essener wusste: wie sie gegründet worden war, wie sich die Juden gegen die römischen Besatzer erhoben hatten; sie erzählte Fraga von den Wüstenklöstern in Qumran und den dort gefundenen Rollen. Auch ging sie kurz auf das dualistische Weltbild der Essener ein, verkörpert im ewigen Kampf zwischen den Kindern des Lichts und denen der Finsternis. Nach ihrer eigenen Auffassung gaben sie Gottes Wort weiter, wie es sich den großen Propheten offenbart hatte. Sie hielten sich für dessen rechtmäßige Vermittler.

Hauptkommissar Fraga schrieb eifrig mit, denn es war nicht nur neu für ihn, sondern auch überaus spannend.

Es klopfte kurz an der Tür. Ein atemloser Beamter stürmte herein.

»Herr Kommissar, wir haben sie gefunden! Die Kollegen vom Dezernat eins haben uns gerade informiert, dass sie soeben eine Frau und fünf Männer in einer Wohnung hier in Segovia festgenommen haben, auf welche die Personenbeschreibung der Entführer zutrifft.«

Fraga stand auf und nahm die Jacke vom Kleiderhaken.

»Begleiten Sie mich, bitte. Ich brauche Sie zur Gegenüberstellung beim Verhör – vor allem Sie, Lucía.« Dann sah er zu Fernando. »Könnten Sie vielleicht Señorita Mónica anrufen? Sie soll bitte unverzüglich nach Segovia kommen. Wir brauchen ihre Zeugenaussage!«

Mónicas seelische Verfassung sei für eine derartige

Konfrontation noch nicht stabil genug, wandte Fernando ein. Widerwillig gab der Kommissar nach, bat aber darum, sie möge sich mindestens die Fotos der Verdächtigen ansehen.

Vier Straßenzüge vom Kommissariat entfernt standen vor einem Wohnhaus ein Haufen Einsatzfahrzeuge. Im Treppenhaus wimmelte es von Polizisten. Die Wohnung machte einen ziemlich verwahrlosten Eindruck. Im kleinen Esszimmer saßen die sechs Verdächtigen in Handschellen. Zwei Beamte bewachten sie. Auf dem Tisch vor ihnen lagen verschiedene Gegenstände, die bei der Hausdurchsuchung sichergestellt worden waren. Sofort erkannte Fernando darunter den Armreif. Einer der Sicherheitsbeamten überprüfte laut die Identität der Festgenommenen.

»Die Frau heißt Rachel Nahoim und stammt aus Hebron. Sie ist dreißig und lebt seit drei Jahren in Spanien. Ihre Papiere scheinen in Ordnung zu sein. Zurzeit unterrichtet sie an der Madrider Universität, wie uns bestätigt wurde. Der rechts neben ihr ist Mohamed Benhaimé, ein Palästinenser. Er stammt aus Jericho und ist bei uns als Bauunternehmer tätig.« Fernando identifizierte ihn als den Auftraggeber des silbernen Dolchs. »Gegenüber sitzen zwei Spanier ...«

Als Lucía die zwei erblickte, fiel sie dem Polizisten abrupt ins Wort. Der eine arbeitete bei ihr im Archiv! Nun verstand sie überhaupt nichts mehr. Was machte der Mann hier?

»Julian! Ich kann nicht glauben, dass du in diese Sache verwickelt bist!« Beschämt senkte der Mann den Kopf. »Er ist einer unserer Dokumentare. Mein Gott, das ist ja zum Verrücktwerden!« Fassungslos griff sie sich an den Kopf. Was machte einer ihrer engsten Mitarbeiter bei diesem Pack?

»Der Mann heißt Julian García Benito«, fuhr der Beamte fort. Ihm lagen die Pässe und Personalausweise der Verdächtigen vor. »Der vierte ist Pablo Ronda. Er behauptet, von hier zu sein und in Segovia einen Papierladen zu betreiben. Die anderen beiden sind Franzosen. Sie weigern sich, den Namen zu nennen, und haben weder Pass noch Ausweis dabei.«

Nachdenklich betrachtete Hauptkommissar Fraga die Festgenommenen. Zweifelsohne waren das keine gewöhnlichen Verbrecher. Dazu waren sie zu gut situiert und gebildet. Unter den Sachen am Tisch fiel ihm eine kleine braune Papyrusrolle ins Auge. Sie war ziemlich beschädigt und musste sehr alt sein. Vorsichtig zog er sie auseinander. Da ihm Schrift und Sprache unbekannt waren, reichte er sie Lucía.

»Das ist Althebräisch, Herr Kommissar. Ich beherrsche es nicht, aber mit etwas Zeit könnte ich es übersetzen.«

»Das würde uns sehr weiterhelfen. Es reicht mir schon, wenn Sie mir sagen können, worum es geht.«

In einer Mappe fanden sie Fotos von Fernando und Mónica – allein und zusammen. Auch genaue Protokolle über ihr Kommen und Gehen waren darin, neben Mitschriften der Telefonate mit Paula. Fraga klappte sie zu und wandte sich an die sechs in Handschellen.

»Ihr werdet noch euer blaues Wunder erleben. Hier sind genügend Beweise, um euch für die nächsten zwanzig Jahre hinter Gitter zu bringen. Ihr könnt euch schon mal überlegen, was ihr dem Ermittlungsrichter erzählen wollt. Ohne ein wasserdichtes Alibi sehe ich allerdings schwarz.« Keiner sagte einen Ton. »Leider wird euch der arme Junge, den ihr so brutal zugerichtet habt, nicht mehr identifizieren können. Es ist fraglich, ob er je aus dem Koma aufwachen wird. Doch ich bin sehr zuversichtlich: Diese Tat werde ich euch auch nachweisen, und ihr werdet dafür vor Gericht geradestehen.«

Der Kommissar betrachtete noch einmal die Sachen auf dem Tisch. Diesmal blieb sein Blick an einem kleinen, ebenfalls uralten Holzkästchen hängen. Es enthielt ein abgegriffenes Medaillon aus Gold und einen stark beschädigten Ohrring. Dieser bestand aus zwei Steinen: einem länglichen blauen und einem kürzeren weißen. Sie waren durch ein kleines Goldkettchen miteinander verbunden.

»Würde es Ihnen etwas ausmachen, sich diese Dinge genauer anzusehen, Lucía, bevor ich sie ins Labor des Archäologischen Museums bringen lasse? Es genügt, wenn Sie diese Empfangsbestätigung unterschreiben.«

Lucía nahm das Kästchen mitsamt seinem Inhalt und steckte es in die Plastiktüte, die ihr ein Polizist gereicht hatte.

Kommissar Fraga ließ die Verhafteten fotografieren. Anhand der Aufnahmen sollte Mónica in Madrid die Entführer identifizieren. Wenn sie die Täter wiedererkannte, war der Fall praktisch gelöst.

Die vermeintlichen Täter verweigerten ohne Rechtsanwalt jede Aussage. Fraga befahl, sie bis auf weiteres ins Untersuchungsgefängnis zu bringen.

Als Letzte blieb Lucía in der Wohnung zurück. Sie war am Gehen, da sprach die Israelin sie in akzentfreiem Spanisch an:

»Ich wende mich an Sie als Kollegin. Versprechen Sie mir bitte, dass Sie zu mir kommen, wenn Sie die Papyrusrolle gelesen haben.«

Ohne Zögern willigte Lucía ein.

Für die Übersetzung des seltenen Schriftstücks benötigte Lucía zwei Wochen. Sie musste verschiedene Fachleute hinzuziehen. Vermutlich stammte die Rolle aus dem 7. bis 6. Jahrhundert vor Christus. Dies war ein erster Anhaltspunkt für die Historikerin, von dem aus sie nach weiteren suchte, um den Verfasser oder die Quelle bestimmen zu können.

Dem Stil nach handelte es sich um eine Prophetie, die vermutlich Teil eines größeren Ganzen war. Für sich allein machte der Anfang keinen Sinn, es sei denn, ihm ging ein Absatz voraus. Als mögliche Autoren aus jener Zeit kamen die Propheten Jesaja oder Jeremia in Frage. Egal, wer dies geschrieben hatte – die Historikerin konnte kaum glauben, ein solch kostbares Dokument in ihren Händen zu halten. Wie kamen Gauner zu diesem einzigartigen Schriftstück? Sie fügte die übersetzten Teile wie in einem Puzzle zusammen, bis die Sätze einen gewissen Sinn ergaben.

Als der Text vollständig vorlag, schickte sie ihn einem Fachmann für Religionsgeschichte. Wenige Tage darauf rief sie der Wissenschaftler an. Der apokalyptische Stil sprach mehr für den Propheten Jeremia. Sollten Gottes Gebote missachtet werden, so würde – nach Jeremia – das jüdische Volk vernichtet werden. Jesaja hingegen predige die Liebe zu Gott und sagte die Ankunft des Messias siebenhundert Jahre vor Christi Geburt voraus. Seine Weissagung stimmte in vielem mit dem später Geschehenen überein.

Waren die drei Zeichen des Bundes in einer besonderen Kammer zusammen, so würden – stand im Papyrus – drei Erscheinungen eintreten. Dann wurde detailliert beschrieben, woran die Erscheinungen zu erkennen seien. Dieser Teil war sehr bildlich und äußerst schwer zu interpretieren. Der Text ließ weitgehend offen, was eintreten werde, wenn die drei Dinge vereint waren. Das bestätigte Lucías Vermutung, es handele sich um das Fragment einer vollständigen Weissagung.

Täglich tauschte sich die Historikerin mit Fernando über die Fortschritte ihrer Arbeit aus. Als sie den Hauptteil entschlüsselt hatte, rief sie ihn entsetzt an. In der Papyrusrolle wurden die Verstümmelungen beschrieben, die der junge Mann vor der Vera Cruz erlitten hatte. Offensichtlich war der Taubstumme benutzt worden, um das dritte Zeichen zu erfüllen. Lucía las den Abschnitt vor.

»›Als Drittes wird ein Mann erscheinen, der weder sprechen noch sehen, noch hören kann. Ohne diese Pforten zu seiner Seele wird er mehr Tier als Mensch sein.‹ Ist das nicht furchtbar, Fernando?«

»Ja, das ist wirklich schrecklich. Gut, dass dieses Pack hinter Schloss und Riegel ist!«

Fernando dachte unwillkürlich an Mónica. Was hätten ihr diese Wahnsinnigen alles antun können! Zum Glück war sie mit einem seelischen Schock davongekommen und inzwischen fast wiederhergestellt. All diese Erscheinungen, Zeichen des Bundes und merkwürdigen essenischen Gruppen, von denen Lucía berichtete, verwirrten den Juwelier. Es ergab für ihn keinen Sinn. Wofür standen die drei Bünde, von denen die Weissagung sprach?

»Was meinst du: Besteht irgendein Zusammenhang zwischen unserem Armreif und den Sachen, die man bei Mónicas Entführern gefunden hat?«

»Das kann ich ohne weitere Beweise nicht sagen, Fernando. Ich möchte Rachel Nahoim besuchen. Sie bat mich, es zu tun, wenn ich die Rolle übersetzt hätte. Mir ist, als könnte sie uns weiterhelfen. Übrigens, habe ich dir schon gesagt, dass wir jetzt die Vera Cruz doch früher untersuchen dürfen? Wir können schon Mitte Juni anfangen.«

Der Juwelier erkundigte sich nach dem Inhalt der Truhe.

»Das wird dir die Sprache verschlagen. Wir haben

herausgefunden, dass das Medaillon etwa dreitausendsiebenhundert Jahre alt ist. Vierhundert Jahre älter als das Armband von Moses. Damit bewegen wir uns in der Zeit der großen Patriarchen: Abraham, Isaak, Jakob. Auch darüber glaube ich, mehr von Rachel zu erfahren.

Der Ohrring ist vermutlich so alt wie die Truhe. Beides stammt aus den Anfängen unserer Zeitrechnung. Du hast sicher selbst gesehen, dass es kein kostbarer Schmuck ist. Mir kommt er sogar ziemlich einfach vor. Aber gerade das lässt mich stutzen. Er besteht aus zwei Halbedelsteinen von geringem Wert. Für diese Leute muss der Ohrring eine bestimmte Bedeutung haben – hoffentlich erfahre ich von ihnen, welche.«

Auch Hauptkommissar Fraga hielt Lucía über den Stand ihrer Nachforschungen auf dem Laufenden. Die Historikerin bat ihn um Erlaubnis, Rachel im Gefängnis von Alcalá de Henares besuchen zu dürfen. Sie wollte allein mit dieser seltsamen Kollegin sprechen.

Während sie im Besucherzimmer auf die Gefangene wartete, betrachtete die Historikerin die karge Ausstattung des Raums. An der Wand hingen eine schlichte Uhr und ein Kalender, auf dem die schönsten Landschaften der Welt zu sehen waren. Lucía fand dies ziemlich geschmacklos und gegenüber den Gefangenen von einer nahezu grausamen Ironie. Sie freute sich, in wenigen Wochen die Vera Cruz für sich zu haben und die Untersuchung beginnen zu können.

Eine Beamtin führte Rachel in Handschellen herein.

»Zu Ihrer Sicherheit nehme ich die Handschellen nicht ab. Sollte irgendetwas sein, drücken Sie diesen Knopf.« Die Frau zeigte darauf. Er war auf einem Tisch, neben dem zwei Plastikstühle standen. »Sie brauchen nur zu rufen, wir sind gleich hinter der Tür. Machen Sie sich also keine Sorgen. Denken Sie daran – Sie haben nur eine Stunde Zeit.«

Die dicke Wärterin schloss die Tür hinter sich und schob den Riegel vor. Lucía sah der Frau vor ihr ins Gesicht. Ihre Haut war dunkel, die Augen honigfarben, das Haar pechschwarz. Sie schien viel dünner als bei ihrer Festnahme in der Wohnung.

»Hallo, Rachel! Na, wie wirst du hier behandelt?« Lucía versuchte das Eis zu brechen, ohne zu vergessen, dass sie eine gefährliche Frau vor sich hatte.

»Lass die Albernheiten, und kommen wir zur Sache. Hast du die Rolle entschlüsselt?« Rachels Blick war tief und unergründlich.

»Ja, ich habe alles gelesen und …«

»Glaubst du an Weissagungen?«

»Ich fürchte, nein. Vor allem nicht an die auf der Papyrusrolle.«

»Mach doch endlich deine klugen Augen auf, damit du vom Licht erhellt wirst! Verschließe dich nie voreilig dem Unbekannten, Schwester.«

Lucía staunte über das perfekte Spanisch und entgegnete:

»Erstens bin ich nicht deine Schwester, und zweitens bin ich Wissenschaftlerin, also von Natur aus skeptisch. Nur was sich beweisen lässt, ist für mich wahr.«

»Wie du willst, Lucía! Ich werde dir sagen, was du über mich und uns wissen möchtest. Aber vorher musst du schwören, diesmal deine Skrupel zu vergessen und etwas für mich zu tun.«

»Also, es kommt ganz drauf an, was …«, Lucía verstand nicht, auf was die Israelin hinauswollte.

»Du hast doch selbst gerade gesagt, dass für dich nur Beweise zählen, nicht wahr?«

431

»Ja, dazu stehe ich auch!«

Rachel richtete sich im Stuhl auf und wurde feierlich. Die Historikerin war ihre letzte Hoffnung, die ersehnte Prophetie in Gang zu setzen. Sie war eine Fremde und darum misstrauisch. Aber es war die Erwählte, das stand außer Zweifel. Die Israelin glaubte fest an die Vorherbestimmung. Die Frau ihr gegenüber war vor langer Zeit dazu auserkoren worden. Der Gott des Lichts hatte es ihr offenbart, als sie sich zum ersten Mal sahen.

»Schwöre mir, dass du jeden Schritt der Wahrsagung erfüllen wirst. Der siebte November des Jahres ist dazu bestimmt!«

»Halt, halt … Das geht mir etwas zu schnell! Ich schwöre nichts, wofür man Menschen verstümmeln muss. So helft ihr doch der Weissagung nach!«

»Sei unbesorgt. Das hast du nicht nötig. Wir mussten manchmal zweifelhafte Dinge tun, die unserem Glauben widersprechen – dem Grundsatz der Nächstenliebe, der gegenseitigen Achtung, dem Gebot, Gutes zu tun. Aber manchmal heiligt das Ziel die Mittel. Du hast Recht. Dieser Junge lief uns zufällig in die Arme, nachdem wir die Gegenstände in die Kammer der Vera Cruz gelegt hatten. Wir hielten ihn für die dritte Erscheinung der Weissagung. Nur eine winzige Kleinigkeit fehlte ihm. Da haben wir nachgeholfen, denn daran sollte die Sache nicht scheitern.« Lucías entsetztes Gesicht zeigte ihr, dass sie zu weit gegangen war. Rachel versuchte zu beschwichtigen. »Du kannst es tun, ohne irgendeine Schuld auf dich zu laden. Du musst nur die drei Zeichen des Bundes zusammenfügen. Das ist alles!«

»Ich finde deinen Wunsch mehr als befremdlich und sehe überhaupt keinen Sinn darin. Ohne jede Erklärung verlangst du, ich soll schwören, diese drei Zeichen des

Bundes zusammenzubringen.« Die Historikerin konnte
es kaum glauben, so absurd erschien ihr die Situation. Offenbar hatte sie es mit einer religiösen Fanatikerin zu tun.
Ihre Forderungen waren völlig indiskutabel. Doch tief in
ihrem Inneren drängte sie etwas Starkes dazu, genau dies
zu tun. Noch rangen diese völlig widersprechenden Empfindungen in ihrer Brust. Aber Lucía fühlte verwundert,
wie ihr Widerstand nachließ. Es war, als wäre sie plötzlich
willenlos. Sie spürte nur noch den Wunsch, Rachel zu folgen. Wie fremdbestimmt formten ihre Lippen schon die
Zustimmung: »Na gut … ja, ich mache es. Warum auch
nicht?« Die Worte drängten förmlich danach, ausgesprochen zu werden. Es lag etwas Befreiendes darin, als entle-
digte sie sich einer großen Bürde.

Die Israelin atmete erleichtert auf.

»Ich habe einfach Ja gesagt, ohne überhaupt zu wissen, weshalb ich es tue. Warum muss es ausgerechnet der
siebte November sein? Kannst du mir das verraten?«

»Die Zahlen sind dafür günstig. In der Kabbala steht
die Sieben für Sieg, für den Anfang vom Ende, für das
Erreichen eines Ziels. Der November ist der elfte Monat
im Jahr. Elf Begleiter hat der Erwählte. Wenn wir elf und
sieben zusammenzählen, ergibt das achtzehn. Die Quer-
summe – eins und acht – macht neun. Die Neun ist Zeichen der Weisheit, Wissenschaft und Reife.« Lucía folgte
den kabbalistischen Erklärungen, ohne zu verstehen, worauf das Ganze hinauslaufen sollte. Rachel fuhr fort: »Inzwischen weißt du, dass wir eine essenische Gruppe sind.
Über unseren Glauben bist du sicher gut informiert. Nun
sollst du erfahren, was es mit den drei Zeichen des Bundes auf sich hat. Immerhin hast du geschworen, sie zusammenzubringen. In den vergangenen acht Jahrhunderten
haben wir es immer wieder versucht – leider ohne Erfolg.

Einige der Versuche haben in der Vera Cruz stattgefunden. Alle in der Prophezeiung angedeuteten Möglichkeiten sind befolgt worden. Doch es geschah nie etwas. Auch unser letzter Versuch ist, wie du weißt, gescheitert.«

Zahllose Fragen schossen Lucía plötzlich durch den Kopf. Sie fiel Rachel ins Wort:

»Bitte der Reihe nach. Erzähl mir von der Papyrusrolle. Die Untersuchung hat Verschiedenes ergeben. Inhaltlich scheint es sich um ein Fragment zu handeln. Es ist somit Teil eines größeren Ganzen. Nach der Datierung könnte es ein Text des Propheten Jeremia sein. Ich habe dazu ein paar Fragen und hoffe, du kannst mir weiterhelfen. Woher stammt die Rolle, und wie seid ihr dazu gekommen? Ist Jeremia der tatsächliche Autor, oder haben wir uns geirrt?«

Rachel gab ihr die gewünschten Informationen. Die ersten Essener von Qumran waren zwölf Priester aus dem Tempel Salomos gewesen. Für sie war die Wüste das Gelobte Land, in das sie auszogen, um eine neue Gemeinschaft zu gründen. Wie ein Schatz waren im Tempel des Salomo die Schriften des Propheten Jeremia gehütet worden. Damals kannten nur wenige die vollständige Weissagung. Einen Teil nahmen die zwölf Priester mit in den neuen Wüstentempel, ebenso wie den Armreif des Moses. Da dieses Schriftstück in Qumran jahrhundertelang verborgen blieb, gibt die Bibel nur unvollständig Jahves Offenbarung wieder.

Nach der Überlieferung brachte Jeremia einen Teil des Tempelschatzes vor Nebukadnezar in Sicherheit. Er versteckte die Bundeslade mit den Gesetzestafeln und andere heilige Gegenstände. Rachel forderte die Historikerin auf, gründlich Kapitel einunddreißig bei Jeremia in der Bibel zu lesen. Darin wird ein neuer Bund Jahves mit dem erwählten Volk vorausgesagt. Der Prophet gibt einen Hinweis, dass dieser Bund bereits erfolgt ist. Auf diese Weise ist ein Teil der Prophetie in die Bibel eingegangen. Rachel kannte die Stelle auswendig: »Dieser Ort wird vergessen bleiben, bis Gott sich seines Volks erbarmt und es wieder zusammenführt. Dann wird der HERR ihn wieder ans Licht bringen und die große Herrlichkeit des HERRN wird sich zeigen, die Wolke und das Feuer, so wie es sich zu Zeiten Mose zugetragen hat, als Salomo Gott ersuchte, den Tempel zu heiligen.« Wer nicht die im Besitz der Essener befindliche Fortsetzung der Prophetie kannte, musste annehmen, die Entdeckung des Verstecks der Bundeslade und der anderen Gegenstände werde mit den angekündigten Zeichen einhergehen. Aber an diesem Ort lagen nicht die Zeichen des dreifachen Bundes – nur das des Bundes mit Moses.

Lucía kam das übersetzte Fragment in den Sinn. Darin verriet der Prophet Jeremia die übrigen Zeichen, um die Weissagung einzuleiten.

»Du hast Recht, Rachel. In der Rolle werden drei Bünde erwähnt. Die Bundeslade und die Gesetzestafeln stehen für den Bund mit Moses. Aber wir sind zu dem begründeten Schluss gekommen, auch der Armreif, den ihr uns gestohlen habt, ist ein Symbol dieses Bundes, nicht wahr? Aber welches sind die anderen beiden Zeichen?«

»Für jeden der drei vom Propheten Jeremias erwähnten Bünde gibt es ein Symbol. Einer davon ist der Armreif – da sind wir uns ganz sicher. Er ist das Zeichen des zweiten Bundes. Das Medaillon im Kästchen ist das Zeichen des ersten. Abraham ließ es für seinen Sohn Isaak und dessen Nachkommen anfertigen, in Erinnerung an den heiligen Bund mit Jahve. Dieser Anhänger wurde über die Generationen weitergegeben, bis er zu uns gelangte. Das war Mitte des zwölften Jahrhunderts. Ein als

Templer getarnter Essener namens Gastón Esquívez entdeckte das Medaillon. – Übrigens waren damals viele unserer Brüder unter den Templern.«

»Der Mann ist mir nicht ganz unbekannt. Ich weiß
eine Menge über ihn – sogar etwas über das Medaillon.
Allerdings, was es damit auf sich hat, höre ich von dir
zum ersten Mal«, sagte Lucía.

»Einer unserer Leute hielt uns über deine Nachforschungen auf dem Laufenden. Wie du inzwischen weißt, wurdest
du von einem deiner Archivmitarbeiter überwacht. – Aber
zurück zum Medaillon. Esquívez nahm es einem Katharer
ab, einem gewissen Subignac. Dieser hatte es von einem
seiner Vorfahren geerbt, der am ersten Kreuzzug und an
der Eroberung Jerusalems teilgenommen hatte. Der Ahne
des Subignac wiederum hatte das Medaillon von einer Jüdin erhalten – die in direkter Linie von Isaak abstammte.
Sie war aus Hebron, meiner Geburtsstadt. Jetzt komme
ich zu den anderen Symbolen. Über den Reif des Moses
brauche ich dir nicht allzu viel zu erzählen – nur, wie er
uns in die Hände fiel. Einer der Unseren, Juan de Atareche,
brachte ihn vom Toten Meer nach Navarra. Hier wurde
er von einer essenischen Gemeinschaft gehütet. Atareche
gehörte den Essenern von Segovia an, obwohl er der Komturei von Puente de la Reina in Navarra vorstand. Bruder
Juan versteckte den Armreif in der Vera Cruz, wo er Jahrzehnte verborgen blieb. Anfang des 14. Jahrhunderts ge-
rieten die Templer in Bedrängnis, aber da war Atareche
schon lange tot. Joan de Pinaret, ebenfalls Templer und
Essener, brachte den Reif in die Komturei von Jerez de los
Caballeros. Auch das Medaillon und die Papyrusrolle wurden zur Sicherheit an anderen Orten verwahrt. Wir wussten in etwa, wo sie waren. In den letzten Jahren haben wir
versucht, sie zurückzuholen.«

»Wie der Reif zu den Luengos kam, ist hinreichend bekannt«, fuhr Lucía dazwischen. Das Gespräch auf ihrer Finca mit Lorenzo Ramírez und Fernando hatte sie noch frisch in Erinnerung.

»Die Luengos sind für uns das größte Hindernis gewesen. Wir waren gezwungen, zu gewaltsamen Mitteln zu greifen – wie es leider bei Fernandos Frau der Fall war. Schon seit langem haben wir vermutet, dass sich etwas für uns enorm Wichtiges im Besitz dieser Familie befindet. Vom Armreif wussten wir jedoch nichts. Wir haben erst durch deinen Dokumentar davon erfahren.« Rachel versuchte ihre bevorstehende Enthüllung für Lucía erträglich zu machen. Ruhig blickte sie der Historikerin in die Augen und fuhr sanft fort: »Vor ein paar Jahren suchte einer unserer Brüder in Fernandos Wohnung nach irgendeinem wichtigen Hinweis. Dabei wurde er von der Ehefrau ertappt, die laut um Hilfe schrie und ihn mit einem Schnürhaken bedrohte. Sie ließ ihm keine andere Wahl: Er musste sie töten. Du findest es wahrscheinlich ungeheuerlich, aber ihr Ende war vorherbestimmt.«

»Ihr habt sie ermordet? Was für eine widerwärtige und verabscheuungswürdige Tat! Was suche ich überhaupt hier? Ihr seid nichts als eine Mörderbande. Wie komme ich dazu, bei eurem apokalyptischen Wahn mitzumachen?« Lucía wollte schon auf den Knopf drücken, um die Wärterin zu rufen. Rachel fuhr dazwischen und bat sie, weiter zu zuhören.

Die Essener wollten nur den Frieden. Gewalt war die übelste Erscheinungsform des Bösen. Jeder, der sich ihrer bediente, verdammte seine Seele bis ans Ende der Zeit. Rachel beteuerte, die begangenen Verbrechen lasteten schwer auf ihrem Gewissen. Kein Essener rechtfertigte das Böse als Mittel zum Zweck. Wenn sie zum Blutvergießen gezwungen worden waren, gab es für sie nur einen einzigen Trost: Alles wurde von einem universellen Willen gelenkt, der Leben und Tod Sinn gab.

»Neues Werden setzt Sterben und Tod voraus, Lucía. Wenn du in Ruhe darüber nachdenkst, wirst du erkennen, dass es ein Gesetz unserer Welt ist. Vertraue mir, auch wenn es für dich schmerzvoll, unvorstellbar oder widerwärtig ist.« Die weisen Worte dieser Frau verwirrten Lucía. Auf geheimnisvolle Weise war ihr Wille mit dem Rachels verbunden, und sie konnte nichts dagegen tun. Wie unter Hypnose folgte sie ihren Worten. »Am längsten haben wir gebraucht, um das dritte Zeichen ausfindig zu machen.« Mit großer Selbstverständlichkeit setzte die Israelin nach der kleinen Auseinandersetzung ihre Ausführungen fort. »Zuerst dachten wir, es handele sich um das *Lignum Crucis*. Für die Christen ist es das höchste Zeichen des Bundes mit Gott, denn am Heiligen Kreuz starb Gottes Sohn den Opfertod. Aus diesem Grund stand die Kirche von Vera Cruz immer im Mittelpunkt unserer Gemeinschaft. Hier wurde lange ein Stück vom Kreuz verwahrt. In der Vera Cruz kamen drei Symbole zusammen: Das *Lignum Crucis*, das Medaillon von Isaak und der Armreif von Moses. Obwohl wir die drei Gegenstände aus der Weissagung zusammengetragen hatten, geschah nichts von dem, was Jeremia vorhergesagt hat. Zu dieser Zeit fand unsere Gruppe aus Zamarramala heraus, dass ein neuer heiliger Gegenstand aufgetaucht war. Der Komtur von Chartres ließ das neue Zeichen Esquívez zukommen. Der Franzose hatte erfahren, dass es Papst Innozenz IV. in Ephesus abgenommen worden war. Es war der Ohrring, der in der Schatulle ist und den du jetzt hast. Einst gehörte er der Mutter des Nazareners.« Lucía war von den wundersamen Enthüllungen fasziniert. »Esquívez muss geglaubt haben, das dritte Zeichen aus der Wahrsagung sei der Ohrring. Die Idee ist gar nicht so abwegig. Da Jahve mit den Menschen bereits zwei Bünde eingegangen war, konnte der dritte auch durch die Muttergottes erfolgt sein. Das Zeichen musste nicht zwangsläufig Jesus gehören. Aber auch mit dem Ohrring trat die Prophetie nicht ein.«

Lucía wunderte sich, was diese Frau dazu veranlasste, ihr Jahrhunderte lang gehütete Geheimnisse anzuvertrauen. Weshalb erzählte sie ausgerechnet ihr das alles? Es war, als wäre alles von langer Hand vorbereitet. In dieser ungewöhnlichen Geschichte schien sie selbst nur ein Rädchen zu sein, das einer höheren Gewalt gehorchte.

»Warum ich? Das verstehe ich nicht. Obwohl du mich nicht kennst, vertraust du mir vorbehaltlos sehr ernste Dinge an.«

»Durch deine wissenschaftliche Brille betrachtet, wird dir meine Antwort töricht erscheinen. Die Quelle allen Lichts hat es mir offenbart! ER hat dich auserkoren, um unsere Bestimmung zu erfüllen. So war es, und so wird es immer sein!«

Die Frau, so schien es Lucía, war nicht ganz bei Verstand. Doch gleichzeitig trieb etwas sie selbst der Vorbestimmung entgegen.

»Was ich gerade erfahren habe, ist höchst aufschlussreich. Ich meine es ganz im Ernst, Rachel! Nun ist mir eure Rolle im Mittelalter klar. Endlich verstehe ich die Bedeutung des Ohrrings und des Medaillons sowie eure Suche nach dem Armreif. Einverstanden, Rachel! Alle diese Dinge sind jetzt in meiner Gewalt. Aber was muss ich tun, damit die Prophetie sich erfüllt? Alle vorangegangenen Versuche sind doch gescheitert.« Nun stand außer Zweifel, dass Lucía es zu Ende bringen würde.

»Es fehlt noch etwas …!« Rachels klarer Blick durchbohrte sie. »Es hat immer gefehlt. Ich weiß, dass nur du es finden kannst! Nur du allein, Lucía, bist dazu bestimmt, alles zusammenzubringen und den vierten Bund einzugehen: den des Lichts. Der vierte Bund ruht in deinen Händen!«

Sie konnte nicht bestimmen, was es genau war. Aber Lucía fühlte, dass Rachels große Kraft ihren Willen beugte. Die Historikerin wünschte sich nichts sehnlicher, als ihr Versprechen einzulösen. Sie glaubte zu wissen, welches Zeichen noch fehlte. Die Israelin schien ihre Gedanken lesen zu können.

»Du weißt ganz genau, wo du das dritte Zeichen des Bundes findest – nicht wahr?«

»Ich glaube, ja! Im Grab der Familie Luengo, oder?«

»Dort muss der andere Ohrring sein, Lucía«, bestätigte Rachel vollkommen überzeugt. »Als Honorius III. die Ohrringe erhielt, trennte er das Paar. Den einen schickte er in einem Schrein verborgen nach Ephesus; den anderen auf die gleiche Weise in die Vera Cruz. Wir wissen, dass sein Nachfolger Innozenz IV. versucht hat, das Paar wieder zurückzugewinnen. Doch es gelang ihm nur mit dem aus Ephesus und das für kurze Zeit. Der andere tauchte nicht auf, bis die Silberschmiede Luengo im 17. Jahrhundert den Schrein aus der Vera Cruz restaurierten. Aus irgendeinem Grund zogen sie es vor, ihr Geheimnis mit ins Grab zu nehmen.« Rachels Kehle war vom Reden trocken. Sie trank einen Schluck Wasser. »Wenn du alle Symbole beisammen hast, wirst du sie an besagtem Tag in die Geheimkammer der Vera Cruz legen. In der letzten Etage der Grabkammer ist in der Vorhalle ein kleiner Stein. Diesen musst du drehen, damit sich die Geheimkammer öffnet. Eine große Steinplatte gibt den Weg frei zu einem heiligen, mit Gold ausgeschlagenen Raum. Lege hierein die drei Symbole. Es ist das Allerheiligste des neuen Tempels der Essener. Danach wirst du ein Gebet sprechen, das ich dir zuvor aufschreibe, und auf die drei Erscheinungen der Prophetie warten. Du darfst dabei nicht allein sein. Es muss mindestens noch jemand anwesend sein. Nur dieser allein darf wissen, was ich dir alles anvertraut habe. Wenn du genau befolgt hast, was ich dir sage, und dennoch nichts geschieht, bist du deines Eides enthoben. Es wird keinen weiteren Versuch mehr geben.«

»Einverstanden, Rachel. Ich tue es! Ich habe es dir geschworen und werde mein Wort halten.« Etwas in ihr drohte sie beinahe zu ersticken. »Deine Forderung verwirrt mich zutiefst. Es ist ein Wahnsinn! Eigentlich wollte ich nur mit dir ein paar Fragen im Zusammenhang mit der Papyrusrolle besprechen. Keine Ahnung, wie es dir gelungen ist, aber inzwischen bin ich zum Werkzeug eurer apokalyptischen Rituale geworden. Nie hätte ich das für möglich gehalten! Ich fühle etwas in mir, das alles auf den Kopf stellt und mir keine freie Wahl lässt.« Lucía packte die Israelin bei den Schultern, denn sie wollte eine ehrliche Antwort. »Was erwartet ihr genau, wenn der vierte Bund geschlossen ist?«

Die Handschellen behinderten Rachel und taten ihr weh. Lucía bat die Wächterin, sie ihr für den Rest des Besuches abzunehmen. Kaum waren sie wieder allein, antwortete die Gefangene:

»Du bist vom Licht bereits durchdrungen – das ist es, was du fühlst. Du wirst nie mehr die Alte sein.« Dankbar rieb sie sich die Handgelenke. »Das war sehr nett von dir. Leider kann niemand deine Frage beantworten – auch ich nicht. Das Böse regiert die Welt. Dadurch geschehen schlimme Dinge – aber es gibt auch Gegenkräfte. Die Kin-

der des Lichts werden über das Böse siegen, doch wie –
das wissen wir nicht. Sicher ist nur, dass wir spüren werden, wenn es so weit ist.«

Mitleidig betrachtete Lucía ihre Kollegin. Diese merkwürdige Geschichte würde sie für Jahre hinter Gitter
bringen. Dabei war ihr Platz als Historikerin doch an einer Universität. Sie spürte den Wunsch, mehr über Rachel zu erfahren.

»Du hast mir noch gar nichts von dir, von deinem Leben erzählt. Wie bist du nach Spanien gekommen – und
wie auf diesen völlig unbekannten Geheimbund?«

»Meine Forschungsarbeit hat mich darauf gebracht.
In Hebron, wo ich geboren bin, liegen die großen Patriarchen begraben. Als Kind habe ich zwischen dreitausend
Jahre alten Ruinen gespielt. Ich bin an einem geschichts-
trächtigen Ort groß geworden. Das weckte meine Neugier für das Alte. So beschloss ich, Historikerin zu werden und mich aufs Altertum zu spezialisieren. Ich habe
mich ausführlich mit den Essenern von Qumran und anderen Orten beschäftigt. Als ich an meiner Dissertation
schrieb, lernte ich einen Professor kennen, der mich meinem jetzigen Glauben nahe brachte. Danach ging alles
rasend schnell … Die ersten Erfahrungen in der Gemeinschaft, die Lehrzeit, die innere Askese, meine Ankunft
in Spanien. Das letzte Kapitel kennst du ja bereits. Das
war's! Ich hatte geglaubt, den ersehnten großen Krieg
gegen das Böse auszulösen. Stattdessen sitze ich hinter
Gittern und sehe zu, wie die Tage verstreichen. Mir sind
die Hände sprichwörtlich gebunden. Man hat mich zur
gewöhnlichen Verbrecherin abgestempelt.« Rachel verlor die Fassung. Tränen liefen ihr über die Wangen.

Lucía fand ihre junge Kollegin eigenartig widersprüch-
lich. Sie strahlte Güte und Feingefühl aus; aber gleichzei-

tig konnte sie ungerührt anderen großes Leid zufügen. Die Historikerin musste an den verstümmelten Jungen denken. Die Bande hatte ihm die Augen ausgestochen und ihn dann einfach sich selbst überlassen.

»Ansonsten habe ich als Essenerin«, fuhr Rachel fort, »auf persönlichen Besitz verzichtet, ein Drittel des Tages verbringe ich mit Beten, ich halte striktes Zölibat und reinige meinen Körper dreimal täglich mit Wasser. Doch nun zu dir, Lucía. In den letzten Monaten habe ich dich überwacht. Ich war immer in deiner Nähe. Dabei habe ich einiges über dich erfahren.«

Der Historikerin stieß es bitter auf, bespitzelt worden zu sein. Andererseits war sie auf Rachels Bild über sich gespannt.

»Du bist eine außergewöhnliche Frau – reif, klug, sehr professionell und voller Energie. Mir scheint, du durchlebst gerade eine sehr unruhige und unsichere Zeit. Ein Wandel findet statt, der dir Angst macht. Du erkennst dich manchmal selbst nicht mehr. Als wir festgenommen wurden, fiel mir auf, wie gut du dich mit Fernando Luengo verstehst. Bist du in ihn verliebt?«

»Ja, ich denke schon.« Lucía kam aus dem Staunen nicht mehr heraus. Sprach sie nicht jetzt mit der Israelin wie zu einer alten Freundin? Sie hatte den Wunsch, ihr Dinge anzuvertrauen, die sie gewöhnlich mit niemandem teilte. »Diese komische Zeit, die du erwähnt hast, hat viel mit ihm zu tun. Du scheinst wirklich eine Menge über mich zu wissen. Ich bin ganz plötzlich verwitwet. Der Schock und die Trauer darüber haben für Männer in meinem Leben keinen Platz gelassen. Bis ich Fernando getroffen habe. Durch ihn fühle ich mich wieder als Frau. Ich verstehe nicht, wie du ohne einen Mann und ohne Liebe leben kannst! Fernando kann sich zwischen Mónica und mir nicht entscheiden. Das ist alles!«

Die Wärterin machte die beiden Frauen aufmerksam, dass die Besuchszeit vorüber sei. Lucía und Rachel küssten sich zum Abschied auf die Wangen. Die Gefangene bat, nach Untersuchung der Gruft, um einen erneuten Besuch. Lucía versprach es ihr.

Die Historikerin wartete, bis Rachel in Handschellen abgeführt worden war. Mit einem eigenartigen Gefühl im Bauch verließ sie das Gefängnis. Sie verstand immer noch nicht, weshalb ausgerechnet sie zur Schlüsselfigur der Essener geworden war. Warum sollte sie die sechshundert Jahre vor Christi Geburt von Jeremias prophezeiten Ereignisse auslösen? Vielleicht wusste Fernando Rat. Ihm konnte sie die merkwürdige Geschichte anvertrauen. Sie versuchte, ihn auf dem Handy zu erreichen. Die Rückfahrt vom Gefängnis nach Segovia führte sie durch Madrid. Lucía hatte Sehnsucht nach ihm und wollte ihn gerne sehen.

Da er nicht antwortete, beschloss sie, ihn im Geschäft zu überraschen.

Es war das erste Mal, dass sie ihn dort aufsuchte. Bei einer Angestellten erkundigte sie sich, wo der Besitzer zu finden sei. Die Verkäuferin führte sie zu seinem Büro.

Ohne anzuklopfen, trat Lucía ein. Sie wollte Fernando auf ihre direkte Art begrüßen – ihre Lippen auf die seinen pressen.

Zu ihrer Überraschung traf sie im Büro Mónica und Fernando. Sie war mitten in eine leidenschaftliche Liebesszene hineingeplatzt. Die beiden hielten sich eng umschlungen und küssten sich. Fernandos Hemd stand offen, und Mónicas Hände streichelten seine Brust. An welchem Körperteil sich die seinen zu schaffen machten, wollte Lucía lieber nicht wissen. Die Situation war für alle hoch peinlich.

»Du scheinst dich inzwischen prächtig erholt zu haben, Mónica. Wie ich sehe, lässt du nichts anbrennen.« Lucías Blick verriet wenig Freude über die wiederhergestellte Gesundheit ihrer Rivalin. »Fühlt euch durch mich nicht gestört. Ich wollte nur einen Moment vorbeisehen, Fernando. Macht ruhig weiter.«

Bevor das Pärchen reagieren konnte, hatte Lucía die Tür hinter sich zugeschlagen.

Drei Minuten später rief Fernando sie auf dem Handy an.

»Es tut mir leid, was passiert ist. Für uns alle war es ausgesprochen peinlich.« Der Juwelier fand nicht die richtigen Worte.

Lucía konnte ihre Wut und ihre Tränen nur mühsam unterdrücken.

»Fernando, es ist nichts passiert, wovor du mich nicht gewarnt hättest. Es ist allein meine Schuld, weil ich so dumm war zu glauben, ich sei dir wichtiger. Ich möchte jetzt nicht mehr darüber reden. Verschieben wir es auf später!«

13

Kirche von Vera Cruz. Segovia, Juni 2002.

Auf einem Schild am Hauptportal der Vera Cruz stand zu lesen, dass die Kirche aufgrund von Renovierungsarbeiten bis Mitte Juli geschlossen sei. Die unter der Leitung von Doktor Lucía Herrera stehende Forschungsgruppe war dabei, die Kirche auf neue Spuren hin zu untersuchen. Es bestand die begründete Vermutung, die alten Mauern könnten irgendwo noch ein jahrhundertelang gehütetes Geheimnis bergen. Die Wissenschaftlerin hatte die Genehmigung für die Untersuchung ab dem zehnten Juni erhalten. Doch Schwierigkeiten mit dem Rathaus von Zamarramala verzögerten den Beginn um fünf Tage.

Bevor Lucía Fernando nach dem Besuch im Gefängnis und der peinlichen Szene im Geschäft wieder anrief, ließ sie eine Woche verstreichen. Sie hatte eine Weile gebraucht, um den unangenehmen Zwischenfall einigermaßen zu verdauen. Nun drängte es sie, ihm die vielen neuen Enthüllungen der seltsamen israelischen Geschichtswissenschaftlerin mitzuteilen – angefangen von den bei der Festnahme beschlagnahmten Gegenständen bis zu ihrem eigenen inneren Wandel, nach ihrer Zustimmung, die Prophetie in Gang zu setzen. Die letzten beiden Tage hatte sie Fernandos wiederholte Anrufe nicht entgegengenommen. Lucía fühlte sich noch nicht stark genug, um mit ihm zu reden.

Nach ihrer Aussprache, bei der die Historikerin Fernando alles Neue offen legte, schwieg sie ein paar Minuten. Er brauchte Zeit, um die wundersamen Enthüllungen richtig zu begreifen. Auf Lucía lasteten schwer die bevorstehenden Aufgaben. Nicht nur hielt sie die Symbole der drei heiligen Bünde mit Jahve in ihren Händen, sondern sie sollte auch noch die vor sechsundzwanzig Jahrhunderten verfasste Prophezeiung in Gang setzen. Hinzu kam diese neue unbekannte Kraft in ihr, die sich dem Verstand entzog und ihr wesensfremd war. Ohne Fernandos Beistand fühlte sie sich der Aufgabe nicht gewachsen.

Nur mit Mühe gelang es dem Juwelier, sich in das Ganze hineinzuversetzen. In der letzten Zeit hatte er sich wieder verstärkt der Arbeit zugewandt und vor allem der Beziehung zu Mónica. Seiner Meinung nach hatte die Geschichte mit dem Armreif ihnen genügend Scherereien eingebracht. Deshalb folgte er Lucías Erklärungen nur halbherzig und verstand weder die neue Wende noch das Versprechen an Rachel. Aber Fernando fühlte sich verantwortlich, denn er hatte die Historikerin in die Sache hineingezogen. Er würde ihr zur Seite stehen – das stand für ihn fest. Sie sollte nicht das Gefühl haben, allein in eine ungewisse Zukunft gehen zu müssen.

In Anbetracht der besonderen Bedeutung und auch, um die anderen nicht unnötig zu gefährden, beschlossen die beiden, ihr Wissen über die Symbole für sich zu behalten. Weder Paula noch Mónica sollten davon erfahren. Als Nächstes mussten sie ein für alle Mal klären, was in der Gruft der Luengos versteckt war.

Lucía veranlasste die entsprechenden Schritte, um die

schweren Grabplatten heben zu lassen. Sie lud alle Beteiligten für die dritte Juniwoche in die Vera Cruz ein, ohne
jedoch das genaue Datum festzulegen. Im Termin wollte
sie sich nach Lorenzo Ramírez richten, dessen Kalender
vermutlich am vollsten war.

Während des ganzen Gesprächs erkundigte sich Lucía
kein einziges Mal nach Fernandos Beziehung zu Mónica.
Eher hätte sie sich auf die Zunge gebissen, als der Neugier
nachzugeben. Nach wie vor fühlte sie sich von Fernando angezogen. Daran würde auch Mónica nichts ändern. Lucía
hatte sich mit ihr abgefunden. Sie würde sie umgehen – so
wie ein Autofahrer einem großen Stein auf der Fahrbahn
ausweicht und dann weiter geradeaus seinem Ziel entge-
genfährt. Auch über den Mord an Fernandos Frau konnte
sie im Moment unmöglich sprechen. Die Situation erforderte einen ruhigen Augenblick und viel Fingerspitzengefühl. Er würde ihren Beistand und Trost brauchen, wenn
sie ihm erklärte, weshalb seine Frau sterben musste.

An einem heißen Mittwoch in der dritten Juniwoche
kamen Fernando und Mónica in der Vera Cruz an. Es war
etwa zwölf Uhr mittags, als sie aus dem Auto stiegen und
sich zur eigenartigen Kirche begaben. Don Lorenzo Ramírez wollte eine halbe Stunde später dazukommen und
Paula gegen eins. Der Professor sah der Exhumierung
mit der gleichen Spannung entgegen wie die anderen.

Bei der Gruft der Luengos war Lucía mit ihrem Team damit beschäftigt, die Grabplatten zu untersuchen, um ihren
allgemeinen Erhaltungszustand festzuhalten. Als Mónica
aus dem Auto stieg, stellte Lucía fest, dass alle Spuren des
Schocks aus ihrem Gesicht verschwunden waren. Sie war
wieder ganz die Alte – mit den grünen Augen, ihrem strahlenden Lächeln, der blonden Mähne und schlanken Figur.
Lucía fand sie beneidenswert vollkommen.

Mónica war sich ihrer Vorteile gegenüber der Rivalin bewusst. Angesichts ihres apathischen Zustandes hatte Fernando seine Bemühungen um die junge Frau verstärkt. Schließlich hatten sich seine Vitalität und Energie auf sie übertragen. Jetzt fühlte sie sich wieder lebendig und war sich ihres Platzes in seinem Herzen sicher. Fernando hatte ihr die Kraft gegeben, wieder sie selbst zu werden.

Die beiden Frauen begrüßten sich mit einem Kuss auf die Wangen. Auch Fernando bekam einen, obwohl Lucía ihn lieber auf den Mund geküsst hätte.

»Was steht denn heute an, Lucía?«

Die Historikerin fasste ihn bei der Hand und zog ihn in die Kirche. Eine Art hölzerner Flaschenzug war errichtet worden, um die Grabplatten zu heben. Lucía wollte mit dem älteren Grab, der Nummer acht, beginnen und dann mit dem von 1670, der Nummer zwölf, weitermachen.

In der Kirche hallte das Klopfen der Hohlmeißel wider. Die Grabplatten waren mit Zement verfugt worden. Bevor sie gehoben werden konnten, mussten die Fugen freigelegt werden.

»Vor zwei werden wir mit den Gräbern nicht fertig sein. Wir können dann gemeinsam essen gehen. Das Team hat am Nachmittag frei. Die oberen Kammern möchte ich allein, vorerst ohne Zeugen untersuchen!«

»Ich nehme an, wir warten noch auf die anderen«, bemerkte Fernando.

»Lorenzo wird gleich hier sein. Das ist kein Problem. Aber das Team kann nicht warten, bis Paula da ist. Wir würden zu viel Zeit verlieren. Aber ich bin sicher, sie wird das Wichtigste nicht verpassen.«

Lucía entschuldigte sich einen Augenblick. Die letzten Vorbereitungen standen an, und sie musste das Team anleiten.

Mónica und Fernando besahen in der Zwischenzeit nochmals die Kirche. Zum ersten Mal seit ihrer Entführung war die junge Frau wieder mit der Geschichte vom Armreif konfrontiert. Besorgt betrachtete sie der Juwelier. Er hoffte, die erneute Beschäftigung damit werde nicht die alte Wunde aufreißen. Aus diesem Grund hatte er sie davon abbringen wollen, mitzukommen. Aber Mónica fühlte sich stark genug, wie sie versichert hatte.

Das Paar ging in den zweiten Stock der Grabkapelle. Mónica dachte an die guten und schlechten Tage, die sie seit der Ankunft des Päckchens erlebt hatte. Jetzt an Fernandos Arm durch die Kirche zu spazieren, entschädigte sie für fast alles. Die Liebe gab ihr Flügel und ließ alle Hindernisse schrumpfen. Auch wenn Fernando zögerte und ihr bisher noch keinen Antrag gemacht hatte, sah sie sich schon für immer an seiner Seite.

Fernando schlenderte zum Fenster und sah auf den Hauptaltar herab. Unten bei den Gräbern arbeitete das Team. Lucía gab Anweisungen und unterhielt sich mit den Männern. Insgesamt waren sechs Leute beschäftigt.

Die Vorbereitungen waren abgeschlossen. Es war so weit – das erste Grab konnte geöffnet werden. Da hörten sie ein Auto vorfahren. Kurz darauf tauchte die Glatze des Professors aus Cáceres auf. Er ging schnurstracks zu Lucía. Fernando winkte ihm von oben zu und gab zu verstehen, dass sie gleich hinunterkämen.

Don Lorenzo freute es außerordentlich, Mónica wieder wohlauf zu sehen und sogar noch hübscher als in Jerez de los Caballeros – schmeichelte er. Wie immer beugte er sich galant über ihre Hand, aber dann küsste er sie höflich auf die Wangen. Mónica strahlte an Fernandos Arm. Diesmal schien in dieser vertrackten *Menage à trois* die Gunst des Juweliers der jungen Frau zu gehören.

Lucía bat um einen angemessenen Sicherheitsabstand, bis die schwere Grabplatte entfernt und abgelegt war. Auf ein Zeichen von ihr betätigten vier junge Männer die an den Ecken der Platte angebrachte hydraulische Vorrichtung. Der Stein wurde wenige Zentimeter angehoben, sodass zwei dicke Seile daran befestigt werden konnten. Nun wurde er mit Hilfe des Flaschenzugs hochgezogen. Die Aktion dauerte nur wenige Minuten, dann ruhte der Grabstein neben der Öffnung am Boden. Zwei starke Lampen wurden auf das Grab gerichtet. Neugierig rückten die Versammelten näher. Die Gruft war der Länge nach von einer Steinmauer unterteilt. Nachdem sich der Staub gelegt hatte, waren die Reste zweier Leichen zu erkennen.

Nur Mónica schien sich nicht für den Inhalt des Grabes zu interessieren. Sie hing an Fernandos Arm, spürte durch den Stoff hindurch das Spiel seiner Muskeln, beobachtete seinen Gesichtsausdruck. Auf den ersten Blick wirkte er nervös, ein wenig ängstlich und unsicher – aber auch ein Anflug von Gelassenheit lag in seinen Augen. Die junge Frau wollte keinen Augenblick dieses Wechselspiels der Gefühle bei ihrem Angebeteten verpassen. Da kam Paula angerannt. Atemlos begrüßte sie alle und stellte sich direkt neben Lorenzo. Sie wollte nichts verpassen.

Nachdem sie eine Atemschutzmaske aufgesetzt hatte, stieg Lucía ins erste Grab. Sie trug ein weißes, etwas zu großes T-Shirt mit dem Aufdruck »Toronto«. Mit einer Pinzette untersuchte sie die Kleiderfetzen des männlichen Korpus. In der auf der Brust ruhenden Hand hielt er ein kunstvolles Silberkreuz. Es war schwarz angelaufen. Vorsichtig entfernte es die Historikerin und gab es einem ihrer Mitarbeiter, der es in einer Plastiktüte verwahrte. Die Leiche zeigte keine weiteren Besonderheiten. Behutsam bewegte sich die Wissenschaftlerin im engen

Grab und kniete vor der zweiten Leiche nieder. Diese war hervorragend erhalten – auch das feine Leinenkleid der Frau und die langen Haare. Lucía stand im Licht und bat, es anders auszurichten, damit sie die Tote besser untersuchen könne. Im hellen Schein der Lampen war die Leiche deutlich zu sehen. Der Anblick war unglaublich.

»Es ist tatsächlich eine Frau«, rief Lucía beeindruckt den anderen von unten zu. »Haltet euch gut fest: Sie ist kaum verwest!«

Die oben konnten kaum fassen, was sie gerade vernommen hatten. Ein Raunen ging durch die Reihe.

»Es scheint eine junge Frau zu sein; vielleicht um die dreißig; sie hat ein zartes Gesicht und feine Lippen. Die Haare sind braun.« Lucía strich das Haar aus dem Gesicht der Leiche. »Es fühlt sich ganz seidig an und fällt nicht ab. Es ist ein Wunder! Ihr Ausdruck wirkt verzückt, ich würde sagen, glücklich, als hätte sie sehr ruhig dem Tod entgegengesehen.« Verwundert entdeckte Lucía zwischen dem Haar der Toten den Ohrring, den ein Papst vor mehr als sieben Jahrhunderten in einem Reliquienschrein versteckt hatte und nach dem so viele vergeblich gesucht hatten. Die Historikerin fuhr mit ihrer Beschreibung fort: »Sie trägt nur einen Ohrring. Er besteht aus zwei goldgefassten, mit einem Kettchen verbundenen Steinen. Der eine ist ein längliches Oval und blau; der andere ist rund und weiß.« Lucía blickte zu Fernando hoch, triumphierend und glücklich lächelnd. Sie hatten den zweiten Ohrring Marias gefunden!

Behutsam löste sie den Schmuck vom Ohr. Anschließend fotografierte sie den Leichnam, um seinen erstaunlichen Zustand zu dokumentieren. Den Ohrring steckte sie in einen kleinen Beutel und diesen in ihre Hosentasche. Lucía fand am Korpus keine weiteren Gegenstände und stieg mit Hilfe Fernandos und eines rothaarigen Jungen namens Claudio aus dem Grab.

Als sie wieder oben war, sah sie Fernando in die Augen und umarmte ihn unvermittelt. Keiner der Anwesend konnte sich auf diesen Gefühlsausbruch einen Reim machen. Noch viel weniger verstanden die anderen, weshalb die kühle Wissenschaftlerin plötzlich in Tränen ausbrach. Paula und Mónica sahen sie befremdet an. Lorenzo ging es nicht anders. Doch er ging zu den beiden, löste die schluchzende Lucía aus Fernandos Armen und bot ihr seine tröstende Schulter. Mónica war darüber sichtlich erleichtert. Der Professor hatte nicht nur vollendete Manieren, sondern war auch sehr geschickt.

»Ist ja gut, Lucía! Was hast du denn, meine Liebe? Das sind sicher nur die Nerven, nicht wahr?« Lorenzo sprach ihr gut zu, aber die Historikerin hatte sich gleich wieder im Griff. Sie schob ihn von sich und entschuldigte sich für ihr Verhalten.

»Seht es mir bitte nach. Ich habe so lange auf diesen Augenblick gewartet, dass mir die Nerven durchgegangen sind. Verzeiht, bitte. Es tut mir wirklich leid.«

Die anderen maßen dem Zwischenfall keine Bedeutung bei. Als Zeichen seines Verständnisses und Mitgefühls versuchte Lorenzo, Lucía erneut zu umarmen. Ihr waren diese plötzlichen Bekundungen seiner Zuneigung unheimlich. Geschäftig machte sie sich von ihm los: Das zweite Grab musste noch geöffnet werden. Sie gab dem Team die entsprechenden Anweisungen.

Doch außer den Resten von drei Leichen war in der Gruft nichts von Interesse. Beide Gräber wurden wieder verschlossen und mit dem bereits vorbereiteten Mörtel verfugt. Als Lucía auf ihre Armbanduhr sah, war es kurz nach zwei – Zeit, für heute zusammenzuräumen und zum Essen zu gehen. Morgen würden sie in der Kirche weiterarbeiten. Wiederholt erkundigte sich das Team bei ihr nach der Bedeutung der Funde. Ihre Mitarbeiter versuchten, eine Erklärung für Lucías Gefühlsausbruch zu finden. Aber die Leiterin wich ihren Fragen aus. Genaueres könne sie erst sagen, wenn die Untersuchung abgeschlossen sei und die Laborergebnisse vorlägen.

Mónica und Paula tuschelten miteinander, weshalb der Ohrring Lucía so aus der Fassung gebracht hatte. Beiden war der siegessichere Blick nicht entgangen, den die Historikerin Fernando zugeworfen hatte. Daraus schlossen sie, dass ihnen wieder einmal etwas vorenthalten wurde. Streitlustig gingen sie zu Fernando, um ihn zur Rede zu stellen. Diesmal würden sie sich nicht einfach abspeisen lassen.

»Hör mal, Fer. Wir wollen, dass du uns alles sagst, was du über den Ohrring weißt. Ich gehe wohl recht in der Annahme, dass er das Gegenstück zu dem ist, den Lucía aus der Wohnung der Entführer mitgenommen hat – wie du mir neulich am Telefon erzählt hast. Was wird hier gespielt?« Paula sah ihm geradewegs in die Augen, entschlossen, nur eine ehrliche Antwort gelten zu lassen.

Sie beobachtete genau den Gesichtsausdruck des Bruders. Lorenzo hatte von alledem nichts gemerkt und plauderte im Hinausgehen mit Lucías Mitarbeitern.

»Das ist eine komplizierte Sache! Jetzt ist nicht der richtige Zeitpunkt. Ich verspreche, es euch später in aller Ausführlichkeit zu erklären. Aber so viel kann ich jetzt schon sagen: Dein Gefühl ist ganz richtig, Paula. Der Ohrring, den wir im Grab gefunden haben, passt exakt zum anderen aus der Wohnung der Entführer. Momentan wird er im Labor untersucht.« Fernando hielt einen Augenblick inne. Er wollte Mónica nicht beunruhigen. Die junge

Frau machte einen gelassenen Eindruck. »Mehr kann ich jetzt dazu nicht sagen. Ihr müsst mir vertrauen und Zeit lassen. Später werde ich euch alles erklären.«

»Du hast dich schon wieder hinter meinem Rücken mit Lucía getroffen?« Verärgert über seine Geheimniskrämerei und den Vertrauensbruch, runzelte Mónica die Stirn.

»Ich habe mit ihr nur telefoniert. Sie hat wieder eine Menge Neues herausgefunden.« Er streichelte versöhnlich ihr Kinn. »Aus verschiedenen Gründen darf ich euch jetzt noch nichts verraten, das musste ich ihr versprechen. Ihr werdet später verstehen, warum. Mir ist natürlich klar, dass euch dies nicht behagt. Doch ich zähle auf eure Einsicht. Momentan kann ich euch nur erneut um Geduld und Vertrauen bitten. Heute Nachmittag werde ich allein mit Lucía nochmals in die Kirche gehen. Wir wollen die oberen Etagen der Grabkammer untersuchen. Don Lorenzo können wir dabei nicht gebrauchen. Also schafft ihn uns bitte vom Hals. Kann ich auf euch zählen?« Er beugte sich zu Mónica und küsste sie auf die Wange. Das Gleiche tat er mit seiner Schwester – die sich davon allerdings weniger einwickeln ließ.

»Du verlangst eine ganze Menge, Brüderchen. Wir sollen mal wieder Geduld, Vertrauen und Verständnis haben. Aber wo bleibt dein Vertrauen, wenn du alles für dich behältst? Auch vom Rest der Untersuchung sind wir ausgeschlossen. Also gut, wenn es sein muss! Meinetwegen! Wir werden so lange warten, wie es nötig ist!«

Gemeinsam aßen sie in einem nahe gelegenen Restaurant zu Mittag. Don Lorenzo hatte sich neben Lucía gesetzt und versuchte hartnäckig, ihr etwas über den Ohrring zu entlocken. Die Aufmerksamkeiten und Galanterien ihres Kollegen gingen der Wissenschaftlerin gehörig auf die Nerven. Zum einen, weil sie nur Mittel zum

Zweck waren, und auch, weil sie sich dadurch belästigt
fühlte. Er salzte ihre Speisen nach, versorgte sie mit Brot,
Wein und Wasser. Vor allem bei den Getränken achtete
er darauf, dass ihr Glas immer gefüllt war. Als Lucía nebenbei bemerkte, ihr Lammkotelett sei hart, tauschte Lorenzo es sofort gegen seins. Auch beim Nachtisch bot er
ihr fortwährend seine Creme Caramel an – denn die Historikerin hatte zuvor zwischen Creme und Erdbeerpud-
ding geschwankt. Nun rührte Lorenzo seine Süßspeise
nicht an. Damit er endlich zum Löffel griff, musste Lucía
grob sein Angebot zurückweisen. Alle seine Bemühungen waren vergeblich. Die Archivleiterin ließ sich nicht
erweichen, ihn in ihre Nachforschungen einzubeziehen.
Sie vertröstete ihn auf später. Endlich hatte der Mann ein
Einsehen und hörte auf, sie zu bedrängen.

Lucías Team hatte an einem anderen Tisch Platz genommen. Sie lachten über die Späße eines Kollegen und
saßen nach dem Essen noch entspannt beisammen. Die
Chefin hatte ihnen nachmittags freigegeben.

Nur Fernando und Lucía gingen nochmals in die Vera
Cruz. Don Lorenzo hätte sie gerne begleitet. Immer noch
hoffte er auf Informationen. Doch seine Kollegin zeigte
ihm deutlich die kalte Schulter. Da auch Mónica und
Paula nicht dabei waren, gab sich der Professor schließlich geschlagen und nahm die Einladung zum Kaffee bei
Fernandos Schwester an.

Aus der Handtasche kramte Lucía den großen, schweren Kirchenschlüssel hervor, sperrte die Tür auf und hinter ihnen wieder zu. Ab jetzt wollte sie von niemandem
mehr gestört werden. Schweigend stiegen die beiden in
den zweiten Stock der Grabkapelle. An der Wand lehnte
eine Aluminiumleiter. Fernando schaffte sie herbei, um
zur Deckenklappe hinaufzukommen. Im zweiten Stock

stellte er die Leiter vor zwei kleinen Türen auf und hielt sie gut fest, damit Lucía nach oben klettern konnte.

Zwar war sie im Nu oben, konnte aber trotz mehrmaliger Versuche die Klappe nicht aufbrechen. Fernando stieg hoch, um ihr zu helfen. Doch für beide war auf der Leiter zu wenig Platz, und er bat sie, ein paar Stufen hinunterzuklettern. Nun hatte er zwar an Bewegungsfreiheit, nicht aber an Stabilität gewonnen. Ein falscher Griff, und beide lagen unten.

Schon ein Schlag mit dem Stemmeisen genügte, damit das morsche Schloss nachgab und auf den Steinboden hinunterknallte. Dabei stieß der Juwelier versehentlich Lucía den Ellenbogen ins Gesicht. Sie schwankte gefährlich unter ihm und wäre fast von der Leiter gefallen. Fernando entschuldigte sich für seine Ungeschicklichkeit.

Als die Klappe offen war, kletterte Lucía die restlichen Stufen hoch, drängte sich an Fernando vorbei und war schon in der Öffnung verschwunden. Dann streckte sie den Kopf heraus und forderte ihn auf, nachzukommen.

»Komm doch, Fernando. Hier ist sehr eng. Aber ich denke, wir zwei haben hier durchaus Platz.«

Als er den Fuß in die kleine Vorhalle setzte, suchte Lucía – wie Rachel ihr gesagt hatte – im Schein der Taschenlampe die Wände nach dem kleinen runden Stein ab. Sie musste ihn betätigen, um den Zugang zum Allerheiligsten freizulegen. Außer dem Mauerwerk war in der Vorhalle nichts Besonderes zu sehen. Zwei steile Stufen führten zur letzten Kammer. Lucía fiel nirgends ein kleiner runder Stein ins Auge. Alle schienen ihr gleich. Erfolglos versuchte sie es mit jedem leicht hervorstehenden Stein und schürfte sich dabei die Hände auf. Doch nichts bewegte sich.

Auf der Vorderseite der Stufen entdeckte Fernando

schließlich einen kleinen Vorsprung. Es war ein winziger kreisrunder Stein, der sich mit einiger Anstrengung drehen ließ. Fernando rief Lucía. Mit ganzer Kraft versuchte er den Stein zu bewegen. Es war nicht leicht, doch schließlich ließ er sich um neunzig Grad drehen. Das Geräusch zweier aneinander reibender Steinplatten war entfernt zu hören.

»Toll, Fernando! Du hast es geschafft! Geh du in die dritte Kammer voraus. Ich komme nach.«

Im Licht der starken Taschenlampe prüfte Fernando Höhe und Zustand der beiden Stufen, bevor er einen Fuß darauf setzte. Da keine Einsturzgefahr zu erkennen war, ging er sie vorsichtig hoch. Die Stufen führten zu einem niedrigen Gewölbe, in dem man nicht mehr aufrecht stehen, sondern nur noch liegen konnte. Durch eine kleine Lichtscharte drang Tageslicht und machte künstliches überflüssig. Der Juwelier knipste die Taschenlampe aus. Umständlich robbte Lucía an seine Seite. Neben dem Eingang, fast auf Bodenhöhe, schien ein Stein nicht an seinem Platz zu sein. Durch den Spalt konnte man einen weiteren Raum erahnen. Lucía musste nur die Hand ausstrecken, um den Stein auf seiner Achse zu bewegen. Er glitt langsam zur Seite und ließ eine handgroße Vertiefung frei, von der aus man ihn vollends wegschieben konnte. Vor ihren Augen öffnete sich eine kleine, etwa vierzig Zentimeter breite, dreißig Zentimeter tiefe und ebenso hohe Kammer.

»Ist dir klar, Fernando, dass wir uns vor dem Allerheiligsten der neuen Essener befinden? Das ist die Kammer aller Kammern!« Lucía verlor ihre übliche Zurückhaltung und geriet ins Schwärmen. Sie wollte jeden Zentimeter des heiligen Ortes untersuchen. »Könntest du bitte den Raum mit der Taschenlampe ausleuchten?«

Fernando lag Schulter an Schulter neben der Historikerin. Die Stellung war unbequem und ungünstig. Es gelang ihm fast nicht, das Licht anzuknipsen und hochzuhalten.

Die Lichtquelle war derart schlecht ausgerichtet, dass Lucía immer noch nichts erkennen konnte. Sie führte seine Hand, bis der Raum erleuchtet war. Dann robbte sie dicht an den Eingang der Kammer heran. Das Licht der Taschenlampe wurde vom ganz in Gold ausgeschlagenen Heiligtum reflektiert. Lucía reckte den Hals, um auch in den letzten Winkel blicken zu können. Aber da war nichts. Kein Zeichen, keine Zeichnung, kein Gegenstand.

»Hier gibt es nichts, Fernando! Der Ort ist nur zur Aufbewahrung der heiligen Gegenstände da. Jetzt ist er noch leer. Bis zum vorhergesehenen Termin müssen wir uns noch gedulden. Dann werde ich mein Versprechen einlösen und sehen, was auf uns zukommt.«

Bevor sie den Ort wieder verließen, wollte Fernando auch einen Blick ins Sanctum Sanctorum werfen. Das erforderte tausend Verrenkungen: Damit er ihren Platz einnehmen konnte, musste sie über ihn hinwegkrabbeln.

Plötzlich befiel Lucía eine immer stärker werdende Beklemmung. Sie rang nach Luft, in ihrem Kopf dröhnte es und wurde seltsam leer. Nur noch ein Gedanke hämmerte beharrlich darin: »Du bist dazu auserwählt und musst es erfüllen.« Ihre Sinne schwanden, und sie fühlte, wie ein Schauer sie durchlief. Beunruhigt bat sie Fernando um Hilfe.

»Ich fühle mich so schlecht … Fernando, bitte, bring mich schnell hier raus.« Benommen sah sie vor sich hin.

Fernando stellte erschrocken fest, dass sie leichenblass und ihre Stimme nur noch ein Flüstern war. Irgendwie gelang es ihm, sich auf dem Bauch aus dem Gewölbe herauszuwinden. Dann nahm er sie in die Arme und legte sie in die Vorhalle. Es musste sich um einen Kreislaufkollaps handeln, deshalb hielt er Lucías Beine hoch. Allmählich kam sie wieder zu sich. Unmöglich konnte er sie in diesem Zustand die Leiter hinuntertragen. Besser war abzuwarten, bis sie wieder ganz bei sich war. Nach fünf Minuten Ruhe versuchte Lucía, über ihre seltsame Erfahrung zu sprechen.

»Ich habe eine außergewöhnlich starke Kraft gespürt – stärker als alles, was du dir vorstellen kannst. Dort oben ist eine besondere Energie, die durch mich hindurchgegangen ist und mir eine Botschaft hinterlassen hat. Vermutlich hältst du mich jetzt für verrückt, aber da war etwas, das mir ganz klar den Weg gewiesen hat: Ich muss Rachels Auftrag erfüllen, denn ich bin dazu auserkoren. Wenn ich es nicht selbst erlebt hätte, würde ich es für ein Hirngespinst halten.«

Fernando hatte von alledem oben in der Kammer nichts gespürt. Zwar verwunderten ihn Lucías Empfindungen, aber er bemühte sich, sie nachzuvollziehen. Die Historikerin dachte an ihre früheren Deutungen des Allerheiligsten. Sie hatte den anderen erläutert, es habe den Mönchen zur Initiation gedient. Manche nannten diesen Ort transzendentaler Erfahrung auch »Licht der Toten«. Genau das war ihr widerfahren. Da sie erwählt worden war, musste sie sich besser auf ihre Aufgabe vorbereiten. Dazu musste sie mehr wissen, die Orte aufsuchen, wo Jahve zum Propheten gesprochen hatte.

»Da oben bin ich mir meiner Aufgabe bewusst geworden. Es ist kein Kinderspiel, Fernando. Wir stehen im Mittelpunkt eines übersinnlichen Geschehens. Ich beuge mich dem höheren Willen. Aber ich muss mich unbedingt gewissenhaft auf meine Mission vorbereiten.« Sie richtete sich auf, ergriff seine Hände und sah ihm in die Augen, wie noch nie zuvor. »Ich muss sofort nach Israel und brauche dich dabei! Und zwar unverzüglich! Dort werde ich Einsicht und Verständnis für meine Aufgabe und deren Tragweite finden. Dort liegt die Antwort auf all meine Fragen. Lass mich bitte nicht allein!«

Fernando blieb nichts anderes übrig, als sie zu begleiten. So befremdend das alles auch war, kannte auch er seine Bestimmung in dieser Sache: ihr zur Seite zu stehen und sie zu beschützen.

»Zähl auf mich«, sagte er, ohne den Anflug eines Zögerns.

Die planmäßige Ankunft der israelischen EL-Al-Maschine im internationalen Flughafen Ben Gurion von Tel Aviv war für halb vier Uhr nachmittags vorgesehen. Fernando und Lucía flogen in der Business Class. Sie nutzten die Zeit an Bord, um ihren kurzen Aufenthalt in Israel zu planen. Vom Flughafen wollten sie mit einem Leihwagen nach Jerusalem und dort die erste Nacht verbringen. Am nächsten Tag ging es weiter nach Qumran am Toten Meer. Kurz hinter der jordanischen Grenze lag ihr nächstes Ziel, der Berg Nebo. In Amman wollten sie übernachten und dann nach Madrid zurückfliegen.

Die Vorbreitungen zu dieser überstürzten Reise hatte Fernando übers Internet getroffen. Hier hatte er die Hotelreservierungen erledigt und nützliche Reiseinformationen gefunden.

Es war nicht einfach gewesen, die Reise vor Paula und vor allem vor Mónica zu rechtfertigen. Den wahren Grund durfte er nicht verraten, und mitnehmen konnte er seine Freundin auch nicht. Knapp eine Woche vor der Abreise überrumpelte der Juwelier die beiden Frauen damit. Die erneute Geheimniskrämerei und die Tatsache, dass er mit Lucía verreiste, hoben nicht gerade Mónicas Stimmung. Fernando sah ein, dass er die Begriffe »Vertrauen« und »Glauben schenken« überstrapaziert hatte. Wieder litt die junge Frau seinetwegen. Ihre letzte Unterhaltung ging ihm nicht aus dem Sinn.

Er konnte Mónica durchaus verstehen. Sie hatte ihm zuletzt wenig Hoffnung auf eine feste Beziehung und gemeinsame Zukunft gemacht. Wiederholt versuchte er ihr klar zu machen, dass die Reise nicht ihre Beziehung in Frage stellen durfte. Darauf bekam er zu hören: »Ist gut, Fernando. Du musst wissen, was du machst. Ich verstehe vieles nicht von dem, was du mir in der Vergangenheit angetan hast. Eines habe ich inzwischen aber sehr wohl begriffen: Ich werde dich nie verstehen, und das ist mir das Ärgste.« Dann hatte Mónica noch hinzugefügt: »Ich räume durchaus ein, dass du deine, wie auch immer geartete Pflicht erfüllst. Mir tut nur weh, dass du immer an dich und nie an mich denkst.«

Fernando hatte nichts darauf erwidert. Es war besser, nach der Reise in aller Ruhe darüber zu sprechen. Vielleicht sahen bis dahin beide die Sache anders.

Das Fahrwerk der Boeing 777 setzte auf der Landebahn auf. Die Maschine rollte zum Terminal der internationalen Ankünfte.

In der Halle empfingen die Passagiere bis zu den Zähnen bewaffnete, grimmig blickende Grenzsoldaten. Nach überstandener Kontrolle ließ bei Fernando und Lucía die Anspannung nach.

Auf dem Parkplatz stand schon der Leihwagen bereit. Lucía breitete auf ihrem Schoß eine Landkarte aus und übernahm die Rolle des Copiloten. Nach etwa fünfzig Kilometern fuhren sie am frühen Nachmittag beim luxuriösen Hotel King David vor. Hier hatten sie Zimmer für die erste Nacht reserviert. Bevor sie zum Judenviertel in der Altstadt bummelten, nahm jeder eine erfrischende Dusche.

»Morgen sollten wir etwas früher los, um die Klosterruinen von Qumran am Toten Meer zu besichtigen – dem größten historischen Erbe unserer essenischen Freunde. Ich habe einige Tage damit verbracht, mehr darüber zu erfahren. Beim Abendessen erzähle ich dir davon.«

Es war glühend heiß. Lucía trug ein Baumwollhemd und Shorts. Im jüdischen Viertel schlenderten sie Richtung Klagemauer durch das Labyrinth der Gassen.

»Wie geht es dir jetzt, Lucía? Der Schrecken von der Vera Cruz sitzt mir noch in den Gliedern. Ich hoffe, dass sich hier nichts in der Art wiederholen wird.«

In den belebten Gassen wurden Fernando und Lucía von der Menge immer wieder eng aneinandergedrückt.

»Ich freue mich, allein mit dir zu sein.« Halb ironisch, halb verführerisch blickte sie ihn an. Dann wurde sie wieder ernst. »Glücklicherweise hat sich nichts in der Art wiederholt. Doch ich nehme an, dass auf dieser Reise noch einige aufregende und erhellende Enthüllungen auf mich warten. Ich meine das im weitesten Sinn.« Bei diesen letzten Worten wanderte ihr Blick an einen unbestimmten Ort und verlor sich in der Ferne.

Da es bereits spät war, hielten sie sich nur kurz an der Klagemauer auf. Wie es Brauch ist, steckten sie ein Stück Papier zwischen die Ritzen. Anschließend gingen sie die Via Dolorosa hinunter zum Heiligen Grab. Danach besichtigten sie die Zitadelle Davids. Erschöpft suchten sie nach einem Restaurant, um zu neuen Kräften zu kommen.

Bei *Gilly's* wurde ihnen zu köstlichem israelischem Bier eine Auswahl landestypischer Spezialitäten serviert.

Während des Essens referierte Lucía über den Alltag und das Leben der alten Essener im Kloster von Qumran: Neben Ackerbau und Viehzucht wurde es vom Studium und der Abschrift alter Texte bestimmt. Die Essener lebten enthaltsam wie Eremiten und schliefen in einfachen Höhlen rund um den Tempel. Auch stellten sie den Gemeinschaftssinn über die Interessen des Einzelnen.

Beim Nachtisch war das Thema bereits ausgiebig behandelt, und Fernando wollte die Unterhaltung auf etwas weniger Ernstes lenken.

»Darf ich vielleicht endlich erfahren, was auf deinem Zettel von der Klagemauer steht?« Er hatte schon wiederholt danach gefragt und war inzwischen äußerst neugierig auf ihre Antwort.

»Alles zu seiner Zeit.« Offenbar war es für Geständnisse ihrerseits noch zu früh.

Plötzlich fiel Lucía ein, was Rachel ihr über die Umstände des Todes von Fernandos Frau verraten hatte. Sie hielt es für angebracht, ihm jetzt reinen Wein einzuschenken – auch wenn es nicht ganz einfach sein würde.

Wie sie erwartet hatte, nahm Fernando die tragische Geschichte furchtbar mit. Sie bestätigte seine schlimmsten Befürchtungen, denn er hatte nie an einen Raubüberfall geglaubt. Vergeblich versuchte Lucía, das Gespräch wieder in andere Bahnen zu lenken. Fernando musste erst seiner Wut und Trauer Luft machen, bevor er sich etwas anderem zuwenden konnte. Sein Leid konnte sie jetzt nicht lindern. Lucía musste ihm Zeit geben, bis der Schmerz nachließ.

Noch auf dem Weg zurück ins Hotel haderte er mit dem Schicksal. Immer wieder quälte ihn die Frage, wie die Essener ihm unter dem Vorwand von Nächstenliebe und Menschlichkeit das Liebste hatten nehmen können.

Als sie sich verabschiedet hatten und jeder schon in seinem Zimmer war, verzerrten immer noch Schmerz und Wut Fernandos Züge. Am nächsten Morgen hatten sie sich für sieben Uhr zum Frühstück verabredet. Dann ging es weiter durch die Wüste von Judäa ins geheimnisvolle Qumran.

Die Ruinen von Qumran lagen in einer beeindruckenden Landschaft. Im Hintergrund, Richtung Jerusalem, waren die Berge von Judäa zu sehen. Zu Füßen der Hochebene öffnete sich eine riesige, vom Toten Meer begrenzte Wüste.

Nur Lucía und Fernando belebten das einsame Szenario. Sie parkten den Jeep und gingen staunend zwischen den Ruinen umher. Die Reste des essenischen Tempels waren mehr als zweitausend Jahre alt. Bewusst hatte diese Gruppe jüdischer Philosophen den Ort ausgesucht: Nichts lenkte hier den Geist von Kontemplation und Meditation ab.

Lucía hatte Fernando bei der Hand gefasst. Gemeinsam spazierten sie durch die archäologische Stätte, ohne die ursprüngliche Funktion der verschiedenen Teile erkennen zu können. Nur mit sehr viel Fantasie konnte man sich ein Bild der einstigen Anlage machen.

»Ich glaube, für die Essener verkörperte dieser einsame Ort vor allem Reinheit. Nach der Flucht aus Ägypten verbrachte das jüdische Volk vierzig Jahre in der Wüste, bis es sich im Gelobten Land niederließ. Das unfruchtbare Land muss für sie zum Symbol der Katharsis geworden sein. Es war der Weg vom Bösen zum Guten, vom Schatten ins Licht, vom Sklaventum zur Freiheit.«

»Etwas in der Art hast du uns damals über die Initiationsstufen der Templer erzählt«, bemerkte Fernando. »Zunächst wurden die Kandidaten in die Lehre eingewiesen;

daran knüpfte die Aufgabe des alten Ichs an und der Verzicht auf alles Irdische. In der letzten Stufe fand man zu einer höheren Form der Existenz und des Wissens.«

»Ja, so war es, Fernando. Hier jedenfalls studierten die Mönche die Heilige Schrift. In den Wassergruben, die wir gesehen haben, nahmen sie täglich vor dem Essen rituelle Waschungen vor. So reinigten sie sich von allen Sekreten. Symbolisch wuschen sie ihre Instinkte ab. Darüber hinaus lebten sie mitten in der Wüste, die an sich für Reinheit und Läuterung steht. Mit dem Schritt ins Kloster gaben sie ihren weltlichen Besitz auf. Nicht nur den Glauben, auch ihre Habe teilten sie mit den Brüdern. Sie hatten die unreine Welt hinter sich gelassen, um im Tempel dem Geist zu dienen.« Lucía setzte sich auf einen Stein und wurde ganz transzendental. »Auch ich möchte diesen Weg gehen. Unsere Reise ist Teil der notwendigen Unterweisung, um meine Mission besser zu begreifen.«

Am Schluss besichtigten sie noch die Höhlen, wo die berühmten Rollen von Qumran gefunden worden waren. Hier hatten die Essener zur Zeit von Jesus Christus ihre Schriften vor den römischen Besatzern versteckt. Dann setzte das Paar seinen Weg Richtung Jordanien fort. Vor dem Berg Nebo lag noch die Hochebene von Moab. Nach dieser letzten Station wollten sie in Amman übernachten.

Vom Gipfel des Nebo hatte man ein überwältigendes Panorama. Die Sonne stand tief am Himmel. Lucía und Fernando blickten auf das Tote Meer und auf das Jordantal. In immer neuen Schattierungen leuchtete das Ocker der Wüste im Abendrot. Weit unten im Tal glänzte das blasse Blau des Meeres – wie schon seit tausenden von Jahren. Seit der Zeit von Moses Flucht aus Ägypten war das Schauspiel unverändert geblieben. Das grandiose Szenario machte Worte überflüssig. Sie befanden sich an einem der heiligsten Plätze der Welt. Jahve hatte einst Moses hier das Gelobte Land erblicken lassen, das ihm zu seinem Schmerz verwehrt blieb. Auf diesem Berg hatte Jeremia einen Teil des Schatzes Salomos verborgen.

Lucía fühlte sich tief betroffen. Hier hatte Jahve sein Versprechen gegenüber den jüdischen Volk eingelöst und war einen neuen Bund mit ihm eingegangen. Nun war sie dazu bestimmt, ihn zu erneuern. Der geschichtsträchtige Ort und die große Aufgaben ließen ihren Mut schrumpfen. Ein Schauer durchlief sie von Kopf bis Fuß.

»Bitte, nimm mich fest in den Arm.« Schutzsuchend schmiegte sie sich eng an Fernando. Sie fühlte sich klein und schwach, der gewaltigen Aufgabe nicht gewachsen. »Ich weiß nicht, ob ich das durchhalten werde, Fernando. Soll ich nicht lieber alles hinschmeißen und wieder ein normales Leben führen? Mir fehlt die Kraft …«

Um sie zu stärken, ließ Fernando sein Herz sprechen.

»Alles, was uns in den letzten Monaten widerfahren ist, beginnt und endet hier, an diesem heiligen Ort. Nichts bisher war Zufall. Lucía, wir müssen zu Ende bringen, was sich nicht mehr aufhalten lässt. Ich begreife ebenso wenig wie du, warum ausgerechnet wir dazu bestimmt wurden. Vielleicht ist das alles auch nur ein Traum. Komme, was wolle, ich werde stets an deiner Seite sein.«

Beim letzten Satz presste sie sich noch enger an ihn. Sie wusste jetzt, dass sie ihn von Herzen liebte. Die gemeinsame Israelreise war mehr als eine Initiation. Lucía spürte, dass ihre Liebe wuchs, inniger und tiefer wurde. Die Zeit des Herantastens und Kennenlernens lag hinter ihnen. Jetzt mussten sie die Fesseln der Vergangenheit ablegen und sich neu aufeinander einlassen. Auch Fernando fühlte dies in der heiligen Stille des Berges Nebo.

Auf dem Rückflug döste Lucía an Fernandos Schulter. Es war die Frau seines Lebens. Das wusste er, seit der letzten Nacht. Endlich hatten sie in Amman zueinander gefunden und sich ewige Treue geschworen. Sie hatten erkannt, dass sie füreinander bestimmt waren. In dieser Nacht war jeder zum Teil des anderen geworden. Nichts konnte sie mehr trennen.

Einem vor fast siebzig Jahren für seinen Vater bestimmten Päckchen hatte er diesen außergewöhnlichen Ausflug in die Geschichte zu verdanken. Dabei war er Templern, sektiererischen Ahnen und Reliquien nachjagenden Päpsten begegnet. Er hatte Bekanntschaft mit angeblich vor zweitausend Jahren verschwundenen Essenern gemacht, den Ursprung des Reifs aufgedeckt und das Rätsel fast gelöst. Dann kamen jedoch neue Dinge hinzu: ein uraltes Medaillon und die Ohrringe der Muttergottes.

Fernando überlegte, was bis zum vorbestimmten Tag in knapp vier Monaten wohl noch alles geschehen würde. Bar jeder Vernunft hatten sie einer verbohrten Israelin und Verbrecherin ihr Wort gegeben. Lucía und er würden bald durch ein magisches Ritual eine uralte Prophetie einleiten. Was sollten sie tun, wenn daraufhin nichts geschehen würde? Wie würde der durch das Zusammenbringen der drei Symbole ausgelöste Krieg der Kinder des Lichts gegen die der Finsternis enden? Was würde das für ein Krieg sein?

Würde sich am Ende für sie alles in Wohlgefallen auflösen oder, im Gegenteil, Unglück über sie hereinbrechen? War seine Liebe zu Lucía von Dauer? Oder war es nur ein Gefühl mehr unter den vielen eindringlichen Erlebnissen der letzten Tage?

14

Dritte Kammer. Kirche Vera Cruz, 2002

»*Fernando, gib mir* jetzt noch das Medaillon!«

Er holte es aus dem schwarzen Samtbeutel heraus und reichte es ihr behutsam – wie schon davor die Ohrringe der Muttergottes und den Armreif von Moses.

Lucía Herrera und Fernando Luengo lagen auf dem Boden der obersten Kammer der Grabkapelle in der Vera Cruz. Mit Isaaks Medaillon waren erstmals die drei Symbole der heiligen Bünde vereint. Lucía verwahrte sie in der alten Truhe und tat diese in das geheime Allerheiligste des Tempels. Sie hatte ihr Wort gehalten und Rachels Anweisungen penibel befolgt. Die Prophezeiung des Jeremia konnte nun eintreten.

Nachdem sie die Truhe in der goldenen Kammer abgestellt hatte, schob sie den Stein wieder davor. In sich versunken verharrte Lucía einen Augenblick, den Blick auf einen vagen Punkt im Gewölbe gerichtet. Beim Gedanken an die möglichen Folgen ihrer Tat musste sie tief durchatmen. Wieder spürte sie, wie eine übernatürliche Kraft von ihr Besitz ergriff und sie zu Boden drückte, als sollte sie diesen Ort nie mehr verlassen.

»Ob das alles Sinn hat, Lucía? Was meinst du?«

Fernando lag dicht neben ihr am Boden. Auch er fühlte

mit einem Mal einen großen Druck. Er wollte nur reglos dort liegen bleiben, so als ob irgendetwas sie für immer vereint an diesem Ort zurückhalten wollte. Doch das Ritual war noch nicht zu Ende. Rachel zufolge mussten sie zurück in die zweite Kammer hinabsteigen.

»Ich glaube, wir haben etwas von großer Transzendenz in Bewegung gesetzt. Die Uhr läuft, und ich ahne, dass sich unser Leben grundlegend verändern wird. Bitte lach mich nicht aus! Aber ich habe das Gefühl, hier oben gefangen zu sein. Jede Bewegung widerstrebt mir. Ich weiß nicht, was es ist, doch wir sollten schleunigst die Kammer verlassen. Mir sitzt noch der Schreck vom letzten Mal in den Gliedern. Es war eine Erfahrung, die ich nicht unbedingt wiederholen möchte. Fühlst du das auch?«

»Mir ist auch, als hätten wir eine gewaltige Kraft geweckt. Nach Rachel haben wir gerade den vierten Bund geschlossen, bei dem das Gute über das Böse siegen wird.« Fernando ergriff ihre Hand. »Die Symbole liegen beisammen, wie die Prophezeiung fordert. An drei Zeichen werden wir erkennen, dass der Krieg begonnen hat.«

»Die drei Zeichen …«, murmelte Lucía. »Die Sonne wird nicht mehr scheinen, am zweiten Tag wird die Erde erbeben, und am dritten wird ein seiner Sinne beraubter Mensch erscheinen.« Sie versuchte sich aufzurichten, aber fand dazu keine Kraft. »Wir müssen in die untere Kammer und das hier zu Ende bringen! Es fehlt noch das Gebet! Rachel hat es aufgeschrieben. Das Papier ist unten in meiner Handtasche. Ich weiß nicht, wie es dir geht, aber ich kann mich kaum mehr rühren. Was ist nur mit mir los?«

Fernando ging es nicht anders. Etwas hielt sie in der Kammer fest, lähmte sie, ließ sie angstvoll erstarren. Es schien, als sollten sie für immer zwischen diesen Mauern ruhen.

»Wir müssen unbedingt hier raus, Lucía. Etwas sehr Mächtiges versucht, unseren Willen zu brechen.«

Sie rappelten sich mühsam hoch und schleppten sich in die zweite Kammer. Lucía zog aus ihrer Tasche Rachels Zettel mit dem Gebet. Sie begann, laut vorzulesen:

»Oh, allmächtiger Jahve, der du mit uns Menschen drei große Bünde geschlossen hast, mit Abraham, Moses und Maria, erbarme dich unser. Dein Wille ist geschehen, und die Zeichen der Bünde sind im Allerheiligsten vereint. Oh, Jahve, leuchte jetzt den Weg, den Bund ein weiteres Mal zu erneuern. Möge dein Licht für immer über die Welt der Schatten und Finsternis siegen. Alle Mächte des Dunklen, die sich deinem Willen widersetzten, sollen vernichtet werden! Die Kinder des Lichts sollen von nun an in alle Ewigkeit auf Erden herrschen!«

Den Tränen nahe, klammerte sich Lucía an Fernando. Ihre Mission war beendet. Von all den Gedanken, die ihr auf dem Berg Nebo durch den Kopf gegangen waren, hatte sie Fernando nur einen nicht anvertraut. Sie hatte ihn nicht damit beunruhigen wollen, aber dort hatte sie um sich selbst gebangt. In seinen Armen fühlte sie sich nun geborgen – egal, was kommen würde. Wenn sie nur bis ans Ende ihrer Tage so verharren könnte! Nichts auf der Welt bedeutete ihr mehr. Über den Tod hinaus würde sie diesen Augenblick als den kostbarsten ihres Lebens bewahren.

Bei seiner Rückkehr aus Israel und Jordanien begegnete Mónica Fernando mit großer Kälte. Seine innige Beziehung zu Lucía kränkte sie zutiefst. Von einem Tag zum anderen kündigte sie im Geschäft. Sie wollte ihn nicht mehr sehen und neu beginnen.

Paula nahm die Nachricht natürlich besser auf, obwohl

ihr Mónica leidtat. Lieber hätte sie die junge Frau an der Seite ihres Bruders gesehen. Auch dieses Mal erfuhr sie weder, was Lucía und Fernando ins Heilige Land geführt hatte, noch, was die beiden jetzt vorhatten. Wie immer hatte der Juwelier die Schwester auf später vertröstet. Immerhin riefen die beiden Don Lorenzo an, um ihn mindestens teilweise auf dem Laufenden zu halten. Zum Ärger des Professors blieben aber viele seiner Fragen offen.

Zwei Tage nach dem Ritual in der Vera Cruz saß Fernando abends vorm Fernseher. Die Nachrichten berichteten, dass in Südindien ein starkes Erdbeben großen Schaden verursacht hatte. Schwächere Erschütterungen hatten in weiten Teilen Asiens für Panik gesorgt.

»Gestern hatten wir eine totale Sonnenfinsternis«, dachte Fernando, »im Nahen Osten und in Mittelasien. Heute folgt ein Erdbeben. Ob es Zufall ist oder die in der Prophetie angekündigten Zeichen?« Dann folgte er weiter den Ausführungen des Nachrichtensprechers.

Bei sich zuhause in Segovia sah auch Lucía entsetzt die Folgen des Erdbebens im Fernsehen. Sie war erst sehr spät von der Arbeit gekommen und hatte in einem fort an die Sonnenfinsternis vom Vortag denken müssen. Nachdem sie den Fernseher ausgeschaltet hatte und ins Bett gegangen war, sehnte sie Fernando herbei. An seiner Seite waren Angst und Unsicherheit besser zu ertragen. Immer wieder sagte sie sich, es sei nur Zufall. Das Beben und die Finsternis hätten nichts mit der Prophetie zu tun. Doch Zweifel und Sorge nagten weiter an ihr. Sie fürchtete, Dinge von unvorhersehbarem Ausmaß ausgelöst zu haben.

Am dritten Tag nach dem Ritual in der Vera Cruz rief eine völlig aufgelöste Lucía Fernando an.

»Sitzt du vor dem Fernseher? Gerade kam ein Bericht

in den Nachrichten, der genau zum dritten Zeichen passt! Am Morgen des zehnten November ist in La Coruña ein künstlich befruchtetes Kind auf die Welt gekommen. Es ist blind, taub und vermutlich auch stumm. Die Eltern wollen die Ärzte wegen mangelnder Sorgfalt verklagen. Ich glaube, die Prophezeiung ist eingetreten, Fernando. Es macht mir große Angst. Gestern war das Erdbeben und vorgestern die Sonnenfinsternis.«

»Heute Nachmittag bin ich bei dir in Segovia! Wir müssen jetzt zusammen sein. Es könnte immer noch nur ein böser Zufall sein. Vielleicht interpretieren wir Dinge falsch oder biegen sie nach unseren Erwartungen zurecht. Auf keinen Fall dürfen wir jetzt die Nerven verlieren. Sollten wir tatsächlich etwas in Gang gesetzt haben, können wir es nicht mehr aufhalten.«

In dieser Nacht hielten sie sich wieder leidenschaftlich umschlungen. Es war mehr als nur Begehren. Eine besondere Kraft drängte sie zur Vereinigung. Sie verschmolzen miteinander, lösten sich ineinander auf. Auf dem Berg Nebo hatten sie erstmals gespürt, dass sie füreinander bestimmt waren, ohne den anderen nicht leben konnten.

Sprachlos verfolgte am nächsten Tag eine schöne Gefangene in der Justizvollzugsanstalt von Alcalá de Henares die Bilder eines verheerenden Feuers im Jordantal. Wie der Sonderberichterstatter erläuterte, war die riesige Rauchsäule über Israel sogar vom Satelliten zu sehen. Die Flammen erleuchteten den nächtlichen Himmel. Ihr Widerschein war weithin im ganzen Land zu sehen.

Die Kommentare und das Gerede der Mitgefangenen verstummten, als die Frau plötzlich aufsprang, die Arme hochwarf und zuerst auf Hebräisch und dann auf Spanisch rief:

»Die Prophezeiung ist eingetreten! Ein neuer Bund ist geschlossen worden!« Zum Staunen der anderen kreuzte sie die Arme über der Brust und kniete nieder. »Der Krieg der Kinder des Lichts gegen die der Finsternis hat begonnen! Fleht um Vergebung, denn ihr werdet gerichtet werden!«

In den folgenden Wochen gab es in den Zeitungen und Fernsehnachrichten nur ein Thema: die Klimakatastrophe und ihre unglaublichen Folgen für den Planeten. Die Temperaturen waren zum Herbstende ungewöhnlich hoch geklettert. In Moskau und Toronto betrug die durchschnittliche Tagestemperatur fünfundvierzig Grad Celsius. Innerhalb weniger Tage hatte sich das Ozonloch über dem Nordpol und der Antarktis immens vergrößert – wie die Wissenschaftler besorgt auf den Satellitenbildern verfolgen konnten. Die großen Eismassen der Pole schmolzen Furcht erregend rasch. In vielen Küstenregionen war der Meeresspiegel bereits angestiegen und hatte auf der Südhalbkugel verheerende Flutwellen verursacht.

Die politischen Führer der Dritten Welt machten die Industrienationen dafür verantwortlich. Ein vernünftiger Umweltschutz hätte die Klimakatastrophe verhindern können.

Betroffen und tief entsetzt verfolgten Lucía und Fernando die dramatischen Ereignisse. Sie sahen darin die Folgen des vierten Bundes. Kaum zu glauben, dass sie die ahnungslosen Auslöser der Katastrophe waren; auch nicht, dass Gott den neuen Bund mit einer Apokalypse einleitete. Jeden Tag vergruben sich Fernando und Lucía tiefer in ihrer Leidenschaft. Es war, als wollten sie ihre Liebe der Zerstörung entgegensetzen, sie damit aufhalten.

Lucía beschloss, Rachel im Gefängnis aufzusuchen. Die Israelin schuldete ihr eine Erklärung.

Als sich die Gefangene gegenüber von Lucía an den wackligen Tisch im Besucherzimmer von Alcalá de Henares setzte, strahlte sie übers ganze Gesicht. Die Historikerin teilte deren Freude nicht im Geringsten. Sie wirkte angespannt und verängstigt. Rachel wusste, was in ihr vorging.

»Vermutlich willst du von mir wissen, was vor sich geht und was noch kommen wird, nicht wahr?«

»Was sonst? Ich bedauere und bereue zutiefst, deinem Willen gefolgt zu sein. Was geschieht, bedrückt mich. Welchen Sinn hat das alles? Kannst du mir das verraten? Oder gibt es keinen?« Lucía rieb ihre Handgelenke.

»Du möchtest verstehen, was du in Bewegung gesetzt hast. Ich werde es dir erklären. Lass uns vom vierten Bund reden, dem letzten zwischen Jahve und den Menschen. Du, Lucía, warst das Werkzeug der Offenbarung. Denk nach. Die drei großen Bünde erfolgten, als die Menschheit – in der Person eines Mannes – bereit war, Jahves Willen zu folgen. Abraham musste sein Land, seine Familie, das Haus des Vaters verlassen und in ein fremdes Land ziehen. Zum Lohn für seine Ergebenheit schenkte ihm Jahve den ersehnten Nachkommen: Isaak wurde geboren und zahlreiche nach ihm. Moses sollte sein Volk von Ägypten nach Israel führen. Dafür erhielt er das Gesetz, ein fruchtbares Land und Schutz vor Feinden. Am Anfang des dritten Bundes stehen Marias Worte, als ihr der Engel die Geburt Jesu verkündet: ›Mir geschehe, was du gesagt hast.‹ Auch der sterbende Sohn Gottes fügt sich dem Willen des Vaters. Seine letzten Worte am Kreuz gelten seiner Bestimmung: ›Es ist vollbracht.‹«

»Immer, wenn die Menschheit sich von Jahve entfernte, traf sie sein strafender Zorn, wie Sodom und Gomorra und die Sintflut zeigen.

Mit den drei ersten Bünden gab Jahve den Menschen Gelegenheit, seinen Willen zu befolgen. Den vierten Bund ist er nur mit den Kindern des Lichts eingegangen, denn sie allein waren ihm treu.

Seit unserer Gründung haben wir Essener von diesem Tag geträumt. Jetzt können wir aus der Wüste wieder nach Jerusalem zurückkehren, Jahves Volk in Sein Haus führen und Seine Barmherzigkeit erfahren. So steht es in der Weissagung. Wir werden ins Gelobte Land zurückkehren und uns Jahves Willen fügen, uns mit Seinem Licht für immer und alle Zeiten verbinden. Beklage nicht, was du getan hast. Deine Hände waren nur das Werkzeug der Vorhersehung. Vom Anbeginn der Zeit war es so bestimmt. Es war Jahves Wille! Endlich wird das Gute das Böse auf immer vernichten!«

»Du behauptest, das Gute anzustreben. Ich sehe nur Vernichtung ringsum, das Grauen des Todes, die Verwüstung des Planeten, das Sterben allen Lebens!«

Lucías Augen waren vom Weinen gerötet. Die Tränen liefen ihre Wangen hinunter. Was hätte sie für eine vernünftige Erklärung gegeben! Verzweifelt hoffte sie, das Ganze sei nur die verquere Interpretation einer religiösen Fanatikerin.

»Wir wohnen der Vernichtung der alten Welt bei. Danach bricht ein neues Zeitalter an, Lucía. Die meisten Menschen haben Gott den Rücken gekehrt. Der Mensch hat sich selbst in den Mittelpunkt gestellt. Fortschritt und Wissenschaft regieren nur scheinbar. In Wahrheit verstellen Selbstgefälligkeit und Größenwahn den Blick. Du kennst unseren Text über den Krieg der Kinder des Lichts gegen die der Finsternis. Darin steht geschrieben:

›… es wird die Zeit kommen, da das Volk Gottes gerettet wird; jene, welche treu meinen Willen befolgt haben, werden siegen über die von Belial Verführten, über die Kinder der Finsternis. Wahrheit und Gerechtigkeit werden bis ans Ende der Welt leuchten.‹ Der Text beschreibt genau jeden Schritt, der zur Niederlage des Bösen führt: die Gottesdienste, Feldzüge, die Verordnungen, die militärische Ausbildung und die Strategien für die große Schlacht. Das alles ist eigentlich eine Metapher für den bevorstehenden vierten Bund. Er steht am Ende der Zeit und läutet eine neue Ära ein, die des Lichts, das Zeitalter Gottes. Deshalb werden wir diesmal nicht in das heilige Jerusalem ziehen, sondern in ein himmlisches, an der Seite des Lichts. Das ist der wahre Sieg im Kampf gegen die Kinder der Finsternis!« Rachels Augen glühten, als sprächen Hunderte Generationen von Essenern durch sie.

Lucía litt furchtbare Qualen wegen der dramatischen Ereignisse auf der Welt. Keinen Augenblick hatte sie ihre Gefühle verhehlt. Naturgewalten, welche die Prophezeiung entfesselt hatte, verwüsteten die Welt. Die Verantwortung lastete schwer auf ihr und hatte ihr Gesicht gezeichnet. Es war blass und hatte seine Frische verloren. Das Haar war über Nacht ergraut und hing kraftlos herab. Ihre Augen waren dunkel umschattet. Tiefe Trauer und Verzweiflung sprachen aus ihnen.

Die Frau vor ihr hatte sie dazu gebracht, in einer rituellen Handlung die heiligen Symbole zu vereinigen. Nie hätte sie geglaubt, dass dieser Schritt solche Folgen haben würde. Er schien doch nur ein weiterer Teil von Fernandos abenteuerlicher Geschichte zu sein. Rachels Worte kamen wie von weit her. Lucía hing ihren Gedanken nach und nahm die Israelin kaum mehr wahr. In ihr rangen zwei Kräfte miteinander. Da war etwas, das sie der real tobenden Apokalypse und der von Rachel gepredigten entgegensetzen konnte. Vor Tagen schon hatte sich dieser Gedanke ganz von selbst in ihrem Kopf eingenistet und allmählich von ihr Besitz ergriffen. Es gab einen Weg, den Albtraum zu beenden. Mitten im Dunkel tauchte plötzlich ein winziges Licht auf. Es war wie ein ferner Leuchtturm. Je näher sie ihm kam, umso heller wurde es um sie herum. So erkannte sie schließlich in ihrem Innersten, wie alle Teile zusammengehörten. Sie hatte die Katastrophe ausgelöst und wusste, wie sie aufzuhalten war. Mit einem Mal fühlte Lucía eine große Ruhe. Nur wenn sie an ihre große Liebe dachte, spürte sie einen Stich in der Brust, der ihr kaum Luft zum Atmen ließ.

Unvermittelt stand Lucía auf und blickte mit dem sanften Lächeln der Erleuchteten der verstörten Rachel in die Augen.

»Endlich sehe ich klar, Rachel. Jahve ist mit den Menschen wieder einen Bund eingegangen, sagst du, und ich war Sein Werkzeug. Es gibt nur eine Lösung. Ohne Werkzeug gibt es keinen Bund. Ich werde die Symbole der früheren Bünde wieder trennen und anschließend mich selbst opfern. Durch meinen Tod wird das Leben wieder in seine Bahn zurückfinden. Ich habe erkannt, dass neues Leben meinen Tod nötig macht. Nun, so soll es sein.«

Entschlossen verließ Lucía den Besucherraum. Als die Tür hinter ihr zufiel, hörte sie noch Rachels verzweifelten Aufschrei. Mutig schritt Lucía ihrer Bestimmung entgegen.

Zwei Wochen waren seitdem vergangen. Nach der glühenden Hitze regnete es sanft auf die Erde herab. Der Regen mischte sich mit den Tränen auf Fernandos Wangen. Schmerzgebeugt stand er an Lucías Grab. Man hatte ihre

Leiche aus dem Stausee bei Manzanares el Real in der Nähe von Madrid geborgen.

Wenige Tage vor dem schrecklichen Unfall hatte Fernando ihr geholfen, die drei heiligen Gegenstände aus der Kammer der Vera Cruz zu holen und zu zerstören. Niemand sollte sie je wieder zusammenbringen können. So hatte es Lucía verfügt und ihm erklärt, auf diese Weise könne sie die Apokalypse der essenischen Wahrsagung aufhalten. Sie schien davon felsenfest überzeugt. Fernando blieb nichts anderes übrig, als ihr erneut beizustehen.

Nach dem Begräbnis verharrte Fernando allein an Lucías Grab. Ungläubig wanderten seine Augen immer wieder über die goldenen Lettern auf dem Grabstein. Die hier ruhte, war für ihn alles – er ohne sie nichts. Das Regenwasser formte auf dem Stein kleine Pfützen, leckte liebevoll die Buchstaben ihres Namens, als wollte es sie zum Abschied küssen und ihr danken. Mit Lucías Tod hatte sich das Klima auf dem Planeten schlagartig wieder normalisiert.

Fernando kniete am Grab der geliebten Frau nieder und klammerte sich an die Grabplatte. Er wünschte, eins mit dem Regen zu werden. Tief in seinem Inneren wusste er, dass sich Lucía für den Fortbestand des Lebens geopfert hatte. Sie hatte ihr Geheimnis mit ins Grab genommen.

Am Tag des Autounfalls hatte sie ihn zum letzten Mal zärtlich geküsst. Nie zuvor hatte er eine solche Innigkeit gespürt. In ihren Augen leuchtete reine, tiefe Liebe. Für immer waren ihre Worte in sein Gedächtnis eingebrannt. Während ihre Hand liebevoll sein Gesicht berührte, flüsterte sie ihm ins Ohr:

»Ich werde dich immer lieben, Fernando.«

Danksagung

Schreiben an sich ist ein Vergnügen. Wenn dann der erste Roman erscheint, ist die Freude riesig. Ich möchte all jenen danken, die dazu beigetragen haben.

Besonders meiner verehrten Verlegerin Raquel Gisbert. Ihr großes Engagement und Gespür haben das Erscheinen dieses Romans möglich gemacht. Auch ihre Geduld und moralische Unterstützung waren für mich unverzichtbar. Dafür werde ich ihr immer verpflichtet sein. An Lola und Olga ebenfalls herzlichen Dank. Sie haben als Erste im Verlag Plaza y Janés auf mich gesetzt.

Herzlich verbunden bin ich auch meinen Eltern. Wie meine Schwestern und die übrige Familie haben sie immer an mich geglaubt. Liebevoll begleiteten sie jeden meiner Schritte. Meinen Freunden sei gedankt für die intensiven und anregenden Gespräche.

Zuletzt möchte ich auch Juan Carlos erwähnen. Er erkannte sofort, welche Chancen mir dieses Buch eröffnete, und nahm unser gemeinsam geplantes Unternehmen zunächst ganz auf seine Schultern.

Allen nochmals vielen Dank.